KB197414

미스 몰

휴머니스트 세계문학 040

미스 몰

MISS MOLE

E. H. 영 | **정연희 옮김**

차례

일러두기

1. 번역 대본으로는 E. H. Young, *Miss Mole*(Little, Brown Book Group, 2020)
   을 사용했다.
2. 주석은 모두 옮긴이 주다.
3. 본문 중 굵은 글씨는 원서에서 이탤릭체로 강조한 부분이다.
4. 국교도 교회는 '교회'로, 비국교도 교회는 '채플'로 옮겼다.

1

　밤 인사를 하는 새 친구의 목소리가 정원길을 걸어가는 미스 해나 몰을 쫓아왔고, 그녀가 스쳐 지나갈 때 월계수들은 소곤소곤, 하지만 묘하게 뚜렷한 소리로 곧 또 오라고 다짐을 받는 깁슨 부인의 초대를 반복했다.

　"네, 네, 또 올게요!" 해나가 얼른 소리쳤고, 길의 작은 부분에 드리운 금빛이 사라질 때 흘끗 뒤돌아보았다. 깁슨 부인은 이미 현관문을 닫은 뒤였다. 부인의 생각은 자신의 점잖은 집에서 결코 일어나지 않았어야 할 문제들로 되돌아갔고, 더는 행동할 필요가 없고 공감을 표현하거나 조언하는 입장에서도 벗어난 해나는, 그 행위에서 드러난 자신의 기량에 스스로 감탄할 수도 있었겠지만, 그보다 먼저 자신을 인정할 줄 알 뿐만 아니라 태생적으로 감사할 줄 아는 사람이었기에, 생명을 구하는 일에 대한 자신의 신념을 시기적절하게 입증할 수 있었다는 데 감사를 드렸다. 줄곧 간직해온 신념이었지만, 최근에는 그것을 지키는 데 굴하지 않는 인내가 필요했는데, 격려가 가장 필요한 순간에 그것이 주어진 것이다. 기회가 주어졌을 때 붙잡은 자신의 뛰어난 순발력에 대해서도 그녀는 그냥 넘기지 않을 것이었다. 기적이 일어날 기회는 참으로 보는 눈이 있고 듣는 귀가 있는 사람에게만 주어지는 것이어서, 혜안을 갖춘 해나 몰이 아니면 누가 깁슨 부인의 넓은 가슴에 부딪치고 사과한 뒤에도 잠시 더 서성이면서 깁슨 부인에게 호흡을 가다듬을 시간을 주고 자신이 왜 깁슨 부인의 집 대문 밖에서 모자도 쓰지 않은 채 허둥대며 서 있었는지 설명했겠는가?

지금 해나는 흥분한 탓에, 그리고 이 행운을 자기가 고용인에게 조금 거짓말한 것과 연관 지어 해석하려고 애쓴 탓에 약간 숨이 가쁜 채로 아까 그 자리에 서 있었다. 애는 썼지만 성과는 없었고, 그녀는 자기 삶에 대한 통제력이 인간의 관습적인 도덕에 의해 방해받지 않는다는 자신의 신념을 새롭게 다졌다. 그게 아니라면 위도스 부인의 드레스 중 두 번째로 좋은 블랙 드레스를 수선하고 있어야 할 시간에, 위도스 부인이 말벗으로 고용한 자신을 밖으로 내보내 뭔가 사 오게 한 거짓말에 대해 벌을 받았으면 받았지 보상은 받지 못했을 것이기 때문이다. 그랬다. 실크 실을 숨기고 찾을 수 없는 척한 것 때문에 해나는 차에 치여 쓰러졌을 수도 있었고, 더 나쁘게는 지갑을 강탈당했을 수도 있었다.

작고 비좁은 응접실은 참을 수 없을 만큼 더웠다. 큰불이 탁탁 소리를 내며 타올랐고, 카나리아는 새장 안에서 조용조용 슬픈 동작으로 돌아다녔다. 위도스 부인의 코르셋은 규칙적으로 삐걱거리는 소리를 냈고, 두 사람이 램프 불빛을 공유하려고 서로 지척에 앉은 탓에 부인의 큰 무릎은 해나의 무릎과 거의 맞닿아 있었다. 해나는 카나리아보다는 더 운이 좋아 거기서 달아날 방법을 찾아냈다. 지혜롭게도, 해나는 실크 실이 필요하니 나가서 사 오겠다고 말하는 대신 그저 속상하다는 듯 위도스 부인에게 내일 두 번째로 좋은 드레스를 입을 수 없게 되었다고만 말했다. 그러자 위도스 부인은 대뜸 화를 내며 빨리 돌아오라는 지시와 함께 해나를 밖으로 내몰았다. 거의 두 시간이 지났고, 실크 실은 여전히 가게 안에 있었다. 해나는 실크 실을 사는 데는 관심이 없었는데, 바느질 바구니에서 꺼낸 실크 실이 자신의 코트 주머니에 들어 있었기 때문이다. 2펜스와 반 페니,● 그리고 모험은 좋았지만 시간이 훌쩍 가버린 건 중요한 문제였다. 너무 중요해서 한두 시간을 더 보낸다 한들 별 차이가 없을 정도였다. 그녀는 길 위쪽과 아래쪽을 흘끗 쳐다보았고, 의무와 욕망 사이에서 망설이는 듯했지만 선택은 이미 끝난 뒤였다. 그녀는 차들이 다니고 가게들이 있는 아래쪽으로 내려갔다. 핸드백에 넣어 다

● 당시 영국에서는 2펜스짜리 동전과 반 페니짜리 동전이 사용되었다.

니는 납작한 구식 손목시계를 가로등 불빛에 비추어 보았다. 6시였다. 대부분의 가게는 문을 닫았겠지만, 빛과 움직임은 있을 것이었다. 승객을 가득 태운 전차는 자기 힘을 만끽하는 이상한 짐승이 펄쩍펄쩍 뛰듯이 앞으로 나아갈 것이었다. 걷는 사람들은 도시인 래드스토에서 집을 향해 밀물처럼 이동하고 있을 테고, 자기 집이 없는 미스 해나 몰은 그들을 부러운 눈빛으로 쳐다보겠지만, 한편으로 어떤 집은 위도스 부인의 집과 비슷하리라는 냉소적인 생각도 떠올릴 것이었다. 답답하고 불친절한 집, 혹은 그녀가 방금 나온 악의적인 유머가 번득이는 비극을 끌어안은 집. 고용된 말벗으로, 보모 겸 가정교사로, 혹은 유용한 가정부로 거의 20년 동안 생계를 유지하면서 자신을 위해 창조한 환상을 제외한 모든 환상을 잃었지만, 그녀는 그 환상만큼은 자기 마음대로 할 수 있을 것 같았다. 또한 이번 모험에 동요된 그녀는 다가오는 사람들 한 명 한 명에 대해 또 다른 모험을 발견할 준비가 되어 있었다. 하지만 프린시스 로드에는 사람이 많지 않았고, 따라서 사람들의 걸음은 조용했는데, 길 한쪽에 자리 잡은 오래된 테라스 하우스들의 영향력이 나중에 지어진 맞은편 건물들의 영향력보다 더 강해서 그런 것 같기도 했다. 거리에 특징을 부여하는 것은 오래된 집들이었고, 어퍼 래드스토의 다른 곳과 마찬가지로 이곳도, 최초의 붉은 벽돌이 온전히 놓인 뒤로 어떤 물질적, 영적 변화에도 흔들리지 않은 채 그 부드럽고 집요한 개성을 고스란히 유지하고 있었다. 어느 걸작 초상화에서 다른 세대의 인물이 후손을 내려다보며 화가의 기술과 자기 안의 영원한 뭔가의 결합으로 후손을 지배하는 것과 비슷했다. 심지어 오래된 집들이 사라진 곳에서도 그 유령들이 거리를 맴도는 것 같아 해나 역시 방해하지 않으려고 조심하면서 조용히 걸었다. 그녀가 아는 어떤 장소에서도 가로등 불빛에 나무가 이토록 아름다운 그림자를 드리우지 않았고, 바람 한 점 없는 이런 밤에는 나뭇잎이 보도 위에 기이하고 영묘한 무늬를 선명하게 그려냈다. 그녀는 이따금 걸음을 멈춰 그것을 쳐다보았고, 반사된 사물이 늘 원래의 모습보다 더 아름다워 보인다는 사실에 질문을 던지면서, 자신의 정신적인 작용에서 이와 유사한 경험을 찾아보려고 애썼다.

"사물 자체가 아니라 그 그림자." 그녀는 앞서가는 자기 그림자를 보며 이렇게 중얼거렸고, 문제를 푼 것처럼 고개를 끄덕였다. 그녀는 자신을 그 그림자로 평가했는데, 그것은 자신의 기쁨을 위해 스스로 투영하기로 선택한 그림자였고, 스스로 만들어낸 그 그림자를 다른 사람들이 받아들이게 하는 것이 그녀가 살면서 해야 할 일이었다. 하지만 대체로 실패했다. 그랬다. 그녀는 실패했다. 실패한 것이다! 그들은 아름답고 가치 있는 해나 몰을 보려고 하지 않았다. 그들은 그녀의 본질을 보았지만 좋게 보지 않았고, 그녀는 그들을 탓하지 않았다. 그녀라도 그렇게 했을 것이고, 한번은 그녀 앞에 나타난 멋진 그림자에 집중한 적이 있었지만 착각이었다.

그녀는 걸음을 더 빨리해서 그 생각을 밀어냈고, 전차가 덜

컹덜컹 흔들리며 다니는 넓은 간선도로에 다다랐다. 여기서 그녀는 잠시 걸음을 멈추고 주위를 둘러보았다. 래드스토의 이쪽은 새로 성장하는 구역이었고, 그녀가 좋아하는 곳은 아니었지만, 이 가을날의 저녁에는 그 나름의 운치가 있었다. 몇 개의 도로가 만나는 넓은 공간은 대체로 나무로 둘러싸여 있었는데, 모퉁이마다 교회 첨탑이 불쑥불쑥 세워지듯 나무들이 여기저기 자라고 있었다. 또 전기로 켜는 높은 가로등이 녹색과 갈색과 노란색의 나뭇잎 위로 무대조명 같은 환한 빛을 던졌다.

해나의 왼쪽으로 관목 숲을 이룬 곳에는 퇴색한 그리스 양식의 건물이 서 있었는데, 이따금 여신들이 래드스토 주민들을 유인해 무성의한 숭배를 받고 있었다. 지나가는 차들의 환한 헤드라이트 불빛에 그 모습이 불쑥불쑥 드러났지만, 어둠 속으로 물러난 건물은 친절한 어둠 덕에 그 결함이 숨겨져 기둥이 있는 희끄무레한 건물의 앞면에는 신비로운 분위기가 감돌았고, 길에서 안쪽으로 조금 들어가 있어 예민하고 냉담한 느낌을 주었다. 낮에 이 사원 앞을 지나갈 때 해나의 긴 코는 그 거짓된 진지함과 래드스토의 미적인 삶에서 그 사원이 차지하는 중요성을 알리기 위해 심어놓은 녹슨 빛깔 관목(그녀는 정원사가 월계수를 선택했을 때 튼튼하다는 것 말고도 다른 이유가 있었을지 궁금했다)에 대한 조롱의 표시로 씰룩거렸다. 하지만 지금 이 건물을 보면서는 인공적인 매력을 느꼈다. 건물을 빙 두른 철책에 내걸린 현수막을 무시하면, 이 건물은 어울리지 않는 것들을 행복하게 섞어놓은 도시 시설의 또 다른 예라 할 만했다.

낡은 모자와 코트 차림으로 보도에 선 그녀는 야위고 초라하고 존재감이 없고 풍경을 즐기느라 자신을 완전히 망각한 모습으로, 투명 망토를 입었다고 해도 될 정도였다. 그녀가 차들과 환등기 슬라이드가 넘어가듯 빠르게 달려가는 채색된 전차를 지켜보는 동안 그 망토를 꿰뚫어 보면서 평범한 것을 희귀한 것으로 바꾸는 그녀의 능력을, 그렇게 하면서 불안한 생각이 일어나지 않게 억누르는 그녀의 힘을 눈치챌 사람은 아무도 없었다. 이 모험과 그 덕에 가능해진 생각에 빠질 수 있던 게 즐거웠지만, 오늘 밤 그녀는 그 모든 불안한 생각을 떨쳐낼 수 없었고, 그 안에 등장하는 다른 배우들이 이타적인 마음으로 걱정되었다. 그 모험이 자신에게 낳을 결과 또한 명백했다. 위도스 부인은 해나가 속마음을 털어놓을 상대도, 변명을 받아줄 사람도 아닌 데다 해나는 지금 일자리를 잃게 될 처지였다. 익숙한 경험이었지만, 이번 경우는 치욕을 견뎌야 할 터였다. 그녀는 모아둔 돈을 빠르게 계산해본 뒤 어깨를 으쓱하고는 오른쪽으로 반쯤 돌아섰다. 커피 한 잔과 번 한 개가 고용인과 대면하는 순간에 용기를 내게 해줄 테고, 커피를 마시고 번을 먹으면서 그녀는 다시 한번 자신의 겉모습과 지갑은 무관한 척, 자신은 가난해 보이는 것에서 즐거움을 찾는 특이하고 부유한 여자 중 한 명인 척할 수 있을 터였다. 그녀는 뭔가인 척하는 걸 잘했고 사람들의 잘

난 척에, 당당한 영혼에 상처를 주는 고의적인 친절에, 순응과 경멸이 성공에 똑같이 재앙으로 생각되던 청소년기에 남자들이 보여준 더 교묘하고 다양한 친절에, 권위에 확신이 없는 자들의 괴롭힘에, 그녀를 명령에 따라 작동하고 새 명령이 주어지지 않으면 멈출 수 없는 기계로 취급한 냉혹한 자들의 영향력에 저항할 수 있게 해준 자신의 자존감에 대해 진심으로 신에게 감사했다. 그녀의 독립심이 이 모든 것을 이겨냈다. 그녀가 알면서도 유감스러워할 수 없는 것은, 자신의 어떤 결점보다 그녀에게는 불행이었던, 인간으로서 자신의 품위에 대한 신념이었다. 하지만 그 품위는 좀 더 다채로운 기호를 중시하는 젊은 여자들이 즐기는 번과 커피를 요구할 때는 쓸모가 있었고, 그녀는 이런 확신에 차서 길을 걸어갔다. 비록 이 거리는 어느 도시에서라도 편안하게 느껴졌겠지만, 그녀는 그 너머에 무엇이 있는지 알았고, 자신을 속아서 약속했다고 생각하는 아이처럼 다루었기 때문에 즐겁게 걸어갔다. 더 갈 곳은 많지 않았고, 놀라운 일이 손에 닿을 듯 바짝 다가와 있었으며, 그 일이 일어났을 때 그녀는 기쁨의 한숨을 길게 내쉬어 자신을 보상했다.

그녀가 서 있는 곳은 가게들이 줄지어 있고 길가에 가로등이 서 있는 가파른 언덕 꼭대기였는데, 가게와 가로등은 허둥지둥 뛰어 내려가서 그 아래 드리운 푸른 안개를 만나 그 속으로 사라져버리는 것 같았다. 지금 안개가 자욱한 넓은 공터에는 금색과 적갈색 나무들이 자라고 있었고, 나뭇가지들은 더 많은 가로등 불빛을 받아 반짝거렸다. 어둠이 깊어가는 가운데 그만큼 떨어진 거리에서는 나무들의 색깔을 거의 알아보기 힘들었지만, 해나의 기억이 시야를 더욱 뚜렷하게 해 지금 보이는 풍경이 성당을 위해 멋지게 칠해놓은 배경 막 같고, 성당의 어두운 탑은 그와는 대비되게 옅은 색인 하늘을 배경으로 그 대조적인 자태를 드러냈다. 이 풍경이 자신에게 아름다워 보이는 만큼 다른 사람들에게도 그런지는 몰랐고, 중요하지도 않았다. 놀라운 것은, 어린 시절의 추억이 그녀를 속이지 않았다는 사실이었다. 그녀가 그 자리에 처음 선 것은 30년 전, 그날 하루의 쇼핑을 마친 뒤 부모님과 함께 역으로 가려고 언덕을 내려가기 전 잠시 동안이었고, 불빛과 안개와 마법의 푸른 호수를 들여다보는 나무들은 그때나 지금이나 변함없이 동화 같았다. 사라지지 않는 것들이 있다고, 그녀는 혼잣말을 했고, 아버지가 동화 같은 푸른색에 대해 강에서 피어오르는 습기 때문이라고 한 것과 어머니가 아래로 덜컹 내려갈 때 한숨을 쉬던 것을 떠올리며 미소 지었다. 어린 해나에게(이상한 옷을 입고 시골에서 만든 부츠를 신은 채 한쪽 옆으로는 자신이 키우는 사과나무처럼 뼈마디가 굵은 아버지와 반대쪽 옆으로는 사과처럼 장밋빛인 어머니와 함께 있는 모습이 떠올랐다) 그것은 그 정도가 줄지 않는 기쁨으로 가득 찬 여행이었다. 그들은 그 푸른색에 이르렀고, 그것을 얻자마자 잃었지만, 곧바로 모퉁이를 돌아 서커스처럼 한창 흥미진진한 광경이 벌어지고 있는 곳으로 들어갔다. 큰 삼각형 모양의 포장된 땅 주위로 채색된 거대한 전차들, 해나가 결코 사랑을 저버린 적 없던 그 전차들이 모여들었다. 신중한 통제에 따라 괴물 같은 전차 한 대가 종소리를 울리면서 머리 위로 지지직거리는 불꽃과 함께 미끄러지듯 멀어지면 또 한 대가 그 자리를 차지했고, 처음의 전차는 속도가 붙자 자기 힘에 도취된 듯 몸체를 흔들며 점점 작아졌다. 요나*의 고래 안은 결코 그렇지 않았을 테지만, 내부가 환하게 밝혀진 이 리바이어던의 수는 끝이 없어 보였고, 그녀가 모습을 실컷 바라보기도 전에 부모에게 떠밀려 그중 하나의 안으로 황급히 들어갔을 때는, 길에서 솟아오르는 듯 보이는 배의 돛대와 굴뚝을 놓치지 않고 아슬아슬하게 볼 수 있었다. 나중에 알게 되었지만, 그곳은 터널식 배수로를 통해 흘러온 강물이 뱃도랑 주변의 물과 만나는 곳이었고, 그 사실을 안다는 것(안다는 것은 아주 많은 것을 망친다) 이 어린 해나에게서, 혹은 어른이 된 해나에게서 그 광경을 볼 때마다 반복적으로 느끼는 놀라움을 빼앗지는 못했다.

그 시절 이후 이 도시의 많은 것이 변했다. 가파른 거리를 올라가는 자동차는 포효하는 소리를 냈고, 내려가는 자동차는 나지막이 털털거렸다. 보도에는 사람이 더 많아졌다. 그들은 어디에서 왔는가? 감소하는 출생률을 생각하면 의아했지만, 해나는 사람들의 존재에 화가 나지는 않았다. 군집을 이

● 구약성서에서 하느님의 말씀을 거역해 고래 혹은 큰 물고기로 알려진 레비아단 (리바이어던)의 배 속으로 삼켜진 인물이다.

룬 사람들은, 저마다 삶에 대한 권리가 있고 그것을 그녀의 권리만큼 중대한 것으로 만들려는 욕구가 있으며 권리에 대한 마땅한 의무가 있다는 사실을 일깨움으로써 그녀를 흥분시켰는데, 그 생각은 그녀를 겸손하면서도 더욱 생생히 살아 있게 했다. 그리고 그녀는 즐거움을 느끼는 데 전혀 인색하지 않았고, 그것이 숨겨져 있다고 해서 결코 더 커진다고 느끼지도 않았다. 그녀는 발아래 펼쳐진 아름다움을 함께 나누자고 이 모든 낯선 사람을 초대하려는 듯 자기도 모르게 한 손을 쑥 내밀었고, 그러고는 몇 걸음 아래 있는 길가 찻집으로 들어갔는데, 뭔가 아쉬워서이기도 했지만 배가 몹시 고프기 때문이었다.

2

저녁을 먹기에는 너무 이르고 차를 마시기엔 너무 늦은 시간이라 가게는 거의 텅 비어 있었다. 입구 전체가 보이는 곳에 앉아 있던 여자는 해나가 들어오는 것을 지켜보았고, 곧바로 실망한 모든 기색을 억누르며 체념한 채 해나가 자신을 알아보는 것을 피할 수 없다는 사실을 받아들였다. 한편 해나는 흥분한 티를 다 내며 앞으로 걸어갔고, 그러는 동안 여자는 포크와 나이프를 내려놓았다.

"릴라! 기막힌 행운인데!" 해나가 큰 소리로 외쳤고, 이어 눈동자 색이 온전히 갈색도 녹색도 회색도 아닌 형체의 앉은 모습을 낱낱이 살피며 기분 좋게 싱긋 웃었다. "똑같아!" 그녀가 중얼거렸고, 크고 정감 있는 입의 꼬리가 살짝 올라갔다. "널 만났을 때 네가 어떤 모습일지 미리 그려봤다면, 솔직히, 릴라, 최근에 네 생각을 하진 않았지만, 정확히 지금 이대로의 모습일 거라 상상했을 거야. 그 모자, 가을엔 딱인데, 겨울엔 아니다."

"맙소사, 앉아, 해나. 목소리 좀 낮추고. 대체 여긴 뭐 하러 왔어?"

해나는 앉았고, 모노그램이 새겨진 스펜서 스미스 부인의 우아한 핸드백이 차지한 의자에 그 가치를 일부러 비교하려는 듯 자신의 초라한 핸드백을 내려놓았다. 릴라는 그 초라함에 짜증스럽게 고개를 홱 돌렸지만, 다시 고개를 든 해나의 표정에서는 부러운 기색이 전혀 보이지 않았다.

"네 코트!" 해나가 말을 이었다. "네 재단사가 중년 여성의 숨기기엔 너무 두꺼운 뒤쪽 목살을 처리한 솜씨가 대단한데. 넌 그런 목은 아니겠지만. 아주 좋아 보인다. 이렇게 만나니 기뻐."

스펜서 스미스 부인은 눈을 깜박여 이 칭찬을 밀어냈고, "네가 브래드퍼드나 그 비슷한 다른 곳에 있을 거라고 생각했어" 하고 말했다.

"거기 가지 않은 지 여러 해 됐지." 해나가 테이블 맞은편에 있는 릴라의 접시를 빤히 쳐다보며 말했다. "먹고 있는 게 뭐야? 그리고 무슨 일로? 찻집이나 레스토랑 같은 데 다니는 습관을 들인 거니, 아니면 요리사를 못 구했어?"

"요리사는 10년 넘게 같은 사람이야." 스펜서 스미스 부인이 거만하게 대답했다.

"아주 칭찬할 만한데." 해나가 말한 뒤, 손짓으로 종업원을 불러 커피와 번을 주문했다. "그 요리사한테 그게 어떻게 가능했는지 물어보고 싶다."

"만족감을 주는 것으로." 스펜서 스미스 부인이 다시 거만하게 대답했다.

"그리고 만족감을 얻기도 했을 것 같아." 해나가 한숨을 쉬었다. "오, 맞아! 그네를 타서 얻는 게 있으면, 회전목마를 타면서 잃는 게 있고. 나라면 그녀의 성격보단 차라리 내 경험이 더 좋아. 어쨌거나 성격을 그대로 갖고 있는 것 말고 그걸로 뭘 하겠어? 그리고 그건 엄청난 책임을 뜻하겠지. 진주보다 더 나쁘고. 보험을 들 수 없으니까."

"그 반대지." 스펜서 스미스 부인이 말을 시작하려는데 해나가 손을 들었다.

"알아. 난 도덕적 격언은 모르는 게 없어. 듣기엔 아주 쉽지. 하지만 생각해보면 모든 고용주가 너 같진 않아, 릴라. 이 커피는 향이 아주 좋은데. 하지만 번이 정말 작아 아쉽다! 그래, 네 하인들은 다 잘 먹겠지. 그건 전혀 의심하지 않아. 그들의 침실도 당연히 흠 잡을 데 없을 테고. 지금 내가 쓰고 있는 침실을 한번 보면 말이지! 내 침실은 지하에 있고 딱정벌레가 우글거려. 하인들은 무장한 경찰들로부터 안전한 곳에서, 다락에서 잠을 자는데 말이야. 그렇게 불안하게 얼굴 찡그리지 마, 릴라. 내가 위험한 곳에서 사는 건 결코 아니니까." 해나는 의자에 앉은 채 몸을 뒤로 기대고 눈을 감았다. "하지만 거기선 배의 소리를 들을 수 있지. 배가 뱃고동을 울리며 강을 따라 올라오는 소리. 넌 향수병이 뭔지 아니? 네 말대로, '그런 종류의 장소'에 있으면 나는 그런 힘든 감정에 휩싸이곤 해. 그래서 힘들게 번 돈을 좀 써서……."

"부탁인데, 큰 소리 좀 내지 마." 스펜서 스미스 부인이 말했다.

"문제 될 거 없잖아. 넌 자선을 베푸는 걸로 유명하고, 나역시 네 주변에 어슬렁거리는 그런 사람 중 하나로 여겨질 텐데 뭘. 그리고 미리 경고하는데, 내가 그런 사람이 될지도 모르고. 나는 비국교도 주간지를 사느라 돈을 아주 많이 썼고, 그걸 과시하듯 읽으면서 내 인격을 거의 재정립했어. 하지만 그건 광고효과를 노린 거였지. 나는 래드스토에 있고 싶었고, 래드스토는 종교 주간지에 대한 필요성을 공공연히 밝힌다고 알고 있어. 그래서 첫 제의가 들어왔을 때, 먹고살기엔 턱없이 부족한 액수를 제시받았지만 맡기로 했지. 라일락이나 금사슬나무 꽃을 보기에도 너무 늦은 시기였지만. 그래도 네가 가을 단풍이라고 부르는 걸 보기엔 늦지 않은 때였어, 친애하는 릴라. 그리고……." 그녀가 슬프게 덧붙였다. "난 다음 봄까지는 버티지 못할 거야. 내가 원한 건 봄이었는데.

늘 있는 일이지만, 오늘 밤 해고될 것 같아."

스펜서 스미스 부인은 다시 얼굴을 찡그렸고, 불안한 시선으로 주위를 살펴본 뒤 아는 얼굴이 없다는 사실에 안심하며 날카롭게 말했다. "그런데 넌 여기 앉아 빵을 먹고 있구나!"

평평한 눈썹을 치키며, 해나는 부스러기가 흩어진 자기 접시를 즐거운 눈빛으로 쳐다보았다. "나는 늘 무모했지." 그녀가 중얼거렸고, 이어 대화의 주제를 겸손하게 얼른 자기 아닌 다른 것으로 바꾸고 싶다는 듯 애정이 듬뿍 담긴 목소리로 물었다. "그런데 어니스트는 어떻게 지내? 그리고 아이들은? 아이들 보고 싶다!"

"아이들은 학교에 있어." 스펜서 스미스 부인이 해나의 희망을 단박에 꺼버리며 말했다. "어니스트는 평소처럼 아주 잘 지내고 있고. 물론 일을 너무 많이 하긴 하지만." 그녀의 말에서 자부심과 체념 사이의 감정이 묻어났다. "그런데 말이지, 해나, 직장을 잃는다는 게 무슨 말이니? 말해도 되면 사실대로 말해봐. 지금 누구하고 살고 있어?"

"키가 크고 몹시 야위고 앞머리에 가발을 붙인 여자하고. 검은색 드레스를 입어. 지금 나는 그녀의 두 번째로 좋은 드레스를 고치고 있어야 하는데. 심지어 코르셋도 검은색이야. 겨드랑이에서 무릎까지 내려오는 길이. 고인을 추모하는 의미로 검은색 구슬 목걸이를 했어. 아련한 색깔로 착색하고 확대한 남편 사진을 이젤에 올려 응접실에 놔뒀고. 채닝 스퀘어에 사는데, 이름은 위도스야. 예언적이지! 난 그래서 그 남편이 그 이름을 각오한 것 같아."

"저속하게 굴지 마, 해나. 난 결혼에 대한 농담이 가장 나쁜 취향이라고 생각해. 위도스? 그녀에 대해선 들어본 적이 없는데."

"그래서 그녀가 그렇게 언짢아 보이나보네." 미스 몰이 온유하게 말했다.

스펜서 스미스 부인의 울새처럼 선명한 갈색 눈이 흐려지며 못마땅한 기색을 드러냈다. 그녀는 해나가 자신을 어리석다고 생각해도 그냥 놔두기로 했지만, 실제로 부인은 그런 사람이 아니었다. 그녀가 진지하게 말했다. "네 말대로라면, 해나. 지금까지 너를 고용한 모든 사람이 공격적인 것 같은데."

"전부는 아니야." 해나가 잽싸게 대꾸했다. "하지만 그냥 어쩌다보니 나는 사랑하는 사람들을 잃었어. 내 잘못이 전혀 아닌 이유로. 그들은 예외적이고. 그 나머지는? 그래, 뭘 기대하겠어? 그게 이른바 지위의 그 뭐라 그러지. 그리고 어쩌면, 한참 두고 지켜봐야겠지만, 어쩌면 위도스 부인을 사랑스럽게 보는 사람도 있겠지."

"너는 자신을 환경에 맞추려 하질 않아." 스펜서 스미스 부인이 불만스럽게 말했다. "학교에서도 똑같았어. 늘 권위에 반항했지. 하지만 이번에는 그런 감각도 좀 길러야 할걸. 이 위도스 부인이라는 사람의 집에서 나오면 어떻게 하려고?"

"글쎄." 미스 몰이 말했다. "그런데 정말로 번을 하나 더 먹어야 할 것 같아. 내 주머니에 2펜스와 반 페니가 더 있어. 내가 번 돈이지. 꾀를 부려서. 그래, 이 맛있는 번을 하나 더 먹게 해줘. 건포도가 들어간 걸로. 의사들이 그러는데." 그녀는 스펜서 스미스 부인에게 자신이 아는 것을 알려주었다. "건포도에 기력을 보강하는 성질이 있대. 나는 그게 몹시 필요하거든. 내가 어떻게 할지는 모르겠지만, 지금은 크게 걱정되지 않아. 계획이 서기까지 꼬박 한 달이 남았고, 나는 통보를 받은 달은 늘 즐기면서 보내거든. 아주 자유롭고 즐거워. 마지막에 더 있어달라고 부탁받은 경우도 더러 있었어. 행복은……." 그녀가 약간 입에 발린 것처럼 말했다. "선을 위한 큰 힘이야. 안 그래?"

"쯧!" 스펜서 스미스 부인이 말했다. "나한테 그런 수작은 부리지 마! 나는 너를 너무 잘 아니까."

미스 몰이 싱긋 웃었다. "하지만 래드스토 사람들은 나를 아주 잘 알지는 않지. 나는 네 평판을 고려해서 아주 조심하고 있어. 우리가 친척이란 말은 누구한테도 안 했어. 심지어 너한테 내가 여기 있다는 걸 알려서 너를 불편하게 하지도 않았잖아. 그 점은 인정해줘야 할걸. 그리고 내가 스펜서 스미스 부인의 육촌인 걸 말했다면, 그 늙은 검은 고양이의 태도가 달랐겠지. 아무렴, 네가 누군지는 모두가 아니까! 그러니 봐, 나는 나 자신을 먼저 생각하는 게 아니야!"

"네가 한 푼도 없는 철저한 빈털터리였다면 너한텐 훨씬 쉬웠을 거야." 릴라가 선언하듯 딱 잘라 말했다. "네 집은 세를 준 것 같은데?"

"집?" 해나가 말했다. "오, 그 작디작은 오두막 말이구나."

"임대료는 받고 있겠지, 응?"

"아마도." 해나가 모호하게 웃으면서 말했다. "하지만 정말로, 내 돈은 손가락 사이로 빠져나가는 재주가 있어서……."

"그럼 직장을 그만둬도 거기론 갈 수 없겠구나. 네 앞날이 어떻게 될지 모르니, 해나, 수모를 견디는 게 낫겠는걸."

"음." 미스 몰이 느릿느릿 말했다. "내가 빨간색과 흰색으로 칠해진 네 훌륭한 집에서 사는 것도 가능하겠지. 그것도 내일이 오기 전에. 내가 사전 통보 없이 해고될지도 모르잖아. 네 멋진 집, 긴 자갈길이 있고 제라늄 꽃이 피고 레이스 커튼이 있는 그 집 침대에서 아침 식사를 하는 거지. 하지만 네 여자 하인이 내 옥양목 원피스 잠옷을 보고 깜짝 놀랄까봐 걱정된다."

"옥양목 잠옷은 나도 입어." 스펜서 스미스 부인이 그 말에 쐐기를 박았다.

"하지만 네 하인은 그럴 것 같지 않은데."

"그리고 침대에서 하는 아침 식사는 네가 원하는 게 아니야, 해나."

"그게 그에 대해 네가 아는 전부지." 해나가 말했다.

"네가 원하는 건." 릴라가 말을 이었다. "정착할 수 있고, 네가 도움을 줄 수 있는 곳이야. 네가 도움이 된다면 너는 행복할 거야. 이제 그 위도스 부인이라는 여자를 즐겁게 해주겠다고 마음먹을 순 없겠니?"

"그 여자는 즐거움을 원하지 않아. 그 여자는 나를 쫓아내고 또 다른 희생자를 찾는 순간을 고대하지. 지금 그 기회를 얻은 거고. 그리고 나는 너처럼 친절하고 부자인 친척이 있는 한 굶어 죽을 걱정은 하지 않아. 그리고 넌 오래전 내 학교 친구기도 하잖아! 내 나이가 되니, 네 나이기도 하지만, 나는 좀 가벼운 일을 하면 좋겠어. 네 집 같은 곳은 분명 내게 그런 일을 줄 수 있을 거야. 꽃을 꽂고 네 장갑에 단추를 꿰매줄 사람이 필요할걸. 그리고 식사 시간에 누가 와 있으면 나는 얼굴을 내밀지 않으면 되고. 내 감정은 고려해주지 않아도 돼. 난 감정 같은 건 없거든. 그리고 요리사가 그만두겠다고 하면 내가 요리를 맡아도 되고. 식사 시중 하인이 그만두겠다고 하면 내가 다마스크 식탁보 주위를 돌면 되지."

"아무렴! 그리고 식탁보 위에 그레이비소스를 쏟을 테고! 그런데 어쩌니. 지금으로선 하인들이 그만두겠다는 말은 하지 않으니. 불만을 내비치기만 해도 그만두라는 말을 듣게 될 테니까."

"하인들은 그렇게 다뤄야지!" 해나가 잘했다는 듯 목소리를 높였다. "하지만 그들이 병에 걸리면, 릴라." 해나가 회유하듯 몸을 앞으로 숙였다. "내가 네게 얼마나 위로가 될지 생각해봐! 게다가 너도 알다시피 어니스트는 늘 나한테는 마음이 좀 약하잖아."

"그렇지." 릴라가 말했다. "어니스트의 마음이 여려서 몹시 불편할 때가 종종 있어. 오늘만 해도 바쁜 오후를 보낸 터라 차를 타고 집에 돌아가고 싶었는데, 그이가 다른 사람에게 차를 빌려줬지 뭐야. 오늘 저녁에는 문학회 모임이 있어서 채플에 가야 해. 가기 전에 구릉지대를 두 번 가로지르면 몹시 지칠 텐데."

"몸매 관리에 좋겠다." 해나가 말했다. "재단사가 네 몸매를 감당하지 못할 때가 올지도 모르지. 그래서 네가 외식을 하나 보다. 문학회 모임에 참석한 너를 보고 싶은데. 하품을 하지 않으려고 애쓰는 네 모습. 주제가 뭐니?"

"찰스 램."

"하디 연보." 해나가 코를 씰룩거리며 중얼거렸다.

"그건 반드시 읽어야지." 스펜서 스미스 부인이 인내심 있게, 그리고 약간 위엄을 곁들여 말했다. "나는 좋은 책을 읽으며 집에 있는 편이 훨씬 좋지만, 젊은 사람들을 위해 이런 일을 지원하는 거야."

"아, 그렇지. 하지만 젊은 사람들은 그런 덴 안 가지 않아? 나처럼 나이 먹고 달리 할 일이 없는 여자들이나 가지. 그 사람들이 딱딱한 벤치에 반쯤 잠든 채 앉아 있는 모습을 봤어. 홰에 올라가 쉬는 새들처럼."

"그들도 오늘 밤엔 잠을 자러 갈 거야." 릴라가 마지못해 말했다. "하지만." 그리고 그녀는 해나가 있던 곳에서 계속 지내게 해야 한다는 사실을 상기하며 덧붙였다. "왜 네가 재미있는 사람으로 보이려고 그들을 희생시키는지 모르겠어. 재미있는 사람으로 보이려고 애쓰는 게 네 결점 중 하나야."

미스 몰이 온순하게 대답했다. "나도 윗사람이 농담하지 않으면 내가 결코 해서는 안 된다는 걸 잘 알고, 윗사람이 농담하면 발작이 일어난 듯 감탄하고 즐거워해야 한다는 것도 알아. 내겐 의지나 의견을 가질 권리가 없어. 하지만 어쨌거나 난 그 반대야! 내가 즐거울 땐 계속 웃을 거고 나의 빈약한 지적 능력을 계속 사용할 거야. 오늘 밤 나를 거기 데려가줘, 릴라. 내가 연설을 할 수도 있어."

"그러다 스스로 조롱거리가 될지도 몰라." 스펜서 스미스 부인이 적당히 풍성한 모피 목도리를 집어 들고 목에 두르며 말했다. "채닝 스퀘어로 돌아가, 당장. 그리고 제발 네가 어떻게 해야 좋은 상황이 되는지 좀 봐. 그리고 어쨌거나 너는 블렌킨숍 씨의 강의가 재미없을 거야. 좀 재미없는 청년이니까. 무슨 문제 있어?" 입으로 가져가던 번을 다시 내려놓는 것을 보면서 그녀가 물었다. 해나의 입은 여전히 벌어져 있었다.

"정말 웃긴 이름인데!" 해나가 중얼거렸다. 그녀는 뒤로 기대고 두 손을 포개 무릎에 올렸다. "나는 저기, 그걸 뭐라 그래야 하지, 다른 사람들에 대해, 그들에게 받은 인상이 그들의 사실과 조화를 이루게 하는 걸 좋아해. 지금은 그 이름 말인데. 이름이 그렇다면 좀 재미없는 청년이라고 추측할 수 있겠어. 아니면 성경에 나올 것 같은 기독교 이름의 좀 부엉이 같은 청년. 맞아?"

"그 청년의 이름은 새뮤얼이야." 스펜서 스미스 부인이 이 화제를 얼른 끝내려고 말했다.

"그리고 네가 다니는 채플 신자고?"

"이렇게 말하긴 미안하지만, 아주 훌륭한 신자는 아니야. 아주 변칙적이야."

이제 해나는 눈빛을 반짝거리며 몸을 앞으로 숙였다. "그가 좀 문란하단 말은 아니지?"

스펜서 스미스 부인이 눈꺼풀을 아래로 내려 난봉꾼을 지인으로 둔 세상을 지워 없앴다. "일요일 채플에 변칙적으로 나온다는 말이야." 그녀가 냉담하게 말했다.

"그건 내 이론 중 하나에 위배되지만 흥미롭다. 그런데, 릴라? 네 빨간색과 흰색 집에 내가 지낼 만한 구석 자리는 찾아줄 거니? 나는 그 앞을 몇 번이나 지나갔어. 그 색깔 배합이 마음에 들어. 노란색 자갈에 제라늄이 있는 것도 그렇고……."

"제라늄은 다 졌어." 릴라가 말했다. "게다가 넌 자갈이 무슨 색깔이길 기대하는 거니? 어니스트에게 네게 적당한 자리가 있는지 물어볼게."

"어니스트의 대답은 뻔하지. 어니스트한텐 안 물어보는 게 좋겠어."

"그럼 내가 너에게 편지를 보낼게."

"굳이 그럴 거 없어. 그러지 마." 미스 몰이 별것 아니라는 듯 말했다. "언제 오후에 차 마시러 갈게. 이건……." 그녀가 짓궂은 미소를 지었다. "내가 가진 옷 중에서 가장 좋은 건 아니야……. 하지만 거의 제일 좋은 거지. 하지만 내 신발은……." 그녀가 깜짝 놀랄 만큼 우아한 발을 내밀었다. "언제 살펴봐도 흠잡을 데 없지."

스펜서 스미스 부인의 시선이 마지못해 아래로 향했다. "우스꽝스러워!" 그녀가 말했다. "너는 비율에 대한 감각이 전혀 없구나."

"하지만 나는 신발이 예쁜지는 고려하지 않고, 큰맘 먹고 이걸 샀어." 해나가 오른쪽 발을 가리켰다. "다행히 신발엔 흠집이 잘 나지 않아." 그녀가 고개를 들었고, 얼굴에 장난기와 생기가 돌아오고 있었다. "이걸로 창문을 깼어, 릴라."

스펜서 스미스 부인의 내면에서 설마 하는 마음과 호기심이 싸웠고, 호기심은 해나에게 스스로 재미있는 사람이라고 생각하는 기쁨을 주지 않겠다는 결심과 싸웠다. "맙소사!" 부인이 가볍게 말했고, 그녀의 미숙한 상상이 서툴게 날아올랐다. "그 여자가 네가 집에 들어오지 못하게 문을 열어주지 않는단 말은 아니지?"

"나는 네게 아무것도 말해주지 않을 거야." 미스 몰이 상냥하게 말했고, 찻집 안에 점점 늘어나는 사람들에게 이 안에 남겨진 사람과 자신은 질적으로 아주 다르다는 걸 보여주려고 작정한 듯 입술에 미소를 머금은 채 우아하게 퇴장하는 친척의 뒷모습을 지켜보았다.

3

늦은 봄에는 어퍼 래드스토 전역에서 집집마다 결혼식을 치르기라도 한 듯 보도에 알록달록한 색깔이 흩뿌려졌다. 분홍색과 흰색, 자주색과 노란색을 한 꽃잎이 다가오는 여름을 축복하듯 흩어져 있었다. 이렇게 되기 전에는, 나무들이 따뜻한 비의 재촉과 함께 결코 게을러지는 일 없이 매년 찾아오는 깜짝 선물의 포장을 조심스럽게 벗기고 새잎을 천천히 돋우었고, 그 뒤에 피어나는 꽃들은 그 성공에 행복해하는 웃음 같았다. 꽃잎이 낙하할 때는 우아한 체념이 느껴졌는데, 그러지 않으면 더 작은 꽃나무들은 그해에 저들의 아름다움을 선보일 기회를 잃게 되기 때문이었다. 그 나무들은, 여름의 녹색은 그 계절의 전반적인 녹색에 녹아들었고, 가을에 바칠 찬란함은 없었다. 미스 몰은 래드스토의 봄을 보지 못했고, 아몬드 꽃(연푸른색 하늘을 배경으로 희미한 분홍색을 띠거나 회색 하늘을 배경으로 장미색을 띠었다)을 보지 못했고, 정원의 라일락과 금사슬나무 꽃과 쌍겹 벚꽃과 키 큰 튤립을 보지 못했다. 그리고 강 건너 풀이 자란 둑에는 프림로즈가 자라고 있으리라는 사실을 알고 있었다. 그녀는 여름을 보았고, 가장 좋아하지 않는 유일한 그 계절을 최대한 만끽했다. 그리고 지금 여기는 금색과 동색의 향연이 펼쳐진 가을이었고, 가끔 그녀가 봄에 대한 충성을 버리고 봄의 활발한 성장에 책임이 있는 가을에 새로운 충성을 다짐하는 순간도 있었다. 그녀는 봄에는 매일 뭔가 흥미롭고 아름다운 일이 일어나리라는 것을 알았고, 한편 가을에 느끼는 즐거움은 즉각적인 만큼 기대감을 일으켰다. 저장실에 보관할 와인을 보며 모양과 크기가 제각각인 병과 그 안에 담긴 색깔에 뿌듯해하는, 그리고 와인이 숙성될 그날을 고대하는 남자처럼 그녀는 이 시기의 크고 찬란한 나무들을 보았고, 그 찬란함이 나무들의 발치에 잔뜩 쌓여 있는 것을 눈의 만족만이 아닌 만족감을 느끼며 바라보았다. 그녀는 농부의 딸이었다. 땅에 대한 감각을 알았고, 땅이 비옥해지는 걸 지켜보는 게 좋았다. 하지만 그녀는 아름다움에 대한 끊임없는 욕망을 부여받았고 아름다움은 그 자체로 충분하다는 것을 알게 되었지만, 아름다움은 그것이 비롯한 근원을 먹이는 영양분이기도 하다는 사실을 아는 것에 더욱 만족스러워했다. 그래서 그해 가을 어퍼 래드스토를 돌아다니며 예상치 못한 작은 거리와 포장된 도로와 구불구불한 골목길과 어퍼 래드스토에서 로어 래드스토로 통하는 계단을 발견했을 때, 한쪽으로는 한 줄로 늘어선 느릅나무가 길 안쪽의 집들을 가려주고 반대쪽으로는 또 한 줄로 늘어선 느릅나무가 길게 이어진 풀밭(나무가 울창하고 강을 휘감는 절벽에서 끝났다)을 가려주는 긴 대로를 한가롭게 걸어갈 때, 그리고 그 방대한 땅에서 하찮은 비중이지만 잘 자란 산사나무가 곳곳에서 무리를 이루고 시야에 보이지는 않지만 강이 있다는 느낌이 계속 들고 도전과 불평을 실은 배들의 목소리가 들려오는 구릉지대를 걸어갈 때 그녀는 자신에 관한 일은 슬프기 짝이 없지만 땅에 관한 일은 훌륭하고 아름답게 진행되고 있음을 느낄 수 있었다.

열네 살이 될 때까지 그녀는 래드스토를, 부모님이 그 도시에 볼일이 있고 따라와도 좋다는 허락이 떨어졌을 때만 하루라는 시간 안에 단편적으로 보았을 뿐이다. 그리고 래드스토에 가면 마냥 기뻤던 건 아니고 힘들기도 했는데, 아버지는 가축 시장에서 서성이고 어머니는 가게에서 지나치게 많은 시간을 보냈기 때문이다. 굽이굽이 흐르는 수십 킬로미터나 되는 강과 구석구석 돌아다녀야 할 부두가 있고, 반 페니면 탈 수 있는 페리보트가 기다리고, 강 위로는 넓은 다리가, 부두 사이로는 난간 없는 좁은 다리가 있고, 밀가루 포대를 실은 큰 배들이 각각의 거처로 미끄러져 들어가고, 천천히 움직이는 크레인은 내려놓을 생각이 없어 보이는 짐을 대롱대롱 매달고 있다는 사실을 알고만 있어야 한다는 것은 미칠 노릇이었다. 이런 것들을 그저 스치듯 쳐다보거나 기습 공격을 하듯 기를 쓰고 쳐다봐야 하는 것 역시 그랬다. 그러다가도 불안한 어머니와 화난 아버지가 떠올랐고, 그녀가 너무 일찍 깨달은 사실인데, 그 두 사람은 사실상 그녀보다도 더 어려서 그들을 힘들게 해서는 안 된다고 여겼기 때문이다. 모호한 방식으로 그녀는 늘 그들에게 미안한 마음이었다. 몇 년 동안 그들도 분명 권위와 지혜를 상징했겠지만, 그녀의 기억 속에서 그들은 느린 행동과 자신들이 사실이라고 생각하는 것을 말할 때만 깨지는 그 침묵 때문에 조금 불쌍하게 여겨졌고,

그들은 신체적으로도 아주 늙어 보였는데(해나가 태어났을 때 두 사람 다 중년의 나이였다) 반면 해나는 자신의 탐험을 미룰 만큼 여유가 있었다.

좋은 일이 분명 다가오고 있다는 것을 믿고 기다릴 수 있는 이런 능력 덕분에 대부분의 사람은 따분하고 실망스럽게 느꼈을 삶을 해나는 아주 잘 통과해나갈 수 있었다. 그녀는 삶을 그런 식으로 보는 것을 거부했다. 삶은 그녀에게 신뢰할 수 없는 위험한 것이었다. 하지만 그녀의 삶은 그녀가 소유한 거의 유일한 것이어서 해나는 결함 있는 아이를 키우는 엄마처럼 삶을 조심히 다루었다. 삶은 반드시 더 좋아질 것이고, 앞으로 큰 기적이 일어날 것이었다. 한편 어퍼 래드스토를 마음대로 돌아다니고 현수교를 건너 강 남쪽 높은 둑을 덮은 숲에 다다르고, 혹은 더 멀리 들판으로 나가(깁슨 부인은 그녀의 체력에 깜짝 놀랐다) 바람에 스민 사과와 젖은 이끼 냄새를 맡으면서 진짜 시골을 발견하는 것 같은 더 작은 기적도 있었다. 그런 시간은 그때 처음 가진 것이었는데, 열다섯 살 때 어퍼 래드스토에 있는 학교에 다니게 되긴 했지만 외출은 제한될 수밖에 없었고 혼자 나가는 것은 절대 허락되지 않았다. 하지만 그녀는 이곳을 점점 사랑하게 되었고, 어린 시절의 경이로운 느낌을 간직했으며, 계절의 변화에 따른 색깔에 익숙해졌다. 걸핏하면 내리는 비도 짜증 내지 않고 받아들였고, 아버지가 자신을 돈 많은 사촌의 딸 릴라와 함께 학교에 보내기로 한 그 발작적인 경쟁심에는 더할 수 없을 만큼 감사했다. 그렇게 함으로써 그는 이른바 고급 교육은 소박한 농부의 딸에게는 장애물이라는 자신의 신념을 위반했고, 자신이 쉽게 할 수 있는 정도보다 자산을 더 늘렸는데, 해나는 종종 어떤 모호한 적대감이 그토록 있을 법하지 않은 방법으로 꽃을 피워 자신에게 이롭게 작용했는지가 궁금했다. 그것은 그녀가 기억하기로, 그가 키우는 순무처럼 태생적으로 괴짜 같은 면이 거의 없는 남자가 보여준 단 한 번의 충동적인 행동이었지만, 순무가 이상한 모양으로 자라는 것을 본 적이 있는 그녀로서는 그때 농부 몰에게 그런 뒤틀린 모양새에 비견되는 무슨 일이 일어났던 것 같다. 그녀는 열여덟 살까지 학교에 다녔는데, 릴라가 졸업하기 전에는 하루라도 먼저 학교를 떠나서는 안 되었기 때문이다. 아마도 이런 사치는 아버지에게는 엄연한 기쁨을 주었겠지만, 어머니는 해나에게 입힐 옷을 끊임없이 고민하며 계속 혀를 찼을 것이다. 몰 부인이 마을 양재사의 도움을 받아 자기 옷을 수선하지 않으면, 해나가 무용 수업에서 입을 옷은 어떻게 마련하고, 일요일에 입을 옷은 또 어떻게 하며, 오후에 입을 또 다른 옷은 어떻게 하겠는가? 다행히 몰 부인이 결혼식을 올린 시절에 쓰던 옷감은 튼튼한 것이어서 해나가 학교에 입고 간 이상한 옷 중에는 물결무늬 검은색 실크, 말린 자두 색깔의 메리노, 큰 팬지꽃 무늬가 있는 모슬린으로 만들어진 것도 있었다. 그런 옷감은 오랜 시간을 견뎠고, 해나는 적당한 키로 자랐지만 몸은 여전히 말랐으며, 어머니의 결혼식 드레스는 풍성해서 원피스 길이를 늘일 만큼은 천이 늘 충분했다. 천은 분리되어 잘려나갔다가 재결합하면서 이상한 유대감을 형성했다. 그 천은 그것을 입은 몸에는 가시같이 느껴졌지만, 해나는 한 번도 움찔하지 않았다. 움찔한 사람은 릴라였고, 해나는 릴라가 그러는 것을 즐겼다. 하지만 해나는 10대 때도 자신이 품위 있고 중요한 사람이라는 듯한 분위기를 풍기며 무엇이 예의 바른 것인지에 대해 고착된 견해를 가진 이 육촌에게 흥미와 애정을 품고 있었다. 해나가 감탄해마지않은 혈색 좋은 얼굴과 초롱초롱한 눈동자에 학생이 입기엔 너무 비싸고 세련된 옷을 입은 약간 거만한 릴라는, 해나의 외모가 다른 모두에게 우스꽝스러워 보였던 것처럼 해나가 보기엔 우스꽝스러웠다. 하지만 관습에 지배당한 이 어린 친구들의 공격적인 웃음은 거기까지였다. 그녀는 자기 의사에 따라서만 아이들이 자신의 나머지 부분에 대해 웃는 것을 허락하기로 했다. 이제 거의 마흔 살이 다 된 지금, 그녀는 열네 살 때 자신을 비웃은 친구들이 그 끔찍한 옷을 자신이 그들과는 아주 다르게 고상하다는 것을 보여주는 상징으로 생각하도록 설득한 자신의 영리함(용기라고 부르지는 않을 것이다)을 제대로 평가할 수 있었다.

해나는 종종 정면에서 보면 소박한 느낌이 드는 흰색 집 앞을 지나갔는데, 그 집에서는 피아노를 연습하는 소리가 묘한 불협화음을 이루면서도 듣기 좋게 겹쳐 흘러나왔고 그 소리는 그녀에게 황홀한 자유의 감각을 일으켰다. 그녀는 어느새 희망 없는 노력이라는 속박된 상태에서 해방되었고, 음계가 한 방향에서 가볍게 내려오다 휘청한 뒤 다시 다른 방향에서 시작되는 것을 들을 때, 그러는 중간에 〈즐거운 농부〉가 연주되고, 혹은 라흐마니노프의 전주곡이 그의 실력은 하찮다는 것을 확인시켜줄 때 청춘의 더없는 즐거움을 다시금 맛보았다. 그 집은 그냥 개성 없는 집이었다. 중심 건물은 4층으로 되어 있고, 양옆으로 붙은 날개 건물은 더 낮았으며, 담벼락 정원이 집을 둘러싸고 있었다. 집 앞쪽에는 방문객과 여자 애인들이 드나드는 연철 대문이 있었고, 뒤쪽에는 누구나 드나드는 문이 있었는데, 연철 대문은 이미 그 찬란함이 퇴색되어 있었다. 집 자체도 허름해서 녹이 슬고 새로 페인트칠을 해야 했다. 어퍼 래드스토의 집들은 점점 허름해져서, 해나는 대문 앞에 선 채로 그 안을 살펴보면서, 18세기 유령들이 그들의 훌륭한 집들이 쇠락해가고, 쪼개서 세를 놓는 아파트가 되고, 웅장한 현관에는 주민들의 유아차와 자전거가 어수선하게 놓여 방해물이 되는 것을 우두커니 쳐다보는 장면을 상상했다. 유령들이 추억을 떠올리고 애도하는 중에 즐거움을 찾고 그 시절을 찬미했다는 데는 의심할 여지가 없지만, 유령들과 해나의 차이는, 해나가 가진 것은 과거와 비교할 필요가 없는 현재라는 점이었다. 소녀 시절에 대해 그녀는 멋진 행복이라든가 오해받은 불행에 대한 어떤 환상도 없었다. 그때도 지금과 마찬가지로 활기 넘치고 관심사가 많았으며, 미래에 다가올 기회들이 촉박한 시간 때문에 제한되어 있더라도 앞으로 일어날 일들은 그 어느 때보다 더 가까워진 셈이니 제한은 그 자체로 가치가 있었다. 그녀는 자신에게 거금을 물려줄 돈 많은 노신사나 상당한 자산을 남겨줄 적당히 부유한 노신사가 부르면 언제라도 달려갈 수 있었다. 다시, 행운에 대한 요구 수준을 낮춰 길의 어느 모퉁이에서, 그녀는 해나 몰의 진가를 알아주고, 그녀의 도움이 더 이상 필요하지 않게 된 때에도 그녀를 가족의 친구로 맞아주고, 그녀가 죽으면 《타임스》에 간략한 부고와 함께 애정 어린 작은 헌사를 실어줄 완벽한 고용인을 만날지도 몰랐다. 그녀는 어린아이들이 자라면서 고민을 털어놓을 수 있는 사람, 지혜롭고 유머 있는 상담자가 될 것이었다.

그녀는 예전에 다니던 학교의 퇴색한 건물 앞을 지나며 스친 이런 환상에서 벗어나 이제 정신을 차렸다. 릴라를 만나러 가는 길이었고, 적어도 현실적인 척해야 했다. 그 여인의 입맛에 맞게 진실과 거짓을 섞은 이야기를 만들어내야 했다. 깁슨 부인의 집에서 지낸 몇 시간을 제외하고는 그 주 내내 새뮤얼 블렌킨솝 씨와 같은 지붕 아래 있었다. 그걸 설명해야 했지만, 해나는 진실을 말하고 싶지도 않았고 그럴 생각도 없었다. 타인의 사생활과 관련된 문제인 데다 릴라를 속이거나 놀리는 것은 늘 재미있었기 때문이다. 더욱이 진실을 말한다 해도 릴라가 실제로 일어났을 법한 일이라 여길지도 의문이었다. 릴라는 그저 이야기를 좀 더 신중하게 편집하라고 말할 것이다. 그리고 결국 진실이란 상대적인 선이다. 약처럼 개개인의 체질에 맞춰 다른 물질을 섞고 각색해야 하는 것이다.

해나는 프린시스 로드에 있는 그 집에 어떻게 처음으로 찾아갔는지, 두 번째는 어땠는지도 말해주지 않을 생각이었다.

그녀는 릴라를 만난 뒤 그 집에 찾아갔고, 큰 모자를 쓴 작은 하인(이른 저녁인데도 여전히 불안한 기색을 보였다)이 그녀를 깁슨 부인이 편안한 모습으로 있는 곳으로 데려다주었다. 깁슨 부인의 걱정거리가 부인의 심리적 여유, 선한 본성, 신체적 건강이 혼합된 고요한 본바탕을 교란하지는 않아 얼마간 흔들리긴 했겠지만 허물어질 위험은 전혀 없어 보였다. 그녀는 해나를 다시 만난 게 기쁜 모양이었다. 모든 것이 예상대로 잘 흘러가고 있었지만, 블렌킨숍 씨가 당혹스러워했고, 깁슨 부인에게 필요한 것은 그저 대화였다.

"그런데 블렌킨숍 씨는 왜 당혹스러워하죠?" 해나가 물었다. "자기가 자살 시도를 한 것도 아니고, 자살을 시도한 남자와 결혼한 것도 아니잖아요! 실패한 자살 시도자의 아기도 아니고! 그는 자신이 축복받았다는 걸 인정해야 해요. 내가 그 축복 중 하나죠. 만약 내가 나타나지 않았다면……."

"알아요!" 깁슨 부인이 말했다. "당신은 아주 재빨랐죠, 역시! 그런데 어떻게 창문을 깰 생각을 다 했어요? 아무튼 한편으로 생각하면 블렌킨숍 씨는 정말로 대단한 사람이에요. 내가 지하실을 세 주는 것에 늘 반대했거든요. 그는 그렇게 하면 우리가 바람직하지 않은 사람들을 들이게 될 거라고 말했어요. 그리고……." 깁슨 부인이 아래쪽을 가리켰다. "아니나 다를까 그들이 그러네요."

"제가 나타나지 않았다면." 해나가 고집스레 말했다. "사인 규명이 있었을 거예요. 블렌킨솝 씨가 그걸 어떻게 받아들였을까요? 자살에는 저도 블렌킨솝 씨만큼이나 익숙하지 않아요……."

"당연히 그렇죠!" 깁슨 부인이 정중히 말했다.

"하지만 저는 리딩 부인에게 그 일에 특이한 점은 전혀 없었다는 인상을 주려고 노력했어요. 그건 누구라도 할 수 있는 최소한의 일이었지만, 그가 한 것 훨씬 이상이었죠."

"유감스럽게도 그가 그렇게 했을 때 그는 돌아오는 길이었어요." 깁슨 부인이 한숨을 쉬었다. "내가 그를 찾아 나선 건 사실이에요. 그나 경찰을 만날 수 있길 바랐는데, 당신과 부딪힌 거였죠. 그 뒤에는 단연코 누구도 필요하지 않았어요. 열쇠 구멍을 통해 목청껏 소리를 질렀지만, 안에서 문을 잠갔는데 무슨 소용이 있었겠어요? 불쌍한 젊은 사람! 그리고 울고 있는 아기! 저런, 가엾어라! 음, 그게 그에게 교훈이 되길 바랍시다. 그는 지금 침대에 누워 있고, 나는 그녀에게 여기로 올라오라고 해서 저녁을 조금 먹여야겠어요."

"블렌킨솝 씨는 그 일에 대해 뭐라고 할까요?"

"그가 알아내지 못하길 바라야죠." 깁슨 부인이 간단히 대답했다. "그의 어머니가 돌아가시고 여기서 지내게 됐을 때 그는 내가 다른 사람들에겐 세를 주지 않길 바랐어요. 그는 세를 꼬박꼬박 냈지만, 나는 약속은 하지 않았어요. 그래도 말벗이 있는 게 좋으니까요."

"그럼." 해나가 말했다. "내일 저를 받아주겠어요? 블렌킨숍 씨처럼 월세를 잘 낼 자신은 없지만, 가스 오븐에 머리를 박지는 않겠다고 약속해요. 며칠이나 몇 주는 늦어질 수도 있지만요. 확실히는 모르겠어요. 곧 일자리를 잃게 될 예정이라서요."

"아이고." 깁슨 부인이 조금 놀라며 말했다. "당신이 독립적인 생활을 할 만한 수입이 있는 여자일 거라고 생각했어요."

"독립심은 충분한데, 그게 주머니를 채워주진 않네요."

"저런!" 깁슨 부인이 외쳤다. "저기, 당신 신발을 봤어요. 늘 그게 눈에 띄어요. 그래서 말인데, 당신은 아주 민첩하고 일처리를 잘하니…… 어쨌거나 당신이 나와 동류라고 생각하는 게 속 편하겠군요."

4

이 이야기는 릴라의 입장에서는 재구성되어야 하겠지만, 10월의 그날 하루, 해나는 그 순간의 영감에 따라 아름다움을 즐기는 데 쓸 수도 있었을 그 시간을 허비하지 않았다. 태양은 가을 특유의 느낌으로 환히 빛났고, 햇살은 나무들 사이를 통과하고 미끄러지면서 내준 만큼 가져와 더욱 강력해진힘으로 낙엽 더미에 부딪치는 것 같았다. 거리는 불어온 동풍에 하얗고 휩쓸린 풍경을 그려냈고, 굴뚝과 지붕은 푸른 하늘을 배경으로 날카로운 선을 그었으며, 목소리와 발걸음 소리,

자동차와 마차와 말이 내는 소리는 색다른 공명음을 냈다. 정원에서는 갯개미취와 달리아가 꽃을 피웠고, 마가목은 열매를 맺었으며, 세상은 존재하는 모든 깃발을 휘날리는 것 같았다. 해나가 초원 지대를 지나갈 때 밤이 떨어지며 전체적으로 찬란한 이 세상에서 그렇게 추락하는 게 조금 창피하다는 듯 도둑같이 숨죽인 소리를 냈다. 밤은 나뭇잎 사이에 윤이 나는 다색 털의 동물처럼 놓여 있었는데 녹색의 뾰족한 껍질이 터져 밖으로 나오려 하고 있었다. 그녀는 몸을 굽혀 그것을 주워 올리다가 다시 그 자리에 내려놓았다. 학교가 끝나고 밖으로 나온 아이 한 명이 그걸 발견할 테고, 그녀로서는 윤이 나는 밤의 느낌을 기억 속에 남기는 게 밤을 만지는 것만큼이나 기분 좋은 일이었다. 그녀는 그러는 게 정말로 더 좋다고 생각했는데, 좋은 것은 손에 넣었을 때보다 기억하고 바랄 때 더 축복이고 훨씬 더 우월한 가치가 있기 때문이었다. 그녀는 피조물을 위해 계획한 훌륭한 질서가 그 피조물에 의해 제멋대로 파괴되는 것을 본 신이 이 같은 보상의 개념으로 마음이 부드러워진 것을 상상했다.

"그게 좋은 일이기도 하고!" 그녀가 그와는 반대로 켕기는 거라도 있는 것처럼 초기 영국국교회 건물에 걸린 시계를 쳐다보며 중얼거렸다.

언덕을 둘러 가면서 강을 바라볼 시간은 없었다. 위도스 부인과 마주칠 위험을 감수하며 곧장 채닝 스퀘어로 통하는 채터턴 스트리트로 가야 했다. 그럴 위험이 크지는 않았다. 불쌍한 여자 위도스 부인은 답답하고 작은 응접실에서 벽난로 불을 쬐며 졸고 있겠지만, 그 여자가 모욕적으로(적절한 단어였지만, 해나는 그 발음을 정확히 알았던 적이 없었다) 해고한 이 여자는 멋지고 아름다운 장관을 즐기고 있었다. 그녀는 자신이 이 장관에 기여하는 부분은 순전히 영적인 것임을 깨달았다. 그녀의 외모에는 장식적인 데가 전혀 없었고, 옷은 늘 실용적인 색깔이었지만, 그녀는 고개를 들고 발밑으로 잔가지가 부러지고 나뭇잎이 바스락거리는 소리를 즐기며 활기차게 걸어갔다.

그녀가 걸어가던 좁은 길이 다른 길 몇 개와 교차하는 지점에서 넓어졌다. 왼쪽으로 대로가 장중하게 자리 잡고 있었고, 나무 그늘이 드리워진 또 다른 도로가 강에서부터 휘어져 올라왔다. 오른쪽으로는 더 넓은 길이 바로 앞의 짧은 오르막을 통해 닿을 수 있는 구릉지대의 가장자리를 에둘렀고, 이 모든 길이 만나는 끝은 매듭으로 묶기라도 한 양 인간과 동물을 위한 분수식 식수대가 있는 곳이었다.

크고 불규칙하게 뻗어가는 도시가 이렇게 가까이 있다는 것이 믿기 어려웠다. 이곳은 여가를 즐기기 위한 곳, 고상한 산책을 위한 곳, 여러 형태의 자양분 중 자연의 우아한 아름다움을 섭취하는 여학생들의 긴 행렬이 펼쳐지는 곳이었고, 여인들은 작은 보닛을 쓰고 속에 버슬을 입은 채 나무 아래서 산책을 즐길 것이었다. 여기서는 새로운 것이 오래된 것을, 초라한 것이 번성하는 것을 침범하지 않았다. 만약 이곳이 장소에서 성장한 것이 아니었다면, 그 단아한 모습 아래 야생이 있고 그 싱싱한 잔디 아래 회색 바위가 있는 그녀의 시골이 강 건너에 있다는 것을 몰랐다면, 해나는 나무들이 아름다운 풍경을 이루는 어퍼 래드스토의 이 부분에 이만큼 애정을 느끼지는 않을 것이었다.

구릉지대가 시골은 아니었지만, 가능한 만큼 시골과 가까운 모습이었다. 구릉지대는 멀리까지, 거의 눈에 보이지 않는 지점까지 펼쳐져 있었고, 절벽 위에 있는 집만 빼면 사방으로 먼 길과 집들에 둘러싸였으며, 산사나무 관목뿐 아니라 키 큰 나무도 자라고 있었다. 릴라의 집을 향해 느릅나무가 두 줄로 길게 행진하고 있었고, 해나가 그 아롱거리는 그림자들 속으로 걸어 들어가자 딸깍거리는 말발굽 소리와 가죽이 삐걱거리는 소리, 쇠가 절렁거리는 소리가 들렸다. 그들이 타는 말은 빌린 것이고, 열심히 오물거리는 이 양들은 털이 지저분하고, 혀를 잔뜩 굴려 말하는 강한 래드스토 억양은 축구공을 차고 있는 젊은이들의 목에서 나온다는 사실이 구릉지대의 이 혼합적인 성격에 잘 들어맞는 것 같았다. 하지만 늘, 심지어 비가 올 때도 해나에게는 구름이 세상 어디보다 이 지역에서 더 높이 항해하는 것 같았다. 그녀는 릴라가 토요일과 일요일을 제외하면 자기 방 창문에서 바라보는 전망이 개인 공원이라 할 만하다고 말하는 것을 들은 적이 있었다. 나무들 저만치로 빨간색과 흰색의 점처럼 벌써 눈에 띄는 릴라의 집은, 안타깝게도 잉글랜드의 위엄 있는 집으로 보이지는 않았다. 그 집은 어니스트의 아버지가 삶의 종말을 바라볼 때 그를 위해 지었던 것으로, 엘리자베스 시대 장원 영주의 작은 집과 비슷하게 지으려고 했지만, 그 기원에 대해 어떤 오해도 있어서는 안 된다는 그의 단호한 생각 때문에 그 시도는 실행되지 못했다. 맨 위층의 평평한 박공 아래, 1층에는 곡면으로 된 내민창과 포치가 돌출되어 있었다. 타일은 구할 수 있는 것 중 가장 붉은 색깔이었고, 벽돌에 흰색 치장 벽토를 발라놓았다. 정원은 기둥에 체인을 걸어 막은 널찍한 잔디밭에 의해 길과 분리되어 있었고, 스펜서 스미스 부부에게 충분하고도 넘치는 정원이 있다는 이 표시는 개구쟁이 아이들에게는 체인에 매달려도 좋다는 초대로 천진난만하게 해석되었다. 심지어 릴라가 쓰는 연고에도 파리가 한 마리 들어 있을 거라고, 릴라의 찡그린 얼굴을 예상했을 범인을 생각하며 해나는 활짝 웃었고, 대문을 열고 햇빛 아래 눈부시게 맞아주는 흰색과 빨간색과 노란색을 쳐다보며 재미 삼아 혼자 다정하게 눈을 깜박였다.

현관 계단에는 얼룩 한 점 없었고, 문을 두드리는 용도로 달린 쇠고리는 반짝반짝 윤이 났으며, 화분에 심긴 국화는 포치에 층층이 가지런히 놓여 있었다. 해나가 코를 꽃에 갖다 대고 그 달콤하고 씁쓸한 향을 음미하고 있는데 문이 열렸다. 응접실 하인의 관점에서 좋지 않은 시작이었는데, 벌을 주려고 그런 건지, 이 세상에서 이 방문자의 위치가 어디쯤인지 빠르게 간파하기 위해 그런 건지 해나는 사람이 사는 느낌이 전혀 없는 작은 방으로 안내되었다. 여기서는 비천한 사람이나 하소연할 거리가 있는 사람이 의자 끄트머리에 앉았다. 여기 보관된 책은 분명 스펜서 스미스 부부가 소장하고 있을 법한 책은 아니었다. 고전은 어디 다른 곳에 돋보이게 꽂혀 있고 이 책들은 가판대에서 집어 온 것이거나 아동 서적, 그리고 명성이나 존경할 만한 가치가 있는지 릴라가 확신하지 못하는 작가들의 책일 거라고 해나는 추측했다.

해나가 책을 내려놓고 기다리려는데, 릴라가 최악의 상황을 가능한 한 빨리 보려는 기색이 역력한 태도로 나타나 벽난로도 없는 이런 방에 해나가 방치되어 있었다는 사실에 약삭빠르게 짜증을 드러낸 뒤 육촌 친척을 화려한 크레톤 사라사로 치장하고 벽난로가 있고 햇볕이 잘 드는 밝은 응접실로 안내했다. 그리고 해나에게 오늘은 오후에 쉬느냐고 유쾌하게 물었다.

"음, 그래. 말하자면, 말하기 나름이겠지만, 맞아. 그리고 오늘 오후는 아주 화창하기도 하고. 사람들이 늘 하는 말처럼 이런 날이 우리가 겨울을 나는 데 도움이 될 거야. 그리고 여긴 아주 멋진 방인데. 알겠지만, 릴라, 내 세상에선 모든 게 좋아."

"그거 아주 반가운 말이다." 스펜서 스미스 부인이 신중하게 말했다. 그녀는 격앙된 해나를 경험한 적이 있었다. "더 있으면서 차 마시고 갈래?"

"네가 그러라고 하면, 친구, 당연히 그래야지. 시간이란 건 내게 더 이상 존재하지 않아. 내 배가 고프지 않다면 말이지. 그리고 사람의 위를 속이는 방법은 여러 가지야. 10시까지 침대에 누워 있으면, 정오가 될 때까지 차 한 잔으로 버틸 수 있지. 네가 나를 공짜로 먹여주면 나는 공복통이 다시 시작되기 전까지 침대에서 책을 읽을 수 있어."

"맙소사." 릴라가 종을 친 뒤 말했다. "모드가 차를 가져왔을 때는 그런 말도 안 되는 소리 하지 마. 그리고 모드가 나가면 네가 무슨 뜻으로 그렇게 말했는지 알려줘."

"무슨 뜻이냐면." 침묵의 명령이 해제되었을 때 해나가 말했다. "우리가 무대에서 말하는 식으로, 나는 지금 휴식을 취하고 있어. 대명사를 주목해, 릴라. 그러니까 한때 나는 무대에 섰어. 관중 앞에. 그리고 그들은 나보고 내 옷을 입어도 좋다고 했지."

"그렇다면……." 릴라가 말했다. "내가 너라면 그 사실을 언급하지 않으려고 조심하겠어. 네가 어떻게 그걸 할 수 있었을까! 하지만 난 네가 정말로 그랬다고는 생각지 않아. 게다가 사실이건 아니건 그런 말을 하고 다니면 넌 앞으로 어떻게 되겠니?"

"도덕적인 관중이었지." 해나가 온화하게 말했다. "우리 모두 나쁜 남자를 야유했어. 누구에게든 그보다 더는 요구할 수 없어. 내가 일주일 동안 그 남자를 야유한 다음에, 그들은 옆마을에서 또 다른 초라한 여자를 골라냈어."

"그 이야기는 듣고 싶지 않아." 릴라가 말했다. "내가 인정할 수 없는 이야기는 너 자신을 위해서라도 하지 않는 게 좋을걸."

"아." 해나가 말했다. "네 계략이란 건 뭐니?"

릴라는 입을 앙다물었다. "내가 그런 걸 꾸며도 되는 사람인지 모르겠는걸."

"그건 조금도 중요하지 않아, 친구."

"내겐 중요해." 그녀가 말했고, 이어 고상한 태도에서 현실적인 자세로 잽싸게 바꾸며 날카롭게 물었다. "월급은 받았어?"

약간 창피한 얼굴로 해나가 고개를 끄덕였다. "받았어. 나는 사실상 무례하게 굴지는 않으면서 참을 수 없을 만큼 짜증나게 굴었고, 그래서 그녀는 나를 계속 둘 수도, 내게 돈을 안 줄 수도 없었지. 쉽진 않았어. 그건 말해줄 수 있어. 그런데 나는, 개인적인 모욕을 주면서, 정말로 무례하게 굴고 싶었거든. 하지만 그것도 너는 못 하겠지. 너는 아주 고상하니까."

릴라가 등 뒤로 쿠션을 한 번 툭 쳐서 감각이 없는 깃털에 해나에게는 그다지 지속적인 인상을 남기지 않았을 짜증을 표출했다. "그럼 지금은 어디서 지내니? 그날 밤엔 거기 가지 않았을 것 같은데?"

"안 갔어. 다음 날 아침에…… 택시를 타고 갔어." 그녀가 천천히 말했고, 신중한 생각에 빠져 시선을 고정한 채였다. "마차 택시 말이야. 마부석에는 맥주 냄새를 풍기는 딸기코 노인이 앉아 있었어."

"자세한 얘긴 됐고."

"그게 그 이야기의 일부고, 늙은 딸기코는 모험을 찾아다니는 기사야. 그 사람 같은 부류가 사라지고 있다는 게 안타까워. 그 늙은이들은 세상사에 대해 많은 걸 알고 있거든. 나는 그들이 좋아. 그들은 늘 최악이 가능하다고 믿지만 조금도 개의치 않지. 그는 무슨 일이 일어났는지 대번에 알아차렸고, 이런 말 하긴 좀 그렇지만, 내게 윙크도 했어. 아니, 나는 윙크로 답하지 않았어. 하는 방법은 안다고 말해줬지만, 그리고 저렴한 숙소를 찾고 있다고 말했어. 그랬더니 그가 내게 꼭 맞는 장소를 안다고 했어. 그리고 그는 진짜 알았지. 나를 프린시스 로드에 있는 어느 집으로 데려갔는데, 네 채플하고 아주 가까운 곳이더라, 친구. 깁슨 부인이 거기 신자라 네가 분명 아주 기뻐할 것 같았어. 네게 더 일찍 알려줬어야 하는데, 공립 도서관에서 광고를 보느라 너무 바빴어."

"그보다……." 릴라가 잠시 쉬었다 말했다. "더 불행한 일은 없었을 것 같다."

"왜? 나는 아주 행운이라고 생각했는데. 침실과 거실을 같이 쓰는 방인데, 일주일에 1파운드밖에 안 해. 가스난로를 쓰려면 1실링을 동전 구멍에 넣으면 되고, 깁슨 부인의 식사는 사실상 공짜야. 그녀는 아주 너그럽지만, 나는 그녀에게 도움이 되려고 해. 그녀는 내 대화가 아주 재치 있대."

"정말로 불행한 일이로구나!" 릴라가 다시 말했다. "그 택시 기사는 왜 하필 너를 그런 집으로 데려갔다니? 거기만큼은 피했으면 했는데. 도대체 이해할 수가 없어."

"꽤 괜찮은 것 같던데." 해나가 중얼거렸다. "블렌킨솝 씨가 거기 살고 있어. 알겠지만."

"당연히 알지! 하지만 그 사람을 자주 보진 않겠지?"

"볼 수 있을 만큼은 봐." 해나가 유쾌하게 대답했다. "하지만 그는 좀 수줍은 편이더라. 그리고 내가 이 사람들에게 무슨 말을 했는지가 걱정이라면, 그 걱정은 내려놔. 스펜서 스미스라는 이름은 입에 올리지도 않았으니까. 깁슨 부인이 내게 그런 대단한 혈연이 있다는 걸 알면, 나를 편하게 느끼지 않을 거야."

릴라가 해나의 공격에 맞서려는 표정을 지었다. 거의 창백해졌지만, 새하얗게 질린 건 아니었다. 그녀가 또 한 번 쿠션을 툭 치며 말했다. "극적인 효과를 내며 이야기하는 이런 바보 같은 방식에 대해 생각해봤는데 말이지. 그건 도움이 안 돼, 해나. 재치 있게 느껴질진 모르지만." 릴라는 그 단어를 아주 신랄한 느낌으로 말했다. "그렇게 하면 네가 불리하게 기억될 거야. 실은, 잘 들어, 아직 확실하진 않지만, 네가 신중하면 좋겠어. 너를 코더 씨 가정부로 일하게 해줄 수 있을 것 같아."

"그가 누구야? 오, 알아. 목사. 가정부가 필요하대?"

"아니." 릴라가 다시 양 입술을 꾹 붙였다가 말했다. "하지만 내 생각엔 한 명이 필요할 거야."

"그게 그가 맞이할 운명인 거네." 해나가 말했다. "고마워, 릴라. 아주 감사히 받아들일게. 돈은 얼마나 준대?"

"확실한 건 아무것도 없어. 그것만 믿고 있어선 안 돼. 코더 씨는 아내와 사별했는데, 지금 딸이랑 이 문제를 논의하고 있어."

"오, 딸이 있구나."

"둘." 릴라가 말했다. "루스는 아직 학생이라 누군가 돌봐줄 사람이 필요해. 요전 날 밤에 문학회 모임에서……."

"블렌킨숍 씨는 재미있었어?" 해나가 끼어들었다.

"아니. 그는 말을 하면서도 무슨 생각으로 하는지 모르는 것 같던데."

"놀랄 일도 아니네!" 해나가 중얼거렸다. "하지만 계속 말해 봐, 친구, 계속 말해봐. 문학회 모임에서?"

"루스의 스타킹에 큰 구멍이 나 있었어. 정말 흉해 보였지. 에설은 도움이 안 되는 게 늘 선교회 일로 집을 비워. 내가 그들의 집에 책임감 있는 여자를 들여야 한다고 생각한 지는 좀 됐어. 그 집엔 비쩍 마르고 어린 하인 한 명 뿐이고, 친척인 젊은 남자가 함께 살아. 코더 씨의 아들은 옥스퍼드에 다니고. 우리끼리니까, 내 덕분에 다니는 거야. 그 집이 아주 좋은 조건이라고 생각하진 않아서 누굴 추천할 수 있을 때까지는 어떤 제안도 하지 않을 생각이었어. 그런 기회가 주어지면 달려들 사람이 채플엔 충분하지만, 나는 코더 부인을 좋아했고……."

"그만 됐어, 친구!" 해나가 외쳤다. "다 알아들었어! 넌 그 빈자리를 메우기 위해 단단하고 좋은 샌드백을 원하는 거지. 품종이 없고 예쁘진 않아도 짖는 건 확실한 경비견을 원할 테고. 그 불쌍한 여자의 기억에 대한 네 애정은 그의 애정보다 더 강해서 너는 그가 그녀를 잊어버리게 그냥 두지 않을 거야. 아주 당연한 일이야!" 해나의 야위고 이상한 얼굴이 발갛게 달아올랐고, 눈은 평소보다 더 녹색으로 반짝거렸다. "그게 나에 대한 칭찬은 아니지만, 굉장한데. 내가 미친 듯이 짖어댈게. 사람들은 여자들이 의리 없다고 그러잖아! 아, 나는 벌써, 이름이 뭐였지. 아무튼 그 부인의 자매가 된 기분인데!"

"바보 같은 소리 하지 마." 스펜서 스미스 부인이 말했다. "난 코더 부인을 좋아할 만큼 좋아했어. 그녀는 그와 비교하면 좀 존재감이 없었지. 불쌍한 여인. 하지만 나는 그녀가 최선을 다했다고 믿어. 그리고 패치 위더스가 그에게 추파를 던지는 걸 보면……."

"그 이름을 기억해둘게." 해나가 말했다.

"넌 아직 그 일을 맡은 게 아니야." 릴라가 날카롭게 말했다. "그리고 나는 네가 정말로 그 일에 적합하다고 생각진 않아. 이건 파격 대우야, 해나. 글로 써서 보여주는 네 성품을 코더 씨가 두 번 쳐다볼 것 같진 않아. 그리고 네가 그 세월 동안 뭘 하고 지냈는지 대체 누가 알겠어. 네가 그 집에 가게 되면 사실상 내가 너를 보증했다는 걸 기억해주면 좋겠어. 그리고 말인데, 우리 관계에 대해선 아무것도 말하지 않았어. 두 사람 모두에게 공평하지 않은 것 같아서. 난 네가 거기 네 장점으로 가길 바라. 어니스트에게도 이렇게 이야기했고, 그도 거의 동의해."

해나는 유쾌하고 악의적인 미소를 지었고, 아무 말도 하지 않았지만, 아주 많은 말을 할 준비가 되어 있다는 인상을 주었다. 릴라가 황급히 말을 이었다. "결정되는 대로 알려줄게. 주중 야간 예배에서 그를 만날 거야."

"하지만 그가 나를 만나고 싶어 하진 않을까?"

"그럴 필요는 없어." 스펜서 스미스 부인이 스펜서 스미스 집안사람으로서 최선의 예의를 갖추어 말했다.

"그게 현명하지 않다는 거네! 네 생각이 맞을 거야. 그는 어떤 사람이니? 딱딱하고 혈기 왕성한 사람이야, 아니면 온화하고 쉽게 지치는 사람이야?"

"그런 말 재미있지 않아, 해나. 저속해. 불경스럽다고 해야겠어. 네가 숙녀라는 걸 기억하려고 애써봐."

"하지만 아닌걸. 너하고 나는 같은 혈통이잖아, 릴라. 그리고 우리는 그게 어떤 건지도 잘 알지. 그냥 자작농 집안, 그리고 내 아버지는 종종 단어 첫머리 에이치 발음을 하지 않았고, 네 아버지도 그랬지. 네가 그 기억을 떠올리는 걸 좋아하지 않는 건 알지만, 그게 사실인걸. 나는 어쩌다 내 신분보다 더 높은 교육을 받았지만, 당연히 너는 아니었고! 이따금 나는 회귀할 때가 있거든. 회귀, 릴라! 하지만 잘 처신하려고 노력할게. 패치도 계속 지켜볼게. 차 고마워. 이제 깁슨 부인의 집으로 돌아가서 내 속옷을 좀 꿰매야겠어. 내 속옷이 코더 목사에게는 관심 없는 문제가 되길 바라지만."

"너 또 그런다!" 릴라가 한숨을 쉬며 말했고, 키스를 받으려고 차가운 장밋빛 얼굴을 내밀었다.

"우리 여자들끼리니까 그냥 재미로 하는 말이지!" 해나가 외쳤고, 친척의 뺨에 자기 뺨을 비비면서 덧붙였다. "너는 선한 영혼이야, 릴라. 난 늘 네가 좋았어."

"오, 바보 같은 소리 그만하고 이제 돌아가." 릴라가 온화하게 말하면서 해나를 부드럽게 문으로 내몰았다. 어니스트가 집에 돌아와 해나를 본다면 어떤 너그럽고 바보 같은 말을 할지 알 수 없었다.

5

밤이 되자, 해나가 흔들리는 나뭇가지와 소용돌이치는 나뭇잎 아래로 구릉지대를 지나갈 때 바람이 점점 거세졌다. 축구하는 사람들도, 말을 타던 사람들도, 아이들도 모두 집으로 돌아간 뒤였다. 길가에는 가로등이 켜져 있었지만, 해나가 걸어가는 느릅나무 아래로는 어둠이 깔리고 거센 바람이 불었다. 가지들은 구슬프게, 혹은 날카롭게 항의하듯 끽끽거렸고, 아직 잎을 매단 가지들은 자기들의 무익한 노력에 화가 나서 커다란 도리깨처럼 바람을 마구 휘저었는데, 그보다 더 센 도리깨질로 나무에서 잡아 뜯은 열매들을 떠밀며 가는 것은 바람이었기 때문이다. 해나 역시 떠밀려갔다. 이 가냘픈 여인은 요란한 소리와 요동치는 바람에 잔뜩 신이 났다. 릴라의 편안하고 밝은 방은 비현실적으로 느껴졌고, 코더 씨는 한가로운 한순간의 창작이었으며, 해나 몰에게는 과거도 미래도 없이, 오로지 자신은 남쪽으로 가는데 바람은 서쪽으로 데려가려고 하는 이 숨찬 현재뿐이었다. 그 십 분 혹은 십오 분 동안, 마침내 바람이 정원의 나무를 최선을 다해 흔들어도 저항이 약해져 재미없을 뿐인 저지대로 내려와 거리에서 몸을 피할 때까지 그녀는 걱정에서 자유로운 시간을 누렸고, 그것은 흥분해서 안간힘을 쓴 것에 대한 보상이었다. 하지만 채터턴 로드의 상대적인 고요 안으로 들어서자 그녀는 음식과 옷을 사는 데 돈이 필요한 자기 신세가 생각났고, 어이없게도 코더 씨가 봉헌 접시에 받은 돈을 그녀에게 건네는 장면이 떠올랐다. 그녀는 고개를 흔들고 거부의 표시로 얼굴을 찡그렸다. 그녀는 비국교도 목사에 대한 편견이 있었고, 그녀의 마음에 형성된 이 도식에 따르면, 코더 씨도 무지하나 말만 번지르르하고 겸손하지 않을 게 뻔한데도 겸손을 가장하는 모습일 터라 순간적으로 반항심이 일어난 탓이었다. 그녀는 자기 모습도 다른 사람들의 눈으로 뚜렷이 볼 수 있었다. 생기 없고, 아직은 아니어도 중년에 가까워지고 있었으며, 늘 타고난 것과는 다른 일을 하며 살아온 여자라는 낙인이 찍혀 있었다. 사실 그녀는 코더 씨의 가정부로 이상적이었다. 그녀도 식사실에서 녹색 서지 테이블보가 깔리고 한복판에 녹슨 빛깔 양치식물이 놓인 테이블에 앉아 그의 속옷을 수선하는 사람으로 해나 몰보다 더 적합한 사람이 없다는 데 동의했다. 누가 그녀를 재미와 반어에 대한 감각을 지녔고 아름다움을 열정적으로 사랑하고 그것을 숨겨진 장소에서 끄집어낼 힘이 있는 사람이라고 짐작이라도 하겠는가? 누가 미스 몰이 자기 모습을 여러 다른 시대에 각각 낯선 땅의 탐험가로, 호화스럽고 우아한 옷을 입은 숙녀로, 사랑스럽고 버릇없는 아이들의 어머니이자 영감을 일으키지만 잡힐 듯 잡히지 않는 시인의 애인으로 그려본다는 걸 상상이나 하겠는가? 그건 불가능하다고 자신을 설득하는 대신 그녀는 이런 상상 속의 일탈을 즐기며 긴 코를 쳐들 수 있었다. 거기에는 욕망, 에너지, 유쾌함이 존재했는데, 그것들은 그녀 자신에 대한 아이러니한 개념에 지배되었고, 그 개념은 조화롭지 않은 것은 아닌 듯하면서 한편으로 세상이 친절을 보이려는 의지가 없을 때 그에 맞서 입은 갑옷이 되어주었다. 그리고 그녀는 쓸모없는 반항을 억누르며 혼잣말을 했는데, 결국 원하는 것은 이미 가졌다면 곧 더 이상 원하지 않는 것이 될 것이었다. 그리고(여기서 보상이라는 신의 행복한 개념이 다시 등장하는데) 그녀는 위장한 모습으로 돌아다니면서 풍부한 재미를 발견했지만, 한편으로 그녀의 명석함은 전적으로 다른 사람들의 나약함을 위해 존재하는 것만은 아니었기에 강요된 운명에서 실패작이었던 그녀는 자신이 선택하는 다른 운명에서도 성공작일 가능성이 없다는 사실을 인정해야 했다. 그녀는 방랑자였고 언제든 이동할 수 있었으며 소유에 대해서는 신경 쓰지 않는 방랑자의 이점을 지니고 있었지만, 떠날 준비가 되기 전에 이동해야 하고 편안한 수준보다 더 가난한 자신을 바라보는 불편함을 이어가야 했다. 지금 이 두 가지 조건이 그녀 앞에 놓여 있었다. 그 순간 그녀가 생각한 것은, 자신이 친구로 대우받는 집, 깁슨 부인의 진부한 이야기를 듣는 약고 게으른 즐거움과 계단에서 잠복하고 있다가 기어코 대화로 이끌어 블렌킨숍 씨를 당황하게 만드는 더욱 짜릿한 즐거움을 누리는 그 집을 떠나는 것보다 더 재앙이 될 일은 많지 않으리라는 사실이었다. 기분 내키는 대로 산책을 하러 나가 어퍼 래드스토를 한가로이 돌아보거나 강의 건너편에서 긴 산책을 한 뒤 자신을 반겨주리라고 확신하며 돌아올 수 있는 집, 그녀는 이 모든 것을 코더 씨 딸의 스타킹을 꿰매고 먹고 입는 것을 계속하기 위해 포기해야 하는 것이었다.

하지만 해나 몰이 되는 것이, 자신의 한 가지 모습만 보는 릴라가 되는 것보다는 더 나았다. 한 남자를 가스 중독에서 구해내기 위해 지하실 창문을 깨고 그를 오븐 앞에서 끌어내고 유아차에 방치된 채 울고 있는 아기를 달랜 적이 결코 없는 사람이 바로 스펜서 스미스 부인이었다. 그리고 해나 몰이 되는 것이, 늘 이상한 표정으로 다니는 불쌍하고 가엾은 리딩 부인이 되는 것보다 더 나았다. 해나가 생각하기에 리딩 부인의 표정은 불가피한 재앙이 다가올 것을 각오하고 있다가 그 순간이 미뤄지는 것을 절망적으로 바라보는 사람의 표정이었다. 잠깐 스치며 본 정도 이상은 아니었지만, 해나는 리딩 부인의 얼굴에서 그것을 알아보았고, 지금도 어둠 속에서 그 표정을 선명히 떠올릴 수 있었다. "오, 돈이 뭐라고!" 해나는 자기도 모르게 신음했다. 돈은 신경증을 치료할 수 있고, 치료에 실패하더라도 젊은 과부가 아들을 키울 수 있게 해주니 해나는 돈을 몹시 갈망하기 시작했다. 그녀는 릴라가 돈에 대해 아주 경멸하는 투로 말하는 것을 들었지만, 릴라가 그럴 수 있는 건 늘 돈이 있었기 때문이다. 돈은 제대로 쓴다면, 미스 해나 몰이 쓴다면 세상에서 가장 좋은 것 중 하나가 될 터라 그녀는 프린시스 로드 저 끝까지 자기 같은 사람들에게 줄 연금 수령권을 구입할 것이고, 수천 파운드를 리딩 부인에게 마련해줄 것이며, 5파운드 지폐 모양의 크리스마스와 밸런타인데이 카드를 사람들에게 보내줄 것이었다.

그녀가 깁슨 부인의 집에 다다랐을 때는 지하실 부엌에서 불빛이 흘러나오고 있었고, 고쳐놓은 열린 창문을 통해 리딩 부인의 노랫소리가 들렸다. 해나의 큰 입이 벌어졌다. 그녀는 그 노랫소리를 매일 아침 리딩 씨가 일하러 가기 전과 매일 저녁 집에 돌아온 뒤에 들었지만, 하루 중 다른 어느 시간대에도 듣지 못했다. 그렇게 젊은 사람이 그렇게 불행하고 용감하다는 사실이 그녀는 마음 아팠다. 그녀는 자신의 불만과 스스로에게 집중하는 자기 모습이 부끄러웠다. 그녀에게 무슨 일이 일어난 것인가. 반평생 넘게 살았고, 그러면서 재미도 느꼈다. 그랬다. 막간극 같은 한 번의 미친 로맨스는 이제 거의 중요하지 않았지만, 리딩 부인은 젊었고, 그녀를 생각하니 해나의 넓고 변덕스러운 마음이 아팠다. 하지만 그녀가 할 수 있는 것은 아무것도 없었다. 스스로도 받아들이지 못할 충고와 농담과 격려를 쏟아붓는다 해도 매우 영리하고, 지하실에서 일어난 그 처참한 장면의 목격자들이나 심지어 아기를 달래고 목욕시켜준 여자에게도 냉담한 리딩 부인에게는 아무 소용 없었다. 해나는 그 아기를 다시 목욕시킬 수 있으면 좋겠다고 생각했다. 깁슨 부인은 해나가 아기를 다루는 솜씨에 몹시 감동했다. 사실 깁슨 부인은 해나가 하는 모든 일에 감탄했고, 어쩌면 해나에게는 자신이 한 일에 감탄할 가능성이 훨씬 큰 남자와 사는 것이 더 도움이 될 터였다.

해나는 깁슨 부인이 빌려준 현관 열쇠로 자물쇠를 열었고, 현관에서 모자를 걸고 있는 블렌킨숍 씨를 발견했다.

"오, 좋은 저녁이에요, 블렌킨숍 씨!" 그녀가 소녀처럼 외쳤다. "좀 늦었네요?"

안경을 낀 블렌킨숍 씨가 그녀를 진지하게 쳐다보았다. "일부러 늦은 겁니다." 그가 의미심장하게 말하고, 옆으로 비켜서서 그녀가 먼저 계단을 올라가게 해주었다.

해나는 순순히 먼저 올라갔다. 그녀는 아직 자신이 어떤 태도를 보여야 블렌킨숍 씨가 자극받을지 그 방법을 찾아내지 못했다. 그녀는 지하실 부엌에서 보인 자신의 용감함이 그에게 일으켰을 법한 인상이 더욱 강렬해지도록 애썼다. 그리고 그녀 역시 문학과 찰스 램에 관심이 있음을 넌지시 내비쳤다. 그녀는 블렌킨숍 씨의 직장인 은행과 관련해 뭔가 바보 같고 여성적인 질문을 했지만, 그는 어떤 것에도 흔들리지 않았다.

그는 여전히 근엄하고 견고했으며, 언어와 가식 없는 예의가 허용하는 범위 내에서 단음절로 대답했다.

"이게 뭐람!" 그녀가 등을 쭉 펴며 혼잣말을 했는데, 계단을 올라가는 여자를 아래에서 쳐다보다가는 종종 민망한 일이 생긴다는 것을 알고 있었기 때문이다. 방에 들어가 불을 켜고 자신의 모습을 비춰 본 뒤에는 그를 용서했지만, 아직 그와 완전히 끝난 것은 아니었다. 블렌킨솝 씨는 분명 인간의 개성을 읽을 수 있는 사람도, 인간의 희소성을 알아볼 수 있는 사람도 아니었고, 코가 풍자적으로 생겼고 피부는 약간 노랗고 눈에 특별한 색깔이 없는 이 여자의 관심을 더 끌 이유도 없었지만, 그녀는 요새에 가로막혀 정복되지 않은 지역을 두고 적국을 떠나는 병사처럼 마음이 불편했다. 그녀는 코더 씨 이야기를 주제로 꺼냈다면 좋았겠다고 생각했다. 그랬다면 그를 자극할 수 있었을 테고, 동시에 그에게 뭔가를 가르쳐줄 수도 있었을 것이다. 사전에 경고를 받으면 마음의 무장을 미리 할 수 있었고, 깁슨 부인의 견해는 중요하지 않았다. 그녀에게는 모든 성직자가 선량했고, 대부분은 경외심을 일으켰다. 그들은 별과 같아서 자신들의 빛을 흘렸지만, 가까이 다가갈 수는 없는 존재였다. 하지만 그녀가 무슨 말을 할지는 의심의 여지 없이 분명한데도 그 말을 하는 방식은 재미있을지도 몰랐다. 해나는 외출복을 벗고 인공조명에도 충분히 괜찮아 보이는 실크 드레스로 갈아입은 뒤 깁슨 부인의 응접실 문을 두드렸고, 들어오라는 말을 기다리지 않고 들어갔다.

"오, 당신이로군요, 디어." 깁슨 부인이 한숨을 쉬었다. "늘 아주 밝은 모습이에요!"

"무슨 일 있으세요?" 목소리가 우울하고 누가 밀어 앉힌 것처럼 의자에 깊숙이 앉아 있는 깁슨 부인의 모습을 보고 해나가 물었다.

"그가 리딩 부부 문제로 따지러 왔었어요." 깁슨 부인이 말했다. "방금 나갔고요. 그들을 택하거나 자기를 택하라는군요. 그 말을 어떻게 생각해요? 이렇게 말하기 미안하지만, 그건 친절한 태도가 아니었어요. 내게도, 저 아래 지하에 사는 그 가엾은 사람들에게도. 자, 당신이라면 어떻게 할 건가요, 미스 몰, 디어? 그들을 내쫓을 건가요? 아니, 당신은 그러지 않으리란 걸 나는 알아요. 모든 걸 참작해볼 때 그녀는 여느 때처럼 방관적인데, 내가 무슨 말을 하는지 안다면 그녀에게 책임감이 느껴지는 걸 어쩔 수가 없네요. 그녀를 계속 주시해야겠죠. 그리고 아기도 그렇고요. 나는 내 자식을 키워본 적이 없지만, 개인적인 생각으로는, 모성애가 강한 사람은 자기 자식을 한 번도 키워보지 않은 사람이에요."

"아." 해나가 무겁게 말했다. 그녀의 생각이 깁슨 부인의 문제에서 이탈해 바로 그 생각에 빠져 있었던 것이다. 그녀는 그것이 자기 생각이라고 믿었는데, 깁슨 부인의 생각이기도 하다는 것을 깨닫고 깜짝 놀랐다. "하지만 당신에겐 남편이 있었잖아요." 그녀가 말했다.

"음, 물론 그랬죠, 디어. 그리고 나는 그에게 좋은 아내였어요. 그가 직접 그렇게 말해줬어요."

"저는 이런 생각을 하고 있었는데." 해나가 말했다. "최고의 아내는 결혼하지 않은 아내다."

"오, 맙소사, 그 생각에는 동의할 수 없군요!"

하지만 해나는 실현되지 않은 선이 최고의 선이라는 자신의 이론에 대한 증거를 찾고자 애쓰고 있었다.

"부인이 생각하는 뜻으로 말한 건 아니고요." 그녀가 말했다.

"그렇다면 다행이군요." 깁슨 부인이 말했다. "요즘은 그런 유의 생각이 너무 많아서…… 그렇다고 하더군요."

"끔찍하군요. 안 그런가요?" 해나가 중얼거렸다.

"어쨌거나, 감사하게도, 지금 그 문제에는 의문이 없지만, 그는 그런 말썽이 또 일어날 수 있다고 하는군요. 그 장소가 예전 같은 느낌이 아니라면서요. 하루 일을 마치면 조용한 시간이 필요하다고요."

해나가 크게 비웃는 소리를 냈다. "일! 작은 삽을 들고 돈을 뒤쫓는 것! 티들리윙크스●를 하는 것처럼 말이죠! 그리고 조용한 시간!" 그녀가 한 손을 들어 올렸다. "귀를 기울여봐요, 깁슨 부인. 아무 소리도 안 들리는데요."

깁슨 부인이 그렇다는 듯 고개를 끄덕였다. "잘 지은 집이에요. 그가 더 나은 집을 어디서 찾을 수 있다는 건지 모르겠네요. 그리고 말인데, 알다시피 나는 그의 어머니와 아는 사이

● 큰 원반으로 작은 원반의 한쪽 끝을 눌러 튕겨서 그릇에 넣는 놀이.

였어요. 바느질 모임에서 알게 됐죠. 지금은 그 모임에 안 나가지만, 디어. 집에서도 충분히 수선할 게 많고, 블렌킨숍 씨는 양말을 험하게 신는답니다. 하지만 당시에는 블렌킨숍 부인, 코더 부인과 함께 모임에 갔어요. 이제 블렌킨숍 부인은 세상을 떠났고, 부인의 아들이 내 하숙집에 들어온다는 생각은 거의 못 했었죠. 정말이지 그녀는 늘 우울해 보이는 여자였다고 말할 수 있겠는데, 이렇든 저렇든 이렇게 됐네요."

"그러면 코더 부인은, 어떤 사람인가요?"

"역시 죽었어요, 디어. 네, 폐렴이었죠. 끔찍한 일이에요. 오늘 여기 있는데, 내일 사라지는 것 말이죠. 겨우 일주일 아프고 갔어요. 불쌍한 남자! 그 장례식은 결코 잊지 못할 것 같네요."

그러자 해나가 동정의 표시로 희미한 소리를 냈다. "채플의 손실이로군요." 그녀가 추측해서 말했다.

"글쎄……." 벽난로 앞에 앉아 추억에 빠져들며 점점 졸려 하던 깁슨 부인은 앉은 자세를 똑바로 하려고 애썼고, 목소리는 거의 속삭임에 가까웠다. "글쎄, 그건 모르겠어요. 사람들 사이에서 이런저런 이야기가 오갔죠. 그 부인은 주일예배에는 아예 나타나지 않았고, 그건 좋아 보이진 않았어요. 안 그래요?"

"그의 말을 듣는 게 지겨워서 그랬을까요."

"그랬을 수 있겠네요." 깁슨 부인이 예상치 못한 관용을 보이며 말했다. "아내는 다른 사람들과는 다르게 느끼니까요. 하지만 바느질 모임에서 그녀는 이따금 좀 이상했어요. 넋이

나간 사람 같았다고 할까." 그녀가 적당한 단어를 찾은 것이 흡족한 듯 덧붙였다.

"그를 생각하며." 해나가 이번에도 추측해서 말했다.

"아, 그렇게 생각이 두 갈래인 건 곤란해요!" 깁슨 부인이 눈치 빠르게 외쳤다.

"그래요. 하지만 생각은 여러 가지로 할 수 있죠." 해나가 말했고, 코를 씰룩거렸는데, 혐오스럽다는 의미일 수도, 일종의 쓸쓸한 만족일 수도 있었다.

깁슨 부인은 이런 가능성들을 현명하게 무시했다. "그리고 그런 순간에 코더 씨가 누구라도 바랄 수 있는 가장 유쾌한 모습으로 들어와 우리를 둘러보곤 했어요."

"그렇군요." 해나가 말했다.

"그러면 웃음이 터지죠! 그는 농담을 아주 잘했거든요."

"그렇군요." 해나가 심각한 표정으로 동조했다. 그녀는 그런 농담을 어떻게 받아칠 것이며, 그의 농담 횟수가 가정 안에서는 적을까? 해나는 그의 아내가 그를 미워했을 거라고 확신했고, 깁슨 부인이 주절주절 이야기를 늘어놓는 동안 머릿속으로는 혈기 왕성한 그 남자에 대해 싫은 마음을 잔뜩 품고 살아가야 할 앞날을 들여다보거나 코더 부인의 비참한 결혼 생활을 재구성했다.

"나만 이야기하고 있었네!" 깁슨 부인이 마침내 말했다. "그리고 당신은 내가 블렌킨솝 씨에게 뭐라고 말할지 아직 얘기해주지 않았어요."

"스스로 창피한 줄 알라고 말해주세요." 해나가 벽난로 앞 러그에서 몸을 일으키며 말하고는 미스 몰의 지략에 처음으로 실망한 깁슨 부인을 그대로 둔 채 떠났다.

6

베리스퍼드 로드와 프린시스 로드는 앨버트 스퀘어 바로 아래의 한 지점에서 만났고, 두 길 다 너너리 로드의 서쪽에 있었다. 거기서 상행하는 전차는 구릉지대로, 하행하는 전차는 도시로 달렸다. 양쪽 길이 다 어퍼 래드스토에 속한다고 주장할 수 있지만, 심부름하는 소년들이 프린시스라고 부르는 길의 한쪽으로 다닥다닥 붙은 집들을 제외하면, 그 길들은 빅토리아 시대 중기의 어느 교외에 속했다고 볼 수 있었다. 베리스퍼드 로드에 있는 이 집들은 지하 시대에서 솟아오른 것 같았다. 부엌은 응접실보다 여전히 몇 계단 아래였지만, 더 건강한, 혹은 더 어리석은 하인들이 긴 계단을 군소리 없이 하루에도 셀 수 없을 만큼 여러 번 오르내리는 지하 저장고보다는 올라간 높이였다. 어떤 집들은 집 자체의 정원에 둘러싸여 있었고, 또 어떤 집들은 한 집처럼 보였지만 사실은 두 집으로, 입구가 기만적으로 측면에 있었다. 그 집들은 벽 안에서는 특이한 일이나 상스러운 일이 전혀 일어날 수 없다는 듯한 인상을 주거나 주려는 듯 보였고, 베리스퍼드 로드 회중 채플의 덩치 큰 붉은 건물은 비국교도 역시 존중하며 품어주겠다고 선포하는 것 같았다. 채플의 위대한 시절은 끝난 듯했다. 채플은 자신들의 수입으로 래드스토의 이 지역으로 옮기는 것이 가능하고 늘어난 재산에도 종교적 신념을 바꾸지 않은 신흥 집안을 위해서 지어졌다. 자유를 위해 용감히 나선 경험이 전혀 없는 국교회 신자들을 직면하고도, 단정히 옷을 차려입고 채플로 행진하는 대가족의 모습에 묘하게 반항적인 면이 느껴지던 시대에 있었던 일이다. 국교회 교회가 그 반대자들을 형제로서 우호적으로 받아주는 지금, 비국교도에 대해 남은 유일한 인상은 그 지지자들이 여전히 사회적으로 미심쩍은 존재로 여겨진다는 불쾌한 인식뿐이었다. 대가족은 이제 시대에 뒤떨어진 것이 되었다. 따끔거리고 불편해도 깨끗한 속옷 위에 가장 좋은 겉옷을 입는 것이 즐겁고 지루한 예배 시간에 아는 얼굴을 지켜보는 것이 즐거웠던 소년 소녀, 그래서 일요일이 절반은 축제로, 절반은 고행으로 여겨지던 많은 소년 소녀는 이미 어퍼 래드스토의 더 좋은 지역으로 이사해 자녀 두세 명을 키우고 있었고, 아버지의 신앙으로부터도 조용히 독립했다. 그럼에도 어디에든 갈 수 있는 더 대담한 영혼은 유니테리언 교회로 갔다. 어퍼 래드스토는 비국교도에게 알맞은 토양이 아니었다. 비국교도는 너너리 로드의 건너편에서 더욱 왕성하게 번성했고, 15년 전에 로버트 코더를 베리스퍼드 로드 채플 목사로 임명한 것은 질퍽거리는 토양을 혈기 왕성한 인물의 화학적인 성질로 휘

저어놓으려는 시도에서였다. 전임자는 반짝거리는 텅 빈 신자석을 바라보며 인내심 있게 설교하는 온화한 노인이라 젊은층을 유인해 설교를 듣게 하리라는 기대는 할 수 없었지만, 로버트 코더는 대담하고 강직한 인물로 외모와 목소리만으로도 활력 넘치는 신앙을 홍보할 수 있었다. 그가 거리를 활보하는 모습, 움직이는 전차에 뛰어오르거나 내리는 모습, 위원회 회의에 바쁘게 오가는 모습이 목격되었고, 그는 늘 부지런히 돌아다니지만 늘 기꺼이 속도를 늦춰 아는 사람들과 몇 마디 말을 나누곤 했는데, 용기를 북돋아주고 낙관적인 말로, 조용한 공감이 요구되는 상황이 아니면 큰 목소리로 전해졌다. 예컨대 그의 채플 신자 한 명이 그를 멈춰 세우거나 집사가 걸어가고 있던 그를 돌아 세우고 나면 그는 이들과 즐겁게 이야기를 나누느라 어느새 훌쩍 가버린, 하지만 잃어버린 것은 아닌 시간을 벌충하기 위해 더 빨리 성큼성큼 걸어갔다.

이런 일은 미스 몰에게 아직 익지 않은 습관이고 직업이었다. 그녀의 침실 겸 거실 창문에서는 채플 창문이 보였는데, 다른 지붕들과 나무들 사이에서 붉고 따뜻한 한 지점처럼 보였다. 그녀는 지붕에는 전문가나 다름없었고, 어퍼 래드스토의 수많은 높은 창문에서는 각양각색의 지붕이 보였다. 지붕은 가파른 경사를 이루며 로어 래드스토로 미끄러지듯 내려가면서 도시 위에 붉은색, 회색, 푸른색, 녹색의 화단처럼 퍼져나갔다. 반짝거리는 슬레이트 지붕 바로 근처에 오래된 붉은색 타일 지붕이 있었고, 더 높은 집들의 담벼락 사이로는 이끼색 지붕이 비집고 들어가 있었다. 이 모든 다양한 높이의 지붕과 함께 굴뚝을 가린 나무들이 있었고, 굴뚝은 연기를 다른 사람들의 창문으로 보냈지만, 해나의 방에서는 보이지 않았다. 그녀가 바라보는 어퍼 래드스토 신시가지의 전망은 충분히 평범했다. 그녀가 채플의 지붕을 최대한 유심히 쳐다보고 있는데, 갑자기 그것이 어떤 전조로 바뀌었다. 그녀는 이제 그것이 마음에 들지 않았지만, 더 자주 쳐다보았다. 그녀는 그 지붕 밑에 앉아 있는 자신을 상상했는데, 니스가 칠해진 벽면을 배경으로 그 앞에 앉은 작고 칙칙한 얼룩의 형태가 떠올랐다. 그리고 릴라에게서 소식을 듣기까지 그 며칠 동안 그녀는 베리스퍼드 로드에서 음모 가담자나 사설탐정처럼 시간을 보냈다. 그녀는 채플에 들어가보려고 했지만, 예상했던 대로 문이 잠겨 있었다. "이건……." 그녀가 포치를 둘러 자라는 담쟁이에게 말을 걸었다. "누군가를 로마로 데려가기에 충분한데. 나도 흔쾌히 거기로 가겠어. 내가 생각하기엔 이 장소가 너무 추해서 이 안에서 열리는 행사가 없으면 누구든 보지 못하게 막으려는 거야. 행사 같은 게 있으면 서로 쳐다볼 모자라도 있겠지만." 그리고 그녀가 덧붙였다. "모자라고 거기 특별한 뭔가가 있다는 게 아니라."

만약 자신의 편견과 예언력을 즐기지 않았다면, 그녀는 아주 우울했을 것이다. 그녀는 붉은색 지붕을 보며 그 안쪽은 창공처럼 파랗게 칠했고 그 위에 불투명한 금색 별이 흩뿌려져 있을 거라고 확신했다. 그녀는 코더 씨의 집인 14번지 건물도 보았고(채플에서 멀리 돌을 던지면 닿을 거리였고, 길 반대쪽에 있었다) 그녀의 예감이 맞았다는 게 밝혀졌다. 쌍을 이룬 집들 중 한 채였고, 아스팔트 길은 눈에 띄지 않는 문으로 이어졌다. 두 개 층에 곡면 내민창과 평평한 창이 하나씩 있었고, 박공지붕에는 눈처럼 작은 창이 하나 있었다. 해나는 그 집 앞을 모험하듯 천천히 지나갔다. 어느 순간에라도 코더 씨가 나타날 수 있었는데, 그녀가 그 길에 서 있을 권리가 있는 여자로는 보이지 않을 터였다. 그녀는 그가 궁금하지 않았다. 그녀가 걱정하는 것은 그 집이었고, 그 문 안으로 고개를 집어넣기만 하면 자신이 그 집에서 행복할지 아닐지 대번에 알 것 같았다. 하지만 거기까지는 가볼 엄두가 나지 않았고, 외관을 보는 것에 만족해야 했다. 레이스 커튼에, 그리고 가장자리에 월계수가 자라고 경계에 철책이 둘려 있는 작은 풀밭에 희망적인 면은 전혀 보이지 않았다. 그 집을 설계한 사람은 전혀 예술가가 아니었다. 보기 싫게 생긴 집이었고, 그 옆에 있는 똑같이 생긴 집은 베니션블라인드가 삐딱하게 걸려 있긴 해도 훨씬 더 살 만해 보였다. 먼지가 낀 듯 보이는 붉은색 커튼이 황동 체인으로 고정된 채 더 낮은 내민창에 드리워져 있었고, 카나리아를 넣어둔 새장이 위도스 부인을 연상시켜 해나는 마음이 편치 않았다. 16번지는 14번지만큼이나 겉으로 보기에 매력적이지 않았지만, 해나는 붉은 커튼이 코더 씨의 것이었다면 더 좋았을 거라고 생각했다.

다음 날 아침 다시 그곳을 지나가던 그녀는 좋은 아침이라고 인사하는 거친 목소리를 듣고 깜짝 놀랐다. 발끝으로 서서 쥐똥나무 산울타리 안쪽 너머를 들여다보자 풀밭 한복판에 놓인 새장에 앵무새 한 마리가 있었다. 새는 그녀를 잠시 흘 겨보고는 모욕적인 표정을 지으며 그녀를 보지 않은 척했지 만, 그녀는 새에게 흔한 칭찬의 말을 건넸다.

"새를 좋아해요?" 또 다른 목소리가 물었고, 얼굴 하나가 쥐 똥나무 산울타리 위로, 그녀의 얼굴 가까이로 불쑥 나타났다. "낙엽을 줍는 중이에요." 새의 주인이 낙엽 한 움큼을 보여주 며 말했다. "동시에 폴에게 바람을 쐬어주고 있고요. 고양이 들 때문에 새만 혼자 밖에 내보낼 순 없으니까요. 내 고양이 들인데도 말이지요. 질투심 때문인 것 같은데. 그러면 당신 은, 고양이에게 새는 늘 새일 뿐이라고 말하겠죠. 그러니 고 양이들이 잡을 수만 있다면 미니를(미니가 거기 있는 그 카나리 아의 이름이에요) 먹을 테고, 의심할 필요도 없죠. 하지만(그리 고 내가 공부를 좀 해봤는데) 고양이들이 폴에게서 찾는 건 먹 이가 아니에요. 고양이들을 화나게 하는 건 인간의 목소리고, 폴은 이따금 놀랄 만큼 수다스럽거든요. 인간의 목소리가 엉 뚱한 장소에서 들리는 셈이죠. 생각해보면 자연스러운 일이 에요."

미스 몰은 16번지가 14번지보다 왜 지낼 곳으로 자신에게 더 잘 맞는지 알아냈다. 그녀는 낯선 사람과 쉽게 대화에 빠 질 수 있는 이 나이 지긋한 남자에게서 그녀 자신이 타고난 천성적인 뭔가를, 세월에 마모된 늙은 얼굴과 악당 같고 불경스러운 그의 눈빛에서 어딘지 모르게 자신과 통하는 면을 알아보았다. 보이는 만큼만 말하면, 그는 소매가 있는 모직 웨이스트코트를 입었고 높게 빳빳이 세운 옷깃에, 붉은 타이에는 다이아몬드와 오팔로 된 말편자 모양의 핀을 꽂고 있었다. 그는 집에서도 모자를 쓸 사람으로 보였다.

"아주 흥미로운데요." 그녀가 발꿈치를 다시 땅에 내려놓으며 말했고, 한편 그는 그녀를 더 잘 보려고 울타리로 더 바짝 다가왔다. 그의 유머러스하고 약간 촉촉한 눈이, 그의 시선이 닿았던 모든 예쁜 여자와 비교해 그녀를 예쁘지 않은 쪽으로 평가하는 것 같았다.

"어제 당신을 본 것 같은데, 아닌가요?" 그가 물었다. "그때 저 위에서 면도를 하고 있다가……." 그가 엄지를 뒤로 홱 넘겼다. "채플 문 앞에 한 여인이 있는 걸 봤죠. '처음 보는 얼굴인데.' 내가 혼잣말을 했어요. 전혀 모르는 얼굴이야. 그래서 당신을 계속 지켜봤죠. 내겐 재미있어 보였어요."

"내가 안으로 들어갔더라면 더 재미있었겠군요." 해나가 흥 콧소리를 내며 말했다.

"아, 내가 뜻하는 재미란 그런 건 아닌데, 어쨌든 당신이 그 안에 들어가고 싶다면." 그가 엄지를 옆으로 홱 꺾으며 말했는데, 인간의 예측 불가한 행동에 대한 큰 관용이 느껴지는 어조였다. "열쇠를 옆집에서 받을 수 있을 거예요. 목사가 거기 살죠. 삼십 분 전에 코트 자락을 휘날리며 나갔는데. 나를 보지 못한 척했지만." 그가 해나에게 느리게 윙크했다. "하지만 내 마음이 내키면 나는 그에게 한두 마디 할 수 있죠. 다만 공교롭게도…….” 다시 내려선 그는 시야에서 사라졌고, 산울타리에 묻혀 목소리가 작아졌다. “내가 그러고 싶지 않을 뿐이지.” 그녀는 그가 나뭇잎을 더 긁어모으는 소리를 들을 수 있었다.

작별 인사는 불필요한 것 같았지만 인사 없이 가는 것도 무례한 것 같아서, 그녀가 뭐라고 중얼거렸는데 그는 반응이 없었다. 하지만 그는 그녀의 전망을 밝게 해주었다. 로버트 코더에게 한두 가지를 말할 수 있는 남자가 옆집에 산다는 것, 그리고 그 한두 가지가 뭔지 알아내는 것은 그녀가 예상하는 단조로움을 좀 덜어주는 일이 될 터라, 릴라가 보낸 편지를 펼쳐 스펜서 스미스 부인이 자기 의사를 관철시켰으니 미스 몰은 다음 주 화요일에 베리스퍼드 로드에 가야 할 것이라는 내용을 읽었을 때, 해나는 그 구속적인 상황을 좀 더 가볍게 받아들이고 지갑에 남은 돈이 많지 않다는 사실에 직면할 수 있었다. 하지만 그녀는 릴라가 밑줄을 심하게 그어놓은 결론에는 얼굴을 찡그렸는데, 식사와 숙소가 해결된 데다 시골집에서 임대료를 받을 테고 1년에 50파운드를 벌게 되었으니 해나가 비 오는 날•에 대비해 뭔가를 준비해놓을 수 있을 것으로 확신한다고 말한 부분이었다.

“싸구려 우산을 사놓을 딱 그만큼이겠지.” 해나는 편지를

• ‘유사시’라는 뜻의 관용 표현.

탁자 위로 휙 날렸고, 이어 자신과 릴라의 관계가 비밀로 지켜질 수 있게 신중히 조각조각 찢었다.

깁슨 부인에게 그 이후 며칠은 고귀한 슬픔이 깃든 나날이었다. 그녀는 미스 몰을 보내야 했지만, 코더 씨의 가정부로 지위가 격상되는 것이니 원망할 수는 없었다. 미스 몰이 차를 마시러 들르면 언제든 환영할 것이었다. 깁슨 부인은 난데없이 나타나 리딩 씨의 목숨을 구하고 경찰이 찾아와 사인 규명을 하는 것을 면하게 해준, 그리고 목사(그의 농담 수준은 깁슨 부인이 느끼기로 깊이를 알 수 없는 물웅덩이에 떴다 사라지는 거품과 비교할 수 있었는데)와 같이 살게 되는 것에 전혀 불안한 기색을 내비치지 않는 이 여인을 감탄의 시선으로 쳐다볼 뿐이었다.

해나 자신의 슬픔에는 모험의 느낌이 있었다. 그녀는 모든 종류의 단조로움과 짜증에 맞설 준비가 되어 있었고, 원하지 않는 세상 속으로 다시 떠밀려 나갈 준비도 되어 있었지만, 선에 가까워진다는 자신의 믿음은 억누를 수 없었다. 이웃집에는 고양이들과 앵무새와 카나리아를 데리고 사는 남자가 있었고, 혹시 그가 자신에게 큰 재산을 남겨줄 수 있는 사람인지도 몰랐다. 릴라의 은밀한 불안과 조심스러운 우월감을 지켜보는 것도 재미있을 터였다. 그리고 얌전히 잘 지내면 봄에 자신이 사랑하는 장소에서 강 건너 프림로즈를 발견할 기회가 주어질지도 몰랐다.

하지만 그녀는 깁슨 부인과 좀 더 오랜 시간을 보낼 수 있었다면 좋았을 거라고 생각했는데, 리딩 부인은 여전히 쌀쌀맞고, 블렌킨숍 씨는 여전히 그녀가 정복하지 못하고 떠나는 요새 같았기 때문이다. 그녀는 리딩 부인이 보이는 방어의 성격을 이해하고 존중했지만, 블렌킨숍 씨에 대해서는 짐짓 공격하는 척하면서 놀리고 싶어 몸이 근질거렸다. 또 한 번의 최후통첩을 예상하며, 깁슨 부인은 매일 그를 중병에 걸린 사람처럼 대했다. 그녀는 그의 방 밖 층계참에서 해나와 마주치면 소곤소곤 말했고, 그의 음식을 요리할 때는 특별히 신경을 썼으며, 어린 하인이 실수하면 그가 짜증을 낼까봐 자신이 직접 들고 갔다. 해나는 그것에 화가 났지만, 한편 그 덕에 자신이 원하는 기회가 생겼다.

마지막 날 저녁에 그녀는 부엌으로 들어가 그가 먹을 식사가 담긴 쟁반을 들었다.

"그가 좋아하지 않을 텐데요!" 깁슨 부인이 놀란 목소리로 말했다.

"어쩔 수 없이 받아먹어야죠." 해나가 품위 없이 말했다. "저번에 불쌍하다고 한 부인의 그 다리도 생각해야 하잖아요?"

미스 몰의 뻔뻔함에는 한계가 없었다. 깁슨 부인은 어떻게 대응해야 할지 몰라서 예전에 한 남자가 사자 우리에 들어가는 것을 보았을 때 경험한 슬프고 무력한 호기심의 눈빛으로 해나를 쳐다보았다.

블렌킨숍 씨는 어머니의 마호가니 가구가 많이 놓인 큰 거실에서 벽난로 옆에 앉아 있었다. 그의 앞쪽 스툴 위에는 체스판이 놓여 있었고, 그의 손은 체스 말을 잡고 있었다. 그가 고개를 들지 않자 해나는 한창 예배가 진행 중인 교회에 조심성 없이 들어갔을 때와 같은 느낌을 받았다. 적절한 행동이라면, 몰두해 있는 블렌킨숍 씨에게 식욕을 돋우는 냄새가 흘러가도록 고기 요리를 밀어주고 조용히 방에서 빠져나오는 것이었겠지만, 그러는 대신 그녀는 "식사가 준비되었어요, 선생님!" 하고 유쾌하게 말한 뒤 한 걸음 앞으로 나서며 덧붙였다. "그러니까 저녁 시간엔 이런 걸 하고 있군요! 정말 좋은 취미네요."

블렌킨숍 씨가 놀란 표정으로 얼굴을 찡그렸다. "집중이 필요하죠." 그가 날카롭게 말했다.

"그게 내가 말하려던 거였어요." 해나가 미련한 사람처럼 대답했다. "깁슨 부인이 다리가 아프다고 해서 제가 식사를 가져왔어요."

"깁슨 부인이 그 일을 해야 할 이유는 전혀 없지요."

"두려움은······." 해나가 말했다. "인간의 가장 강렬한 감정 중 하나죠."

"미안하지만 무슨 뜻인지 모르겠군요." 블렌킨숍 씨가 눈에 띄게 정중한 태도로 말했다.

"그 가여운 부인이 당신이 여기서 나갈까봐 두려워해요."

"부인은 나를 계속 여기서 살게 하는 방법을 알고 있어요." 블렌킨숍 씨가 탁자 앞에 앉아 냅킨을 펼쳤다. "그리고 정말로……." 그가 분노를 억누르고 정중하게 말을 이어갔다. "나는 당신이 왜 그런 문제에 관심을 두는지 모르겠군요."

"아니, 당신은 이해하지 못하는군요." 해나가 부드럽게 말했다. "하지만 사과는 하지 않겠어요. 말하자면, 나는 지금 임종의 침상에서 말하는 거예요. '모리투루스 테 살루토!'● 이 얘길 들으면 기쁠 텐데, 나는 내일이면 이곳에서 나가 코더 씨와 함께 살게 돼요. 그의 가정부로. 오, 맙소사!" 희미한 관심이 블렌킨숍 씨의 얼굴 위로 반짝 스쳤고, 그녀는 그 기회를 이용했다. "네, 한번 생각해보세요!" 그녀가 소리쳤다. "나는 차라리 리딩 부부와 함께 살겠어요. 당신이 리딩 씨에게 체스를 가르쳐주는 건 어때요? 그러면 그도 오븐 주위엔 얼씬거리지 않을 텐데! 게다가 당신도 새로 지낼 곳을 찾으려면 몹시 귀찮을 테고요! 그리고 깁슨 부인의 마음이 찢어질 거예요! 여기 이곳에 그대로 있어요, 블렌킨숍 씨. 그리고 내일 이 시간에 나를 생각하세요. 당신은 여기 당신의 편안한 방에 있고, 나는 낯선 땅에 있는 그 시간에 말이죠. 하지만 어쩌면 채플에서 가끔 당신을 볼 수 있겠군요. 그러면 힘이 날 것 같아요."

"그럴 가능성은 전혀 없어 보이는군요." 블렌킨숍 씨가 희망의 봉오리를 싹둑 자르며 말했고, 무시하는 게 분명한 분위

● '목숨을 바치려는 자들이 폐하께 인사드립니다'라는 뜻의 라틴어로, 로마의 검투사들이 경기장에서 황제 앞을 행진하며 외치던 말이다.

기로 식사를 시작했다.

7

집슨 부인이 거래하는 청과물상 주인이 베리스퍼드 로드에 있는 집까지 미스 몰의 트렁크를 옮겨주기로 했고, 황혼 녘에 미스 몰은 수레를 따라 걸으면서 이것이 자신의 장례식이고 자신이 유일한 애도자라고 느꼈다. 수레는 삐걱거리며 천천히 길을 따라 내려갔고, 미스 몰은 천천히 수레 뒤에서 걸어갔다. 낡은 트렁크가 자신의 관 같았고, 유일한 애도자는 자신의 유령 같았다. 작은 바람이 보도에 떨어진 나뭇잎을 휩쓸었고, 정원에서는 관목들이 바스락거렸으며, 지친 조랑말의 발걸음 소리와 바퀴 굴러가는 소리에 그녀는 마음이 울적해졌다. 그리고 돈이 좀 들더라도 택시를 타서 좀 더 열성적인 모습으로 도착했다면 더 좋았을걸 그랬다고 생각했다. 이 행렬은 아주 우울했고, 트렁크를 끌고 이 집 저 집 전전하는 자신과 같은 여성 부대의 파견대처럼 느껴졌다. 그 슬픈 여성 군단은 기분 좋은 표정을 지어 보이려고 신경을 쓰고 질병을 감추고 나이를 낮춰 말하고 번 만큼의 가치보다 더 적은 돈을 줘도 감사히 받는다. 그들은 다 어떻게 되었는가? 그녀는 어떻게 될 것인가? 그녀는 자꾸 슬금슬금 나이를 먹어갔고, 모아둔 돈은 전혀 없었다. 곧 이런저런 자리에서 일하기엔 나이가 너무 많다는 말을 듣게 될 것이다. 잠시 두려움의 차가운 손이 그녀를 붙잡았고, 그녀도 그들처럼 도랑으로 쓸려 들어갈 거라고, 누구도 그녀가 어디로 갔는지 물어보지 않을 거라고 소곤소곤 경고하는 낙엽의 소리가 들렸다. 그러자 그녀의 두려움은 적어도 자신이 사라진 것을 재앙으로 여겨줄 사람이 한 명쯤은 있어야 할 거라는 갈망으로 바뀌었다. "누구도 그러지 않을걸!" 낙엽들이 악의적으로 속삭였고, 그러는 사이 관목 숲에서 작은 돌풍처럼 웃음소리가 터져 나왔다. 그 소리에 해나는 걸음을 멈추고 그쪽을 업신여기듯 쳐다보았다. 그녀는 웃음거리가 될 사람이 아니었다! 웃음거리가 되지 않을 것이고, 겁을 먹지도 않을 것이었다! 그녀는 고개를 들고 더욱 걸음을 빨리해 수레와 나란히 걸었다. 16번지의 내민창에서 나오는 루비색 불빛이 그녀의 영혼을 북돋아주었다. 그가 앵무새와 카나리아와 고양이들을 데리고 거기 벽난로 앞에 앉아 있다고 생각하니 기분이 좋았다. 그녀가 14번지 창문에서 먼지떨이로 먼지를 떨어내는 모습을 보면 그는 깜짝 놀랄 테고, 해나는 사람들을 놀래는 걸 좋아했다. 그녀는 그런 것을 고대했고, 코더 씨의 집에 그녀를 맞아주는 등이 켜져 있지 않은 것을 보고도 우울한 감정이 들지 않았다.

청과물상 주인이 트렁크를 어깨에 짊어졌고, 해나는 그를 따라 아스팔트 길을 올라가 초인종을 눌렀다. 현관에 희미한 불빛이 어른거렸지만, 집 안에서 누가 움직이는 기척은 없었다.

"모두 집을 비운 것 같은데요." 청과물상 주인이 말하고는 씩씩거리며 숨을 헐떡였다.

해나가 초인종을 더 요란하게 눌렀고, 청과물상 주인은 예의 바르게 고개를 갸웃한 채 귀를 기울였다. 그 순간 누군가가 계단을 뛰어 내려오는 소리가 들렸다.

삼십 분 뒤, 해나는 아직 그 소리가 들리는 것 같다고 생각하면서 트렁크 앞에 무릎을 꿇은 자세로 앉아 있었다. 처음 들었을 때 그 소리는 운명이 자신을 안으로 들이려는 것처럼 묘하게 중요한 느낌으로 귀에 울렸으나, 문이 열리고 나타난 사람은 낯선 사람을 어떻게 맞아야 하는지도 모르고, 연장자가 어쩔 수 없이 자리를 비웠고 문을 열어주었어야 할 하인이 가만히 있었던 것에 대해 사과할 줄도 모르는 체구가 작고 마른 여자아이였다.

해나는 마음속에 그 하인에 대해, 그리고 분명 구멍 난 스타킹을 신었을 테고 그녀가 나타난 것이 전혀 반갑지 않았을 이 여자아이에 대해 또 하나의 기록을 해두었다. 해나는 조용한 태도에 조용한 태도로 응답했지만, 청과물상 주인이 트렁크를 들고 힘들게 올라가고 루스가 성냥갑을 찾아내 미스 몰의 다락방에 가스등을 켜준 다음 나름 최선을 다하느라 블라인드를 내리려고 창문으로 다가갔을 때는 품위를 지키려던 걸 잊고 이렇게 외치고 말았다. "오, 그러지 마! 창밖을 보고 싶어. 거의 남향이야. 안 그러니?"

그것은 지붕창, 그녀가 길에서 본 그 창이었고, 그녀는 자신이 비둘기장 구멍으로 내다보는 비둘기가 된 것 같았다. 집은 그녀가 생각했던 것보다 더 지대가 높았고, 맞은편 지붕 위로 반짝거리는 불빛 수천 개와 그보다 더 많은 지붕과 굴뚝의 흐릿한 윤곽선이 드러나 보였다. 그리고 래드스토의 헤아릴 수 없이 많은 교회 첨탑과 탑, 깃발 같은 연기를 뿜어내는 공장 굴뚝이 넓게 퍼진 혼잡스러운 건물들 속에서 제 모습을 드러내는 아침이면 전망이 아름답지 않은 것도 아니었다. 그녀는 고개를 약간 오른쪽으로 돌렸고, 바람이 그녀의 분홍색 오두막이 서 있는 지점에서 언덕을 가로질러 작은 과수원으로 곧장 불어왔다. 기쁨을 받아들이고 바람이 상기시키는 아픔을 무시하는 것, 청과물상 주인에게 돈을 더 얹어주고 루스에게 짐을 풀 거라고 말하면서 미소를 지어 보이는 것이 해나의 성격이었다.

그녀는 혼자 남겨지자 방 안을 유쾌하게 둘러보았고, 경사를 이룬 벽이 있는 이 좁은 방을 좋아하기로 마음먹었다. 그런 다음 늙은 사회운동가처럼 경계심을 드러내며 담요와 시트를 살펴보았고 검사하듯 매트리스를 툭툭 쳤다. 담요는 깨끗했고, 시트는 좀 거칠었다.

"울퉁불퉁하네." 그녀가 약간 얼굴을 찡그리며 매트리스에 대해 말했다. 하지만 괜찮다! 그녀에게는 창가에서 내다보이는 전망이 있었고, 배가 뿜뿜 기적을 울리며 강의 물길을 오르내리는 소리도 들릴 것 같았다. 그리고 멀지 않은 곳에 옛 거리와 초승달 모양의 거리, 특이한 골목길과 계단이 있는 진짜 어퍼 래드스토가 있었다. 그녀는 그걸 관으로 생각했던 것도 잊은 채 트렁크를 묶었던 끈을 풀었다.

트렁크의 크기만 보면 미스 몰에게 옷이 많을 거라고 오해할 수 있었지만 그녀가 옷을 다 꺼내 걸었을 때 서랍과 수납장에는 여전히 공간이 많이 남았다. 트렁크에는 아직 남은 것이 꽤 많았고, 그녀는 그 안에 늘 자신의 보물을 넣어 옮겨 다녔는데, 그중에서도 가장 소중한 것은 연녹색 병에 기적적으로 넣은 범선 모형이었다. 그녀는 솜으로 쌌던 모형을 꺼내 좁은 벽난로 선반에 올린 뒤 부드러운 시선으로 응시했다. 그녀는 그 배가 결코 용맹성이 더해지지도, 덜해지지도 않은 채 혼자 당당히 항해하는 모습을 보는 것을 좋아했고, 그러자 그 자체로 미스터리이자 더 큰 미스터리에 대한 암시로서 그 배가 그녀의 손이 미치지 않는 응접실 벽난로 선반에 놓여 있던 어린 시절 기억이 떠올랐다. 그 기억에는 그녀에게 아직 남은 그 시절의 장면과 소리, 냄새가 연결되어 있었다. 뜨거운 오후에 분홍색 꽃들 사이에서 붕붕거리던 무수히 많은 벌, 회양목 산울타리 뒤로 위험이 도사리는 정원길의 방향이 바뀌는 지점, 풀 먹인 점퍼스커트의 사각거리는 소리, 우유 통이 달그락거리고 끈으로 묶어 입는 아버지의 브리치스가 삐걱거리는 소리.

자신에겐 감사할 일이 많다고, 그녀는 생각했다. 그런 깨끗한 시골의 기억이 있다는 게 좋았고, 그 기억이 삶의 탄탄한 배경이 되어준다는 게 놀라웠다. 의식적, 무의식적으로 기억은 그 자리에 있었고, 그녀의 경험이 아무리 탁하고 더러웠더라도 뿌리는 건강한 땅에 내려져 있었으며, 그녀가 싹을 틔운 곳은 달콤한 향이 나는 것들 사이였다. 도시의 거리를 해나 몰보다 더 사랑한 사람은 없었지만, 그녀는 이 마을 사람들이 그냥 믿거나 당연시하는 문제들에 대해 알고 있다는 데서 은밀한 만족감을 느꼈고, 그것은 세상을 불안하게 떠돌고 자신이 어떤 사람인지, 혹은 어떤 사람일지에 대해 자꾸 생각이 달라지는 삶 속에서, 그녀에게 뭔가 영속적이고 좀 더 현실적인 느낌을 주었다.

그녀가 자신이 맡은 가장 최근의 역할을 하려고 옷을 다 입었을 때 문 두드리는 소리가 들렸고, 작고 마른 그 여자아이가 다시 나타났다. 저녁을 먹으러 오라고 미스 몰을 부르는 전달자가 되고 싶지 않았던 게 분명했다. 약간 숨이 찬 것 같았는데, 불안해선지 화가 나선지 계단을 올라와선지 해나는 알 수 없었다.

'이 아이를 살찌워야겠어.' 해나가 결의에 찬 밝은 미소를 지으며 생각했고, 이 아이가 미스 몰 방 문을 두드릴 핑계가 생기는 걸 기뻐할 날이 꼭 오게 할 거라고 스스로 다짐했다. 지금도 이 아이의 시선은 호기심을 감춘 채 병에 넣어둔 범선에 잽싸게 가닿았고, 해나는 그것 역시 마음에 기록해두었다.

침실은 기분 좋은 깜짝 선물 같았다. 집의 나머지 부분은 그녀가 그러리라 예상한 그대로였다. 현관에 희미하게 아침 식사를 요리한 냄새가 남아 있었고, 가스는 붉은색과 푸른색의 유리 랜턴으로 보호되고 있었다. 하지만 식사실로 들어갔을 때 그녀는 저녁 식사를 위해 식탁에 깔아놓은 녹색 서지 식탁보는 미처 보지 못했고, 녹슨 빛깔 양치식물이 거기, 가지형 샹들리에 아래 놓여 있는 것은 보았다. 세 개 중 한 개의 가지만이 반투명한 구체 전구 안에서 부글거리는 백열 가스에 연결되어 있었다. 나머지는 방치된 채 나무에 붙어 있는 시든 가지처럼 길쭉하게 튀어나와 있었다. 하지만 벽난로 양쪽으로 있는 평범한 가스등 덕에 방 안은 좀 더 환했는데(그래도 여전히 좀 어두운 편이었다) 이 불꽃은 분홍색과 흰색의 구체 전구 안에서 쉭쉭 부드러운 소리를 냈다.

그녀는 이런 것들을 노련한 시선으로 바라보았고, 식탁 위에 놓인 것이 식은 양고기일 거라는 의심을 확인할 새도 없이 그녀를 맞으러 깡충 나타난 젊은 여자의 손에 손을 잡혔다.

불안하거나 행복한 순간에 깡충거리는 걸음걸이가 에설 코더의 특징이었고, 참으로 해나에게 에설은 다루기 힘든 망아지를 연상시켰다. 치아와 안구가 두드러져 보였고, 반쯤 악동 같은 표정이 엿보였는데, 에설의 신체적인 특징에 그 주된 책임이 있는 것 같았다. 숱이 적고 색깔이 옅은 머리칼은 이마선이 너무 뒤로 물러나 자랐고, 눈썹도 숱이 부족했다. 하지만 그 소박한 모습에서 타인의 관심을 끌고 유지시키는 묘한 열정 같은 게 느껴졌다.

'누가 그녀를 마구간에서 학대하거나 그녀가 먹을 귀리를 훔치고 있는 거야.' 해나가 생각하는 동안, 에설은 자신과 아버지는 위기 위원회 회의에 참석했어야 했다고 수다스럽게 해명했다. '조심해야겠어. 그리고 어린아이 쪽은 굶주린 당나귀처럼 보이고. 내가 농장에서 자란 게 다행이야.' 해나는 두 사람을 쓰다듬고 안심시키면서 자신을 믿으면 포동포동 살찌우고 행복하게 해주겠다고 말하고 싶었다. 그녀는 칠면조처럼 부글거리고 거위 한 쌍처럼 쉭쉭거리는 가스 소리를 멈추고 싶었다. 여기에는 농부의 딸이 할 만한 일이 충분히 있었고, 이곳이 해나 몰이 스스로 선택한 장소는 아닐지라도 해나를 필요로 하는 장소인 건 맞았다. 그녀는 내일 저녁 식사를 위해 식은 양고기를 맛있는 해시● 요리로 만들고, 녹슨 빛깔 양치식물은 없앨 것이었다. 그 순간 바느질 모임의 많은 사람을 즐겁게 해준 목소리가 그녀에게 저녁 인사를 건넸다.

"그러니까 당신이 미스 몰이로군요." 그가 스펜서 스미스 부인의 진짜 모습과는 아주 다른 스펜서 스미스 부인의 사절에 적합한 목소리로 상냥하게 어조를 조절해 말했고, 이미 편견이 생긴 해나는 그가 대번에 그녀를 유용하지만 하찮은 존재로 평가했다고 생각했다.

세상에서 사고력이 가장 뛰어난 사람도 그와 똑같은 사람을 생각해내기는 힘들 터였다. 키, 회색이 언뜻언뜻 보이는 짙은 밤색 머리의 잘생긴 얼굴, 색깔이 더 옅은 뾰족한 턱수염, 체력도 아주 좋아 보였고, 그의 그런 모습이 방 안을 지배했다. 해나는 등을 꼿꼿이 폈지만 의기소침해져 코더 씨가 역

● 고기와 감자를 잘게 다지고 섞어 따뜻하게 요리한 것.

시 뭔가 놀랄 만한 인물이란 걸 인정해야만 했다.

그녀는 순순히 루스의 맞은편에 앉았고, 하인이 눅눅한 감자 요리를 내왔다. 코더 씨가 고기 써는 나이프와 포크를 가져왔다. 에설은 입을 다물었고 루스는 말하지 않기로 작정한 모양이었다. 루스는 접시에 놓인 양고기와 식탁 맞은편에 앉은 미스 몰을 화난 눈빛으로 쳐다보았지만, 아버지의 말이 시작되자 음식을 내려다보며 열심히 먹었다.

"여긴 역사와 관련된 건물이 많은 아름답고 오래된 도시죠, 미스 몰." 그가 말했다. "그리고 우리는 이 나라에서 가장 아름다운 교구 교회 중 하나를 갖고 있어요. 당신이 건축에 관심이 있다면 말이죠." 그가 그런 일은 있을 법하지 않다는 미묘한 분위기를 풍기며 덧붙였다.

해나는 자신의 무관심이 그 건물에 어떤 영향을 미치는지 묻고 싶었지만, 코더 씨는 건물의 안전성에 대해 묻는 말을 기다리지는 않았다.

"루스가 조만간 당신을 데려가서 거길 구경시켜줄 겁니다. 아마 토요일 오후가 되겠지, 루시?"

"토요일 오후에는 하키를 해요." 루스가 중얼거렸다.

"아, 그렇지. 아무렴, 그 시합!" 코더 씨가 기분 좋게 말했다. "음, 미스 몰 혼자 찾아갈 수 있겠죠. 대성당은 그렇게 멋지지 않아요. 나는 대성당에는 관심이 없지만, 우리 참사회 회의장은 꽤 자랑스럽게 여깁니다. 보면 놀랄지도 몰라요." 그가 스스로 말을 중단했다. "그런데 윌프리드는 어디 있지? 윌프리드는 조카인데, 대학교에서 의학을 공부할 예정이에요."그가 해나에게 말했다. "윌프리드가 어디 있는지 아니, 에설?"

에설의 눈이 불안하게 휘둥그레졌다. "약속이 있댔어요." 에설이 급히 말했다. 그리고 해나는 루스의 미소가 의도적으로 언니를 화나게 해서 큰소리를 유도하려고 계산된 게 아닌가 의심했다. "맞잖아, 루스! 오빠가 어제 내게 얘기해줬어."

"난 그 약속이 있단 걸 일주일 전에 알았어." 루스가 아무렇지 않게 대꾸했고, 해나는 이 버릇없는 여자아이가 한 말이, 사촌 오빠는 미스 몰이 처음 온 날에 같이 식사하는 자리를 피하려고 일부러 그랬다는 힌트를 준 것임을 알아차렸다.

로버트 코더가 눈썹을 치키며 애써 아무렇지 않은 척 말했다. "윌프리드가 정말로 약속이 있다는 것에는 나도 루스와 의견이 같군요. 하지만 우리가 윌프리드 때문에 시간을 낭비할 필요는 없지요. 내가 말하려던 건, 미스 몰, 당신이 교회 건축에 대한 내 관심에 놀랐을지 모르지만, 우리의 종교가 다를지라도 이런 건물들은 공동의 유산이라는 겁니다. 내가 15년 전 래드스토에 처음 왔을 때 흥미를 일으키거나 중요한 뭔가가 있으면 전부 가서 보기로 했고, 그렇게 해서 얻은 지식은 내게 아주 소중한 것이었어요. 나는 아주 많은 이의 마음속에 시민으로서의 자부심을 일깨웠다고 믿는데, 유감스럽게도 내 자식들에겐 그러지 못했군요." 그가 장난스럽게 말했다. "당신도 예언자에 대한 그 말을 알 겁니다! 내 생각엔 루스가 세인트 메리 교회 안에 한 번도 들어가보지 않은 것 같은데, 안 그러니, 루시?"

루스는 화가 났는지 얼굴이 붉어졌고, 자기는 교회를 싫어한다고 말했다.

"루스는 확고한 비국교도예요, 미스 몰. 하지만 우리가 편협한 태도를 보여서는 안 되겠죠. 그리고 래드스토에는 다른 아름다운 곳도 많아요. '아름다운 것은 영원한 기쁨이다.' 너희도 그 말 알지, 루스, 에설? 그리고 다른 흥미로운 볼거리도 있고요. 래드스토는 한때 잉글랜드에서 가장 중요한 항구였지만, 용적 톤수가 늘어나면서 그 위상이 사라졌어요. 큰 배는 강을 따라 올라오지 못하죠. 강에 조수간만 차가 있는데 꼭 가보세요. 협곡 부분이 가장 아름다워요. 하지만 수로가 몹시 좁고, 진흙 침전지는 아주 넓어요." 그리고 그는 꽤 길게, 하지만 해나로서는 그 정확성을 판단하기 힘든 내용으로 이 침전지가 어떻게 만들어졌는지 설명했다. "준설 작업이 계속되고 있지만, 크게 소용은 없습니다. 우리 교역에 큰 불운이죠."

"그렇군요." 해나는 귀가 먹지 않은 만큼 더 이상 멍청이가 되지 않기로 결심하고 말했다. 하지만 이렇게 덧붙였다. "거긴 충분한 가치가 있는 곳이죠. 썰물일 때 진흙이 아름다워요. 무지개색으로 찬란히 빛나고, 갈매기들이 거닐기에 아주 멋진 곳으로 변하잖아요."

코더 씨는 전속력으로 달리다 고삐가 잡힌 말처럼 어리둥절해 보였다. "그러니까 당신은 우리 강을 이미 봤군요?"

"오, 그럼요." 해나가 가볍게 말했다. "전 평생 래드스토를 알았어요."

"아, 정말로……." 코더 씨가 말했고, 갑자기 래드스토는 중요하지 않은 곳인 양 되어버렸다. "루스, 종을 울리겠니. 이제 푸딩을 먹어도 될 것 같은데."

8

가족의 충성심과 배신은 해류와 같다. 마주치는 장애물의 힘에 따라 마구 뒤섞이고 서로 부대끼고 위치를 바꾸고 분리되고 결합한다. 루스가 아버지의 지시적인 독백에 난처한 감정이 들었던 건 분명했지만, 낯선 사람의 의도가 순수했더라도 그 사람이 아버지를 당혹스럽게 한 건 참을 수 없었던지, 식사가 끝날 때까지 아버지에게 보여준 부드럽고 상냥한 태도와 동생이 화난 이유를 눈치채지 못한 듯 보이는 에설에게 몇 마디를 건네 코더 집안에 대한 충성을 선언했다.

해나의 혀는 해나에게 늘 위험해서 언제든 쓸 준비가 된 채로 이따금 해나를 곤란한 상황에 빠뜨렸다. 해나는 얼굴 표정은 통제할 수 있었지만, 빠른 대답이나 상대에게 당혹감을 주는 말을 하고 싶은 유혹은 참기가 너무 힘들었다. 해나가 이런 유혹에 저항할 수 있었다면 초인이나 마찬가지였을 테고, 에설이 해나와 함께 집 안을 한 바퀴 돌면서 해나에게 할 일을 일러주는 동안 해나가 조용하고 지각 있는 모습으로 의심을 풀어주려고 노력하지 않았다면 자기 미래에 아주 무신경한 사람이라는 의미였을 것이다.

두 사람이 루스가 녹색 서지 식탁보 위에 숙제를 펼쳐놓은 식사실로 되돌아왔을 땐, 젊은 남자가 어깨를 벽난로 선반 아래에 고정한 채 불가에서 등을 덥히고 있었다. 해나는 그의 늘씬한 몸과 신경 써서 헝클어놓은 듯한 짙은 색깔 머리를 보면서 그가 상당히 아름다운 젊은이라고 생각했지만, 다음 순간 그녀의 시선에 어리둥절한 눈빛으로 답하는 것을 보고, 또 눈썹을 치켜 그녀를 위로하면서도 미소를 지어 자신과 그녀가 처한 이 낯선 분위기에서 자신이 느끼는 재미를 함께 나누자고 초대하는 것을 보고 그는 그 자리에 그대로 있어야 할 사람이라고 결론을 내렸다. 그 모습은 운에 맡기고 되는 대로 활을 당긴 것과 같아서 화살이 과녁에 빗맞아도 누구도 그가 어디를 겨냥했는지 알 필요가 없으니 충분히 안전하고, 그의 인사에 대한 해나의 반응이 무덤덤해도 그는 무안을 당했다고 느끼지도 않을 것이었다.

"루스한테 당신에 대해 이야기해달라고 계속 졸랐어요." 그가 유쾌하게 말했다. "하지만 루스는 데이비드 밸푸어● 같아요. 설명하는 데는 젬병이죠."

"난 오빠한테 아무것도 말하지 않았어요!" 루스가 소리쳤다.

● 영국의 소설가 로버트 루이스 스티븐슨(1850~1894)의 소설 《납치》의 주인공.

"지금 내 머릿속에 떠오른 생각은, 네가 항의를 너무 많이 한다는 거야."

"하지만 오빠한테 오빠에 대한 뭔가는 말해줄 수 있지! 오빠가 곧 자기 자랑을 시작할 거라는 건 알겠거든."

"아니야, 그렇지 않아." 월프리드가 상냥한 목소리로 항변했다. "나는 그저 미스 몰에게 우리가 교양 있는 가문인 걸 알려주려는 거야. 정말로 그럴 수밖에 없지. 우리 책장에는《유명한 인용구》라는 책도 꽂혀 있고, 그걸 읽으면 많은 수고와 노력을 아낄 수 있거든."

"아버지가 오빠만큼 책을 많이 읽지 않았다는 말을 하려는 거라면……."

"난 삼촌 이야기는 꺼내지도 않았어, 이 꼬맹이야." 월프리드가 다정하게 말했다. "하지만 그럼에도." 그는 빈정대는 젊은이의 자세를 버리고 자연스러운 젊은이가 되었다. "그럼에도 난 삼촌이 책을 많이 읽지 않았다는 데 내기를 걸겠어. 네가 좋아하는 걸로 뭐든 걸게. 삼촌을 비난하는 게 아니야. 바쁜 분이잖아.《유명한 인용구》는 삼촌 같은 사람을 위해 만들어진 책이지. 그리고 그걸 이용하지 않는 게 바보고."

"아버지는 새끼손가락 감각이 더 발달했어." 루스가 입을 열었다. 루스는 금방이라도 울음을 터뜨릴 기세였다. "바보는 오빠야! 그리고 이 방에 이렇게 사람이 많은데 내가 어떻게 숙제를 끝낼 수 있을지 모르겠네! 내 방에 가서 할래. 감기에 걸리더라도 난 몰라." 에설이 타이르자 루스가 대꾸했다. 문에서 루스가 해나를 반쯤 흘끗 돌아보았다. "어쨌거나 그렇게 되어도 내 잘못이 아닐 거예요."

에설이 걱정스럽게 해나를 쳐다보았다. "저 애가 왜 저러는지 모르겠어요." 그녀가 말했다. "미스 몰이 우리를 어떻게 생각할지 모르겠어." 에설이 윌프리드에게 말했다.

"모르지. 그걸 우리가 알 수는 없으니까. 음, 내가 어린애를 놀려서 미안하게 됐어. 삼촌은 들어오셨니?"

"응." 에설이 다시 불안한 모습을 드러냈다. "아버지에겐 오빠가 약속이 있다고 말했어."

"있었지. 의대생 금주 모임에서 중요한 위원회 회의가 있었어……. 삼촌이 알고 싶다면."

"오, 윌프리드! 정말?" 에설이 푸른 구슬 목걸이를 목에 걸고 고리를 잠근 뒤 깜짝 놀란 듯 기쁜 미소를 지으며 말했다.

윌프리드의 눈꺼풀이 내려왔다. "하지만 알고 싶어 하지 않는다면." 그가 느릿느릿 말했다. "그런 건 없었지!" 그가 구부정한 자세로 우아하게 방에서 나갔다.

"맙소사!" 해나가 말했다. 그것이 첫마디였고, 그녀는 윌프리드가 그 말을 들었기를 바랐다. 그것이 그녀가 유일하게 반응할 수 있는 말이었고, 그녀는 그가 그 말을 자신이 의도한 대로 알아들었으리라 생각했다.

에설은 그 말을 놀랐다는 뜻으로 해석해 윌프리드는 짓궂고 잘 놀리는 사람이지만 일부러 불친절한 건 아니었다고 서둘러 해명했다. 그는 에설이 금주 개혁에 대해 얼마나 진지한지 알지 못했다. 혹 알았을 수도 있지만(미스 몰은 어떻게 생각했을까?) 자기는 아무것도 심각하게 받아들이지 않는 사람인 척하고 싶었을 것이다. 에설은 그가 의대생이 아니기를 바랐다. 의대생은 좀 거칠었지만 의사는 고상한 직업이고, 그중에서도 의료 선교는 가장 고상했다. 에설 스스로도 선교 활동을 (중국에서) 하고 싶었지만, 어머니가 돌아가시자 집에 남는 것이 의무가 된 것 같았다.

"이제 내가 왔으니, 내가 괜찮은 사람으로 판명되면, 너는 언젠가 갈 수 있을 거야."

에설이 극도로 수줍다고 할 만한 표정을 지었고, 한편으로 자신을 놀라게 한 대상에서 시선을 떼지 않았다. "글쎄요." 에설이 말했다. "나는 아버지를 위해 많은 일을 해요. 그리고 선교회에서 여성회 일을 하고 있고요. 멀리 떠난다는 생각은 이미 포기했어요."

"일반적으로 말하는 선교의 장, 혹은 무대는……." 해나가 말했다. "내가 그걸 꿈꿔보지 않았다는 게 아니라 10대 때는 대체로 이거 아니면 저거잖아. 하지만《유명한 인용구》에도 쓰여 있듯 세상 전체가 무대야."

"어떻게 보면 선교의 장도 마찬가지죠." 에설이 진지하게 말했다. "그리고 아마 집에 있는 게 정말로 더 힘든 일일 거예요."

"놀라운 이야기도 아니지!" 해나가 말했다. "내가 수선하거나 해야 할 다른 일이 있니?"

"오, 첫날 저녁에는 없어요, 미스 몰! 바구니가 저 수납장 안에 있는데, 유감스럽게도 거기 양말이 아주 많을 거예요."

"시작할 이유가 더 많아지는데. 그리고 코더 씨가 10시에 차 마시는 걸 좋아한다고 했니?"

"비스킷하고 같이요."

"비스킷하고 같이." 해나가 그 말을 반복했다. "깨어 있어야 하니까 그런 거겠지." 해나가 수선할 거리를 모아둔 바구니를 뒤적거리며 말했다. "그렇구나. 여기 수선할 게 아주 많구나."

에설이 다시 수줍은 모습을 보였다. "제가 늘 너무 바빠서요." 에설이 목걸이의 구슬을 만지작거리며 말했고, 한편 해나는 양말과 스타킹 안에 가려진 손을 넣어 수선할 부분을 만져보았다. "미스 몰이 와서 너무 기뻐요. 스펜서 스미스 부인의 추천으로 온 사람이라면 누구든 좋아했겠지만요."

"스펜서 스미스 부인이 너를 도와줄 하인을 고용한 거니?" 해나가 자연스럽게 물어보았다.

"오, 아니에요! 그 애는 내 친구예요. 클럽 친구 중 한 명요. 그래서 그 애도 수요일에는 늘 나가야 해요, 미스 몰. 저녁에 클럽의 사교 모임이 있거든요. 채플에서 하는 주중 예배인데, 그날은 아버지와 도리스와 제가 모두 나가야 하고, 저녁에 우리는 하이 티●를 마셔요."

"아마 정어리 요리를 먹겠지?"

● 영국에서 티타임 중 간단한 저녁 식사와 함께하는 차로, 주로 서민이 즐겨 마셨다.

"늘은 아니고요." 에설이 간단히 말했고, 해나는 이 양말들의 수선은 분담해서 해야 하고 에설의 불안한 손도 도와야 한다고 말하려다가, 다가가려 하다가도 갑작스러운 동작을 보면 겁을 집어먹는 성격의 이 젊은 여자에게 마음이 누그러지는 것을 느꼈다. 해나는 바느질을 계속했고, 불안해하는 망아지와 함께 있을 때처럼 쳐다보는 척하지 않으면서 에설이 다가오기 전에 해나라는 존재에 서서히 익숙해질 시간을 주었다. 그리고 해나는, 두려움이 에설을 자꾸 움찔움찔 물러나게 하지만 에설의 자신감도 점점 커지는 것을 느낄 수 있었다. 해나가 꾀를 부려 말했다. "내가 여기 있는 다른 모두에게 겁을 준 건 아닌지 모르겠다. 네 동생이 그 추운 데 올라가 있어도 괜찮을까?"

에설이 흰자를 드러냈지만, 이번에는 움찔 놀라지 않았다. "그 애는 그냥 혼자 두는 게 좋을 것 같아요, 미스 몰. 누구도 그 애를 다루는 법을 모르니까요. 엄마는 알았지만." 그리고 이제 울 것 같은 사람은 에설이었다. "그리고 루스는 모두가 그러듯 우리 오빠와는 잘 지내지만 내가 자기한테 잘해주는 건 원치 않는 것 같아요."

"루스가 아주 강해 보이진 않는데."

"아마 그럴 거예요." 에설이 희망을 담아 말했고, 해나는 여기 모두에게 인정받지 않으면 행복하지 않은 사람이 또 한 명 있다는 것을 알아차렸다. 그리고 이 아이는 자신이 원하는 감탄을 끌어내는 기술이 일반적인 수준보다 더 부족했다. 해나는 그것이 여성적인 욕망이고 그 욕망의 결과에 가장 중요하게 작용하는 것은 개인적인 요소라고 생각하는 편이었지만, 곧 이 집안에서는 누구도 그 욕망에서 자유롭지 않다는 걸 알게 될 것이었다. 로버트 코더는 전혀 노력하지 않았고, 그건 사실이었으며, 그는 자신에게 그런 노력이 필요 없다는 것을 알았다. 그리고 자기 위치에 있는 남자에게 과도하게 주어지는 칭찬을 당연하게 받아들였다. 그리고 그것이 인정되지 않을 때만 놀랐는데, 예배가 끝난 뒤 채플에서 그가 유순한 신자들을 토닥이고 그들도 그를 토닥이는 것을 보고, 해나는 왜 그가 자신을 표나게 차갑게 대했는지 쉽게 이해할 수 있었다. 그의 집에 도착한 첫날 저녁에 그녀가 발을 걸어 그를 넘어뜨린 셈이었고, 그도 자신의 허영과 그녀의 겉모습 때문에 어쩌다 그렇게 된 거라고 자신을 설득했겠지만, 그 뒤로 다시는 그녀의 일에 관여하지 않으려고 조심했다. 그리고 릴라가 왜 경비견 역할로 해나를 거기 보냈는지도 쉽게 알 수 있었다. 패치 위더스는 통통하고 색깔이 흐릿해지고 있지만 여전히 아름다운 금발의 여자로, 로버트 목사에게는 위로를 주는 동반자가 될 수도 있을 것 같았다. 그녀는 늘 자신이 의도한 대로 말했는데, 더 칭찬할 만한 것은 그 의도가 늘 그를 아주 기쁘게 해준다는 사실이었다. 해나는 목사의 책상에 올려진 죽은 코더 부인의 모습이 담긴 큰 사진의 먼지를 떨면서 그 여인이 자기 남편을 어리둥절하게 한 적이 한 번이라도 있었을지 궁금해했다. 그 여인은, 당연히 생각이 없어서는 아니겠지만 침묵을 지킬 수 있는 사람으로 보였는데, 해나는 그 얼굴을 보면 볼수록 더 좋아하게 되었고, 죽은 여인에 대한 릴라의 충성심이 채플에서 가장 주도적인 위치에 있는 여성으로서 자기 자리를 지키겠다는 단호한 의지를 표현하는 낭만적인 방법이란 것도 더 잘 알게 되었다.

릴라가 통로를 지나 신자석의 더 중요한 자리로 걸어가는 것을 지켜보거나 포치에서 해나를 만나면 묵례로 인사를 받고 가끔은 악수도 하는 것이 해나는 재미있었다. 해나는 늘 신경 써서 신중하게 대응하면서도 흘끗 쳐다보거나 손에 힘을 꽉 주었는데, 그러면 릴라의 눈동자에 경계의 빛이 떠올랐다. 어니스트가 헌금 접시를 돌리는 것을 바라보며 그에게 미소를 짓지 않기도 힘들었다. 그는 언제든 그녀에게 친절을 베풀 준비가 되어 있는 사람이라 해나가 그걸 부추기지 않기는 더욱 힘들었다. 그가 인사를 건넬 때는 후원자의 남편이 건네는 인사치고는 좀 지나치게 반가워하는 느낌이 있었지만, 포치의 분위기가 전반적으로 유쾌한 데다가 이 영적인 성찬을 함께한 사람들이 서로 헤어져 더 사적이고 물질적인 연회를 즐기러 가기 전에 어울리는 따뜻한 자리라고 생각하면 이런 형제애가 특별히 관심을 끌 것 같지는 않았다.

매주 일요일 아침 해나는 반짝거리는 푸른색 지붕 아래 앉았고, 블렌킨숍 씨를 쳐다보았지만 성과는 없었다. 깁슨 부인은 그녀에게 계속 고개를 끄덕여주었고, 이따금 소곤거리는 말도 건넸지만, 약속대로 해나가 차를 마시러 들렀을 때만 속

마음을 터놓을 수 있었다. 블렌킨솝 씨는 여전히 프린시스 로드에 살고 있고 그의 평화를 방해하는 불운이 더는 없었다는 걸 해나는 알고 있었다. 깁슨 부인은 해나가 한쪽 옆에는 루스를, 반대쪽 옆에는 잘생긴 청년을 앉힌 채 목사의 신자석에 앉아 있는 모습이 보기 좋다고 말했다. 부인은 교회에서 젊은 남자를 보는 것을 좋아했다. 블렌킨솝 씨는 어머니가 살아 계실 때는 더 바랄 수 없을 만큼 교회에 꼬박꼬박 잘 나갔지만, 지금은 가끔 저녁 예배에만 나갔다. 하지만 그럼에도 그는 가능한 한 꾸준한 모습을 보였고 깁슨 부인은 오로지 교회에 다니는지로만 사람을 평가하는 사람이 아니었다.

"아니에요, 정말로." 해나가 진지하게 말했다. "저는 코더 씨의 조카가 오지 않으면 예배 시간이 그렇게 즐겁지는 않아요." 그녀는 그가 가끔 찬송가의 문구를 멋지게 바꿔 자신의 귓가에서 불러준다거나, 설교나 즉석 기도 시간에 그의 팔꿈치가 자기 팔꿈치에 닿는다는 이야기는 깁슨 부인에게 하지 않았다. 윌프리드는 해나의 많은 어려움과 몇 가지 기쁨 중 하나였는데, 코더 씨 집에서 그만이 그녀의 어떤 자질을 치켜세워주는 쪽으로 그녀를 미심쩍게 보았고 그녀에게 관심을 보이는 것으로 그것을 인정했기 때문이다. 해나는 그 관심을 누르려고 최선을 다했는데, 일찍이 깨닫기로 그녀가 윌프리드의 호감을 사는 것은 에설을 자극하는 일이었고, 작정한 듯 그를 경멸하는 루스의 태도에서 그것이 드러났기 때문이다. 에설은 누가 갈등을 일으키지 않을 때는 미스 몰에 대해 친절 그 자체였고, 윌프리드에게 그런 것처럼 해나에게도 자기 마음을 잘 공유하지 않았다. 에설이 화가 나면 루스는 더욱 자극하려 드는 듯 보였고, 한편 윌프리드는 어리둥절할 만큼 빠르게 태도를 바꿔 두 사람을 차례로 놀렸다. 진실은 에설이 공개적으로, 루스는 남몰래 윌프리드의 외모와 무심한 척하는 모습과 신성히 여겨야 한다고 가르침을 받은 모든 것을 무시하는 태도를 우러러본다는 것이었고, 해나는 비록 상황을 더 뚜렷이 파악한다고는 해도 자기 역시 같은 입장이라는 사실을 깨닫고 당혹감을 느끼면서도 한편으로 재미를 느꼈다. 명백한 결점에도 그는 사랑스러운 젊은이였는데, 그녀가 보기에 그의 가장 사랑스러운 면은 삼촌이 목사 역할을 가장 충실히 하고 있을 때 그녀와 잽싸게 눈을 마주치는 방식이었고, 한편 채플에서 그녀를 팔꿈치로 꾹 찌르는 것은 그가 그러는 걸 그녀가 계속 무시해도 그를 속일 수는 없다는 것을 나타내는 표시였다. 그녀는 순박한 미스 몰인 척하면서 코더 씨를 위해 집안을 관리하고, 효율적으로 일하고, 루스의 지속적인 적대감에 동요되지 않으며 둔감한 모습을 보이고, 느닷없이 휘몰아치는 에설의 우정은 받아주되 질투는 무시하고, 윌프리드의 위트를 자신의 위트로 받아칠 수 있는 기회는 흘려보냈지만 그런 찌르기와 눈짓이 경고한 것처럼 그를 속이는 데는 실패했다.

그것은 해나에게 용기를 북돋아주었다. 그것이 그녀가 할 일을 가볍게 해주었는데, 그 일이란 계속 그것을 게임으로 여길 때만 잘해낼 수 있는 것이었고, 지금까지는 그 게임에서 윌프리드의 인정과 식사 질의 개선만이 그녀가 획득한 유일한 점수였다. 이런 불화의 순간들에서 조화를 끌어낼 때, 그리고 침입자도 친구가 될 수 있다고 루스를 설득하는 데 성공했을 때 그녀는 다시 점수를 따겠지만, 그녀에게는 익숙하지 않은 신중한 태도로 경기에 임해야 할 것이고, 그러지 않으면 게임에서 질 것이었다.

자신은 왜 이런 고생을 자처했는가? 그녀는 이따금 자문했다. 게임 자체를 위한 것이었는가, 아니면 어쨌거나 미래에 대한 준비를 확실히 해야 한다는, 그리고 젊음이 물러난 지금 이제 더는 실패할 수는 없다는 뒤늦은 깨달음에서였는가? 자신의 질문에 답할 수는 없었지만, 그녀는 날마다 코더 부인의 사진에서 먼지를 떨어내면서 자신과 이 여자 사이에 깨서는 안 되는 무슨 협정 같은 것이 존재한다고 상상했다.

9

해나가 어떤 가족이든 가족과 함께 지낸 건 오래전이었다. 말썽꾸러기 아이 여섯 명과 병든 엄마와 결혼의 시련과 실망을 애써 감추려는 아빠와 싸움을 벌이는 고달픈 경험을 한 뒤, 그녀는 상대적인 여유를 바라며 늙은 여인을 보살피는 일자리를 골랐고, 특정한 역할을 성공적으로 해낸 다음 다른 역할은 따내지 못하는 배우처럼, 자신의 남은 인생에 늙고 쇠약하고 외로운 여인들을 보살피는 숙명이 주어진 것 같았다. 어린아이들을 다루는 일에는 타고난 재능이 없다는 의심을 받으면서도 뜯어진 바늘땀을 보완하거나 깨끗한 주머니 손수건을 가져오거나 책을 읽어주는 일로 근근이 생계를 유지하면서, 해나는 그런 성격의 일이 사람을 얼마나 지치게 하는지에 대해 열변을 토할 수도 있었다. 그녀는 종종 청소부를 부러운 마음으로 쳐다보면서 솔과 들통을 들고 하는 건강한 노동을 갈망했고, 침실을 빌리고 낮에 나가 일하는 방법을 선택하지 않은 자신의 어리석음을 생각하며, 고상한 삶에 대해 경멸하는 척해도 희미하게 남은 자신의 욕망을 비난했다. 그녀도 훌륭한 청소부가 될 수 있었을 것이다. 릴라가 마땅히 개탄할 만한 그녀 안의 저속한 면은 말벗이나 가정부가 되기에는 그야말로 부적합했지만 청소부에게라면 긍정적이고 권할 만해서, 그녀는 자기 모습을 이 집 저 집 돌아다니는 체력 좋고 유머 감각 있고 말의 자유를 누리고, 자기 소유의 집이 있고, 이처럼 복잡한 성격들을 다룰 필요가 없는 완벽한 허구의 청소부로 그려보았다. 음, 코를 킁킁거리며 실제로 그렇게 될지도 모른다고 혼잣말을 했는데, 그런 직업군에 속한 여자들은 부유한 노신사의 상속인이 될 가능성은 없어 보였지만, 해나는 여전히 그 즐거운 가능성을 주시하는 척했다. 채플에서는 그 설명에 해당하는 사람은 누구도 보지 못했고, 모든 창문에서 먼지떨이를 흔들었지만 추파를 던지던 16번지 불한당 같은 남자의 얼굴도 보지 못했다. 반짝거리는 10월이 눅눅한 11월에 자리를 내주었고, 앵무새에게나 정원 손질을 하기에는 좋은 날씨가 아닌가보다고 그녀는 짐작했다. 그녀는 이따금 16번지 남자가 후문으로 터덜터덜 걸어가는 것을 보았고, 그가 밤중에 고양이를 불러들이는 소리도 들었지만, 그와 마주칠 계획을 세울 시간이 없었다. 그녀는 여느 청소부처럼 열심히 일했고, 새롭고 힘든 환경에 스스로 적응해야 했다.

가장이 있는 다른 환경의 가정에서는, 가장이 아침에 그럴법한 시간에 떠나고 저녁까지 돌아오지 않는다는 게 보장되지만, 코더 씨의 이동에는 그런 규칙성이 없었다. 모자와 코트가 걸려 있는지의 여부만이 그가 나갔는지 들어왔는지 보여주는 확실한 지표였고, 현관을 지나면서 나무못을 쳐다보고 어떤 장면을 보는지에 따라 기분이 좋거나 시무룩해지는 것이 해나의 습관이 되었다. 인정하고 싶지 않지만 그라는 사람을 무시할 수 없었다. 해나가 얼마간 단조롭게 흥얼거리는 노랫소리는(말하는 목소리와는 묘하게 대조적이었는데) 대체로 그가 집에 있을 때는 들리지 않았다. 그는 딸들의 기질을 억눌렀지만, 해나는 그가 딸들에게 기질이란 게 있다는 걸 아는지 궁금했다. 그와 나누는 대화는 숨이 막혔는데, 그에게는 모든 주제에 대한 정보가 준비되어 있었고, 그는 자신과 다른 의견이 나오면 재미있어하거나 화를 냈기 때문이다. 하지만 거의 하루도 방문객 없이 지나간 날이 없었는데, 도움이나 충고가 필요한 누군가가 일하면서 해결해야 할 어려움이 있는 채플 직원이나 중요한 임무를 맡은 집사가 그들이었고, 서재에서 흘러나오는 목소리가 늘 로버트 코더의 목소리는 아니었다. 그가 먼저 웃음을 끌어내기도 했는데, 거기에는 반응이 뒤따랐고, 사람들은 왔을 때보다 더 행복한 표정으로 돌아갔다. 그럼에도 해나는 서재 문 앞을 지나갈 때 얼굴을 찡그렸다. 코더 부인이 그 훌륭한 남자의 책상에 놓인 자기 자리에서 그가 말하는 것을 진지하게 들으며 침묵의 신랄한 논평을 하고 자신이 그에 대해 아는 것과 그가 사람들에게 주는 충고 사이에서 균형을 맞추고 있으리라는 것을, 그럼에도 해나보다는 더 관대하고 그에 대한 가혹한 평가는 거부하리는 것을 그녀는 확신했다. 그녀는 코더 부인을 자신과 같으나좀 더 지혜롭고 좀 더 친절하고 좀 더 참을성 있는 인물로 그렸는데, 그런 것들은 해나에게 특히 많이 부족한 자질이었다. 남자와 여자의 좋고 나쁨을 그 각각의 육체적이거나 정신적인 부분을 받아들이는 만큼 쉽게 받아들이는 자신에게 자부심을 느끼는 그녀였지만, 로버트 코더에게는 의도적으로 반감을 형성하고 있었기 때문이다. 아마 그의 휘날리는 코트 자락이 그녀를 짜증 나게 하는 만큼 그녀의 휘날리는 치맛자락도 그를 짜증 나게 했을 것이다. 그녀는 반대 의견을 조롱하며 물리치는 것이 자랑거리가 되는 남자의 넓은 마음은 믿지않았고, 그런 남자의 콧수염 아래 가려진 작고 다물린 입을 알아볼 수 있었다. 아이가 없는 대부분의 여자처럼 그녀 역시 자식을 갖는 기쁨과 특권을 더 대단한 것으로 여겼는데, 로버

트 코더는 그런 게 있는지도 모르는 것 같았다. 그가 아버지
로서 다정하지 않은 것은 아니었다. 충분히 상냥했지만, 자식
들이 그에게 애정을 표현하는 것은 불가능하게 막아놓고 그
런 분위기에서 더욱 장황하게 자기 혼자 이야기를 늘어놓는
사람이었다. 해나가 보기에 그는 딸들을 자신이 느낀 것과 자
기가 한 행동에 귀 기울이는 청중으로 여기고, 딸들이 그를
짜증 나게 하지 않는 한은 각자 개성이 있다는 것을 잊고 있
는 것 같았다. 해나는 그의 평범한 추정을 짜증스럽게 들으면
서도 한편으로는 그에 대해 내린 자신의 평가를 입증하는 증
거를 찾아보는 것을 즐겼는데, 그는 그녀를 실망시킨 적이 거
의 없었다. 상황이 그에게 순조롭게 흘러간다 싶으면 그는 말
을 해야 했고, 바로 그때가 월프리드의 시선이 그녀의 시선을
찾을 때였다. 그는 눈꺼풀을 아주 조금 내리거나 눈썹을 치키
거나 부자연스럽게 근엄한 표정을 짓는 것으로 탁자 건너 그
녀에게 메시지를 보냈다.

　해나는 자제심을 발휘하는 것에서 고행의 즐거움을 누렸
다. 그녀가 이곳에서 단단한 입지를 굳히기 전에 자기가 어떤
사람인지 내세우면, 후원자인 릴라조차 그녀를 구해낼 수 없
을 것이었다. 로버트 코더가 그녀를 자기보다 더 똑똑하다고
의심하기 전에 그녀는 자신이 유용하다는 것을 보여주어야
했고, 또한 신중하게 행동해야 했는데, 그녀는 코더 부인과의
사이에서 지켜야 할 협정이 있었고 스스로 입증할 수 있는
힘이 있었으며, 이 생각은 웃어넘길 만한 것이었지만, 그녀에

게는 냉소주의라는 얇은 껍질 아래 개혁가의 열망이 있었다. 그녀는 루스를 살찌우고 그 얼굴에 이따금 행복의 표정을 떠올리게 하고 싶었고, 에설의 불안을 덜어주고 집 안에 뭔가 아름다움을 불어넣고 싶었다. 그녀가 보기 싫은 가구를 바꿀 수는 없겠지만(코더 부인은 그 취향에서는 형편없었다) 친근함과 유머와 유쾌함에는 돈이 들지 않았다. 그것들은 사실 무일푼인 해나의 주머니 안에서 이 다루기 곤란한 사람들이 꺼내가기를 기다리고 있었고, 해나는 그들의 시간과 자신의 시간이 오기를 기다리고 있었다.

그녀는 선교회에서 에설이 하는 일이 집의 상태가 보여주는 것만큼 힘들지 않다는 것을 알 수 있었다. 에설은 한번씩 폭발하듯 열정적으로 활동했고, 여성회에 꾸준히 참석했으며, 이따금 아버지가 편지 쓰는 것을 도왔고, 그런 뒤에는 온종일 할 일이 없는 것 같았다. 그리고 외로운 게 끔찍이 싫다는 듯 집 안에서 해나를 그림자처럼 졸졸 쫓아다녔고, 도와주겠다고 나서지는 않으면서 해나가 일하는 모습을 지켜보았으며, 책의 페이지를 넘기거나 불쑥불쑥 대화를 시작하거나 옷을 수선하거나 좀 싸구려 티가 나는 옷을 개조하면서 저녁 시간을 보냈다. 색깔과 장신구에 대한 열정은 방향이 좀 어긋나 목걸이 구슬이 자그락거리는 소리가 에설의 불안한 움직임의 끊임없는 동반자였다. 루스는 찡그린 얼굴로 공부하면서 에설에게 조용히 해달라고 부탁했고, 어느 밤에는 왜 응접실 벽난로에 불을 피우면 안 되냐며 에설과 미스 몰이 거기

가서 앉아 있으면 자기는 여기서 평화롭게 있을 수 있을 거라고 말했다.

"이 집에서 방마다 다 불을 피울 수는 없어." 에설이 설명했다.

"도리스도 따로 불을 피우고, 아버지도 그렇게 하는데, 왜 나머지 우리는 불 하나를 같이 써야 해? 그리고 어쨌거나 돈을 관리하는 건 미스 몰이니까 언니가 끼어들 건 없지!"

미스 몰은 아무 말 하지 않았다. 에설을 비꼬려는 의도에서 한 말이었겠지만, 적어도 미스 몰의 존재를 인정한 것이기도 해서 그녀의 입술에는 작은 미소가 떠올랐는데, 그 순간 윌프리드가 들어와 손뼉을 치면서 외쳤다. "당신을 처음 본 그 행복한 시간 이후로 당신이 진짜로 누군지 줄곧 궁금했는데, 마침내 알아냈어요! 좋은 저녁, 모나리자. 내가 말하고 있는 대상이 당신인 걸 모른 척하지 마요!"

해나가 고개를 들었다가 내렸다. "긴 코가 닮았겠죠." 그녀가 말했다.

"전혀! 은밀한 미소가 닮았죠. 그건 세상의 모든 지혜 같고요."

에설은 당황했고, 기분이 몹시 상한 듯 보였다. 루스가 호기심을 보이며 잠시 고개를 들었다가 책 위로 머리를 숙이고는 두 손으로 얼굴을 가렸다.

"모나리자가 누군지 지금 기억이 안 나요." 에설이 말했다.

"예쁘지 않은 여자." 해나가 말했다.

"그럼 미스 몰에게 모나리자와 닮았다고 한 건 윌프리드가 아주 무례한 거네요." 에설의 목소리에서 안도감이 느껴졌다.

"그렇다기보다는……." 그가 말했다. "모나리자가 아름답지 않을진 모르지만, 세상에서 가장 매력적인 여자이긴 하지."

"오!" 에설이 무덤덤하게 말했고, 잠시 꼼지락거리다 방에서 나갔다.

윌프리드가 문을 향해 고개를 끄덕였다. "사전 찾아보러 갔을 거예요!"

"아니야, 그렇지 않아." 루스가 메마른 목소리로 말했다. "에설이 올라가서 자기 방에 들어가면 서랍을 열었다가 닫았다가 이것저것 탕탕 치고 몇 시간 동안 계속 그럴걸. 나는 잠도 못 자게." 루스의 목소리가 몹시 높아졌다. "눈치가 좀 있으면 안 돼?" 루스가 외쳤다. "그런 얘길 할 거였으면 에설이 이 자리에 없을 때 하지 그랬어?"

몇 주 만에 처음으로, 해나는 정신을 바짝 차리고 있어야 한다는 걸 잊어버렸다. 엄청난 정신적 피로감과 메스꺼운 느낌이 그녀를 덮쳤다. 손에서 일감이 미끄러져서 그녀는 의자 등받이에 기대 잠시 눈을 감았다. 해나는 루스가 에설의 본성을 투명하게 들여다볼 수 있다는 것이, 에설의 본성이 지금 그럴 수밖에 없다는 사실을 루스가 그토록 통렬하게 안다는 것이 무섭게 느껴졌다. 루스의 나이에, 해나는 어퍼 래드스토에 있는 학교에 다녔고, 농장에 살면서 주위들은 섹스 과정에 대한 친밀하고 솔직한 지식이 있었으며, 자기가 있건 없건 아버지가 거리낌 없이 말했던 문제들이 학교에 가면 소곤거리는 은밀한 주제라는 것을 깨닫기 시작했다. 해나가 받은 충격은 릴라가 자신이 받았다고 경건하게 주장하던 충격과는 그 성질이 달랐는데, 릴라는 신체 세부에 혐오감을 느꼈고, 해나는 누구라도 그런 걸 불결하게 여길 수 있다는 태도가 역겨웠다. 해나는 분명 무의식적이겠지만 루스가 몸의 명령을 따르는 자기 마음을 짜증스럽게 경험하는 것을 아직은 보지 않아도 되었다.

이런 식의 미숙한 사고가 미스 몰은 역겨웠지만, 진실은 더욱 나빴다. 여성에게 주어지는 문명의 혜택이나 여성이 순결을 지키는 것을 두고 왈가왈부하는 것은 그렇다 쳐도, 존경받는 사람으로 여겨지고 싶으면 그런 모습 말고는 결코 다른 모습이 될 수 없는 수많은 젊은 여자의 마음은 어쩌겠는가? 그리고 루스도 아마 에설처럼 원인이 뭔지 모를 테고, 그렇다면 루스 역시 그 영향들이 만든 불행한 희생자였다.

한숨을 쉬며 눈을 든 해나는 루스가 놀라고 흥미로운 시선으로 자신을 쳐다보고 있는 것을 보았다. 그 표정을 보면서 해나는 자신을 드러내지 않기로 한 것이 과연 올바른 방책이었는지 생각했다.

다음 날 저녁에 응접실에는 불이 피워졌고, 집 안에는 명절의 분위기가 감돌았다. 로버트 코더가 래드스토 외곽에서 열리는 무슨 회의에 연사로 초청되어 그날 밤 돌아오지 않는다고 했다. 해나는 그들이 평소 잘 먹을 수 없는 깜짝 놀랄 만한 음식으로 저녁 식사를 준비했는데, 다른 날은 식욕이 왕성한 코더 씨 때문에 푸짐하게 차려야 했기 때문이다. 식구들은 그녀의 노력을 인정해주는 품위를 보였다. 에설은 윌프리드나 미스 몰에게 감정의 앙금이 전혀 없는 척하느라 애처로울 만큼 최선을 다했고, 루스는 공공연히 음식을 즐겼으며, 윌프리드는 추켜세우거나 놀리고 싶은 욕구를 잘 참았다. 해나는 이것이 일시적으로 행복한 가족을 아주 잘 흉내 낸 것이라고 혼잣말을 했다.

식사가 끝나고, 루스는 식사실에 남아 바라던 대로 평화롭게 숙제를 했지만, 해나는 밤의 의무인 벽난로 불을 살피거나 수선할 옷가지를 모으며 좀 더 머뭇거렸다.

"이제 괜찮지, 응?" 해나가 유쾌하게 말했다.

루스의 작고 걱정스러운 얼굴이 더욱 긴장했다. "혼자 있고 싶다는 뜻이 아니었어요." 루스가 말했고, 해나는 루스의 시무룩한 표정이 당황해서라는 것을 깨달았다. "나는 그냥 조용한 걸 원하는 거예요. 미스 몰은 가만히 앉아 있잖아요. 에설하고는 달라요. 에설은 저기서 윌프리드하고 둘만 있으면 더 행복할 거예요."

"그럼 나는 그냥 여기 있을게." 해나가 말했고, 둘 중 누구도 루스가 책을 옆으로 치우고 잠을 자러 갈 때까지 다시 입을 열지 않았다.

"잘 자." 해나가 차분하게 고개를 끄덕이고는 미소를 지으며 말했다.

루스가 몸을 불 쪽으로 굽혀 두 손을 데운 뒤, 숨을 조금 고르면서 그 자리를 떠났다.

"저 애의 마음을 얻어야겠어!" 해나가 혼잣말을 했다.

그리고 그날 밤 어느 시점에 그녀는 깜짝 놀라 눈을 떴다. 꿈을 꾸고 있었는데, 종종 꾸는 꿈의 변형이었다. 장면은 늘 똑같았다. 배경은 그녀의 오두막 근처 어딘가, 천장이 낮은 방, 아니면 과수원이었는데, 그곳에서 그녀는 아주 행복하거나 어리둥절하거나 몹시 괴로운 상태였고, 오늘 밤 주된 상황은 갈등이었다. 그 고통에, 혹은 자신의 비명에 잠이 깬 거라고 생각하고 가만히 누워 마음을 가라앉히는데, 문 바깥에서 무슨 소리가, 그리고 손잡이 돌리는 소리가 들렸다.

"누구세요?" 그녀가 말했고, 꿈의 여파 때문에 목소리가 그리 차분하지 않았다.

"저예요, 미스 몰. 이상한 소리가 들린 것 같아서요."

해나는 더듬더듬 성냥을 찾아 침대 옆에 있는 초에 불을 붙였다. 루스는 문간에 잠옷만 입은 채 서 있었다. 발은 맨발이고, 흐릿한 불빛 속에서 놀란 눈을 한 모습이 작은 유령처럼 보였다.

해나는 침대에서 폴쩍 내려왔다. "들어와, 얼른!" 그녀가 외쳤다. 그리고 루스의 몸을 침대보로 감싸준 뒤 자신은 가운을 걸쳤다. "무슨 일이니?" 그녀가 짤막하게 물었다. "도둑이 들었어?"

"모르겠어요." 루스의 치아가 덜덜거렸다. "꿈을 꾸고 있었어요."

"아, 나도 그랬어." 해나가 말했다.

"꿈을 꾸고 있었는데…… 바보 같아 보이겠지만, 드레스 룸에서 잠을 자고 싶진 않아요. 아버지가 그 방에 있을 때도 충분히 별로였는데, 오늘 밤 아버지 방은 완전히 텅 비었거나 너무 가득 찼어요. 그리고 가스등을 켤 성냥도 못 찾겠고요. 그런데 누가 움직이는 소리가 들린 것 같아서 여기로 달려온 거예요. 미안해요, 미스 몰."

"그 이야긴 됐어!" 해나가 말하고, 우스꽝스러운 표정을 지어 보이며 침대에 앉았다. "도둑이 들었다면 넌 여기 있는 게 좋겠어. 방해해서 좋을 게 없거든. 안 그러면 도둑이 나쁜 마음을 먹을지도 몰라. 마음대로 집어 가도록 시간을 조금 주자. 떠난 것 같으면, 내가 가서 살펴볼게."

루스가 웃었고, 이렇게 자연스러운 웃음소리를 해나가 들은 것은 이번이 처음이었다. "도둑은 전혀 아니었던 것 같아요. 도둑들은 이런 집에는 오지 않아요. 안 그래요? 하지만 그 방에 다시 돌아가고 싶지는 않아요, 미스 몰."

"안 가면 되지. 내가 갈게. 서로 시트를 바꿔 써도 괜찮지? 그리고 너는 여기 위에서, 벽난로 위에 내 작은 배가 있는 채로 잠들면 기분이 좋아질 거야. 이제 자야지?"

루스가 고개를 끄덕였다. "그 작은 배는 어디서 났어요?"

"시골에 있는 옛날 집 벽난로 선반에 있던 걸 가져왔어. 언젠가 그 얘기를 해줄게."

"시골 어디요?"

"언덕 너머…… 하지만 그리 멀진 않아." 그녀는 잠시, 혹은 조금 더 길게 말없이 아래를 내려다보았다. "음." 그녀가 말했다. "지금은 그들도 떠나고 없겠지. 잘 자. 잘 거라고 약속해줘."

"미스 몰은 겁나지 않아요?"

"조금도. 도둑을 한 번 만난 적이 있는데, 괜찮은 사람이었어. 그 이야기도 낮에 해줄게. 이제 촛불을 꺼야겠다. 알겠지만."

"알아요. 나는 괜찮아요, 미스 몰……." 어둠이 이 고백을 더 쉽게 만들었다. "도둑이 들었다고 제가 정말로 생각했을 리 없어요."

"아무렴, 그건 악몽이었어. 나도 꿈을 꾸고 있었단다. 네가 깨워줘서 기뻐. 내일 야간 등을 사 올게. 성냥은 필요하면 그 자리에 꼭 없다니까."

"그리고 급할 때는 꺼지고요. 그리고 미스 몰……." 이 말은 여전히 어려운 것 같았다. "아무한테도 말 안 할 거죠?"

"당연히 말할 건데!" 해나가 짐짓 진지하게 말했다. "아침에 가장 먼저 도리스한테 말하고, 그다음엔 언니한테 말하고, 사촌한테 말하고, 아버지가 돌아오시면 아버지도 이 이야기를 전부 듣게 될걸."

루스가 다시 웃었고, 약간 유령 같은 소리를 냈다. 해나는 어두운 계단을 내려가면서 승리감에 젖어 혼잣말을 했다. "이제 이 아이의 마음을 얻었어!" 하지만 자신의 승리가 약간 당황스럽기도 했다. 소유하면 방해받는 일이 생긴다는 걸 그녀는 알고 있었다.

10

다음 날 아침 식사 시간에 두 사람을 보면서 그들의 관계가 변한 것을 짐작한 사람은 아무도 없었을 것이다. 루스는 수줍음이 너무 많고 해나는 너무 영리해서 행동을 달리하기에는 두 사람 다 너무 신중했다. 해나는 승리를 지나치게 밀어붙이고 싶지 않았다. 적은 곧 무조건 항복할 테고, 에설의 질투심을 키울 필요도 없었다. 에설의 견해로는 윌프리드가 미스 몰이 세상에서 가장 매력적인 여자라고 암시한 것은 물론 허튼소리였겠지만, 그의 허튼소리에는 대체로 마음을 찌르거나 달랠 만큼 충분한 진실이 담겨 있어서 감정을 잘 숨기지 못하는 에설은 감정이 상한 데다 어리둥절했다. 윌프리드에게 매력적인 여자는 어떤 여자인 거지? 두 사람을 번갈아 쳐다보면서 에설은 그렇게 묻고 싶은 것 같았다. 스물세 살의 에설에게 미스 몰은 거의 늙은 여자나 다름없었고, 매력적이기를 바랄 나이는 분명 넘겼다. 해나는 예쁜 것도 아니었는데, 그럼에도 해나가 이 방에 있을 때 윌프리드는 늘 그녀를 보고 있었다. 에설은 미스 몰을 좋아했지만, 윌프리드가 미스 몰을 아예 좋아하지 않았더라면 더 좋아했을 것이다. 미스 몰이 함께 지내니 집이 안전한 느낌이었다. 불이 나거나 누가 아프면 미스 몰이 어떻게 하면 될지 방법을 알 테고, 그녀가 온 뒤로 생활은 더 편안해졌다. 에셀은 식단을 짜는 일에서 해방된 것을 선교회에서 도리스와의 공동 유대를 해치지도 않고 여성회에서 회원들에게 깐깐한 여자로 알려질 염려도 없이 도리스에게 일을 시키는 역할에서 해방된 것을 감사하게 여겼다. 에셀이 왜 무능한 가정 관리인이고 미스 몰이 왜 유능한 가정 관리인인지에는 전부 다 이유가 있었다. 마흔 살은 마음을 어지럽히는 욕망이나 야심, 희망, 실망은 사라지고 차분해져 하루하루의 일에 만족하게 되는 나이일 텐데, 에셀은 이따금 그런 상태의 미스 몰이 부러웠지만, 불쌍하게 여겨질 때가 더 많았다. 한편 에셀은 늘 월프리드가 미스 몰에게 알랑거리는 것이 자신의 관심을 끌기 위한 새로운 방법이라고 믿으려 했다.

당연하게도, 누구도 미스 몰이 자신의 비둘기장 안에 혼자 있는 모습을 보지 못했고, 누구도 그녀가 잠들거나 깬 채로 꿈을 꾸고 있는 모습을 보지 못했다. 그녀의 삶도 그들의 삶이 그들에게 그런 것만큼이나 그녀에게 중요하다는 것을, 그녀에게도 똑같이 모험과 로맨스의 가능성이 있다는 것을, 그녀에게 현재가 미래의 모형이 되리라는 생각은 죽는 것과 다름없다는 것을 이해하기에 그들은 모두 너무 어리거나 너무 자신에게 몰두해 있었다. 이것은 불만의 태도가 아니라 희망의 태도였고, 에셀이 중년의 체념으로 여긴 것은 단조로운 것에서 드라마를 만들어내는 역량이었다. 여기에 그 자체로 충분히 평범한 작은 사회가, 외부에 위협적인 위험이 있듯 내부에도 마찬가지로 음모가 있는 모든 사회의 미니어처가 있었다. 그 사회의 인정받는 우두머리는 로버트 코더였는데, 그는 자신이나 자기 위치에 대한 확신만 있을 뿐 자신의 통치가 부사령관의 비난을 받거나 신하들의 반역을 야기할지도 모른다는 의심은 아예 하지 못했다. 공식적인 연설이나 설교에서 그는 해나가 보는 그대로 개성이 행동에 대한 이론보다 더 강하고, 탄력적인 성격이 경직된 성격보다 더 지속적인 작은 사회로 가정을 묘사했을 것이다. 그는 변화나 투쟁 없이는 삶이 없다고 말할 것이고, 비유를 써서(해나는 그를 위해 설교문을 작성해보는 걸 좋아했다) 젊은이는 공간과 공기가 주어져야 하는 식물에, 연장자는 성장이 어느 정도 공고해지기 전까지는 식물을 가두거나 자르지 않는 지혜로운 정원사에 비유했을 것이다. 그는 모든 말에 진지했고, 자신도 자기가 충고하는 대로 살아간다고 믿었지만, 본인의 집에서는 좁은 반경에 묘목을 심고 모든 것이 있는 그대로 좋다고 생각했다. 좋은 땅을 만들어준 것만으로 충분하고, 무럭무럭 자라는 것은 묘목의 특권이자 의무였다. 그는 그것들을 이따금 한쪽 눈으로 쳐다보았고, 그것들이 여전히 그가 심은 자리에 그대로 있는 것이 확인되면 굴종을 만족한 것으로 여기고 친밀감을 동지애로 여겼다. 해나도 인정했듯 그가 그것들의 성장을 바란 데에는 의심의 여지가 없지만 그는 자기가 원한 만큼 형태가 만들어지지 않으면 분노를 드러냈고, 공공연히 휘두르진 않아도 모두가 그의 주머니 안에 전지가위가 있다는 것을 알고 있었다. 그것을 거기 넣어두는 데는 일반적인 음모가 존재했고, 투쟁은 땅 밑에서 일어났다. 그는 바쁜 사람이었고, 숨겨진 걸 찾으려고 할 것 같지는 않았다.

다른 사람들은 늘 그러듯 그의 가족에 대해 그보다 더 잘 알았다. 그러던 어느 저녁 그는 괴로운 표정을 하고 식사 자리에 앉았다. 그는 늘 자신의 분노를 슬픔으로 바꾸려고 애썼는데, 그러는 과정에서 자기를 알아달라는 표정, 그렇게 하지 않으면 기분이 나빠질 것이라는 협박의 표정이 나타났다. 겁을 먹고 침묵하며 앉아 있는 것보다는 그를 어설프게라도 챙겨주는 게 더 나아서 에설은 그에게 기분이 좋지 않은지 걱정스럽게 물었다.

"그렇다면……." 그가 말했다. "그걸 감출 수 있었다면 좋았겠구나. 아주 힘든 일을 하나 겪었어. 사실 둘이었지."

"하지만 오늘 저녁에 교육위원회 회의가 있지 않았어요?" 에설이 물었다.

"맞아." 그가 대답했다. 그리고 윌프리드를 차갑게 바라보았다. "저녁을 다 먹고 나면 너하고 대화를 좀 나누고 싶구나. 그리고 운 나쁜 일이 하나로 부족한지 오는 길에 새뮤얼 블렌킨솝을 만났어. 그가 찰스 램에 대한 아주 멍청한 논문을 발표한 뒤로는 그를 만나보지 못했지. 그가 부끄러워할 만큼의 품위를 갖추었다는 건 인정한다." 그는 식탁을 둘러보고 말을 이어갈 수 있게 누가 신호를 주기를 기다렸지만, 누구도 질문하거나 의견을 내지 않았다. 블렌킨숍 씨가 왜 부끄러워한 것처럼 보였는지 그 이유를 묻는 것은 그들의 어리석음을 인정하는 셈이었다. 윌프리드의 잘생긴 머리 위에 뭔가 재앙이 걸려 있는 이 위험한 순간에 누군가가 의견을 낸다면 그건 틀림없이 잘못된 의견일 테고 침묵을 지키는 것은 거의 모욕이 될 터라, 해나보다 나이 어린 그들이 해나의 목소리에서 이 상황을 모면하려는 용기 있는 시도를 알아차렸다면, 그것은 해나 자신도 알고 있듯 그녀의 저항할 수 없는 호기심에서 나온 것이었다.

"그러니까." 그녀가 말했다. "그가 자기 논문을 부끄러워한다는 거죠. 그는 그걸 잊으려고 하고, 당신을 봤을 때 공포가 그를 덮쳤겠고요. 그 감정이 뭔지 알아요."

"전혀 그런 의미가 아닙니다, 미스 몰." 그가 잠시 말을 멈추고 약간 호기심 있게, 하지만 그보다는 감정을 억누르며 다소 놀라운 말을 한 이 사람을 쳐다보았다. "그에게 그것 말고 부끄러워할 게 또 없으면 다행이죠."

그녀는 조용한 방에서 체스 문제를 풀고 있는 그 멍청한 젊은 남자에 대한 견해를 재빨리 다시 수정해야 했고, 자기도 모르게, 믿기지 않는다는 듯, 하지만 기대하지 않는 건 아닌 것처럼 물었다. "그가 은행이라도 털었나요?" 익숙한 사물도 그 위에 옅은 안개가 끼면 얼마간 왜곡되어 보이는 것처럼 그녀는 곧바로 방 안의 반응이 깜짝 놀란 분위기가 된 것을 알아차렸다. 윌프리드는 소매에서 슬그머니 손수건을 꺼내

코를 아주 철저히 닦았고, 에설은 아버지의 반응이 어떨지 불안하고 겁먹은 눈빛으로 반쯤 미스 몰의 의도를 의심하며 아버지와 미스 몰을 번갈아 쳐다보았다. 불안한 루스의 얼굴이 조금 찡그려졌다가 얼른 다시 펴졌다. 이 질문은 진지한 남자에게 묻기에는 경박스럽게 여겨질 것이 틀림없었다. 그 질문에 깃든 가벼움은 미스 몰에게도, 그 상황에도 적절하지 않았고, 그녀가 지금 할 수 있는 것은 그게 궁금했던 이유가 오로지 자신의 어리석음 때문이라는 표시를 하는 것뿐이었다.

코더 씨의 비통함은 깜짝 놀란 분노로 재해석되었다. "재미있는 말을 시도한 거라면, 미스 몰, 유감스럽게도 성공하지 못했군요."

"네, 맞아요. 그랬네요!" 해나가 말했다. "하지만……." 이제 공격받은 상황이 되자 그녀는 마음껏 역공을 펼칠 수 있었고, 목소리 아래로 깔깔거리는 게 느껴졌다. "그가 정말로 그랬다면 재미있었을 텐데요!"

"오, 미스 몰!" 에설은 숨이 막힐 만큼 놀랐다.

"그 사람이 그럴 것 같진 않아서요." 미스 몰이 작은 머리를 들며 간단하게 설명했다.

"그러니까 당신은 블렌킨숍 씨를 알고 있군요?" 로버트 코더가 천천히, 범죄에 대해 추적이라도 하듯 물었다.

"그를 만난 적이 있어요." 해나가 말하기 시작했고, 로버트 코더가 무심결에 날카로움을 드러내며 끼어들었다.

"교회에서는 아니겠죠!" 그가 말했고, 그녀는 대답할 마음이 없는 질문을 자신에게 하지 않은 건 오로지 그의 자존심 때문이란 걸 알고 있었다. 그녀는 약간 장난을 친 것이었고 그 장난은 그녀에게 이롭게 작용했지만, 그 때문에 윌프리드 는 힘들어질지도 몰랐다. 서재에서 면담이 진행되는 동안 에 설은 그녀를 화난 눈빛으로 쏘아보았다. "아버지를 화나게 해 서는 안 돼요!" 에설이 외쳤다. "내가 그랬다고?" 해나가 말했 다. 그녀는 당밀이 들어간 몰트 진액 한 스푼을 루스에게 내 밀고 있었는데, 그걸 받아먹도록 설득하는 데는 성공했지만, 자신이 약간 명령조로 말한 데다 아버지에 대한 충성심의 표 시로 루스가 거부할까봐 걱정하고 있었다. 루스가 온순하게 스푼에 입술을 갖다 대자 그녀는 크게 안도했다. "착한 아이 로구나!" 그녀가 말했다. "나는 늘 뱉어버리곤 했거든. 나를 먹이려고 수십 병을 샀는데도 나는 한 모금도 삼키지 않았어. 입안에 넣고 있다가…… 뛰어갔지."

"아버지와 갈등이 생기면, 윌프리드는 집으로 돌려보내질 거예요." 에설이 슬픈 목소리로 말했다. "그리고 거기 가면 오 빠는 행복하지 않아요. 오빠의 어머니는 오빠를 이해하지 못 해요."

"그 여자는 뭐든 이해할 것 같지 않아……. 기도 모임 말고 는."

"루스! 어쩜 그런 못된 소리를 하니?"

"뭐, 어때. 끔찍하고 늙은 여자인 데다 장뇌 냄새를 풍기잖 아. 아버지의 혈연은 다 끔찍해. 우리 친척 중에 품위 있는 사람은 짐 삼촌뿐이야."

이 말에 에설의 생각은 다른 데로 흘러갔다. "삼촌이 크리스마스에 오면 정말 좋겠다!"

에설이 소리쳤지만, 루스는 에설의 흥분에는 결코 동참하지 않았다. 에설이 긴장되는지 다시 방 안을 서성이기 시작했다.

하지만 윌프리드는 유쾌하게 다시 나타났다. "괜찮아!" 그가 말했다.

"빈둥대는 것보다 더 나쁜 건 없지. 거짓말은 할 필요가 없고. 하지만 삼촌이 그 모든 위원회에 다 속해 있는 건 말도 안 되게 이상한 거지. 삼촌이 학장을 만났대…… 블렌킨숍 씨도 만났고. 나이 먹은 블렌킨숍이 무슨 짓을 한 거지? 당신은 요령이 부족했어요, 모나리자. 하지만 재미있었어요."

"내가요?" 해나가 말했다. "내게 재미있어 보인 사람은 블렌킨숍 씨였는데…… 자물쇠를 따고, 돈 가방을 들고 달아나고……."

"하지만 그는 그러지 않았잖아요!" 에설이 외쳤다. "그러니 그런 말은 하면 안 돼요."

"그가 진짜 그런 사람이면……." 해나가 엄숙하게 말했다. "내가 절대 그런 말을 내뱉지 않았겠지."

"그랬다면 미스 몰이 완전히 틀린 게 될 테고요."

"불쌍한 에설!" 윌프리드가 부드럽게 말했다. "모나리자와 검을 겨뤄봤자 소용없어." "미스 몰은 정말 아주 나빴어요!" 에설이 외쳤다. "아버지가 그렇게 화나 있는데 모든 걸 웃음거리로 만들어버리고. 누군가가 채플을 떠날 때 아버지가 어떻게 느끼는지 모르잖아요. 그건 마치…… 개인적인 모욕 같다고요."

"아, 그렇지." 윌프리드가 공감하듯 말했다. "당연히 삼촌은 그렇게 받아들이겠지." 그리고 그는 반응하지 않고 신중한 자세를 보이는 해나를 쳐다보았다. "하지만 불쌍하고 나이 먹은 블렌킨숍 씨가 한 게 그게 다였다는 건가요? 행운의 남자! 하지만 결코 기뻐하지 않는 건 가엾은 마음이고, 기회를 붙잡지 않는 건 미련한 마음이죠. 나는 채플이 확실히 즐거운 곳이라고 생각하거든요. 스펜서 스미스 부인이 사각사각 통로를 지나가면서 실크 페티코트를 샀다고 모두에게 말하는 걸 듣는 것도, 과부들이 헌금 접시에 푼돈을 놓을 때 불쌍하고 나이 먹은 어니스트의 고뇌를 보는 것도 좋고요. 그리고 그들이 동전을 놓기도 전에 그가 그 앞을 그냥 지나가는 것도 여러 번 봤어요. 나는 어니스트가 좋아요."

"나는 두 사람이 다 좋아." 에설이 말했고, 자기 불만을 잊고 진지하게 덧붙였다. "이번 크리스마스에도 그 집에서 파티를 하겠지?"

"만약 한다면, 난 심한 감기에 걸려서 두통이 생길 거야. 나는 그 파티가 정말 싫어."

"명절에 어머니에 대한 내 의무는 그 기간에 어머니 옆을 지키는 거지. 솔직히 나는 그런 자리, 내가 그걸 뭐라고 표현하고 싶은지 알 거예요, 모나리자. 그런 파티에 가는 것보다 어머니가 크리스마스 푸딩 때문에 우는 것을 보거나 어머니가 아버지에 대해 소소한 거짓말을 하면서 내가 아버지 같으면 좋겠다고 말하는 걸 듣는 게 더 낫겠어. 우리 모두 아버지가 좀 건달 같았던 걸 알고 있고, 그게 내가 아버지에 대한 추억을 소중히 간직하는 이유거든."

"미스 몰은 오빠 말을 믿지 않을걸. 미스 몰은 스펜서 스미스 부인을 알아."

"하지만 나는 그런 파티에는 한 번도 가본 적이 없어." 해나가 말했다.

"부인이 미스 몰도 초대할지 궁금해지네요!"

"그럴 것 같진 않은데. 난 집에 있으면서 루스를 보살펴야 할 것 같아요."

"그게 훨씬 낫죠." 윌프리드가 중얼거렸다. "음, 나는 새사람이 되기로 약속했으니 그렇게 하려고. 명랑하고 작은 내 가스 벽난로 옆에서. 그러니 안녕! 그런데 늘 뭔가 물어본다고 해놓고 잊어버리네요. 내 침대는 누가 정돈하죠?"

"내가 해요." 해나가 말했다.

"그러면 내 매트리스는 어떻게 된 건가요?"

"오늘 아침에 거기 그대로 있었어요."

"거기 있다는 건 알지만, 매트리스가 달라졌어요. 속이 울퉁불퉁해요."

"시간이 지나면 울퉁불퉁해져요." 해나가 말했다.

"그렇다면 엄청 빠른 시간 안에 그렇게 된 거로군요."

"그건 새건데!" 에설이 말했다. "빨간색과 황갈색 줄무늬로 된 거고. 안 그래요, 미스 몰?"

"녹색이야." 해나가 말했다. "내 것이 빨간색과 황갈색이고."

"그럼 잘못 가져간 거예요. 바꿔야겠어요."

"모나리자에게 그 울퉁불퉁한 걸 주라고! 무슨 소리 하는 거니?"

"내가 지금 가봐야겠어." 에설이 말했다.

"미스 몰이 이 집의 관리자야!" 루스가 급하게 외쳤다.

"하지만 그 매트리스는 내가 산 거야." 에설이 말하고는 구슬이 자그락거리는 소리를 내며 사라졌다.

"에설은 침대보를 벗겨내면 잊어버리고 다시 깔지 않을 걸!" 윌프리드가 에설을 쫓아가며 외쳤다.

"바꾼 거 정말이에요?" 루스가 부드럽게 물었고, 해나가 고개를 끄덕였다. "그랬을 줄 알았어요!" 루스가 킥킥 웃으며 말했다.

11

해나가 찾아보려고만 했다면, 에설과 루스에 대해서만큼이나 로버트 코더의 특이한 면에 대해서도 많은 이유와 변명을 찾아낼 수 있었을 것이다. 로버트 코더가 스스로 변명을 찾으려 하지는 않았다. 그는 자신이 겪는 문제는 다른 사람들의 잘못 때문이라고 생각했고, 자신의 주된 어려움이 너무 늦게 태어나서라는 생각은 떠올리지 못했다. 30년이나 40년 전에 태어났다면 그는 더 행복한 남자였을 것이다. 그랬다면 그가 아주 당혹스러워하는 심리적 타협은 하지 않아도 좋았을 것이다. 자신의 교리에 오류가 없다고 굳건히 믿었을 테고, 교리의 주창자로서 그의 권위는 의심 없이 받아들여졌을 것이다. 삶을 이끌어가기가 더 단순했을 테고, 결과적으로 삶도 더 단순했을 것이다. 책과 인간과 교리의 무오류성이 점차 부정된 것은 지식 때문이었고, 그것이 누군가를 휘게 하거나 부러뜨릴 수 있는 강력한 힘으로 그가 가진 지위에 내포된 전적인 달콤함을 뺏어버렸다. 그는 활력은 대단하나 지성은 없는 남자라 자신이 현대의 사고를 잘 따라가는 모습을 보여야 한다고 느꼈지만, 그의 정신은 그런 노력에 분개했다. 그렇다고 그가 정말로 노력한 것도 아니었다. 그것이 죄는 아니나 의심하고 질문하는 것이 나쁜 태도였던 당시에 그의 일은 그에게 그가 원하는 모든 것을, 칭찬, 마음의 안정과 안전한 지위, 줄곧 그의 야망이었던 나이를 불문한 남자 무리의 충성스러운 추종까지 제공했다. 그가 너무도 잘 알기로, 그의 채플에 오는 이 사람들은 과거의 단순성을 고수하고 그를 신의 부섭정으로 여기는, 그보다 열등한 사람들이었다. 그의 신자 대부분은 그보다 열등했고 그 사실이 그의 심리적 안정에 기여했지만, 몇 명은 지위에서는 아니나 능력에서 그와 비등했다. 이들은 새로운 사상을 로버트 목사에 비해 다소 너무 빨리 받아들였다. 하지만 로버트 목사는 스스로 길을 제시하길 좋아했는데, 그러지 않았다면 그들은 복음을 현실성 없는 문자로 받아들였을 것이다. 스펜서 스미스 부인이 분별 있는 여자가 아니었다면, 그녀의 남편은 자신이 가진 모든 것을, 받는 이의 자격을 고려하지 않고 가난한 이들에게 다 줘버렸을 것이다. 다행히 스펜서 스미스 부인과 로버트 목사는 그런 점에서는 의견이 같았는데, 그의 서재에 놓은 호화로운 안락의자와 옥스퍼드에 다니는 아들이 그 증거였다. 하지만 마찰이 이따금 개입되지 않는 연합은 없고, 그가 옥스퍼드에 다니는 아들을 무심히 언급할 때 보이는 자부심은, 아버지 자신은 갖지 못했고 가졌다면 더 잘 활용할 수 있었을 특권을 아들인 하워드가 갖게 됐다는 짜증에 덮여버렸다. 하워드 삶의 일부가 로버트 코더로서는 알 수 없는 세상이라는 사실은 부인할 수 없었고, 한편으로 그 때문에 그가 아들에게 평가를 내리거나 정보가 담긴 의견을 주지 못하는 것은 아니었으나 그것이 그를 불리한 위치에 놓이게도 해, 그는 그 점에 대해 자신의 후원자를 탓하거나 미묘하게 하워드를 벌했다.

그리고 이제 그의 가족의 전반적인 복지에 대한 스펜서 스미스 부인의 불안이 미스 몰을 이 집에 들어오게 한 것이었다.

그는 얼굴을 찡그렸고 재빨리 한숨을 보태면서 책상에 놓인 아름다운 액자 속의 사진을 쳐다보았다. 스펜서 스미스 부인이 준 또 하나의 선물이었다. 그는 아내의 이 모습이 마음에 들지 않았다. 침실 벽난로 선반에 올려놓은 작은 사진이 더 마음에 들었는데, 그 사진에서 아내의 부드러운 얼굴은 빳빳한 칼라와 타이 위로, 그리고 젊은 시절의 튼튼한 밀짚모자 아래로, 그를 희망의 눈빛으로 쳐다보고 있었다. 그 눈빛은 정말로 그가 스스로 자신이라고 믿었던 그 사람이라고 말해주었지만, 훨씬 훗날에 찍은 이 사진은 스펜서 스미스 부인이 주장한 대로 확대하는 과정에서 표정이 좀 왜곡되었다. 그는 아내를 모르는 사람들이 모호하게 유머러스하고 인내심 많은 이 표정이 아내의 것이라고 상상하는 게 언짢았다. 예컨대 미스 몰은(뭔가를 보고 뭔가를 느낄 줄 아는 사람이라면 그렇다는 말인데, 이 점에서 코더 씨는 갈팡질팡했다) 분명 잘못된 인상을 받았을 터였다. 그녀는 자기 분야 밖에서는 어리석은 것 같았다. 오늘 밤 그녀는 어리석고 경박했지만(아니면 그냥 미련한 것이었나?) 은행을 터는 것은 새뮤얼 블렌킨솝 씨라는 사람에게 어울리지 않는다는 그 자체로 우스꽝스러운 그녀의 말이 그를 혼란스럽게 했다. 그가 아는 미스 몰이 할 법한 말이 아니었던 데다 그녀의 표현을 그대로 빌리면, 그녀라는 사람에게 어울리지 않게 딱딱하고 자신 있는 어투였기 때문이다.

그는 책상에 놓인 편지를 뒤집어보았다. 윌프리드의 게으름이나 블렌킨솝 씨의 배신으로 화가 나지 않았다면 생각도 해보지 않았을 문제로 그의 시간이 낭비되고 있었다. 물론 그는 여자들에 대한 견해에서는 시대를 잘 따라가고 있다고 생각해 자신이 영리하거나 소박한 여자를 공정하게 판단하지 못한다는 사실을 알게 되면 소스라치게 놀랄 것이었다. 영리한 여자는 그가 승자가 되지 못할 싸움을 걸어왔고, 소박한 여자는 그에게 원시적인 반감을 일으켰다. 그를 즐겁게 하는 데 실패한 여자는 사실상 여자라는 성을 부인하고 그가 최선을 다해 무시한 그 본능에 공격적이 되었다.

그는 편지에 즉시 답장을 받았다. 설교 준비를 할 수도 있었겠지만, 그럴 기분이 아니었다. 기억 속에서 학장과의 면담이 계속 그를 괴롭혔고, 윌프리드와의 면담은 기대했던 만족감을 주지 못했다. 윌프리드는 심지어 순종적일 때조차 그 순간이 재미있다는 듯한 우월감을 드러냈는데, 콕 집어 뭐라고 말할 수 없어서 대응하기도 힘들었다. 새뮤얼은 코더 씨가 자신에게 퍼부은 심한 비난에 대해 극도로 예의 바른 태도를 보였지만, 말은 삼갔다. 요즘 젊은 남자는 동등한 사람으로 대우받으면 그에 대한 기쁨은 전혀 드러내지 않고, 오히려 그런 대우를 기대하는 것 같았다. 결국 코더 씨가 생각하기로, 블렌킨숍 씨는 서른 살은 훨씬 넘을 것 같았다. 다른 방법을 썼다면 더 좋았을 거라고 그는 결론을 내렸지만, 다른 남자의 양심에 따라 살고 싶은 생각은 전혀 없었다. 그는 일깨워주는 방식으로 자신의 의무를 다했을 뿐 관습을 좇는 장사꾼은 아니었다. 그 사실이 그의 생각을 다시 누이의 아들인 윌프리드에게로 돌려놓았다. 누이는 아버지가 반대하는 결혼을 했고, 그 결혼은 결국 파국을 맞았으나, 부모가 경영하던 놀랄 만큼 수익이 좋은 직물 장사는 누이에게 맡겨졌다. 아버지 코더는 로버트가 목사가 되는 것에도 마찬가지로 강하게 반대했다.

소규모 장사꾼에게는 그것이 여러 해 동안 돌려받을 게 전혀 없는 돈을 계속 투자해야 하는 비용이 많이 드는 사업으로 느껴졌기 때문이다. 로버트는 잘생기고 열성적인 젊은이에게 매력을 느낀 선량한 비국교도 신자들에게서 필요할 때마다 도움을 받아가며 누이처럼 고집스럽게, 엄청난 노력을 기울여 아주 힘들게 학비를 마련했다. 로버트 코더가 생각한 것은, 아버지는 그것을 인정해주는 관대함을 보이지 않겠지만, 누이의 경우와는 달리 자신의 반역은 그 의도와 결과에 의해 정당화되리라는 것이었다. 하지만 아버지는 단순히 내키는 것을 좇았을 뿐인 누이에게만 보상을 주어 누이를 로버트에게 아들을 맡기면서 돈을 주는 위치에 올려놓았다. 윌프리드를 내보내면 돈을 받지 못하니 생활이 어려워질 터라 짜증이 난 그는 시계를 쳐다보며 방 안을 서성였다. 루스는 그에게 밤 인사를 하는 걸 잊은 모양이었다. 총애하는 딸에게는 상처를 입고 윌프리드와 블렌킨숍과 미스 몰에게는 화가 난 그는 마음을 다잡고 앉아 책을 읽거나 글을 쓸 수 없었다. 그래서 해나가 차 쟁반을 들고 그의 서재로 정확한 시간에 들어왔을 때, 그는 양손을 주머니에 넣고 벽난로 불 앞에 서 있었다.

"늘 정확하군요!" 그가 다정한 척 말했다.

"그러려고 노력하는 거죠." 해나가 겸손하게 말하고, 쟁반을 내려놓았다. "그런데 불이 비참할 정도로 작은데요!" 그녀가 무릎을 꿇고 장작을 보충했다. "남자는 여자보다 더 차가운 피조물인데." 그녀가 스스로에게 하는 듯 말했고, 한편으로 부지깽이와 부젓가락을 열심히 움직였다. "불을 잘 살리는 남자는 한 명도 본 적이 없어요. 분명 뭔가 이유가 있겠죠."

"아마 우리에겐 생각할 다른 것들이 있어서 그럴 겁니다."

"그렇기를요." 해나가 쉽게 대답했다.

그는 그녀의 말을 무시했다면 좋았을 거라고 생각했다. 이 대화를 선례로 만들고 싶진 않았지만, 그녀의 말이 마지막이 되게 할 수는 없었다. "그리고 우리가 석탄값을 내죠." 그가 말했다.

그녀는 여전히 무릎을 꿇은 자세로 그를 돌아보았고, 그는 가까워진 그녀의 얼굴에서 재미있어하는 표정을 감지하며 권위 있게 말을 이었다. "그리고 이 집에서 우리는 절약을 해야 해요. 무슨 이유인지 모르겠지만 루스의 침실에 야간 등이 생겼더군요." 그는 결정적인 잘못을 찾아낸 것이 기쁜 모양이었다. "응석을 받아주는 것도 문제지만, 그건 낭비입니다. 이런 혁신은 이해하지 못하겠군요. 루스는 어두운 데서 자는 것에 익숙해요."

"그렇죠." 해나가 조용히 말했다. "그리고 어둠 속에서 잠을 깨는 것에도 그렇죠."

"어둠 속에서 잠을 깬다, 당연한 거죠." 그가 말했다.

"루스에게 좋지 않아요." 해나가 단호하게 말했다.

그는 그녀가 자기 방 벽난로 앞 러그에 익숙한 것이 탐탁지 않은 모양이었다. "좀 앉지 그래요?" 그가 말했다. "이 문제를 좀 논의해보는 게 좋겠군요."

"먼저 벽난로 바닥 청소부터 끝내고요." 그녀가 말했고, 그는 어떤 여자도 한 주제에 전적인 관심을 기울이지 않는 게 이상하다고 생각했다.

하지만 미스 몰은 청소를 하는 동안 생각에 빠져 있는 것 같았는데, 청소를 마치자마자 의자에 앉아 대뜸 이렇게 말했기 때문이었다. "이 집에 들어가는 비용은 제가 알아서 관리하라고 하셨어요. 지금까지 해온 대로 허용된 범위를 지킨다면, 구체적인 사안으로 비판하는 건 정당하지 않은 것 같아요."

"이게 정말로 돈의 문제는 아닙니다, 미스 몰." 그가 짜증스럽게 말했다. "훈육의 문제예요. 루스가 불안을 키우는 건 바라지 않아요. 불안에서 점차 빠져나오기를 바라는 겁니다. 종종 그 애 엄마가 살아 있을 때, 루스는 우리 방에 들어와 무섭다고 하면서 우리를 깨웠어요. 루스는 뭘 두려워하는 거죠?"

"어쩌면 곰일 수도 있겠죠." 해나가 곰곰이 생각해보고 말했다. "제가 아이였을 때, 아주 집요하고 노련한 곰 때문에 애를 먹었거든요. 그리고 그 곰에게서 달아날 방법이 없었어요. 곰은 수직 벽을 오를 수 있었고, 문의 자물쇠도 딸 수 있었어요. 그 자체로 이성적이지 않은 것, 예를 들면 공포 같은 걸 이성으로 대항하게 하는 건 좋지 않아요."

"그러니까." 그가 말했다. "당신은 심리학도로군요!"

해나는 그 조롱을 그냥 넘겼다. "곰 아니면……." 그녀가 불을 바라보며 여전히 조용한 어조로 말했다. "늑대일 수도 있고요. 또 한번은 침실 문이 쾅 닫히고 내가 어떤 계단에 올라가 있지 않으면 늑대가 나를 잡아갈 거라는 생각도 했어요. 늑대는 반은 장난이었지만, 곰은 진짜 곰이었어요."

"바보 같은 소리로군요, 미스 몰. 루스에게 침실에 야생동물들이 있다는 환상 같은 건 말해주지 않겠죠!"

"한밤중에요? 나는 그걸 혼자 상상해낼 수 있었어요. 그리고 루스는 어리지만 또래치고 성숙해요." 그녀가 그를 올려다보았다. "유령은 어떨까요?" 그녀가 물었다. 혀끝에 또 다른 질문이 맴돌았지만, 루스에 대한 신의를 지켜 묻지 않을 생각이었다.

루스는 엄마 이야기를 한 번도 한 적이 없었고, 드레스 룸에 엄마 사진도 없었다. 해나가 알고 싶은 것은, 어쩌면 사랑으로, 어쩌면 완고한 모습으로 루스를 다루는 방법을 알았던 그 죽은 여인을 루스가 사랑했는지, 혹은 두려워했는지였다.

"유령!" 로버트 코더가 코웃음을 쳤다. "차라리 곰이었다고 하죠!"

"루스도 그렇기를요." 해나가 곧바로 대꾸한 뒤 일어섰다. "곰이든 유령이든 야간 등이 그걸 막아줄 거예요."

"하지만 나는 그게 탐탁지 않군요." 그가 말했다. 미스 몰은 너무 많은 것을 당연하게 여기고 있었다. "그리고 루스는 내가 가까이 있다는 걸 알고 있고요."

해나가 포개 잡았던 손을 풀고 어깨를 으쓱 올렸다. "당신이 이 집의 주인이죠." 그녀가 말했는데, 아주 불필요한 말이라고, 그는 생각했다. "하지만 부탁드리는데." 그녀가 다시 두 손을 포갰다. "야간 등을 켜게 해주세요. 루스에게서 그걸 뺏지 말아달라고 경고합니다. 루스는 강하지 않고, 기회가 주어진다면 제가 루스를 돌볼 수 있어요."

"그게 어느 정도는 당신이 여기 있는 이유예요."

"그렇다면 제게 기회를 주세요." 그녀가 오히려 깜짝 놀란 듯 처음으로 미소를 지으며 말했다.

"좀 생각해볼게요." 그가 차 쟁반 쪽으로 몸을 돌렸다.

"고맙습니다." 그녀가 조용히 말했고, 그는 그녀의 고맙다는 말이 거슬렸다. 그녀의 어조 어딘가에 반어적인 데가 있었는가? 그는 앉아서 차를 저었고, 그들의 대화를 곰곰이 생각하면서 그녀가 말한 부분에 공격적인 데가 있었는지 따져보았다. 그가 보기에, 그녀는 자신의 어린 시절 이야기를 하면서 말이 좀 너무 많았다. 그러면서 점점 자신감이 생긴 거라고, 그는 생각했다. 그녀는 말을 받아주면 쉴 새 없이 조잘거리는 그런 유의 여자가 될 수도 있었다. 그녀는 루스를 그보다 더 잘 아는 것 같았고, 그는 그것이 짜증났다. 하지만 루스가 강하지 않은 것은 사실이었다. 감기에 잘 걸렸다. 그 애 엄마처럼. 그는 그 문제를 다시 생각해볼 거라고 혼잣말했지만, 미스 몰은 자기 방식을 고집하리란 걸 그는 알았다. 그는 위험을 감수하지 않을 것이고, 결과가 해롭다 해도 비난받지 않을 것이었다. 그리고 어쩌면 미스 몰의 생각이 맞을지도 몰랐다. 스펜서 스미스 부인이 그녀의 경험에 대해 이야기했었다. 그는 미스 몰이 알 수 없는 사람으로 느껴졌고, 돈 이야기는 꺼내지 말걸 그랬다고 생각했다. 인색함은 그의 결점이 아닌데, 마치 그런 듯이 말한 것은 자신에게 공정하지 않았다. 그날 일진이 좋지 않은 결과였다.

12

해나가 잠을 자러 올라갔을 때 루스의 방 문은 열려 있고 방에는 불이 켜져 있지 않았다. 코더 씨가 올라와서 훈육 명목으로 불을 꺼버린 걸까? 그녀가 아래층으로 내려가 그를 나무라야겠다고 생각하는 순간, 안에서 흘러나온 날카로운 휘파람 소리가 그녀를 불렀다.

"침대에 있어요." 루스가 느리게 말했다. "탁자 위에 성냥이 없어서 야간 등에 불을 켤 수가 없었어요. 그래서 미스 몰이 올라올 때까지 기다려야겠다고 생각했어요."

"문을 열려고 침대에서 내려왔을 텐데, 왜 그때 성냥을 찾지 않았어?"

"문을 닫아놓지 않았어요." 루스가 말했다.

"그랬구나." 해나가 말했다. 그녀는 루스의 설명에서 엿보이는 전략과 기민함에 감탄했고, 아이를 지켜주는 야간 등에 불을 켜주면서 흡족한 마음에 입술이 씰룩거리는 걸 참아야 했다. "하지만 앞으로는." 그녀가 심각하게 말했다. "네가 잠자리에 들면 내가 불을 켜줄게."

"십 분 뒤가 더 좋을 것 같아요. 그러면 가스등도 끌 수 있을 거예요. 나는 가스등 끄는 게 싫거든요. 제대로 껐는지 보려면 침대에서 다시 내려와야 해요. 몇 번이나요. 미스 몰도 그렇게 했어요?"

"우리 집엔 가스등이 없었어. 아래층엔 램프가, 위층엔 초가 있었지. 그리고 달빛이 아주 환한 밤에는 내 방에 촛불을 켜지 않았어. 시골에서는 침실의 블라인드를 내리지 않거든. 달님이 원하면 방 안을 들여다볼 수도 있었지. 밖을 내다보면 달님이 치맛자락을 끌면서 나무들의 꼭대기 위를 지나가는 것도 볼 수 있었어. 그리고 달님이 지나갈 땐 부엉이들이 부엉부엉 울었단다." 그녀가 루스의 움직임 없는 작은 몸에 덮인 퀼트 이불을 반듯하게 펴주었다. "이제 자렴. 잘 자."

"잠시만 문을 닫아주세요, 미스 몰." 루스가 재빨리 말했다.

해나는 그 말을 들어주었고, 루스의 침대로 다시 돌아오면서 경사진 지붕이 있고 이런 레이스 커튼이나 베니션블라인드는 없이 창문이 열려 있던, 그리고 가구는 거의 없었던 침실에서 어린 시절을 보낸 밤들에 대해 감사했다. 그리고 지금 "부엉이 소리는 들어본 적이 없는 것 같아요"라고 느리게 말하고 있는 루스가 안쓰러웠다.

"베리스퍼드 로드에서는 들을 수 없지. 유감스럽게도."

"맞아요. 부엉이가 없어요." 루스는 뭔가 말하려는 듯 해나를 쳐다보다가 다른 말을 하기로 한 것 같았다. "명절에 집에 가요?"

"거긴 더 이상 내 집이 아니야. 20년 전에 부모님이 돌아가셨을 때 팔렸어."

"20년! 그럼……." 루스가 눈을 꾹 감고 이마에 주름을 잡으며 말했다. "지금은 그 일에 익숙해졌겠네요." 해나는 루스가 죽음과 엄마에 대해 생각한다는 걸 알아차렸고, 그러니 이제 로버트 코더에게는 물어볼 수 없었던 질문에 대한 답을 얻은 셈이었다.

해나는 목 안에서 날카로운 아픔을 느꼈는데, 아마도 거의 확실히 흠 없는 사랑이었을 그 사랑을 받은 루스가 부러워서 그런 것일 수 있었다. 소중하게 간직되어야 하는 기억이자 해나에게는 거부된 기억이었다.

그녀는 깊은 한숨을 내쉬었다. "뭔가에 익숙해진다는 건 그걸 대하는 올바른 방법이 아닌 것 같아." 그녀가 말했다. "내 생각에……." 그녀는 루스에게라기보다 자기 자신에게 말하고 있었다. "그건 뭔가를 낭비하는 거야. 늘 그걸 이용해야 해." 그녀는 어조를 바꾸어 유쾌하게 말했다. "그리고 나는 집 전체를 잃은 건 아니었어. 아주 조금은 남겨뒀지. 작은 오두막과 과수원. 그건 차마 없앨 수 없었는데, 빚을 갚은 뒤에 지킬 수 있는 건 그게 전부였어."

"그럼 명절에 거기 가서 부엉이 소리를 다시 들으면 되잖아요."

"음, 아니, 그럴 수 없어." 해나가 말했다.

"왜요?"

"세를 줬거든."

"오, 알겠어요. 안타깝다. 하지만 돈을 받잖아요."

"바로 그거야." 해나가 말했다.

루스가 아쉬운 듯 한숨을 쉬었다. "나도 그 부엉이 소리 듣고 싶어요, 미스 몰……." 그러고는 잠시 말을 멈추었고, 그건 해나가 알아가고 있는 루스의 특징이었다. "앵무새 좋아해요? 나는 싫어해요."

"너는 싫어하는 게 많구나, 아가. 앵무새는 뭣 때문에? 그것도 신이 만든 걸 텐데."

"하지만 신은 샘슨 씨도 만든 걸요. 시골에서 살 때 이웃은 없었겠죠. 그렇죠?" "소, 양, 말, 돼지, 부엉이……."

"하지만 앵무새나 샘슨 씨는 없었잖아요. 그가 옆집에 살지 않았으면 좋았을 텐데. 그는 나를 볼 때마다 뒤쪽 정원 울타리 너머에서 말을 걸어와요. 그리고 한번은 나한테 자기 집에 오라고 했어요. 내게 주려고 고양이를 데리고 있다면서요. 그래서 나는 고양이는 좋아하지 않는다고 했는데, 사실, 미스 몰, 나는 고양이를 너무 좋아하거든요. 그가 무서워서 이따금 그가 나오는 꿈을 꿔요. 하지만 제가 종종 깨닫는 건, 누군가에게 뭔가 끔찍한 것에 대한 이야기를 하고 나면 그 걱정이 멈춘다는 거예요."

"그럼 그것 때문에 얼마나 오래 걱정했니?"

"오, 그가 내게 고양이를 주려고 했던 2년 전쯤부터, 계속."

"불쌍한 늙은이!" 해나가 말했다.

"그는 늙은 짐승 같아요."

"이번에도 비슷한 문제구나! 고양이 말고, 네가 좋아하는 게 또 있니?"

"많아요." 루스가 말했다.

"음, 그것에 대해 듣고 싶은데. 언젠가, 심심할 때. 그리고 내 생각엔 샘슨 씨 역시 외로운 것 같아."

"역시?" 루스가 숨을 잠시 멈추었다 그 말을 반복했다.

"그래. 나처럼." 해나가 말했다. "잘 자."

그 어린 이기주의자에게 해줄 수 있는 놀라운 대답이자 훌륭한 출구였어, 그녀가 만족스러운 듯 혼잣말을 했다. 루스가 다른 사람들도, 심지어 젊은 사람이 보기에 아주 안정되어 보이는 중년의 사람도 루스 자신처럼 힘들어할 수 있다는 걸 깨닫는 건 루스에게 전혀 해롭지 않을 터였다. 그리고 해나는 이 순간까지 그 집의 누군가가 미스 몰을 각자와의 관계에서 떼어놓고 생각한 적이 있었을지 궁금했다. 그녀가 느낄 위로와 행복, 그것에 대해 그 가족이 혹 뭔가 책임을 느꼈을지도 모르지만, 이는 당연시되거나 무시되었다. 그녀는 로버트 코더가 자기 집에 거주하는 사람은 누구든 운이 좋다고 여긴다는 사실을 믿어 의심치 않았지만, 심지어 자기만큼 이방인인 윌프리드에게조차 그녀는 그가 스스로를 연구할 수 있게 그의 모습을 비춰주는 일종의 거울이었고, 한편 루스가 키워가는 그녀에 대한 호기심도 이야기를 듣는 것을 좋아해서 그런 것이었다. 이 같은 관심의 부재가 기분을 즐겁게 하는 건 아니었지만, 다른 모든 것처럼 그 나름의 이점이 있다고, 그녀는 자신의 어두운 방으로 들어가 열린 창문으로 걸어가면서 혼잣말을 했다.

그녀는 무릎을 꿇고 창턱에 손을 올렸고, 그 위에 턱을 올렸다. 맞은편 집들의 지붕은 추격을 받아 짐을 버리고 가는 배들처럼 작고 성가신 바람에 쫓겨 급히 달아나던 구름이 내려보낸 소나기로 젖어 있었고, 구름을 추격하는 바람은 해나의 순진한 콧구멍에 사과와 이끼의 눅눅한 냄새를 데려왔다. 멀리 래드스토의 부두에서부터 서서히 높아지는 들판을 휩쓴 어두운 하늘을 배경으로, 그녀는 고지대에 가려져 있는 자기가 살던 시골이 보인다고 생각했다. 혹은 그렇다고 상상했다. 시골은 그 장벽 뒤로 아늑하게 자리 잡고 있었는데, 작은 농장과 과수원, 가장자리에 버드나무가 자라는 도랑이 교차하며 지나가고 언덕에 둘러싸인 평지로 되어 있었다. 그리고 그 땅은 해나의 본성 중 두 가지 측면을 모두 만족시켰다. 그녀는 농장이나 분홍색 또는 흰색으로 칠해진 오두막들에서 느껴지는 가정적인 느낌을 사랑했는데, 각각의 집에는 크고 작은 과수원이 딸려 있었고, 거기 긴 풀이 자란 풀밭에서는 얼룩 돼지들이 땅을 파헤치고 있었다. 그녀는 궁륭 모양으로 펼쳐진 옅은 색깔의 석회암 언덕과 멀어질수록 헤더●가 검은 색으로 보이는 황무지 같은 고독한 언덕 꼭대기를 사랑했지

● 낮은 산이나 황야 지대에서 자라는 야생화.

만, 그녀가 가장 큰 기쁨을 느낀 것은 익숙한 것과 미지의 것이 뒤섞여 있다는 사실이었다. 그것들은 분리된 것 같았지만 하나였다. 농가와 들판은 땅이라는 뼈에 붙은 살일 뿐이었고, 회색 바위와 사과나무 아래 뛰고 있는 심장은 같은 심장이었다. 마치 헤나의 심장이 자기 소유의 벽난로를 갖고 싶은 여자, 떠돌아다니고 싶은 여자, 사랑과 그 의무에 대해 분별 있는 갈망을 지닌 여자, 본질적으로 계약과 비슷한 것은 뭐든 두려워해야 한다는 것을 배운 여자, 그 모든 여자로서 뛰는 것처럼.

그녀 자신의 불가는 저기, 장벽 뒤에 있었다. 그 앞에 다시 앉을 수 있다면 혼자 있거나, 벗으로 개나 고양이를 데리고 있을 것이다. 그녀가 그 집 안에 들어가지 않은 지 10년이 지났고, 그때 이후로 그녀는 그 집을 딱 한 번 보았을 뿐이었다. 그 집이 꿈속의 집이 아니라는 걸 확인하기 위해 몰래 다가가 사과나무 틈새로 들여다본 그 한 번. 무턱대고 갔다가는 세입자가 한 번도 내지 않은 집세를 받으러 왔다고 생각할까 봐 조심했고, 그 집이 정말로 거기 있다는 것만 확인했다. 차가운 회색 하늘을 배경으로 진청색 연기를 기둥처럼 뿜어 올리는 정면이 평평한 작은 오두막. 그때가 5년 전이었고, 그 이후로 뭔가 변화가 일어났을지도 몰랐다. 그 집이 방치되어 있을 거라고, 어쩌면 버려졌을 거라고 생각하면 마음이 아팠다. 자존심 때문에 물어볼 수도 없는데, 그 집을 내버려두는 것은 괴로웠고, 그럼에도 갖고 있다는 것은 어리석었다. 앞으로 그 집을 원할지도 몰랐고, 앞날을 생각하면 무모한 행동이었지만, 과거에 바보같이 굴었으니 어리석음에 대한 대가를 치러야 할 것이었다.

그 어리석음에는 그 자체의 달콤함이 있어서, 그녀는 달콤함과 어리석음, 그 귀중함과 무가치함을 어떤 모순되는 느낌도 없이 함께 기억했다. 모든 삶을, 모든 인간을 그 일에 비유할 수 있었고, 최악의 슬픔은 불완전함을 받아들이지 못하는 데서, 합금이 합금이란 걸 알면서도 이상한 영적 연금술에 따라 순금으로 보는 데서 비롯했다.

"결혼반지처럼." 해나가 빈정거리듯 입술을 씰룩이며 말했다.

그녀와 그 기억 사이로 비가 조금 후드득 내렸다. 그녀는 흐릿한 수평선에 두었던 시선을 그 훨씬 아래 그녀의 왼쪽에 보이는 래드스토의 불빛으로 돌렸고, 그 불빛이 낯설고 위험한 땅을 돌아다닌 수많은 탐험가가 피운 캠프 모닥불 같다고 생각했다. 각각 자신의 불을 열심히 보살폈고, 해나 몰에게 그렇듯 누군가에게는 고리 모양의 불빛 너머 존재하는 것이 희망적인 모험일 터였다. 또 누군가에게는, 루스에게 그렇듯 두려움은 어둠 속에서 타당성을 얻을 것이었다.

희망적인 모험, 심지어 여기 로버트 코더의 집에서도! 그녀는 행운의 여신이 그녀를 고용인으로 살게 하면서도 잊지 않고 그녀 안에 자유와 행복을 준 것에 감사했다. 그녀는 겉으로뿐 아니라 속으로도 온순하고 성실하고 둔감할 수 있었다.

혹은 불만을 드러내고 저항할 수 있었다. 자신은 운이 좋다고, 얼굴은 지금 허물어지는 중인지도 모르는 오두막을 향하고 등은 자신이 가진 모든 것을 담은 좁은 방에 돌린 채 그녀는 거기 무릎을 꿇은 자세로 앉아 생각했다. 그녀가 가진 것 중 가장 중요한 건, 그녀도 알고 있듯 그런 불빛을 캠프 모닥불로, 자신을 모험가로 볼 수 있는 힘이었다. 그녀는 자신이 외롭다고 말한 것이 진실인지 확신하지 못했다. 그랬다. 이따금 외롭고 고단했고, 불쌍하고 고독한 노년을 생각하면 오싹했다. 하지만 이런 것은 지나가는 감정이었고, 그녀의 가녀린 몸에는 좋은 동반자를 위한 본성이 많이 남아 있었다. 그리고 부유하고 늙은 신사가 서서히 다가오는 중이었다.

노신사에 대해 생각하자 그녀는 루스에게 고양이를 주겠다고 제안하고 로버트 코더에게는 정보를 주지 않는 샘슨 씨가 떠올랐다. 그는 사람들과 울타리 너머로 이야기를 나누는 습관이 생긴 것 같았다. 그녀는 그에게 한 번 더 기회를 주기로 하고, 그에 대한 이야기를 창작하는 데 몰두하면서 빠르게 옷을 벗었다. 그는 나쁜 노인일지 모르지만, 돈이 많은 노인일 수도 있었고, 어린 여자아이에게 고양이를 주는 데 그 정도로 너그럽다면, 나이 먹은 여자에게 돈을 나눠주는 데에도 그만큼 너그러울지 모른다고, 그녀는 릴라를 움찔하게 하는 저속한 태도로 혼잣말을 했다.

"맹세컨대." 그녀가 소리 내어 말했다. "내게 누가 청혼하건 그 사람하고 결혼할 거야. 로버트 코더만 빼고." 그러고는 침

대에 누우면서 키득거렸고, 자신이 윌프리드의 매트리스에
누워 있다는 사실을 떠올리면서 다시 키득거렸다.

그건 불명예스러운 속임수였겠지만, 그 사실이 그녀가 숙
면을 취하는 걸 막지는 않았다. 그것은 그녀가 지금껏 이런
일을 하면서 처음 해본 장난도 아니지만, 마지막이 되지도 않
을 것이었다. 매주 그녀는 가정 관리비에서 3펜스를 빼내 주
일 헌금으로 냈고, 위도스 부인에게는 실크 실 값으로 정확히
1페니와 반 페니를 빚졌다. 하지만 친절이라는 형태로, 위도
스 부인은 그녀에게 무엇을 빚졌는가? 그리고 그녀는 왜 주
중 아무 날이나 공짜로 들을 수 있는 로버트 코더의 설교에
돈을 내야 하는가? 이런 엄격한 행동 강령은 도덕성을 보고
도 알지 못하는 사람들을 위해 만들어진 것이었다. 이 집에서
가장 열심히 일하는 사람이 가장 딱딱한 침대에 눕는 것은
비도덕적이었다. 코더 씨의 가정부가 헌금 접시가 지나갈 때
한 푼도 내지 않는 것은 잘못된 일이겠지만, 그녀라는 사람으
로 대변되는 가난한 사람을 강탈하는 것은 더욱 나쁜 일이었
다. 그녀는 일주일에 3펜스를 빼내는 것이 아주 행복했고, 로
버트 코더에 대해 공정하게 말하자면, 그는 그녀의 지출 내역
에 개입하지 않고 가계부도 검사하지 않았기 때문에 아주 안
전했다. 하지만 그녀는 그가 현재 상태에 대해 작은 감정 폭
발을 일으킬 때가 있다는 것을 알았고, 매트리스 때문에는 여
전히 에셀과 갈등이 생길 수 있었다.

이상한 것은, 고통이 불가피해 보이는 세상에서 매트리스

때문에 일어나는 갈등이 존재한다는 사실이었다! 그랬다. 고통은 자기 보호 방법을 아는 그녀에게가 아니라 거의 다른 모두에게 불가피해 보였다. 얼굴에 수수께끼 같은 표정을 하고 있는 자그마한 리딩 부인에게도, 의심하는 일로 바쁜 에설에게도, 두려움을 가진 루스에게도, 심지어 평화에 대한 좌절된 욕망을 품은 블렌킨숍 씨에게도 고통은 불가피했다.

그녀는 양쪽 팔 밑에 금화가 든 가방을 낀 블렌킨숍 씨를 생각하며 잠이 들었다.

13

루스는 완벽하지 않은 것을 받아들이는 법을 배우지 못했다. 주위 어디를 봐도 완벽하지 않았고, 루스는 그것에 맞서는 지속적인 반란 상태에 있었다. 자신에게서도, 아버지에게서도, 에설에게서도, 그 집에서도, 그리고 주위 환경에서도 완벽하지 않은 모습을 보았다. 루스의 마음에는 어떤 것도 마땅히 그래야 하는 모습이 아니었다. 이 비판에 어머니를 잃은 것은 포함되지 않았다. 그 일은 표현할 길이 없는 재앙이었다. 루스는 불만족의 원인에 작지만 끈질긴 이런 애타는 마음을 포함시키지 않았다. 루스가 알고 있는 다른 어느 것과 비교하거나 연결시키기에는 너무 컸다. 그것은 바깥에서 비롯했고, 한편으로 루스의 몸 외부에 검고 차가운 구름이 드리워

져 있는 것처럼 바깥에 머물러 있었다. 하지만 그것이 루스의
삶 안에 담긴 부드럽고 우아하고 재미있는 것 전부를 비워버
렸다. 아버지는 신이 당신의 선한 목적을 위해 어머니를 신에
게로 데려갔다고 말했고, 루스는 신의 결정은 늘 믿으려 하지
않았지만, 이 결정에는 굴복해야 했다. 신의 힘 말고 어떤 힘
도 그렇게 끔찍한 대재앙을 일으킬 만큼 충분히 크지 않았고,
루스는 신이 자신도 데려가려고 하는지는 궁금하지 않았다.
어머니를 데려간 것은 이기적이었지만, 자연스러웠고, 상실
에 대해 무력했기에 그 상실을 참고 견뎌야 했다. 루스가 반
항한 대상들이 달랐다고 해도 전혀 문제 될 것이 없었겠지만,
어머니의 죽음이 그 대상을 만들어낸 것은 아니었다. 대상은
그냥 더 분명해졌고, 그중 어떤 대상은 사실상 어머니가 없
는 편이 더 견디기 쉬웠다. 어머니 마음에 더 밀접하게 닿으
면 아버지가 훈계하거나 옹졸한 모습을 보일 때, 혹은 에설이
비합리적인 태도를 보일 때 느껴지는 당혹감은 두 배로 커졌
다. 두 사람이 숨기려고 하는 재빠른 연민은 두 사람이 슬퍼
하는 것의 중요성을 더욱 확대했다. 그들은 서로를 위해 마음
아파 했고, 서로를 보호하고 싶어 했다. 루스는 자기감정을
다치게 한 사람이 어머니의 남편이나 딸이 아니라 그냥 아버
지와 언니일 때만 더 참을 만했다. 루스의 삶 한쪽에 자리 잡
은 긴장은 어머니가 돌아가셨을 때 약간 느슨해졌지만, 한편
으로 다른 쪽에서는 더 팽팽해졌다. 이제 뭔가인 척할 필요가
없기에, 사랑할 수도 웃을 수도 없기에(코더 부인이 얼마나 자

주 루스를 웃게 했는지 알면 코더 부인의 지인들은 물론 코더 부인의 남편도 놀랐을 것이다) 루스는 불만족스러운 것들에 집중할 수 있었다. 루스는 가정이 어떤 곳이어야 한다는 데 대한 자기만의 이상이 있었다. 이상적인 가정 속의 어머니는 루스의 어머니가 되겠지만, 아버지는 다른 사람이 될 것이었다. 아버지가 목사여야 한다면 국교회 교구 목사가 될 것이고, 교회는 오래되고 어둑하고 아름다울 것이며, 사람들은 노란 신자석을 가로질러 악수를 하지도, 그들의 질환이나 자식들에 대해 친밀한 이야기를 나누지도 않을 것이다. 꼭 그래야 한다면 햇볕이 잘 드는 교회 마당에서 예배의 고요함과 스테인드글라스와 석상이 자아낸 정취를 느끼며 조용히 이야기를 나눌 것이다. 또한 집에는 잔디밭에 삼나무와 개 몇 마리가 있을 테고, 안에는 예쁘고 값진 것들과 조상에게 물려받은 것들, 초상화와 오래된 은화가 있을 것이며, 조상은 제독이나 장군, 판사일 것이다. 그 가정의 아들들은 공립학교와 대학에 다니겠지만, 누구도 그런 이야기를 꺼낼 필요가 있다고는 생각지 않을 것이다. 딸들은 아름답고, 예쁜 옷을 입고, 우아한 연애를 할 것이다. 에설처럼 젊은 남자들과 키득거릴 것이고, 루스처럼 모두를 퉁명스럽게 대할 것이다. 그 가정에는 질서가 있고, 조용한 하인들이 있을 것이다. 아버지를 교구 목사보다는 농사와 스포츠에 관심이 많은 시골 신사로 할지, 아니면 뭔가 몰두할 수 있는 취미를 가진 멍하고 다정하며 사랑스럽게 넋이 나간 듯 보이는 사람으로 할지는 아직 확실히 정하지 않았다.

하지만 아버지는 아내와 자식들을 결코 당혹스럽게 하지 않을 것이고, 교구 신도에게 과장된 모습을 보이지도 잘난 체하지도 않을 것이며, 자식들은 누군가에게 차를 마시러 오라고 초대할 때 망설일 필요가 없을 것이다. 학교생활과 가정생활이 안전하게 융합될 것이고, 비록 모든 국교회 교구 목사처럼 얼마간 공인이 되겠지만, 자식들이 친구들에게 조롱받을 만한 말은 단연코 하지 않을 것이다.

그런 것들이 루스가 원한 환경과 조건이었고, 그건 어머니가 떠난다고 사라지지 않았다. 루스는 거의 살아온 시간만큼 그런 것들을 원했지만 애초에 얻을 수 없는 것이었기에 학교에 가면 겸허한 청교도 조상에게 더없이 충성스러운 굳건한 비국교도로 행동하며 귀족 계층을 경멸하는 자세를 취했다. 그녀와 같은 모습의 여자아이들이 베리스퍼드 로드 채플에 다녔고, 아버지가 설교하는 동안 루스는 그 아이들의 귀로 들으면서 비판에 대한 대답을 구상했지만, 대처가 필요한 비판은 많지 않았다. 아이들은 그들의 부모만큼 기꺼이 존경하는 태도를 보였고, 루스는 반사적인 영예를 누렸지만, 그 영예를 상실할 위험을 감수하면서까지 아버지를 존경하는 그들을 집에 오게 할 수는 없었다. 아버지는 설교단에서, 루스는 학교에서 입지를 굳혔는데, 루스는 반항적인 태도와 가족은 결코 접해보지 못한 유머로 또래 친구들에게 재미있고 독창적인 인물로 여겨졌다. 하지만 아버지가 아이들에게 편안한 분위기를 만들어주고 자기는 유쾌하고 평범한 사람임을 보여주겠다고, 루스를 루시라고 부르면서 놀리고 바보 같은 농담을 한다면, 루스는 아이들에게 어떻게 보이겠는가? 아이들은 이제 루스를 다르게 이해할 것이다. 루스 역시 다른 사람이 돼야 할 테고, 학교에서 자신에게 가장 자연스럽게 느껴졌던 모습은 결코 회복하지 못할 것이다. 옛 목사관에서라면 간단했을 것이다. 베리스퍼드에서는 불가능했다. 루스는 두 삶을 분리해 속물적이고 용기가 없는 자신을 경멸하는 한편, 자신을 위해 다진 입지를 지키며 절반의 시간은 거의 자유롭게 살았다. 학교에서는 누구도 밤마다 루스를 괴롭히는 두려움이 있다고는, 루스가 외면과 내면 모두의 아름다움을 갈망한다고는 짐작하지 못했을 것이다. 루스는 열심히 공부하는 학생이었고, 이런 열망과 이상한 페어플레이 정신 때문에 수업 중에도 지치지 않았지만, 이런 장점은 언제든 자기보다 우수한 아이들의 기이한 특징을 보고 흉내 내려는 것 때문에 상쇄되었다. 친구들과 집으로 걸어 돌아가면서는 자신의 기분이나 보여주고 싶은 모습에 따라 유쾌하거나 무례한 모습이, 혹은 직설적이거나 냉소적인 모습이 되었는데, 나중에 저녁 식사 자리에서 사색에 잠겨 있는 모습과는 아주 달랐다. 어느 날, 평소보다 자기를 과시하는 데 더 성공적이었던 루스는, 모퉁이를 돌다가 구닥다리 얼스터코트를 입은 모습으로 걸어오는 미스 몰을 보고 소스라치게 놀랐다. 샀을 때는 분명 예쁜 옷이었을 테고, 튼튼한 옷이었을 것이다. 하지만 그 옷에는 땅거미와 흩뿌리는 비에도 숨겨지지 않는 특징이 있었다. 더 이상 허리선이 없는 미스 몰에게 허리를 만들어주었고, 어깨는 미스 몰의 가녀린 체격과 비율이 전혀 맞지 않았다. 그걸 주목하지 않기란 불가능했고, 급히 다가오는 발걸음 소리에 미소를 유지하기 위해 루스가 할 수 있는 것은 쳐다보지 않는 게 전부였다.

그 흐릿한 형체는 지나갔다. 양옆에서 아이들이 루스의 옆구리를 쿡 찔렀다. 누군가가 킥킥거렸고, 루스는 계속 이야기를 이어갔지만, 같이 걷던 친구들과 헤어지자 가엾게 벌어진 입술 사이로 숨을 헉헉 들이쉬며 달리기 시작했다. 자신이 베드로가 된 것 같았다. 친구를 부인한 것인데, 만약 아이들이 그 얼스터코트를 다시 보고 그 옷을 입은 사람이 미스 몰이라는 것을 알아본다면, 그들은 루스에 대해 어떻게 생각할 것인가? 그들은 쿡쿡 찌르고 킥킥거렸지만 루스는 한마디도 하지 않았다. 루스는 미스 몰을 소리쳐 불러야 했지만, 조롱거리가 될까봐 두려웠다. 신의를 저버린 행동을 했을 뿐 아니라 발각될지도 모를 행동을 한 것이다. 그 통렬한 순간에 루스는 은밀한 죄는 잊힐 수 있지만, 세상에 폭로된 죄는 영원히 기억되리란 것을 깨달았다. 그녀가 할 수 있는 모든 것은 얼룩의 일부를 서둘러 지우는 일뿐이었다.

집으로 돌아가는 길은 지난 2년만큼 나쁘지 않았고, 길에서 서성거리고 싶은 마음도 간절하지 않았으며, 이웃집 문 앞을 뛰어서 지나 급히 집으로 들어가는 것은 오래된 습관이었다. 그래서 미스 몰은 현관의 가스등에 불을 붙이면서 루스가 숨을 헉헉거리며 들어와도 놀라지 않았다. 하지만 미스 몰은 날카롭고 너그러운 눈빛으로 "코트 차림으로 우두커니 서 있지 말고. 그리고 스타킹은 갈아 신을 거지?" 하고 유쾌하게 말하면서 젖은 루스의 옷보다 더 많은 걸 보았을 것이다.

"미스 몰은요?" 루스가 가녀린 목소리로 말했다. "미스 몰도 젖었잖아요."

미스 몰이 흉측한 얼스터코트를 툭툭 쳤다. "비도 이 옷은 뚫지 못하지. 가서 옷을 갈아입지 않으면 감기에 걸릴 거야. 피하고 싶은 파티도 없는데 낭비하는 건 아깝잖아."

루스의 미소는 창백했다. 미스 몰은 스스로를 유머러스하고 이해심 있는 사람으로 보이게 하려고 그런 거였지만, 그것이 루스의 상황을 더욱 나쁘게 만들고 있었다. 루스는 어둠이 더 짙게 깔린 계단 쪽으로 걸어갔다. "리젠트 스퀘어를 지나갔어요?"

"그래, 강을 보러 언덕을 돌아 산책을 했지. 비가 내리는 데도 무척 아름답더라. 강 위로 안개가 자욱하게 드리웠고, 반대편에는 안개 속으로 보이는 나무가 불타오르는 횃불 같았어. 하지만 잎은 비를 맞았으니 떨어질 거야."

잠시 루스는 그것을 물어본 목적을 말하지 못했다. 루스는 미스 몰이 그렇게 계속 말해주면 좋을 것 같았다. 루스의 경험으로 미스 몰은 다른 사람들과는 다르게, 다른 목소리로 말했다. 미스 몰은 달이 뜬 밤에 대해 말했고, 듣다보면 어느새 아름다움과 평화가 퍼지는 것이 느껴졌다. 지금 루스는 짙은 안개의 서늘한 위험과 눈앞에 빛이 보이는 기쁨을 느낄 수 있었다. 꼭 고백해야 할 필요성이 점점 줄어드는 것 같았고, 환시의 세상이 사실의 세상보다 더 중요한 것이 되었다. 루스는 말하지 않는 편이 더 쉽고 친절할 수 있다고 자신을 설득하다가 이렇게 이야기를 꺼냈다.

"미스 몰." 루스가 말했다. "미스 몰을 본 것 같아요. 그러니까…… 봤어요. 하지만 미스 몰은 너무 빨리 지나갔고, 저는 너무 늦게 봤어요. 그럴 때 어떤 식이 되는지 알잖아요. 곧바로 소리쳐서 불렀어야 하는데, 거의 시야에서 멀어졌을 때 알아보면 다른 아이들에게 우습게 보일 것 같아서 부르지 않았어요……. 하지만 제가 너무 비겁했던 것 같아요."

"비겁하다고?" 해나가 말했다. "고맙구나. 이 얼스터코트를 입으면 나는 내가 투명 인간이 된 줄 알거든. 그게 어떤 건지 알아. 이걸 아예 입지 않아야 하겠지만, 두껍고 오래된 친구 같아서. 네가 나를 불러 세웠다면, 부끄러워서 죽는 줄 알았을 거야. 부르지 않아줘서 얼마나 다행인지. 어둠 속이 아니면 다시는 그런 위험은 감수하지 말아야겠어. 이제 부디 가서 옷 좀 갈아입어줄래? 넌 매킨토시 비옷을 입고 나갔어야 했는데. 하이 티를 마시는 밤이라, 언덕에 올라갔더니 갑자기 버섯 생각이 나서 오는 길에 좀 사 왔어. 스크램블드에그와 같이 먹을 생각인데, 괜찮으면 내려와서 좀 도와주면 좋겠구나."

루스는 어떤 면에서 아이 같았지만, 어리석지 않았다. 루스는 미스 몰의 말이 사실인 만큼이나 꾀를 낸 것임을 알았다.

루스는 미스 몰이 자기를 보고 피했는지, 만약 그랬다면 미스 몰 자신을 위한 것이었는지 루스를 위한 것이었는지 묻지 않았다. 그 고백은 완전한 것이 아니었는데, 미스 몰이 자기 입으로 얼스터코트가 끔찍하다는 말을 한 뒤로, 어떻게 루스가 그 이야기를 꺼낼 수 있겠는가? 그렇게 하는 것은 미스 몰의 감정을 대가로 자신의 영혼만 편안해지는 것이었고, 더 이상 말하지 않는 것은 편리할뿐더러 굳이 잘못된 것도 아니었다. 커가면서 불편한 게 좋은 것이라는 생각을 차츰 버리게 되었는데, 루스는 천천히 스타킹을 갈아 신으면서 지금까지는 꺼려졌던 믿음에 기꺼이 굴복했다. 그것은 루스가 자신의 두려움에 대해 미스 몰을 안전하게 믿었던 것처럼 말하지 않은 것에 대해서도 그래도 좋다는 믿음이었다. 미스 몰의 마음은 그 간격을 뛰어넘을 수 있고 그 간격이 어디서 나왔는지 안다는 걸, 루스는 생각한다기보다 느꼈다. 그리고 다시 부엌으로 내려가 굴복하지 않으려고 했던 결심이 무너진 것을 깨닫자 경직되고 어색한 기분이 들었다.

미스 몰은 버섯을 손질하고 있었고 루스에게 방법을 알려주고 나서 두 사람은 같이 부엌 식탁 앞에 앉아 부지런히 일했다.

"옷에 대해 생각하고 있었어." 해나가 말했고, 루스의 얼굴이 붉어졌지만 얼스터코트에 대한 생각이 그 이야기를 꺼낼 수 없게 하는 장벽이 되기 전에 얼른 해버리는 게 좋겠다고 해나는 생각했다. "나는 늘 옷을 좋아했지만 갖고 싶은 옷은 한 번도 못 가졌어. 학교에 들어가니 모두의 옷차림이 똑같지 않았고 나는 허수아비처럼 보였어……. 훨씬 눈에 잘 띄었다는 말이야. 유일하게 할 수 있는 건 옷에 대한 내 취향이 특별하고 다른 애들은 가엾게도 그렇지 않은 척하는 거였지. 그 뒤로 계속 그렇게 했는데, 신발과 스타킹만 예외야. 신발과 스타킹에 사치를 부리니까 다른 데서는 돈을 아껴야 해." 해나는 황급히 갈아 신은 신발을 내려다보았다. "래드스토에 이보다 더 좋은 신발은 없지만, 내가 한번은 이걸로 유리창을 깼어." 해나가 천연덕스럽게 말했다.

루스가 고개를 들었다. "왜 그렇게 했어요?"

"그건 네게 해줄 수 없는 이야기 중 하나지만, 아주 슬프고…… 흥미진진했어."

"정말로 해주면 안 돼요? 미스 몰은 늘 말만 꺼내놓고 그 이야기를 해주진 않아요. 도둑 이야기도 그랬고……."

"아, 그래, 하지만 시간이 많지 않잖아. 넌 저녁에는 공부해야 하고, 그런 다음엔 자야 하고, 아니면 이 방에 다른 사람이 있거나."

"오늘 밤이면 좋을 것 같아요." 루스가 제안했다. "할 것도 많지 않고요. 윌프리드가 이 방에 들어오지 않는 한?"

"아니, 윌프리드는 집에 없을 거야."

"오 음, 그렇다면……!" 루스가 기뻐서 외쳤다.

"이따 생각해보자. 이야기를 하려면 그러기에 적당한 기분이 돼야 해. 그리고 에설에게 그 얼스터코트를 입을 만큼 겸손한 노부인을 아는지 물어봐야 할 텐데, 내게 상기시켜줘."

"오, 미스 몰." 루스가 거의 간청하다시피 말했다. "미스 몰이 좋아하는 옷이면 누굴 줘서는 안 될 것 같아요."

"좋아하지 않아. 그냥 난 충분히 입었어."

"하지만 미스 몰이 그건 오래된 친구라고 했고, 그 옷을 만드는 데는 분명 아주아주 많은 천이 들어갔을 거예요. 개조해서 입을 수도 있을 테고요."

"아니, 내가 그걸 재단사에게 보여줄 만큼 용감하진 않아. 하지만 간직할 수는 있겠다. 어두운 밤에 우체통에 갈 때 입기엔 충분히 좋거든. 하지만 다른 데서는 입지 않을 거야." 해나가 말했고 이제 루스는, 미스 몰은 자신이 이해한 것이면 뭐든 전부 용서할 수 있다는 것을, 어쩌면 모든 것을 이해한다는 것을 알았다.

14

지금 이 시간은 해나의 손이 쉬는 시간이었다. 그녀는 무릎 위에 책을 올리고 식사실 벽난로 옆 안락의자에 앉아 등받이에 몸을 기댔다. 루스는 이따금 공부하다 말고 고개를 흘끗 들었고, 해나의 눈이 종종 감겨 있는 것을 보았다. 그녀는 이렇게 달라 보였다. 더 젊어 보였고, 루스는 자기 생각을 표현할 적절한 단어를 찾지 못했지만, 더 연약해 보였다. 그녀의 진홍색 실크 드레스는 유행에 뒤떨어지고 오래되었지만, 스커트와 실크 스타킹이 벽난로 불빛에 희미하게 반짝였고, 슬리퍼의 버클은 빛을 튕기며 반짝거렸다. 해나의 느긋한 모습과 우아한 발은 루스에게 만족스러운 느낌과 목사관에서의 이상적인 삶에 가까워진다는 느낌을 불러일으켰다. 거기서는 모두가 저녁을 먹기 전에 옷을 갈아입었고, 누구도 서두르지 않았다. 저녁 모임을 완전히 거부하지 않고 자선사업에 관한 일이라면 언제라도 불려 나갈 수 있었던 어머니는 갑작스러운 외출에도 적합하지 않은 옷을 입는 경우는 좀처럼 없었는데, 그것이 루스의 적절함에 대한 감각에는 위배되었고, 집 밖에서 모두 잘할 것이 기대되는 가정의 구성원으로 루스가 느끼는 불안감은 더욱 가중되었다.

루스는 가정부라는 말을 떠올리면 온갖 답답한 것이 생각났다. 갑갑한 드레스, 두꺼운 스타킹, 고지식한 얼굴, 억압적인 의무감. 하지만 여기 있는 미스 몰은 패션 감각은 좀 부족했지만 채플과는 관련 없는 세상에 사는 여인처럼 보였고, 그 세상은 아름다움과 여유를 기대하고 얻을 수 있는 곳이었다. 그것은 루스가 늘 열고 싶었던 문 안쪽을 빼꼼 들여다보는 것과 같아서 루스는 "나는 미스 몰이 옷을 수선하고 있을 때가 좋아요" 하고 조용히 말했다.

해나가 잠시 눈을 떴다. "반쯤 잠들어 있었어." 그녀가 졸린 목소리로 말하고는 다시 눈을 감았다. 그녀는 생각에 몰두해 있었기에 그 말은 사실이 아니었지만, 해나는 사람들이 하는 말이 진실인지 아닌지에는 까다롭지 않았다. 사람들은 진실의 가치가 긍정적이라고 생각하겠지만 그녀는 확신이 없었고, 그것을 제한적이고 당혹스러운 관습이라고 여겼다. 적나라한 진실은 종종 따분했고 우스꽝스러운 경우는 더욱 많았다. 한편 거짓말은 상상력과 생각의 프라이버시를 보호하는 한 형태였고, 자기 소유가 아니며 자신이 결코 외부의 침입으로부터 안전하지 않은 집에서 살아갈 때는 이런 자기만의 조용한 시간이 필요했다.

이제 졸음의 베일이 씌워진 채 해나는 루스의 모습이 표면적으로도 달라진 게 전적으로 기쁜 일인지 생각해보았다. 애써서 이룬 일이지만, 이번에도 얻는 것은 종종 잃는 것을 의미한다는 사실을 해나는 깨달았다. 루스의 마음을 샀지만, 그 흥미진진한 작전은 끝났다. 그 작전은 안타깝게도 그녀만 알고 있는 기술로 수행되어 자랑할 수 없었고, 보상으로 뭔가를 소유하게 되면 돌봄과 의무가 수반되었다. 그녀는 점점 루스를 좋아하게 되었는데, 10년 전에 그녀는 앞으로 여린 감정에서 자유로워지겠다고 스스로에게 약속했었다. 그런 감정은 가치 있다기보단 오히려 골칫거리였고, 허영은 그녀의 약점이었다. 그녀는 존경받기 위해 몹시 노력했고, 주지 않고는 아무것도 얻을 수 없다는 사실을 깨달았다. 그녀는 그 결심을 접고 루스를 좋아하게 되었고, 되돌리기에는 너무 멀리 왔지만 이쯤에서 멈춰야 했다. 가족 전체와 얽혀서는 안 되었고, 정말로 그럴 기회가 생길 것 같지도 않았다. 로버트 코더

는 오늘 저녁에는 상냥한 태도로 아마도 부엌이 그녀의 영역
이니 그곳을 지키는 게 좋을 거라는 의향을 넌지시 내비치며
버섯 요리를 칭찬했지만, 그와 그녀는 당연히 서로 반감을 갖
고 있었다. 한편 에설은 한쪽으로는 종교에 끌려가고 또 한쪽
으로는 세속적인 욕망에 끌려가는 식으로 양분되는 정도가
심해서 누구도 그 조각난 부분들을 모아 다룰 수 없었다.

"거의 끝냈어요." 해나는 루스가 말하는 소리를 들었다. "도
둑 이야기를 들을 준비가 거의 다 됐어요."

"이 밤에 듣기에는 좋은 이야기 같지 않은데."

"오, 미스 몰, 그 도둑을 좋아한 것처럼 말했잖아요!"

"그랬지. 내 취향이 좀 독특하거든. 그리고 네가 숙제를 날
림으로 했을까봐 걱정된다."

"하지만 모두가 나가고 없을 때…… 이건 기회죠."

"오, 음……." 해나가 말하고, 서둘러 생각을 모았다. "그 일
이 일어난 건 내가 가발을 쓰는 늙은 부인과 함께 살고 있을
때였어. 가발에 대한 경험이 없는 사람들은 가발이 삶을 단순
하게 만들어준다고 생각하지. 가발은 벗고 쓰기만 하면 되는
거라고 생각하거든. 하지만 전혀 그렇지 않아. 가발은 혈통이
있는 페키니즈만큼 관리가 필요하단다. 그건 내가 둘 다 돌본
경험이 있어서 알아. 한번은 내가 어느 부인의 버릇없는 작은
개한테 그 개에 대한 내 진짜 속마음을 말하는 걸 듣고, 그 부
인이 나를 해고한 적도 있었어. 그 일은 내게도 잘됐고, 그 개
에게도 잘됐다고 할 수 있지. 음, 어쨌거나 이 노부인에게 가

발이 한 개, 사실은 두 개가 있었어. 단정하게 손질하려면 이 따금 미용사에게 보내야 하거든. 색깔은 옅은 금발이었지. 노부인은 부자였고, 내 생각엔 그 색깔을 좋아했던 것 같아. 나쁜 사람은 아니었어. 나는 그녀를 좋아했어. 음, 어느 밤, 도둑에게 그냥 걸어 들어오라고 말하는 것처럼 외로운 집이었는데, 바로 그날 저녁에 미용사에게 보낸 가발 하나가 등기로 다시 돌아왔단 것부터 말해야겠다. 그리고 나는 그걸 뜯지 않은 채로 침실 초를 두는 층계참 탁자 위에 뒀지. 거긴 그런 집이었어."

"아." 루스가 말했다. "도둑은 그게 보석이라고 생각했겠군요!"

"잠깐. 나는 노부인이 잠자리에 들고 취침용 모자를 쓰는 걸 보고는, 노란 머리로 치장하지 않았을 때 얼마나 아름다운지 정말로 말해주고 싶었어……."

"하지만 가발을 벗고 모자를 쓰지 않았을 때 모습은 끔찍했을 것 같아요! 나라면 거기 계속 있지 못했을 거예요."

"거기 오래 있지 않았어. 노부인이 죽었거든. 내게 돈을 좀 남겨주겠다고, 노부인이 말했는데, 그건 진심이었던 것 같아. 하지만 그러기 전에 죽어버렸지. 나이 든 여자들은 그런 식이야."

"도둑 때문에 겁이 나서 죽었어요?"

"노부인은 도둑이 든 건 몰랐어. 도둑이 아무것도 가져가지 않았거든. 아무것도!" 해나가 그 말을 인상적으로 반복했다. "그리고 모든 일은 나를 통해 일어났어! 그녀가 그 사실을 알

왔다면 그때 그 자리에서 내게 돈을 남겼을지도 몰라."

"그럼 그 이야기를 노부인한테 안 했어요?"

"오늘 밤까지 누구한테도 안 했지. 그리고 이 이야기에는 교훈이 있다는 걸 미리 말해주는 게 좋겠다."

"당연히 있겠죠. 그럼 그 교훈은 너무 겸손해서는 안 된다."

"겸손은 늘 내 약점 중 하나였어." 해나가 눈을 찡긋하며 말했다. "하지만 이 이야기가 좀 늘어지는 것 같지? 간략하게 줄여볼게. 나는 밤중에 일어나서 뭔가 사각거리는 소리를 들었어. '쥐다!' 이렇게 혼잣말을 했지만, 정확히 쥐 소리는 아니었어. 그래서 귀를 기울였고, 심장이 두근두근 뛰기 시작했지. 아주 조용히 침대에서 내려왔어. 소리를 내지 않고 문손잡이를 돌렸지. 그리고……." 그녀가 자신이 한 행동을 보여주려고 앉은 자세를 똑바로 했다. "문을 활짝, 이렇게, 열었어. 그리고 내가 뭘 봤을 것 같니?"

루스가 고개를 저었다. 루스는 대답을 기대한 질문이 아니란 걸 알고 있었다.

"도둑을 봤어. 노부인의 가발을 머리 위에 쓰고 거울에 자기 모습을 비춰 보고 있는 도둑!"

"그럼." 루스가 천천히 말했다. "층계참에 불이 켜져 있었겠네요."

"그래, 그랬지." 해나가 잽싸게 대답했다. "그가 불을 켰었어. 여기가 웃는 포인트인데, 너는 심지어 미소도 짓지 않는구나."

"불빛에 대해 생각하고 있어요. 유능한 도둑은 아니었나보네요."

"그랬지. 그는 재미있는 도둑이었어. 나는 웃었고, 그도 웃었어. 그러고 나니 우리는 친구가 된 것 같았고, 그는 나를 만나 반갑다고 말한 뒤 신사처럼 떠났어. 그리고 교훈은, 우리는 가장 공포스러운 상황에서도 웃을 준비가 되어 있어야 한다는 거야. 이제, 나는 그게 좋은 이야기, 좋은 교훈 같은데, 너는 조금도 좋아하지 않는 것 같구나."

"저는 오히려 걱정하고 있어요." 루스가 말했고, 그러고는 찡그린 얼굴로 해나의 머리를 스쳐 어딘가를 보았다. "왜냐하면 침실에 촛불을 두는 집이라면, 층계참엔 전등이 있어야 하지 않아요? 나는 정말로 그 이야기가 좋았어요, 미스 몰. 하지만 상황이 정확히 파악되지 않으면 못 견디겠어요. 그러니까 그가 손전등을 갖고 있었다면……."

"그래." 해나가 침울하게 말했다. "그걸 생각했어야 하는데. 하지만 그래봤자 소용없었을 거야. 왜냐하면 그 이야기의 극적인 부분은 어둠 속에서, 흔한 표현처럼 사시나무 떨듯 떨면서 침실 문을 열었더니 활활 타오르는 불빛과 가발을 쓴 채 거울 앞에 서 있는 도둑이 보였다는 거거든. 침실 초는 실수였어."

"미스 몰." 루스가 진지하게 말했다. "꾸며낸 이야기였어요?"

해나가 장난꾸러기 아이처럼 손가락으로 입술을 잡으며 천천히 세 번 고개를 끄덕였다. "시간이 더 있었다면……." 그녀가 미안하다는 듯 말하기 시작했고…….

"미스 몰에게 시간이 더 있었다면, 난 알아내지 못했을 거예요." 루스가 말했고, 해나를 고민하게 한 그 걱정스러운 표정이 루스의 얼굴에 되살아났다. "그리고 오두막과 부엉이 이야기도 사실이 아닐 것 같아요."

"그 이야긴 전부 사실이야." 해나가 말했다. "그리고 노부인과 가발 이야기도 사실이야. 하지만 도둑이 빠지면 무슨 소용이 있어? 네가 원한 건 도둑 이야기였고, 나는 네게 멋진 이야기를 해줘야 했어."

"그러면 좀 짓궂은 이야기도 알아요?"

"아니, 하지만 지어낼 수 있어."

루스가 희미하게 미소를 지었다. "에설은 끔찍이 싫어했을 거예요."

"에설에게는 이야기를 해주지 않았을 거야." 해나가 잽싸게 말했고, 루스의 미소가 커졌다.

"에설은 그게 거짓말이라고 생각할 테니까요."

"거짓말이 아니야. 허구지." 해나가 말했다.

"네, 허구." 루스가 기꺼이 동의했다. "하지만." 그녀가 외쳤다. "그게 정말로 일어난 일인지 아닌지는 어떻게 알아요?"

"아, 바로 그런 게 재미지. 그건 스스로 알아내야 해. 다음번엔 나도 좀 더 조심할 거야."

"그러면 발로 유리창을 깬 건 맞아요?"

"응, 그건 사실이었어."

"그 이야기는 해주지 않을 거예요?"

"재미있는 부분이 있긴 한데, 분명 좋아하지 않을 거야. 안타깝게도 네가 그 부분을 알아차리지 못할 테니까. 너는 웃는 덴 서툴잖아."

"그렇죠. 하지만 오두막 이야기가 사실인 건 기뻐요." 루스가 만족스럽게 말했다.

"그래?" 해나가 좀 고단한 듯 말했고, 의자에 다시 털썩 앉아 다시 눈을 감았다.

루스는 마음이 조금 편치 않았다. 미스 몰의 휴식이 질적으로 달라졌다. 그녀는 더 이상 여가를 즐기는 여인이 아니었고, 고단하고 어쩌면 불행한 여자였다. 루스는 미스 몰의 영혼이 헤매는 장소로 이어지는 또 하나의 문을 통해 그 안을 살짝 엿보았다.

그리고 목을 큼큼 풀고 조그맣게 말했다. "미스 몰, 괜찮아요?"

"최선을 다하고 있어." 해나가 웃으면서 말했지만, 눈은 계속 감은 채였다.

"그러니까 아프거나 그런 거예요?"

"아픈 것 같진 않은데, 뭔가 느낌은 좀 있어."

"통증인가요?"

"일종의 통증이지."

"음, 뭐라도 좀 갖다줄까요?"

"아주 많은 게 필요한데." 해나가 말했고, 이제 드러난 눈동자에는 밝고 즐거운 빛이 어려 있었다. "나는 먼저 큰돈이 좀 있으면 좋겠어. 네가 그럴 수 있다면, 가져올래? 그럴 수 없다면, 이제 그만 자러 가는 게 좋을 거야."

"아직은 아니에요. 그 이야기를 해보면 어때요. 큰돈이 있으면, 뭘 할 거예요?"

"트렁크를 꾸려야지. 서운해하진 말고. 하지만 너라도 그러지 않겠니?"

"그럴 것 같아요." 루스가 서운한 감정을 느끼지 않고 이성적으로 받아들이려고 애쓰며 말했다.

"나는 트렁크를 꾸리겠지만, 내 작은 배는 네게 줄게. 추억을 위한 기념으로, 그리고 좋은 가정을 위해. 나는 그 배에 좋은 가정을 찾아주고 싶거든. 예컨대 그걸 아라비아사막으로 가져가는 건 좀 그렇잖아. 거기선 병에 든 배 말고 사막의 배를 갖고 싶을 거야. 그렇지만 내가 아라비아로 갈지는 잘 모르겠어. 대추야자는 정말 못 먹겠더라. 먼저 런던에 갈 거고, 재단과 품질이 아주 훌륭한 새 옷을 장만할 텐데, 그 옷이 만들어지는 동안, 왜냐하면 기성복은 절대 사지 않을 테니까 여행사에 가서 어떤 답을 해야 할지 모르는 젊은 남자들에게 질문을 할 거야."

"답을 모른다는 걸 어떻게 알아요?" 루스가 예리하게 물었다.

"물어봤거든. 카운터 위로 몸을 숙이고 보낸 오후가 많았어. 비용을 내지 않아도 외국 여행에 대한 온갖 확실하지 않은 이야기를 들을 수 있지. 하지만 처음에는 그들에게 너무 어렵단 생각이 들게 하진 않을 거야. 그리고 스페인에 갈 거야. 가본 적은 없지만, 여러 곳에 내 성이 있단다."

"제 성도 있어요." 루스가 말했다.

"그래, 그곳에 방이 남았는지 모르겠네. 직접 가봐야겠어. 같이 갈래?"

루스가 고개를 끄덕였다. "가고 싶어요."

"좋아." 미스 몰이 말했다. "비용은 쉽게 마련할 수 있어. 그리고 그다음에는, 우리 어디로 갈까? 이탈리아는 안 돼. 문화적인 볼거리가 너무 많고, 나처럼 결혼하지 않은 여자도 너무 많아. 마르세유에서 작은 배를 타고 지중해로 갈 수 있을 거야. 그리고 돌아오고 싶어질 때까지 돌아오지 않을 거고, 우리에게 많은 시간이 남지 않았기를 바라게 될 때까지. 하지만 우리는 먼저 남아메리카에 가볼 거야."

그들이 크레올• 미인과 광대한 산맥, 드넓은 강, 그리고 통행이 불가능한 정글에 대한 이야기를 한참 나누고 있는데, 요란하게 울리는 현관문의 초인종이 눈앞에 그려지던 장면을 흩뜨려놓았다.

"저런!" 루스가 외쳤다. "누군가가 와서 이야기를 망쳤네요!"

"집배원이 내가 받게 될 큰돈에 대해 내 변호사들이 보낸 등기 우편물을 가지고 온 걸 거야." 해나가 대수롭지 않다는

• 유럽계와 현지인의 혼혈.

듯 말했다.

누가 문을 두드리거나 초인종을 올리는 모든 순간마다 뭔가 흥미로운 일이 일어날 기회가 존재했다. 그 수식어를 블렌킨숍 씨에게 적용할 사람은 거의 없을 텐데, 현관 계단에 바로 그가 서 있었다. 해나는 그를 보자 목 안으로 웃음이 올라오는 것 같았다.

"이걸 아주 친절하다고 해야겠군요." 그녀가 밝게 말했다. "들어오세요."

블렌킨숍 씨는 모자를 들어 올리며 코더 씨가 집에 있느냐고 물었다.

"코더 씨요?" 해나가 실망한 척 말했다. "아니요, 나가셨는데요."

"미안합니다." 블렌킨숍 씨가 돌아서서 떠나려고 했다.

"잠깐만요!" 해나가 외쳤다. "내가 당신에게 식사를 갖다준 뒤로 당신을 계속 못 봤어요. 하지만 당신에 대한 이야기를 들었어요. 내가 무슨 이야기를 들었는지 말해줄게요."

"고맙군요. 하지만 나는 코더 씨를 만나러 왔습니다. 다른 날 또 오죠."

"수요일엔 그를 못 만날 거예요. 주중 밤 예배가 있거든요."

"내가 어리석었군요." 블렌킨숍 씨가 중얼거렸다.

"코더 씨라면 그걸 기억의 슬픈 실수라고 여길 거예요. 그에게 당신이 왔다 갔단 이야기는 하지 않을 것 같아요."

"그건 나하고는 상관없는 일이로군요." 그가 말했다.

"네, 그도 그걸 깨닫겠죠. 유감스럽게도. 나는 일요일마다 당신을 찾았어요, 블렌킨솝 씨."

"왜 그런 수고를 했는지 모르겠군요."

"나는 코더 씨의 감정에 대해 좀 애틋한 마음을 느껴요."

"오." 블렌킨솝 씨가 말했다. "그러니까 당신은 정착했군요."

"그렇게 말하고 싶으면, 그렇게 말할 수 있겠죠. 집 안에 들어오면 좋겠지만, 비가 내린 뒤라 밤이 멋지네요." 그녀가 하늘을 올려다보며 말했다. "별도 참 밝고!"

"네, 아주 밝네요."

"하지만 추워요." 미스 몰이 말했다.

"당신을 계속 붙잡아두고 싶진 않군요." 그는 말하면서도 돌아서진 않았다. 해나가 대화를 이어갈 듯 계속 말했다. "네, 추워요. 하지만 우리는 그걸 계절답다고 말해야 할 것 같네요. 그 표현에는 재미있는 측면이 있어요. 계절다운 날씨, 절대 덥지 않고 오로지 추워야 하는. 왜냐고요? 나는 단어에 큰 매력을 느끼거든요."

"유감스럽지만." 블렌킨솝 씨가 딱딱하게 말했다. "여기서 어원을 따지고 있을 시간은 없을 것 같군요."

"나는 그게 딱정벌레라고 생각했어요." 해나가 천진하게 말했다. "그리고 우리는 부엌에서 딱정벌레로 실용적인 연구를 해볼 수도 있겠네요. 원한다면 말이죠. 나는 부엌에서 곤란한 일을 겪을 운명 같거든요. 그러고 보니 생각나는데, 리딩 부부는 어떻게 지내고 있어요? 알다시피 그날 저녁 일에 대해

적절한 감사 인사를 받지 못한 것 같아요."

"감사 인사를 받다니!" 블렌킨솝 씨가 악의적인 눈빛으로 쳐다보며 소리쳤다. "내가 알고 싶은 것은 대체 당신이 왜 그렇게 할 마음을 먹었냐는 거예요. 그리고 감사라면 누구의 감사를 기대한다는 거죠?" 그가 묻고는 그 말을 남긴 채 성큼성큼 걸어가버렸다.

그녀는 마침내 그를 자극하는 데는 성공했지만, 그의 감정이 그가 겪은 경미한 불편에 비하면 좀 지나치게 격하다고 생각했다.

15

그날 밤 에설은 미스 패치 위더스와 다른 봉사자가 맡고 있는 여성회 모임을 끝내고 평소보다 일찍 집으로 돌아왔다. 두통이 있었고, 몸 상태가 아주 좋지 않았는데, 선교회 방의 열기에서 벗어나 올라탄 전차 안이 추웠기 때문이다. 그녀는 뭔가 따뜻한 것을 마신 뒤 뜨거운 물주머니를 안고 일찍 잠자리에 들었다. 그리고 집에 오면 엄마가 있으면 좋겠다고 생각했는데, 사람들의 짐작보다 그런 생각이 들 때가 더 많았다. 에설의 상실은 루스의 상실과는 본질적으로 달랐다. 에설에게 엄마는 조용한 목소리이자 다정한 손이었다. 충고할 때도 결코 높아지지 않는 목소리, 지끈거리는 머리맡에 베개를 어떻게 놓아줄지 아는 손. 에설이 지나치게 긴장한 상태가 되면 어머니는 신체적인 치료를 해주었는데, 자식을 몸이 아프다고 여기며 나무라지도 않고 자식에게 충고도 하지 않으려고 한 어머니의 태도에서, 에설은 어머니가 정신적으로 치료하기 위해 최선을 다했다는 것을 알 수 있었다. 에설의 삶은 너무나 극단적으로 주관적이어서 그녀에게 어머니는 객관적으로는 거의 존재하지도 않았다. 그런 의미로 보자면 누구도, 어떤 것도 그녀에게는 존재하지 않는 것이었고, 따라서 그녀가 모든 불운의 먹이가 되는 것은 필연적이었다. 이제 그녀는 구석에 옹송그리고 앉아 눈을 감고 두통을 잠재우려 해보았지만, 전차가 멈춰 설 때마다 눈을 뜨고 누가 타고 내리는지 쳐다보았다. 그녀는 여자들이 입은 옷 각각과 자기 옷을 비교했고, 모자를 맞은편에 앉은 사람처럼 돌려 쓰면 어떨지, 머리 모양을 방금 올라탄 젊은 여자처럼 머리칼이 귀를 덮게 하면 어떨지 생각했고, 뭐든 하려고 하는 이 열의와 그 자체로 의미가 있는 이 불안의 배경에는 여성회의 고단함과 허무함이 깔려 있었다. 도리스는 그 모임에 나타나지 않았다. 좋아하는 친구인 도리스는 코더 가족을 위해 일하는 사람으로 지위가 격상되었으니 미스 에설을 좋아하고 공경해야 마땅했다. 도리스가 모임에 나오지 않았다는 말이 나왔을 때 익숙한 웃음이 터졌고, 에설은 한 대 얻어맞은 것처럼 찌릿해지며 눈물이 차오르는 것을 느꼈다. 그들이 웃는 것은 에설 자신보다 도리스에 대해 더 많이 알기 때문이었고, 그들은 그녀의 총애를 받는 사람이 신의를 지키지 않는 사람으로 입증된 것이 기쁜 모양이었다.

에설은 자기가 너무 예민한 거라고, 자신의 본디 성격이 그렇다고 혼잣말을 했다. 그녀는 마음에 상처를 입었고 불안했으며, 도리스가 어둠 속에서 젊은 남자와 함께 돌아다니는 모습을 그려보고 정확하지 않은 이론으로 재앙과도 같이 진행되고 있을 구애를 상상했다. 그러자 머리가 더 심하게 지끈거렸다. 도리스와 직접 대화를 해봐야 알겠지만, 도리스는 그런 문제에서는 에설을 품에 안긴 아이로, 수준에 맞게 우유에 적신 빵 조각을 먹여야 할 아이로 보고 있을 것이었다. 그녀는 전에는 친구에게 자신이 확실한 영향력을 미치고 있다고 느꼈지만, 이제 그 확신이 사라졌다. 인생은 에설에게 늪지를 지나가는 것과 같아 잔디가 자란 작고 단단한 땅처럼 보이는 곳에서 또 다른 그런 땅으로 펄쩍 뛰어 옮기지만, 그중 많은 땅이 흔들리고 일부 땅은 발밑에서 가라앉는 것을 발견하는 것과 같았다. 한 번 실수할 때마다 용기를 잃었고 이어 판단력을 상실했다. 도리스가 모임에 빠진 것과 여자들이 웃은 것 때문에 에설은 패치 위더스의 친절이 더욱 반가웠고, 그 고마움과 신뢰가 커진 순간 울컥해서 패치에게 미스 몰 이야기를 했다. 매트리스에 대한 황당한 이야기를 했을 때는 패치의 눈에서 즐거운 빛이 반짝거리는 것을 감지했다. 패치에게 그 이야기를 한 것은 어리석었다고, 에설은 생각했지만, 한편으로 에설은 아주 충동적이었다. 예민하고 충동적이었고, 지금은 하워드, 그리고 그녀를 놀리지 않을 때의 윌프리드를 제외하면 누구도 그녀를 이해하지 못했다. 그녀는 아버지에게 무한한 존경심을 품고 있었지만, 아버지가 자신에게 좀 더 시간을 내주고 인내심을 보여주기를 바랐다. 아버지는 자신의 어려움과 비교해 그녀의 어려움은 아주 작은 것으로 치부하고 본인의 걱정거리만으로도 이미 벅차다는 것을 넌지시 내비치곤 했다. 그리고 늘 관심을 기울이며 들어주는 미스 몰(에설은 미스 몰에 대해 생각하자 또다시 죄의식이 들었다)이 있었지만, 그렇다고 미스 몰이 잔디가 자란 그런 또 하나의 땅이 아니란 걸 누가 확신할 수 있겠는가? 그리고 신이 있다고, 급하게 기억해냈고, 주변에 있던 사람들이 그녀가 그것을 잊어버린 것을 알아차리기라도 한 듯 그녀는 곁눈으로 그들을 쳐다보았다. 자기를 쳐다보는 사람이 아무도 없는 것을 보고, 그녀는 기도하겠다고, 더 깊은 신앙심을 가져야겠다고 말하면서 다시 눈을 감았다. 그 생각과 함께, 혹은 전차가 자신이 내리려는 곳에 멈춰 섰기 때문에 그녀의 걱정은 덜 다급해졌다.

그녀는 베리스퍼드 로드 끝에 있는 정류장까지 가도 괜찮았지만, 이 정류장은 유니버시티 워크 끝에 있었고, 한번은 여성회 모임을 마치고 걸어 돌아갈 때 그 길에서 윌프리드가 그녀를 따라잡아 둘이 같이 프린시스 로드를 통과해 집으로 걸어간 적도 있었다. 윌프리드가 그러는 게 더 로맨틱하다고 해서 그렇게 한 것이었는데, 막상 그래놓고는 왜 그렇게 천천히 걷느냐고 물어 그녀의 행복감을 망쳐버렸다.

윌프리드는 에설의 그런 땅 중 하나였지만, 아주 밝고 유혹적이어서 그 땅이 그녀를 배신하리라고는 믿을 수 없었다. 그녀는 그 땅이 불안정하단 걸 설명할 자기만의 방법을 찾아냈다. 그 설명은 전혀 만족스럽지 않았고, 그녀도 그 사실을 알고 있었지만, 자신에 대한, 그리고 자신이 지녔기를 바라는 매력에 대한 믿음이 비틀거릴 때는 그 땅이 위로가 되었다. 그 설명은 윌프리드와 그녀는 사촌지간이고, 그가 그녀에게 다정하지 않을 때는 그 관계를 떠올릴 때라는 것이었다. 그는 그녀의 감정은 억제시키고 자신의 감정은 다정한 농담 속에 감춰야 할 것이었다. 그건 그의 고귀한 성품 때문이지만, 에설은 단 한 번의 열정적인 장면으로라도 그것이 신성한 기억이 되고 앞으로 그들의 황무지 같은 삶에 희미한 빛을 던져준다면 더 행복했을 것이다. 윌프리드를 이런 식으로 생각하면서, 그리고 뒤에서 그의 유쾌한 목소리가 들리기를 바라면서 에설은 그가 봐주었으면 하는 모습으로 걸으려고 애썼고, 그들이 함께 걸은 경로를 따라 어둑하고 넓고 조용한 프린시스 로드를 걸어 올라갔다. 잎을 벗은 나뭇가지의 그림자가 가로등 불빛을 받아 보도에 윤곽선을 그리고 있었다.

오후에 흩뿌리던 비는 이미 멈추었고, 머리 위로 별빛이 찬란한 하늘이 보였다. 그녀가 그 아름다움에 감동하지는 않았지만, 그 장소와 시간의 영향력이 그녀의 마음을 달래주었고, 그녀는 자신의 고민은 잊었지만, 혹은 거의 생각하지 않았지만, 스펜서 스미스 부인의 파티에 입고 갈 드레스, 모자 개조,

벽난로 옆에서 마시는 코코아 한 잔, 잠자리에 들기 전에 윌프리드와 나누는 몇 마디 등 마음속에서 작은 계획과 희망을 획획 그림처럼 떠올리면서 천천히 걸어갔다. 이어 프린시스 로드와 베리스퍼드 로드가 교차하는 지점이 이루는 각도에서 그녀는 갑자기 끔찍한 한순간을 목격하고 걸음을 멈추었다가 돌아서서 달리기 시작했다.

그날 일찍 루스가 그런 것처럼 그녀는 울음을 꾹꾹 눌러 참았다. 그녀는 자신의 배신에 쫓기고 있는 건 아니니 루스보다 더 행복했다. 하지만 더 비참하기도 했는데, 윌프리드가 신의를 저버려 그녀의 세상이 어두워졌기 때문이다. 그녀가 모퉁이 저만치 몇 미터 앞에서 그가 젊은 여자의 손을, 여자는 작별 인사를 하려고 손을 내밀고 그는 그 손을 놓을 수 없는 것처럼 잡고 있는 것을 보았을 때, 별들은 사라져버렸다. 더 잘 보려고, 혹은 자기 쪽으로 끌어당기려고 팔 길이만큼 거리를 두고 몸을 뒤로 젖힌 채 여자의 손을 잡고 있는 그 모습, 모자를 쓰지 않은 그 늘씬한 형체는 윌프리드가 틀림없었고, 에설은 뛰어가면서 윌프리드가 다른 누구와 함께 있는 모습을 보는 것보다 더 큰 고통에 사로잡혔다. 하지만 그 감정에는 다음의 두 가지가 섞여 있었는데, 어떤 남자도 그녀를 원하지 않는다는 원초적인 고통, 그리고 그렇게 반쯤 장난처럼 그녀의 손을 잡고 놓지 않으려고 하는 사람은 아무도 없으리라는(그 순간의 비참한 심정으로 인정한) 확신이었다.

몇 세기의 슬픔이 그녀 위로 지나가는 것 같았고, 그녀가 정원 대문 앞에 이르자 흐려진 눈앞에서 큰 부피로 서 있는 하나의 형체가 둘로 갈라지는 것이 보였다. 그녀는 그들을 지나쳐 뛰어갔다. 여자의 손을 잡고 있는 윌프리드를 두고 왔더니 젊은 남자의 품에 안긴 도리스를 발견한 것이다. 두 사람 다 그녀를 배신했다. 그녀는 속도를 내서 정원길을 달렸고, 도리스가 뒤따라온 것을 보면서도 문을 쾅 닫았다. 그리고 식사실 문을 활짝 열고 벽난로 앞 러그 저만치에서 루스와 미스 몰이 서로 웃고 있는 장면을 목격했다. 잠시 에설은 거기 서 있다가 돌아서서 휘청거리며 시끄럽게 계단을 올라가 자기 방으로 들어갔다.

혼란에 빠지고 분노한 에설의 모습이 물질적인 형체처럼 문간에 남아 있었고, 해나가 루스를 보았을 때 루스의 얼굴은 하얗게 질려 있었다.

"오, 방금 무슨 일이 있었던 걸까요?" 루스가 신음했다. 해나는 준비된 대답이 없었고, 앞문을 두드리는 소리에 문을 열어주었다. 거기 도리스가 서 있었는데, 고개가 뒤로 젖혀져 있었고, 온유하고 정숙한 표정은 반항적인 표정으로 바뀌어 있었다.

"그는 한결같고 존경할 만한 남자예요." 도리스가 말했다. "그리고 그가 그런 사람이 아니라고 해도 마찬가지일 거고요! 저도 다른 누구만큼 이 집에서 나갈 당연한 권리가 있고, 제가 이름을 댈 수 있는 몇 명보다 더 많은 기회가 있어요. 그러니 에설이 편한 시간에 기꺼이 말하겠어요."

"이를 어쩐다!" 해나가 그 작은 하인을 위아래로 훑어보면서 부드럽게 말했고, 목소리에 담지 않은 것은 차가운 시선에 담았다. "지금은 일단 자고, 나하고는 아침에 이야기하자." 해나가 말했고, 도리스는 그 자리를 떠났다. 해나는 만족스러운 듯 코를 씰룩거렸다. 혼란에 빠진 한 젊은 여자와 반항적인 또 한 여자와 언제라도 기절할 것처럼 보이는 어린아이가 살고 있는 집에 상황을 지휘할 수 있는 또다른 한 여성이 있다는 것은 좋은 일이었다.

'행복한 비국교도 가정의 삶이란!' 그녀가 생각했다. '이건 블렌킨숍 씨에게 선한 힘으로 작용할 거야.' 그리고 그녀는 문밖으로 나갔고, 몇 걸음 걸어 밤의 신선한 공기를 음미한 뒤 다시 루스에게로 돌아갔다. 어둠을 배경으로 에설의 얼굴이 아직도 선명히 보이는 것 같았다. 그 얼굴은 살인이 자행되는 장면을 분노한 채, 하지만 무력하게 지켜본 사람의 얼굴이었고, 해나는 거의 자동적으로, 하지만 냉정한 미소를 띠고서 눈으로 그 시체를 찾았다.

뭔가 빠르고 어두운 것이 그녀의 발 옆을 지나 뛰어갔고, 그와 동시에 그 밤중에 샘슨 씨가 굵은 목소리로 "야옹아, 야옹아, 야옹아!" 하고 부르는 소리가 들렸다.

"고양이는 여기 있어요." 그녀가 외치고, 잔디밭을 가로질러 앵무새 새장이 있던 자리에 서 있는 샘슨 씨를 보려고 경계에 심긴 월계수 울타리 너머를 보았다. "당신 고양이가 여기, 정원에 있어요." 그녀가 다시 말했다.

"당신이로군요, 미스 피트?" 그가 우렁찬 소리로 말했다. "나 대신 좀 잡아줘요. 할 수 있겠어요?"

"장어를 잡으라고요!" 해나가 말하고는 이 서툰 인간들의 모습에 흥미가 생긴 아기 고양이를 잡으려고 잽싸게 뛰어갔다.

"부드럽게 다뤄요." 샘슨 씨가 충고했다. "목소리가 고양이를 부르기에 좋은데요. 직접 가서 잡으면 좋겠지만, 내가 목사한테 붙잡힐지 모르니…… 하, 하! 잡았어요? 잘했어요. 이리 넘겨줘요. 이러면 기관지염이 또 도질 텐데, 그렇게 된다 해도 놀랄 게 없지. 일주일 동안 집 밖에 나가지 않았지만, 창밖으로 당신을 계속 보고 있었어요. 놓친 게 많진 않아요. 아주 활기찬 모습으로 집을 드나들며 뛰어다니는 것도 봤고, 일요일에 교회에 가는 것도 봤어요! 음, 내키면, 미스 피트, 편하게 건너와 이야기를 나누면서 내 고양이들을 봐요."

"그래도 돼요? 그렇게 해볼게요. 하지만 지금은 돌아가서 어린아이를 돌봐야 해요."

"그러니까, 그 겁먹은 아이요? 자고 있을 시간인데." 샘슨 씨가 낮은 목소리로 말했다.

"그런데 제 이름을 잘못 알고 계시네요." 해나가 말했다. "제 이름은 몰이에요."

"그거 좀 바보 같은 이름이로군요." 그가 화난 듯 말했다. "나는 내가 붙여준 이름으로 계속 부르겠어요. ……미스 피트! 농담인 거 알죠? 그게 당신이에요. 무슨 뜻인지 모르겠다면, 곧 알게 될 거예요."

"오…… 알겠어요!" 해나가 말했고, 휘파람을 불며 길을 지나가던 청년이 자신의 음악을 멈추고 귀를 기울일 만큼 아주 맑은 소리로 웃었다.

그녀가 문에 이르렀을 때 윌프리드가 어느새 그녀 옆으로 다가와 그녀의 팔에 자기 팔을 끼었다. "이건 무슨 뜻인가요, 모나리자? 신나게 떠드는 소리와 소녀 같은 웃음소리를 들었어요. 신을 믿지 않는 우리 이웃과 비밀 회합이라도 한 건가요?"

"그의 고양이를 잡아주느라요." 해나가 말했다.

"유용한 동물이죠, 고양이는." 윌프리드가 말했다. "그리고 개도. 삼촌이 아직 들어오지 않은 것 같은데, 삼촌보다 아슬아슬하게 더 늦을 뻔했네요. 그리고 온 얼굴에 사랑의 젊은 꿈을 담고서는 진지해 보일 수 없으니 그렇게 보이려고 애쓰지 마요." 그는 문을 닫고, 뭔가 문제가 있다는 냄새를 맡은 듯 현관을 둘러보았다. "에설은 안에 있나요?" 그가 천연덕스럽게 물었다.

"네." 해나가 대답했고, 그를 날카롭게 쳐다보았다.

그는 어깨를 으쓱하고 두 손을 폈다. "그건 내 잘못이 아니에요, 모나리자." 그가 느릿느릿 말했지만, 눈동자에는 웃음이 춤추고 있었다. "에설이 프린시스 로드를 통해 돌아오리라는 걸 내가 어떻게 알았겠어요?"

"무슨 이야기를 하는지 모르겠어요." 해나는 그렇게 말한 다음, 루스가 벽난로 옆에 쥐처럼 날카로운 얼굴을 한 채 웅 크리고 앉은 식사실로 들어갔다.

"집에 나 혼자 두고 나가다니요." 루스가 뿌루퉁한 표정으로 불평했다. "그럴 필요는 없었어요. 안 그래요? 에설이 내려와서 나를 죽일 수도 있었다고요."

"바보 같은 소리는 그만. 이제 자러 가자."

"하지만 미스 몰은 몰라요. 모른다고요! 미스 몰이 여기 온 뒤로 에설이 저런 엉망인 모습을 보인 건 이번이 처음이에요. 저 방에 들어가 쾅쾅거리는 소리를 들어야 한다니 정말 싫어요. 몇 시간이고 저러고 있을 텐데, 그러는 소리가 다 들린단 말이에요."

"내가 너희 모두를 위해 어떻게 해주면 될까?" 해나가 안타까운 듯 말했다.

"우리는 아주 행복한 저녁 시간을 보냈어요." 루스가 말을 이었다. "행복하다는 건 좋지 않아요. 늘 비참한 편이 더 나아요."

"그리고 용감한 건 훨씬 더 좋고. 나하고 그 도둑을 생각해보렴!"

그 말이 루스에게 위로가 되지는 않았다. "그건 그냥 이야기잖아요. 이건 계속 돌아오는 악몽이라고요."

"내 불쌍한 어린양." 해나가 말했다. "내 방에서 자도 좋아. 나는 바닥에서 자면 되니까."

"그래도 돼요?" 그 날카로운 얼굴이 풀어지는 것을 보니 안쓰러웠다.

"그러려면 서두르는 게 좋을걸." 윌프리드가 열린 문을 통해 말했다. "삼촌이 정원길로 걸어오는 소리가 들려."

해나가 루스를 데리고 황급히 계단을 올라가다가 잠시 멈추고 감사의 뜻으로 고개를 끄덕였다. 이 청년이 심각하게 잘못된 것은 전혀 없었다. 그는 이 집에서 가장 친절한 가슴을 가진 사람이었지만, 이 집이 그가 있어야 할 집은 아니었다.

16

해나는 반항적인 하인과 불안해하는 아이를 꼭대기 층계참에 두고 아래층으로 내려왔고, 윌프리드가 자기 방 입구에서 해나를 기다리며 걱정과 흥미 사이 어디쯤의 심정으로 에설의 방에서 새어 나오는 소리를 듣고 있는 것을 발견했다. 서랍을 쾅쾅 닫는 소리와 그 충격으로 손잡이가 달달거리는 소리, 에설이 바닥을 고집스럽게 쿵쿵 걷는 소리가 들렸다. 윌프리드가 손짓으로 방향을 가리키며 속삭였다. "잠시만 들어가요."

"그럴 수 없어요. 삼촌에게 차를 내가야 해요."

"기다리라고 해요! 스펜서 스미스 부부의 집에 갔다 왔으니 아주 맛있는 식사를 했을 거예요. 삼촌은 그들의 차를 타고 돌아왔어요. 대문에서 들었어요. 삼촌이 잘 먹은 고양이처럼 갸르릉거리던데요. 모나리자, 당신은 길 잃은 고양이 같아요."

"길을 잃은 기분이기도 해요. 샘슨 씨에게 내가 쓸 방도 있는지 물어봐야겠네요."

"다 내 잘못이에요." 윌프리드가 극적인 느낌으로 손가락을 머리칼 사이에 집어넣고 쓸어내렸다. "하지만 대체 왜 내가 여자를 집까지 바래다주면 안 되는 거죠? 일반적인 예의 이상은 아닌데. 그리고 내가 필요한 만큼보다 좀 더 오래 손을 잡았다고 해서 그게 에설한테 무슨 상관이죠?"

"나는 전혀 상관이 없다고 생각해요. 그 일로 신경 쓰지 마요." 해나가 냉정하게 말했다. "도리스하고 문제가 있었어요."

"그렇군요, 모나리자. 알겠어요! 당신이 나를 우쭐거리는 강아지라고 생각하는 건 알겠어요. 자기 마음대로 하려 든다고 말이죠. 하지만 그게 에설이 나를 본 뒤 산토끼처럼 뛰어간 것에 대한 설명은 되지 않아요. 그런데 도리스는 뭘 하고 있었죠?"

"젊은 남자와 밖에서 같이 걷고 있었던 모양이에요."

"그리고 나는 당신이 늙은 샘슨과 같이 시시덕거리는 장면을 목격했고요. 맙소사, 우린 열정이 넘치는데요! 삼촌이 못마땅해하겠어요! 삼촌은 이성 간의 육체관계에 대해선 좀 병적이죠. 물론 결혼은 인정하지만, 예선전에 대해선 영 언짢아해요. 나는 그런 성격을 반대를 잘하는 성격이라고 말하겠어요. 삼촌 자신은 어떻게 결혼했을까요? 하지만 다시 생각하면, 삼촌이 하는 건 전부 더 높은 차원인 거죠! 아마도." 그가 의뭉스럽게 말했다. "그건 아직 못 알아냈죠?"

해나의 얼굴에서 모든 표정이 빠져나갔다. 그것은 윌프리드의 말에 대한 그녀의 답이었고, 유혹에 대한 자신의 저항이었다. "그러면 당신 표현을 써서, 당신의 예선전은 어때요?" 그녀가 물었다. "그 젊은 아가씨와 약혼한 사이인가요?"

"약혼이라! 단순하시긴!"

"음, 내 젊은 날에, 우리가 손을 잡았다면 뭔가 의미가 있었겠죠."

"오, 우리 사이에 뭔가 의미가 있었던 건 확실하군요. 그렇다면 당신의 젊은 날은 얼마나 따분했을까요, 불쌍한 모나리자."

"아니에요." 해나가 말했다. "내가 따분하게 느끼지 않았으니 내 젊은 날은 따분하지 않았어요. 따분한 건 시절이 아니라 그 시절을 제대로 볼 수 없는 사람들이죠. 나 스스로 즐거워하지 못한다면, 대체 나는 이 집에서 뭘 해야 한다고 생각해요?

"오, 왜 그래요. 나는 최선을 다하고 있어요. 하지만 당신은 직업적인 양심을 가졌군요. 그 점은 존경해요. 하지만 그걸로 나를 속이지는 못하죠. 조금도. 삼촌에 대한 의견을 나눠봅시다, 모나리자. 그러면 우리 두 사람에게 더없이 좋은 일이 될 거예요."

"여기 오래 있을 수는 없어요." 해나가 말했다. "하지만 당신이 좋아할 만한 걸 한 가지 말해주죠." 그녀가 그를 보고 아주 다정하게 웃었다. "당신과 삼촌 사이에는 놀라울 정도로 강력한 가족 유사성이 존재해요. 얼굴이 아니라 성격에서." 그리고 그 말과 함께, 악의적으로 찡그린 표정을 어깨 너머로 느끼며 해나는 그를 두고 떠났고, 에설이 옷장 문을 사납게 쾅 닫는 소리를 듣는 순간 자신의 거짓 승리는 잊었다.

이 가족을 어떻게 할 것인가? 그녀는 계단을 뛰어 내려가면서 자문했다. 그리고 자신은 왜 여기 계속 있어야 하는가? 그녀는 다른 일자리를 구할 수 없을 만큼 그렇게 늙지도, 그렇게 쓸모없지도 않았지만, 침대보 밑을 바짝 파고들며 "미스 몰이 없었다면 나는 어떻게 했을까요?" 하고 아이처럼 말하던 루스를 떠올렸다. 그리고 코더 부인과의 협정을 떠올렸다.

"이것부터 해야겠어." 그녀가 말하면서 코더 씨에게 가져갈 쟁반을 재빨리 준비했고, 가족을 돌보는 일에 헌신하기로 한 사람처럼 이 의식적인 행위에서 은밀히 허식적인 동작을 취하며 그의 서재로 쟁반을 가져갔다.

스펜서 스미스 부인의 집에 다녀온 사람답게 약간 도시적인 분위기를 풍기며 벽난로 앞 러그 위에 머리를 뒤로 젖힌 채 서 있는 로버트 코더의 모습은 멋있어 보였다. 그에게서는 여전히 빛이 났고, 그를 보자 자신의 결심에 대한 해나의 믿음은 무너졌다. 그녀는 히스테리 상태에 대처할 수 있었고, 불쌍한 사람들에게 도움을 줄 수 있었지만, 이 남자가 있는 자리에서 과연 부지런하고 없는 듯 존재하는 자신의 특성을 유지할 수 있을까? 가슴 안에서 뭔가 살아 있는 것이 꿈틀거리는 것 같았다. 그 안에 있는 것은 개구쟁이 악마 같았다. 그는 기지개를 켜고 이제 움직여보려고 느긋이 준비하고 있었고, 그녀가 조심하지 않으면 당장 뭔가 말로 반응할 것 같았다. 어쩌면 조금의, 아주 조금의 해방감은 그에게 좋을 거라고, 그녀는 생각했다. 그녀가 너무 가만히 두면 그는 갑자기 자제력을 잃을 수도 있었고, 그러면 가족을 위한 그녀의 고결한 노력은 끝이 날 것이었다. 최선은 자연스럽게 행동하는 것이라고, 그녀는 재빨리 결론 내렸다. 그러면 악마도 만족시킬 것이고, 그것이 예의의 황금 법칙이기도 했다. 하지만 이 시점에 그녀가 그 법칙을 따른다면, 그녀는 코더 씨의 머리에 찻주전자를 던져야 했다. 그녀는 고된 하루를 보냈는데, 그는 누가 먹여주기를 기다리는 크고 건강한 동물처럼 거기 서 있기만 할 뿐 쟁반을 받으려는 어떤 동작도 취하지 않고 있었기 때문이다.

"탁자에 놓인 책들을 좀 치워주시면." 그녀가 공손하게 말했다. "제가 이 쟁반을 내려놓을 수 있을 것 같아요."

그는 그녀의 말을 들어주기 전에 손목시계를 쳐다보았다. "10시 반이로군요." 그가 말했다.

"그것밖에 안 됐어요?" 해나가 유쾌하게 말했다. "11시쯤 된 줄 알았어요." 그리고 그가 머릿속에 떠오른 몇 가지 말 중 하나로 반응할 새도 없이 그녀가 외쳤다. "비스킷을 깜박했네요."

"비스킷에 대해선 수고할 거 없어요, 미스 몰. 스펜서 스미스 부부와 식사를 같이 했어요."

그녀는 뭔가 좋았겠다거나 부럽다는 말을 하라는 그의 신호를 알아차렸지만, 그냥 넘기기로 했다. "그럼, 원하지 않으시면, 안녕히 주무세요, 코더 씨."

"잠깐, 미스 몰. 당신이 자기를 찾아오지 않았다면서 스펜서 스미스 부인이 놀라움을 표현하더군요. 그녀에게 그런 성의를 보여주는 게 예의 같아요."

"그럼 어느 오후에, 산책하러 나갔을 때 찾아가볼게요."

로버트 코더의 얼굴에, 그 이유는 달랐지만, 루스처럼 작게 찡그린 표정이 휙 떠올랐다가 사라졌다. "부인이 집에 있는 날은 매달 첫 번째 금요일이에요."

"'집에 있는 날'이 정해져 있어요?" 해나가 크게 미소를 지으며 말했다. "그런 유행은 지났다고 생각했는데. 그럼 12월 전에는 갈 수 없겠네요."

"내 말을 오해했군요." 그가 부드럽게 말했다. "그날은 피하는 게 좋겠다는 뜻이었어요."

"그러네요. 그건 따분한 행사죠. 안 그래요? 고마워요. 말해줘서. 안녕히 주무세요."

그녀는 문 앞에 이르면 그가 다시 자신을 부를 것을 알고 있었다.

"한 가지만 더, 미스 몰. 다음 주에 신사 한 분을 초대해서 저녁을 먹을까 하는데요. 목요일이 가장 좋을 것 같은데. 이제 막 하이필드 채플에서 사역을 맡은 사람이에요. 작은 교회지만, 그는 그걸 승급으로 여기는 것 같더군요. 우리가 할 수 있는 선에서 그를 환영하는 자리를 마련해야 할 것 같아서요. 잘 기억해두세요, 네?"

"네." 해나가 말했다. "뭔가 특별한 음식을 준비할까요?"

"그 문제는 당신에게 맡겨도 마음이 편할 것 같군요. 사실 당신이 우리 식사에 기울이는 정성에 아주 많이 감사하고 있다는 말은 해야겠어요."

"만족하신다니 기쁘군요." 그녀가 진심으로 말했다. 그는 둔감한 게 아니라면 관대한 것이었고, 그녀는 그 말을 할 때 미소를 지었다. 그리고 그의 얼굴에서 시선을 거두어 코더 부인에게로 옮겼고, 코더 부인은 그들이 하는 이야기를 하나도 빼놓지 않고 주의 깊게 듣고 있었다. 그리고 해나는 코더 부인이 2층 비둘기장에 있는 루스를 생각하며 기뻐하고 있을 거라고, 해나가 에설을 위해 뭘 하든 안심하고 맡길 거라고 스스로를 설득했다. "그런데." 해나가 말했다. "그 목사님은 결혼했나요?"

코더 씨의 짜증이 다소 병적인 미소에 고스란히 드러났다. "그게 언제나 처음 하는 질문이죠!" 그가 외쳤다. "하지만 그게 당신에게 정말로 조금이라도 중요한가요, 미스 몰?"

"아주 중요하죠." 그녀가 대답했다. "왜냐하면, 결혼했다면, 아내를 데리고 올 테니까요."

로버트 코더가 고개를 휙 돌렸다. "아니, 아니, 결혼은 안 했어요." 그가 말했다.

그녀가 거의 부드러운 시선으로 그의 등을 쳐다보았다. 그 불쌍한 남자는 속마음을 들키지 않고는 말할 수 없는 사람이었지만, 그녀는 그가 화를 낼 타당한 이유가 있는 말은 아무것도 하지 않았고, 어쩌면 그에게 생각해볼 거리를 주었는지도 몰랐다. 해나의 악마가 잠시 외출했고, 그녀는 에설에게 마음을 진정시키는 음료를 마시게 하려고 2층으로 따뜻한 우유를 들고 올라가 에설의 방 문을 두드렸다.

잠시 뒤 그녀는 들어오라는 허락을 받았다. 에설의 물건 전부가 허겁지겁 서랍과 수납장 안으로 치워졌다는 인상을 받았지만, 들어갔을 때 방 안에는 여전히 어질러진 흔적이 남아 있었다.

"도리스에 대해선 걱정하지 마." 그녀가 곧바로 말했다. "내가 아침에 이야기를 좀 나눠볼게. 너보단 내가 말하기가 더 쉬울 거야. 그리고 따뜻할 때 이걸 마셔." 그녀는 에설의 상처받은 얼굴을 일부러 보지 않으려고 했지만, 에설은 자제심을 보이지 않았던 만큼 창피한 것 같지도 않았다. "밖에 나가 산책하는 건 얼마든 찬성이지만, 그 젊은 남자에 대해선 알아봐야겠다."

"나한테 말은 했어야죠!" 에설이 소리쳤다. "내가 그 애한테 얼마나 잘해줬는데!"

"그래." 해나가 말했다. "보상을 바라면서 사람들에게 잘해주는 건 실수야. 왜냐하면 돌려받지 못할 테니까. 차라리 네가 도리스를 훈련시키려고 노력했다면 두 사람에게 더 나았을 거야. 한 주하고 하루가 더 지나면, 그 애가 접시를 식탁에 탕탕 내려놓을 때 넌 그 애가 부끄러울걸. 아버지가 어느 목사님을 저녁 식사에 초대할 생각인 거 알고 있니?"

책망의 말에 안절부절못하며 눈을 부라리고 뛰쳐나갈 것처럼 굴던 에설이 해나가 이 당근을 내밀자 진정되었다. "목사라고요! 그 사람이 누구예요?"

"나도 몰라." 해나가 태평스럽게 말했다. "새로운 영혼 치료제를 가진 젊은 남자겠지. 네 교파에 그런 게 있다면 말이다. 어쨌거나 그가 영혼을 치료해줄 수 있다면 좋겠지."

"그러면 하이필드 채플에 부임한 새 목사겠네요."

"그 사람이야. 우리는 살진 송아지를 잡아야 할 것 같아." 해나가 말했고, 코더 집안의 잔치 음료인 진저비어에 사랑의 묘약을 넣을 수 있기를 바랐다. 사랑받고 목사와 결혼한 에설은 사회의 유용한 일원이 될 테니 그는 살진 송아지 고기를 대접받아야 할 테고, 에설이 직접 요리한 것으로 생각해야 할 것이었다. 그리고 그날이 올 때까지 가족에게는 평온한 일주일이 보장되는 셈이었다.

한 시간 뒤에 그녀는 루스의 침대에 누워 어제 일어난 사건들을 곰곰이 생각해보았다. 그녀는 그 사건들을 하나씩 떠올렸고, 그 전부에서 달든 쓰든 그 향미를 추출했다. 먼저 그녀는 강이 바라보이는 언덕으로 산책을 하러 나갔고, 회색 안개 사이로 밝은 빛의 나무가 보였는데, 급강하하는 갈매기가 안개 속으로 날개를 퍼덕이면 나무는 어두워지는 듯 보였다. 강이 굽어 도는 곳에서 보이지 않는 배들이 뱃고동을 울렸고, 그녀는 그것을 물속에서 버둥거리며 감춰진 둑을 찾아내고 서로를 부르는 거대한 양서류라고 상상했다. 그게 아니라면 그것은 먼 데서 집으로 돌아오는, 혹은 새로 항해를 시작하는 배들의 뱃고동 소리 같았다. 거기 서서 얼굴에 부드러운 비를 맞으며, 그녀는 인간의 삶이 보여주는 그 풍요로움에 감탄했는데, 인간의 삶은 사실만으로 충분하지만, 상상력은 이상한 짐승을 만들어낼 수 있었다. 한편 이런 경험을 누리는 특권이 주어진 그녀는 자신의 유연한 몸 어디에서도 고통이나 아픔은 느끼지 못했고, 자신을 조금이라도 힘들게 할 고민도 더는 없었다.

거기 서 있는 동안, 그녀는 자신에게 통치권이 주어진 것처럼 느껴졌다. 세상을 자신이 좋아하는 모습으로 만들 수 있었다. 군주가 된 것 이상이었다. 그녀는 뇌를 조금만 조정하면 배를 리바이어던으로 바꿀 수 있는 마법사였다. 또한 당연하게도, 그녀에게는 래드스토 전체에서 다른 사람은 누구도 주장할 수 없는 자유가 있었는데, 자신의 주인은 자신이니 자유에 너무 큰 가치를 두지는 않았기 때문이다.

이런 고양된 기분으로 바위 위에 서 있던 그녀는 그 자리에서 풀쩍 뛰어내렸고, 리젠트 스퀘어 근처에서 루스와 마주칠 때까지는 자기 안에 그 멋진 생각을 담고 있었다. 하지만 그 순간 자신이 입은 낡은 얼스터코트를 기억해냈고 자신의 일부는 루스에게 속해 있다는 것을 깨달으며 순간적인 아픔을 느꼈다. 그녀는 그 일부를 기꺼이 내주었고, 되돌릴 수 없었으며, 그날 하루가 끝나기 전에 그 선물은 더욱 커져 있었다.

그날은 그녀가 코더 가족과 함께 지내게 된 뒤로 가장 사건이 많았던 날이었고, 외부적으로 거의 흥미진진한 일이 일어나지 않는 삶을 살아가다가 하루 안에 그런 산책을 하고, 루스와의 우정을 다지고, 블렌킨솝 씨와 대화를 나누고, 에설의 버림받은 모습과 도리스의 뻔뻔한 모습을 목격하고, 샘슨 씨와 울타리 너머로 대화를 나누고, 로버트 코더의 칭찬을 받고, 새 목사에 관한 소식을 들은 것은 너무 사치스러운 것 같았다.

"이건 사치야." 그녀가 중얼거렸다.

에설의 방에서는 더 이상 아무 소리도 들리지 않았고, 해나는 자려고 반대쪽으로 돌아눕다가 로버트 코더의 방과 통하는 문의 틀이 금색인 것을 발견했다. 그리고 그 경계가 서서히 형태를 바꾸어 위와 옆이 넓어지더니 그의 형체가 불빛에 그 윤곽을 드러냈다. 그녀는 뻣뻣해진 몸으로 가만히 누워 눈을 감았다. 그가 한 걸음 다가오는 소리가 들렸고, 소리 내지 않고 빠르게 물러가는 것이 느껴졌다. 그는 열었을 때처럼 천천히 문을 닫았고, 문은 한 번도 동요하지 않은 것처럼 금색 테두리를 하고 있었다.

'그는 이걸 어떻게 생각할까?' 그녀는 입술을 베개에 누르며 생각에 잠겼다. 아침에는 문제가 생기겠지만, 그녀가 그달의 첫 번째 금요일을 피해 릴라를 방문하면 말할 수 있는 문제일 것이다. 그랬다. 그 일을 약간만 증폭시키면 아주 좋은 이야기가 될 테고, 그녀가 그 이야기를 확장하고 로버트 코더가 표현할지 모르는 항의에 대한 적절하고 합리적인 대답을 구상하는 동안, 그녀는 딸을 보려고 아주 다정하게 슬그머니 방으로 들어온 남자에게 새삼 마음이 따뜻해지는 것을 느꼈다.

17

다음 날 아침 해나 위로 덮친 그림자는 로버트 코더의 불쾌함이 드리운 그림자는 아니었다. 그것은 그 주 내내 그녀 위에 걸려 있던 더 어두운 불쾌감이었고, 저녁 식사 초대가 있던 날 저녁에 그녀는 슬그머니 집에서 빠져나와 빠르게 걸음을 옮겼다. 길 위쪽 끝에 이르자 그녀는 가만히 섰고, 심호흡을 하며 뒤를 돌아보았다. 길은 텅 비어 있었다. 아무것도 보이지 않았고, 그녀도 불 켜진 집들의 창문 말고는, 거리를 지켜보며 불필요한 경비를 서느라 지치고 미스 몰의 모습에서 도망자의 특징은 보지 못한 보초처럼 선 가로등 말고는 뭔가 다른 것을 볼 수 있으리라 예상하진 않았다. 그녀가 어느 정원의 난간에 등을 기대고 입술에 의뭉스러운 미소를 머금은 채 잠시 쉬고 있을 때 누구도 그녀를 알아보지 못했다. 그녀는 이 순간까지, 영리한 곰을 믿었고 늑대가 자신을 쫓아오는 척했던 그 시절 이후로 자신이 뭔가로부터 달아난 적은 없다고 생각했다.

"꺼져!" 그녀가 밝은 모습을 되찾으며 말했다.

10년 전에 그의 면전에서 문을 닫았던 기억은 그녀에게 용기를 북돋아주었다. 그녀가 지금 그를 피한다면 그가 결코 이해할 수 없는 사람이기 때문이었다. 그리고 그녀가 그 자리에 계속 있었다면 그와 로버트 코더가 서재에 들어가 문을 닫고 그녀에 대한 충격적인 이야기들을 얼마나 신나게 나누었겠는가! 그녀는 필그림 씨의 폭로에 그들이 고개를 가로젓는 모습을, 입술을 앙다무는 모습을, 그리고 어느 순간 로버트 코더가 곤란한 상황과 맞닥뜨리게 된 것을 깨달으며 분노하는 모습을 상상할 수 있었다. 그녀는 당분간은 그가 그런 상황을 맞지 않아도 되게 해주었는데, 필그림 씨의 이름이 그녀의 귀에 날벼락처럼 떨어졌을 때 그렇게 하는 것이 그녀가 모험을 걸어볼 수 있는 다른 어느 상황보다 더 쉽기 때문이었다. 그녀가 살진 송아지를 잡아주려고 준비하고 있던 그 남자가 필그림 씨였고, 탕아는 바로 그녀였던 것이다! 그녀의 소망을 이루기에 적합한 후보였던 독신 남자가 바로 그였고, 그녀는 성격상 자신을 염려하기 전에 먼저 에설에게 미안한 마음이 들었다. 에설조차 필그림 씨를 만난다면 그다지 열정적인 모습을 보일 것 같지 않았다. 루스와 윌프리드는 낯선 목사와 저녁 시간을 보내야 한다는 사실에 벌써부터 싫은 내색을 보였다. 그들은 그의 외모가 어떻고 무슨 말을 할 것인지에 대한 예측으로 에설의 화를 돋우었고, 해나는 그것이 신경 쓰였지만 그들을 더 자극하고 싶었다. 그들은 그가 목회일에 대해 로버트 코더와 기꺼이 상의할지 알고 싶어 했고, 에설은 그 가능성을 생각하며 걱정스럽게 눈알을 굴렸다. 혹은 그를 대접하는 자리에서 자기들이 도움을 줘야 하는지 알

고 싶어 했는데, 그 순간 윌프리드가 해나를 위해 문을 열어
주고는 그들에게는 의지할 수 있는 해나가 있다면서 그의 신
에게 감사했다. "그가 내가 생각하는 그런 남자가 아니라면,
그는 미스 몰이 베리스퍼드 로드에서 발견할 수 있는 희귀한
새라는 걸 알아볼 테고, 만약 그가 그런 남자라면, 유감스럽
게 그럴 것 같지만, 모든 즐거움을 누릴 사람은 미스 몰이 될
거야. 그러니 다른 사람이 즐길 수 없다면, 당신이 즐겨요, 모
나리자. 당신은 우리를 위해 최선을 다해줘야 해요."

에설은 아니나 다를까 윌프리드가 의도한 대로 모욕감을
느꼈고, 필그림 씨의 방문이 임박하면서 누그러졌던 에설의
분노는 다시 강력한 힘으로 되돌아왔다. 에설은 그에게 자기
는 아버지의 집을 지난 2년 동안 관리해왔다고, 이번이 그들
이 손님을 처음 받은 것은 아니라고 상기시켜주었다. 그는 자
기가 어떻게 행동해야 하는지 몰라서 그러는 거라고(그가 누
군가를 칭찬할 때는 늘 누군가를 약 올리기 위해서였다) 유도하려
고 했고, 사실 에설에게는 미스 몰이 없는 편이 더 쉬울 것이
었다. 안주인 역할은 나이가 더 많은 다른 여자가 있을 때는
아주 어려워졌다. 에설은 그런 때 불안을 느꼈다. 그들이 스
펜서 스미스 부인을 저녁 식사에 초대한 적이 있었는데, 그때
그 부인은 모든 것이 참으로 훌륭하다고 말했었다.

"그건 그 부인이 쉴 새 없이 말을 했기 때문이었어. 이 필그
림이라는 사람이 말을 더듬을지도 모르고, 그러면 삼촌이 이
야기를 주도할 테고, 필그림 씨의 방문은 그게 마지막이 될

거야. 내 말 잘 들어! 필그림을 숲으로 몰고 가는 것보다 미스 몰을 손안에 두는 게 더 나을걸."

"오, 정말 못됐어!" 에설이 외쳤다. "당연히 그 사람은 말을 더듬지 않아. 그러면 설교를 어떻게 하게?"

"아마 못 하겠지."

"오빠는 아버지에 대해선 부당한 말을 하고, 미스 몰에 대해선 터무니없는 말을 하고 있어." 에설의 목소리에서 점점 자제력이 빠져나가고 있었다. "오빠는 왜 미스 몰이 대화를 이끌어가는 능력이 아주 뛰어나다고 생각하는 거지? 나는 한번도 알아차리지 못했는데."

"아, 그녀는 샘슨 영감이 키우는 앵무새 같아. 스스로 그러기로 하면, 그럴 수 있어. 하지만 다시 생각하면, 내가 그녀에게 편견이 있다는 건 나도 알지."

해나는 옷을 꿰매다가 고개를 들고 냉정하게 이쪽저쪽을 바라보았다. "목요일에 당신이 어떤 태도를 보일지 모르겠네요." 그녀가 조용히 말했다. "하지만 지금 같지는 않기를 바라요. 그날 저녁에는 마침 내가 약속이 있으니, 당신이 지금 이 대화를 이어갈 필요는 없겠네요."

"오, 그렇군요. 행운인걸요! 나하고 약속이 있을 순 없나요?"

"하지만 미스 몰……." 에설이 말을 시작했고, 빠르게 머리를 굴리느라 얼굴에는 표정의 변화가 없었다.

"요리하는 걸 고민한다면, 그건 걱정할 필요가 없어. 저녁 식사는 준비해놓고 나갈 거야. 그리고 네가 이미 말한 것처럼, 내가 없는 편이 네겐 더 쉬울 거야. 그리고 모두에게."

"아닐 거예요. 훨씬 나쁠 거예요." 루스가 중얼거렸다. 그리고 에설은 새로운 생각에 사로잡힌 채 미스 몰의 두 번째 협력자에게 그저 흘끗 눈길만 주고는 이렇게 물었다. "하지만 아버지는 어떻게 생각하실까요?"

"모르지." 해나가 간단히 대답했다.

"예의에 어긋난 말을 하려고 하는 건 아니고, 미스 몰……."

"하지만 성공했어." 해나가 말했다.

"죄송해요, 미스 몰. 그건 그저 윌프리드 때문에 몹시 화가 나서 그랬어요. 그리고 아버지는 그걸 좋아할 것 같지 않아요. 그리고 만약 도리스가 실수를 한다면 어떡하죠?"

"도리스는 그러겠지." 해나가 유쾌하게 말했고, 그래도 필그림 씨는 모를 거라고 확신한다는 말을 덧붙이려다 말았다.

그녀의 마음이 정해진 것은 분명했고, 비록 로버트 코더가 어딘지 장소를 밝히지 않은 미스 몰의 약속에 분노하고 그 분노를 그녀에게 드러낸 것은 사실이지만, 그는 또한 의도치 않게, 속으로는 안도하고 있다는 것도 드러냈다. 옥스퍼드에 다니는 아들처럼 가정부는 무심코 언급하기에는 좋은 대상이었지만, 가장 분명한 말도 잘못 알아들은 척하는 가정부는 골칫거리였기 때문이다. 그래서 그는 루스의 침실에 그녀가 있는 것을 보았을 때 무시해야 했고, 그녀가 집에서 나갔을 때 심리적으로 더 안전하다고 느꼈다.

그녀는 이 모든 것을 부분적으로는 천성적이고 부분적으로는 후천적으로 형성된 자기방어 습관인 예민함으로 추측했고, 그가 그녀의 약속이 뭔지 물어보기 직전에 평소처럼 불필요한 지시로 위장하며 한발 물러서는 것을 알 수 있었다. 그리고 손님이 오기 직전에, 그녀는 임시 피난처를 찾아 깁슨 부인의 집으로 달려갔다.

프린시스 로드로 들어서면서, 그녀는 지금까지 일어난 일들을 현명하게 차례대로 돌이켜보며 이것은 선이고 저것은 악이라고 결론 내리기는 힘들다고 생각했다. 위도스 부인을 속이고 실크 실을 사려고 밖으로 나가지 않았다면, 그녀는 리딩 씨의 생명을 구하지 못했을 것이고, 블렌킨솝 씨는 이렇게 그를 살려낸 것이 유감스러운 것 같았지만, 그 일이 때마침 해나에게는 필요한 거처를 마련하는 수단이 되어주었다. 모두를 만족시키기는 불가능했고, 심지어 지난 한 주 동안 그녀의 삶에 먹구름을 드리웠던 필그림 씨의 위협조차 결국에는 은빛 가장자리가 드리워진 구름이 될 수도 있었다. 각각의 작은 행동과 그 결과가 언제 그 눈금에서 균형을 이룰지는 마지막까지 누구도 몰랐고, 그 결과에 대해 심판자는 놀라기는 해도 감정적인 영향을 받지는 않으리라고 그녀는 확신했다. 그녀는 자기 안에 있는 관용을 의식하고 있었는데, 그것은 분명 더 큰 관용의 흐릿한 반영일 터였다. 그녀는 다른 사람에 대해서보다, 혹은 모호하지만 다정한 신이 세상 전체에 대해 그런 것보다 자신에게 더 가혹하지 않으려고 했고, 리딩 부인의 지하실 부엌 창문에 불이 켜져 있는 것을 보고는 정신을 차리고 깁슨 부인의 현관 초인종을 울렸다.

그 집에는 늘 묘하게 숨죽인 느낌이 있었다. 지하실에 여전히 문제가 있다 해도, 그것이 깁슨 부인의 편안한 가구가 갖춰진 방까지는 침입하지 않았고, 저녁을 먹으면서 깁슨 부인의 다정하고 자족적인 이야기를 들을 때 해나는 자신이 뭔가 약한 진정제를 복용한 것 같다고 느꼈다. 깁슨 부인의 목소리는 해나에게 먹으라고 권할 때만 높아졌다. 그녀는 미스 몰이 피곤해 보인다고 생각했다. 자신이 직접 나가 암탉을 골랐으니 미스 몰은 먹을 수 있을 만큼 먹어야 했다.

"진정한 숙녀가 있다면, 깁슨 부인, 당신이 그런 분이에요." 해나가 말했다. "저를 위해 그토록 많은 수고를 해준 사람은 아무도 없었어요."

"오, 저런!" 깁슨 부인이 외쳤다. 그 말이 사실이라면, 깁슨 부인으로서는 안타까우면서도 우쭐한 일이었다.

"진심이에요." 해나가 말을 이었다. "스펜서 스미스 부인이 저보고 저녁을 먹자고 불러냈다면 어제 쓰고 남은 양고기로 만든 해시 요리를 먹였을 거예요. 미스 몰에게는 이거면 충분히 좋은 거라고 하면서 말이죠! 그리고 암탉은 그걸 사 먹을 만큼 여유가 있는 사람들을 위해 남겨뒀겠죠. 그게 세상의 방식이지만, 당신은 그런 유의 사람이 아니에요. 틀림없이 천국에 가실 분이지만, 깁슨 부인, 아직은 갈 때가 아니길요. 당신은 이 모든 걸 보살펴야 하고, 블렌킨숍 씨의 식사도 준비해야 하잖아요."

집슨 부인이 만족스럽게 고개를 끄덕였다. "당신이 온다고 말했더니 블렌킨솝 씨가 아주 온순해졌어요. 자기는 일찍 저녁을 먹겠다면서, 그렇게 하면 방해가 되지 않을 거라고 했어요."

"아." 해나가 말했다. "제가 그에게 식사를 가져갈까봐 두려워서 그랬을 거예요!"

"글쎄요, 디어. 그는 마음이 따뜻한 사람인데, 정말이에요. 그가 일요일에 뭘 했을 것 같아요? 리딩 씨를 시골로 데려가서 산책을 했어요!"

"그리고 그를 잃어버린 건가요?" 해나가 슬쩍 말을 던졌다.

"아니요, 디어. 블렌킨솝 씨는 뭔가를 잃어버리는 사람은 아니에요. 아주 신중하죠. 칼라가 없어지면 대번에 알고, 바지 단추가 떨어질락 말락 하면 세라에게 단단히 고정해달라고 하죠."

"제가 보기엔 아주 예민한 건데요." 해나가 말했다.

"네, 하지만 그게 이따금 세라를 짜증 나게 만들죠. 하지만 그가 그 수고만큼 보답한다고 말해야겠네요. 음, 그들은 각각 빵과 치즈 한 조각씩을 들고 밖으로 나가 어두워질 때까지 돌아오지 않았어요. 그게 리딩 씨에게 도움이 되고 그 불쌍한 어린것에게는 약간의 휴식을 줄 거라고, 그가 말했어요."

"그가 그녀를 그렇게 불렀어요?"

"내가 그렇게 부르죠."

"그럼 그는 그녀에게 휴식이 필요하다는 건 어떻게 알았을까요?"

"그건, 누구든 그녀를 보면 알 수 있어요." 깁슨 부인이 말했다. "블렌킨솝 씨가 출근하러 나갈 때 그녀가 늘 아기를 유아차에 태우고 있으니까요. 나는 그게 문제를 일으킬 수도 있다고 생각했어요. '아기를 뒤쪽에 둬요.' 내가 그녀에게 말했지만, 그녀는 자기가 부엌에 있을 때 아기가 우는 걸 어떻게 듣고 있냐고 말하더군요. 그래서 우리는 위험을 무릅쓰고 유아차를 관목 숲 뒤에 뒀고 블렌킨솝 씨는 전혀 불평하지 않았죠. 그가 여기 왔을 때 유아차는 그가 전혀 예상치 못한 것이었으니까요." 그녀가 부드럽게 한숨을 쉬었다. "그리고 나도 유아차는 예상하지 못했어요. 하지만 상황이 아주 순조롭게 흘러가고 있으니 우리는 최선을 바라야겠죠. 이제 세라는 여기서 나갈 거고, 우리는 벽난로 옆에서 아늑하고 편안한 시간을 보낼 수 있을 거예요."

9시 반이 되자 깁슨 부인이 꾸벅꾸벅 졸기 시작했고, 해나는 지금이 떠나야 할 시간인 것을 알았다. 그녀는 베리스퍼드로 안전하게 돌아갈 수 있을 때까지 남은 시간을 어떻게 보낼지 고민하며 2층으로 올라가 코트와 모자를 챙겼다. 그녀는 언덕을 돌아 큰길로 내려오면서 나무에 아직 얼마나 많은 잎이 붙어 있는지 보기로 했다. 필그림 씨가 여전히 거기 있다면, 들키기 전에 2층으로 올라가 잠옷으로 갈아입으면 될 것이었다.

그녀는 좀 쓸쓸했고, 화가 났다. 자신이 물리쳐야 했던 그 남자 때문에 지금 자신의 독립적인 시간이 희생되고 있었지만, 그가 그녀의 로맨스가 남긴 가련한 잔재를 더럽히는 것을 가만히 보고 있을 수는 없었고, 루스와 헤어지고 싶지도 않았다. 어느 쪽 동기가 더 강했는지 그녀는 알 수 없었다. 단명한 행복의 기억을 그냥 그 자리에 두는 것, 그것이 그 행복을 위해 그녀가 할 수 있는 전부였다. 그녀는 그것에 거의 눈길을 주지 않았지만, 할 수 있는 한 계속 거기서 시선을 떼어내리고 했고, 아주 유아적이면서도 아주 성숙한 루스의 가녀린 얼굴을 떠올리면 그녀를 격려하고 칭찬하는 것 같았다. 그럼에도 열린 문을 통해 블렌킨숍 씨의 갓 달린 램프에서 흘러나오는 따뜻하고 은은한 불빛이 어두운 층계참에 떨어지는 것을 보았을 때 외로움을 의식했고, 그 외로움 안에서 즐거운 척했다. 그는 방 안에서 문을 열어놓고 앉아 있을 사람은 아니지만, 그가 돌아오기 전에 그녀가 방 안을 잠시 들여다볼 시간은 있을 것이다. 블렌킨숍 씨가 저녁 시간을 어떤 편안한 모습으로 보내는지 보는 것은 그녀의 신랄한 기분과 잘 어울렸고, 한편으로 해나는 과거의 위협 속에서 거리를 헤매야 할 것이었다. 블렌킨숍 씨에게는 과거가 있을 가능성이 거의 없으니 그는 두려워할 이유가 없었다. 깁슨 부인이 말하기로, 그는 어머니가 물려준 돈에서 받는 적당한 수입이 있었고, 그에게 참회할 일이 생기더라도 남자의 과거는 비국교도 목사에게 용서받을 수 있었다. 한편 해나는 여자라서 참회를 해도 그것이 낳는 실질적인 결과는 없었다. 이 불공평함 속에서 그녀는 자신에게 필요한 위로를 찾아냈는데, 자기 행동이 어리석었더라도 그것은 두려움 없이 행한 것이었고, 또한 그 행동을 후회하기에는 자부심이 강했다.

그녀가 안을 들여다보려고 앞으로 다가서는데 블렌킨숍 씨가 문간에 나타났다. "계단을 내려오는 발걸음 소리가 당신일 거라고 생각했어요." 그가 말했다.

"그래서 소리를 내지 않으려고 최선을 다했어요! 당신이 방해받기 싫어한다는 걸 알고 있어요."

"당신이 걷는 소리는 다른 사람들보다 더 빨라요." 그가 말했다. "그리고 사실 나는 나가서 좀 걸으려던 참이었어요. 대체로 걸으러 나갈 땐 이 밤 시간을 이용하죠. 그러니 괜찮다면 내가 당신을 집까지 데려다줄게요."

"아직 집으로 돌아가려던 건 아니었어요. 말하자면요." 그녀가 말했다. "밤에 외출하면 그걸 최대한 즐기죠. 언덕을 돌아 큰길로 내려갈 거예요."

"혼자서는 그러면 안 될 것 같은데요."

"당신과 함께라면 혼자는 아니겠네요. 하지만 아니요!" 그녀가 참회하듯 외쳤다. "당신의 산책을 망치고 싶진 않아요. 혼자 갈게요. 서로 반대쪽에서 출발하면 베리스퍼드 로드 위쪽 끝에서 당신을 만나 내가 살해되지 않았다는 걸 보여주고, 당신은 나를 집 앞까지 데려다주면 되겠어요."

"그건 정말 바보 같은 짓이로군요." 그가 말했다.

"하지만 나는 바보 같은 짓을 좋아해요."

"나는 그렇지 않아요." 그가 완고하게 말했고, 그녀를 따라 계단을 내려갔다.

"아, 당신도 배워야 해요." 그녀가 말했고, 이제 그를 현관 불빛 속에서 있는 그대로의 모습으로 보며, 그녀는 뭐든 자신이 가르쳐주는 것을 배우기엔 그가 너무 경직되고 둔감하다고 생각했다. 그는 안경을 쓴 채 심각한 얼굴로 그녀가 깁슨 부인에게 작별 인사를 할 때까지 기다렸고, 그들은 한마디도 하지 않고 함께 출발했다.

해나는 블렌킨솝 씨의 얼굴을 볼 수 없을 때 그에게 말하는 것이 어렵다고 느꼈다. 그의 얼굴을 보면 기분이 즐거워지고 기꺼이 바보가 될 수 있었지만, 보조를 맞춰 걷는 그의 몸만 느껴지고 얼굴을 보지 못할 때, 그녀는 자신의 재능을 발휘하지 못했다. 그리고 그가 스스로 하고 싶은 말은 아무것도 없는 것 같았다. 그들은 침묵 속에 리젠트 스퀘어를 지나갔고, 작은 골목길을 지나 가게들이 끝나고 위풍당당한 조지 왕조 풍의 집들이 시작되는 거리로 향했으며, 그렇게 잔디밭에 도착했다. 램프 불빛이 작은 길을 밝히고 있었다.

"각자 따로 걷는 것보다 이게 훨씬 더 바보 같은데요." 해나가 말하며 그를 올려다보았는데, 자기도 모르게 웃는 그의 모습에 그녀는 뿌듯함을 느꼈다. 하지만 그 미소는 잠시만 머물러 있을 뿐이었다.

"하지만 당신이 더 안전해지죠." 그가 말했다.

"안전한 걸 바란다면, 차라리 죽는 게 낫죠."

"그 말엔 동의할 수 없군요." 블렌킨솝 씨가 말했다.

"좋아요! 그것에 대해 토론해보죠."

"나는 토론할 게 없군요."

"그러면 리딩 부부에 대해 말해주세요."

"리딩 부부에 대해 몹시 궁금한가보군요."

"당연하죠. 그에게 체스를 가르치고 있나요?"

블렌킨솝 씨가 목을 큼큼 풀었다. "네, 노력하는 중입니다."
그가 수줍게 말했고, 이어 그것이 해나의 잘못인 것처럼 화를
내며 외쳤다. "그 여자는 위안을 얻을 만한 뭔가가 없으면 신
경쇠약에 걸릴 겁니다!"

해나는 그때부터 말없이 같이 걷는 것으로 만족했다. 생각
할 게 너무 많았고, 블렌킨솝 씨도 그렇게 보였다. 그리고 그
녀는 둘 다 리딩 부인에 대해 생각하고 있다고 믿었다. 하지
만 그녀의 흥미로운 생각과는 별개로, 그녀가 앞서 말했듯 그
것은 바보 같은 산책이었지만, 그녀는 불필요하게 보호를 받
는 이 느낌을 즐겼으며 그의 예의 바른 모습에 감동했다.

대문 앞에서 그와 헤어졌을 때 그녀는 문 앞의 계단이, 문
이 열려 있지 않으면 그럴 수 없을 듯이 환한 것을 보았고 현
관에 있는 코더 씨를 발견했다. 그녀는 거기 필그림 씨도 있
을까봐 걱정했지만 그렇지 않았고, 안도감에서 비롯한 그녀
의 미소는 목사에게는 새로운 것이었다.

"당신을 찾으러 방금 나왔어요." 그가 말했다.

"정말 친절하시네요! 그러면 제가 블렌킨솝 씨와 함께 이
길로 걸어오는 것도 보셨겠어요." 그는 이런 솔직함은 예상치

못한 것 같았고, 그녀는 그가 실망한 것을 느꼈다.

"블렌킨숍 씨?" 그가 반복해서 말했다.

"네, 깁슨 부인과 함께 저녁 시간을 보냈고, 블렌킨숍 씨가 저를 집까지 바래다줬어요."

"아, 깁슨 부인. 즐거운 시간을 보냈기를 바랍니다. 내 차를 내올 수고는 하지 않아도 괜찮아요. 내가 만들어 마셨으니까."

18

두 주 뒤, 해나는 릴라를 만나러 구릉지대를 지나 집으로 찾아갔다. 로버트 코더가 다시 그녀에게 이 의무를 상기시켜 주었고, 그녀는 기꺼운 마음으로 수행했다. 필그림 씨가 드리운 그림자는 물러갔고, 그것은 여전히 터질 수도 그러지 않을 수도 있는 폭풍 구름처럼 느껴졌지만, 머리 바로 위의 하늘은 맑았고 그녀의 마음은 가벼웠다. 그녀는 자신에게는 아주 강력한 전조가 되었던 그 방문에 가족이 비교적 무관심한 것이 뭔가 아주 변덕스럽다고 생각했다. 다음 날 아침 식사 중에 로버트 코더는 자신이 아주 능숙하게 활용하는 배려에 멸시적인 평가의 말을 몇 마디 담아 말했다. 필그림 씨가 시골의 덜 까다롭고 덜 부담스러운 삶을 살다가 도시 생활이 너무 지나치다고 생각하지 않기를 바란다는 것이었다. 다행스럽게도 그의 채플은 작고, 신자들은 마음이 소박한 사람들이며, 거기서는, 혹은 범위를 더 넓혀 래드스토에서는 그에게서 지적인 영향력을 기대하지 않는다는 것이었다. 달리 말하면, 그가 그렇게 말했다는 건 아니지만, 필그림 씨는 로버트 코더와 함께 어느 위원회에도 같이 참여할 가능성이 없었다.

해나를 쳐다보는 윌프리드의 시선은 이런 단조로운 말과 저녁 접대 자리의 묘사에 대한 논평이었다. 에설은 생각에 잠긴 듯 차분해 보였고, 루스는 편지를 자기 무릎 위에 펼쳐놓고 남들이 보지 못하게 탁자로 가린 채 열심히 읽고 있었다.

고개를 든 루스의 얼굴에서 빛이 났다. "짐 삼촌이 크리스마스에 온대요!" 루스가 외쳤다.

"정말이니?" 로버트 코더가 차갑게 말했다.

"좋은 분이지." 윌프리드가 중얼거렸고, 루스가 그 소식을 전달했다는 사실에 좋았던 기분을 망친 에설이 그를 휙 돌아보며 "삼촌은 오빠하고는 아무런 혈연관계가 없지!" 하고 말했다.

"그래서 내가 그분을 좋아하지." 윌프리드가 대꾸했다.

이 작은 소동은 로버트 코더에게 들키지 않고 지나갔다. 그는 상처를 받은 모습이었다. "나는 이 방문에 대해 전혀 들은 게 없다." 그가 말했다.

"오, 하지만 듣게 되실 거예요. 곧 아버지에게 편지를 보낼 거래요."

"짐에게서 온 편지니?"

"네." 루스가 그 편지를 방어하는 자세를 취하며 말했다.

"내가 네 편지를 보자고 하는 일은 결코 없지. 너도 알겠지만." 아버지가 말했고, 잠시 기다렸지만 루스의 대답은 없었다. "하지만 짐이 내게 편지를 먼저 보냈다면 더 좋았을걸 그랬다. 우리 집에 그가 와서 지내는 게 편리할 것 같지는 않은데. 우리 집에는 그가 지난번에 왔을 때보다 쓸 방이 하나 더 적어졌다는 걸 기억해야 한다. 그리고 하워드도 집에 와 있을 테고. 먹일 입이 더 많아지니 이 문제는 미스 몰도 고려해야 할 것 같구나."

"오, 몰리!" 루스가 외쳤고, 얼굴이 선홍색으로 붉어졌다.

로버트 코더에게 또 다른 짜증이 인 순간이었다. "그건 미스 몰을 부르기에 적당한 호칭이 아닌 것 같은데." 그가 말했다. "미스 몰, 당신이 그 호칭을 허락하지 않으면 좋겠군요."

"미스 몰이 허락한 게 아니라요! 그러니까…… 그냥 입에서 튀어나온 거예요. 미스 몰, 두 사람이 더 온다고 엄청나게 달라지는 건 아니겠죠. 안 그래요?"

"미리만 알려주면, 한 연대도 먹일 수 있어요." 해나가 과장해서 말했다.

"봐요!" 루스가 아버지를 대담하게 쳐다보았다.

"물론 그럴 수 있겠지." 에설이 루스의 편을 든다기보다 미스 몰을 평가절하하는 투로 말했다. "나도 그걸 해냈지만, 다들 별거 아니라고 생각했잖아."

"아니야, 그렇지 않아. 우린 대단하다고 생각했는데, 왜냐하면 우리가 크리스마스 푸딩을 먹지 못했거든. 언니가 푸딩 만드는 그릇을 채우지 않았고, 물이 들어갔어. 기억 안 나?"

"루시, 루시. 그건 좋은 태도가 아니야. 에설은 최선을 다했어. 지금은 흥분하지 말고, 뛰어가지 않으면 학교에 늦겠어."

"하지만 난 흥분했고, 시간은 충분해요. 그리고 윌프리드는 크리스마스 때 여기 없을 테고, 윌프리드가 하워드와 같이 있을 때는 늘 둘이 같은 방을 쓰게 했잖아요. 짐 삼촌이 온다고 뭐가 달라져요? 얼마 만에 집에서 보내는 크리스마스인데, 삼촌에게 오지 말라고 할 수는 없어요. 그리고 이번이 마지막이 되지도 않을 거예요! 삼촌은 이제 바다를 떠났어요!"

"바다를 떠났다고?" 로버트 코더가 그 말을 반복했고, 루스가 편지를 넣고 있는 주머니 쪽을 쳐다보았다.

"은퇴했어요." 루스가 자기만 아는 정보를 즐기며 말했다. "삼촌은 작은 농장을 구입할 생각이래요." 그리고 루스는 아버지 때문에 편지를 혼자만 간직하는 것이 힘들어지기 전에 사라졌다.

"음, 음." 그가 관대한 모습을 보이려는 듯 말했다. "허풍쟁이 뱃사람이 거칠고 세련되지 못한 태도를 보여도 우리가 참아줘야 할 것 같구나. 분명 조만간 그에게서 소식이 오겠어."

"그러면 삼촌이 와도 되는 거죠. 그렇죠?" 에설이 간청했다.

로버트 코더는 딸의 요구를 들어주는 아버지가 되기로 했다. "허락하지 않으면 불행한 크리스마스를 보내게 될 테지." 그가 농담처럼 말했고, 해나는 다른 누군가의 경우라면 온화하다고 말했을 이 나약함을 마음에 기록해두었다.

그가 코더 부인의 남동생인 엉클 짐을 좋아하지 않는다는 것은 분명했고, 그녀의 마음속에서는 블렌킨숍 씨와의 관계가 이미 전개되고 있었지만, 해나는 엉클 짐과 그의 누이와 누이의 남편을 생각하며 자신이 얻을 수 있는 정보(없이도 아주 잘해나갈 수 있었지만)를 찾느라 머릿속이 분주했다.

그녀는 릴라의 카펫을 고려해 길로만 걸으며 구릉지대를 지나갔고, 걸으면서 회색 하늘이 푸른 하늘보다 더 예쁘다고, 잎을 벗은 나무는 회색 하늘을 배경으로 더없이 아름답고, 잎을 위한 적절한 장소는 땅이라고 생각했다. 한편 그녀는 엉클 짐과 로버트 코더 사이에 일어났을 일들을 담은 과거의 작은 장면들을, 블렌킨숍 씨와 리딩 부인 사이에 오갔을 서툴고 부드러운 장면들을 상상했다. 드라마를 구성하는 데는 어려움이 없었다. 그녀는 장면을 보았고 문장을 만들었다. 엉클 짐이 보호하려는 듯 누이의 허리를 감싸 안은 모습이 보였고, 블렌킨숍 씨가 근엄하게 "네, 그 첫날 저녁 이후로……" 하고 말하는 소리를 들었다. 그녀는 엉클 짐을 피부가 구리색이고 턱수염을 기른 현대판 해적으로 상상했고, 그가 실제로 귀걸이를 하지 않았을까봐 걱정이긴 해서 막상 귀걸이가 걸려 있지 않은 걸 보면 놀랄 것 같았다. 그러다 갑자기 그녀의 작은 장면에 등장하는 배우가 엉클 짐과 그녀 자신이 되었다. 그의 반짝거리는 눈이 그녀의 소박한 겉모습 이면을 꿰뚫어 보고 그들이 같은 유의 영혼임을 알아볼 테고, 그가 그녀를 바다로 데려갈 것이었다. 뱃사람이 농부가 될 수 있다는 생각은 어리석은 것일 테니까. 하지만 그가 고집을 부린다면 그녀는 기꺼이 그를 도와줄 것이고, 그들은 루스를 입양해 영원히 행복하게 살 것이었다.

"흠." 해나가 자조적으로 말했다. 그녀는 릴라의 집 기둥에 체인을 걸어놓은 지점에 도착했고, 붉은색과 하얀색으로 된 그 집의 창문들이 그녀를 차갑고 현실적인 눈으로 쳐다보았다. 그녀의 환상은 그 시선 아래서는 살 수 없었다. 그 대담한 해적은 짝으로 풍만한 젊은 처자를 고를 것이었다. 미스 몰은 부유한 노신사의 존재를 계속 믿어야 했고, 릴라가 샘슨 씨에 대해 뭔가 아는 게 있는지 궁금했다. 그 순간 엄격한 응접실 하인이 문을 열고 이번에는 실수 없이 해나를 응접실로 데려갔다.

"아주 좋아 보이는데, 해나." 릴라가 자기에게 공을 돌리며 말했다.

"그런데 넌 어느 때보다 울새처럼 보이는데, 친구." 해나가 사촌의 뺨에 평소에 하듯 새처럼 쪽 키스를 하며 말했다. "너를 자연 서식지에서 만나니 좋은데. 그걸 뭐라고 부르건 말이야. 채플에서 네 표정이 너무 고귀해서 잘 알아보지도 못하겠더라. 물론 나는 우리가 살짝 아는 사이인 걸 자랑스럽게 여기지만 말이야."

"이제 헛소리 그만하고. 네가 어떻게 지내는지 말해봐."

"코더 씨가 네게 뭐라고 했는지 들을 때까지는……." 해나가 말했다. "자랑하고 싶지 않은데."

"별거 없었어. 당연히 내가 너를 추천했으니 내게 불평은 하지 않았겠지. 그리고 아마 불평할 게 없을 수도 있고." 그녀가 관대하게 덧붙였다. "너는 어떻게 자기 관리를 하고 있니?"

"더할 나위 없이 잘하지! 너무 잘하는 것 같아서 가끔은 두려워. 네게 속마음을 털어놓을 수 있어서 다행이야, 릴라. 좀 걱정되는 게 있어서 네 충고가 필요하거든."

"그런 거면, 네게 누군가의 충고가 필요한 건 이번이 처음 같은데." 릴라가 건조하게 말했고, 그녀의 초롱초롱한 눈빛이 의심으로 단단해졌다.

"다행이지. 지금까지는 그럴 필요가 없었거든!" 해나가 소리쳤다. "너는 내 말을 거의 믿지 않겠지만, 릴라……."

"그 말이 맞는 것 같지만, 그게 뭐든 차가 나올 때까지는 뭔가 다른 이야기를 하자."

"그래." 해나가 말했다. "그게 그런 종류의 이야기이긴 해. 맛있는 차가 나오면 좋겠다. 요즘 나는 우리가 마실 차에 좀 인색하거든. 크리스마스 때를 위해 아껴야 해서. 코더 씨의 처남이 우리와 같이 크리스마스를 보낼 거야. 그에 대해 뭔가 아는 게 있니?"

"뱃사람인가 그럴걸. 스스로 대장이라고 말하는 것 같아. 당연히 해군은 아니고."

"아니지, 만약 그랬다면 이름을 들어봤을 거야. 그의 직업에는 크게 관심이 없어. 내가 궁금한 건 그의 성격, 그의 감수성, 그리고 수입이지. 나이도. 그게 중요하지만, 그가 철부지 청년은 아니겠지."

"정말로, 해나…… 이제 이 작은 가방들을 보여줄게. 크리스마스 선물로 만드는 중이야." 그녀가 유쾌하게 말하고 있는데 하인이 들어왔다. "예쁘지. 안 그래?"

"아주 예쁘네." 해나가 자기는 어떤 것을 받게 될지 궁금해하며 말했다. 릴라가 해나 같은 사람들에게 주는 선물은 양고기 해시 요리 같은 것일 테고, 해나는 그게 오히려 다행이었다. 릴라가 주는 좋은 선물은 받기가 어려웠을 텐데, 지금까지 그녀가 그런 불편한 상황에 놓인 적은 없었다.

"이 중 하나는 에설 코더에게 아주 잘 어울리겠다고 생각했어."

"아주 좋아할 거야. 화려한 걸 주고, 그 안에 적당한 액수의 수표를 넣어줘."

"내게 그러라고 일러줄 필요는 없을 것 같은데." 릴라가 냉정하게 말했다. "하나부터 끝까지, 나는 코더 가족에게 상당히 많은 걸 해주고 있어."

"에설은 네게 헌신적이야. 나도 네게 그렇지 않았다면 네 이름을 듣는 게 좀 피곤했을 정도야. 그리고 에설은 너하고 나하고 실제로 같은 젖을 먹고 자랐다는 의심은 아예 하지 않지. 비유적으로 한 말이야, 릴라. 비유적으로! 코더 씨가 그 표현을 쓰는 걸 들었거든."

"인간에겐 쓰지 않지." 릴라가 말했다. "그리고 나는 그 표현이 싫어."

"하지만 우리 여자끼리니까!" 해나가 부드럽게 항변했다.

"내가 그러는 건 좀 봐줘야지. 그러니까 네게 묻고 싶은 게 또하나 생각난다. 샘슨이라는 이름의 노인 알아? 베리스퍼드로드에서 우리 옆집에 사는 노인? 앵무새와 고양이를 수십마리 키우고."

"앵무새 이야긴 들었어. 그 새가 아주 거슬리는 소리를 낸다고 하던데. 얼굴이 붉은 그냥 평범한 노인 아니야?"

"그래, 너무도 평범하지." 한나가 말했다. "그래서 그 사람이 좋아. 나도 평범하거든. 그와 이야기할 땐 말하기 전에 생각할 필요도 없고. 그게 내게 도움이 돼. 그와 친구가 됐어, 릴라. 놀라진 않았겠지. 그가 최근에 기관지염에 걸려서 내가대신 장을 봐주고 있어. 거스름돈 중에 동전이 있으면 수고비로 가지래. 내가 일요일에 그걸 헌금 접시에 놓지 않는다는조건으로."

"그럼, 만약 그게 사실이면, 사실 같진 않지만, 네가 전혀 현명하지 않은 것 같아. 그를 위해 대신 그걸 해줄 다른 사람은없니?"

"전혀. 불쌍한 늙은이야. 혼자 집을 관리하고, 집은, 고양이가 있는데도 아주 깔끔하고 깨끗해."

"그렇다면 그건 더욱 현명하지 않아. 물론 네가 그 남자의돈을 받는다곤 생각지 않지만."

"그건 완벽히 진실인 이야기의 가장 진실한 부분이야. 재미있지. 안 그래? 그건 그를 기쁘게 하고, 나는 신경이 전혀 안쓰이거든. 그래봤자 2펜스 반 페니도 넘지 않을 때가 많아.

나는 6펜스와 3페니로는 저글링을 할 수도 있는데."●

"음, 조심하는 게 좋을걸. 네가 거기 고용된 건 이웃을 돌보기 위해서가 아니야. 그리고 내가 그 남자에 대해 기억하기로 코더 씨는 그와 알고 지내는 걸 용납하지 않을걸."

"아." 해나가 말했다. "그게 내가 점수를 따는 지점이지. 나는 늘 비장의 무기를 들고 다니다가 그게 필요해지면 꺼내는데, 고백하건대 나는 그 순간을 고대하고 있어."

"오, 음." 릴라가 한숨을 쉬었다. "너하고 이야기해봐야 소용없겠다. 넌 네 마음대로 할 거고, 네게 한탄스러운 일이 생기면, 내겐 아주 불편한 일이 될 테니까."

"우리는 서로의 짐을 져야 해, 친구." 해나가 조용히 말했다. "그리고 그래도 되면 크럼핏을 하나 더 먹을게. 버터 맛이 아주 훌륭한걸."

"안타깝지만 소화가 잘 안 될 거야. 나라면 손도 안 대겠어."

"버터를 많이 넣지 않은 크럼핏은 그 쓸모가 드라이독에 있는 배나 다름없지. 엉클 짐에게 그 아포리즘을 한번 써봐야겠다……. 그게 아포리즘이라면 말이지. 찾아봐야겠어. 내게 크리스마스 선물을 주고 싶다면, 릴라, 사전으로 할게."

"사전은 코더 씨한테 수십 권은 있어."

"음, 그건 내 것이 아니잖아. 하지만……." 해나가 말했다.

● 각각 1551년과 1816년에 주조된 6펜스짜리 동전과 3페니 동전은 1970년까지 사용되었다.

릴라는 그 말은 듣지 않은 척했다. "네게 이 작은 가방 중에서 하나를 줄게. 그리고 이제……." 해나는 이 순간을 기다리고 있었다. "내게 충고해달라고 한 건 어떤 일이야?"

"아니, 됐어. 너를 걱정시키고 싶진 않아. 하지만." 그녀가 진지하게 몸을 앞으로 기울였다. "한 가지는 물어봐야겠는데. 코더 씨가 몽유병에 걸렸단 말 들어본 적 있어? 그게 내게 한 가지 희망인데 말이지, 릴라. 무엇보다 코더 부인이 그런 걸 불평한 적은 없었어?"

"코더 부인은 무엇에 대해서도 불평하는 사람이 아니야. 그런 불평을 왜 하겠어?"

"모든 수납장 안엔 해골이 있지.● 지금 그 표현이 어떻게 생겼는지 궁금해지네. 우리는 계속 이런 표현을 쓰면서 지낼 거고, 그게 우리의 공동 유산의 일부잖아, 릴라……."

"공동이란 말은 좀 그만 쓰면 좋겠다. 그 사실은 그냥 너 혼자 간직해."

해나는 흔들리는 손으로 컵을 내려놓았다. "내가 차를 마실 때는 좀 웃기지 마. 오, 릴라, 넌 정말 보물이야! 알았어. 안 쓸게. 하지만 그럼에도 그건 우리의 공동 유산이야. 너나 나나 그게 어디서 비롯했는지는 모르지만. 자, 내가 원하는 그 사전은 내게 그런 걸 알려주는 거야. 좀 비쌀까봐 그게 걱정이네."

"네가 사전으로 뭘 하고 싶다는 건지 모르겠다. 그리고 내

● '모든 집에는 비밀이 있다'는 뜻의 관용어.

수납장엔 해골이 없어. 로버트 코더 씨의 수납장에도 그런 게 없을 테고. 그냥 솔직하게 이야기하는 게 좋겠어, 해나."

"도를 넘지 않는 선에서 최대한 솔직하게 말할게. 정말로 그렇게 도를 넘는 건 아니야. 나는 어떤 훌륭한 여인이라도 그랬을 것처럼 잠든 척하고 있었어. 하지만 코더 씨가 내 침실 문을 열고 들어와서 나를 쳐다봤을 때 내가 얼마나 무서웠을지 상상해봐. 오래 쳐다본 건 아니었고, 당연한 거지만, 아무튼 쳐다보긴 했어! 자, 그걸 어떻게 설명할 수 있겠니?"

"난 못 하지." 릴라가 천천히 말했다. "하지만 너는 분명 설명할 수 있을 거야. 내게 그런 속임수를 쓰려고 해봤자 소용없어, 해나. 그런 일이 정말로 일어났다면 넌 내게 말하지 않았을 테니까. 그 이야긴 다른 사람에게는 하지 않으면 좋겠다. 첫째, 저속하고, 둘째, 재미가 없어."

해나는 실망한 것 같았다. "그땐 그게 아주 재미있다고 생각했는데. 내가 아마 이야기를 재미없게 했나보다. 최근에는 내 이야기가 그렇게 성공적이지 않았거든. 내가 한쪽 눈을 뜨고 그에게 윙크를 했다면 훨씬 더 재미있었을 텐데. 네게 이야기할 때 그 부분을 넣으려고 했는데 잊어. 음, 돌아가서 샘슨 씨를 찾아가야겠다. 그라면 농담을 알아봤을 거야. 좋은 농담은, 릴라, 인물과 환경이 유머러스하게 갈등을 일으키는 거야. 그리고 샘슨 씨는 이런 농담의 진가를 알아봐줄 거야."

"제발 그에겐 말하지 마!" 릴라가 소리쳤다. "그가 너를 그런 유의 여자라고 생각하면……."

"그는 내가 어떤 유의 여자인지 정확히 알아. 너보다 더 잘, 릴라, 친구."

"하지만 진짜 이유는 뭐니?" 릴라가 거의 아쉬운 듯 물었다.

"가족 비밀이야. 가족 비밀!" 해나가 말했다. "내가 네 가족 비밀을 지켜줬으니 코더 씨 가족의 비밀도 지켜줘야지."

19

더 행복해 보이는 루스를 보는 것은 즐거운 일이었고, 그래서 해나는 엉클 짐에 대한 일종의 질투심을 잠재워 자기 또한 행복해지기로 했다. 그의 등장은 성공이었던 반면, 자신의 존재는 묻혔다. 미래에 어떤 갈등이 숨어 있을지 모를 때 현재를 망치는 것은 순전히 낭비였고, 모든 것이 그녀를 도와주려고 공모하는 듯했다. 루스는 에설과 덜 싸웠고, 에설은 감정을 폭발시키는 데 지쳤는지 더 평화로워 보이고 여성회 일에도 더 열정을 보였으며, 도리스는 남자친구를 택하고 여성회는 아예 그만둔 게 분명해 보였다. 크리스마스 축제 준비가 집과 채플 모두에서 진행되었고, 에설은 마음만 먹으면 자신의 슬픔에서 그렇듯 일에서도 철저할 수 있었다. 해나는 자신이 준비해야 하는 것만 해도 충분한 정도 이상이었지만, 시간을 내서 이따금 샘슨 씨를 찾아갔다. 평판이 좋은 것 같지 않은 그 노신사는 로버트 코더에 대한 완벽한 해독제였는데, 세상 곳곳을 돌아다니며 온갖 일을 다 해보았을 것 같았고, 모든 남자와 여자 대부분을 유쾌한 냉소주의로 불신하는 데다 모든 종파의 목사에게 주로 편견을 갖고 있었으며, 존경에 대한 예기치 못한 갈망에 굴복한 듯 베리스퍼드에 정착했다. 그는 사실 여러모로 해나가 남자였다면 되고 싶은 모습이었다. 상식적인 어떤 의견에서도 자유로운 그의 모습에서, 느슨하지만 공격적이지 않은 그의 말에서, 그녀에게 들려주는 그의 이야기에서, 무엇보다 그녀를 알아봐준다는 점에서 그녀는 위안을 얻었고, 그것은 의심의 여지 없이 코더 식구들에게 미묘한 영향을 미쳤다. 그녀의 개구쟁이 같은 악마는 샘슨 씨와 이야기를 나누면서 그 역량을 발휘해 그를 자극하고 너털웃음을 끌어냈으며, 그러는 동안 로버트 코더를 놀리고 싶은 그녀의 집요한 갈망은 점점 줄어들었다. 기회가 주어졌을 때 그를 어리둥절하게 하고 싶은 욕구에 저항하기는 불가능했지만, 그녀가 굳이 그런 노력을 하지도 않았고, 그는 그녀를 적절한 장소에 적절하게 어울리는 여자로 보려고 한다는 것을 느낄 수 있었다. 그것은 그 자체로 짜증스럽기도 했지만, 그의 견해와 샘슨 씨의 견해, 로버트 코더가 알고 있는 그녀의 신중한 얼굴과 그녀가 샘슨 씨에게 보여주는 얼굴, 목사의 자의식적인 예의와 그런 예의를 무시하는 노인의 뚜렷한 태도 사이에서 드러나는 대조는 은밀한 기쁨이었다. 샘슨 씨의 이야기가 사실이라면, 그는 많은 여자를 친밀하게 알았다. 아내에 대한 말을 꺼내진 않았지만 지식을 바탕으로 결혼에 대한 이야기를 할 수 있었다. 그가 정말로 어떤 경험을 했는지는 몰라도, 해나가 보기에 그는 그 경험을 통해 남녀 관계에 대한 건전한 이해가 생겨 육체적인 면에는 정당하고 종종 유머러스한 중요성을 부여하면서도 그것을 음식을 받아먹듯 자연스럽게 받아들였고, 어떤 상황에서도 남녀 사이에 명확한 구분을 짓는 것은 거부했다. 일부러 생각해낸 것은 분명 아니었고, 자기 의견을 직접 말한 것도 아니었다. 그의 붉고 부은 듯한 얼굴, 그의 사악하고 늙은 눈처럼 그것은 그가 살아온 삶의 열매였고, 그 과일은 익었으나 썩지는 않았다. 루스는 그에 대해 아무런 두려움도 느낄 필요가 없었다. 정말이지 해나가 알아낸 대로라면, 루스가 그를 믿어도 괜찮은 모든 이유가 있었고, 해나 스스로는 그에게 타고난 정숙함을 보여줘야만 한다는 의무감 없이도 자신의 놀랄 만큼 예쁜 다리와 발에 대한 그의 칭찬을 즐길 수 있었다. 해나에게는 로버트 코더가 생각하는 개념의 정숙함은 없었는데, 그 개념은 성에 대한 억제를 지속적으로 의식해야 한다는 것을 암시했다. 그녀가 이 사실을 잊으려고 애쓰는 것은 아니었다. 그녀는 다른 누구처럼 여자였고, 기계처럼 다뤄지는 것에 고통받았지만, 여자이기 이전에 더욱 분명하게 인간이었고, 샘슨 씨는 바로 그 점을 이해해주었다.

그녀는 자신에게 행복의 원천이 너무 많다는 게 두려워지는 미신적인 순간을 경험했다. 윌프리드와 루스와 샘슨 씨와 우정을 나눴고, 하워드와 엉클 짐의 도착을 고대하고 있었으며, 기억해둘 샘슨 씨의 이야기와 꾸며낼 자신의 이야기도 있었다. 이런 것들이 집안일에 동반되는 즐거움이었다. 그녀는 침대에 누워서 책을 읽을 수 있었고, 매일 로버트 코더의 초를 희생하면서 늦은 밤까지 책을 읽었다. 하지만 크리스마스 푸딩에 건포도를 박아 넣고 먼지를 떨고 구멍 난 옷을 꿰매는 동안 그녀는 가끔은 로버트 코더와 그의 아내가 나오고 또 가끔은 용감무쌍한 해적과 그녀 자신이 주인공이 되는, 더 자주는 그녀가 블렌킨숍 씨에게 일으킨 헷갈리는 감정들 때문에 그가 고민에 빠지는 내용의 로맨스를 상상하느라 분주했다. 그녀는 블렌킨숍 이야기에서 가장 큰 기쁨을 느꼈는데 그것을 코믹하게도, 애처롭게도 만들 수 있었기 때문이다. 그리고 블렌킨숍 씨는 그녀의 취향에 맞는 대상이었다. 그녀는 안전한 것을 중요하게 여기는 남자가 그 위험하고 어두컴컴한 연민의 영역으로 끌려 들어가는 것을 볼 수 있었는데, 그는 거기서 더듬더듬 나아가다 문득 더 위험하지만 더 매력적인 세상의 경계에 서 있는 자신을 발견했다. 깁슨 부인이 말했듯 그는 친절한 마음씨의 소유자라 겉으로 아무 문제도 없는 척하는 여자가 미끄러지며 만들어낸 광경에 마음이 움직인 것이었다. 해나 역시 리딩 부인에게 감탄하고 부인을 존경했지만, 리딩 부인은 아기가 있었고, 신경증적인 남편은 그 아기를 위해 감당해야 하는 대가였다. 예쁜 아기 하나를 얻을 수 있다면 해나는 그보다 더 많은 대가도 치렀을 터라 블렌킨숍 씨에게 안달이 나는 순간들도 있었다. 리딩 부인은 그가 아는 사람 중에 힘든 상황에 용감하게 맞선 최초의 여자였으니, 당연히 그는 리딩 부인이 유일하다고 생각할 것이었다. 그리고 이 사실을 알아냈다는 생각에 우쭐해서 새 대륙을 발견한 남자가 거기서 잘못된 점을 찾으려고 하지 않는 것처럼 다른 모든 좋은 자질도 그녀가 다 가졌다고 선뜻 말할 것이었다. 이제 그녀는 리딩 씨를 불필요하게 지켜낸 것에 대한 그의 분노를 이해할 수 있었다. 여기서 악순환이 다시 시작되는 것이다. 리딩 씨가 그렇게 내버려진 채로 죽었다면, 리딩 부인은 모든 가능성 중에서 프린시스 로드에서 사라졌을 가능성이 가장 컸고, 만약 머물렀다면 블렌킨숍 씨는 그녀가 운이 좋다고 생각해 더는 그에게 관심을 두지 않았을 터였다. 늘 그래왔고 지금도 그렇지만 해나는 자신이 살아오는 동안 한 실수는 스스로에 대해 슬픔을 느끼는 일을 거부한 것, 자신이 다른 사람들에게 슬픔을 자아내는 대상이 될 수 있다는 사실을 거부한 일에 있는 것 같았다. 그녀는 생기 넘치는 모습, 지성과 무지성을 이용해 블렌킨숍 씨의 관심을 끌려고 하면서 성공적일 수 있었던 한 가지 방법을 간과한 것이었다. 그리고 그녀는 유리에 비친 자기 모습을 보고 아름다움이 없는 비련은 그저 짜증스러울 뿐이고 코가 긴 여자는 슬픔으로 타인의 마음을 움직일 수 없다는 사실을 떠올렸으며, 이 지점에서 그녀는 자신의 이야기는 내버려둔 채 코가 운명에 미치는 효과에 대한 철학적 성찰에 빠져들었다. 여자에게 완벽한 코는 그 외모와 효과에서 다소 섬세하게 깎인 모양새를 이루고 그 경사가 아주 정교해야 하며, 한편으로 아래로 처진 코로 의심될 때 그 주인이 그녀처럼 의지가 굳은 사람이 아니라면 비극을 낳는 경향이 있었다. 그녀는 남자의 코에 대한 이론은 갖추고 있지 않았다. 남자의 용모는 상대적으로 중요하지 않아서 그녀는 자신과 반대되는 성에서는 마지못해 일종의 우월함의 증거만 발견했고, 블렌킨숍 씨의 구체적인 얼굴 특징을 기억해내려고 하자 맑은 피부결, 심지가 굳고 중요한 사람이라는 인상, 안경 말고는 기억나지 않았다.

어느 또 다른 수요일 저녁에 그가 그녀에게 얼굴을 보여주었을 때, 그녀는 기뻤고 그만큼 놀랐다. 루스는 학교 행사가 있어 나갔고, 해나 혼자 집을 지키며 루스에게 깜짝 선물이 될 파티 드레스를 만들고 있었다. 루스가 스펜서 스미스 부부의 파티를 꺼리는 이유 중 하나는 입고 갈 적당한 옷이 없고 마저리 스펜서 스미스의 옷은 휘황찬란하다는 것이었다. 해나는 자기 옷이 적당하지 않은 정도보다 더 못했던 경험이 있어서 자기 아이에게는 릴라처럼 예쁜 옷을 입혀야겠다고 결심했다.

초인종이 울렸을 때, 그녀는 방해를 받은 것에 얼굴을 찡그렸지만, 블렌킨숍 씨가 서 있는 것을 보자 미소가 떠올랐다. "당신은 기억력이 아주 나쁘군요." 그녀가 말했다. "오늘은 수요일 밤이고, 코더 씨는 집에 없어요."

"집에 당신 말고 다른 사람이 있습니까?" 그가 물었다.

"혼자 있어요." 해나가 말했다. "전할 말이 있나요?"

"방해가 안 된다면 들어가고 싶은데."

"방해라니요. 바느질을 잘하면 일감도 충분히 있어요. 하지만 내가 보기에." 그녀가 그를 진지하게 쳐다보며 말했다. "당신은 단추보다 더 복잡한 건 감당이 안 될 것 같네요."

"내겐 심지어 바늘도 없어요. 깁슨 부인 덕분에 그런 일은 할 필요가 없군요."

"깁슨 부인이 사람을 응석받이로 만드는군요. 부인의 집에서 나가면 당신은 부인을 그리워할 거예요."

해나를 따라 식사실로 들어가다 말고 블렌킨숍 씨가 멈춰 섰다. "내가 나갈 거라고 누가 그러던가요?"

"중얼거리던 소리가 들리던데요. 아니었나요? 지하에서 그르렁거리는 소리 같은 게 흘러나왔는데? 와서 앉아요. 당신이 그게 최선이라는 결론에 이르렀을 거라고 생각했어요. 내게 자본금이 조금 있다면 직접 하숙집을 해보려고요. 사람들이 독신 신사라고 말하는 그런 사람들을 위한 하숙집. 엄마처럼 당신을 돌봐줄 테고요, 블렌킨숍 씨."

"하지만 나는 깁슨 부인을 떠날 생각이 조금도 없어요."

"오, 그렇다면, 블렌킨숍 씨, 당신은 판단을 최고로 잘 내리는 사람이네요. 아무렴요." 그녀가 새침하게 바느질감을 집어들며 말했다.

"당연히 그렇죠." 그가 단호하게 말했다.

"그리고 하숙집을 시작한다는 것, 그건 아주 어리석은 일이 될 겁니다."

"왜요? 내가 이 가족을 관리할 수 있으면." 해나가 강한 인상을 주려는 듯 말했다. "미혼 신사들을 관리하는 건 애들 놀이 수준이죠."

"당신은 너무 젊어요." 블렌킨솝 씨가 얼굴을 약간 찡그리며 말했다.

"젊다고요!" 길을 걸어 내려오던 윌프리드의 휘파람 소리도 침묵시킨 해나의 웃음은 자신의 자조적인 말을 스스로 조롱하는 것 같았다. "음, 내가 몇 살인 것 같아요?"

"대략 내 나이와 비슷하지 않을까요."

해나가 고개를 가로저었다. "몇백 살은 더 먹었을걸요, 블렌킨솝 씨. 시간을 따져보면 아마 몇 년일 수도 있지만, 당신이 은행 창구 뒤에 서 있는 동안 나는 다른 사람들의 집으로 밀고 들어갔다 쫓겨나기를 반복했어요. 아주 재미있었죠!" 그녀가 성급하게 덧붙였다. "나라면 당신의 도금된 새장에 갇혀 지내느니 마음 내키는 대로 돌아다니면서 생계를 꾸려가겠어요. 내가 샘슨 씨에게서 유일하게 좋아하지 않는 점이…….."

"샘슨 씨가 누구죠?"

"누구도 샘슨 씨를 모르는 것 같네요. 특별한 분이에요. 정말로 나는, 로버트 코더만큼 그 사람을 좋아하는 것 같아요." 해나가 생각에 잠기며 말했다. "하지만 그는 새장에서 새를 키우는데, 새장에 갇힌 붉은가슴울새 알죠, 블렌킨솝 씨? 그 새는 모든 천국을 분노하게 하는데, 내가 은행에 있는 당신을 생각할 때 느끼는 게 그거예요. 부엌 창문을 통해 당신을 처음 본 순간부터, 미안해요, 그 이야기를 또 하려던 건 아니었어요. 당신은 새를 연상시켰어요. 내가 좋아하는 새는……." 그녀가 말했지만 그게 뭔지는 말하지 않았다. 그녀는 그를 쳐다보며 자신이 생각한 만큼 부엉이 같지는 않다고 결론 내렸다. 그의 근엄한 인상은 대부분 안경 때문이었고, 굳게 다문 입은 그 인상을 더 공고히 하려는 의지를 나타내는 듯 보였다. 헤나는 그에게 안경을 벗으라고 말하고 싶었다.

"당신은 엉뚱한 소리를 많이 하는군요. 안 그런가요?" 그가 인내심 있게 물었다. "코더 씨는 그걸 이해합니까?"

"그걸 알아내야겠단 생각은 하면 안 돼요." 그녀가 대답했다. "코더 씨의 마음은 나하곤 다른 영역에서 움직이고, 나는 그저 그 사실을 받아들일 뿐이죠."

그녀는 신뢰의 눈빛으로 블렌킨솝 씨를 쳐다보았고, 그는 "그러면 좋겠네요" 하고 말했다.

"코더 씨도 그래요." 미스 몰이 차분하게 말했고, 아주 놀랍게도 블렌킨솝 씨가 온화한 웃음을 터뜨렸다.

"당신이 그럴 수 있다는 걸 몰랐어요." 그녀가 말했다.

"뭐 말이죠?" 블렌킨솝 씨가 모욕당할 준비를 하며 물었다.

"당신이 웃을 수 있다는 걸 몰랐고, 당신이 왜 웃었는지도 모르겠어요."

"당신이 나를 웃게 하려고 그랬잖아요." 그리고 아쉽다는 듯 말했다. "나는 웃을 기회가 많지 않았어요."

"그건 당신이 만들어야죠."

"나는 걱정이 많아요."

"아!" 해나가 말했다. "현금 수지의 균형을 맞추는 게 잘 안 돼요? 아니면 은행에서 무슨 일을 하는지 몰라도 그게 잘 안 돼요?"

"종교에 대한 코더 씨의 견해와 내 견해 사이에서 균형을 잡을 수가 없군요."

"그게 다예요? 그걸 누가 할 수 있어요? 나라면 그런 걱정은 안 하겠어요. 그가 자기 견해를 정확히 아는지도 나는 잘 모르겠는걸요."

"하지만 나는 그의 교회 신자예요."

"당신은 은퇴할 수 있죠, 아마?"

"그러려고 해요." 블렌킨숍 씨가 말했다. "어머니가 살아 계실 때는 모든 걸 그냥 흘려 넘겼어요. 어머니를 당혹스럽게 하는 건 의미 없는 일 같았거든요. 하지만 최근에 나는 내가 솔직하지 않다는 결론에 이르렀죠. 그의 설교를 마지막으로 들은 게, 결혼에 관한 주제였는데, 음, 솔직히 말해 너무 불편했어요."

"너무 해이해서요?" 해나가 말했다.

"너무 바보 같아서요." 블렌킨숍 씨가 체념한 듯 말했고, 해나는 다음 바늘땀에 긴 시간을 들인 뒤 신중하게 물었다. "그 설교는 언제 한 거였죠? 내가 놓쳤나보네요."

"오, 몇 주 전 어느 저녁에요."

"알겠어요." 해나가 말했고, 블렌킨숍 씨의 결혼에 대한 견해와 그녀가 그에 대해 의심하고 있던 골치 아픈 연애를 연결시키느라 일하던 손을 잠시 멈추었다. "그리고 당신은 오늘 밤 당신이 결혼에 대해 어떻게 생각하는지 말하려고 여기 온 거고요?"

"아니에요, 화를 내고 싶지는 않습니다. 그에게 편지를 쓸 거예요. 논쟁은 시간 낭비가 될 테니까요."

"음, 내게 경고해줘서 다행이네요. 폭풍우가 몰아치는 날이 될까봐 두렵군요."

"정말로 그럴까요? 미안해요. 하지만 당신은 내가 그렇게 해야 한다고 생각하지 않나요?"

"나는 결혼에 대해 당신이 생각하는 것만큼 그렇게 예민하지 않아요, 블렌킨숍 씨."

"내가 특별히 예민하게 느꼈다고는 말하지 않았습니다."

"그렇죠. 당신이 그렇게 말하진 않았어요." 해나가 짜증스러운 미소를 지으며 말했다.

"단지 그 주제를 접하고 여러 가지가 떠올랐을 뿐이죠. 나는 코더 씨나 그가 가르치는 교리와는 근본적으로 생각이 달라요."

"정확해요." 해나가 말했다. "그러니 가능한 한 빨리 독립선언을 하는 게 좋을 거예요. 그러면 좀 더 편안하겠죠. 안 그래요? 체스는 어떻게 되어가고 있어요?"

"곧 그걸 물어볼 줄 알았어요." 그가 웃지 않으려고 애쓰며 말했다.

"그리고 시골 산책은 어떻게 되어가고 있어요?" 해나가 고집스레 물었다. "당신은 자기 장점을 계속 숨기고 싶겠지만, 깁슨 부인이 그걸 드러나게 하네요. 당신은 몰래 선행을 하고 그게 알려지면 얼굴을 붉혀요."

"아닙니다." 블렌킨솝 씨가 힘들게 말했다. "유감스럽게도 내 동기는 전혀 이타적이지 않아요." 그리고 그는 누군가가 현관으로 들어오는 소리를 듣지 못했다면 더 말했을 것 같은 표정을 지었다.

해나가 황급히 바느질하던 것을 치웠고, 블렌킨솝 씨에 대해서도 똑같이 할 수 있기를 바랐다. "모든 방은 문이 두 개여야 해요." 그녀가 눈빛을 반짝거리며 그를 쳐다보고 말했다. "코더 씨가 돌아온 거라면, 당신은 어떻게 하겠어요?"

"저녁 인사를 하고 돌아가겠죠."

"그럼 나는요?"

"당신은?"

"그는 나 같은 젊은 미혼 여성이 미혼 신사분과 집 안에 단둘이 있는 걸 용납하지 않을 거예요."

"그렇다면 그건 그가 참아야 할 문제죠." 블렌킨솝 씨가 말했고, 해나가 이렇게 대담한 영혼이 은행에서 낭비되고 있다고 말하는 동안, 로버트 코더가 문을 열었다.

20

블렌킨솝 씨가 이 귀가를 기다리고 있었던 척하며 자신이 왜 여기 와 있는지 설명했더라면 더 지략적이고 더 기사도적이었을 것이다. 그는 그런 척은 전혀 하지 않았고, 로버트 코더와 악수한 뒤 그곳을 떠났다. 로버트 코더는 상처받은 모습으로 서재로 들어가버렸다. 그는 호기심이 아주 많았고, 집으로 돌아왔을 때 다른 어딘가에서 호기심을 자극하는 소리가 들리지 않으면 곧장 서재로 들어가버리는 게 습관이었다. 해나는 블렌킨솝 씨에게 소곤소곤 말하라고 할걸 그랬다고 생각했다. 그가 막 재미있어지려는 찰나 그 방문이 끝나버려 섭섭했고, 그가 그녀를 찾아온 것은 약간 의아했지만, 정숙하지 않은 해나는 그 일을 충분히 자연스러운 것으로 받아들일 수 있었다. 블렌킨솝 씨는 새로운 상황에 맞닥뜨리자 어리둥절해지고 고민이 되어 그것을 이해할 수 있는 사람을 본능적으로 찾아온 것이다. 그리고 그녀는 일종의 황홀감 속에서 자신이 모든 것을 이해할 수 있다고 생각했다. 그녀는 로버트 코더가 이제 질문을 던지고 그로서는 무시라고 해석할 수 없는 얼버무리는 대답을 듣는 위험을 감수할 것인지, 아니면 질책을 통해 그가 원하는 출구를 발견할 것인지 결정하려고 애쓰겠지만, 그녀를 볼 때까지는 자신도 어떻게 할지 결정을 내리지 못하리라는 걸 알고 있었다. 지금 이 문제에 대한 답을 목격하는 게 블렌킨솝 씨가 가버린 것에 대한 어느 정도의 보상이라면 보상이었고, 로버트 코더의 못마땅한 기색이 그림자처럼 드리운 가운데, 그녀가 늙은 친구를 방문하고 젊은 친구의 방문을 받을 필요가 있다는 사실에 그가 반대할 것을 예상하면서 그녀는 이런 상황들이 따분함을 막아준다는 점을 상기했다. 지난 두 주 동안 그녀와 로버트 코더 사이에는 평화가 존재했고, 그녀는 휴전을 파기하고 싶은 욕구가 없다고 혼잣말을 했지만, 그렇다고 반대쪽 뺨을 돌릴 생각은 없었다. 그러는 것은 그의 직업의 일부이지 그녀의 것이 아니었다. 그녀가 차를 들고 서재로 들어갔을 때 그는 책상 앞에 앉아 글을 쓰고 있었다. 그녀에게 고개를 들고 고맙다고 말했으므로 그녀는 그가 스스로에게 떨어진 명령을 수행하고 있다고 생각했다. 그녀는 실망스러웠지만, 실제로 문을 통과해 나갈 때까지 그가 자신에게 할 말이 전혀 없으리라는 확신은 없었다. 그녀가 막 손잡이를 돌리려는데 높고 의심스러운 어조로 말하는 그의 목소리가 들렸다.

"루스는?"

"루스요?" 해나가 그 말을 반복했다.

"루스가 오늘 밤 학교 콘서트를 보러 가는 거 잊었어요? 아니면 아주 잘 기억하고 있는 건가요?"

"아주 잘 기억하고 있어요." 해나가 대답했다.

"알겠어요. 음, 미스 몰, 당신의 의무에 방해가 되지 않는 한 당신을 찾아오는 사람들이 있다는 것에는 물론 이의가 없지만, 당신이 루스를 데려와야 한다는 건 알고 있어야 할 것 같군요."

윌프리드가 말한 것처럼 그녀는 직업적인 양심에 따라 자기 의무를 늘 정확하게 수행하는 사람이었기에 자신의 의무에 대한 주제로 공격을 받는 것은, 그리고 자신이 루스를 방치하고 있는 게 아니냐는 말을 듣는 것은 미스 몰이 참을 수 있는 정도를 넘어선 것이었다. 그녀는 목소리에 분노를 숨기려는 노력 없이 재빨리 대답했다. "그럼 그건 잘못 알고 계신 거예요. 윌프리드가 저 대신 루스를 데려오겠다고 나섰죠."

"윌프리드가 아주 친절한 제안을 했군요." 로버트 코더가 부드럽게 말했다. "하지만 나는 약속을 지키는 데 철저하지 않은 젊은 남자에게 내 딸의 안전을 맡기고 싶진 않은데."

"지금 출발해도 그렇게 늦지 않아요." 해나가 시계를 흘끗 쳐다보며 말했다.

"그러면 미스 몰, 당신이 가주면 정말 기쁘겠어요."

"죄송하지만 그 말은 따르지 않겠어요, 코더 씨. 그런 식으로 윌프리드에게 모욕을 주고 싶진 않아요."

"윌프리드?" 그가 냉정하게 말했다.

"그가 그렇게 불러달라고 했어요. 저는 그를 불신하지 않고, 불신하는 것처럼 행동하지도 않을 거예요."

"하지만 내가 요구하면……."

미스 몰이 고개를 가로저었고, 어리석은 행동을 했다는 이유로 비난받아서는 안 되는 아이에게 하는 것처럼 미소를 지었다. "저는 누가 요구해도 강아지를 발로 차지는 않아요."

"강아지는 이 일과 관련해서 쓰기 좋은 단어로군요." 그가 말했고, 해나는 그의 기질이 아주 성마르다는 것과 그는 어떤 일에도 휘둘리지 않는 듯 보이지만 자기 권위가 조금만 무시당해도 불쌍할 만큼 흔들릴 수 있다는 것을 깨달았다.

"그 단어는 쓰지 않을 걸 그랬네요." 그녀가 가볍게 말했다. "저는 그냥 아무거나 어린 대상을 가리킨 거였는데. 윌프리드는 약속을 지킬 거예요, 코더 씨. 그리고 루스는 윌프리드가 데리러 가는 걸 좋아할 거예요. 모든 여자아이에게 그런 잘생긴 사촌이 있지는 않으니까요. 그리고." 그가 얼굴을 찡그렸고, 그녀는 재빨리 말을 이었다. "따님이 집에 아무도 없으면 안 된다고 걱정했어요."

"그리고 당신은 블렌킨솝 씨를 만나기를 고대했던 거고."

그가 끼어들었고, 미스 몰은 그 말을 들은 척하지 않았다. "따님은 도리스와 젊은 남자가 거리에서 서성거리는 건 원하지 않았어요. 베리스퍼드 로드의 분위기가, 그들이 지금 돌아다니고 있을 구릉지대보다 사람을 훨씬 더 냉정하게 만드는 효과가 있을 거란 생각은 제가 미처 못 했네요."

"미스 몰, 나는 이런 유의 대화를 좋아하지 않아요."

"하지만 지금 그들이 그러고 있는 것 같은데요."

"그리고 나는 도리스……." 그가 반감을 간신히 극복했다. "도리스에게 당신이 말하는 그 젊은 남자가 있다는 걸 모르고 있었어요."

"네, 그는 아주 젊어요." 해나가 간단하게 대답했다. "식료품

상의 조수예요. 그러니까 그가 주문을 받으러 왔을 때⋯⋯."

"그 이야기는 듣고 싶지 않아요. 그런 이야기는 정말로 좋아하지 않습니다."

"네, 도리스가 특별히 매력적이긴 않죠. 안 그래요? 나라면 도리스를 선택하지 않았겠지만, 사람들이 흔히 말하듯 취향에는 이유가 없으니까요. 제가 보기엔 도리스가 식료품점 조수의 사랑이 미친 영향 덕에 조금 나아진 것 같아요. 그리고 그는 아주 괜찮은 청년이에요⋯⋯. 적어도 두 사람 다 그렇게 말했고, 식료품점 주인도 그걸 확인해줬고요. 제가 물어봤어요. 저하고는 친구 같은 사이라."

"당신은 친구를 쉽게 사귀는 것 같군요, 미스 몰."

"네, 그건 제게 다행 아닌가요?" 그녀가 밝게 말했고, 이어서 그의 찌푸려진 이마를 처음으로 본 것처럼 아주 부드러운 목소리로 물었다. "제 행동 때문에 뭔가 언짢은 게 있으세요?" 그리고 그 정면공격이 로버트 코더에게는 직격탄이 되었다는 걸 곧바로 알아차렸다. 양쪽 뺨이 조금 붉어진 채로 그는 책상 위에 놓인 종이를 만지작거렸다.

"오늘 밤 무슨 말을 들었는데, 그게 내 마음에 동요를 일으키는군요." 그가 고백했고, 해나는 그가 자기를 보고 있지 않다는 사실을 다행으로 여기며 충격적인 말을 들을 마음의 준비를 단단히 했다. "그리고⋯⋯." 그가 말을 이었다. "나는 새 뮤얼 블렌킨숍에게 실망했습니다. 그는 채플에 소홀하고, 내가 없을 때 집에 찾아왔다가 한마디도 없이 가버리는군요. 이

해되지 않아요."

해나는 갑자기 몸에서 힘이 빠져나가며 모든 근육이 아파
오는 걸 느꼈다. "좀 앉아도 될까요?" 그녀가 물었다.

"당신을 잠시라도 더 붙잡아두면 안 되겠지만, 미스 몰, 네,
앉아요. 당연히. 당신하고 블렌킨솝하고 친한 사이 같은데,
내가 그를 화나게 한 게 있었는지 말해줄 수 있나요?" 그가
희미하게 웃으면서 말했다. "내 관점은 이따금 신자 중에서
좀 더 소심한 영혼을 놀라게 하지만, 나는 늘 솔직한 비판을
환영합니다."

로버트 코더를 응시하며, 해나는 블렌킨솝 씨를 잊었다. 그
의 진지한 자기기만(그녀는 그게 진지하다고 믿어 의심치 않았다)
에 깜짝 놀랐고, 그녀가 자신에 대해 만들어낸 생각도 꼭 그
만큼 호의적인 것이라는 사실에, 자신을 위해 만든 세상(그 안
에서 그녀는 현명하고, 위트 있고, 연민의 폭이 넓고, 가슴으로 이해
하는 사람이었다)은 그 세상을 지탱할 만큼 필사적인 힘이 없
었다면 와르르 무너져 폐허가 되었을 것이라는 사실에 그녀
의 놀란 마음은 두려움으로 변했다. 그 세상이 서 있지 못하
면, 그녀는 그것과 함께 무너질 것이다. 그러니 그녀는 로버
트 코더가 자신을 싫어하는 것이 잘못임을 인정해야 하고, 그
녀의 한 가지 즐거움은 그가 옳았다는, 그에게 위로가 되기
에는 자신이 너무 영리하고 너무 통찰력이 깊다는 확신이었
다. 그들이 서로 아주 다름에도 스스로를 누구도 볼 수 없는
방식으로 본다는 이 유대를 인정해야 한다면 끔찍한 일이 될

것이었다.

"무슨 문제가 있나요, 미스 몰?" 그가 온화하게 물었다.

"나는…… 생각 중이었어요." 해나가 말했다.

"내게 말하는 게 옳은지 그렇지 않은지 고민하고 있군요." 그가 도움을 주려는 듯 말했다.

"그건 아니에요." 해나가 말했다. "유감스럽게도 블렌킨솝 씨에 대해서는 완전히 잊고 있었어요."

"그건 다른 말로, 내 말을 듣지 않았다는 거군요."

"정말로 듣고 있었는데, 듣다가 다른 생각이 떠올랐어요." 그녀가 그에게 써보려고 준비하던 총명한 지성의 눈빛으로 그를 쳐다보았다. "대화란 게 그런 거 아닌가요?"

"내가 알고 있기로는 그렇지 않아요." 그가 대답했고, 해나는 말없이 미소만 지었다.

"그리고 지금……." 그녀는 그가 화나 있는 지금이 자신의 순간이라고 느끼며 말했다. "당신이 나에 대해 들은 이야기를 해주면 좋겠어요. 이 긴장감을 못 견디겠어요." 그녀가 솔직하게 덧붙였다.

"하지 않을 겁니다." 그가 냉정하게 말했다. "내가 그냥 잊어버리고 말겠어요."

"오, 그렇군요. 그게 잊을 수 있는 거라면……." 그녀가 초인종이 울리는 소리를 듣고 몸을 일으키며 말했다. "제가 걱정할 필요는 없겠군요." 하지만 그녀는 보이는 모습처럼 마음이 편치는 않았다. 그녀는 로버트 코더가 뭔가를 잊는 방식은 그것을 자신이 원할 때까지 어딘가 안전한 장소에 넣어두는 거라고 생각했고, 명백한 위험을 지켜보는 동안 예상치 못한 또 다른 위험이 뒤에서 슬그머니 다가오고 있는 것을 알고 있었다. 명백한 위험은 필그림 씨였다. 그가 직업적 영역 밖의 해나를 아는 유일한 사람은 아니었지만, 그는 손 닿을 만큼 가까운 곳에 있었고, 바로 그날 밤 그녀는 그가 더 가까이 다가왔음을 느꼈다. 10년 전에 작은 정원길을 걸어오던 그의 발걸음 소리를 들은 것 같았다. 그녀는 그때 화가 났지만, 행복했기에 즐거웠다. 그 행복은 작고 소중하지만 먼지에 불과했기에 그녀는 지금 더 화가 났고, 죄 없는 자들의 분노한 숨이 그 행복을 날려버리지 않게 하려면 그녀의 모든 기량과 에너지가 필요할 것이었다. 싸우지 않고 지키는 것은 어려운 일 같았다. 그녀의 소유인 그것은 아주 부서지기 쉬워 소란통에 잃어버릴 수도 있었고, 자신에 대한 연민이 허락된다면, 부서지기 쉬운 그 속성 때문에 스스로 비극을 경험했을 수도 있었다. 그녀에게는 그 자체의 힘으로 자신을 지탱해줄 추억이 없었다. 오히려 그녀가 약자들을 부드럽게 대해야 했다. 그녀는 세상을 찬란한 실패의 모습으로 직면할 수도 있었겠지만, 이 실패만큼은 감추어야 했다. 그 결말은 초라했고, 그녀는 그때보다 나이를 열 살은 더 먹어 이따금 피곤함을 느꼈다. 다시 떠돌이 생활로 돌아가고 싶지 않았다. 지금은 이미 말했듯 자신이 맡은 일을 잘해내기를 바랐고, 이 사람들의 행복이 그녀에게 중요한 것이 되었다.

그녀가 문을 열자 도리스가 서 있었고, 날카로운 시선으로 도리스의 사랑이 순조롭게 흘러가는지 살펴보았는데, 도리스의 얼굴이 식료품점 조수의 키스로 발그레하고 즐거워 보였다.

"착하구나." 해나가 말했다. "방금 시계가 10시를 알렸어. 산책은 잘하고 왔니?"

"그의 어머니를 뵈러 갔었어요, 미스." 도리스가 자랑스럽게 말했다. "약간 엄격해 보이셨지만, 그는 어머니가 곧 제게 익숙해지실 거라고 말해요."

"오, 잘됐구나!" 해나가 축하했고, 행복한 누군가가 잠을 자러 올라가는 것을 보았다.

곧 뒤따라 들어온 윌프리드와 루스의 목소리가 들렸고, 그들의 목소리 역시 행복하게 느껴졌다. 에설은 그들의 뒤를 바짝 쫓아갔는데, 해나의 불안감을 유발하는 흥분한 모습이었다. 무슨 일인가가 일어났고, 에설은 그것에 대해 실현되지 않을 기대감을 키울 텐데, 기쁨은 미래의 갈등을 의미했다. 하지만 윌프리드와 루스가 잠을 자러 가고 에설이 그 이야기를 털어놓기 전까지, 해나는 그 갈등의 핵심이 자기가 되리라는 것은 예상하지 못했다. 필그림 씨가 여성회에 다녀갔다. 그의 채플 산하 여성회는 참석률이 저조하고 관리가 잘 되지 않는다며 미스 코더는 어떻게 관리하는지 보러 왔다는 것이었다. 그는 모든 면에서 즐거워하는 것 같았고, 회원들에게 짧은 연설을 했으며, 에설이 다시 자문을 해줄 수 있길 바란다고 했다.

"그래서 도울 수 있다면 그를 도와야 할 것 같아요. 안 그래요, 미스 몰?"

"실무 경험, 그게 그가 원하는 거야." 해나가 사무적으로 말했다. "그를 여성회에 오게 해서 네가 어떻게 하는지 보게 해."

"알겠어요." 에설이 약간 의심하며 말했다. "하지만 알다시피 패치 위더스가 대체로 거기 있으면서 간섭을 많이 하잖아요. 오늘 밤은 패치가 없었는데, 만약 있었다면 필그림 씨는 패치가 여성회를 지도하는 줄 알았을 거예요. 그리고 패치는 남자들에게는 아주 바보같이 굴거든요. 저는 그에게 언제 차를 마시러 오라고 하면 어떨까 생각했어요."

해나는 침묵했고, 그게 에설을 불안하게 했다.

"내가 그래서는 안 된다고 생각해요, 미스 몰?"

"음." 해나가 말했다. "가족끼리의 차 시간이 어떤 건지 너도 알잖아."

"알아요." 에설이 다시 동의했다.

"그리고 네 아버지와 그가 서로 이야기할 게 아주 많을 테니 네가 그를 아주 많이 도와주기는 어려울 것 같고. 그게 네겐 최선의 상황도 아니고."

"무슨 뜻인지…… 최선의 상황이 아니라니요?"

"가족이 다 함께 있는 자리에선 네 말에 동등한 권위가 실리지 않을 거야"

"오." 에설이 말했고, 표정과 목소리에서 실망감이 엿보였다.

"하지만……." 해나가 양심에 걸려 그 감정을 없애려고 말했다. "내 충고를 따라야 할 필요는 없어. 네가 생각하기에 가장 좋은 쪽으로 결정하는 거지."

"하지만 그게 어느 쪽인지 모르겠어요!" 에설이 소리쳤다. "미스 몰이 나를 도와줄 수 있을 거라고 생각했어요. 알다시피, 미스 몰, 엄마가 없다는 건 이따금 몹시 힘들거든요."

에설의 눈에 눈물이 차올랐고, 해나는 미스 몰을 믿으니 할 수 있는 것을 하라고 하는 코더 부인을 상상했다. "그럼 내가 생각하는 걸 정확히 말해줄게." 그녀가 조용히 말했다. "그가 네게 그 문제를 다시 거론할 때까지 아무것도 하지 마."

"하지만 아마 그는 내게 그 말을 다시는 하지 않을 거예요!"

"알아." 해나가 이제 들을 수 없을 말을 기다리는 모든 여자를 생각하며 말했다. "하지만 그가 그것에 진심이 아니라면 네가 상기시켜줄 필요는 없지."

"그런가요? 하지만 그게 여자들이 도움을 주는 방식 중 하나잖아요."

"네가 지금 그를 아는 정도의 단계에서는 아니야."

"저는 그를 오랫동안 알았던 것처럼 느껴져요. 미스 몰도 다른 사람들에게 그렇게 느낄 때가 있잖아요. 안 그래요? 그는 오늘 밤 너무 친절했어요. 그리고 나는 우리 크리스마스 파티는 어떻게 해야 할지에 대해 생각하고 있어요. 하워드를 위해, 알겠지만."

"그 문제는 네 아버지하고 상의해봐야 할 것 같은데." 해나가 말했다.

해나는 아주 천천히 침실로 올라갔고, 발걸음이 무겁게 느껴졌다. 필그림 씨에게서 달아나려 해봤자 소용이 없었다. 피하고 뒤돌아 달아나더라도 그는 결국 그녀를 잡을 것이고, 그러는 동시에 에설도 잡는다면, 하나에 대한 상실은 하나에 대한 이득으로 균형을 이루게 될 테니 결국 그것이 생각할 수 있는 유일한 방법이었다. 세상은 행복한 에설에게서 뭔가를 얻을 테고(필그림 씨 같은 남자가 그녀를 행복하게 해줄 수 있다면) 해나 몰은 그와는 상관없이 그것에서 뭔가를 얻을 것이다.

그녀가 생각에 잠긴 채 루스의 반쯤 열린 방 문 앞을 지나가는데, 루스의 목소리가 그 생각을 멈춰 세웠다.

"미스 몰? 맞죠?" 루스가 신중하게 외쳤다. "아버지일지도 모른다고 생각했어요." 루스가 설명했다. "그래서 그렇게 말한 거예요. 평소와 소리가 좀 달랐거든요, 몰리. 평소에 몰리는 다른 사람들보다 훨씬 빠르게 계단을 올라오거든요."

"전에도 그런 말을 들은 적이 있어." 해나가 말했다.

"피곤하진 않죠?"

"좀 피곤하네."

"오, 어쩌지! 미스 몰은 오늘 저녁에 좀 따분한 시간을 보냈을 것 같아요. 저는 콘서트가 재미있었고, 윌프리드는 집으로 돌아오는 길에 우쭐거리지도 않고 바보 같은 행동도 전혀 하지 않고, 제게 아주 잘해줬어요. 윌프리드는 미스 몰하고 둘만 있을 때 같았어요. 에설은 기분이 아주 좋은 것 같고, 하워드는 며칠이면 여기로 올 텐데, 미스 몰이 피곤한 건 싫어요. 우리 때문에 일이 너무 많아지지 않으면 좋겠어요."

"나도 그러면 좋겠구나." 해나가 씁쓸하게 웃으며 말했다. "아침이면 괜찮아질 거야." 그녀가 유쾌하게 덧붙였고, 아이가 처음으로 보여준 사려 깊은 모습에 키스를 해주기는 두려웠지만, 그것에 보답하느라 추운 침실에서 루스의 드레스를 만들며 한참 동안 깨어 있었다.

21

하워드 코더는 안타깝게도 블렌킨숍 씨가 보낸 편지와 같은 시점에 도착했고, 그래서 즐겁고 작은 가족 모임이 되었어야 할 자리는 더 젊은 세대의 유흥 문화에 대한 로버트 코더의 견해를 설파하는 자리가 되었다. 블렌킨숍 씨가 그 담화의 텍스트였지만, 모두가 가족 안에서 일어난 일들을 듣게 될 거라고 느끼면서 윌프리드는 생기 있게, 하워드는 인내심 있게 질책을 예상하며 앉아 있었다. 하지만 코더 씨는 두 사람 모두가 그 상황을 모면하게 해주었고, 갑자기 이야기를 멈추더니 하워드가 집에 돌아온 첫날 저녁을 망치고 싶지는 않다고 미소 지으며 말했다.

윌프리드가 미스 몰 쪽을 쳐다보며 눈썹을 씰룩거렸고, 하워드는 자기 접시를 가만히 바라보았다. 하워드는 다른 코더 식구들에게는 부족한 인내심과 그럴 기회만 있다면 만족할 수 있는 능력을 지닌 사람이었다.

"하워드가 우리에게 옥스퍼드에 관한 소식을 전부 말해주면 좋겠구나." 그의 아버지가 대변인의 위치에서 너그럽게 물러나며 말했다.

"오, 평소와 똑같아요. 안개가 자욱하고요." 하워드가 말했고, 갑자기 식탁 머리에서 약간의 움직임이 일며 윌프리드와 에설이 동시에 말하기 시작했다.

윌프리드가 정중하게 손을 휘둘렀다. "네가 말해. 먼저."

"오…… 아무것도 아니에요. 저는 아버지가 블렌킨솝 씨에게서 온 편지를 받은 게 재미있다고 말하려던 참이었어요."

"재미있다고!" 로버트 코더가 외쳤다.

"그러니까…… 이상하다고요. 저는 패치 위더스에게서 편지를 한 통 받았어요. 패치는 더 이상 여성회에서 저를 돕고 싶지 않대요."

"정말이니? 음, 미스 위더스는 분명 자기 결정에 아주 타당한 이유가 있는 것 같은데, 나는 그녀와 블렌킨솝 씨 사이에서 어떤 유사성도 찾지 못하겠구나."

"오, 유사성은 없죠!" 에설이 진지하게 동의했다. "하지만 도와주겠다고 약속했다가 지금은 수요일 저녁은 안 된다고 하네요! 오! 아마 패치는 주중 야간 예배에 가고 싶은가봐요."

"그거 아주 이상한데." 아버지가 신랄하게 말했다. "사실 지난번 예배에 패치가 왔었어. 내가 여성회 날짜를 수요일로 정한 건 실수였다고 말해줬지."

"하지만 그때는 여자들이 그걸 원했어요. 그리고 여성회는 여자들을 위한 거고요."

"그럼 너는 도움을 주는 사람들이 빠져나갈 수 있다는 것에 마음의 준비가 되어 있어야 한다."

"나는 언니가 기뻐할 거라고 생각했는데." 루스가 말했다. "나는 패치 위더스가 싫어."

"루시, 루시!"

"나는 싫어." 루스가 고집스럽게 말했다. "그녀는 보리엿 같아. 노랗고 꿈틀거리고 목소리도 꼭 그거 같고. 너무 달고 꼬불꼬불해. 그리고 나한테 말할 땐 꼭 내가 여섯 살인 것처럼 대한단 말이야."

"네가 여섯 살이면 너를 재워야 하니 올려 보내야겠지." 아버지가 말했다. "내 식탁에서 그런 말은 곤란해."

"하지만 블렌킨숍 씨에 대해선 아버지가 그런 말을 했잖아요." 루스가 퉁명스럽게 말했다.

"그건 아주 다른 문제야." 그가 말하고는 방에서 나갔다. 이것은 그가 말로 표현하는 것을 참음으로써 동의하지 않는다는 것을 강조하는 평소의 방식이었고, 그는 그렇게 하면 식구들의 기가 죽을 거라고 믿었다. 에설은 정말로 겁을 먹은 것 같았고, 루스는 자신의 다음 말에 윌프리드가 크게 웃음을 터뜨릴 때까지 침통한 표정을 하고 있었다.

"목사가 되는 건 사람들에게 좋지 않은 것 같아." 루스가 말했고, 에설이 소리쳤다. "오, 조용히, 윌프리드, 조용히! 아버지가 오빠 웃음소리를 듣겠어. 그리고 루스, 그런 말을 하는 건 정말 잘못이야. 목사는 고귀한 직업이야. 안 그래요, 미스 몰?"

"모든 직업은 고귀하다고 할 수 있지." 해나가 진지하게 대답했다. 에설이 의사라는 소명에 대해 같은 말로 찬양한 뒤로 시간이 조금 지났을 뿐이고, 미스 몰이 로버트 코더를 당황하게 했을 때 루스가 아버지에 대한 충성의 표시로 얼굴을 붉힌 뒤로도 시간이 조금 더 지났을 뿐이다. 이 달라진 모습에서 그녀는 에설의 감정이 얼마나 깊은지, 루스의 신뢰가 얼마나 큰지 헤아려보았다. 불편해 보이는 사람은 하워드였고, 그에게 미스 몰은 낯선 사람이었다. 그리고 에설은 이쪽저쪽 쳐다보며 자기 말을 지지해줄 사람을 찾다 필그림 씨를 떠올렸고, 스스로 자신이 옳다고 확신하며 모두가 그녀의 말에 동의해주기를 바랐는데, 그러다 오빠의 표정을 보고는 그것을 잘못 해석했다.

"오빠도 형제가 목사면 마음이 바뀔 거야." 에설이 말했다. "오, 그만해." 하워드가 말했다. "다른 방에 가서 뭔가 다른 걸 하자."

"같이 갈래요, 모나리자?" 윌프리드가 물었다.

해나가 고개를 가로젓고 쉭쉭거리는 가스등 아래 불가에 남았다. 로버트 코더가 젊은 사람들이 응접실에 있는 소리를 들으면 곧바로 식사실 안을 들여다보고 미스 몰이 의무를 다하고 있는지 확인할 것이다. 지금 그의 기분으로는 그녀가 거기 있는 것을 보면 기뻐하기보다는 실망할 텐데, 미스 몰은 그를 기꺼이 실망시킬 생각이었다. 하지만 그와 그녀가 친구처럼 지낼 수 없다는 것은 유감이라고, 그녀는 생각했다. 그는 그녀가, 더 성숙한 사회를 갈망할 수도 있고 지금보다 더 많은 휴식을 바랄지도 모른다는 생각을 해보기나 했을까? 아침 7시부터 밤 10시 반까지 그녀는 먼지를 떨고 정성스럽게 요리하고 잠자리를 정돈하고 알뜰히 장을 보고 양말과 스타킹과 그의 속옷에 난 구멍을 꿰매고 느리고 멍청한 도리스를 감독하는 등 여러 가지 일로 바빴고, 자기만의 속도와 수완으로 짧은 휴식 시간을 챙겼다. 그가 다른 유형의 남자였다면, 10시에 그녀가 차를 가지고 들어왔을 때 불가에서 기분 좋게 대화를 나눌 수도 있었을 것이다. 그리고 아마 그 역시 그런 생각을 하며, 그녀가 다른 유형의 여자였기를, 미스 패치 위더스와 좀 더 비슷한 여자였기를 바랐을 것이다. 그리고 해나 생각에는, 릴라가 더 영리하게 머리를 굴렸다면 경비견으로 코더 씨가 감탄하는 종을 선택했을 것 같았다. 미스 몰의 모난 태도와 거친 말투는 그저 패치의 부드러움과 다정함을 돋보이게 하는 역할을 했을 뿐이었지만, 릴라의 마음이 절약하는 쪽으로 돌아서서 두 가지 좋은 행위를 하나로 묶는 기회를 붙잡은 것이었다. 릴라는 코더 씨에게는 가정부를 제공하고, 자신은 땡전 한 푼 없는 육촌을 떠안아야 하는 불편함을 덜었다. 릴라가 그 가정에 패치를 집어넣고 패치가 거기서 무엇을 할 수 있는지 스스로 깨닫게 했다면 더 좋았을 것이다. 그랬다면 패치는 영웅이란 멀리 있을 때 숭배하기 더 쉽다는 것을 알게 되었을 테고, 로버트 코더는 아첨은 음식의 맛을 좋게 하지 않는다는 것을 배웠을 테다. 이 결합된 두 가지 무지함은 그 결과가 그렇게 불쾌하지는 않아도 필그림 씨만큼 위험할지 모른다는 것을 해나는 깨달았고, 루스에게는 그것이 재앙이 되었을지도 몰랐다. 패치는 주중 야간 예배에 갔고, 코더 씨는 무슨 말인가를 듣고 마음이 흔들렸다. 그렇다면 그건 어떤 말이었을까? 해나는 가위로 입술을 톡톡 치며 자문했다.

코더 씨가 문 옆으로 고개를 기울여 들여다보았을 때, 해나는 스스로 가능한 만큼 매력적인 미소를 지어 보였다. 그가 사라지자 에설이 들어와 벽난로 선반에 놓인 장식 소품을 만지작거렸다.

"게임은 끝났어?" 해나가 물었다.

"아니요. 하지만 들어오라고 할 때까진 나와 있어야 해요. 미스 몰, 패치에 대한 이야기 좀 웃긴 것 같지 않아요?"

"그래? 너는 정말로 패치를 떼어낸 게 기쁜 모양이구나. 안 그러니?"

"네, 하지만 그래도 웃긴 것 같아요."

여기까지가 에설이 자기 마음에 있는 걸 그와 가장 가깝게 말한 것이었고, 해나는 원하는 만큼 조금 더 캐내지는 않을 생각이었다. "패치는 네게 아주 좋은 친구 아니니?" 해나는 대신 그렇게 물었다.

"음, 가끔은 그런 것 같고, 가끔은 아닌 것 같아요. 패치는 그런 사람이에요."

"알겠다. 패치에게 뭔가 말해놓고, 말하지 않을 걸 그랬다고 후회하는구나. 패치에게 내 이야기도 했니?"

"오, 미스 몰, 네!" 에설이 소리쳤는데, 에설은 진실한 사람이고 에설이 속인다면 그건 오로지 자신만을 위하는 게 될 것이기 때문이었다. "하지만 매트리스 이야기만 했어요."

"음, 그거 말고 할 말이 또 있었을까?" 해나가 진지하게 물었다. "넌 네가 할 수 있는 건 다 했어. 그래 보이는구나. 괜찮아. 신경 쓰지 마! 울지 마. 넌 너무 쉽게 우는데, 좋아 보이지 않아. 저 방에 들어가면 사람들이 네가 울었다는 걸 알아볼 걸. 뚝!" 해나가 외쳤다.

"하지만 미스 몰은 제가 고자질쟁이라고 생각할 거예요. 최근에 저한테 너무 잘해줬는데."

"네가 그래도 된다고 하면, 나는 늘 네게 잘해줄 거야." 해나가 말했다.

"고자질을 하고 싶었던 게 아니라요, 누군가에게 이야기를 하고 싶었어요."

"그럼 앞으로는 내게 하렴."

"패치가 아버지한테 일렀을까요?" 에설이 목이 졸린 듯한 목소리로 조그맣게 물었다.

"글쎄다."

"왜냐하면, 만약 그랬다면…… 오, 저기! 그들이 나를 불러요. 다음번에 나오게 되면, 다시 올게요."

윌프리드가 에설과 자리를 바꾸었다. "문제가 좀 생겼어요." 그가 말했다.

"남자는 천성적으로 문제를 일으키죠……. 부지깽이로 불 좀 손봐줄래요."

"내가 당신에 대해 좋아하는 점은, 모나리자……."

"네, 그래요. 그거 정말 궁금하네요. 하지만 문제란 게 뭐죠?"

"내가 당신에 대해 좋아하는 점은, 당신의 암시적이고 교묘한 마음이에요. 자, 봐요! 불꽃이 위로 올라가죠. 물론 다른 점도 좋아하는 게 많고요."

"문제란 게 뭐죠?" 해나가 극기심을 발휘하며 다시 물었다.

"반란이 문제죠. 목회를 하지 않겠다고 하니 스펜서 스미스 부인이 선심을 써서 베푼 금화가 버려지게 생겼어요. 어떻게 생각해요? 그녀가 그를 대학에 보내준 건 일류 부목사로 만들기 위해서였는데, 그는 부목사가 되지 않겠대요. 그가 방금 그 사실을 처음 털어놓아서 지금은 게임을 계속하는 대신 그걸로 논쟁이 벌어졌어요. 그래서 우리는 행복한 크리스마스를 보내게 될 테니, 저는 가능한 한 빨리 불쌍하고 소중한 어머니에게로 돌아가서 어머니가 저를 받아주는 동안 같이 지낼 생각이에요. 하워드는 지옥 같은 시간을 보내겠지만, 평생 그러고 사는 것보단 낫겠죠."

해나가 한숨을 쉬었다. "왜 사람들은 서로에게 지옥을 만들어주려고 할까요?"

"그렇게 하면 자신들이 신이 된 것처럼 느낄 테니까요. 그리고 그러는 건 아주 쉽고요. 이제 삼촌은……."

"조심해요." 해나가 말했다. "그가 현관에서 우편물을 챙기고 있어요."

"그렇군요. 삼촌은 우편물을 살펴보는 걸 좋아하죠. 맙소사, 또! 그는 모든 걸 알아야 해요. 하지만 모나리자, 그에 대해 공정하게 말하자면, 그는 채플에서는 자비로운 신적인 존재예요. 하지만 생각해보면 그것 역시 쉬워요. 그의 신자들은 순종에 대한 보상을 얻고, 신자들의 자녀들도 그가 선하다고 여기는 모습을 보이면 보상을 얻어요. 선하다는 건 하느님 아버지를 믿고 존경하는 거죠. 루스가 아주 옳아요. 목사가 되는 건 좋지 않고, 때때로 그 불쌍한 악마가 안쓰러울 때가 있어요. 만약 당신이 자기 자신을 우주의 중심으로 본다면……."

"당신이 그러고 있는 것 같은데요."

"그래요. 하지만 나는 내가 그러고 있는 걸 알죠. 그 사실이 모든 차이를 만들고요. 이제 삼촌이……."

"내가 이 모든 이야기를 들으면 안 될 것 같군요." 해나가 말했지만, 그녀는 그 청년이 거기, 벽난로 앞 러그에, 의자에 등을 기대고 두 팔로 무릎을 감싸 안은 채 앉아 있는 것이 좋았다. 그녀는 이런 식으로 자기 아들은 자신과, 자신은 자기 아들과 마주하는 척할 수 있었고, 그럼에도 모자간에 요구되는 것이 없다는 것, 그게 바로 윌프리드와 자신과의 관계에 존재하는 매력의 구성 요소라는 것을 알았다.

"오, 그런 소리 하지 마요." 그가 말했다. "당신과 내가 이 집에서 유일하게 이성적인 사람들이에요. 하워드는 괜찮긴 하지만, 미련하고 우울하고 불쌍한 청년이죠. 에설은 그의 마음을 바꾸려고 애쓰지만, 루스는 엉클 짐이 도착할 때까지 그 폭탄을 끌어안고 있으라고 그를 설득하고 있어요."

"루스는 엉클 짐이 전지전능하다고 생각하는 것 같아요." 해나가 의심하듯 코를 킁킁거리며 말했다.

"음, 엉클 짐은 그 충격에 일조할 거예요. 하워드가 에설에게 그 말을 한 건 어리석었어요. 에설은 분명 불쑥 말해버릴 걸요. 에설은 직접 부딪히거나 다른 모두가 그것을 찾기 시작할 정도로 높이 뛰어오르기 전에는 어려움을 보지 못해요."

그는 로버트 코더가 손에 편지 한 통을 들고 들어오자 말을 멈추었다. "당신에게 온 거로군요, 미스 몰." 그가 천천히 편지를 건네며 말했다. 그러고는 호기심 어린 눈빛으로 그녀를 쳐다보았고, 이어 참기 힘들다는 듯 윌프리드를 쳐다보았다. "다른 사람들과 게임을 하고 있다고 생각했는데."

"그러는 중이에요, 삼촌. 들어오라고 할 때까지 기다리는 거예요. 게임 하는 시간보다 기다리는 시간이 더 많은 그런 게임이에요."

해나는 편지를 살펴보지 않고 무릎 위에, 주소가 보이지 않게 뒤집어서 내려놓았다. "그리고 그들이 뭔가 다른 문제를 이야기하기 시작했다는군요." 그녀가 말했다.

"오, 맞아요." 윌프리드가 미소로 화답했다. "그들은 그러고 있죠."

"음." 로버트 코더가 말했다. "네가 미스 몰을 방해하지 않으면 좋겠다."

"아니에요, 우리도 뭔가 다른 이야기를 하고 있었어요." 그녀가 유쾌하게 말했다. "그리고 저는 그러면서도 바느질을 할 수 있고요. 여자는 늘 한 번에 두 가지를 동시에 할 수 있답니다. 그러지 못하면 따분한 시간을 보내게 될걸요."

"가끔은 여자가 부러워요." 로버트 코더가 말했다. "여자들은, 유용하지만 손으로 하기에 까다롭지 않은 일을 하고, 어떤 노동도 단조로울 필요가 없죠."

이 말에 윌프리드도 미스 몰도 차마 대꾸하지 못했고, 로버트 코더는 해나의 무릎에 놓인 편지에 다시 한번 시선을 던진 뒤 물러났다.

"삼촌은 그 편지가 누구한테서 온 건지, 또 우리가 무슨 이야기를 하고 있었는지 알고 싶은가보네요. 그리고 누구든 말할 상대가 필요하기도 했고요. 당신이 삼촌을 더 잘 받아줬어야 했나봐요, 모나리자."

"내가요?"

"네." 그가 현자처럼 고개를 끄덕였다. "공동체의 선을 위해."

"그럼 왜 직접 하지 않아요?"

"그는 나를 보는 걸 싫어해요." 윌프리드가 말했다. "삼촌은 아버지와 너무 많이 비슷해요. 그런데 당신은 그 편지를 읽고 싶을 것 같은데."

"그러고 싶은지 잘 모르겠네요. 누구한테서 온 건지 몰라서요."

편지를 읽은 다음, 그녀는 다음 주 일찍 같이 차를 마시자고 초대한 블렌킨숍 씨의 서기 같은 필체를 로버트 코더가 틀림없이 알아보았으리란 걸 깨달았다. '쓸 만한 적당한 모자가 없는데.' 처음에 해나에게는 이런 생각이 떠올랐지만, 다음으로는 블렌킨숍 씨는 누가 도와주지 않으면 그의 연애 문제를 잘 진행해나가지 못한다는 데 짜증이 났다. 하지만 그녀를 만나겠다는 그의 바람에는 뭔가 그녀를 우쭐하게 하는 면과 감동적인 면이 있었다. 아주 자족적으로 보이는 그를 생각하자 그녀는 로버트 코더 또한 다른 사람들만큼 아기는 아닌지 궁금해졌다. 블렌킨숍 씨가 자신이 원하는 것을 요구하는 근엄한 아기라면, 로버트 코더는 자신의 요구를 미리 알아주기를 기대하는 응석받이 아기였다.

22

로버트 코더는 하루 중 많은 시간을 일 때문에 집을 비워야

했고, 때때로 그 일이 그를 집으로 데려오기도 했다. 한편 평
범한 비즈니스맨은 사무실에서 일하고 하루의 일을 명확히
끝낸 뒤 자신을 기다리는 식사가 있는 집으로 돌아갈 때까지
집안일에 대해서는 아무것도 모른다. 그래서 로버트 코더는
부득이 집 안에서 하는 일들에 대해 알고 있었다. 그는 아침
에 정원길을 내려가다 뭔지 바로 알아볼 수 있는 어깨나 다
리 고기를 들고 가는 정육점 청년과 마주칠 테고, 그날 저녁
식탁에 그 고기가 조리된 상태로 올라오지 않으면 그것이 어
디 있는지, 미스 몰은 왜 필요해지기 하루 전에 그것을 주문
하지 않았는지 묻거나, 아니면 다시 돌아와 현관에서 보이는
응접실 가구의 절반을 쳐다보며 미스 몰이 먼지떨이나 깃털
빗자루로 뭔가 하고 있지 않은지 흘끔거릴 것이다. 그의 서
재는 결코 이런 식으로 방해받지 않았다. 벽난로 불은 아침을
먹기 전에 피워져 있어야 하고, 방은 먼지를 떨어놓고 청소가
되어 있어야 했다. 집에 있을 때 그는 이 방에 앉아 있었는데,
그 성역에서조차 소리와 움직임을 의식하지 않기가 불가능
했다. 그는 앞문과 뒷문에서 초인종이 울리면 그 소리를 들었
고, 도리스가 부엌에서 세 계단을 뛰어 올라올 때 쿵쾅거리는
발걸음 소리를 들었다. 그는 도리스가 방문객을 서재로 안내
하지 않으면, 십중팔구 미스 몰을 부르며 자기 스스로 처리할
수 없는 문제에 대해 도움을 청하는 소리를 래드스토 특유의
억양*으로 들을 것이다. 그는 에설의 깡충거리는 걸음과 미
스 몰의 빠르고 고른 걸음을 구분할 수 있었고, 이따금 앞문

이 닫히는 소리가 들리면 밖으로 나간 사람이 가정부인지 딸인지 확인하려고 창문으로 걸어갈 것이다. 딸이면 약간 불편한 감정을 느끼겠지만, 미스 몰이면 치미는 짜증을 느낄 것이다. 에설이 어딘가 이상해 보였지만, 딱 잘라 규정할 수는 없었다. 하지만 그는 에설이 표면적으론 밝아 보여도 미스 패치위더스처럼 분명하게 여성적이지도 않고, 그 애 엄마와는 다르게 자신에 대해 스스로 전혀 의식하지 못하며, 또한 예쁘지 않다는 것도 알고 있었다. 그건 어쩌면 좋은 일일 수 있었다. 젊은 남자들이 매력을 느끼는 딸이 있었다면 극도로 불쾌하고 몹시 불안했을 텐데, 에설은 자신의 마음을 일에 바치면서 만족하는 것 같았다. 채플에서 사람들은 에설에 대해 칭찬이 자자했고, 그에게 딸이 아버지를 자랑스러워하는 만큼 아버지도 그런 딸을 둔 것을 자랑스러워해야 한다고 말했다. 딸에 대한 이런 평가는 좀 과장된 듯했지만, 그 애가 착하고 그 애의 격정이 발작을 일으키는 빈도가 잦지 않은 것은 분명했다. 에설의 과민한 모습은 참기 어려워 속으로 화가 났지만, 한편 에설의 방어적이고 소박한 면에는 그가 얻을 수 있는 이점이 있었다.

미스 몰을 지켜보는 그의 마음에는 분명 반감이 존재했다. 총명한 머리, 빠른 발걸음은 가정부에게는 어울리지 않았고, 예쁜 외모에 대한 허식이 없는 여자가 그런 특징을 가졌다는

● 'r'을 발음할 때 진동시키는 억양.

것은 오만하게 느껴졌다. 그녀가 소박하고 마른 여자라면 또한 온순해야 했겠지만, 그는 내면에 뭔가 은밀한 만족의 원천이 있는 듯이 보이지 않고도 가정적으로 지적인 것이 가능한가보다고 추정했다. 그런 모습이 최근에 그녀에게서 점점 많이 나타나고 있었는데, 그는 그것을 블렌킨솝 씨의 방문, 그리고 그의 편지와 연관 지을 수밖에 없었다. 그는 그녀를 어느 남자에게도 욕망의 대상이 되지 않는 불행한 여자로 보았고, 따라서 그녀를 얕보았는데, 자신은 놓친 뭔가를 새뮤얼 블렌킨솝이 그녀 안에서 발견했다는 의심이 들자 곧바로 마음이 불편해지면서 그것을 찾기 시작했다. 그는 또한 윌프리드가 바닥에 앉아 의무적으로가 아니라 그 짙은 눈동자에 즐거운 눈빛을 반짝거리며 그녀와 이야기를 하고 있는 모습을 떠올렸고, 루스도 점점 그녀를 좋아하고 있는 것이 분명했다.

로버트 코더는 자기가 아닌 다른 이에게 뭔가를 주는 사람과 그것을 받는 사람에게 늘 질투를 느낀다는 사실을 스스로 깨닫지 못하고 있었다. 그가 알게 된 사실은 미스 몰이 어떤 사람들에게는 그녀를 좋아하게 만드는 신비한 힘을 발휘한다는 점과 그녀가 그를 좋아하지는 않는다는 점이었고, 그가 먼저 누군가를 좋아하는 것은 불가능했기에 짜증이 나면서도 흥미와 호기심이 지속되었다. 스펜서 스미스 부인이 가정부를 현명하게 선택해 그의 집은 관리가 잘되고 있었다. 음식은 맛있었고, 루스는 더 건강해진 것 같았다. 하지만 스펜서 스미스 부인은 미스 몰과 한집에서 산 경험이 없을 테고,

몹시 부정적이리란 가능성은 보여줄 대로 다 보여준 뒤 긍정적인 징후를 펼쳐놓는 이 성격 또한 경험하지 못했을 터였다. 미스 몰은 이 집에 오고 나서 단 한 번도 로버트 코더에게 충고를 바란 적이 없었다. 부엌 레인지나 가스, 온수에 문제가 생기면 스스로 해결하거나 그 문제를 다룰 수 있는 누군가를 찾았다. 그녀는 가계 관리를 하는 데도 어려움이 없었다. 늑장을 부리거나 정직하지 않은 상인들 이야기를 그에게 일러바치지도 않았다. 잘 관리되는 가정에서 오는 이런 평화는 그가 바랐던 것이고, 스펜서 스미스 부인이 그의 집에 필요하다고 말했던 것이며, 에설이 그에게 줄 수 없었던 것이지만, 그는 미스 몰이 모든 걸 손쉽게 처리하는 대신 그를 위해 결연한 노력을 기울이고 타고난 장애를 극복하려 애쓴다고 믿을 때 기분이 더 좋을 것 같았다. 그는 미스 몰의 진짜 어려움에 대해서는 아무것도 몰랐다. 누구건 가족 두 명이 자신보다 서로에게 더 관심을 기울일 때 일어나는 에설의 질투심을 방지하기 위해, 그릇된 희망을 키우지 않으면서 에설을 격려하기 위해, 윌프리드의 감정적인 면에 대한 에설의 위협적인 앙갚음을 잠재우기 위해, 집을 유지하기 위해 아무것도 하지 않는 에설에게 안주인으로서의 지위를 주기 위해 미스 몰이 끊임없이 주의를 기울여야 한다는 것을 그는 몰랐다. 미스 몰은 자매 사이에서 어느 순간 일어나는 싸움에 개입해야 했고, 윌프리드와의 사이에서 일어나는 공감의 증거를 들키지 않게 조심해야 했으며, 대화를 안전한 물가로 옮기고, 무엇보다 자신이 정말로 행사하고 있는 통제력을 숨겨야 했다. 그것은 힘겨운 일이었지만, 로버트 코더를 위한 것은 아니었다. 베리스퍼드 로드 채플 목사의 가족이라면 마땅히 행복한 가족이어야 했고, 따라서 그들은 행복한 가족이었다. 그의 고민이나 집에서 받는 대우와 채플에서 받는 대우가 다르다는 것에 대한 그의 인식이 가족의 화합을 손상시켜서는 안 되었지만, 스펜서 스미스 부인이 지나치게 선뜻 그를 도울 준비가 되어 있고 미스 패치 위더스는 오히려 감동적일 만큼 간단하고 사소한 문제를 해결해달라고 그에게 가져오는데, 자신의 자식들은 주는 것도 거의 없고 요구하는 것은 더욱 없다는 사실이 그에게는 이상하게 느껴졌다. 하워드가 이렇게든 저렇게든 개선되리라는 조짐은 없었다. 하워드는 어떤 애정도, 어떤 열정도 드러내지 않았고, 로버트 코더는 젊은 남자에게 상황을 너무 쉽게 만들어준 것이 실수였다는 자기 생각을 확신했다. 아버지인 자신은 지위를 갖기 위해 싸웠고 그것을 지켰다. 하워드는 자신에게 주어진 이점을 받아들였지만, 이용은 하지 않았다. 지금 아내는 죽고 없기에 로버트 코더는 이 불만을 누구에게도 말하지 않았고, 살아 있는 동안에도 아내는 그런 것을 거의 알아차리지 못했으며, 그때는 그 불만에 보탤 미스 몰이란 존재도 없었다. 미스 몰에 대한 문제를 스펜서 스미스 부인과 상의하는 것은 부인의 판단을 흠잡는 행위가 될 터였다. 자기 자식들의 잘못을 개탄하는 것은 자신의 실수를 인정하는 셈이 될 수도 있었다. 미스 위더스가 칭찬하는 의미에서 그의 자식들을 언급할 때 그는 자신에게 아주 중요한 일과 자신이 만든 행복하고 화목한 가정이 결합된 이 삶에 대한 미스 위더스의 질투심을 잃으면서까지 그녀의 동정을 사고 싶지는 않았다. 하지만 아마도 그의 탓은 아닐 불화의 조짐을 미스 위더스가 알고 있으리라는 사실은 그에게 위로가 되었다. 그녀는 미스 몰을 본능적으로 불신하는 것 같았고, 그것은 그의 감정과 일치했다. 그리고 그 불신은 에설이 해주었다는 매트리스 이야기로 더욱 커진 것이 분명했다. 에설이 그에게 이 이야기를 직접 하지 않은 건 잘못이었다. 그것은 작은 문제였지만, 뭔가 암시하는 게 있었고, 그는 집에 들어온 낯선 사람을 주시할 필요가 있었다. 그게 윌프리드의 매트리스가 아니었다면 그도 뭔가 조치를 취했겠지만, 질서를 잡는다는 명분으로라도 아이의 응석을 받아줄 수는 없었다.

집에 있을 때는 이런 생각이 그의 생활에 깔려 있었다. 하지만 집 밖에서는 누가 그의 기억을 건드리지 않는 한 그런 생각은 잊었다. 그는 거리를 활보하고 병자를 찾아가고 위원회 회의에 참석했는데, 행동하는 남자라는 평판이 붙을 만큼 활기와 생기가 넘쳤다. 그의 활동은 대체로 위원회 활동이었지만, 권위(안전하게 희석되어 그의 마음에는 결코 인식되지 않았다)를 향유하는 모습과 활력이 넘치는 모습, 잘생긴 얼굴, 자신이 래드스토의 종교적이고 시민적인 삶에서 중요하다는 확신은 자신에게뿐 아니라 다른 사람들에게도 시사하는 바가 있었다. 슬프거나 아픈 사람들에게는 그가 들어오는 모습이 생기를 불어넣는 효과를 낳았다. 그 사실을 알고 있었으므로, 그는 그들이라면 진심으로 돕고 싶은 만큼 도울 수 있었다. 하지만 한집에 사는 사람들의 둔하고 의도적인 면 때문에 자신의 중요성과 유용성이 줄어드는 집으로 돌아오면, 자신이 방치되고 스스로의 가치가 제대로 평가받지 못한다고 느끼지 않을 수 없었다. 그는 집중력이 강하지 않았고 묵상이나 독서를 하기 위한 평화로운 시간에 대한 욕망도 없었으며, 면담하러 찾아오는 사람이 없으면, 편지를 다 쓰고 설교 준비를 끝낸 뒤에는 할 일이 거의 없었다. 그래서 나머지 시간이나 뭔가 해보려는 마음은 사람들의 목소리와 발걸음 소리, 초인종 소리, 문 여닫는 소리를 듣거나 추정하고 트집을 잡는데 썼다. 현관을 통과할 때 부엌에서 웅성거리는 소리를 듣거나 이따금 웃음이 터지는 소리를 들으면, 그는 부츠가 한 켤레 더 필요하다는 식의 핑계를 대면서 부엌의 영역에 침범했고, 미스 몰이나 도리스, 혹은 두 사람 다 게으름을 피우고 있으리라 예상한 순간에 식탁이나 레인지 앞에서 뭔지 모를 일로 분주한 그들의 모습을 발견하곤 했다.

"크리스마스 푸딩을 만들 반죽을 저을 준비가 끝났어요." 그런 어느 날, 한번은 해나가 이렇게 말했다. "이제 목사님이 저어보겠어요?"

"나보고 저으라고요?"

"모두 저어야 해요. 행운을 위해."

도리스가 키득거리며 옆으로 돌아섰다. 그녀는 목사가 부억에 들어온 것과 미스 몰이 그를 아무렇지 않게 대하는 태도에 당황했다. 그리고 로버트 코더는 그 말의 느낌을 정확히 파악하고 즉시 그것에 반응해서 그 기회를 붙잡아 자신이 본질적으로 가정적인 사람임을 증명하려고 했다. 그는 남자답게 뻑뻑한 반죽에 나무 스푼을 넣고 휘휘 저었다. 이어 잘못 맡았을 리 없는 아주 향긋하지만 금지된 냄새가 그의 콧구멍을 찌르고 올라왔다.

"브랜디는 안 들어갔기를 바랍니다." 그가 진지하게 말했다.

미스 몰이 난감한 표정을 지었다. "어떤 사람들은 맥주를 더 좋아하더라고요." 그녀가 말했다. "하지만 저는 브랜디가 더 좋은 것 같아요. 먼저 여쭤봤어야 하는데."

그가 스푼을 내려놓았다. "하지만, 미스 몰, 이 집에 취하게 만드는 물질은 결코 둬서는 안 된다는 걸 명심해요. 공교롭게도 내가 래드스토 금주회의 회장을 맡고 있군요."

"요리할 때 쓰고 푸딩에 넣는 것도 문제가 되나요?" 그녀가 온화하게 물었다. "죄송해요. 어떻게 하면 될까요? 이 푸딩을 혼자 다 먹지는 못할 것 같아요."

"낭비는 실수를 더욱 악화시킬 뿐이죠." 그가 날카롭게 말했다. "하지만 다음번에는, 미스 몰……."

그는 아주 혼란스러운 표정으로 그곳에서 나갔다. 확실히 이 여자는 보이는 것처럼 단순하지 않은 듯한데, 단순하지 않다면 그녀는 어떤 사람인가? 그리고 이것은 평범한 가정에서는 무시될 수 있는 종류의 일이지만, 이런 집에서는 정말로 중요했다. 도리스가 그 이야기를 퍼뜨릴 것이다. 그것이 더 나아가 음주 문제에 대한 딸들의 태도에까지 영향을 미칠지 몰랐는데, 아마도 브랜디는 도리스와 사귄다는 그 청년을 통해 입수한 것일 테고, 그 청년과 도리스의 관계는, 육신의 세상에서 눈에 완전히 띄지 않은 건 아닌 누군가에 대해 그렇듯 그 여자아이에 대한 로버트 코더 자신의 태도에 영향을 미쳤다. 게다가 집에 누가 찾아오건 크리스마스 푸딩은 대접할 수 없게 되었다.

그는 황급히 부엌으로 돌아갔다.

"그럼 민스미트●는 어떤가요?" 그가 물었다.

"유감스럽게도 그것 역시 오염됐어요." 미스 몰이 대답했다.

아니, 그녀는 단순한 게 아니었다. 그는 매트리스를 떠올렸다. 그는 맛있는 향이 나는 그 반죽을 없애라고 명령하고 식구들이 푸딩 없이 이번 크리스마스를 보내게 하려는 충동을 느꼈지만, 망설였다. 격한 분노는 그를 떠났고, 그는 아무것도 하지 않았다. 그의 집에 필요한 것은 자신과 같은 사람들로 구성된 작은 위원회였고, 그 위원회가 결의안을 짜고 통과시켜 책임을 공유하는 명령을 내리면 될 것이다. 혼자 있을 때 그는 어떤 식으로든 자신이 곤란해지고 자기 지위가 악화될 거라고 느꼈지만, 크리스마스 날에 푸딩이 나오면 조용히 먹기를 거부함으로써 미스 몰이 창피를 느끼기를 바랐다. 그

● 파이 재료로 쓸 수 있게 말린 과일, 양념 등을 섞어놓은 것.

리고 그는 가정에서 일어나는 사건에 대해, 그리고 양심이 걸린 사건에서 다른 사람들에게 확장되어야 하는 관대함에 대해 아량 있고 유머러스한 논평이 필요할 거라고 생각해, 청년들을 위한 강의에서 어설픈 질문에 답하면서 습득한 능변으로 재빨리 그것을 준비했다. 그리고 자신을 이런 변화에 몰아넣은 여자에게 아주 씁쓸한 감정을 느꼈지만, 한편으로 그녀는 의심과 증오의 대상으로서 묘하게 매력적이 되어갔다. 그는 그녀를 쳐다보면서 아름답지 않은 모습을 경멸하는 게 좋았고, 그녀의 말을 들으면서 속으로 조롱하는 것을 즐겼다. 그는 번갈아 나타나는 그녀의 솔직함과 교활함이 어리둥절했는데, 스펜서 스미스 부인에게 별스럽지 않은 시시한 문제를 이야기하는 것만으로는 그녀를 내보낼 수 없을 터였다. 스펜서 스미스 부인은 그가 시시한 이유로 싫다고 하면 그 이유를 별것 아니게 만들어버릴 테고, 어떤 성격은 그냥 그의 평화를 어지럽힐 수 있다는 사실을 이해하지 못할 것이었다. 그는 자신이 미스 몰과 영원히 묶여 있을 것 같았고, 푸딩 사건이 있고 이틀 후 그녀를 신뢰할 수 없다는 생각을 뒷받침할 이유를 더 많이 발견했다.

그는 그녀가 가장 좋아 보이는 옷을 입고 정원길을 내려가는 모습을 보았고, 그녀는 도로를 올라가면서 이웃집을 향해 즐겁게 손을 흔들었다. 짙어지는 황혼 속에서, 그는 옅은 색깔 장갑을 낀 그녀의 손을 선명히 보았고, 그 옅은 색깔 장갑이 눈에 거슬렸다. 그녀는 차를 마실 때 식탁에서 보이지 않왔는데, 그가 행방을 물었을 때 에설은 밖에 나갔다고 말했었다. 그가 모호한 소리를 내자 에설은 눈치 없이 미스 몰에 대한 신의를 드러내며 재빨리 말했다. "미스 몰도 가끔은 외출이 필요해요."

"그건 나도 아주 잘 알고 있다, 에설. 미스 몰이 어디로 갔는지는 아니?"

"먼저 깁슨 부인을 만나러 갈 거라고 했어요." 에설이 말했고, 그는 충분한 만큼 뜸을 들이다 샘슨 씨 이야기를 꺼냈다. 누가 최근에 그를 보았는가? 그는 여전히 혼자 사는가?

에설은 그를 보지 못했다고, 그 끔찍한 늙은이에게는 관심이 없다고 말했지만, 루스는 약간 수줍게 "그는 끔찍하지 않아요. 그냥 얼굴이 그런 거지 그건 그의 잘못이 아니에요. 미스 몰은 그가 오히려 다정한 사람이라던데요. 다른 사람들도 알고 나면 다 그렇듯이요" 하고 말했다.

"그렇다면 미스 몰은 그걸 어떻게 알게 됐다니?"

"오, 미스 몰은 그냥 그런 걸 알아요." 루스가 아버지의 숨은 조롱을 알아차리지 못한 척 태연하게 대답했다.

23

해나는 삶을 자신이 발견하는 대로 받아들였고, 불완전함도 받아들였지만, 그것이 인간 존재에 대한 생각을 그녀만의 방식대로 펼치는 것을 막지는 못했다. 사람들이 달리 다른 것이 없어 작은 일에서 기쁨이나 흥분을 찾고, 주변 사람들도 그녀가 생각하기로 열정은 덜하지만 같은 식으로 행동하는 것을 보면서, 그녀는 인간에게서 더 많은 것은 기대되지 않는지, 아니면 사람들은 음식과 주거지와 찾아오는 행복을 누리는 가운데 그들에게 요구되는 모든 것을 다 해내고 있는 것인지가 궁금했다. 로버트 코더는 스스로를 악을 막는 명백한 소명이 주어진 남자로 보는 것 같았다. 윌프리드는 아마 얼마간 겸손하게 자신이 인간 육체의 고통을 줄일 수 있길 바랐겠지만, 대다수의 사람은 그녀와 같아서 특별한 혜택을 누리지 못하고 소소한 일들로 이루어진 하루하루를 살아가며 슬픔을 피하면 감사하고, 가엾게도 평화가 주어져도 감사할 것이었다. 그리고 태양과 달과 별의 행렬을, 봄의 기적과 가을의 장관을 알고 있는 이 세상에서, 이 땅을 두 다리로 뛰어다니는 피조물의 직업은 충분치 않은 것 같았다. 그들은 매트리스처럼 누가 봐도 중요하지 않은 것들에 짜증을 냈고, 블렌킨솝 씨와 차를 마시는 것과 같은 적당히 즐거운 시간에 흥분했다. 그들은 자기를 알아보지도 못할 낯선 선원에게 잘 보이려고 새로운 헤어스타일을 시도하면서 분명 더 높은 목적에 쓸 수 있었을 시간을 낭비했다. 하지만 더 높은 목적이란 무엇이며, 사상가나 창작자라는 특수한 집단이 아니면 누가 그것을 추구하는가? 이따금 해나 몰의 노력이 스스로도 중요하지 않게 여겨지는 것처럼 이들에게도 자신들의 노력이 그렇게 보이는가? 그녀는 분명한 목표가 있고 자신들에게 절체절명의 것으로 여겨지는 작업이 있는 예술가들이 부러웠지만, 부러움은 그녀가 오랫동안 자신에게 결코 허용하지 않은 감정 중 하나였다. 그리고 그녀 역시 자신의 영역에서 예술가가 되어야 한다는 사실을, 진실로 진작부터 예술가가 되기 위해 나름대로 최선을 다해오고 있다는 사실을, 그리고 노력의 결과가 좋다면 남신이나 여신을 다루지 않았다는 이유로 실내 장식용 네덜란드풍 그림이 조롱받아서는 안 되는 것처럼 그 또한 조롱받아서는 안 된다는 것을 깨달았을 때 그녀의 질투심은 사라졌다.

양심적인 예술가가 되겠다는 이 결심은 그것이 비국교도 목사의 가정부가 된다는 것에 대한 로버트 코더의 개념이 아닌, 그녀 자신의 개념을 요구했기에 고무적이었다. 그의 생각에 맞춰야 한다는 식의 사고를 따르지 않아도 된다고 생각하면 위로가 되었는데, 로버트 코더와의 관계에서 그녀는 이따금 죄의식을 느꼈기 때문이다. 누구든 좋아할 수 있다는 것을 자랑으로 여겼던 그녀임에도 아직 그를 좋아하려는 노력은 하지 않았는데, 윌프리드는 조금이라도 그를 북돋아주는 것은 공동체의 선을 위한 일이 될 거라고 그녀에게 말했었다. 하지만 예술가는 공동체의 선은 고려하지 않았다. 최고의 작품은 그런 식으로 만들어지지 않았다. 그래서 해나는 완전히 자유롭게 로버트 코더를 계속 싫어했고 그렇게 함으로써 특별한 기쁨을 느꼈으며, 그 역시 그녀를 싫어하는 것에서 비슷한 감정을 느끼기 시작했으리라 추정했다. 그녀는 로버트 코더보다 더 영리하게 감정을 숨길 수 있었고, 자신이 모든 면에서 더 영리하다고 믿었다. 그리고 그녀의 기쁨은 자신은 숨기고 그는 드러내는 것과 비례해 더욱 커졌다. 자신에게는 이 기쁨이 허락되어야 한다고, 그녀는 혼잣말을 했다. 더욱이 그녀가 상상한 미래의 선을 위해서는 자연에 거스르는 일보다 더 위험한 것은 없었고, 미래의 선이 고려되어야 한다면, 그의 마음에 독립적인 정신이 일으킬 충격보다 로버트 코더와 그의 가족에게 더 좋은 게 뭐가 있겠는가?

미스 몰은 블렌킨솝 씨와 차를 마신 뒤 다소 즐겁고 우쭐한 기분이 들었다. 그녀는 그 진지한 젊은 남자를 한 번은 크게 웃게 했고, 몇 번은 스스로 인식하지 못한 채 미소 짓게 했다. 음식과 차가 맛있는 찻집의 한적한 구석에서 그녀는 여러해 만에 처음으로 자유롭게 이야기를 했다. 그녀의 상황에서는 말할 때보다 들을 때가 더 많았고, 비록 말의 일부는 언제라도 날카로워질 수 있는 혀를 지나 나오는 도중에 사라졌지만, 그 혀는 성질이 나쁜 게 아니라 넓게 펼쳐진 풀밭만 보면 날뛰는 말처럼 단순히 억눌린 에너지와 운동 부족으로 조바심이 난 것 뿐이었다. 블렌킨솝 씨처럼 들어주는 사람이 있다는 것은 날뛰어도 처벌이 뒤따르지 않는 풀밭이 주어지는 것과 같았다. 자신과 같은 죄인은 아니더라도 잠재적인 죄인인 그와 있을 때는 단어를 고를 필요가 없었지만(고르지 않아도 그녀의 단어는 충분히 해롭지 않았다) 그와 헤어졌을 때는, 자신을 위로하기 위해서는 아니었을지라도 그의 편의를 위해 자기가 말을 너무 많이 한 건 아닌지 걱정되었다. 그는 자기 일에 대해 스스로 먼저 말하지는 않았고, 그녀가 그에게 기회를 주며 은행의 금박 입힌 창살과 그곳에서 해방되는 저녁 시간의 위험한 반작용에 대해 놀리려고 하자 자신은 충동적인 사람이 아니라고 단호하게 말했다. 그녀는 놀란 기색을 내비쳤고, 그때가 그가 미소를 지은 순간 중 하나였다. 하지만 그는 근엄하게, 자신이 맡은 일은 늘 필요한 만큼 배려를 받는다고 말했다.

"그럼 당신은 내 변명을 듣지도 않고, 내 재미도 모르겠네요." 그녀가 말했다. "블렌킨숍 씨, 모퉁이를 돌면 모험이 기다리고 있고, 멋진 세상이 펼쳐질 거예요."

"네, 하지만 사람들은 그러지 않죠." 그가 참담한 기분으로 말했다.

"물론 사람들은 그걸 피할 수 있겠죠. 내가 그런 유의 피하는 사람이었다면 당신을 알지 못했을 텐데, 그 생각을 하면 놀라워요. 나는 결코 당신을 알아서는 안 됐어요. 우리가 볼 때마다 그때 그 사건 이야기가 자꾸 나와서 미안한데, 그 일은 우리 둘 모두의 마음에 있는 것 같아요. 내가 말하려는 건……."

"당신이 뭘 말하는 건지 알아요."

"그렇다면 당신은 내가 말하려고 한 그것과 그 사건이 유감스러운 거네요."

"전적으로 그런 건 아닙니다."

"그럼 당신은 변한 거예요."

"네, 변했습니다."

"아!" 해나가 의미심장하게 말했다. "그런데 나는 그 일이 전혀 유감스럽지 않아요. 여기 밖에서 지금 독신 신사와 시간을 보내고 있으니까요. 그 일이 없었다면 나는 지금도 여전히 위도스 부인의 답답한 응접실에 있을지 몰라요. 하지만 별로 그럴 것 같진 않네요." 그녀가 솔직하게 덧붙였다. 그녀는 그를 떠보려고 독신 신사라고 불러놓고 그가 그것에 어떻게 반응하는지 보고 싶었다. 아마 그녀가 말을 너무 많이 해서 그는 입을 다물고 있기로 한 모양이었다. 그녀는 시골에서 보낸 어린 시절이나 자신의 상황, 즐겨 읽는 책의 종류, 돈이 많으면 무엇을 하고 싶은지 같은 것을 말했다. 그녀는 혼자 열변을 토한 탓에 피곤했지만, 그렇다고 그가 그녀의 분별력을 의심할 이유를 준 것 같지는 않아 한편으로 안도했다. 그럴 이유를 줬다면 속상했을 것이다. 그녀는 블렌킨숍 씨를 좋아했고, 자신이 그에 대해 꾸며낸 이야기가 사실이 될 수 있을지 알고 싶었으며, 자신의 과거나 고용주들과 그들의 친척, 친구로서 그녀가 만난 적 있는 남자들을 돌이켜보면서(그녀의 삶은 남녀 가리지 않고 가까운 관계가 유난히 없는 불모지였다) 블렌킨숍 씨를 자신이 찾아가 비밀을 말하거나 도움을 청할 수 있는 사람일 거라고 결론 내렸다. 그리고 순간적인 공포심과 함께 일어난 생각 속에서 필그림 씨가 떠올랐을 때, 수상쩍은 인물을 계속 주시하는 경찰처럼 블렌킨숍 씨의 체격 좋고 탄탄한 형체가 필그림 씨의 좁은 어깨에, 다소 간들거리는 형체 위에 드리우는 것을 상상하는 데 큰 노력이 필요하지 않았다.

하지만 필그림 씨는 더 가까이 접근하지 않았다. 블렌킨숍 씨는 안전하다는 것 말고는 새로 고려해볼 만한 어떤 느낌도 그녀에게 일으키지 않았고, 그녀는 엉클 짐에 대한 인상을 자유롭게 받아들일 수 있었다. 자신에 대한 로맨틱한 이야기를 만들어낼 때 늘 그러는 것처럼 해나는 혀를 뺨 안쪽에 붙였다. 그녀는 그 이야기를 자신이 선택하는 대로 풍요롭게 지어 낼 수 있었지만, 실제로 나타난 남자가 몸에 너무 딱 맞는 옷을 입고 자신이 만든 해적과는 전혀 다른 모습이었을 때 그다지 실망하지 않았다. 그녀의 생각에는, 해적에게 잘 어울리는 미스 몰과 세금 징수원이라 해도 될 만큼 소박한 이 엉클 짐이 지금 악수를 하고 있는 미스 몰의 차이를 떠올렸을 때에도 마찬가지였다. 그는 짧은 얼굴에 금색 콧수염을 바짝 깎았고 눈가에 잔주름이 잡혀 있었는데, 그것이 그에게 걱정스럽다기보다는 즐거운 표정을 만들어주었다. 광대뼈 색깔은 로버트 코더를 얼굴빛이 발그레한 병자로 보이게 할 만큼 구릿빛이었다. 그는 보자마자 허리케인이나 열대성 태양을 떠올리게 하는 인물은 아니었다. 그는 평범해 보이는 남자였지만, 동작과 말투가 느린 데다 응시하는 눈빛이 비판적이지 않고 차분해서 뭔가 해나가 믿어도 될 만한 사람이 또 있다고 느끼게 하는 측면이 있었다. 그는 로버트 코더를 왜소해 보이게 하는 효과를 일으켰지만, 이번이 해나에게는 목사를 베리스퍼드 로드 채플 밖의 더 넓은 세상에 속한 남자와 비교하는 첫 번째 기회였고, 그녀에게는 설교단에 올라선 엉클 짐이 배의 함교에 올라선 로버트 코더보다 덜 부자연스러워 보일 것 같았다. 엉클 짐의 권위는 자기 일을 잘 파악하고 있어서 그 결과로 자연스럽게 지금의 지위를 얻게 된 남자의 그것이고, 한편으로 로버트 코더의 경우는 먼저 지위가 주어지고 거기에서 비롯한 권위가 끊임없는 감사의 원천이 되고 인정의 욕구 또한 끊임없이 일으키는 그런 것이었다. 해나는 슬프게도 자신은 오히려 로버트 코더와 같은 사람이라고 생각했다. 그녀는 애초에 공정한 출발을 할 수 있는 지위가 아니었지만, 자기라는 사람이 표식을 남길 수 있는 지점까지 가는 것만으로 만족하지 않았고, 누구의 도움을 받지도 않았는데, 도움이란 그녀에게 나약한 성격을 나타내는 우려스러운 것으로 여겨졌다.

그녀는 또 하나의 선한 결심을 하고 침묵을 지키며 상황을 관찰했다. 그녀는 루스가 자신의 행복 속에서 엉클 짐과 해나를 연결시키고 싶은 것처럼, 두 사람이 상대에 대해 어떻게 생각하는지 알아내고 싶은 것처럼 반짝거리는 눈으로 차분한 삼촌의 얼굴을 바라보고, 이어 해나의 얼굴을 쳐다보는 것을 알아차렸다. 에설은 이날을 기념해 목걸이를 하나 더 하고 연푸른색 드레스를 입은 모습으로 저녁 식탁에 앉아 구슬을 자그락거리고 몸을 휙휙 움직였지만, 에설의 눈빛에는 루스의 눈빛에서 보이는 확신은 보이지 않았다. 에설은 아버지가 그 자리에 있다는 사실을 절대 잊을 수 없었고, 아버지와 엉클 짐의 대화가 원만하게 흘러가지 않을까봐 걱정했다. 로버트 코더는 주인으로서 최선을 다했다. 그는 처남에게 경험담을 들려달라고 했지만, 엉클 짐은 하워드가 돌아온 첫날 밤에 그랬던 것처럼 별 반응을 보이지 않았다. 엉클 짐은 날씨에 대해 뭔가 말했고, 로버트 코더는 인내심 있게 눈썹을 치켜올렸다. 로버트 코더는 정말로 다른 사람의 말은 귀 기울여 듣지 않았지만, 이런 기회가 낭비되는 것에는 몹시 짜증이 났다. 목사인 그는 한 번의 항해만으로도 무수히 많은 저녁 식사 자리와 바느질 모임에서 활용할 일화와 설교에 쓸 내용과 삽화를 헤아릴 수 없을 만큼 얻을 수 있었을 텐데, 소년 시절 이후로 바다를 돌아다니고 세상의 모든 항구를 속속들이 아는 이 남자는 날씨에 대한 평범한 언급 말고 더 계몽적인 이야기는 아무것도 못 하는 것이다. 기회는 그것을 활용할 수 있는 사람에게 주어지지 않았다. 하워드와 짐은 똑같이 둔하고 미련하니 그는 아버지로서 하워드가 과연 어떤 목사가 될지 예측하기 두려웠다. 그는 다시 의자 등받이에 몸을 기대고 자신의 의무를 내려놓았다. 할 수 있는 최선은 이미 다했다.

그 순간 엉클 짐이 먼저 말을 꺼냈다.

"가스등에 무슨 문제라도 있나요?" 그가 매달려 있는 전등을 쳐다보며 말했다. "이런 소음이 나면 안 될 텐데. 내일 내가 한번 살펴보죠."

"저걸 두 달 넘게 쳐다보고 있는데, 가스등은 전혀 알아차리지 못하네요." 해나가 슬프게 말했다.

루스가 웃었고, 삼촌을 쳐다보았다. 루스는 미스 몰이 뭔가 말하기를 두려워하는 평범한 가정부가 아니란 걸 보여줄 무슨 이야기라도 하길 고대하고 있었다.

로버트 코더가 얼굴을 찡그렸다. "그렇다면 미스 몰." 그가 날카롭게 말했다. "배관공을 불렀어야지요."

"하지만 제가 부른다고 올까요? 그리고 만약 온다면, 그는 갈까요? 배관공들은……." 그녀가 말했다. "다른 모든 것과 같아요. 몹시 원하지만, 막상 갖게 되면 유감스러운 일이 생기는 그런 것 말이에요."

"내 생각에 당신은……." 로버트 코더가 짜증을 여지없이 드러내며 말했다. "늘 가져서는 안 되는 것을 원하는 모양이군요."

"그런 뜻도 숨어 있었어요." 해나가 해맑게 말했다. 그녀는 자신의 선한 결심을 깼고, 엉클 짐은 그녀의 존재감을 확실히 깨달았다.

"내일 이런저런 방법을 모두 써보기로 하죠." 엉클 짐이 말했고, 이어 적절한 순간에 대화의 방향을 바꾸었다. "2층에 중국산 실크가 있어요. 식사가 끝나면 가지고 내려올게요."

해나는 식사실에 계속 남아 있었고, 로버트 코더는 불가에서 머뭇거렸다.

"당신과 나, 미스 몰." 그가 말했다. "우리는 중국산 실크에는 관심이 없죠."

"그런가요?" 해나가 대답했다. "저는 실크가 아름다울 거라고 기대하고 있어요."

"오, 그야 당연히 그럴 테죠. 하지만 당신과 나의 관심사는 아니라고 할 수 있겠죠."

그는 그녀에게 나이와 지위를 상기시키면서 사람들을 따라 응접실로 가지 말라는 암시를 주려는 것인가? "분명 관심사는 아니죠. 그게 제가 여기 남아 있는 이유고요." 그녀가 안심시키듯 말했다. "얼리 씨가 여기 가스가 쉿쉿 분출하는 것이나 저기 부글거리며 분출하는 걸 멈출 수 있을지 모르겠네요. 저는 이 소리에 익숙해진 것 같지만, 크리스마스가 다가오니 거위나 칠면조가 자기들이 죽게 된다는 생각에 소란을 피우는 소리로 들려요."

"썩 유쾌하지 않은 생각이로군요!" 그가 대번에 얼굴을 찡그리며 말했다.

"네, 그렇죠?" 그리고 그녀가 고개를 들어 그를 보고 웃었다. "내가 당신의 크리스마스 푸딩을 망쳤고, 이제 거위 요리도 망쳤군요."

코더 씨가 갑자기 겸손한 태도를 보이며 농담을 던졌다. "혹은 당신이라면 요리했다고 말할 수도 있겠네요."

해나는 더욱 즐겁게 웃었다. 그녀는 바느질 모임 여자들에게 지지 않을 생각이었다. 루스가 나타나 엉클 짐이 사방에 작은 꽃무늬가 뿌려진 아름다운 실크 천을 췄다면서 미스 몰이 그걸로 스펜서 스미스 부인의 파티에 입고 갈 드레스를 때맞춰 만들어줄 수 있을지 물어보지 않았더라면, 미스 몰이 그의 부드러운 태도를 이용하기 전에 로버트 코더는 호탕하게 위엄을 드러내며 스스로 물러서는 게 필요하다고 깨달았을지도 몰랐다.

"해보자." 해나가 천천히 말했다. 그녀는 깜짝 선물로 생각했던, 하지만 꽃무늬 실크 드레스와 비교하면 아주 초라해 보였을 면벨벳 드레스를 만들어줄 계획을 세워놓고 있었다.

"그렇게 말할 줄 알았어요!" 루스는 흥분해서 아버지를 돌아보며 외쳤다. "미스 몰은 누군가가 원한다는 걸 알면 뭐든 할 수 없다는 말은 절대 안 해요! 그리고 같이 가서 에설이 연분홍색 고르는 걸 좀 말려줘요. 다른 색깔 천도 엄청 많아서 응접실이 가게 같아요."

"잠깐, 미스 몰. 스펜서 스미스 부인의 초대에 답장은 했겠죠?"

"아니요." 해나가 말했다. "답장은 따님이 했어요."

"내 생각엔 당신이 따로 짤막하게 편지를 보내는 게 더 예의 바른 행동일 것 같군요. 당신까지 초대한 건 큰 배려니까요."

"네, 하지만 제가 가야 하는지는 잘 모르겠어요." 해나가 온화하게 말했다.

"당연히, 당연히 가야죠! 당신이 거절할 입장은 아닌 것 같고, 그 파티는 아주 화목하고 따뜻한 행사가 될 거예요. 그냥 스펜서 스미스 부인에게 편지를 써서 감사하다는 말만 전하면 돼요."

"직접 갈까요, 아니면 인편으로 부탁하는 게 나을까요?"해나가 물었다.

"직접 가는 게 더 적절하겠군요, 미스 몰. 편지에 그 내용을 담아서요."

"잘 알겠어요."해나가 말했고, 겸손한 어투로 짧은 편지를 써야겠다고 생각했는데, 루스가 팔을 잡고 응접실로 데려가더니 그녀에게 파티에 입고 갈 드레스가 있는지 물었다.

"검은색 실크에 진회색 장식이 된 게 있어. 가정부가 입을 수 있는 유일한 옷이지."

"짐 삼촌한테 예쁜 천이 아주 많아요!"루스가 한숨을 쉬었다.

"그분한테 내 이야기를 조금이라도 하면 다시는 너하고 말 안 할 거야!"해나가 강하게 소곤거렸지만, 엉클 짐에게는 그런 힌트가 필요 없었다. 그는 자신이 무더기로 가져온 천을 쳐다보며 이걸 어떻게 없앨지 고민하는 중이어서 실크 천 한 필을 그녀의 품에 떠안겼을 때 해나의 겸손한 거절은 아무 소용이 없었다.

루스의 행복은 이제 완벽했다. "스펜서 스미스 부인이 우리 모두 이렇게 화려한 차림새로 나타난 걸 보면 약 오르지 않을까요!"루스가 외쳤다.

24

해나는 집이 없고 자식이 없는 사람들처럼 크리스마스를 싫어했다. 그녀가 이 일을 해오면서 연락이 완전히 끊기지 않은 사람은 몇 명뿐이었고, 이들에게는 편지를 써 보냈지만, 아는 사람 자체가 얼마 없고 그들과도 정말로 친밀한 사이는 아니었다. 연중 이맘때가 되면, 그녀는 그 사실이 더욱 절실하게 느껴져 스스로 자신이 얼마간 실패한 사람이라고 설득할 정도였다. 로버트 코더가 최근에 그 사실을 강조했듯 자신이 의탁해서 사는 집의 외부에서 친구를 사귀는 것은 쉽지 않았고, 종종 온 마음을 다해 그들의 일이 그녀의 일인 양 몰입해 헛된 열정으로 보살핀 사람들 대부분에게 그녀는 그저 미스 몰로 남았을 뿐 그녀의 중요성은 그녀라는 존재의 유용함과 같이 사라졌다. 그녀는 이런 상황에 이미 익숙했지만, 여전히 그것이 놀라웠다. 그녀에게 인간이란 끊임없이 놀라움을 낳는 존재였고, 이들 인간 군상은 그녀가 절반은 창조자고 절반은 구경꾼인 드라마를 만들었다. 그리고 그녀는 사람들이 결코 시들해지지도 않고 결코 끝나지도 않는 이런 즐길 거리 없이 즐거워할 수 있다는 사실이 당황스러웠다. 해나는 기차를 놓치고 기차역 플랫폼에서 기다리는 것이나, 객차에서 눈을 감거나 신문을 읽는 것을 시간 낭비로 여기는 사람은 아니었다. 그녀는 낯선 사람들이나 그들의 개성이 발산되는 것을 보면 흥분했고, 주변 사람들이 자신과 같은 흥분을 일으키지 않는다는 것이 이해하기 어려웠다.

코더 가족에 대해 냉정하게 생각해보면, 그녀가 드라마 소재로 쓸 만한 것을 찾을 전망이 밝지 않다는 것을 알 수 있었다. 능력이 변변찮은 사람의 에고이즘에는 반드시 유머러스한 요소가 있으니, 로버트 목사의 에고이즘이 내용의 대부분을 차지했다. 그리고 에설과 루스와 과묵한 하워드와 셔츠 차림으로 열심히 가스등을 고치는 짐 얼리 대장은 얼마나 많은 흥미 요소를 제공할 것인가? 그녀의 에고이즘이 그녀의 작은 세상을 구성한 이들의 중요성을 확대하고 있는 것인가, 아니면 정말로 그녀는 평범한 인간의 눈이 볼 수 있는 모든 것인 전체 세상의 축소판을 보고 있는 것인가? 한 제국이 흔들린다 해도 목사의 사역에 대한 하워드의 임박한 진실 폭로보다 더 동요를 일으키지 않았을 것이다. 외교상의 음모도 그녀가 코더 가족과 공유하는 이 삶에 필그림 씨가 침범하는 것보다 더 골치 아프지 않고, 더 많은 외교술을 필요로 하지도 않았을 것이다. 그리고 큰 승리의 소식도 거기 가담한 사람들을, 엉클 짐이 식사실 식탁에서 거리를 두고 서서 "당신은 루스에게 좋은 일을 많이 했군요. 당신이 이곳에 있는 걸 알았다면 내가 바다에 좀 더 오래 머물렀을지도 몰라요" 하고 말해 미스 몰을 기쁘게 한 것보다 더 기쁘게 하지는 못했을 테다.

"그런 생각은 하지도 마세요!" 해나가 기쁨을 이 가벼운 대꾸로 감추며 말했다. "당신이 다음 항해에 나갔다면 물에 빠져 죽었을지도 모르고, 그랬다면 루스는 좋아하지 않았을 거예요. 루스가 이렇게 행복해 보이는 건 당신이 이곳에 와 있어서예요."

"아니에요, 루스는 달라졌어요. 그다지 과민해 보이지 않아요. 당신 덕분입니다."

"음, 제가 영원히 이곳에 머물지는 않아요." 해나가 약간은 쏘아붙이듯 말했다. "루스는 스스로 자신을 의지하는 법을 배워야 해요."

"이 아이들을 떠나지는 않겠죠. 그렇죠?"

"모르겠어요."

"당신을 탓할 문제는 아니겠죠." 엉클 짐이 신중하지 않게 중얼거렸다. 그는 코트를 입었고, 해나는 그가 코트를 입지 않고 계속 남아 있었다면 좀 더 많은 말을 했을 것 같았다. 그녀는 자신의 해적을 잃었지만, 코더 부인의 남동생이자 로버트 목사의 처남은 여전히 거기 있었고, 이 세 사람의 감정이 서로서로 어땠는지 아는 것은 거의 괴로운 일이었다.

그녀가 운에 맡기고 한 걸음 나아갔다. "서재에 있는 코더 부인의 사진은 잘 나온 건가요?"

"누가 보느냐에 따라 다르죠. 누이의 남편은 아니라고 할 겁니다. 나도 아니라고 할 거고, 루스도 아니라고 하겠지만, 우리가 의미하는 바는 다 다를 거예요. 누이는 우리 각각에게 다 다른 존재였을 테니까요. 아마."

"그러면 샘슨 씨는 뭐라고 할까요?"

"그 사람이 누구죠? 그 이름은 한 번도 들어보지 못했는데." 그가 얼굴을 찡그렸다. "집사 중 한 명인가요?"

해나는 웃었고, 대답하지 않았다. 그녀는 자신이 알고 싶은 걸 한 가지 더 알게 되었지만, 아직 끝난 것은 아니었다. "조카와 많은 시간을 나눌 기회가 없었을 테니 그렇겠네요."

"음, 우리는 지난밤에 좀 늦게까지 깨어 있었죠." 그가 말했고, 그와 해나는 서로를 계산적인 시선으로 쳐다보았다. 그는 그녀가 신뢰할 만한 사람인지, 그녀는 그에게 신뢰할 의지가 있는지 헤아려보았다.

"나는 그 사람에 대해서 알아선 안 돼요." 그녀가 마침내 말했다. "에설이 내게 얘기해주지 않은 게 놀랍지만, 에설은 아마도 다른 데 정신이 팔려 있는 것 같아요." 그녀는 녹색이 지배적인 눈동자로 그를 곁눈질했지만, 그 말은 엉클 짐에게서 아무 반응도 끌어내지 못했다. 그는 지금까지 하워드의 신임도, 에설의 신임도 받지 못했고, 따라서 해나는 이 부차적인 문제는 그냥 넘겼다. "가족의 불화는 루스에게는 아주 좋지 않아요." 그녀가 말했다.

"그 애를 입양하고 싶어요." 엉클 짐이 불쑥 말했고, 마찬가지로 불쑥, 해나는 그에게 적대감이 솟구치는 것을 느꼈다.

"하지만 그건……." 그녀가 차갑게 말했다. "며칠 안에 정리될 수 있는 문제가 아니고, 그 기간에 우리에겐 갈등이 생길 거예요."

"그걸 어떻게 피할 수 있을지 모르겠군요."

"적절한 사람에게 적절한 말을 하면……." 해나가 생각에 잠기며 말했다. 그녀는 로버트 코더에게 아들이 자기보다 더 높은 학위를 받고 자기에게는 없는 돋보이는 사회적 지위를 얻은 목사가 되는 걸 보고 싶은 야심이 조금이라도 있으리라고는 믿지 않았다. 그는 하워드가 스스로 열등감을 느끼게 할 수 있겠지만, 부성애를 고려한다면 그걸 다른 사람들에게 내비치는 것은 쉽지 않을 텐데, 그 방법 말고 다른 것은 그를 만족시킬 수 없을 터였다. 하워드를 조금 칭찬해주되 그것과 비교될 수 있게 조금 흠을 잡으면 로버트 코더의 감정을 누그러뜨리는 데 큰 도움이 되겠지만, 누가 그렇게 할 것인가? 엉클 짐이 할 가능성은 전혀 없었고, 좀 뜻밖에도 미스 몰은 가능할 것 같았다. 하지만 로버트 코더조차 그녀의 칭찬에 숨은 동기를 의심할 테니 해나는 미래를 위해 현명하게 행동하는 것의 어려움, 그 불가능함에 소리가 들리게 한숨을 내쉬었다.

"적절한 사람은······." 엉클 짐이 말했다. "누군지 몰라도 하워드에게 경제적 지원을 해주고 있는 그 부인 같군요. 그건 하워드에겐 몹시 불편한 일이었죠. 그 애는 2년 동안 후원을 받았고, 그게 그 애 아버지가 가장 걱정하는 부분입니다. 부인의 돈을 부인 얼굴에 던지는 셈이니까요! 그리고 그 부인은 상당히 중요한 사람인 듯하고요."

해나의 입가에 느리게 미소가 떠올랐다. 그녀는 자신에게서 힘이 느껴졌고, 그것이 간질거리는 즐거운 감각을 일으켜 육체에 영향을 미쳤다. 그녀는 그 힘을 쓰고 싶어 조바심이 났고, 코더 가족에 대한 사명은 그 영역이 확장되었다. 그녀는 자기를 지명받은 요원이라 여겼고, 그 순간 엉클 짐과의 볼일은 끝났다.

"파티에서 스펜서 스미스 부인을 만날 수 있을 거예요." 그녀가 말했다.

"내가 그 파티에 꼭 가야 합니까?" 그가 무척 곤란하다는 듯 물었다. "그런 저녁 파티에는 입고 갈 만한 옷이 없어요."

"옷은 중요하지 않아요." 해나가 안심시켰다.

그는 루스의 실크 드레스를 재단할 탁자의 먼지를 떨었고, 분주하게 움직이며 옷감을 펼쳐놓고 핀과 가위를 가져왔다. 엉클 짐은 잠시 이런 준비 과정을 유심히 지켜보다 천천히 나갔다. 이어 해나는 2층 자기 방으로 뛰어 올라갔고, 불필요하고 은밀한 시간을 즐겼다. 그녀는 활짝 열린 창가에 앉아 무릎 위에 수첩을 올려놓았고, 릴라에게 줄 편지에 집중할 생각이었던 에너지는 눈을 통해 빠져나가 그녀의 시선을 래드스토의 다채로운 지붕, 연기 기둥, 첨탑, 공장 굴뚝, 그녀가 자란 시골 전망을 가리는 고지대의 땅을 향해 위로 곡선을 이루는 먼 들판으로 향하게 했다. 그녀는 크리스마스 자체도 싫었지만, 서쪽 고장에서는 크리스마스가 다가온다는 것이 봄이 다가온다는 의미였다. 나중에는 눈과 서리가 내릴지 몰라도 이 계절에는 늘 공기가 눅눅하고 온화했는데, 그것은 그녀에게는 발로 조금만 밟아도 땅이 뒤척이고 세게 밟으면 얼른 녹색이 되고 싶은 뾰족한 것들이 몸을 뻗쳐 올릴 거라고 말해주는 메시지 같았다. 그녀는 꽃 색깔처럼 섬세하고 파리한 빛깔의 잔 모양처럼 생긴 부드러운 프림로즈의 냄새를 맡은 것 같았다. 그녀는 심지어 지금도 프림로즈가 창조자의 거친 손바닥에 올려진 경이롭고 훌륭한 작품처럼 억세고 쭈글쭈글한 잎사귀 사이에서 몸을 곧추세우고 꽃을 피웠을 장소를 알고 있었지만, 그녀는 그 생각과 래드스토의 풍경에서 고개를 돌렸다. 프림로즈는 그녀의 오두막 아주 가까이에서 자랐고, 수많은 것이 다른 생명들을 상기시켜주면서 그녀 앞에 놓인 그 일의 긴급함을 덜어주었다.

긴급한 일이란 로버트 코더가 지시한 대로 스펜서 스미스 부인에게 일인칭으로 직접 짤막한 감사 편지를 쓰는 것이었고, 그것도 릴라가 짜증을 내며 얼굴을 붉히고 어니스트가 보지 못하게 편지를 숨기게 할 만큼의 감사를 담아내야 했다. 그리고 그녀는 릴라가 하워드에 대해 뭔가 문제를 일으키기로 하면 릴라의 사랑하는 육촌이 앙갚음하는 법을 알고 있다는 협박을 보낼 생각이었지만, 그게 생각보다 어려운 일임을 깨닫고 쓰다 만 편지를 찢어버렸다. 릴라는 무슨 문제든 바로잡을 수 있다는 자기 능력을 확신하며 그것이 뭔지 알아야겠다면서 베리스퍼드에 나타날지도 몰랐다. 직접 가서 릴라를 만나 어떤 일이 앞으로 그녀를 화나게 할 것인지 알려주고, 몇 가지 힌트를 주어 릴라가 그중 가장 저항이 덜한 것을 고르게 하고, 해나가 행복해지도록 신경을 아주 많이 쓰는 이 가족에 대한 분노의 공격이라면 어떤 것이든 맞받을 준비가 되어 있다는 사실을 분명히 해두면서 이 충성심에 대한 릴라의 궁금증을 끌어내는 편이 더 나을지 몰랐다. 릴라는 불쌍한 미스 몰과 자신의 관계를 알리기보다 화가 치밀어 올라도 분노를 억누르려고 할 것이었다. 애석하게도 릴라는 처음부터 그들이 먼 친척 관계라고 알리는 것이 더 현명했을 텐데, 이제 속물이라는 비난에 직면해야 할 테고, 그 진실과 기만에 대한 비난으로 괴로워할 테고, 해명하려 해도 누구도 설득하지 못할 것이었다.

해나는 시간적인 여유가 없었지만, 억지로 시간을 내 구릉지대를 가로질러 릴라의 집으로 가서 같이 대화를 나누었고, 다시 집으로, 무겁지만 코더 가족에게 줄 크리스마스 선물을 한 아름 안고 싱글거리면서 돌아왔다.

"네가 이왕 찾아왔으니 이걸 가져가면 우푯값을 아낄 수 있겠다." 릴라가 말했다.

"내가 그걸 어디서 받았다고 설명할까?"

"그건 네가 알아서 해, 해나. 네가 거짓말을 못 찾아내서 당황하는 건 본 적이 없으니까." 릴라가 심각하게 말했다.

해나가 뺨에 쪽 키스했고, 행복한 크리스마스가 되길 빌어주었다. "그러면 넌 네 파티에서 우리 모두를 볼 수 있겠다. 내가 가서 네가 당황스러워하는 건 나도 싫지만, 코더 씨가 나도 꼭 가야 한다고 해서. 내가 없으면 파티가 즐겁지 않을 거라고 은근히 속마음을 내비쳤거든."

"나보고 그 말을 믿으라는 건 아니지." 릴라가 말했지만, 어리둥절한 것 같았다. 남자의 편안함을 보살피는 여자는 강력한 영향력을 미칠 수 있었고, 남자란 아주 단순했다. 아마 그녀는 해나의 외모가 소박하다는 이유로 안전하다고 너무 확신한 건지도 몰랐다. 해나는 유능했고, 릴라는 해나의 독특한 매력을 부인할 수 없었다. 해나는 올 때 걱정거리도 함께 가지고 왔지만, 해나가 떠나자 뭔가 집에서 활기가 사라진 것 같았고, 해나의 선량한 양심에 대해 혼란스러운 의심을 품고 있는 자기가 이렇게 느낀다면, 로버트 코더가 해나의 발랄함과 재능에 의존하게 되었을 가능성은 얼마나 더 클 것인가? 그리고 릴라는 해나에게 자신이 행적을 모르는 삶의 시기가 있었던 것을 기억해냈고, 그러자 문득 코더 가족의 행복을 걱정하는 해나의 마음이 자연스럽게 해나 자신을 위한 걱정일 수 있겠다는 생각이 떠올랐다. 그렇게 생각하자 해나의 장난스러운 위협이 더욱 위험하게 느껴졌는데, 가정부인 친척을 두는 것도 좋지 않지만, 과거가 있는 친척을 두는 건 더욱 좋지 않기 때문이었다.

릴라의 몇 펜스를 아껴주기 위해 기꺼이 선물 꾸러미를 들고 오면서 해나는 걸음을 재촉했다. 하워드가 그의 결심을 폭로하면 반드시 폭풍이 몰아치겠지만, 그녀는 자신이 그 격렬함의 정도를 줄이고 꼬리를 잘랐다고 믿었다. 엉클 짐이 말하기로는, 그녀는 루스를 위해 많은 것을 했고, 하워드를 위해서도 뭔가를 했다. 그녀가 에설에게 적당한 존재감을 만들어준다면 자신이 살아온 삶이 헛된 것은 아니라고, 그녀는 극적인 분위기를 내며 혼잣말을 했지만, 이 마지막이 그녀가 맡은 일 중에 가장 힘든 것이 될 터였고, 에설의 문제를 해결해줄 중년의 목사가 있을지 찾아보아도 에설에 대해서는 올리브와 도금양을 들고, 해나 몰에 대해서는 검을 든 필그림 씨 말고는 보이지 않았다.

해나는 지나가면서 샘슨 씨의 창문을 고대하는 시선으로 쳐다보았다. 거기 그녀를 구원해줄 수도 있을 노신사가 살았지만, 그는 이미 자신은 연금으로 살고 있고 고양이들과 새들 말고는 고려할 부양가족이 없다고, 그리고 그것들의 미래는 이미 준비해두었다고 단언했다. "그러면 제가 여기 와서 뵙는 게 어떤 도움이 되죠?" 해나가 묻자 그는 목 안을 울리며 껄껄 웃었다.

연금에 대한 생각과는 별개로, 그녀는 그날 저녁 코더 가족이 응접실에 모여 있을 때 샘슨 씨를 만나러 갔다. 그에게 줄 크리스마스 선물로 카나리아 새장에 덮어줄 야간용 덮개를 만들었고, 그걸 준 다음 자리를 비운 것을 들키기 전에 돌아오려고 했지만, 샘슨 씨가 그녀를 붙잡았다. 그는 여행하며 모은 이런저런 물건 중에서 미스 피트에게 줄 예쁜 레이스를 발견했고, 그녀는 그에게 고맙다고 말하고 그가 그것을 어떻게 손에 넣었는지, 원래 값어치보다 얼마나 더 적은 값을 줬는지에 대해 들었다. 그가 레이스를 그녀의 어깨에 걸쳐주고 적어도 미스피트*는 아니라고 말했을 때는 거의 10시가 다되어서 해나가 코더 씨에게 차를 가져갈 시간이었다. 그녀가 현관문을 열었을 때 코더 씨는 현관에서 서성이고 있었다.

모자를 쓰지 않은 그녀의 머리와 손에 든 꾸러미를 보았을 때, 처음으로 그는 그녀에게 노골적으로 화를 냈고, 너무 화가 나서 그녀의 몸이 팽팽히 긴장하고 그녀의 고개가 들린 것도 보지 못했다. 그는 미스 몰이 미리 말하지 않고 집에서 나간 것이 아주 부적절한 행동이라고 생각했다. 누구도 그녀가 어디 갔는지 몰랐던 것이다. 그들 모두 몹시 걱정했고, 그녀를 여기저기 찾아다녔다.

"다 찾아본 건 아니겠죠." 해나가 조금 웃으면서 말했다. 그녀는 자신이 소지한 비장의 무기를 꺼내고 있었다. "옆집에 가봤다면 제가 샘슨 씨와 같이 있는 걸 발견했을 테니까요."

"샘슨 씨! 나는 내 가족 누구도 그 평판 나쁜 늙은이를 찾아가는 것은 결단코 반대합니다."

"그가 평판이 나쁜가요? 저는 그냥 그가 외롭고, 코더 부인을 그리워한다고 생각해요. 코더 부인은 그분을 정기적으로 찾아갔는데, 그러니까, 적어도 일주일에 한 번은요." 해나가 말하고, 까치[**]처럼 그 레이스를 중국산 실크와 같이 두려고 2층으로 올라갔다. 하지만 그녀가 방에 다다르기도 전에 승리감은 사라졌다. 그녀가 부당한 질책을 받고 자극하는 말을 듣기는 했지만, 그렇다고 그 남자에게 마음의 상처를 입힌 것은

- 'misfit'는 '어울리지 않는', '부적응자'라는 뜻. 샘슨 씨가 미스 몰을 'Miss Fitt'라고 부르는 의미가 이것이다.
- ● 까치는 이것저것 모아놓는 특징이 있다.

그럴 만한 가치가 있었는가? 더욱이 그녀는 이런 일이 일어나기를 줄곧 바라고 있었기에 부끄러움을 느꼈다. 그녀가 구릉지대를 지나면서 서두른 것은 이들에게 봉사하는 게 자신이 즐기는 일이었기 때문인데, 자신의 욕구를 또다시 만족시키기 위해 자신이 막아준 것보다 더 많은 해를 끼치게 된 셈이었다. 그녀는 자신이 그토록 갈망하는 척했던 평화와 선의를 위태롭게 하고 작은 가시를 심어, 그 상처는 그녀가 더 나쁜 모습 말고는 보지 않기로 결심한 남자의 가슴속에서 아마도 곪아갈 것이었다.

25

해나가 잠들기 한참 전에 크리스마스이브의 해가 밝았다. 그녀는 로버트 코더에 대해 생각하지 않을 수 없었는데, 특정한 자기통제 방식을 터득해 윌프리드의 매트리스에서 뒤척이지는 않았지만 마음은 불행하고 불안했다. 그녀는 지나간 크리스마스들을 떠올릴 수 있을 만큼 떠올려 집요하게 일어나는 그 생각을 차단하려고 애썼고 회상이 다 끝나기 전에 잠이 들기를 바랐지만 소용없었다. 어린 시절의 크리스마스에는 영광의 일요일처럼 교회에서는 더욱 생기 있게 종을 울렸고 마구간이나 외양간에서는 소와 말의 소리가, 마당에서는 농장 일꾼들과 아버지가 어떤 축제도 중단시킬 수 없는 그들의 일을 하면서 돌아다니는 소리가 들렸었다. 해나는 아주 어렸을 때 마음속으로 외양간 하나와 소 몇 마리를 종려나무가 자라는 먼 땅으로 옮겨서 눈을 뜬 아기 예수가 부드러운 갈색으로 변한 데이지와 노란 구륜앵초와 프림로즈를 쳐다보는 장면을 상상했다. 해나는 어린 시절 크리스마스 날에 교회 종과 교회 장식을 보는 것이 몹시 즐거웠다. 그녀는 어둠 속에서 혼자 양말을 열어보았고, 아래층으로 내려가면 부모님에게서 평소의 따뜻한 키스보다 더 많은 것을 받았으며, 부모님과 함께 엄숙하게 교회로 걸어갔다. 뭔가가 빠졌다는 느낌은 전혀 들지 않았다. 교회에 다녀오고 이웃과의 인사가 끝나면 자신이 대단한 사람이 된 것 같고 어떤 의식에 참여한 듯한 은밀한 느낌이 들었다. 새끼 때부터 키운 칠면조요리로 크리스마스 식사를 하고 나면 아버지와 어머니는 낮잠을 잤고, 해나는 장난감이나 부엌 수납장 안에 살면서 그녀의 뜻에 따라 들락거리는 상상의 친구들과 함께 놀았다. 래드스토에서 학교에 다닐 때, 그녀는 파티와 팬터마임에 대해 들었고, 명절이 시작되면 빠른 걸음으로 집에 돌아가 이제는 그런 것들이 없는 조용한 그곳으로 갔는데, 이때쯤에는 책과 그 등장인물들이 친구가 되어주었다. 수납장 안에 사는 친구들은 그녀 안에 녹아들어 그들의 모든 아름다움, 모든 능력과 함께 해나 몰의 모습으로 현시되고, 황홀하고 아름다운 사람이 겪게 되는 배아기 형태의 모험으로 나타났다.

그리고 큰 시계가 다른 모든 시계와 마찬가지로 재깍재깍

냉정하게 시간을 흘려보내고 타오르는 장작 냄새가 가득하며 동물 돌아다니는 소리, 통들이 텅텅 부딪치는 소리, 느리고 무거운 발걸음 소리가 들리는 큰 농가 부엌에서 멀리 떨어진 여기 베리스퍼드에는, 1년에 50파운드를 벌고 거의 스무 번의 지난 크리스마스를 기억하는 가정부가 있었다. 나중 몇 번에 대한 기억은 그 세부 장면이 시골 생활의 구체적인 일상처럼 선명했고, 창밖으로 넓게 펼쳐진 도시를 의식하며 침대에 누워 있으려니 조용한 장소와 자신이 자란 환경에 대한 갈망이 그녀를 덮쳐왔다. 부모님이 돌아가셨을 때, 농장에서 빚과 씨름하면서 힘에 부치더라도 가축을 키우고 성실히 돌본 만큼 결실을 얻는 밭을 일구며 계속 살았다면 더 나았을 것이다. 어쩌면 예쁜 외모보다 능력을 우선시하는 젊은 농부와 늦지 않게 결혼도 했을 테고, 그와 함께 튼튼한 자식을 낳았을 테고, 아이들은 그녀가 그랬던 것처럼 매서운 바람에 작은 귀와 코가 발개진 채 뚜벅뚜벅 마을 학교에 다녔을 것이다. 좋고도 힘든 삶이었겠지만, 이 집 저 집 옮겨 다니고 다른 사람들의 변덕과 기질에 휘둘려야 하는 다른 집의 딸린 식구가 되느니, 스스로의 희생자로 사느니 능동적인 인간으로서 오히려 더 가치 있는 삶을 살았을 것이다. 그녀는 남자와의 연애를 아주 낭만적일 거라고 상상했지만, 남자란 전투에서 영웅이더라도 그 원동력이 되는 자극이 사라지면 본질적으로 나약한 존재라는 걸 깨달으면서 그 환상도 품지 않게 되었다. 그리고 지속적인 것들인 땅의 결실과 자기 몸과 씨름하다보면, 자신이 만나고 들은 모습과 말로 드라마를 꾸밀 시간도 없었을 것이다. 하지만 다른 미래가 있으리라는 믿음을 품고 저 너머 다른 세상에서 모험과 행복의 모든 가능성을 보았던 여자가 그 무거운 짐을 열아홉 살에 짊어졌더라면 참으로 현명했을 것이다. 마흔 살이 된 지금 돌이켜 생각하면, 만약 그랬다면 자기 스커트 자락으로 다른 사람들의 먼지를 끌고 다니는 이런 일은 피할 수 있었을 테니 말이다. 로버트 코더에게 잔인한 말을 한 것은 그녀가 처음으로 누군가에게 고의로 불친절했던 것이기에 이제 그녀는 사물의 선함을 있는 그대로 믿으려면 노력이 필요했고, 이 일이 일으킨 충격으로 그녀에게는 아쉽게도 부족했던 겸손이 생겼다. 또한 그녀는 이 일이 결코 잊히지 않을 교훈으로 남기를 바랐다. 그는 아래층에서, 샘슨 씨에 대해 한마디도 하지 않은 여자와 같이 쓰던 방에 잠들어 있는가? 해나는, 아내에게 자신이 전적으로 신뢰할 수 있는 사람이 아니었단 사실을 처음 알게 된 것 때문에, 그리고 아내가 그 이야기를 하지 않은 건 그에게 수용력이 부족해서란 걸 처음으로 의심하게 된 것 때문에 아마도 그를 괴롭히고 있을 그 슬픔을 생각하는 게 두려웠다. 이런 고통이 그의 한계를 넘어서는 것이라면, 혹은 아내에 대한 그의 헌신이나 그가 아내에게 기대한 정도의 헌신에 맞지 않는 것이라면, 그는 자신이 몰랐던 것을 미스 몰이 알아냈다는 사실에 분명 극도로 화가 났을 것이다. 그의 말이 아내에게는 다른 의미로 왜곡되거나 적용되지 않았다고 설명될 수 있겠지만, 그의 놀란 표정, 다문 입, 완벽한 고요는 해나에게만큼 그에게도 분명 기억에 남을 만한 것이었다. 그는 그런 사실을 알고 있었다는 것에 대해 해나를 용서하지 않을 테고, 해나는 그것을 그에게 알렸다는 사실에 자신을 용서하지 않겠지만, 그가 그녀를 어떻게 벌할지는 악의적으로 궁금해하지 않을 수 없었다. 지금은 그의 행동과 분노가 일치하지 않는다는 것을 그녀도 알게 되었지만, 그는 아마도 자신의 날카로운 침묵의 기억을 흐리게 하고 미스 몰을 제자리에 돌려놓으려는 시도로서 반드시 뭔가 말해야 한다고 생각할 것이었다.

그녀는 그가 그러기를 바랐다. 그녀가 입힌 상처를 그가 보여준다면 그녀는 그것을 훨씬 더 쉽게 다룰 수 있을 것이었다. 하지만 우연이든 고의든 그는 아침에 그녀의 기대에 어긋난 모습을 보였고, 그가 나간 사이 오후에 벽난로 불이 잘 타고 있는지 보려고 그의 서재로 들어갔을 때, 그녀는 코더 부인이 자신을 책망의 시선으로 쳐다보고 있는 것 같았다. 해나는 그 남편에 대한 자신의 앙심을 원하는 만큼 푸는 데에는 자신이 꾸며낸 이야기, 불만족스러운 부분, 신뢰의 부족, 로버트 코더가 제공할 수 있는 것보다 더 건강한 동반 관계에 대한 취향을 암시하는 것과 함께 그 아내의 작은 비밀을 폭로하는 것이 포함되어 있음을 깨달았다. 해나는 거의 신체적인 아픔을 느꼈다. 이 신중하지 않았던 행동의 결과가 자신이 할 수도 있었을 어떤 다른 행동의 결과보다는 덜 심각했을 수 있지만, 죽은 사람의 이야기를 한 것에는 특별히 잔인한 면이 있었다. 그녀가 뭔가에 유도되어 산 사람의 이야기를 하는 일은 없었겠지만, 경멸스러운 남자를 상대로 득점해서 값싼 승리를 얻고자 하는 욕망에 휩싸여 더 큰 의무를 무시한 것이었다. 그녀가 그런 것을 할 수 있었다면, 무엇을 할 수 없겠는가? 그녀는 자신이 공격하고 있는 것이 자기 몸이기를 바라며 불을 세게 쳤다. 그리고 손에 부지깽이를 든 채 엉덩이를 발뒤꿈치에 붙이고 앉아 깊어가는 황혼에 얼굴이 흐릿해지고 있는 코더 부인을 향해 고개를 끄덕였고, 이 공격을 보상하기 위해 노력하겠다고 다짐하며 삶이 만들어놓은 자신의 이런 모습을 용서해달라고 간청했다. 그리고 다시 한번 시골을 떠나지 않을 걸 그랬다고 생각했다. 바쁜 일손 때문에 원한을 품을 새도 없었을 테고, 무릎을 꿇은 자세로 로버트 코더의 벽난로 불 앞에 앉아 있는 대신 자신의 일로 바빴을 것이며, 오늘이 크리스마스이브이다보니 큰 부엌 벽난로 선반 위에는 색색의 초가 있고, 농장에서 놀다 코와 귀가 발개진 채 문을 열 때 훅 끼치는 매서운 공기와 흙과 거름과 외양간 냄새를 데리고 들어온 배고픈 자식들을 먹일 두껍게 썬 빵과 차가 함께 놓인 식탁 위에도 색색의 초가 있을 것이다. 자식들의 수는 확실하지 않았다. 그 부분은 자신이 조용한 어린 시절을 안전하게 보낸 부엌에서 해나가 액자에 넣어진 것처럼 떠올린 그 그림의 세부에는 없었다. 그것은 팔과 다리와 얼굴에 대한 인상, 래드스토의 기숙학교가 끼친 부드러운 영향력은 모르는 목소리들의 인상, 날씨에 따라 성질이 변하고 침대에 누울 때까지 흙 묻은 부츠를 벗지 않으려고 하는, 아이들의 아버지가 될 막연한 남자에 대한 인상이었다. 그 농장에서 두 들판만큼 떨어진 곳에, 그 막다른 끝이 울퉁불퉁한 도로와 면하고 거기서부터 시골길이 구불구불 과수원을 지나 앞문까지 이어지는 곳에 대대로 이어져온 농부의 핏줄에서 비롯하고 지금 다시 그녀에게 강력하게 되살아난 오두막이 있었는데, 그녀가 땅을 소유하고자 하는 욕망 때문에 팔기를 거부한 오두막이었다. 그녀의 것이었으나, 그녀는 볼 수도 없고 만질 수도 없었다. 그녀의 상식은 그녀의 신중하지 못한 면과 소유권을 강조하기보다는 땅을 기꺼이 잃으려는 태도와 함께 작용했고, 오로지 오두막이나 그 땅에 공정하다는 그 이유로 자신이 아이러니하게 부르는 명칭인 세입자에게 주소가 바뀔 때마다 번번이 알려주었다. 만약 그가 그것을 자신이 내겠다고 가볍게 약속한 집세를 그녀가 요구하는 거라고 생각한다면, 그녀는 나머지 환멸들과 더불어 그 환멸 때문에도 고통을 겪어야 할 것이었다. 하지만 벽난로 불빛 속에서 무릎을 꿇은 자세로 앉아 종종 몇 주 동안 잊고 살던 시골에 대한 향수에 잠긴 채 생각하다가 그녀는 10년 전의 감상은 이제 끝내야 한다고, 가서 지붕이 내려앉진 않았는지, 사과나무는 가지치기가 되어 있는지 확인해야 한다고 결론 내렸다. 나무보다는 지붕이 더 희망적이었다. 침대에 누워 있는 그에게 빗방울이 떨어진다면 그는 조치를 취하겠지만, 나무가 잘자라는지는, 비록 그 나무는 그녀의 것이고 그의 것이 아니지만, 혹은 그의 것이 아니기에 그에게는 소란을 피우기에는 불합리한 문제로 여겨질 테니까 말이다.

오두막은 세를 주었는데 전쟁이 일어나자 비워졌고, 그녀와 그녀의 다친 영웅이 사용하려고 그대로 비워두었다. 세를 받아 모아둔 돈은 가구를 들이고 집을 수리하는 데 썼고, 또한 작은 가금류 농장을 시작해 거기서 난 수익을 영웅의 전쟁 연금에 보탤 생각이었다. 그 닭장은 어떻게 되었는가? 처음에 키우기 시작한 닭들의 후손은 있는가? 그녀는 썩어가는 나무와 녹슨 철사와 슬픔에 잠긴 채 과수원을 돌아다니는 새 몇 마리를 상상했고, 그 남자에게 점령된 오두막을 보았는데, 그녀가 노후에 안식처로 쓰려고 생각한 오두막이었다. 그런데 그가 그녀와 사귀면서 그녀가 은퇴하기 전에 자신에게 그 안식처가 필요하리라 생각한 것이었다. 그녀는 실제로 모은 돈과 모을 수 있었을 돈을 모두 잃었고, 귀를 세우면 필그림 씨의 발걸음 소리까지 들리는 것 같았다. 10년 전에 완강한 자세로 들었던 그 소리의 반향음까지 들렸다. 서재 문이 열려서 그녀는 흠칫 놀라 뒤를 돌아보았다. 놀랍게도 로버트 코더의 키 큰 형체가 서 있었다. 그의 영역인 벽난로 앞 러그에서 자유롭게 있다가 들켰는데도, 그녀는 그가 온 것이 예상보다도 더 기뻤다.

"너니, 에설?" 벽난로 불이 분명 그 대상을 제대로 비추었을 텐데도 그는 불가에 있는 형체를 빤히 쳐다보며 물었다.

해나는 이 미묘한 질책에 미소를 지었다. "유감스럽게도 저예요." 그녀가 부드럽게 말했다. "불이 꺼지지 않았는지 보러 들어왔는데, 추억을 떠올리게 하는 효과가 있네요."

"즐거운 추억이었기를요." 그가 친절하게도, 그녀에게 쓸데 없이 오래 머문 것에 대한 핑계를 만들어주며 말했다.

"아니에요." 해나가 말했다. "전혀 그렇지 않아요. 사실 아주 끔찍했어요. 하지만 생각해보면, 그게 뭐가 중요하겠어요? 가스등을 켤게요. 더 이상 석탄으로 불을 땔 수 없게 되면 많은 변화가 있겠죠. 우리는 우리 죄에 대해 그렇게 많이 생각하려고 하지 않을 테고, 전기 라디에이터로 몸을 녹이며 자란 아기들은 직접 피운 불에 몸을 녹이며 자란 아기와는 같지 않겠죠. 연인들도 그렇게 낭만적이지 않을 테고, 과학의 발전 앞에서 우리는 과거는 생각하지 않을 거예요." 그녀가 성냥불을 켜고 그것을 손으로 가린 채 그를 쳐다보았다. "그런 변화가 더 나은 세상을 위한 걸까요?"

이 질문에 답하는 것은 명백히 그의 직업적 의무였고, 그 질문은 이렇게 많은 설명을 곁들이지 않고 해도 괜찮았을 것이며, 더욱이 이것은 미스 몰이 그에게 지워서는 안 되는 의무였다. 그의 대답은 차갑고 간접적이었다. "우리는 우리가 저지른 실수에 대해 늘 고통받을 준비가 되어 있어야 할 것 같군요."

"오, 저는 준비되어 있어요." 그녀가 가스등에 불을 켜고 다시 그를 돌아보았고, 그녀의 얼굴에는 장난꾸러기 요정 같은 어리둥절한 표정이 떠올랐다. "준비되어 있어요." 그녀가 반

복해서 말했다. "하지만 정말로 만족스러울 만큼 준비가 잘
되어 있단 건 아니고요." 그러고는 나가려고 돌아서는데, 코
더 씨가 평소처럼 그녀를 다시 불러 세웠다.

"여기서 오늘 채플 성가대가 모일 거예요, 미스 몰. 그건 잊
지 않았겠죠."

"커피와 케이크를 준비할게요." 해나가 곧바로 말했다. "일
깨워주셔서 정말 감사해요." 하지만 아쉽게도 그가 음유시인
들에게 보여주는 크리스마스 때의 다정한 모습을 볼 기회는
그녀에게 주어지지 않을 것이었다.

26

크리스마스 날이 되었고, 도리스는 아침 일찍 촛불을 들고
미스 몰에게 이른 차를 가져왔고, 쟁반에는 남자친구와 함께
선물로 준비한 비스킷이 담긴 장식적인 상자도 함께 있었다.

"친구가, 우리가 적어도 이 정도는 해야 한다고 해서요." 해
나가 적절한 감탄사를 내뱉자 도리스가 말했다. "그 친구는
미스 몰이 아주 좋은 분이라고 생각해요."

"그래?" 해나가 일어나 앉았고, 길게 땋은 짙은 색깔 머리가
원피스 잠옷 앞으로 흘러내렸다. "좋은 청년인 것 같구나. 이
제 네가 가져온 비스킷을 좀 먹어야겠다. 다 먹고 나면 상자
는 화장대에 놓고 그 안에 자그마한 물건들을 보관해야겠어.

차도 고마워, 도리스. 이렇게 친절한 생각을 하다니, 이걸 선례로 삼아도 될 것 같아. 그게 뭘 의미하는지 안다면 말이야."

도리스는 몰랐고, 알아내는 것에도 관심이 없었다. 도리스는 이른바 미스 몰의 특이한 대화 방식에 익숙해져 있었고, 특히 그 순간에는 말해야 할 것이 있다는 사실에 부담을 느끼고 있었다.

"떠나기 전에 윌프리드 씨가 이렇게 하라고 알려주셨어요." 도리스가 말했다. "그래서 친구에게 그 말을 전했고, 우리가 비스킷을 생각해낸 거였어요. 윌프리드 씨가 맛 좋은 차를 준비하면 될 거라고 하면서, 다른 사람들이 보지 않는 데서 이 꾸러미를 미스 몰에게 드리라고 했어요. 윌프리드 씨는 다른 사람들은 이걸 보지 않기를 바란 것 같아요. 그리고 제게 10실링을 주셨고요." 도리스가 한숨을 쉬며 덧붙였다. 존경스러우리만큼 엄격한 어머니를 둔 남자친구에 대한 도리스의 마음은 만족 이상이었지만, 윌프리드 씨는 남성미와 매력으로는 도리스의 이상형이었다. 그를 위해 미스 몰의 작은 꾸러미를 보관하는 것은 영예로운 일이었지만, 그 안에 든 것을 미스 몰혼자 펴보게 두면서 그냥 떠나는 건 쉽지 않은 일이었고, 도리스의 또 다른 생각 중에는 지난 사흘 동안 주머니에 넣고다닌 것이 무엇인지 영영 모르게 되리라는 것도 있었다.

그것은 작은 꾸러미였고, 작은 꾸러미는 뭔가 희귀한 것을 의미했다. 해나는 그걸 위아래로 뒤집어보고 흔들어본 뒤 포장을 풀었고, 30년 전 양말 안을 만져보고 거기 있지 않으리란 걸 알면서도 굉장히 멋진 장난감을 상상했을 때처럼 루비 반지나 진주 목걸이가 들어 있는 척했다. 그리고 마침내 촛불을 향해 몸을 기울이고 그 작은 상자에서 브로치를 꺼냈는데, 눈물이 흘러내리기 시작해 뚜렷이 보이지 않았다. 그것은 가장자리가 좁고 테두리가 꼬인 형태로 처리된 매끈한 달걀 모양이었는데, 그녀는 시트로 눈물을 닦고 나서 한참 동안 쳐다본 뒤 또다시 울기 시작했다. 이 순간 깨어 있다면 윌프리드는 분명 그녀가 웃고 있을 거라고 생각했을 텐데, 이 청년이 재치 있게 오래된 브로치를 고른 것에는 그가 공공연히 드러낸 찬사를 유머러스하게 표현하려는 의도가 깔려 있고 이 선물의 성격에 대한 변명이 드러나 있었기 때문이다. 브로치는 금으로 된 좁고 꼬인 형태의 테두리가 있고 유리 덮개 아래 박힌 조각은 눈먼 큐피드가 활을 당기고 있는 모양일 거라고 해나는 생각했다. 초기 빅토리아 시대의 청년이 연인에게 선물로 바쳤던 것이 분명했다.

그녀는 이 아름다운 헌사에 대한 기쁨에 브로치를 손에 쥐고 아이처럼 거리낌 없이 펑펑 울었고, 그 자체로 아름다울뿐더러 그녀를 좋아한다는 것에 대한 엉뚱한 표현이자 아주 편리하게 그의 할머니의 물건이었을 이 꼭 알맞은 선물을 찾기까지 그가 얼마나 많은 시간을 썼을지 궁금했다. 그녀는 스펜서 스미스 부부의 파티에 갈 때 샘슨 씨의 레이스와 함께 그것을 착용해야겠다고 생각했다. 여전히 예쁜 외국 종이에 말아져 있는 중국산 실크는 입을 수 없었다. 사흘이라는 시간

안에 세 개의 매혹적인 선물을 받았으니 행운의 균형을 맞추기 위해 분명 뭔가 좋지 않은 일이 기다리고 있을 거라고, 그렇게 혼잣말을 하자 울음이 그쳤다. 하지만 그런 일이 생기더라도 그녀는 마음의 준비가 되어 있었고, 잠옷에 윌프리드의 브로치를 꽂은 채 차를 마시고 비스킷을 먹으면서 예전에 그랬던 것보다 준비가 더 잘되었다. 윌프리드의 애정은 받을 가치가 있었고, 이 우스꽝스러운 울음 발작은 그녀에게 좋은 영향을 미쳤다. 이렇게 울어본 게 오랜만이었고, 다시 우는 것도 여러 해가 지나야 할 것이었다. 그녀는 가족이 허용하는 한은, 그리고 에설이 상상 속의 비방에 상처받지 않고 하워드가 계속 입을 다물고 있는 한은 남은 하루를 즐겁게 보내야겠다고 생각했다.

그날은 조용히 시작되었다. 이 집에서 선물은 아침 예배와 점심 식사가 끝난 뒤에나 주는 것이었고, 성격에서 확실히 어떤 힘이 느껴지는 로버트 코더는 아침 식사 자리에서 평화와 감사의 분위기를 만들었다. 위대한 날이 밝았고, 그는 잠든 성스러운 아기의 존재를 느끼는 것처럼 발끝으로 조심조심 걷는 듯 보였다. 비록 기꺼운 미소를 지었지만 환하게 웃는 건 아니었고, 그의 좋은 소망은 축복처럼 주어졌다. 하지만 해나가 자신을 채플로부터 해방시켜준 의무를 다하기 위해 볼이 발갛게 되는 걸 무릅쓰고 스펜서 스미스 부인이 연례 선물로 준 칠면조 고기에 육즙을 끼얹고 있을 때, 이제 기뻐할 때임을 알리는 팡파르처럼 그의 우렁찬 목소리가 들렸다.

그 신호에 해나와 도리스는 칠면조 고기와 채소, 감자, 그
레이비소스를 쟁반에 담았는데, 엉클 짐이 어느새 나타나 무
거운 쟁반을 들어 올렸다. 아내의 남동생이 도와주는 장면은
로버트 코더에게 전혀 마음에 드는 일이 아니었다. 그것은 자
신에 대한 책망으로 해석될 수 있어서 로버트 코더는 이 유
용한 남자에 대한 작은 농담을 던졌고, 엉클 짐은 쟁반이 여
자가 들기에는 너무 무겁다고 중얼거렸다.

"하지만 뭐든 요령이죠, 요령." 로버트 코더가 단언했다. "훈
련받은 간호사들, 그 여자들은 정말 굉장해요. 힘들이지 않고
도 무거운 남자를 들어 올릴 수 있거든요."

"하지만 당신은 훈련받은 간호사가 아니잖아요?" 엉클 짐
이 해나에게 물었다.

해나는 아니라고, 유감스럽지만 자신은 그런 굉장한 여자
가 아니라고 말하고 싶었지만, 그날은 크리스마스라 그냥 고
개만 가로저었다. 그녀는 강한 두 남자가 겨루는 대상이 되는
나약하고 온순한 여자처럼 보이려고 애썼지만, 결국 자기주
장을 하고 싶은 유혹을 물리칠 수 없었다. 그래서 곧 자신은
칠면조는 죽은 것이나 살아 있는 것이나 둘 다 잘 다룰 수 있
다고 말해 이 특별한 경험을 망치고 말았다.

"살아 있는 것도?" 로버트 코더가 그녀에게 진실을 말하지
않은 죄를 스스로 증명해야 하기 전에 철회할 기회를 주면서
부드럽게 말했다.

"네, 살아 있는 것도요. 저는 농장에서 태어나고 자랐어요."

"그래요? 그러면 내게 조언을 해줄 수 있겠군요. 작은 농장을 해볼 생각이거든요."

"자, 자, 각자 자리에 앉죠." 로버트 코더가 말했다. "칠면조에 대해 그렇게 속속들이 잘 안다면 살을 좀 발라주면 좋겠군요, 미스 몰." 그가 말했고, 해나는 자신이 갈고 있는 칼 너머로 그를 쳐다보며, 그에겐 목소리에 경멸을 담아내는 데 천재적인 재능이 있는 것 같다고 생각했다. "그런데 에설은 어디 있니? 에설 없이 크리스마스 식사를 시작할 수는 없는데."

"금방 올 겁니다." 하워드가 재빨리 말했다.

"하지만 어디 있길래?"

"모르겠어요."

"그런데 금방 온다는 걸 어떻게 알지?"

"에설도 식사는 하고 싶을 테니까요."

"하지만 네 말은 잘못 받아들여질 수 있어. 그 말은 추측에 불과하지. 그렇게 어물쩍 넘어가는 게 옥스퍼드에서 배운 거라면……."

"오, 그보단 훨씬 더 많은 걸 배웁니다." 하워드가 말하기 시작했고, 두 사람은 잠시 숨을 골랐다. 이윽고 엉클 짐이 유쾌하게 말했다.

"자, 자, 쟁반에 다시 칠면조 고기를 올리고 오븐에 넣죠. 에설이 몇 분 늦는다고 하늘이 무너지진 않을 거예요."

"미스 몰이 감당해야 하는 그 모든 수고를 생각지 않을 수 없군요."

"그건 괜찮아요." 해나가 말했고, 쳐다볼 윌프리드가 있으면 좋겠다고 생각했다. 코더 씨가 누군가를 배려하는 순간은 늘 그가 다른 누군가에게 화가 났을 때였다.

"에설은 채플에 있을 것 같은데?" 그가 말을 계속했다.

"오, 맞아요. 에설은 채플에 있어요!" 루스와 하워드가 동시에 진지하게 소리쳤다.

"우리 신자석에는 보이지 않았어."

"안 보였어요." 먼저 말한 사람은 루스였고, 하워드는 루스의 말을 거들어주지 않았다. "에설은 여성회 회원 누가 보이면 늘 그 옆에 앉아요. 여자들이 그걸 좋아하는 것 같아요." 루스가 생각해보고 덧붙였고, 로버트 코더는 순수하게 생각에 잠긴 루스의 얼굴을 빠르게 쳐다보았다.

"이렇게 생각이 없기는." 그가 말했다. "에설은 식은 음식을 먹어야 할 거야. 우리 먼저 먹자. 식사 전 기도를 해주렴, 루스."

루스는 그가 시킨 대로 마지못해 중얼중얼 기도했다. 루스는 가족이 모였을 때 신을 부르며 뭐라고 말하는 것이 아버지가 설교단에서 그러는 것을 들을 때만큼이나 싫었지만, 지금은 일을 크게 만들 순간이 아니었고, 보이지 않는 존재와의 아주 미미한, 게다가 대리인을 통해 이루어진 대화일지라도 그것이 그의 짜증을 걷어준 것처럼 해나가 고기 바르는 칼을 쥐고 찔러 넣을 자리를 아주 정교하게 고르려는 순간 에설이 얼굴을 붉히고 가쁜 숨을 몰아쉬며 들어와 슬그머니 자리에 앉는데도, 로버트 코더는 에설을 나무라지 않았다.

"그들이 캐럴을 어떻게 불렀던 것 같니, 에셜?" 아버지가 물었다.

"아주 잘 불렀어요." 하워드와 루스가 또 한 번 이중창으로 진지하게 말했다.

"에셜에게 물었다."

에셜은 신체적으로나 정신적으로나 거짓말을 할 수 없는 사람이었다. 에셜은 얼굴을 붉히지 않고는 어물쩍 넘어갈 수 없었는데, 지금은 자기를 보호해야 한다는 강렬한 본능에서, 해나의 추측으로는 로버트 코더가 듣지 않았을 노래에 대해 그의 질문에서 벗어날 수 있을 만한 대답을 했다. "그렇게 잘하지는 못했어요." 에셜이 눈알을 굴리며 말했다.

"나도 같은 생각이다." 그가 무뚝뚝하게 말했고, 하워드를 쳐다보았다. "너는 노래를 듣고 있지 않았다고밖에 생각할 수 없구나. 하지만 나는 즐거운 허구보다는 차라리 불쾌한 진실을 듣겠다. 그들은 아주 못 불렀어. 성가대 절반이 빠졌으니까."

"미스 몰이 우리를 위해 그런 것처럼 그들도 크리스마스 식사를 준비하고 있었겠죠." 엉클 짐이 말했다. "이 칠면조 고기는 더할 나위 없이 잘 구워졌는데요. 칠면조를 키우면 돈벌이가 좀 될까요 어떻게 생각해요?"

"칠면조는 키우기 힘들어요." 해나가 말했다.

"그렇다면 돼지는 어떤가요?"

"가격 변동이 심해요. 당신이 돼지를 많이 키우면, 다른 사람들 역시 많이 키울걸요. 우리는 돼지를 키워서 우리가 먹을 베이컨을 만들었어요. 그게 다였어요."

"그러면 무엇부터 시작하면 될까요?"

"몇 년 정도 경험이 필요해요." 해나가 말했다.

"오, 삼촌을 말리지 마요, 몰리…… 미스 몰……." 루스가 간곡하게 말했다. "삼촌이 래드스토 근처에 농장을 갖고 있다면 정말 좋을 거예요. 그러면 우리가 가서 삼촌과 함께 지낼 수 있잖아요. 작은 땅부터 시작하면 큰돈을 잃지는 않을 거예요. 삼촌이 미스 몰의 농장을 갖지 않았다는 게 아쉬워요. 삼촌이 그걸 갖게 하면 안 돼요?"

"거긴 세를 줬는데, 비워지면 내가 직접 들어가서 살 거야." 해나가 말했고, 로버트 코더가 그들의 대화를 보란 듯이 무시하고 있다가 유심히 듣는 것을 알아차리자 약간 거창하게 덧붙였다. "땅을 가진 사람들은 땅으로 먹고살아야 해." 잠시 시간이 흐르는 사이, 로버트 코더는 미스 몰에 대한 모든 생각을 다시 정리해야 했다. 그는 지금껏 그녀를 그의 집을 피신처로 삼게 된 것을 다행으로 여기는 가난하고 집이 없는 여자로 보았는데, 이제 자기 집과 땅을 가진 여자라는 사실을 알게 된 것이었다. 그는 그녀의 독립성이 늘 의아했는데, 이제 그것이 설명되었다. 그는 그녀의 말하는 태도가 자신보다 더 훌륭하다는 것에, 적어도 자기만큼 광범위한 독서를 했다는 증거에, 처음부터 알아차린 매력적인 목소리에 화가 났고, 그녀를 내보낼 방법을 고민하고 있었는데, 그녀는 자기 의사에 따라 나갈 수 있는 사람이었던 것이다. 그는 속았다고 느꼈다. 그리고 그녀를 무시하려고 한 순간들을 돌이켜 생각하면서 그녀가 그걸 의식하지 않은 것처럼 보였던 만큼 실제로도 의식하지 않았기를 바랐다. 또한 스펜서 스미스 부인이 세상에서 차지한 미스 몰의 진짜 위치를 알려주지 않은 것은 그에게 공정하지 않았다고 생각했다.

"당신이 자란 곳이 농장이었다고요?" 그가 물었다.

"아니요, 거긴 팔았고, 그 땅에 있는 작은 집만 갖고 있어요." 그녀가 말했고, 더 먹고 싶어 하는 사람들을 위해 두 번째로 담아줄 고기를 썰기 시작했다.

"그러면 그 작은 땅은 어디 있나요?" 그가 다정하게 물었다.

"강 건너에요." 해나가 고개를 획 돌리며 말했다.

"서머싯?"

"네, 서머싯."

"필그림 씨도 거기 출신인데." 루스가 에설을 쳐다보며 말했다.

"거긴 넓은 카운티예요." 해나가 말했다.

"매력적인 카운티죠." 로버트 코더가 미스 몰이 그것에 대해 한 말을 인정해주었고, 푸딩이 나오자 자기 몫을 먹었다. 브랜디가 들어간 사실은 잊은 모양이었다. 그에게는 생각할 다른 것들이 있었다.

해나는 부엌으로 들어가는 게 가능해지자마자 그렇게 했다.

"너는 가봐도 좋아." 해나가 도리스에게 말했다. "설거지는 내가 할게. 너는 오늘 밤 10시 반까지는 나가 있어도 괜찮지만, 일 분이라도 늦게 돌아오면 안 돼. 네 남자친구에게 비스킷 고맙다는 말은 꼭 전해주고."

해나는 접시를 차곡차곡 쌓고 샘슨 씨의 고양이에게 줄 부스러기를 모은 뒤, 먼저 은 식기를 씻고 얼룩이 남기 전에 잘 닦았다. 그녀는 이것을 체계적으로, 하지만 거의 기계적으로 하는 동안 자신이 얼마나 바보였는지 생각하고 있었다. 래드스토가 좋다는 이유만으로 이곳에 온 것이 바보짓이었고, 자신의 오두막에 대해 말한 것은 더더욱 바보짓이었다. 비록 그녀가 오두막의 주인이라는 사실이 자신의 고용인에게 강한 인상을 남긴 것은 알았지만, 그녀는 또한 그의 호기심이 그녀가 말해준 그 조금의 정보로는 만족하지 않으리란 것도 알았다.

"바보, 바보, 바보." 그녀는 접시들을 선반에 밀어 넣으며 말했다. 오두막으로 돌아가 살 수는 없었고, 거기로 들어가 산다고 해도 음식이나 장작을 마련할 돈이 없었다. 그녀는 하워드와 루스가 식사 자리에서 연합해 보여준 음모에 대해 모르고 있었던 것도 화가 났다. 그들은 에셀을 보호하고 있었는데, 무엇으로부터 보호한 거였지? 그리고 그들은 그 문제에 대해 아버지의 의심을 살 정도로 너무 진지했다. 음, 그녀는 알아낼 것이다. 알고 싶은 것은 늘 알아낼 수 있었다. 어려운 것은 자신의 비밀을 지키는 것이었고, 돈에는 딱히 관심이 없었지만, 돈에 영혼을 자유롭게 해주는 가치가 있다는 것을 알기에 그녀는 손에 쥔 자기 그릇이 금으로 바뀌기를 바랐다.

그녀는 루스가 부르는 소리를 들었지만 대답하지 않았다.

"루스가 나를 원하면 직접 와서 데려가면 되지." 그녀가 중얼 거렸다. "루스는 그 복 받은 남자에게서 잠시도 떨어지려고 하지 않을걸."

루스의 애정은 양분되어 있었지만, 루스는 의리가 없진 않 았다. "거기 있어요, 우리 미스 몰?" 루스가 이렇게 말하면서 서둘러 부엌으로 들어왔다.

"응, 우리 미스 몰은 아주 바쁘단다."

"하지만 우리가 기다리고 있어요……. 이제 선물을 풀어볼 거예요. 엉클 짐은 미스 몰이 왜 여기 없냐고 그러고, 하워드 는 미스 몰이 좋아할 만한 걸 준비했대요."

"아니, 아니야. 그건 가족 행사야. 나는 나중에 갈게."

"하지만 나는 몰리가 같이 있으면 더 행복하고 안전한 느낌 이 들 것 같아요. 에설은 완전 바보예요. 금방이라도 울음을 터뜨릴 것 같아요. 필그림 씨하고 이야기할 기회가 없었거나, 아니면 그 남자가 에설에게 다정한 모습을 보이지 않았겠죠. 그것도 아니면 그게 단지 에설이 흥분하는 방식이거나요. 식 사할 땐 아슬아슬하게 피해 갔어요. 안 그래요? 에설이 필그 림 씨의 예배에 가는 걸 알면, 그리고 크리스마스 날에도 간 걸 알면 아버지가 뭐라 그러실지 모르겠어요."

해나도 몰랐지만, 더 중요해 보이는 것은 이 관심에 대한 필그림 씨의 생각, 그리고 루스가 에설의 약점을 너무도 분명 히 파악하고 있다는 사실이었다.

27

스펜서 스미스 부인의 파티 날짜는 대체로 12월 27일이었고, 초대를 받을 가능성이 있는 채플 신자는 누구도 그 기회가 지나갈 때까지 그 날짜에 다른 약속을 잡지 못했다. 복싱 데이●에는 가족 전체와 도리스가 참석해야 하는 선교회 행사가 있어 해나 혼자 집에 남게 되었다. 해나는 나중에 혼자 보낸 그날 저녁을 한 여정의 두 무대 사이에 쉬어 간 오아시스처럼 돌이켜보게 되는데, 곧 닥치게 될 무대가 더 힘들다는 것을 이미 알았던 것처럼 불가에 앉아 블렌킨숍 씨가 너무도 뜻밖에 보내온 책을 읽으면서 그 막간극을 최대한 누렸다.

엉클 짐과 하워드는 시골에 가서 한참 걷다 돌아왔고, 해나는 그들이 거기서 하워드에 관한 문제를 논의하고 작전을 세웠을 거라고 추정했다. 그녀는 그 문제에서 더 할 수 있는 게 없었지만, 로버트 코더에게 새 방법을 써보기로, 그에게 자신을 이해심 많은 사람으로 보여주기로 결심했다. 그렇게 해서 그의 분노를 견디기 어려워하는 사람들의 부담을 자기가 대신 짊어질 생각이었다.

"하지만 성공하진 못하겠지." 그녀가 자기 행동은 늘 의도에 미치지 못한다는 것을 알기에 슬프게 말했고, 이어 자신이

● 크리스마스 다음 날인 12월 26일. 영국과 영연방 국가에서는 이날을 휴일로 삼고 하인들에게 선물을 나눠주었다.

코더 부인에게 한 잘못과 서재로 들어갔을 때 마주친 부인의 반쯤 유머러스한 책망의 시선을 기억해내고는 실패에 대한 생각을 밀어냈다. 로버트 코더는 그녀를 돕기 위해 자신이 할 수 있는 것을 하고 있었다. 그는 그녀가 집을 가진 여자라는 것을 안 뒤로 아주 다정한 태도를 보였고, 그녀는 그에게 그 땅이 얼마나 작고 보잘것없는지에 대해 말해줄 필요가 없는 것 같았다. 어쩌면 그도 그녀와 마찬가지로 친절한 모습을 보이고 싶은 욕구가 있었겠지만, 같은 이유, 즉 인상적으로 보이고 싶은 그 고집스러운 갈망 때문에 성공하지 못했을 것이었다. 한 집에 같은 욕망을 가진 사람이 두 명 있을 수는 없으니 한 명은 다른 한 명을 위해 포기해야 했는데, 자신의 시야가 더 우월하고 훌륭하다고 생각하는 해나, 그가 맹목적으로 그 욕망을 추구할 때 옆으로 비켜서 있어야 하는 해나가 포기하는 그 한 명이어야 했다. 그럼에도 그는 자기 나름으로 영리했다. 그날 오후까지 샘슨 씨에 대해서는 입을 다물고 있다가 오후가 되자 아무렇지 않게 그 노신사를 찾아갔었다고 말하며, 코더 부인은 늘 남몰래 선행을 하고 그 이야기를 꺼렸다고, 자신도 할 수 있다면 기꺼이 계속 그렇게 할 거라고 말한 뒤, 목사의 아내에게 괜찮은 행동이 미혼의 여자에게는 썩 적절하지 않은 것 같다는 말을 흘렸다.

"저는 그걸 일로 여긴 적이 결코 없어요. 그리고 그 사람은 나를 좋아하고요." 해나가 큰 소리로 말했다.

"그건 칭찬인가요?" 그가 부드럽게 물었다.

"그는 코더 부인도 좋아했어요."

"잘 생각해보면, 미스 몰, 당신도 분명 그 차이를 알 겁니다." 그가 대답했고, 해나는 그저 샘슨 씨가 그들 둘에 대해 보인 애정은 그가 '미스 피트'라고 일컫는 대상에 대한 편애에 바탕을 둔 것이고 샘슨 씨에 관한 한 코더 부인의 선행은 코더 부인 자신을 향한 자선이었다는 것을 말하지 않고 참았을 뿐이었다. 해나는 샘슨 씨가 그날의 대화에 대해 말해줄 때가 몹시 기다려졌다. 스스로는 이끈다고 생각하지만 사실은 따라가고 있는 코더 씨가 자신의 의지와는 반대로, 자신이 미스 몰에 대한 노인의 큰 칭찬에 영향을 받았다는 걸 알게 되면 재미있을 것 같았다. 그리고 그 칭찬은 새뮤얼 블렌킨숍의 관심, 코더 씨의 주목을 피하지 못한 그 책들, 윌프리드와 루스의 애정, 그녀의 판단에 의존하는 에설의 모습, 그리고 서머싯에 있는 작은 집과 맥락이 같았다. 그가 계속 샘슨 씨를 입이 가볍고 목사의 지위에 대한 존경심이 없는 평판 나쁜 노인이라고 생각한다는 사실은, 불신할 수밖에 없는 여자에 대한 계속 달라지는 그의 평가에 영향을 미치지는 않았다. 그녀가 뭔가 개성이 있는 여자인 것은 분명했지만, 그는 그녀가 스펜서 스미스 부인의 파티에서는 그것을 너무 많이 드러내지 않기를 바랐다. 그는 그녀가 게임을 너무 영리하게 하거나 태도가 너무 활발해 보일까봐 걱정스러웠는데, 그녀는 어쨌거나 그의 가정부였고, 스펜서 스미스 부인이나 미스 패치 위더스가 그녀를 그 이상으로 생각하는 것은 바라지 않았기 때문이다. 그는 스펜서 스미스 부인의 진정한 기독교적 환대 정신이 강하게 발현되어 초대 명단에 미스 몰까지 포함시킨 것이 유감스러웠다. 이것이 그가 에설만큼 고대하고 루스보다 더 기다리는 그날 저녁의 전망에 드리운 작은 그림자였다. 그는 신자들이 설교단 위의 자신을 사랑하면서도 설교단 밖의 자신은 더욱 사랑한다는 사실을 알았고, 파티가 〈올드 랭 사인〉을 부르며 끝나기 전에 자신이 소년처럼 열을 올리며 의자 뺏기 놀이를 하고 제스처 게임에서 동작을 해보이고 '로저 드 커벌리 경'● 춤을 약간 코믹하고 흥겹게 추는 모습을 신자들에게 보여주는 것에서 아주 큰 즐거움을 누렸다.

루스에게는 파티에 대한 자기만의 고민이 있었다. 일단 에설이 늘 고민이었는데, 에설은 깔깔거리고 너무 기분 좋아 보이고 너무 많은 장신구를 하고 있고 집에 돌아오면 아마 또 성질을 부릴 것이었다. 아버지에 대해서는 루스 스스로 아버지는 늘 즐거운 사람이라고 생각하는 게, 프록코트를 입은 아버지의 모습을 절반도 창피하게 여기지 않으려고 애쓰는 게 어려웠다. 엉클 짐이 예복을 입지 않으려고 하고, 더욱 속상하게는 여러 해 동안 예복 같은 건 있어본 적이 없다고 유쾌하게 털어놓은 것이 실망스러웠고, 그 걱정에 미스 몰의 진회색 장식이 된 검은색 실크 드레스가 더해졌다. 에설의 중국산 실크 드레스는 채플 신자인 체구가 작고 유순한 재봉사가

● 여러 명이 두 줄이 되어 추는 영국의 컨트리댄스.

급히 제작했고, 루스의 드레스는 미스 몰이 완성했는데, 그들이 가져본 가장 좋은 드레스였다. 하워드는 디너 재킷을 입겠지만, 베리스퍼드 로드 파견대의 모습은 엉클 짐의 푸른색 서지와 미스 몰의 검은색 실크로 형편없어질 것이었다. 아버지의 프록코트는 크게 중요하지 않았다. 사람들은 그것에 익숙하고 그는 목사니 그렇다 치겠지만, 소매가 짧은 듯한 푸른색 서지를 입은 자기가 좋아하는 삼촌, 그리고 루스에게 나중에 파티에 대한 모든 농담을 나누자고, 파티를 싫어할수록 결국에는 파티에서 더 많은 재미를 발견할 수 있을 거라고 말해준 미스 몰 그 두 사람의 모습은, 그러니까 가정부 같아 보이는 미스 몰과 모든 게 이상해 보이는 엉클 짐은 아름다운 새 드레스를 조롱거리로 만들 것이었다. 그들이 바로 재앙처럼 보일 것이었다. 뭔가가 정말로 제대로인 적은 한 번도 없었다고, 루스는 비참하게 생각했다. 그 옷은 자기가 평생 원한 파티 드레스였고, 그 드레스의 배경이 되어줄 어른들은 그 모양이었지만, 루스는 그것을 입을 순간을 고대하고 있었다. 하지만 면벨벳 드레스가 있었고, 미스 몰은 그걸 이 드레스가 너무 화사해서 입기 뭣한 자리에 입고 가라고 만들었다고 했지만, 루스는 그 말에 속지 않았다. 루스는 그것을 입어야 할 것만 같았다. 루스는 미스 몰이 스펜서 스미스 부부의 파티를 위해 그 드레스를 비밀리에 만들었고, 늦은 밤까지 일하면서 완성했으리란 걸 알았다. 그 드레스 역시 예뻤고 짙은 산호색이었으며, 루스의 하얀 뺨과 잘 어울렸다. 미스 몰은 모든 것을 기억하는 사람이라 짝이 맞는 머리 리본도 준비했는데, 그 선물에는 미스 몰이 감당할 수 있는 것보다 더 많은 돈을 썼을 터였다. 루스는 그걸 꼭 입어야 한다고 느꼈고, 어쨌거나 알아차리지도 못하겠지만 엉클 짐에게는 잘 설명하면 될 것이었다. 루스는 두 벌의 드레스를 침대 위에 놓고 처음에는 이것으로 정했다가 다시 저것으로 마음을 바꾸었다. 만약 미스 몰의 시간과 돈이 미스 몰 자신을 위해 쓰였다면 이 순간 루스가 더 행복했을 거라고 생각하면(그 생각을 하지 않을 수 없었다), 그건 끔찍이 싫은데다 이율배반적이어서, 루스는 페티코트를 입은 채 이 미칠 것처럼 억지스러운 딜레마에 빠져 애써 울음을 참았다. 때마침 미스 몰이 옷을 갈아입으려고 2층으로 올라가다가 방 안을 들여다보고는 조용히 면벨벳 드레스를 가져가 걸어주었다.

"하지만 몰리……!" 루스가 외쳤다.

"아니, 넌 그걸 입지 않을 거야." 해나가 말했다. "내가 이 드레스를 만들기 위해 흔히 말하듯 손가락이 닳도록 일한 건 아니니까 이 드레스는 오늘 밤에 입지 않을 거야."

"하지만 그 드레스를 만드느라 손가락이 닳도록 일했잖아요."

"그 드레스는 다음 주에 어디서 열리든 아무 파티에나 입고 가도 돼. 그걸 크리스마스 때 주지 말았어야 하는데 다른 선물이 없었어. 네 비국교도 양심이 그 드레스 때문에 힘들어할 줄은 몰랐구나."

"내겐 비국교도 양심이 없어요!"

"그러면 삼촌 드레스를 입어." 해나가 말했다.

그 일은 그렇게 정리되었고, 루스는 침대에 털썩 앉아 안도의 순간을 즐기며 다시 한번 미스 몰은 모든 것을 안다고 혼잣말을 했다. 그리고 어머니가 돌아가시고 미스 몰이 오기 전까지 그 끔찍한 2년을 돌이켜보며 그 기간은 너무도 암흑기였다고 생각했다. 미스 몰은 야간 등을 생각해냈고, 공포라는 단어를 쓰지 않고도 그것을 쫓아내주었으며, 루스의 마음속에 여전히 간직된, 자신을 귀여워해준 어머니의 권리와 말로 표현된 어머니의 생각(미스 몰이 기꺼이 신성한 것으로 지켜주었다)을 침해하지 않고도 루스를 아주 다정히 대해준 사람이었다. 그런 미스 몰이 진회색 장식이 된 검은색 실크 드레스를 입는다는 것은 인색하고 야비한 일로 느껴졌다.

루스는 태생적으로 신중한 사람에게서 불쑥불쑥 보이는 무분별한 모습이 특징인 하워드가 바로 오늘 밤을 선택해 스펜서 스미스 부인에게 자신은 목사가 될 생각이 없다고 말할지 모른다는 것만 빼고 모든 걱정을 던져버렸다. 그에게 그러지 말아달라고 부탁해봐야 소용없는 일이었다. 그 생각이 그의 머릿속에 들어가면 그가 어느 순간에 터뜨릴지 몰랐다. 하워드는 그런 식이었다. 그는 성격이 좋고 인내심이 강하고 느긋해 보였지만, 뭔가를 내면에 거의 끓어오를 때까지 오랫동안 담아놓고 있다가 결국에는 뚜껑을 날려버리는 식이었다. 이 뚜껑이 날아가면 끔찍한 일이 생길 게 뻔했는데, 폭발이 한

번으로 끝나지 않을 것이기 때문이었다. 루스는 약간 몸서리를 쳤고, 아래층으로 내려가기 전에 마지막으로 거울을 쳐다보았다.

엉클 짐은 응접실에 있었다. 그는 깔끔하게 면도했고 깨끗한 셔츠를 입었지만, 파티가 집에 있는 것보다 더 흥분되는 일이 아닌 것처럼 석간신문을 읽고 있었다. 그리고 루스는 중년의 차분함을 부러워하면서도 한편 안타깝게 여겼다. 그가 고개를 들고 루스의 모습을 만족스럽게 쳐다보는데, 루스의 아버지가 손목시계를 보면서 하워드가 집에 없어 다 같이 늦겠다고 불평하며 황급히 방 안으로 들어왔다.

"음, 음." 이건 엉클 짐이 평소 상황을 누그러뜨리고 싶을 때 시작하는 말이었다. "아마 가고 싶지 않은가보네요."

"가고 싶어 하지 않는다!" 로버트 코더는 그날 아침에 스펜서 스미스 부인에게 받은 크리스마스 수표를 은행에 입금한 뒤라 분노로 목소리가 파르르 떨렸다.

"음, 음." 엉클 짐이 다시 시도했다. "아마 친구를 만났거나 뭔가 다른 일이 있었겠죠."

"차에 치였을지도 몰라요!" 에설이 자그락거리는 구슬 소리와 함께 안으로 들어오며 외쳤지만, 누구도 그 생각에 반응을 보이지 않자 혼자 그 걱정을 다 끌어안았다.

"이상한 일이구나." 로버트가 다소 침착하게 말했다. "나는 시간을 철저히 지켜야 하는 사람인데, 이런 식으로⋯⋯." 그러고는 에설을 쳐다보았다. "자꾸 신경 쓸 일이 생기니 말이지. 그런데 미스 몰은 어디 있니? 그리고 약속이 있는데도 이런 밤 시간에 하워드가 어떤 친구들을 만난다는 거니?"

"오, 맙소사. 밥,● 두더지 언덕을 키워 산을 만들지 마세요. 하워드는 충분히 일찍 나타날 테고, 하워드 때문에 우리가 반시간만 늦어지면 감사하기로 하죠."

"그렇게 생각한다면, 제임스"●● 로버트 코더가 딸들이 있는 자리에서 자기가 질책당한 사실을 차마 받아들이지 못한 채 말했다. "자네는 그냥 집에 있는 게 좋겠네."

"알겠어요. 제가 대신 집을 지키고 있겠습니다."

"하지만 도리스의 아데노이드 환자 같은 이모가 도리스와 같이 집을 지키려고 일부러 왔는데요!" 루스가 항의했는데, 루스의 절반은 비겁하고 속물 같아서 엉클 짐이 원래의 결심을 유지하기 바랐기 때문이다.

"도리스의 누구라고?" 로버트 코더가 물었다.

"아데노이드 환자 이모요." 루스가 시무룩하게 대답했다.

"네가 그런 표현을 쓰는 걸 듣고 싶지 않구나." 루스의 아버지가 온화하게 말했고, 그 순간 미스 몰이 스스로 멋있어 보이는 것을 의식하며 그들을 놀래주려고 약간 사각거리는 소리를 내면서 들어와 중간 음의 아름다운 목소리로 평온하게 말했다. "유감스럽게도 그 표현은 제가 먼저 썼지만, 직접 보

● '로버트'의 애칭.

●● '짐'을 줄여서 부르기 전의 말.

고 말하는 걸 듣는다면 다른 말로는 부르기 어려울 거예요."

"그거 검은색 실크가 아니네요, 몰리!" 루스가 외쳤다.

미스 몰의 드레스는 아주 멋있지는 않았고, 긴 소매에 목 쪽에 작은 구멍이 있는 소박한 것이었다. 빛을 받으면 녹색에서 갈색으로 변하고 시선에 따라 색깔이 달라지는 물결무늬 실크로 만든 것이었다. 샘슨 씨의 노끈 색깔 레이스에는 윌프리드가 선물한 브로치가 달려 있었다.

"응." 그녀가 말했다. "예전에 가발을 쓰던 노부인이 입었던 거야. 그 노부인이 결혼할 때 혼수에 넣어 가져왔던 것 같아. 영원히 입어도 될 것 같지. 내가 세탁해서 개조했어……."

"오래된 멋진 레이스로군요." 엉클 짐이 말했다.

"정말 진기하고 오래된 브로치네요." 에설이 자신의 구슬 목걸이를 미심쩍게 쳐다보며 말했다.

"응." 해나가 가볍게 말했다. "두 개 다 집안에서 몇 세대에 걸쳐 내려온 걸 거야."

로버트 코더가 방에서 나갔다. 그의 집안에는 레이스나 오래된 장신구는 없었다. 그런데 하워드는 어디에 있는가? 그는 현관을 왔다 갔다 했고, 에설은 응접실에서 안절부절못했으며, 루스는 해나를 우울하게 쳐다보았다. 루스가 미스 몰의 모습을 보고 느낀 안도감은 하워드에 대한 걱정 때문에 다시 사라져버렸고, 이제 엉클 짐은 결국 그 파티에 가겠다며 잃어버린 시간을 상쇄하고 여자들이 머리를 예쁘게 정돈할 시간을 가질 수 있게 구릉지대를 택시로 지나가자고, 자신이 태워

주겠다고 말하고 있었다. 완전히 괜찮은 상황은 결코 없다는 것을 루스는 다시금 깨달았지만, 하워드가 집에 들어와 사과의 말도 없이 아버지 옆을 급히 지나가며 오 분보다 더 기다리게 하지는 않겠다고 장담하면서 유쾌하게 소리치자 상황은 조금 나아졌다.

28

아래층으로 내려온 하워드가 그렇게 유쾌하게 말하거나 뻔뻔한 모습을 보이지는 않았어야 했겠지만, 너무도 활기차고 단호한 모습에 로버트 코더의 입술에 맴돌던 책망은 사그라들었다. 스펜서 스미스 부인의 손님 자격으로 온 미스 몰도 오래된 레이스를 착용하거나 차분한 모습을 보이지 않았어야 했을 것이다. 사실 가정부와 작은 집을 가진 여인에게라면 이중 가면은 당혹스러웠다. 자식들과 처남이 택시 한 대에 비좁게 타고, 자기는 그녀와 따로 한 대에 타야 한다는 것이 그는 짜증스러웠다. 그는 원칙적으로 택시를 이용하는 것에는 반대했다. 그는 이런 사치를 감당할 수 없었고, 자기가 돈을 내지는 않았지만 이런 식으로 허세를 부리며 도착하는 것이 마음에 들지 않았다. 게다가 하워드는 대체 15실링을 어디에 쓴 거지? 하워드는 절대로 어떤 것에도 그만큼 많은 돈을 써서는 안 된다고, 그는 생각했다. 그 아이에게 쓸 수 있는 돈이 너무 많은 것이다. 하지만 그 돈을 어디에 썼고, 왜 짐에게 그에 대해 말했는가?

"그 정도 들 것 같았어." 짐이 낮은 목소리로 말했다.

로버트 코더는 맥락을 모른 채 대화의 단편을 듣는 것을 싫어했다. 그는 미스 몰이 이렇게 친숙하게 가까이 있는 것이 싫어서 몸을 꼿꼿이 하고 앉아 택시 차창 밖을 쳐다보았고, 한편 미스 몰은 반대쪽 차창 밖을 쳐다보았다.

"곧 도착할 거예요." 그를 위로하려는 듯 그녀가 작은 목소리로 말했다. 혹은 그녀는 정말로 겉으로 보이는 것보다 더 긴장해서 약간의 격려가 필요했을까? 그는 지나가는 차의 불빛으로 그녀의 옆얼굴을 보았는데, 온순하고 길쭉해 보였고 모자는 쓰지 않았으며 코트 깃은 세워져 있었다.

"너무 일찍 온 건가요?" 그가 부드럽게 물었다.

"오, 아니에요. 저는 늘 스펜서 스미스 부인의 자녀들을 만나보고 싶었어요."

그가 택시 구석에 몸을 더 바짝 밀착시켰다. "자녀들이 부모의 수준에 못 미칠까봐 염려스럽군요."

"그렇죠. 결코 못 따라가죠." 미스 몰이 안타깝다는 듯 말했고, 그는 또 한 번 그녀를 쳐다보았다.

"하워드가 오늘 저녁에 어디 갔었는지는 당신도 모르겠죠?"

"전혀요." 그녀가 더 날카로워진 목소리로 말했고, 하워드가 그녀의 크리스마스 선물로 그릇에 담아준 로만 히아신스를 생각했다.

로버트 코더는 다른 한 대의 택시가 잘 쫓아오는지 보려고 차창을 내렸고, 스펜서 스미스 부부의 집 자갈을 밟는 바퀴 소리가 들렸다. 해나는 곧 엄청나게 큰 국화에 둘러싸인 채 포치에 섰다.

로버트 코더가 에설을 바로 그의 뒤에 세우고 행렬을 응접 실로 이끌었다. 루스는 미스 몰 바로 뒤에 서려고 했지만, 미 스 몰은 계속 엉클 짐의 앞자리를 지키며 릴라가 목사와 그의 딸들을 맞는 모습을 지켜보는 즐거움을 누렸고, 그런 다음 한 걸음 앞으로 나서서 릴라의 환영을 받았다. 그 환영이란 릴라 가 손을 뻗고 반쯤 어리둥절한 시선으로 쳐다보는 것이었는 데, 그 시선은 재빨리 누군지 알아보는 눈빛으로 바뀌었다.

"오, 미스 몰이로군요." 릴라가 말했다.

"기억해주시니 정말 고맙습니다." 해나가 대답했다.

릴라가 얼굴이 찡그려지려는 것을 꾹 눌러 참으면서 재빨 리 눈으로 레이스와 브로치와 물결무늬 실크를 훑었고, 어느 새 해나는 자기 손이 어니스트의 손에 잡혀 있는 것을 느꼈 다. 그가 그녀를 구석으로 데려가 친척끼리의 반가운 대화를 나누지 못하게 한 것은 손님들에 대한 그의 의무와 릴라에게 서 받은 지시 때문인 듯했다. 해나는 자기가 가 있을 구석 자 리를 발견했다. 해나가 원하는 것은 릴라가 새 손님이 도착할 때마다 미소의 따뜻한 정도를 능숙하게 바꾸는 것을 지켜보 기에 좋은 자리였고, 릴라의 상냥한 태도에 약간의 변화만 일어나도 해나는 도착한 사람이 세상에서 차지하는 위치와 교리를 따르는 견고함의 정도를 판단할 수 있을 것 같았다. 릴라는 자신의 역할에 맞는 완벽한 드레스를 입고 있었다. 손님들에게 경의를 표하고 그들의 특권을 일깨워줄 만큼 부를 드러내는 복장이었지만, 초라한 옷을 입은 사람들도 적절히 배려한 차림새였는데, 그런 사람들도 상당수였고, 엉클 짐이 파란색 서지 셔츠를 입은 유일한 사람도 아니었다. 해나가 채플에서 보았던 얼굴이 많았는데, 나이가 지긋한 부인들, 미혼 여성들, 목이 가는 청년들이었다. 목이 가늘고 울대뼈가 큰 청년들이 이렇게 많다는 건 놀라운 일이었다. 뭔가 비국교도 신앙과 연관이 있을 거라고 그녀는 추정했다. 코더 씨는 그 연관성을 설명할 수 있을지 모르겠지만, 그 순간 그는 파티에 와서도 채플 일을 놓지 못하는 음울한 집사와 대화를 나누는 데 몰두해 있었다. 참으로 그 파티는 채플의 더 가벼운 형태라고 할 수 있었다. 집사에게서 벗어나려고 애쓰며, 로버트 코더는 누구보다 그 측면을 강조하고 늘 시작부터 활기가 넘치는 스펜서 스미스 부인의 파티 분위기를 더욱 고조시키기를 열망했다. 이미 루스는 연필을 깨문 채 시합에 진지하게 참여하고 있었고, 에설은 청년들의 등에 붙은 명찰을 살펴보면서 그들을 아주 명랑하게 대했다. 자의식이 뭔지 모르는 것 같은 엉클 짐은 어슬렁거리며 전에 만난 적이 없는 사람들에게 자진해서 시합에 대한 조언을 해주고, 스스로 기대한 것보다 더 많이 즐겼다. 마저리 스펜서 스미스가 누군지는 그 나

이의 릴라보다 더 세련되어 보이는 모습에서 알 수 있었고,
청년이 된 그 집 아들들은 어니스트의 조용하고 친절한 면이
엿보이는 데서 알아보았다. 막내아들은 여느 손님이 차마 내
지 못했을 지루한 티를 더 많이 냈다. 이들이 해나의 친척이
었고, 그녀가 알고 있는 릴라를 생각하면, 이 아이들은 해나
의 존재에 대해서는 들어보지 못했을 것이었다. 그 아이들에
관한 한, 그리고 그 방에 있는 대부분의 사람에 관한 한 해나
는 보이지 않는 존재였고, 미스 패치 위더스가 해나에게 다정
한 미소를 지어 보였음에도 그 사실에는 변함이 없었다. 해나
가 그 이점이 조금 지겨워지려는데 마침 블렌킨솝 씨가 다가
오는 것이 보였다. 옆에 빈 의자가 있어 해나는 손짓으로 의
자를 가리키며 이 허공의 제스처를 릴라와 로버트 코더가 봐
주길 바랐다. 그러는 한편 그를 올려다보고 미소를 지었는데,
그 모습이 찬란해 보였다. 그 아래 가려진 웃음이 얼굴에 그
런 변화를 만든 것이었다. 하지만 블렌킨솝 씨의 등장에 코믹
한 요소는 아무것도 없었다. 그는 아주 깔끔해 보였고, 디너
재킷은 잘 재단된 것이었다. 작은 검은색 타이와 윙 칼라는
그에게 잘 어울렸다. 그는 허리가 날씬하고, 어깨는 넓어 보
였고, 목은 가늘지 않았다. 경련을 일으키듯 움직이는 목울대
도 없었다.

"여기서 만날 줄은 몰랐어요." 그녀가 말했다. "당신은 검은
양●이로군요. 스펜서 스미스 부인이 그걸 몰랐나보네요. 책
고마워요, 블렌킨솝 씨. 잠을 자야 할 시간에 그걸 읽느라 코

더 씨의 초를 많이 썼어요."

"그러면 안 됩니다." 그가 얼굴을 약간 찡그리며 말했다.

"정직하지 않아서요?"

"아니요. 피곤하니까요. 정직하지 않은 거라면, 스펜서 스미스 부인에게 전화를 걸어 감기에 걸렸다고 말하려다가……."

"누가 거짓말을 할 수 있는 사람이라서 기쁜데요." 해나가 그의 말 중간에 끼어들었다.

"그런데 깁슨 부인이 당신도 여기 올 거라고 해서 나도 왔습니다."

"음, 그 이야기를 전부 해줘요. 얼른! 조만간 당신은 끌려가서 저 바보 같은 게임 중 하나를 하게 될 테니까요. 그동안 어떻게 지냈어요?"

"이모와 함께 크리스마스를 보냈어요."

"그리고 집에 돌아온 뒤에는요?"

"집에 돌아와서는 지쳐 떨어졌죠." 블렌킨숍 씨가 간단하게 말했다. "거한 식사를 한 뒤 후텁지근한 방 안에 앉아 계속 유쾌한 대화를 하려고 애쓴 뒤라서요."

"내가 그걸 모를 리 없죠!" 해나가 그 기분을 알겠다는 듯 말했다. "나도 내 삶의 많은 해를 그렇게 보냈는걸요……. 많은 해! 한 시간에 대략 4펜스 반 페니를 받으면서요. 암울하지 않아요? 차라리 자살을 시도하는 남편이 있는 편이 더

● 자기 외에 모두 하얀 양인 무리 중에서 환영받지 못하는 새끼 양을 말한다.

낫겠어요. 거기엔 좀 흥분되는 점도 있고, 궁극적으로는 해방되리라는 희망도 있잖아요."

"사람들이 당신만큼 지략적이라면, 그렇진 않겠죠." 블렌킨숍 씨가 예리하게 말했다.

"그러게요." 해나가 후회하듯 말했다. "그런데 당신이 내게 책을 보내줬죠! 계속 말해봐요, 블렌킨숍 씨. 당신이 지쳐 떨어져서 집에 돌아왔고, 힘든 상황을 전혀 다룰 수 없는 상태로…… 그다음엔 어떻게 됐어요?"

"당연히 잠자리에 들었죠."

"오, 저런." 해나가 신음하는 소리를 냈다. "내가 소리 내 웃으면 스펜서 스미스 부인이 그 소리를 듣고 당신을 내게서 데려갈 테고, 내가 당신을 못 가게 할 수는 없겠지만, 정말로 몹시 웃고 싶어요! 속상한데요!"

그가 안경 뒤로 온화한 시선을 그녀에게 돌렸다. "무슨 농담인 겁니까?"

"오, 아무것도, 아무것도 아니에요! 나는 구조에 대한 또 다른 이야기를 들을 준비가 되어 있었는데, 당신이 그냥 잠자리에 들었다고 해서요!"

"나는 그게 뭐가 재미있는지 모르겠군요."

"재미있는 요소가 없었나보죠." 해나가 상냥하게 말하고, 그가 밤에 체계적으로 잠자리에 들 준비를 하는 것을 상상하며 입술을 씰룩거렸다. 그녀는 그가 손목시계의 태엽을 감고 옷을 옆에 가지런히 놓고 다음 날을 위해 깨끗한 칼라를 꺼낸 뒤 불안해마지않는 단추들을 점검하는 장면을 그려보았다. 블렌킨숍 씨가 잠자리에 드는 것을 상상하려는 찰나, 그녀의 귀에 블렌킨숍 씨의 목소리가 더 강렬하게 들려왔다.

"하지만 또 한 번의 구조를 하게 될 겁니다. 종류는 다르겠지만요. 조만간 말이죠." 그가 말했고, 해나는 그가 이 파티에 온 것은 자신에게 리딩 부인에 대해 이야기하기 위해서라고 혼잣말을 했다.

"나 때문에 또 일을 그르치면 안 되니까……." 그녀가 말했다. "도움을 드리기가 꺼려지네요. 하지만 도움이 된다면, 도울게요."

"그게 좀 재미있는 부분은……." 그가 솔직히 말했다. "내 생각에 그는 그녀 없이도 똑같이 행복할 거라는 거죠."

"음, 그건 위로가 되네요. 안 그래요?"

"글쎄요. 나는 그게 상황을 더 나쁘게 만든다고 생각해요."

"그건 당신이 가장 잘 판단하겠죠, 블렌킨숍 씨. 하지만 나는 그걸 참작 가능한 상황이라고 말하겠어요."

"간단히 말해 이 사람들은 서로의 관계에서 힘을 빨아먹어요……. 뱀파이어처럼." 블렌킨숍 씨가 말했고, 뭔가 감정이 일어났는지 공상에 빠지며 말했다. "그가 완전히 달라졌다면 더 좋았을 것 같네요."

"아내라는 존재에 대해서요?" 해나가 경박하게 물었다.

"누구에게도 그 자리는 제안하고 싶지 않군요." 그가 비통하게 말했다.

"어쩌면 조만간 내가 아내라는 자리를 원할지도 모르겠어요." 해나가 말했다. "혹 존경할 만한, 아주 존경할 만하진 않아도 유능하고, 연금을 받지는 않는, 나하고 어울리는 노신사를 알고 있진 않겠죠?"

"바보 같은 소리 하지 마요." 블렌킨솝 씨가 말했고, 그녀를 쳐다보았을 때 그녀의 입이 조롱하는 모양으로 변한 것은 미처 보지 못했다.

"아직 누구에게도 도와달라고 하지 않은 나 자신이 대견하긴 해요." 그녀가 말했다. "하지만 그렇게 할 날이 올지도 모르죠. 네, 그날은 아마 올 거예요." 그녀가 다시 말했고, 이제 그는 그녀가 다시 미소 짓는 것을 보았지만, 조롱의 미소는 아니고 그를 향한 것도 아니었다. "스펜서 스미스 부인이 당신을 지켜보는데요." 그녀가 말했다. "하지만 괜찮으면 조금 더 여기 있어요. 대견하다고 해봤자죠. 보다시피 이미 당신에게 도움을 요청하고 있잖아요."

"그냥 여기 앉아 있어요?"

"그냥 여기 앉아 있어요." 그녀가 말했고, 블렌킨솝 씨는 접착제로 강력하게 붙여놓은 듯 의자에 자리를 잡았다. 그는 할 수 있는 만큼 관찰했고, 그 범위는 그 순간 자신의 관심을 끈 대상보다 더 크지 않았다. 그의 능력이 그것과 동시에 참석한 다른 사람들을 쳐다보거나 상황이 전개되는 것을 지켜보거나 분위기가 살짝 달라진 것을 느낄 만큼은 되지 않았지만, 해나는 천성과 훈련 덕에 그러한 능력을 갖추고 있었다. 그는 그녀의 긴장된 표정이 왜 떨리면서도 반쯤 즐겁게 결심하는 표정으로 바뀌었는지에 대해 아무런 단서도 붙잡지 못했다. 블렌킨숍 씨는 마음의 갈피를 잡지 못한 채 의자에 꼿꼿이 앉아 있었다. 그는 자기가 여기 남아 있어야 하는 이유를 모르면서도 계속 있을 생각이었고, 이 의무 말고 다른 모든 것에는 무심한 채 사람들의 목소리와 웃음소리가 빚어내는 혼란과 자신을 밀치고 지나가는 모든 청년이 에나멜가죽 구두를 신은 그의 발가락에 미칠 수 있는 위험을 견뎌냈고, 스펜서 스미스 부인의 시선을 조심스럽게 피했으며, 로버트 코더(지금 방금 도착한, 마찬가지로 프록코트를 입고 검은 머리를 매끈히 빗어 넘긴 다른 목사와 이야기를 나누고 있었다)가 배신자인 자신을 모른 척할 것인지 가늠해보았다.

"뭔가 할 이야기는 없어요?" 해나가 날카롭게 물었다.

"있습니다." 그가 순순히 말했다. "시골에 작은 집을 찾고 있다고 말하려던 참이었어요."

"놀라운데요! 농사도 지을 건가요?"

"딱히 그런 건 아니지만, 땅이 조금 있는 작은 집을 원해요."

"그럼 그런 데를 어디서 찾으면 되는지 내가 말해주길 바라는 건가요? 거기 혼자 살 거예요?"

"딱히 그런 건 아니지만." 그가 같은 말을 반복했고, 당황한 듯 보였지만 계속 자기 생각을 말했다. "알겠지만, 지금과 같은 상태로 계속 지낼 수는 없어요."

"어떤 상태 말이죠?" 해나가 삐딱하게 물었다.

블렌킨솝 씨가 다시 얼굴을 찡그렸다. "리딩 부부 말입니다. 하지만 상황이 안정될 때까지 그 이야기는 나누고 싶지 않군요."

"상황은 결코 안정되지 않아요." 해나가 그에게 경고했다. "그 문제에 대해선 내 말을 믿어요. 편안해지고 싶으면 아무것도 하지 마요."

"내가 생각한 게 맞지 않습니까?"

"그건 당신이 할 수 있는 최악이죠. 굳이 말하면, 다른 사람들은 맞는다고 생각할지 몰라도 당신이 할 일은 아니에요. 그게 내 경험에 비추어 해줄 수 있는 조언이에요."

"음, 나는 40년 동안 특별히 뭔가 하지 않았지만, 이제 마음을 먹었으니 내 길을 갈 겁니다. 내가 금박 입힌 창살 뒤에서 일한다고 웃은 건 당신이었어요. 알겠지만."

"오, 내 탓은 하지 마요!" 그녀가 외쳤다.

"하지만 새 애인과 사귀기 전에 옛 애인과 헤어지는 건 좋지 않아요."

"하지만 당신은 새 연인과 함께가 아닌가요?"

"그렇게 해보려고요." 블렌킨솝 씨가 수줍은 미소를 지으며 말했다. "하지만 먼저 작은 집을 찾고 싶어요."

"그렇게 하면……." 그녀가 두 가지 일을 동시에 생각하느라, 그리고 매끈히 빗어 넘긴 검은 머리의 남자가 우회해서, 하지만 분명히 그녀를 향해 다가오고 있는 것을 보았기 때문에 천천히 말했다. "그렇게 하면 평생 괴로워하면서 지낼걸요. 내가 작은 집에 대해선 다 아는데요. 딱딱한 빵, 그게 뭘 말하는지 안다면, 블렌킨숍 씨, 왜냐하면 나는, 그런데 당신은 말하자면 독립된 수입을 갖고 있잖아요. 안 그래요?"

"내가 그 일을 감당할 수 없다면 해서는 안 되겠죠." 그가 약간 완고하게 말했다. "그리고 그건……." 그녀가 말했다. "그냥 당신과 나의 차이예요." 그리고 블렌킨숍 씨는 마지막 말을 올라가고 내려가는 숨과 함께 말한 그녀에게서 시선을 거두고, 그녀가 의문스럽게 이맛살을 찌푸리며 올려다보고 있는 그 남자를 쳐다보았다.

이 사람은 검은 머리 목사였고, 블렌킨숍 씨는 그가 정말로 탐탁지 않았다. 그는 중요한 대화를 방해했고, 그의 존재 자체에, 그리고 미스 몰에게 전에 만난 것 같다고 말을 건넬 때 보인 그 기름진 미소에 거부감이 들었다.

미스 몰이 고개를 가로저었다. "그런 것 같지 않은데요." 그녀가 말했다. "나는 얼굴을 아주 잘 기억하는 편인데, 전에 본 적이 있었다면 얼굴을 완전히 잊어버렸나봐요."

"하지만 당신은 미스 몰 아닌가요?"

"네, 미스 몰이 맞아요." 그리고 그녀는 블렌킨숍 씨를 항상 놀라게 한 그 생생한 미소를 지어 보였다. "혹시 제 사촌으로 오해한 건 아닐까요." 그녀가 말했다. "또 다른 미스 몰 말이죠."

"그 사람 이름이 해나입니까?"

"아니요, 힐다예요. 가족 유사성이 아주 강하게 나타났나보네요. 오, 가지 마요, 블렌킨숍 씨!"

"이제 우린 무리 짓기 놀이를 할 거예요." 스펜서 스미스 부인의 목소리가 들렸다. "블렌킨솝 씨가 바깥에 있는 사람이 되면 좋겠어요. 코더 씨도 당연히 바깥에 있고, 필그림 씨도 바깥에 있고요."

스펜서 스미스 부인이 두 사람을 흩어놓았고, 두 사람이 다른 무리에 들어가는 바람에 블렌킨솝 씨가 미스 몰의 모습을, 색색의 드레스 바다 위로 수영하는 사람들 머리처럼 깐닥거리는 많은 머리 사이에서 작고 확실한 머리 이상으로 보게 되기까지는 시간이 좀 걸렸다.

29

저녁을 먹은 뒤, 알 수 없이 시작되어 당사자들 빼고는 아무도 그만큼 놀라지 않은 작은 소문 하나가 미스 스펜서 스미스 부인의 응접실 안을 돌기 시작했다. 요령껏 한참 동안 못 들은 척하다 버틸 수 없는 순간이, 필그림 씨가 시를 암송할 수 있다는 사실을 무시할 수 없는 순간이 왔고, 그 순간은 어니스트의 어설픈 친절 때문에 더욱 빨라졌다. 단독 공연은 스펜서 스미스 부인의 규칙에 위배되는 것이었다. 그녀는 채플 신자들이 어떤 재능을 가졌는지 파악하고 있었고, 그것이 파티의 즐거움에 미치는 파괴적인 영향력은 물론 그것이 일으키는 작은 질투심을 알았지만, 필그림 씨는 혼자 사는 독신으로 어니스트가 특별히 원해서 초대한 새로운 사람이었다. 그녀는 그의 능력을 의심했고 그를 영예로운 모습으로 부각시키는 것 또한 바라지 않았지만, 또 한 명의 새로운 목사가 등장한 것에 몹시 흥분해 나이를 불문하고 그에게 시를 암송해보게 하자고 사정하는 여자들의 진지한 요구를 뿌리칠 수는 없었다. 또한 겉으로 내키지 않는 척하는 필그림 씨를 어니스트가 공개적으로 설득하는 것도 무시할 수 없었다. 그 간청에 합류한 다른 남자의 목소리는 없었고, 심지어 목사를 마땅한 존경의 대상으로 여기는 청년 중 가장 목이 가는 남자도 얼굴을 가다듬고 그 표정을 유지하려고 애썼다.

해나는 윌프리드가 그리웠고, 그가 부재한 지금은 엉클 짐의 놀라고 무방비한 표정과 자신이 그런 요청을 받은 당사자인 것처럼 진지한 로버트 코더의 태도에서 얼마간 위로를 찾았다. 그리고 맞은편 벽에 등을 기댄 다른 청년들 사이에서 새뮤얼 블렌킨솝과 시선이 마주쳤을 때는 윌프리드의 부재에 대한 보상 이상이 주어졌다고 느꼈다. 블렌킨솝 씨는 이 재앙적인 상황에서 그녀가 유일한 희망이라는 듯 침통하고 절망적인 표정으로 그녀를 쳐다보고 있었고, 그녀는 필그림 씨가 사람들 앞에서 펼쳐내는 말이나 제스처를 하나도 놓치지 않으려고, 또 저녁 내내 그녀를 끈질긴 시선으로 쫓아다닌 그에 대한 복수심을 한 방울도 잃지 않으려고 잔뜩 신경을 쓰느라 다른 사람에게 쓸 시간이 많지 않았지만, 블렌킨솝 씨가 찾고 있던 시선이 그녀의 것이라는 사실은 아주 기분 좋게 느껴졌다.

필그림 씨는 비극 배우였고, 몸을 사리지 않았다. 그가 암송한 장시는 도취된 해나에게는 너무 짧게 느껴졌고, 마지막에 터져 나온 박수 소리가 그녀의 감정과 일치한다는 의미는 아니었지만, 필그림 씨가 의심의 먹잇감은 아니었다. 그는 명백히 최선을 다한 남자의 여유로운 모습으로 얼굴을 닦았고, 스펜서 스미스 부인은 앞으로 나서서 감사의 말을 전한 뒤 아주 노련하게 다음 게임을 시작했다. 이미 그에게 가서 감사하다는 말을 하고 있던, 에설 역시 의심하지 않았다. 하지만 스펜서 스미스 부인의 파티 역사상 처음으로 제스처 게임은 없었다. 게임은 미스 패치 위더스의 언니가 피아노로 가라는 속삭임에 그리로 가서 '로저 드 커벌리경'의 시작 부분을 연주할 때까지 계속되었다. 로버트 코더는 스펜서 스미스 부인과 짝이 되었고, 어니스트는 춤 신청을 받지 못한 다른 모든 여자를 자신이 보살필 수 없다는 사실이 안타까운 듯 미혼의 나이 많은 여자 중에서 가장 초라한 여자의 손을 그의 친절한 팔 아래 끼었다. 해나는 그가 지나갈 때 자신은 춤추고 싶지 않다는 듯 즐거운 표정을 지으려고 애쓰며 필그림 씨가 마주 보이는 자리에서 환하게 웃고 있는 에설을, 그리고 엉클 짐과 함께 행복한 루스를 보았다.

"당신은 참을 수 있겠어요?" 블렌킨숍 씨가 그녀에게 못마땅한 듯 물었다.

"좋아하도록 해봐야죠."

"나는 대체로 이 시간이 시작되기 전에 떠나죠. 손을 내밀고 뛰어다니면● 바보가 되는 것 같거든요."

"**카프라**에서 비롯한 단어. 염소." 해나가 혼잣말로 중얼거렸다.

"하지만 우리가 함께 뛰어다닌다면……."

"그게 내가 생각한 거예요." 그가 우울하게 인정했다. "집으로 돌아갈 때 혹시 같이 걸어갈 기회가 있을까요? 그 낭송에 대해 누군가와 이야기하면 내게 도움이 될 것 같아서요."

"누군가?" 해나가 날카롭게 말했다. "리딩 부인에게 말해봐요. 네, 시험 삼아서요. 모든 소명에는 예비시험이 있어야 하고, 알다시피 리딩 부인이 필그림 씨라는 과목에서 잘해내지 못하면, 나라면 그녀는 완전히 낙제시킬 거예요."

"무슨 말인지 모르겠군요." 그들이 춤을 추려고 자리를 잡을 때 블렌킨솝 씨가 시무룩하게 말했다.

"그리고 어쨌거나." 해나가 속삭이려고 몸을 앞으로 숙였다. "코더 씨는 누군가가 뒤따라오는 걸 좋아하지 않아요. 독신 신사의 에스코트를 받아 구릉지대를 지나간다면 나는 곤란해질 거예요. 기쁨을 누리는 대가를 치러야 할걸요, 블렌킨솝 씨!"

그의 미소에는 재미보다는 짜증이 묻어 있었다. 이런 농담

● '뛰어다닌다'는 뜻의 원문 'caper'는 '염소'를 뜻하는 라틴어 카프라(capra)에서 유래했다.

은 그의 취향이 아닌 것이 분명해 보였는데, 동의하지 않는다는 표현인지 그녀의 뜻을 존중한다는 의미인지는 몰라도, 베리스퍼드 파티에 참석한 사람들이 스펜서 스미스 부인에게서 이유를 제대로 듣지 못한 채 그들을 차에 태워 보내지 못해 아쉽다는 인사를 받으며 구릉지대를 가로지르기 시작했을 때 그의 흔적은 어디에도 찾을 수 없었다.

그들은 여학교에서처럼 짝을 지어 엉클 짐은 하워드와, 에설과 루스는 어쩌다 같이, 그들의 아버지는 미스 몰과 함께 걸어가게 되었다.

"제스처 게임을 하지 않은 건 이번이 처음이군요." 그가 불쑥 실망한 아이처럼 말했다. "스펜서 스미스 부인의 파티에서 식사 뒤에 제스처 게임을 하지 않은 건 기억에 없군요. 우리가 단어를 고르면, 미스 몰, 내가 늘 두 편 중 한쪽의 리더를 맡게 될 테니, 시간을 절약하기 위해 나는 그 문제에 대해 미리 조금 고민을 했어요. 불만이 있는 건 아니고 그 전체가 중요하진 않지만, 올해 파티는 그렇게 성공적이진 않았다고밖에 말할 수 없군요."

"스펜서 스미스 부인은 영리한 여자예요." 해나가 말했다.

"당연하죠. 맞아요. 하지만 평소보다 그 영리함을 덜 보여준 것 같군요."

"영리한 데다 신경을 많이 썼죠. 우리와 필그림 씨에게. 필그림 씨는 반대쪽 리더를 맡았을 거예요. 우리는 비극 배우로서 그의 면모를 봤지만, 재미있는 그의 모습에도 관심을 가졌어야 했을 텐데요. 그녀는 우리 모두에게 신경을 썼지만, 그에게 더 썼어요." 해나가 느리고 나른한 어조로 덧붙였는데, 그 순간 코더 씨가 느닷없이 큰 소리로 웃음을 터뜨리는 바람에 앞서 걸어가던 딸들이 뒤를 돌아보았고, 하워드와 엉클 짐은 더 앞서서 걸어가다가 속도를 늦추고 누가 그 작은 무리에 끼어 가족과 함께 있을 때 좀처럼 웃지 않는 로버트 코더를 웃게 했는지 돌아보았다.

"그러면 당신은 그 낭송이 별로였나요?" 그가 진지하게 물었다.

"그건 내 삶의 가장 눈부신 순간 중 하나였어요." 그녀가 대답했다. "하지만 유감스럽게도 나는 자비로운 사람은 아니에요."

로버트 코더가 잠시 이 말을 소화한 뒤 친절하게 말했다. "당신에게 유머 감각이 있는 걸 보니 기쁘군요, 미스 몰. 유머 감각은, 가끔 생각하는 건데, 똑똑한 머리만큼 가치 있는 자산이죠."

"그렇다면 유머 감각을 더 키워야겠네요." 해나가 말했다.

"하지만." 그가 그녀 뒤에서, 다른 사람들은 이미 자리를 차지하고 앉은 전차에 올라타며 말했다. 피곤해 보이는 네 사람은 그들이 없었다면 텅 비었을 환한 전차 안에 앉아 있었다. "유감스럽지만 우리 두 사람 다 오늘 밤 그 유머 감각을 좀 발휘해야겠군요. 아쉽게도 필그림 씨는 얼마간 스스로 조롱거리가 됐고, 그의 채플 사람들이 그 낭송을 듣지 못한 것은 다행이었어요. 하지만⋯⋯." 그가 만족스럽게 덧붙였다. "그들이 그 부조리한 모습을 볼 기회를 놓친 걸 수도 있죠. 그들이 아주 지성적인 소공동체는 아닙니다." 그리고 그는 요금을 내려고 주머니에 손을 넣었고, 래드스토에 있는 대부분의 차장과 그러듯 아는 사이인 차장과 대화를 나누기 시작했다.

해나는 표를 끊어주는 젊은 남자를 보며, 그에게는 로버트 코더가 비상식적인 면이 전혀 없는 존경받는 훌륭한 목사인 것을 알 수 있었고, 로버트 코더를 그녀에게 보여준 면만으로 판단하는 것은 공정하지 않다는 사실을 깨달았다. 그녀가 보기에는, 그에게 먼저 어떤 특성이 주어지고 그런 다음 그가 거기 부응해 사는 것 같았고, 따라서 자식들이 그를 차장이 보는 것처럼 봐주면 그는 자신이 생각하는 아버지의 모습이 될 수 있을 터였다. 그리고 곰곰이 생각해보니 아마 모든 사람이 그럴 것 같지만, 엉클 짐은 타인의 의견에 구애받지 않고 자신이 누군가에게 흥미로운 대상이 될 수 있다는 사실도 거의 의식하지 않는 모습이었다. 그것이 아마 우리가 될 수 있는 가장 행복한 모습일 텐데, 불쌍한 에설은 확실히 그런 사람은 아니었다. 아버지 같은 면을 지녔지만, 자기 확신은 없고 안정감이 부족하고 사랑에 대한 가엾은 욕망에 휩쓸린 에설은 인정받는 것에 강렬한 반응을 보였다. 필그림 씨는 식사 시간에 에설을 데리고 들어갔고, 춤을 출 때 에설을 선택했는데, 존경하는 아버지가 방금 한 쓰라린 말은 괴로웠지만, 자신을 찬미하는 듯한 남자의 친절한 표정을 떠올리면 그 말에 결정적으로 중요한 가치는 없었다. 에설은 필그림 씨에 대한 이야기를 나누고 있는 두 사람에게 불신의 시선을 보냈다.

코더 가족의 젊은 식구들을, 뺨에 흥분의 표시인 홍조를 띠고 분노의 눈빛을 반짝거리는, 하지만 입술에는 애써 미소를 지은 에설을, 고단한지 삼촌에게 편안히 기댄 루스를, 아버지와의 정신적인 거리를 나타내려는 듯 전차의 안쪽 구석에 앉아 있는 하워드를 보면서 해나는 그들 모두에 대해 느끼는 비이성적인 책임감을 새로 수정했다. 이제 그녀를 가장 필요로 하는 것은 루스가 아니라 에설이었다. 이러한 변화는 루스는 안전하게 그녀의 것이고 에설은 여전히 절반만 정복된 나라라는 사실을 그녀가 인식하고 있기 때문일 수도 있지만, 근본적으로 루스가 에설보다 덜 무력하다는 확신에 진실이 존재하지 않았다면, 해나는 이 뛰어나지 않은 설명을 충분히 기꺼이 받아들였을 것이었다. 루스 역시 환경이 떠안긴 불안 아래 해나가 지닌 자질을 얼마간 갖고 있어서 해나가 스스로 종종 자신을 홀로 용감하게 항해하는 병에 든 작은 배에 비유하듯 루스도 그렇게 비유할 수 있었지만, 그 배는 폭풍 속에서 엉클 짐과 함께 항구도시로, 해나의 항구보다 더 확실한 항구를 향해 나아가고 있었다. 한편 에설은 해적과 굶주림과 갈증과 그 이름 때문에라도 비통함이 줄지 않는 그 모든 신의 행위에 무방비로 노출된 채 바람과 조수에 이리저리 무력하게 흔들렸다. 해나는 필그림 씨가 해적일지 도선사일지 생각해보았다. 아마 그는 어느 쪽도 되고 싶은 마음이 없었겠지만, 감정적인 효과 면에서 그의 의도는 에설의 소망과 준비된 신뢰에 비하면 거의 중요하지 않았다. 필그림 씨를 영웅으로 만들 준비가 되어 있는 불쌍한 에설, 해나는 그렇게 생각했고, 그러다 해나의 연민은 갑자기 자신에게 등을 돌려 조롱으로 변했다. 그녀가 에설만큼 바보 같고 불쌍해서였는데, 그녀 역시 필그림 씨의 희생양이었기 때문이다. 그리고 작은 공포가(그것 역시 충분히 절박했지만) 그녀의 미래 때문이 아니라 필그림 씨의 부드럽고 축축한 손에 의해 뒤집혀 드러난 작고 슬픈 과거 때문에 그녀를 찾아왔다.

그럼에도 그녀는 자신의 미래도 생각해야 해서, 그들이 베리스퍼드 로드 끝에서 전차에서 내려 앞서와 같은 행렬로 걸어갈 때, 로버트 코더가 필그림 씨를 비웃어준 그녀를 조심스럽게 대하면서도 분명히 인정해준 기회를 이용해 처음으로 그에게 뭔가를 요구하기로 했다. 그녀의 바람은 조만간 코더 씨가 그녀에게 꼬박 하루의 휴가를 주는 것이었다. 그녀는 시골에 가서 할 일이 있었다.

"당연히 가봐야죠, 미스 몰. 당신 없이 우리 스스로 최대한 잘해낼 겁니다. 그리고 내가 도움이 될 수 있다면, 하지만 그 일이 당신의 농장 임대와 관련된 일이라면 변호사와 상의해야 할 거예요. 집사 중 한 명인 와이엇 씨가 괜찮은 변호사인데, 그가 일반적으로 여자들은 거래와 관련해서 너무 순진하다고 하더라고요."

"네, 그런 것 같아요." 해나가 그 순진한 여자들에 자신도 포함시켜 말했다.

"구두로 처리해도 될 테고, 분명 조언을 잘해줄 거예요. 내가 부탁하면 비용도 명목상의 금액만 청구할 겁니다."

"고마워요." 해나가 말했다. 그녀는 와이엇 씨가 헌금 접시를 돌리는 것을 보았는데, 어니스트 스펜서 스미스는 가난한 신자들은 그냥 지나치는 세심함을 보였지만, 와이엇 씨는 그러지 않았다. 그녀는 와이엇 씨의 주머니나 의견이 후하다는 말을 의심했고 고개를 들어 옆에서 자신과 자신의 작은 세상을 확신하며 걷고 있는 로버트 코더를 흘끗 보았다. 그는 시야를 가로막은 구름에 눈이 가려 앞을 보지 못한 채로 빙하의 깊은 틈을 건넜고, 기품 있고 도움이 되는 모든 여성은 덕이 있기에 그에게는 그 미덕이 당연시되는 여자에게 다정한 동행이 되어주고 있었다. 해나의 긴 코가 조롱하듯 일그러졌다. 몇 번의 충격이 로버트 코더를 기다리고 있겠지만, 가장 힘든 것은 나쁜 미스 몰에 대해 점점 누그러지는 자기 마음을 알아차릴 때일 거라고, 그녀는 생각했다.

30

해나의 사촌 힐다는 점점 그 윤곽이 분명해져 해나가 잠들기 전에 확실한 인물이 되었고, 힐다의 모든 것을 알게 되니 해나는 오히려 좋았다. 모든 것이 정리되었을 때, 해나는 그녀를 아주 좋아하게 되었고, 그 존재를 믿게 된 것이나 다름 없었다. 힐다는 부엌 수납장에 살았던 사람들의 특징 중 일부를 지니고 있었다. 힐다는 누가 원하면 밖으로 나왔는데, 나오지 않는 시간에도 거기 있다고 느끼는 것은 힐다 자신을 위해서나 힐다가 활용될 가능성을 위해서나 두루 좋았다. 창조자는 다른 누가 자신의 작품을 볼 때까지 만족하지 않으므로, 해나도 사촌을 누가 살펴볼 수 있게 꺼내놓고 싶었다. 다음 날 아침에 옷을 입을 때쯤 변덕스럽고 매력적인 여자, 충동적이지만 마음이 건강한 힐다가 젊은 시절 형성된 해나의 모습 안으로 스며들었고, 해나는 루스를 힐다와의 일탈 이야기로 즐겁게 해주지 않은 것이 안타까울 정도였다. 예컨대 그들이 황소에게 쫓긴 적이 있었는데, 힐다는 해나를 향한 황소의 관심을 멋지게 다른 데로 돌렸다. 공교롭게도 루스는 그날 즐거운 이야기가 조금도 필요하지 않았는데, 몸이 떨릴 만큼 무서운 관심이 전적으로 요구되는 사건과 맞닥뜨렸기 때문이다.

하워드가 그림자처럼 소리도 없이, 혹은 경고의 뜻으로 잔가지 하나 부러뜨리지 않고 슬그머니 숲으로 들어가버린 야생동물처럼 사라진 것이 그날이었고, 뒤따른 흥분과 분노, 당혹감, 설명에 대한 요구, 슬픔과 눈물 속에서 엉클 짐은 그 동물을 달아나게 한 것은 옳은 일이었다고 확신하며 침착하고 무덤덤하게 서 있었다. 해나는 어린 시절에 종종 시골에 살았던 어떤 주민(해나가 태어나기 전에 죽은)에 대한 이야기를 들었는데, 그는 사냥꾼에게 쫓기는 여우에게 피신처를 만들어 주어 사냥개들의 소란과 사냥꾼들의 비난을 견뎌야 했던 것으로 유명하면서도 악명 높았다. 그녀는 엉클 짐을 보면서 그를 생각했다. 하지만 그를 그 사냥꾼과 비교하는 것은 그리 공정하지 않았고, 그는 누군가를 키우며, 혹은 길들였다고 생각하며 반쯤 경멸하면서도 곁에 두고 기쁨을 느끼는 남자와 오히려 비슷했다. 그런데 그가 가족 구성원 중 한 사람의 배신으로 그 누군가를 잃은 것이다. 하지만 이것은 그의 복잡한 입장에 비해 너무 단순한 비유였다. 그는 아버지로서 화가 났고, 하워드가 스펜서 스미스 부인의 괴혈병을 치료하는 것은 그의 책임이었다. 그는 이 문제를 그녀에게 어떻게 설명할 것이며, 신자들에게는 또 어떻게 설명할 것인가? 하워드에게 아버지와 솔직하게 털어놓고 맞서는 일은 하지 말라고, 아버지에게 맞서는 것은 시간 낭비고 두 사람 사이에 원한만 생기게 할 뿐이라고 조언하고, 그의 아들에게 남아프리카 공화국 과일 농장에서 제공한 일자리를 받아들이라고, 후폭풍은 삼촌인 자기가 견디겠다고 설득한 처남의 말을 그대로 전할 것인가? 짐이 그렇게 말했고, 로버트 코더는 아들에게보다 짐에게 더 화가 났다. 그는 그 말이 사악하고 잔인하게 여겨져 순수하고도 비통한 상처를 받았고, 동정심에서 비롯한 자신의 이해가 그런 평가를 받은 것에 충격을 받았다. 하지만 이 유별난 행동이 채플도 그 일부일 뿐인 그의 세상에 어떤 영향을 미칠지 곧바로 따져보는 것은 그에게 불가피한 일이었다. 그가 나쁜 아들을 둔 것을 인정한다면 비난받을 사람은 아버지라는 생각을 기꺼이 내비칠 사람들이 있을 테고, 게다가 그는 스펜서 스미스 부인에게는 다른 어떤 이야기를 내놓을 것인가? 그는 양심적으로는 그 잘못을 스스로 떠안을 수 없었고, 부인에게 할 말을 연습하면서도 자존심 때문에, 어쩌면 아들에 대한 사랑 때문에 자신이 보는 하워드를 그대로 묘사할 수도 없었다.

그는 짐이 공공연히 받아들여지는 사실인 양 조용히 말해준 내용에는, 그러니까 그의 성격과 그가 하워드를 다룬 방식과 타인의 관점을 잘 보지 못하는 그의 무능력함에 대한 부당한 평가에는 생각을 닫아버리려고 애썼다. 짐은 장황하게, 그 아이가 스펜서 스미스 부인과 아버지가 짜놓은 그물에서 달아나려면 한순간에 갑자기 툭 끊어내야 한다고, 은혜를 모른다는 질책과 너무 많이 겪어온 부드러운 폭력에서 서서히 벗어나는 것은 절대 불가능했을 거라고 말했다. 그의 아들은 품위 없이 싸우느니 있는 자리에 그대로 머물렀겠지만, 지금은 떠났고 로버트는 이것을 최대한 잘 활용해야 한다고. 지금은 두 사람의 사이가 나빠도 나중에 더 좋아질 수 있을 테고, 다시 만나면 그들은 서로를 전에 그랬던 것보다 더 다정하게 느낄 수 있을 거라고.

마음에 동요가 일어나는 것을 거부하는 사람과 논쟁을 이어가기는 어렵지만, 로버트 코더는 옆방에서 걱정스럽게 듣는 사람들이 알 수 있을 정도로 자신에게 조용히 모욕을 주고 있는 그 남자와 그럭저럭 논쟁을 이어갔고, 이 분노한 웅변의 마지막에 이르자 짐은 여전히 온화하게, 로버트는 스펜서 스미스 부인이 하워드에게 들인 비용을 돌려주면 될 거라면서 받을 생각이 있으면 자기가 그 돈을 주겠다고 말했다. 짐은 자기가 저지른 일에 기꺼이 대가를 치를 것이며, 하워드가 원하는 것, 얼리 집안이 원하는 것은 뭐든 흔쾌히 사줄 용의가 있다고 덧붙였다. 로버트는 분하고 화가 났지만 돈의 문제에서는 진퇴양난에 빠졌으며 자신이 짐의 제안을 받아들이리란 걸 내다보았지만, 얼리 집안이 원하는 건 뭐냐고 자기도 모르게 물어볼 만큼은 여전히 호기심이 있었다. 엉클 짐은 자신의 감정이 질문의 대상이 되면 명확한 답을 잘 하지 못했다. 그는 그것 때문에 자기가 바다로 나간 것이고, 자기 누이가 닭장 안의 닭처럼 느낀 거라고 중얼거렸다.

로버트 코더는 이해하지 못한 것처럼 이 마지막 말을 천천히 반복했고, 그 말에 함축된 잔인한 의미를 깨닫자 은색 프레임 속 코더 부인의 사진이 웃음소리처럼 조그맣게 댕 소리를 낼 만큼 세게 책상을 탁 쳤다. "처남은 이제 내 집에서 나가도 괜찮아!" 그가 큰 소리로 외쳤다. "이제는 내 아내까지 뺏어 가려고 하는군!"

"바보처럼 굴지 마세요, 밥. 내 말은 누이가 형님을 좋아하지 않았다는 게 아니에요. 하지만 누이는 답답해했어요. 나 때문에 감정이 상했다면 미안하지만, 나는 여전히 내가 올바른 일을 했다고 생각합니다. ……그리고 누이는 내가 한 대로 해주기를 바랐을 거예요."

짐은 방에서 나갔지만, 곧바로 집을 떠날 생각은 없었다. 그의 경험상 큰 목소리로 명령하는 남자는 그 말에 대한 순종을 기대하는 사람은 아니었고, 그는 사랑하는 사람들의 욕구를 예측할 만큼 충분한 상상력을 갖고 있었지만(그리고 누이의 아이들은 누이를 생각하면 소중했지만) 상상력이 그 자신에게만 집중된 로버트 코더의 진짜 괴로움은 그려볼 수 없었다. 그의 아들! 그의 아내! 스펜서 스미스 부인과 교회! 그에게 옥스퍼드에 다니는 아들이 있다는 사실을 알고 있는 위원회 동료들! 배은망덕하고 비겁한 하워드! 그리고 남편의 삶을 공유하고 살았으면서 아내가 어떻게 답답함을 느낄 수 있었다는 거지? 하지만 그는 아내가 샘슨 씨를 방문했다는 이상한 이야기를 떠올렸고, 샘슨 씨가 하워드를 일관되게 비웃은 것을 알고 있었다. 그는 자신이 완벽하지 않다는 것을 인정했다. 그도 당연히 실수를 하면서 살아오긴 했지만, 아내에 관한 한 어떤 실수도 떠올릴 수 없어서 그는 죽은 이에 대한 의무가 다른 누군가에게 털어놓지 않아도 조금 덜어지는 것을 느꼈다.

그의 생각은 뚜렷해지기에는 너무 혼란스럽고 너무 고통스럽고 너무 슬펐다. 그는 과거에 불행을 느낀 어느 때보다 더 불행했고, 두 딸 중 어느 쪽도 그에게 위로의 말을 해주지 않았다. 하지만 그는 이미 새로운 상황에 적응하고 있었고, 실망했으나 관용적이고 위축되지는 않은 정신으로 자신의 일을 해나가면서 점진적으로 하워드가 옳았음을 인정하고 아들의 편지를 인용하는 자신을 말과 행동으로 그려볼 수 있었다. 하지만 그날 밤 서재에서 그는 아주 외로웠고, 미스 몰이 차를 가져왔을 때 그녀를 본 것이 기뻤으면서도 동작이 빠르고 확실하며 사무적인 얼굴을 한 미스 몰보다는 그의 편에서 부드럽게 화를 내고 눈물과 연민을 보이는 방식으로 더 도움이 되었을 미스 패치 위더스를 생각했다.

"샌드위치를 좀 만들어 왔어요." 그녀가 말했다. "저녁을 많이 안 드신 것 같아서요."

"아주 친절하군요."

"이걸 드시면 좋겠어요." 그녀는 차를 따르면서 그가 큰 설탕과 작은 설탕을 한 조각씩 넣는 것을 좋아한다는 걸 떠올렸다.

"이번 일은 좋지 않았어요, 미스 몰." 그가 말했다.

"네." 그녀가 동의했다. 그녀는 그가 정말로 안타까웠고, 그가 받은 대우가 부당했다고 생각했다. 그녀는 하워드도, 에설과 루스도 안타까웠다. 그녀는 모든 사람의 관점이 다 보여 마음이 불편했고, 그 관점이 다 불필요한 것 같아 조바심이 났다. "하지만 해와 달과 별을 생각해보면……."

"그게 이 문제와 무슨 상관이 있죠?"

"그건 누구도 모르죠." 그녀가 대답했다. "하지만 그런 것들을 생각하면 우리에게 일어나는 일은 별것 아니게 보이잖아요. 안 그런가요? 그리고 당신이 그게 뭐건 무한과 삼 주를 비교하면 말이죠. 삼 주 정도가 지나면 이 일은 전부 잊힐 테고……."

"나는 결코 잊지 못할 겁니다." 그가 두 손으로 머리를 감싼 채 말했다.

"그렇겠죠. 하지만 사람들은 잊을 거예요. 그게 정말로 중요한 거죠. 그게 우리 약점이자 강점이기도 하고요. 부끄러워할 일도 아니에요." 그녀가 자기 자신에겐 듯 말했다. "실망할 것도, 환멸을 느낄 것도 없어요. 계속 안에 담고 있으면 참을 수 없게 돼요. 쓰라린 상처를 건드리는 건 다른 사람들의 짐승 같은 호기심과 짐승 같은 추측이에요. 하지만 아니요." 그녀는 자신의 신념에 충실했다. "그건 짐승 같은 게 아니에요. 자연스러운 거죠. 나라도 그렇게 할 것 같은데요."

"그럼……." 그는 자신이 우월한 위치여야 한다는 사실을 잊고 이 말을 하면서 안도감을 느꼈다. "당신은 내가 어떻게 느끼는지 이해할 수 있겠군요."

"이해해요!" 그녀가 외쳤고, 그는 그녀에게는 허락되지 않은 경험의 깊이를 의식하며 슬프게 말했다. "하지만 아닐걸요. 당신은 부모가 아니잖아요, 미스 몰."

그녀가 곁눈질로 그를 흘긋 쳐다보았다. "당신은 많은 걸 당연하게 받아들이는군요." 입꼬리가 올라가려는 것을 간신히 참으며 그녀가 말했다. "하지만 당신 말이 맞는 것 같아요." 그녀가 차분하게 말을 이어갔고, 그는 그게 마음에 들지 않았지만 가만히 있었다. "나는 부모가 아니죠. 목사도 아니고요. 아들도 아니고, 하지만 어쨌거나…… 이 샌드위치 좀 드세요. 저민 햄과 칠면조를 넣은 거예요. 맛이 아주 좋아요. 그리고 이 일은 보이는 것만큼 그렇게 어렵지 않아요." 그녀가 조용히, 아이에게 그게 좋은 거라고 설득하는 것처럼 말했다. "아들은 남아프리카 공화국에서 뜻밖의 제안을 받았어요. 야외 생활은 정말로 그에게 잘 맞고, 그는 그걸 받아들이거나 포기해야 했고, 그래서 전보로 답장을 보냈고, 당장 떠나야 해서 설명할 시간이 없었던 거예요."

"그래서 거기에 15실링이 들었던 거로군요." 로버트 코더가 중얼거렸다. "그러면 그동안 줄곧 그토록 신경을 써준 스펜서 스미스 부인에게는 뭐라고 하죠?"

"내가 스펜스 스미스 부인에게, 그리고 당신에게도 적당한 만큼만 진실을 말할게요. 그게 당신에게 공평할 테니까요."

"돈은 갚을 겁니다!" 그가 큰 소리로 단호하게 말했다.

"그러면 부인도 불평할 수 없겠네요. 불평할 것 같진 않지만. 안녕히 주무세요, 코더 씨."

"잘 자요, 미스 몰."

이번에 그는 그녀를 다시 부르지 않았지만, 그녀가 돌아보았다. 그녀는 포개 잡은 두 손을 앞으로 한 채 수줍은 미소를 지으며 상냥하고 얌전한 모습을 보였는데, 그것은 그가 지금껏 본 그녀의 모습 중에서 여자는 이래야 한다고 생각하는 모습에 가장 가까웠다.

"궁금한 게 있는데……." 그녀가 말을 시작했고, 그는 마음

의 이면에서 방어적이고 신중한 자세를 취하면서도 겉으로
는 활기차게 대꾸했다. "음, 미스 몰, 뭔가요?"

"화가 많이 났겠지만, 그렇지 않은 척할 수 있을까요?"

"나는 화난 게 아니라 깊이 상처를 받은 겁니다." 그녀는 침
묵으로 그가 고쳐준 말을 알아들었다는 표시를 했고, 그는 평
소의 권위적인 태도로 "그리고 뭐든 척하는 것은 내 규율에
어긋납니다" 하고 말했다.

그녀의 눈이 커졌고, 그녀는 놀랄 만큼 아이 같아 보였다.
그는 그 시선이 불편했다. 얼굴에 나타나는 그 묘하고 동적인
표정과는 극도로 대조되는 반박을 예상할 만큼 그는 그녀를
충분히 잘 알아가기 시작했지만, 그녀는 반박하지 않았다.

"나는 루스를 생각하고 있었어요." 그녀가 말했다. "그리고
에설을. 네, 에설이 자기를 에설로 불러달라고 했어요." 그녀
가 그의 이맛살이 살짝 찌푸려진 것에 대한 답으로 재빨리
대꾸했다. "아이들의 마음이 정말로 좋지 않아요."

"이건 내 아들의 책임입니다. 다 같이 힘들어할 수밖에 없
어요."

"하지만 힘들어할 일이 전혀 아니에요." 그녀가 자기 생각
을 말했다. "스스로 뭔가인 척할 수 없을 때 유일하게 할 수
있는 건 느끼지 않는 것뿐이에요. 아들이 뭔가 잘못했다는 생
각을 사람들에게 심어줘서는 안 돼요. 당신의 지위를 고려한
다면요." 그녀가 부드럽게 덧붙였다. "그리고 에설과 루스가
당신을 아주 많이 걱정해요."

"아이들은 그런 내색을 전혀 하지 않았어요."

"아." 그녀가 말했다. "당신을 조금 두려워해요. 이렇게 말해도 괜찮다면, 코더 씨, 당신은 좀 무서운 편이에요. 아이들은 떨면서 거기 앉아 있지만 억지로 울음을 참고 있어요. 당신이 상황을 통제하고 있다는 걸, 당신을 따르기만 하면 된다는 걸 아이들이 깨닫게 해줄 수는 없을까요? 에설은 스펜서 스미스 부인 때문에 걱정하며 스스로를 괴롭히고 있고, 부인에게, 그리고 다른 모두에게 무슨 말을 해야 할지 고민하고 있어요."

로버트 코더의 대답은 실망스럽지 않았다. "에설이 걱정할 필요는 없어요." 그가 말했다. "나한테 맡겨두면 됩니다. 내일 가서 스펜서 스미스 부인을 만나고 올 거예요. 어느 가족이든 걱정거리가 있고, 언젠가 스펜서 스미스 부인도 자기만의 걱정거리가 생기겠죠."

"당연히 그럴 것 같아요." 해나가 말했다. 그리고 시계를 보았다. "잠자리에 들기 전에 편지를 써야 해요. 우편물을 수거하기 전에 간신히 끝낼 수 있을 것 같아요. 안녕히 주무세요, 코더 씨." 그녀가 망설이다 말했고, 그는 얌전한 태도가 그녀에게 아주 잘 어울린다고 생각했다. "따님들에겐 당신만큼 용감해져야 한다고 말해야겠어요." 하지만 서재에서 나오면서 그녀는 한 명이 자유를 얻었으니 나머지 아이들에게도 자유를 주기 위해 자신이 할 수 있는 것을 해야겠다고 다짐했다.

31

로버트 코더가 아이들을 안심시키고 이 새로운 짐을 비장하게 떠맡아 어깨에 용감하게 짊어지는 모습은 해나에게 예술가의 작품을 자기 것으로 속여 파는 남자를 보는 것과 비슷한 인상을 주었다. 그녀는 그가, 에셀이 그에게 느끼는 놀람과 감탄에서, 루스가 얼굴을 붉히며 드러낸 안도감에서 연민이나 암묵적인 비난을 보지는 못했는지 궁금했다. 하지만 어쨌거나 그가 그러는 한 그의 행동이 아주 예의 발랐던 이유는 해나에게 중요하지 않았고, 자신의 제안이 성공적이었던 것은 수완이 좋아서가 아니라 현실적이었기 때문임을 그녀는 마음에 새겼다. 그가 계속 마음이 넓고 낙천적인 모습을 보이려면, 하워드가 떠난 것을 받아들이고 그 행동을 지혜롭고 앞을 내다볼 줄 아는 정신에서 나온 것으로 받아들여야 할 것이었다. 그래야만 주일에 설교단에 올라가 여전히 자기 사람들을 지배한다고 느낄 수 있을 터였다. 남자의 가치를 높이는 슬픔에는 몇 종류가 있지만, 나쁜 아들을 갖는 것은 그중 하나가 아니었고, 로버트 코더는 그 슬픔은 느끼지 않기로 한 것이었다. 적어도 그것이 해나가 그의 행동에 대해 내린 평가였다.

루스도 그것에 대해 나름의 의견이 있었지만, 그 의견을 알려주려는 식이 아닌 질문의 형태로 표현했다. 해나는 야간 등을 켜주면서 루스의 모습이 아주 고통스러운 발작이 멈춘 것에 안도하며 맥없이 누워 있는 것 같다고 생각했다. 아주 빠르게 부드러워지고 또 딱딱해지는 루스의 얼굴에서 아이의 윤곽이 느껴졌지만, 눈에는 편안한지 졸음이 깃들면서도 신중하고 지적인 표정이 머물러 있었다.

"상황이란 게 혼자 예상한 것만큼 비참해지지 않는 게 정말 놀랍지 않아요?" 루스가 한숨을 쉬었다.

"그래? 나는 모르겠는데. 나는 한 번도 비참하게 느낀 적이 없어."

"음, 어렸을 때는 종종 그랬을 거예요."

"늘 뭔가 다른 일이 있었지." 해나가 말했다. "찾아보면 늘 뭔가 다른 일이 있어. 하지만, 아니 어렸을 때 내가 행복하지 않은 건 아니었어. 물론 늘 내겐 부츠가 있었고, 그걸 신는 내 발이 있었고. 하지만 내가 원하는 종류의 부츠를 가졌다면, 내 발이 지금 이렇게 예쁘지는 않았을 거야. 당시에도 나는 모든 게 최선이란 걸 알았던 것 같아. 나는 늘 그건 잘했거든."

"발에 굉장히 자부심이 있네요. 하지만 발은 사람들이 거의 쳐다보지 않잖아요."

"그게 나한테 무슨 상관이야? 내가 보는걸. 그리고 매일 밤 나는 발을 위해 작은 연회를 열어준단다. 두 발이 침대 한쪽 끝에 앉고 나는 반대쪽에 앉아서 내 발의 멋있게 뻗은 발가락과 그 작은 뼈들을 쳐다보고 신의 다양한 작품을 떠올리는 거지. 자부심 때문에 그러는 건 아니야. 내가 만들지 않았으니까."

"하지만 몰리는 그 발이 내 발일 때보다 몰리 발이니까 더 좋아하겠죠."

"아마도. 내 발은 정말 놀라워. 부모님 발은 정직한 자작농의 발이고, 릴라의 발도 그렇고."

"릴라? 그건 스펜서 스미스 부인의 이름인데."

"내가 릴라라고 했니? 힐다를 말한 거였어."

"힐다는 누구예요?"

"오, 친척. 좀 신비로운 친척이지. 언젠가 힐다에 대해 말해 줄게. 나보다 더 예쁘게 생겼지만, 많이 그런 건 아니고, 발은 못생겼어. 하지만 손은 예쁘고, 예전에 한번은 그 애가 우리 신체 중에서 가장 예쁜 부분만 골라낼 수 있다면, 우리는 꽤 괜찮게 생긴 여자를 만들어낼 수 있을 거라고 말했지."

"지금 살아 있어요?"

"맙소사, 그래, 그러길 바라. 어딘가에서. 나보다 나이가 더 위는 아닌데, 오랫동안 만나지 못했어. 어디로 튈지 모르는 유형이야." 해나가 야간 등의 작은 불꽃을 응시하며 말했다.

"그 이야기를 더 해줘요."

"지금은 말고. 잘 자."

"몰리……." 루시의 질문은 이것이었다. "몰리가 차를 내갔을 때 아버지가 화나 있었어요? 아버지가 짐 삼촌에게 화가 많이 난 건 알고 있어요. 우리도 아버지가 소리 지르는 걸 들은걸요. 나는 아버지가 들어와 우리에게 그렇게 다정한 모습을 보이리라곤 생각도 못 했어요."

"하지만 그게 네 잘못은 아니었는데, 아버지가 왜 너한테 화를 내지?"

루스는 그 말에 아무 대답도 하지 않았다. 대답할 게 없었고, 과거에 경험한 일을 언급하지도 않았다. 해나가 보기에 루스는 마땅히 돌려야 할 곳에 공을 돌리고 있었지만, 아버지가 보여준 예상치 못한 다정한 모습의 원인을 알려면 루스는 그의 성품 이상을 봐야 했고 그건 슬픈 일이었다. "저기, 아버지가 짐 삼촌에게 화를 그만 냈으면 좋겠어요." 루스가 말했다. "제가 무슨 결심을 했는지 말해줄게요. 가능해지면 저도 곧바로 남아프리카 공화국으로 가서 하워드 오빠와 같이 있을 거예요."

"그럼 나는 어쩌고?"

"여기 남아 아버지를 돌봐주면 안 돼요?"

"내가 여기 있는 건, 네가 아직 아기라 네 양말을 직접 기울 수 없어서야. 내가 돌봐줘야 하니까. 네가 그걸 할 수 있게 되면 나는 떠나야 해."

"그래서 제가 그걸 하지 못하게 하는 거예요?" 루스가 영리하게 물었다. "그러면 몰리도 같이 가면 안 돼요?"

"내가 왜 오래전에 떠나지 않았는지 모르겠어." 해나가 말했다. "난 참 바보였나봐!"

"몰리는 작은 집이 있었으니까요."

"그래." 그녀가 말했다. "아마 그게 나를 계속 여기 머물게 한 것과 연관이 있겠지. 하지만 어쨌거나 거기 갈 충분한 차비가 있었던 적이 없어. 앞으로도 그럴 것 같고."

"신발에 돈을 너무 많이 써서 그래요." 루스가 당돌하게 말했다. "그러니까 생각나는데, 창문을 깼다는 이야기 있잖아요. 이제 사촌 힐다에 대한 이야기도 있고요. 몰리는 늘 약속만 하고 이야기는 절대 해주지 않아요."

"창문 이야기는, 아직 완성하지 못해서 해줄 수가 없어. 그 문제라면, 사촌 힐다 이야기도 끝나지 않았고. 이야기가 마무리가 안 되네. 창문 이야기는 소위 마침표를 찍는 데까진 갔는데, 끝은 아니야. 해줄 수 없겠다, 정말로. 내 생각에 2부는 1부보다 좀 재미는 없지만, 인간 본성에 대해 배우려는 사람에겐 더 흥미진진할걸. 정말로 훌륭한 전기는 누구든 그 사람이 죽을 때까지 집필되지 않지. 하지만 우리가 머나면…… 남아프리카 공화국에 가면 네게 그 이야기를 들려줄 수 있어."

"왜 창문을 깼는지에 대해 힌트만이라도 주면 안 돼요? 그건 래드스토에서 일어난 일이었어요?"

"힌트는 없어." 해나가 말했다. "스스로 이야기를 만들어보면 어떨까? 나도 그렇게 하거든."

"하지만 이 이야기는 진짜죠. 아닌가요?" 루스가 간절한 눈빛으로 외쳤다. "도둑 이야기 같은 건 아니죠?"

"도둑 이야기하곤 전혀 다르지. 그러니 이제 자렴. 남아프리카 공화국으로 가려면 직업이 있어야 하는데, 밤에 이 시간까지 깨어 있으면 직업은 절대 못 가질 거야. 되고 싶은 게 있으면 뭐든 좋지만, 중요한 사람이 되도록 해봐. 나처럼 그냥 유용한 사람이 되는 것만으로는 충분하지 않아."

"미스 몰은 제게 충분히 좋아요." 루스가 이 어색한 고백을 하고는 눈을 질끈 감았다.

해나는 2층 침실로 올라가 어둠 속에 섰다. 그녀는 처음으로 진짜 자기 이야기를 루스의 귀로 들었는데, 들리는 것이 마음에 들지 않았다. 루스는 미스 몰이 자신에게 충분히 좋다는 선언을 반복하지 않았다. 해나는 말을 잃었고, 충격을 받았으며, 모든 신념이 흔들렸다. 자신이 아름답다고 본 것은 추한 것으로 바뀌었는데, 아마 시력이 치유될 길 없이 흐려졌거나 왜곡되어 그랬을 것이다. 그리고 이것이 해나가 만들어낸 결과였다. 그녀의 행위가 순수하거나 꿈에도 떠올리지 못할 사람에게 미치는 결과는 차치하고, 어른이 된 후 그녀의 양심은 괴로울 일이 없었다. 만약 후회한다면 판단력 부족 때문이지 자각할 만큼 줄어들지 않은 순결 때문은 아니었다. 그녀에게는 사랑하는 사람이 있었고, 그와의 결혼을 기대했지만, 그 기대가 변명은 되지 않았다. 그녀는 변명이 필요하지 않았다. 그녀가 추구하는 가치는 로버트 코더나 베리스퍼드 로드 채플의 가치와는 달랐고, 그것에 법적 구속력이 없다는 데 진심으로 감사했다. 하지만 자기 양심 대신 어린 소녀인 루스의 양심으로 보려고 하자 마음이 편치 않았다. 루스가 해나의 진짜 이야기를 어떻게 받아들일지는 주로 그 이야기를 누가 하느냐에 달려 있었는데, 아버지나 언니가 한다면 해나와 루스가 함께 나눈 그 모든 행복한 시간은 그들이 드

러내는 혐오로 얼룩질 것이다. 하지만 해나는 루스의 마음 안
에 있는 독립심과 피붙이와는 반대로 행동하려 하는 자연스
러운 성향에 대한 희망과 믿음이 있었다. 더욱이 그들은 루스
에게 많은 이야기를 할 것 같지 않았다. 미스 몰은 신비롭게
사라질 테고, 그녀의 이름은 입에 오르지 않을 것이며, 루스
의 말 없는 충성심은 그 내밀한 반항심 때문에 더 강해질 수
도 있겠지만, 충성심을 유지한다 해도 그녀에 대한 환상은 벗
겨질 것이다. 어떤 여자도, 심지어 대부분의 평가에 담담하
도록 연습이 된 해나도 자신이 악한 사람으로 여겨질 가능성
은 즐길 수 없겠지만, 그럼에도 정말로 고민스러운 것은 그것
이 루스에게 미칠 결과였다. 자신이 10년 전에 한 행동이 그
때 알지도 못했던 존재인 아이에게 영향력을 미친다는 사실
이 그녀는 힘들었다. 너무 힘겹고 비합리적이어서 그녀의 온
전한 정신은 이 책임의 무게를 받아들이기를 거부했고, 거기
선 채로, 당장 달아나버릴까 생각했지만, 그녀의 상식은 사실
상 그다지 매력적이지 않은 그 도피의 유혹에 저항했다. 간다
면 어디로 갈 것이며, 이 현장을 필그림 씨에게 맡긴다면 루
스에게 어떤 이득이 있을 것인가? 그리고 어쩌면 사촌 힐다
가 황소로부터 그녀를 구해준 것처럼 그에게서 그녀를 구해
줄 수 있을 것이다. 아니야, 그녀는 생각이 명료해지는 어둠
속에서 옷을 벗으면서 혼잣말을 했고, 그녀가 할 수 있는 최
악은 오늘 저녁에 뚜렷이 입증된 힘을 헛되이 쓰는 것이었다.
자신의 멋진 꾀로 루스와 에설은 비교적 행복하게 잠자리에

들었지만, 릴라와 만나 이야기하고 집에 돌아온 로버트 코더의 모습이 즐거워 보이지 않으면 그녀의 계산이 크게 착오를 일으켰다는 뜻이었다. 릴라는 첫 우편으로 신중한 행동이 필요한 상황이 닥쳤음을 알게 될 것이기 때문이었다. 그리고 그두 사람이 이야기를 나누며 상황을 서로에게 더 편안하게 만들려고 애쓰는 동안, 해나는 로버트 코더가 그의 가정부에 대해 열광적으로 말해주기를 바랐다. 그러면 릴라에게 뭔가 걱정거리가 생기게 된 셈이라고, 해나는 잠자리에 들면서 키득거렸고, 기회만 주어진다면, 오랜 순교에 비해 짧은 기쁨일테지만 릴라를 대체해 채플의 가장 중요한 여성이 되기 위해, 결혼을 통해 로버트 코더에게 기꺼이 자신을 희생할 수 있겠다는 생각마저 들었다. 하지만 그녀는 그가 자기를 칭찬한다면 릴라를 치켜세우기 위해서고, 미스 몰에게 진 빚에 대해서는 맘 편히 망각하리란 걸 알고 있었다.

다음 날 저녁 그의 자기만족적인 표정은 견디기 힘들었다. 모르는 사람이라면 그가 아들의 탈출을 계획했고 스펜서 스미스 부인을 그 계획의 일부가 되게 했다고 생각할 정도였다. 그리고 해나는 분명 남편의 재미없고 오만한 환상 아래 시들어가고 아마 실제로도 죽어갔을 코더 부인의 삶을 또 한 번살짝 들여다보았다. 은색 프레임 밖을 내다보는 얼굴은 샘슨 씨의 행동과 생각에 대한 로버트 코더의 해석에서보다 샘슨 씨가 지어낸 화려한 이야기에서 더 많은 진실을 알아냈을 섬세한 통찰력을 지닌 여인의 얼굴이었다. 하지만 그녀의 가장 큰 바람은 해나처럼 아이들의 행복이었을 게 분명했고, 아내들이 필요에 의해 그러는 것처럼 그녀도 그래서 남편을 참아주었을 것이다.

이건 해나가 그들의 관계를 보는 관점이었고, 엉클 짐은 그것을 바꾸거나 확장할 어떤 원인도 제공하지 않았다. 그는 적어도 해나의 계략에 굴복하지 않았다. 겉보기론 사무적이고 직설적이지만 그는 단순한 사람이 아니었다. 해나의 대화가 향하는 목적지가 코더 부인일 때, 그녀가 반대쪽에서 대화를 시작하더라도 그는 그것을 짐작하는 것 같았고, 그래서 그녀는 그에 대해 단념했다. 다음 날 떠나는 그를 보면서 그녀는 도착했을 때만큼이나 그에 대한 정보가 거의 없다고 느꼈는데, 그가 그녀에게 끊임없이 농장에 대해 질문하고 그녀의 작은 집을 볼 수 없는 데 대한 아쉬움을 표현한 것을 생각하면 그다지 공평하지 않았다. 그녀가 다른 세입자를 찾는다면 그가 적당할 것이다. 그는 그 집이 자신에게 꼭 적당할 거라고 생각했는데, 래드스토와 충분히 가까웠고, 루스를 계속 지켜보고 싶어 했기 때문이다.

"음, 사람 일은 모르는 거니까요." 해나가 말했다. "주소를 남기고 떠나는 게 좋겠어요." 그녀가 생각에 잠기며 말을 계속했다. "저는 아직 20년은 더 일해야 할 것 같거든요. 지금 세입자는 그만큼 오래 있진 않을 테고, 내가 일을 계속하는 동안 당신이 집세를 내면 되잖아요. 그리고 당신이 내 재산의 가치를 떨어뜨리면 집세를 올려 받을 거예요. 그리고 내가 예순 살이 되면 은퇴하고 당신을 내보낼 거예요. 하지만 곤란한 건, 내가 직장을 잃으면 다른 세입자를 구하지 않을 거라는 거죠."

"당신이 왜 직장을 잃죠? 하지만 음, 그렇게 되면 내게 꼭 알려줘요. 나는 잠시 떠돌 예정이지만, 은행은 늘 나를 찾아낼 거예요."

"루스를 납치할 생각도 있어요?" 해나가 냉정하게 물었다.

"그렇게 해보려고요." 그가 말했다.

"그러면 에설은?"

"아니요, 에설을 데려갈 필요는 없을 것 같군요. 에설은 곧 결혼하면 좋겠어요. 파티에서 스스로 조롱거리가 된 그 검은 머리 남자가 누구였죠? 두 사람 꽤 사이가 좋아 보였는데."

"에설이 그와 결혼하면 좋겠어요?"

"에설이 누구하고든 결혼하면 좋겠네요. 그 남자가 술을 마시고 학대하는 사람만 아니라면 말이죠." 그가 말했고, 그의 예리한 시각에 해나의 존경심이 커졌다.

"하지만 결혼은 아마 코더 씨가 하게 될 것 같아요. 신자 중에 그와 친한 것 이상으로 관계를 발전시키고 싶어 하는 여자들은 충분하니까요."

"네, 나도 그런 여자를 한 명 봤어요." 그가 말했다. "예쁘고 가냘픈 여자. 루스에게는 전혀 쓸모가 없겠던데요. 바라건대……." 그가 담배 파이프를 벽난로 쇠살대에 탁 치며 말했다. "당신이 그와 결혼하면 좋겠군요."

"그게 의무라면 뭐든지 당연히." 해나가 건조하게 말하다가
벌컥 화를 냈다. "맹세코 당신은 내가 만나본 사람 중에서 가
장 염치없는 사람 같군요."

32

엉클 짐이 떠난 날과 윌프리드가 돌아온 날 사이 며칠 동
안 코더 씨 집에는 부자연스럽게 화목한 분위기가 감돌았다.
에설은 하워드의 잘못 때문에 괴로웠던 마음에서 벗어나게
해준 아버지에게 감사하며 응석을 받아주는 부모의 명랑
한 딸로 변신했지만, 루스는 해나의 마음에 기쁨과 슬픔을 모
두 일으킨 냉소적인 모습을 보였고, 이 좋은 순간이 오래가
지 않으리란 믿음에서 그 시간을 소중히 여겼다. 하지만 로
버트 코더는 어떤 태도를 보이기로 결정하면 그것을 유지하
는 사람이었다. 해나는 그에게서 좋지 않은 동기를 발견하면
좋은 동기가 있으리라 여기는 건 불가능하다는 것을 깨달았
고, 그의 일관성을 자기 보호 본능의 결과로 보았다. 그 본능
이 그에게 어떤 역할을 하려면 한결같아야 한다고 경고한 것
이었다. 그가 자신을 역할에 끼워 맞추는 데는 많은 날이 걸
리지 않았고, 해나는 하워드가 그를 그렇게 대했는데도 그가
그것 때문에 정말로 괴로워하기는 했는지, 그리고 그 함축된
의미에 대해 그의 내면에서 뭔가 반응이 일어나긴 했는지 궁

금해했다. 그는 호기심이 많은 인물이었고, 그 모든 인간적인 약점에도 그녀는 그가 정말로 진짜 인간이라고는 믿을 수 없었다. 그녀는 그가 감탄을 자아내는 꼭두각시라고, 아주 인간 같아 사람들 대부분을 속일 수 있을 정도라고 혼자 생각했지만, 막상 그가 집으로 돌아오면 자신이 그를 한 인간으로 인식하고 있다는 사실을 인정해야 했다. 에설은 그를 기쁘게 해주려고 전전긍긍했고, 루스는 바짝 경계하며 비판적인 태도를 보였으며, 해나 자신은 그를 지켜보면서, 그리고 그의 표정이 뜻하는 바를 짐작하거나 그가 할 말을 예측하면서 짜증스러운 즐거움의 형태로 그에 대한 존중을 표했는데, 이런 것들은 꼭두각시가 아닌 대상에 대한 반응이었다. 그는 물 색깔이 변하는 것처럼 자신에게 편안히 어울리는 제안을 흡수할 수 있었고, 한편으로 다른 사람들에게는 암시적인 힘을 발휘하는 것 같았다. 그렇지 않다면 그들이 그를 찾아와 위로를 받고 돌아가는 일은 없을 것이기 때문이다. 이것은 평생 동안 풀어야 할 퍼즐이었다. 해나는 자신의 모래가 흘러내리고 있다는 사실이 유감스러웠고(에설의 기분 좋은 모습은 오로지 아버지의 너그러움 때문만은 아니었다) 시간이 슬며시 빠져나가는 것을 보면서 비록 이 가족들에게 그녀를 유용한 존재로 만들어준 그 모든 역할, 즉 가정의 전반적인 관리나 살림, 요리, 조언자와 관련된 역할은 변하지 않겠지만, 필그림 씨의 몇 마디만으로도 가족의 친구가 회피의 대상으로 바뀔 수 있다는 사실에 분노와 재미의 감정을 번갈아 경험했다. 하지만 사촌 힐다가 있었고, 필그림 씨의 주장과는 반대되는 그녀의 주장이 있었다. 그가 뜻을 이루지 못하게 하는 것이 그녀에게는 자존심의 문제가 되었고, 그녀 주위에 흐르는 긴장되고 경계하는 분위기는 샘슨 씨 말고는 누구도 눈치채지 못했다. 그에게 모든 걸 말했다면 위로가 되었을 것이다. 그는 귀 기울여 들어주었을 테고 예의를 갖춰 놀란 기색을 내비치지 않았겠지만, 그는 온전한 정신을 가진 사람이라 그녀는 그의 시선 앞에서는 작은 비밀도 풀어놓을 수 없었다. 사실 그의 정신은 너무 온전해서, 그가 자연스럽고 해롭지 않은 욕망의 관점에서 보는 것이 그녀에게는 여전히 지키려고 애써야 하는 영적인 가치가 있는 것임을 그는 이해할 수 없을 것이었다.

그녀는 자신이 지쳤다는 걸 인정했고, 샘슨 씨는 낮은 목소리로 그녀에 대한 걱정을 표현했다. 그는 성경 속 처단자의 모습을 한 그에게 그녀는 보살필 가치가 있는 사람이라고 말해주었고, 미스 피트와 그 창백한 여자아이 편에서 그것 말고도 더 많은 이야기를 해주었다. 그는 그 가족에게 영향력을 미치는 문제를 일으키고 싶은 생각은 없었다. 그리고 코더가 코를 들이밀고 낮잠을 자고 있던 샘슨 씨를 깨우면서 원한 것은 무엇이었는가? 그 사람이 고양이에게 줄 고기를 가져온 사람이라고 생각하지 않았다면 그는 가서 문을 열어주지 않았을 것이다. 그런데 그가 거기, 계단에 전령 천사처럼 보이려고 애쓰면서 능글맞게 웃으면서 서 있었던 것이다.

"하지만 천사는 당신이란 걸, 당신 전에는 그 남자의 아내가 그랬던 것처럼 그에게 알게 해줬죠. 내 인생의 말미에 두 사람을 발견한 걸 보면 나는 정말 운이 좋은 늙은 악마지. 나를 보면 당신 같은 유의 사람에게 끌린다고 생각되지 않을 텐데, 지금은 그럴 수 있을 것 같아요? 음, 솔직히 말하면 나는 온갖 부류의 사람들에게 다 끌렸지만, 내가 좋아하는 사람은 생동적인 사람들이었어요. 재빠른 혀가 예쁜 얼굴보다 내겐 훨씬 더 쓸모 있어요. 이제 자기 몸을 잘 보살펴요. 조용히 포트와인이라도 마셔보는 게 어때요?"

"아니요, 안 돼요. 그 집 사람들은 술은 입에도 대지 않아요." 그녀의 웃음이 울려 퍼졌다. "하지만 코더 씨는 크리스마스 푸딩을 먹으면서 브랜디를 조금 먹어야 했죠! 저는 포트와인은 전혀 원하지 않아요. 하루 휴가를 내고 시골에 갈 생각이에요."

"휴가라니 재미있는 생각이로군요." 샘슨 씨가 말했다.

그것은 물론 그녀가 계획하고 있는 짧은 여행에 대한 완곡한 표현이었다. 루스가 따라가겠다고 조를 것이 분명해서 아직 날짜를 정하지 않았다. 새 학기가 시작될 때까지 기다리는 편이 더 나을 텐데, 그때까지는 시간이 한참 남았고, 해나는 자신에게 래드스토에서 보낸 하루 같은 기쁨을 루스에게 주는 것은 거부해야 할 터였다. 해나는 오로지 위축되는 마음뿐이었지만 그녀의 시골을 보고 싶은 큰 갈망에 휩싸였다. 시골의 모든 풍경이 물러나고 거리와 탑과 다리와 강과 배가 있는 아름다운 장소인 래드스토가 곧 보일 거라는 기대감에 설렜던 지난날처럼, 기차 안에 앉아 도시와 교외가 물러나고 들판과 숲이 나타나는 풍경을, 수로로 분할된 평지의 초원을, 장엄하고 수직적인 교회가 위압적으로 서 있는 마을을 바라보고 싶었다. 그녀는 가능한 한 빨리 자신의 일을 마치고 들판을 지나 그 옛날의 농장으로 가고 싶었다. 지금 그 농장이 누구의 소유인지는 몰랐지만, 그들이 그녀의 경계심 많고 친절한 가족과 조금이라도 비슷하다면, 그녀가 볼이 빨간 자식들과 함께 살고 있었어야 할 그곳의 부엌을 조금은 엿보게 해줄 것이다. 그들이 그녀가 농장 건물을 돌아보고 소들을 둘러보게 해줄 것이다. 베리스퍼드 로드 식사실에 앉아 끝없이 신을 양말과 스타킹에 뚫린 구멍을 꿰매면서 그녀는 소들의 향긋한 숨 냄새를 맡고 곰이 어슬렁거리는 작은 정원에서 꽃무와 개사철쑥과 패랭이꽃의 달콤한 향을 맡는 것을 상상했다. 지금은 비바람으로부터 안전한 강둑에 어쩌다 프림로즈가 피지 않았다면 핀 꽃이 없겠지만, 거기 소들은 있을 것이다. 안장을 이용해 만든 낡은 안락의자에 두 발을 올리고 앉아 독서에 몰두해 있는 루스의 모습이 보였고, 이 아이를 두고 가는 것은 잔인한 일이라고 생각했다. 이것이 출발을 미루는 것에 대한 변명인가? 그녀가 이렇게 자문하는데, 현관에서 시끄럽게 문을 두드리는 소리가 났고, 그 소리에 루스가 고개를 들고 말했다. "집배원이에요, 몰리. 큰돈을 가져온 걸지도 몰라요."

"큰돈이라니?" 에설이 물었다. 에설은 자기가 가진 만족스럽지 않은 많은 드레스 중 한 벌을 개조하는 중이었지만, 뜻대로 되지 않아 지금 미스 몰에게 잘라놓은 천 조각을 모아 한 벌이 되게 맞춰달라고 부탁할 생각이었다.

"그게 큰돈이라면." 해나가 문으로 걸어가며 말했다. "각자에게…… 음, 뭔지에 따라 다르겠지만, 각자에게 뭔가를 줄게."

"몰리는 정말로 그렇게 할 거야. 알잖아." 루스가 에설을 진지하게 쳐다보며 말했다.

노크 소리에 로버트 코더가 서재에서 나왔고, 미스 몰이 현관에서 편지를 들고 있는 것을 발견했다. "집배원인가요?" 그가 물었다.

"아니요. 이건 인편으로 왔어요. 집배원이 수거하지 않은 것처럼요."

"나한테 온 건가요?"

"아니요, 제게 온 거예요." 그렇게 말하고, 그녀는 편지를 펴서 그가 거기 서 있는 동안 읽어 내려갔다.

"나쁜 소식이 아니면 좋겠군요." 그가 말했다.

"전혀요." 그녀가 편지를 드레스 앞품에 밀어 넣으면서 미소와 함께 대답하고, 식사실로 돌아갔다.

그녀의 입술에는 여전히 미소가 머물러 있었지만, 루스가 "그거 정말 큰돈인가 봐요!"라고 외칠 때까지 그녀는 그 사실을 알아차리지 못했다.

"맙소사! 내가 그렇게 기분 좋아 보여?"

"지금은 아니고요. 지금은 약간 얼굴을 찡그렸어요. 뭔가 좋은 일 아닌가요?"

"관점에 따라 다르지." 해나가 말했고, 루스는 다시 책을 읽기 시작했다. 미스 몰에게 질문을 던져봤자 소용없는 때가 있었다.

해나는 이런 만족스러운 마음이 의아했고 반쯤 짜증도 났지만, 블렌킨숍 씨와 시골에서 하루를 보낸다면 속으로도 겉으로도 웃는 하루가 될 것이었다. 심지어 그의 손 글씨만 봐도 웃음이 나는데, 그녀는 몽글몽글 피어나는 기쁨의 감정을 드러내지 않고는 그를 쳐다보지 못할 것 같았다. 그리고 그가 요청한 날짜를 알려주려면 그녀는 자신이 계획한 짧은 여행을 미뤄야 할 것이었다. 그것은 그 자체로 안도감을 주었고, 한편 그녀가 아는 블렌킨숍 씨는 그녀의 표도 대신 끊어주고 그녀에게 피곤하진 않은지 물어봐주기도 할 텐데, 이렇게 블렌킨숍 씨의 보살핌을 받으리라는 예상은 다른 사람들을 돌보면서 너무 많은 시간을 써온 해나에게는 매혹적이었다. 하지만 블렌킨숍 씨에게는 많은 것이 당연했다. 그녀가 원인을 제공하기는 했지만, 그는 리딩 부인에 대한 해나의 관심이 상당하다고 추정했고, 그가 찾아낸 작은 집(그 집은 의심의 여지 없이 부인의 남편에게서 리딩 부인을 보호하는 은신처가 될 것이었다)으로 해나를 데려가 그곳을 살펴보게 하는 것은, 리딩 부인은 아마 화를 낼 테니 해나의 판단에 의존하겠다는 뜻이었다. 게다가 코더 씨의 가정부인 그녀를 그녀의 평판에 아무 이득이 되지 않을 일에 개입시키는 것은 의도적이었다. 자신의 평판에 대한 이런 걱정은 그녀가 왜 블렌킨숍 씨에게 약간 짜증이 났는지를 만족스럽게 설명해주었지만, 그렇다고 그것이 그의 말을 따르기로 한 자신의 욕구에 영향을 미치지는 않았다. 그런 초대는 흔히 찾아오는 것이 아니었고, 짜증스럽거나 말거나 그녀는 블렌킨숍 씨를 좋아했으며, 그가 딴생각에 빠져 있을지라도 회색 하늘을 배경으로 헐벗은 나뭇가지가 보이고 희끄무레한 들판이 갈색으로 변해 있고 혹시라도 프림로즈가 피어 있을지 모르는 시골에서 온종일 그의 동행이 된다는 생각은 그녀를 미소 짓게 만드는 것 이상이었다.

블렌킨숍 씨는 다음 일요일이 해나에게 불가능한 날이 아니기를 바랐다. 그는 그녀의 입장이 좀 곤란할까봐 염려하면서 할머니나 이모가 병에 걸렸다거나 그들의 장례식에 가봐야 한다는 식의 핑계를 둘러댈 수 있길 바랐다. 그는 편지 첫머리에 형식적인 인사도 생략할 만큼 흥분한 듯 보였고, 편지의 분위기는 꽤 장난스러웠다. 하지만 해나는 할머니나 이모를 들먹일 필요 없이 세입자를 핑계로 삼으면 될 테고, 일요일의 쾌락을 싫어하는 코더 씨의 편견은 그녀가 날짜를 바꿀 수 없다고 설명하면 적용되지 않을 터였다. 그녀의 고민은 코더 씨가 아니었다. 고민은 이 외출에 입고 갈 마땅한 옷이 없다는 것이었다. 신발은 있었지만, 잘 재단된 트위드 옷은 없었고, 화사한 스카프도, 세련된 모자도 없었다. 삶은 남자들에게 훨씬 더 단순했다. 남자들의 축제는 옷 때문에 밝아지거나 흐려지지 않았다. 남자들은 따분하지만 간편했고, 해나는 자신의 낡은 모자를 쳐다보며 한숨을 지었다. 그녀는 모아둔 얼마 안 되는 돈을 헤아렸고, 아주 많은 끼니와 아주 많은 밤의 안식처를 해결할 만큼의 동전은 있었다. 1페니라도 쓴다면 미친 짓이 되겠지만, 왜 미치면 안 되는가? 한 달 동안 음식을 먹는 것과 하루에 먹는 것 사이에 큰 차이는 없어서 그녀는 지갑을 주머니에 넣고 밖으로 나가 가게를 둘러보기로 했다. 1월 할인 행사가 이미 시작되었으니 할인된 제품을 고르면 될 것이었다. 차에 치일 뻔하는 부유한 노신사를 자신이 구해주게 될지도 몰랐고, 용기를 내서 모험을 할 수 있었기에 오히려 미래가 안정적일 지도 몰랐다. 그리고 그녀는 기적이 정말로 일어나리라 믿으며 돈을 탕진할 마음의 준비를 한 채 마음만 먹으면 스스로 절제할 수 있으리라는 기분 좋은 확신에 차서 길을 나섰다. 쇼핑하러 가기에 적당한 기분이었다. 온화한 공기 중에 떠도는 봄의 냄새, 일요일에 대한 생각, 그리고 코트 주머니 속에서 단단히 손에 쥔 지갑은 미스 몰에게는 와인과 같았고, 그녀는 빠르고 가벼운 걸음으로 마침내 가게들이 있는 곳에 다다랐다. 그리고 천천히 걸음을 옮기며 가게 창문 안을 쳐다보았지만, 흥분은 얼마 가지 않아 사라졌다. 그녀는 천성적으로 까다로웠고, 비싼 가격표가 붙은 옷에는 마음이 끌리지 않았다. 값싸고 화려한 것보다 고상하고 초라한 것이 더 낫다는 사실을 아는 그녀는, 걸음을 되돌려 비탈 지대를 올라갔고, 이따금 뒤를 돌아보며 공짜로 누릴 수 있는 아름다운 풍경을 내려다보았다. 언덕이 가까워졌을 때

분주히 걸어 내려오고 있는 릴라가 눈에 띄었고, 해나의 눈빛이 새롭게 반짝거렸다. 새 모자를 살 수 없다면, 릴라와 재미있는 시간을 보내면 될 것이었다. 릴라가 후퇴할 곳이 없는지 주위를 둘러볼 만큼 해나는 크고 사랑스러운 목소리로 육촌 친척을 불렀다.

"여기 들어가 같이 차 마시자." 릴라는 해나가 처음 블렌킨숍 씨를 본 그 10월 저녁에 같이 차를 마신 찻집을 가리키며 말했다. 해나는 그녀를 따라 가장 구석진 자리로 갔다.

"널 만나고 싶었어." 릴라가 말했다.

"넌 조금도 즐거워 보이지 않는구나, 친구." 해나가 아쉬운 듯 말했다.

"즐겁지 않아. 넌 네 일이나 신경 쓰고 내 일은 내가 알아서할 테니 내게 맡기라는 말을 해주고 싶었어. 내 행동에 대해 누가 지시를 내릴 필요는 없어, 해나. 그러니 네 편지는 아주 불필요했어."

"지시가 아니었어, 친구……. 그냥 힌트였지. 네가 필요할 때 나보고 짖으라고 했잖아. 그래서 짖은 거였어. 네가 나를 그 집에 집어넣고 코더 씨를 보살피게 했으니 나는 그 일을 하려고 노력하는 거고. 네가 기뻐할 줄 알았는데. 이 찻값은 네가 내, 아니면 내가 내?"

"그런 건 신경 쓰지 마. 나는 하워드와 관련된 문제의 진상을 알고 싶어."

"하지만 난 신경이 쓰여, 릴라. 나라면, 나는 벙을 먹겠어.

너라면, 나는 먼저 버터 바른 토스트를 먹겠어."

"뭐든 네가 먹고 싶은 걸 먹어." 릴라가 거만하게 말했다. "나는 그 아이가 갈등을 피해 달아나는 거라고 생각하지만, 물론 하워드의 아버지는 그걸 인정하지 않겠지. 그는 기질과 바깥공기에 관한 쓸데없는 이야기만 늘어놓았고, 나는 그를 위해서 상황을 쉽게 만들어주려고 최선을 다했어. 그는 나를 믿었어야 했지. 나는 로버트 코더에게 깊은 존경심을 갖고 있지만……."

"그 사람이 네게 품은 존경심에 비하면 아무것도 아니지." 해나가 감격적으로 말했다. "정말로 나는 그가 하워드 때문에 걱정한 유일한 부분이 네 마음이 상할지 모른다는 두려움이었다고 생각해. 그는 품격 있는 사람이야, 릴라."

"음." 릴라가 말했다. "좀 언짢은데, 그는 내가 쓴 돈을 돌려줘야 하는 것 때문에 불안한 것 같더라. 그가 그 돈을 어디서 구할지는 모르겠지만, 돌려줄 수 있다면 애초에 그에겐 그 돈이 필요하지 않았을 거란 말이지. 그리고 그건 기분 좋은 생각이 아니야."

"그러면 그 생각은 하지 마. 그냥 네가 운이 좋은 여자라는 것만 기억해. 코더 씨가 너를 존경하는 것만큼 나를 존경한다면……."

"감상적으로 굴지 마, 해나. 그건 도움이 안 돼. 그는 네가 유능한 여자라고 생각하지만, 거기까지야. 내가 굳이 수고스럽게 알아낸 사실이야."

"오, 그랬어?"

"응, 그랬어. 채플에는 이미 그에 대한 헛소리가 너무 많이 퍼져 있고, 정말이지 패치 위더스 때문에 파티에서 창피해 죽는 줄 알았어. 패치와 필그림 씨는 뭘……."

"패치가 어떻게 했어?" 해나가 빠르게 물었다. "난 패치에겐 주의를 기울이지 않았어."

"그랬지." 릴라가 건조하게 말했다. "너는 블렌킨솝 씨를 독점하느라 너무 바빴으니까. 그 모습을 코더 씨도 봤다고 말해줘야겠구나. 그 방에 여자들이 그렇게 많았는데, 해나, 그건 공평하지 않았어."

"나도 어쩔 수 없었어, 친구. 나는 그에게 일종의 치명적인 매력을 느끼고 있거든. 네 생각엔 왜 그런 것 같아? 나는 블렌킨솝 씨에게는 최고의 춤 상대였고, 그 사실엔 의심의 여지가 없어."

"내가 젊은 남자들을 초대한 건 네 위트를 연마하라고 그런 게 아니라 다른 여자들을 위해서였어. 하지만 코더 씨가 말해준 대로, 그가 채플을 떠난 걸 알았더라면 애초에 그를 초대하지도 않았을 거야. 그리고 관심을 받지도 못했을 거고. 이미 그렇게 돼버렸지만, 그리고 그건 네 잘못이었어. 넌 그가 어디 다니는지 아니?"

"다니다니?" 해나가 말했다.

"예배를 드리러 가는 곳이 어디냐고?"

"오, 여기저기. 여기저기. 일요일에 나도 데려가고 싶대."

"말도 안 돼!" 릴라가 말했지만 자신 없는 목소리였다. "음, 필그림 씨가 그런 대단한 꼴을 보였으니 블렌킨숍 씨의 마음에 들었을 리는……. 그리고 그건 어니스트의 잘못이었지. 너는 그를 어떻게 생각하니?" 그녀가 물었고, 초롱초롱한 눈동자가 약간 날카로워졌다. "그가 예전에 너를 본 적이 있다던데, 해나. 네게 호기심을 보이는 것 같았어."

"당연하지." 해나가 간단히 말했다. "내가 눈에 좀 띄는 편인 걸 너는 결코 이해하지 못하겠지만."

"그리고 그는 네가 살았던 시골 어딘가에 살았다던데." 릴라가 계속 말했다. "하지만 네가 거기 오래 살진 않았으니……." 릴라가 한숨을 쉬었다. "내가 너에 대해 좀 더 편안해질 수 있다면 좋겠다."

"애쓰지 마." 해나가 말했다. "아직 내가 네 정체를 밝힌 것도 아닌걸."

"나는 네게 더 좋은 쪽으로 생각하려는 거야, 해나. 난 그 남자의 태도가 전혀 마음에 들지 않았어. 내가 알아야 할 게 있다면, 알려주면 좋겠어."

해나가 고개를 가로저었다. "나는 그를 배신하지 않을 거야."

"그를!" 릴라가 외쳤다.

해나는 윌프리드는 좋아하고 릴라는 불신하는 방식으로 미소를 지었다.

"그가 자신의 작은 비밀에 대해 불안을 느낄지 모른다는 생각은 네게 떠오르지 않은 것 같은데?"

33

그날 저녁에는 윌프리드가 돌아오기로 되어 있어서 해나는 천천히 걸어 집으로 돌아오며 곧 그를 만난다는 생각에 기분이 좋아졌다. 누군가가 그렇게 해주는 게 가능하다면, 그녀가 자신을 좋아하는 마음을 회복시켜줄 수 있는 사람은 그였다. 그녀의 작은 외출은 실패로 끝났다. 그녀는 모자를 사지 않았다. 릴라에게 필그림 씨에 대해 거짓말과 다름없는 말을 해버렸고, 지금까지 허구 속으로 떠나는 해나의 여정은 늘 다른 누구에게 상처를 입히는 것에서 중단되었다. 그녀의 범행은 자신이 필그림 씨에게 상처를 주는 것은 조금도 개의치 않았다는 사실로 더욱 무거워졌다. 그녀가 날린 한 방에 맞은 것은 그녀 특유의 진실성이었고, 이번이 마지막은 아닐 것이었다. 그것은 자신의 진실성과 자신이 보물처럼 간직하는 것 사이의 선택이었는데, 그녀가 그 보물을 10년 동안 소중히 다루지 않은 바람에 필그림 씨의 독실한 척하는 분노와 복수심에 사로잡힌 원한이라는 더러운 숨결이 묻어버린 것이었다. 그녀는 이번만큼은 자기 삶에 무신경한 모습을 보이며, 지치고 낙담한 채 여기저기 거리를 쏘다녔다. 그녀는 자기 삶은 큰 드라마의 작은 부분일 뿐이라는 사실과 퇴근하고 귀가 중이거나 즐거움을 찾아 맞은편에서 걸어오는 이 모든 남녀도 그녀가 느끼는 것과 마찬가지로 각자의 삶을 아주 중요하게 느낀다는 사실은 떠올리지도 못했다. 그녀는 자신이 로버트 코더에게 설파한 무한과 해와 달과 별에 대한 작은 이야기도 잊었다. 그녀의 문제가 온 세상에 회갈색 구름처럼 드리워져 있었고, 시끄러운 매직 랜턴 슬라이드 같은 전차와 보도에 드리운 나무 그림자와 종종 전진과 모험의 소리로 들렸던 자신의 발걸음 소리는 그 중대한 의미와 아름다움을 잃었다. 그녀의 마음속에는, 스스로 의식하지는 못한 채로, 자기가 감추고 있는 것에 대한 거짓말과 회피로 인해 스스로 너무 큰 대가를 치르고 있다는 생각이 깊이 자리 잡고 있었다. 그녀가 그 완벽한 뭔가, 감추고 싶지 않았던 뭔가에 대한 기억에 더 이상 대가를 치를 필요는 없었다. 하지만 실제로 그것을 털어놓지는 않고, 그녀의 마음은 진정한 사랑이 어떤 것이었을지에 대한 상상으로 흘러갔다. 하지만 거의 마흔이 다 된 지금 나이에 그런 사랑은 이번 세상에서는 미스 몰에게 찾아오지 않을 터였다. 그리고 그런 생각에 빠진 채 그녀는 그토록 오랫동안 피해온 외로움의 위협적인 파도가 자신을 덮치는데도 그냥 내버려두었고, 집어삼키는데도 거리에 가만히 무력하게 서 있었다. 파도는 그녀를 만신창이로 만들어놓고 물러났지만, 그녀는 두 발을 딛고 서 있었고, 다시 집어삼켜지기 전에 일으켜줄 누군가의 손을 갈망했다. 하지만 그것은 헛된 바람이었고, 그녀는 베리스퍼드 로드를 걸어가며 샘슨 씨의 창문

커튼에서 흘러나오는 루비색 불빛을 보고도 아무런 위안을 얻지 못하는 그저 고단한 여인일 뿐이었다. 집에 들어가자마자 그녀는 평소의 유능한 모습을 되찾았다. 고용주는 하인이 감정을 드러내는 것은 바라지 않기에 그녀는 식사실로 들어가면서 직업적 자부심에서 등을 꼿꼿이 폈다. 하지만 불가에 앉아 사촌들이 하는 말에 귀를 기울이고 있다가 그녀의 등장에 벌떡 일어나는 윌프리드를 보자, 그의 크리스마스 선물을 펴보고 그녀가 그를 위해 뭔가를 해주는 사람이어서가 아니라 그녀 자체로 좋아해주는 그 마음 때문에 고마움의 눈물이 글썽거렸던 그때의 감정을 느꼈다. 그래서 그의 어깨에 손을 얹고, 아무 생각 없이 그가 아들이라도 되는 것처럼 자연스럽게 그의 뺨에 키스했다.

"미스 몰!" 에설이 소리쳤다. 에설의 목소리와 눈알을 굴리는 모습, 반짝이는 치아, 움찔거리는 몸을 간신히 억누르는 모습에서 해나는 자신이 길들이려고 애쓰는 망아지가 지금 겁을 먹었고, 충격을 받았으며, 질투심에 휩싸인 것을 알 수 있었다.

"응?" 해나가 유쾌하게 말했지만, 눈은 경직된 미소를 짓고 있는 루스를 쳐다보았다. 윌프리드가 웃으면서 해나의 손을 잡고 연극을 하듯 말했다. "우리의 속마음을 들켰는데요, 모나리자. 하지만 어떤 신사도 숙녀를 놓고는 타협하지 않을 테고, 영예로운 보상을 해주는 것을 마다하지 않을 겁니다. 당신은 나하고 결혼해야 해요!"

"윌프리드! 그건 안 돼!" 에설이 외쳤다. "미스 몰은 오빠의 엄마가 될 만큼 나이가 많아."

"오, 그 정도는 아니야." 해나가 봐달라는 듯 말했다. 그리고 모자를 벗어 아래로 던졌다. "다들 그렇게 바보처럼 굴지 말고. 너희 사이에선 키스하는 걸 보면 그렇게 깜짝 놀랄 만큼 키스가 드물어? 미안해요, 윌프리드. 생각 없이 그랬네요!"

"그 순간을 망치지 마요. 저는 감사한걸요. 루스도 내게 키스해주지 않았고, 에설도 해주지 않았고……."

"그런 건 생각도 할 수 없는 일이야! 심지어 친오빠에게도 해주지 않았는데."

"아마 그래서 하워드가 남아프리카 공화국으로 갔나보네." 윌프리드가 말했다.

"오, 그게 아닌 건 오빠도 알잖아!" 에설이 감정을 주체하지 못하며 말했고, 루스는 경직된 소리로 조그맣게 웃었다.

"이런, 뭐야, 뭐야!" 해나가 말했다. "이게 다 무슨 소동이람! 내가 제안할 수 있는 건 우리가 돌아가며 키스하고 울음을 멈추는 거야."

"그런 게 아니에요. 미스 몰도 그런 게 아니란 걸 알잖아요. 키스는 신성한 것이어야 하는데, 나는 미스 몰이 왜 윌프리드에게 자기 마음대로 했는지 모르겠어요."

"그럼 이유를 말해주지." 해나가 경계하는 고양이처럼 예리한 녹색 눈동자를 빛내며 긴장된 몸으로 말했다. 미스 몰의 이 새롭고 막강한 존재감 속에서 그 작은 무리에 고요함이 내려앉았다. 그녀는 그들을 아주 잠시 그렇게 안고 있었고, 곧 이 작은 승리에 만족해 말이 되려고 모여들던 생각들을 흩어버렸다. 그리고 그들이 아직 어리다는 사실을 떠올리며 세 사람을 향해 자애로운 미소를 지어 보였다. "윌프리드는 사랑스러운 아이잖아." 그녀가 말했다. "그래서 좋아해."

"윌프리드가 남자라서 그런 거잖아요!" 에설이 굴하지 않고 완강하게 말했고, 해나는 그를 놀리듯 위아래로 쳐다보며 말했다. "그래, 남자가 되겠지. 언젠가는."

누구도 그녀의 미소에 답하지 않았고, 그녀는 방 안에 자신은 정체를 전혀 알 수 없는 어떤 영향력이 있다고 느꼈다. 그녀는 그것이 은밀하고 악의적이라고 믿었다. 그녀가 윌프리드를 흘끗 보니 그 역시 어리둥절한 채 그 생각 없는 키스 이면에서 루스와 에설 둘 사이에 형성되고 있는 모종의 분위기에 대한 설명을 찾고 있었다.

에설은 신중함과 자칫 실수로 이어지는 태생적인 솔직함 사이에서 씨름하고 있었고, 루스는 엄격한 젊은 판사처럼 의자 등받이에 등을 기대고 발을 깔고 앉아 이름이 거론되지 않은 어떤 대상에 대한 언급되지 않은 불리한 증거의 무게를 가늠하고 있었다.

"내 생각엔." 에설이 마침내 말했다. "아버지에게 말해야겠어." 그 순간에도 에설은 조언을 구하며 해나를 쳐다보았다. 에설이 조언을 구한다고 대놓고 말한 건 아니었지만, 그 불쾌하고 당혹스러운 표정에서 친숙한 호소와 연민이 엿보였다.

"바보같이 굴지 마." 윌프리드가 말했다. "그 불쌍한 어른은 이미 걱정거리가 충분해. 아들은 달아났고……! 미스 몰에게 키스한 조카 이야기는 듣고 싶지 않을걸."

"키스는 미스 몰이 오빠에게 한 거지."

"그래, 하지만 나도 키스해줬거든. 엄청 빠르게! 그건 못 봤어?" 그는 일부러 약을 올리듯 늘어지게 말했다. "나는 그걸 굉장히 음란했다고 말하겠어. 안 그래요, 모나리자?"

"아니요." 그녀가 말했다. "내겐 음란해 보이는 건 전혀 없었는데. 정말로. 내가 뭔가 잘못됐나봐요. 흥미롭네요." 그녀가 말을 계속했고, 딱히 누구를 쳐다보지 않은 채 진지하게 몸을 앞으로 기울였다. "좋은 일에는 긍정적이긴 쉬운데, 이른바 나쁜 일에는 그러기가 아주 어렵다는 건 흥미로워. 내가 왜 그런 생각을 하냐면, 좋은 일은 존재하지만, 나쁜 일은 존재하지 않으니까."

"오, 하지만 미스 몰……." 비록 에설에게 미스 몰은 적이었지만, 에설은 자신이 일종의 전문적인 관심을 보이는 토론의 기회에는 저항할 수 없었다. "우리는 나쁜 것이 있다는 걸 알고 있어요……. 사기 같은."

"그래, 그래. 그것엔 나쁜 이름이 붙어 있지. 하지만 그 대상과 원인과 상황을 알게 되면 좋은 이름을 붙이는 것도 가능해."

"그러면 아버지한테 말해야 할까요?"

"내가 네게 조언을 하는 사람은 아니고, 이건 좀 악몽 같긴 하지만, 한번 해볼게. 키스에 대해 말하는 거니?"

"키스만은 아니에요." 에설이 중얼거리며 괴로운 듯 입술을 깨물었다.

루스의 목소리는 분명했다. "그렇다면 필그림 씨가 와서 차를 마셨다는 이야기도 해야 할걸."

"오, 필그림 씨가 왔다고? 낭독도 했어?" 해나가 말했는데, 그녀의 무심한 듯한 어조에 숨은 불안을 감지할 만큼 그녀를 잘 아는 사람은 이 세상에 아무도 없었다.

에설이 루스를 돌아보았다. "아버지에게 왜 말하면 안 되지?"

"아버지는 그를 좋아하지 않으니까."

"아버지는 그를 몰라."

"그런다고 달라지는 건 없어." 루스가 말했다. "몰리, 나한테 사촌 힐다에 대해 말해줬잖아요. 그렇죠?"

"많은 이야기를 해주지는 않았지."

"아, 하지만 해줄 거잖아요. 그러니까 봐, 에설! 하지만 언니는 물론 내 말을 믿지 않겠지."

"내가 누구를 믿어야 할지 모르겠어." 에설이 눈을 깜박여 눈물을 없애며 말했다.

"도대체 무슨 말을 하고 싶은 거니?" 윌프리드가 물었다.

"나쁜 행동이 없다면 좋은 행동을 하려고 애쓰는 게 무슨 소용이 있지?" 에설이 물었다.

"고자질을 하는 건 바람직하지 않아."

"하지만 진실을 말하려는 사람이 어떻게 고자질쟁이가 될 수 있어?"

"입을 다물고 있어도 되잖아."

"하지만 난 걱정이 된다고!" 에설이 소리쳤다. "너 같은 어린 여자애가 그것에 대해 뭘 알아?"

"언니보단 더 많이 알아. 어쨌거나!"

"싸우지 마. 싸우지 마." 해나가 간청했다. "이건 내가 들어본 것 중에서 가장 이상한 대화로구나. 왜 아무도 웃으려고 하지 않지?"

"왜냐하면 우리는 당신 말을 듣는 걸 좋아하거든요." 윌프리드가 말했다. "그리고 당신의 죄가 무엇이든 당신은 천국에 갈 거예요. 그들은 당신이 성가대에 들어오길 바라서 당신이 해달라는 대로 해줄 거예요."

"하지만 나는 노래는 전혀 못 하는데."

"그렇다면 성가대는 해산시키고, 차라리 당신이 그 사랑스러운 목소리로 말하는 걸 들으려고 할 거예요."

"내 목소리가 사랑스러워요?" 해나가 물었다.

"미스 몰이 그래?" 에설이 말했고, 루스가 소리쳤다. "오, 윌프리드, 짜증 나게! 그걸 나 말고 누구도 모른다고 생각했는데." 치켜세우는 말이긴 했지만, 해나가 보기에 그 말은 그들이 좋다고 여기는 것이면 무엇에 대해서든 극도로 개인적인 태도를 보이는 코더 가족의 특성을 보여주는 것 같았다. 에설도, 루스도 하워드가 떠난 일을 개인적인 상실의 관점에서는 전혀 언급하지 않았는데, 그것에서 알 수 있듯이 그들은 가족에게 미치는 영향력이라는 관점에서 갈등은 볼 수 있었지만, 기쁨은 나누려 하지 않았다.

해나는 루스가 나중에 필그림 씨의 방문에 대해 알려준 정보에서 이런 특성에 대한 또 다른 증거를 찾아냈다. 루스도 처음에는 그와 에설과 함께 아무렇지 않게 차를 마셨지만, 나중에 에설은 루스를 내보냈다. 해나는 에설이 뭔가 수를 쓰는 서툰 모습을 쉽게 상상할 수 있었다. "하지만 에설은 군이 그럴 필요도 없었어요." 루스가 말했다. "내가 더 있고 싶지 않았거든요. 나는 그가 소름 끼치는 남자라고 생각해요. 치아가 고르지도 않은데, 너무 많이 웃어요. 딱딱 소리까지 나고요. 그리고 에설은 필그림 씨가 몰리 이야기를 꺼내고 몰리를 못 봐서 아쉽다고 말하기 전까지 너무 히죽거리고 키득거렸어요." 그리고 루스는 이 지점에서 말을 멈추고, 뜨끔해서 이 아이에게 질문할 엄두조차 못 내고 다음 말을 기다리는 해나를 쳐다보았다. "그리고 물론……." 루스가 돌이켜 생각하며 말했다. "몰리는 그 파티에서 블렌킨숍 씨와 대화를 나누고 있을 때 유난히 멋져 보였어요. 거의 예쁘다고 할 수 있을 정도로요."

"그리고 다음은 뭐니?" 해나가 경멸하는 어조로 물었다. "나는 거의 예쁘기만 한 얼굴이 뭐가 그리 쓸모 있는지 모르겠어."

"하지만 그건 너무 신나잖아요. 그래서 어떤 일이 생길지도 모르고요."

"음." 해나가 말했다. "내가 내 외모에 자부심을 느끼며 죽게 될 줄은 몰랐구나. 내 외모가 필그림 씨 마음에 들었다면, 나는 역시 만족스럽게 죽게 될 테고."

"그의 마음에 들었는지는 몰라요. 처음에는 나도 그렇다고 생각했고, 에설의 웃음이 멈춘 걸 보면 에설도 그렇게 생각했던 것 같은데, 나중에 그가 가고 난 뒤에 나는 그가 몰리의 사촌에게 더 관심이 있다는 걸 알아냈어요. 나는 그 전부가 좀 혼란스러운데, 에설이 물어봐서 몰리의 사촌 힐다에 대해 말해줬어요. 혹시 몰리가 사람들에게 힐다에 대해 알리고 싶지 않을지도 모르는데, 말하지 말걸 그랬어요. 내가 그들하고 끝까지 같이 있어야 했나봐요."

"있어야 했다고?" 해나가 재빠르게 말했다.

"네, 그랬다면 몰리가 들어왔을 때 에설이 왜 그렇게 이상했는지 그 이유를 알았을 텐데요. 윌프리드에게 키스한 것 때문만은 아니에요, 몰리. 나도 그건 싫었지만."

"너 좀 바보 같다. 안 그러니? 그리고 봐, 나는 사설탐정은 고용할 생각이 없어. 그리고 내 사촌 힐다는 스스로 필그림 씨를 상대할 수 있고. 그러니 부탁인데 앞으로는 네 일에만 신경을 써주면 좋겠다."

"이게 내 일이에요." 루스가 고집스럽게 말했다. "사람들이 몰리와 몰리 친척에 대해 이야기하면, 나는 몰리에게 그들이 뭐라고 했는지 전해줄 거예요. 게다가 난 그게 흥미롭거든요. 에설이 아버지에게 무슨 말을 하고 싶은 걸까요? 하지만 그건 몰리가 알게 되겠죠. 에설은 몰리에게 말하고 싶지 않겠지만 결국 말할걸요. 그런데 에설은 왜 새 모자를 개조하기 시작한 거예요?"

"에설은 늘 뭔가를 개조하고 있어. 개혁 정신이지. 그리고 나는 내 모자를 개조할 거고. 가장 최근에 산 모자. 그게 3년 전이었어. 일요일엔 종일 외출할 계획이야."

"어쩜 너무 잔인해요! 하지만 시골에 가는 건 아니죠. 그렇죠?"

"맞아." 하지만 너를 데려갈 순 없어. 미안해. 언젠가 같이 갈 거야."

"늘 언젠가래." 루스가 투덜거렸다.

"그래." 해나가 말했다. "늘 그랬고, 앞으로도 쭉 그럴 것 같구나."

"행복하지 않은 건 아니잖아요?"

"너를 데려가면 더 행복하겠지. 한두 달 뒤에 아마 우리는 강을 건너 프림로즈와 제비꽃도 볼 수 있을 거야.

"부활절 연휴에요?"

"그럴 수 있다면." 해나는 그때가 되면 자신이 어디에 있을지 생각하며 말했다.

"몰리가 정말로 원하면 우린 그럴 수 있어요."

"원하지!" 해나가 외쳤다. "나는 남은 인생을 다른 건 아무것도 안 하고 지내고 싶어."

"그 생활이 곧 지루해질 텐데요." 루스가 현명하게 말했다.

34

해나는 토요일 밤에 하늘을 유심히 살펴보았다. 다음 날은 날씨가 좋을 것 같았고, 별을 다 살펴본 뒤에는 시선을 내려 집들의 지붕을 쳐다보며 프린시스 로드의 어느 굴뚝에서 블렌킨숍 씨의 훌륭한 석탄 난로 연기가 솟아오르는지 점찍어보려고 했다. 그녀는 블렌킨숍 씨가 리딩 부인을 시골로 데려가고, 그사이 자기가 아기를 돌보는 것이 더 합리적일 거라고 생각했지만, 해나는 아기를 좋아하는 만큼 블렌킨숍 씨가 신경을 써주는 것도 기뻤다. 리딩 부인의 지하실에서 하루를 보내거나 어퍼 래드스토의 거리에서 아기를 밀고 다니는 것에 비하면 그가 세운 계획이 비교할 수 없을 만큼 더 좋았고, 해나처럼 다른 사람들의 집에 살면서 끊임없이 일한 경험이 있는 여자라면 누구라도 그녀가 내일에 대해 설레는 황홀한 감정을 이해할 수 있을 것이었다. 그녀에게 소망이 있다면, 어딘가 아는 사람이 없는 장소로 혼자 떠나는 것이었다. 그곳에서 빠르면 빠른 대로 느리면 느린 대로, 드넓은 공간에서 자기만의 생각에 잠긴 채 자기라는 인격체를 억누르는 모든 감각을 잃을 때까지 가고 싶은 대로 어디로든 걸어가는 것이다. 하지만 상황은 그대로 아주 좋았고, 다음 날 그녀는 그런 기분으로 버려진 것처럼 보이지 않으려고 애쓰는 루스와 거의 부모 같은 심정으로 그녀의 용건이 잘 해결되기를 빌어주는 로버트 코더를 두고, 가족이 채플로 떠나기 전에 출발했다.

걱정은 제쳐두었다. 필그림 씨나 그가 에설에게 무슨 말을 했는지는 생각하지 않으려고 했다. 의심의 눈빛을 한 채 모자를 개조해달라고 다가오거나 물어뜯는 성향이 자기가 아니라 해나에게 있는 것처럼 해나를 슬금슬금 피하는 등 신뢰가 없는 망아지처럼 달라진 에설의 태도에 대해서는 생각지 않으려고 했다. 미스 몰은 그런 걱정으로 그날 하루를 망치지는 않을 작정이었다.

블렌킨숍 씨는 기차역에서 그녀를 기다리고 있었고, 그녀를 역사의 지저분한 정문 앞으로 실어 간 전차는 객차가 여러 대였는데, 더 많이 흔들릴수록 해나는 더 즐거웠다. 그녀는 모든 것에 행복해지기로 마음먹었고, 그런 마음이 되지 않을 수 없었다.

그날 저녁 9시, 미스 몰은 정원길을 천천히 걸어 올라갔다. 돌아서서 정문 앞에 서 있는 블렌킨숍 씨에게 손을 흔들지는 않았지만, 아마도 그녀가 나가고 역사 문을 닫을 때까지 그가 조금 더 오래 그 자리에 서 있으리란 걸 그녀는 알았다. 그날의 다른 모든 기억 속에서 그녀가 본 그는 충직하고 추진력 있고 보호적인 모습이었고, 그의 엄숙한 얼굴은 불안해 보였지만 기사도적이고 무덤덤했다. 현관을 통과해 계단을 올라가는 그녀의 발에는 단단한 바닥을 딛고 있다는 느낌이 거의 없었고, 관찰하는 습관 덕에 주위가 보이지 않은 것은 아니었지만 거의 신경 쓰지 않았다. 응접실은 문이 열려 있고 블라인드가 내려져 있지 않았는데, 살 하나가 빠진 것이 특히 거슬렸다. 다른 밤이었다면 얼른 블라인드를 내리고 도리스에게 날카롭게 쏘아붙였겠지만, 오늘 밤은 그냥 넘어갔다. 코더 씨가 차를 기다리고 있으리란 사실이 마음에 퍼뜩 스쳤지만 아무런 느낌은 없었고, 루스의 방 앞에 다다라 조금 열린 그 문을 통해 루스의 목소리를 듣고서야 그녀는 시골길과 들판과 숲과 래드스토의 거리를 지나 영원히 이어질 것 같던 그 행진을 멈추었다.

"오, 들어와요, 몰리." 루스가 말했다. "기다리고 있었어요. 야간 등을 켜줘요. 저녁 먹기 전에 돌아온다고 말한 줄 알았는데, 우리는 아주 끔찍한 하루를 보냈어요! 에설 봤어요?"

"아무도 못 봤어." 해나가 색깔 없는 목소리로 말했다. 그녀는 루스의 침대 발치로 가 서서히 베개에서 얼굴을, 얼굴에서 검은 눈동자를, 손에서 손가락들을 구분한 뒤 시간을 최대한 끌면서 장갑을 벗었다.

"몰리가 그러기 전에 에설이 올라와 문을 두드릴까봐 걱정했어요." 루스가 한숨을 쉬었다. "거의 몰리 침대로 가서 누워 있을 뻔했어요. 불을 켜주면 안 돼요? 내가 켜려고 했는데, 몰리가 늘 켜주니까, 그리고 몰리가 켜주는 게 좋아요."

"잠시만." 해나가 말했다.

"몰리 얼굴이 안 보여요. 그리고 몰리 목소리가 여기 있는 것 같지 않아요. 오늘 다녀온 그곳에서 말하고 있는 것 같아요."

"오, 아니, 아니야." 해나가 희미하게 말했다. 이제 루스는 일어나 앉아 근심스럽게 물었다. "몰리도 오늘 하루가 끔찍했어요?"

해나는 얼굴에 묻은 고단함과 경직된 통제의 느낌을 지우려고 두 손으로 얼굴을 쓸어내렸다. 일정한 정도의 심리적 온기가 그녀의 차가운 뇌에 침투해 여기 루스가 있다고, 여기 끔찍한 하루를 보낸 뒤 에설에게 두려움을 느끼는 루스가 있다고 말해주었고, 그녀는 자신을 필요로 했다는 그 암시에 반응했다. "성냥은 어디 있니?" 그녀가 말했다.

"오, 그거예요. 그거예요." 루스가 말했고, 작은 불꽃의 봉오리가 맺혔다 곧 꽃으로 피어났다. "그게 더 나아요. 몰리가 거기 어둠 속에 서리 맞은 사람처럼 서늘하게, 허공을 향해하다 돌아와 숨이 하나도 남지 않은 사람처럼 서 있었는데……. 그 모습을 보면서는 기분이 이상했거든요. 기분이 안 좋은 건 아니죠. 그렇죠?"

"피곤해." 해나가 말했다. "아주 먼 거리를 걸었거든."

"그러면 그 작은 집은 괜찮았어요?"

"모르겠어. 안에 들어가보진 않았어."

"하지만 그것 때문에 거기 간 거라고 생각했어요."

"그랬지. 하지만 그 대신 긴 산책을 했어."

"그럼 더 일찍 돌아왔다면 좋았을걸 그랬어요. 그게 거기 가서 한 전부라면요. 몰리가 하워드 문제에 대해 아버지를 설득하는 데 성공했어요." 이 예상치 못한 말에 해나의 두뇌 활동이 정상으로 돌아왔다. "그러니 에설에 대해서도 몰리가 아버지를 어떻게 해볼 수 있을 것 같아요. 하지만 몰리가 애초에 거기 가지 않았다면 더 좋았을 거예요."

"그러게나 말이다." 해나가 시무룩하게 말했다.

"몰리에게 더 좋았겠다고요. 아버지는 몰리가 그 작은 집을 보러 갔다고 생각하지 않는데, 그걸 제대로 보고 오지 않은 거죠. 맞죠? 하지만 그래도 그러려고 한 거라면……."

해나는 자신의 행동과 의도를 이렇게 신중하고 균형감 있게 파악하고 그 결과를 이렇게 분석적으로 말하는 것을 듣고 깜짝 놀랐는데, 그 감정은 루스가 그런 것을 해내고 자신에게 표현했다는 분노로 바뀌었다. 그래서 날카롭게 말했다. "그런 식으로 말하지 마! 에설에 대해서는 말해도 좋아. 그러고 싶다면."

미스 몰이 엄격하게 말하는 경우는 드물었고, 그녀의 신랄함에는 늘 유머가 깃들어 있었지만, 오늘 밤에는 그렇지 않았다. 루스는 잠시 침묵한 뒤 말했다. "나는 사람들이 예배가 끝난 뒤에 신자석을 가로지르며 대화를 나누는 게 싫어요. 그들이 채플에 오는 목적이 그거 같아요."

해나는 인간의 충동과 동기에 대한 토론을 하기에는 기운을 차릴 수 없을 만큼 참담한 심정에 빠져 있었다. "아니." 그녀가 말했다. "그건 허식이라고 하는 심리적인 뭔가 때문이야. 거기엔 뭔가 고착적인 성질이 있는 것 같아. 하지만 머리 위로 밝고 파란 창공이 있다면 우리가 기대하는 건 온화함이지."

"나는 밖으로 나갈 때까지 누구도 말하지 않고, 밖에 나가서도 말을 많이 하지 않는 아름다운 교회에 가고 싶어요. 그들이 서로 차를 마시자고 하는 방식이나 누가 독감에 걸렸고 의사가 뭐라고 했는지에 대해 이러쿵저러쿵 떠드는 이야기가 견디기 힘들어요. 그들은 예배를 드리기 전에는 아주 경건해 보이지만, 예배가 끝나자마자 잭인더박스●처럼 되는 것 같아요. 고개를 끄덕여가면서 서로 아주 즐겁잖아요." 루스가 잠시 말을 중단했다. "아주 즐겁지만, 정말로 잘해주는 건 아니에요." 루스가 천천히 말했다. "그런 식으로 에셜이 곤란한 상황에 빠진 거였어요."

해나는 침대 한쪽 끝에 앉아 바닥을 내려다보았고, 루스의 말에 떠오른 노란 신자석과 참석자 중에서 집에는 로스트비프와 푸딩 반죽이 기다리고 있지만 주일을 맞아 가장 다정한 모습으로 가장 좋은 옷을 입은 나이 지긋한 부인들이 있는 장면들을 거쳐, 나무들이 자라는 높은 둑 사이 움푹 꺼진 시골길에 있는 자기 모습을 보고 울새의 휘파람 소리를 들었다.

더 높은 지대에 서 있었다면, 울새가 그 달콤한 목소리로 무심히 노래하지 않았다면, 그녀는 달아나지 않았을지도 몰랐지만, 그녀는 자신이 만든 구덩이에 빠진 것 같았고 울새는 그녀를 유쾌하게 조롱하는 것 같았다.

"내가 하는 말 듣고 있지 않죠?" 루스가 물었다.

해나가 고개를 들었다. "듣고 있어. 에셜. 곤란한 상황. 누가 그렇게 만들었어?"

● 상자를 열면 인형이 튀어나오는 장난감.

"보리엿 같은 패치가요. 그리고 스펜서 스미스 부인이 더 그렇게 만들었지만, 몰리는 내가 그 이야기를 하지 못하게 할 거잖아요. 그리고 그건 부분적으로는 필그림 씨의 잘못이기도 했어요. 누군가가 패치에게 에설이 크리스마스 날에 그의 교회에 갔다고 말한 게 분명하니까요. 내 생각엔 필그림 씨가 바로 그 사람인 것도 같고요. 그리고 패치는 예배가 끝나고 아버지와 대화를 나누면서 의도적으로 그 말을 흘렸어요. 그래야 스펜서 스미스 부인이 우리에 대해 패치보다 더 많이 안다고 생각하지 않을 테니까요. 그리고 스펜서 스미스 부인은 패치가 모르는 걸 자기가 안다는 사실을 패치에게 드러내야 했고, 두 사람 다 아버지와 대화를 나눌 때 서로 대화하지 않은 척했어요."

"복잡한 이야기 같구나."

"우리가 집에 도착했을 때는 상황이 더욱 나빴어요. 아버지와 에설이 싸웠고, 오늘 밤 에설은 필그림 씨 교회에 갔어요. 자기가 가고 싶을 땐 언제든 가겠다고 했는데, 지금 돌아왔는지는 모르겠어요. 우리는 그런 하루를 보냈어요. 이 하루가 좀 더 잘 마무리될 수 있을까요?" 루스가 아쉬운 듯 물었다. "하워드 일은 너무 멋지게 해결됐지만, 늘 그런 식으로 흘러가잖아요. 끔찍한 일들이 느닷없이 일어나고, 그런 다음엔 너무 평화로워지고. 안 그래요?"

해나는 자신의 모든 노력이 물거품이 된 것 같았다. 여기 있는 루스는 석 달 전과 같이 불안하고 불행한 루스였고, 에설은 필그림 씨를 찾아 마구간에서 뛰쳐나갔으며, 릴라의 양심은 신중함에 비해 너무 커서 로버트 코더가 그의 가정부에 대해 키워가는 신뢰를 흔들어버려 앞일을 알 수가 없었다. 그리고 블렌킨숍 씨가 타인을 위해 하려 한 일은 결실 없이 끝나, 그는 다시는 미스 몰에게 도와달라고 찾아오지 않을 것이며, 그녀에게 도움을 청한 보답으로 자기가 도움을 주는 일도 없을 것이었다. 그때가 아마도 그녀가 그를 본 마지막이었을 것이다. 그는 착하고 다정했지만, 그녀를 분명 경멸스럽게 여겼을 테고, 자제심이 있는 리딩 부인과 비교해 좋지 않은 평가를 내렸을 것이다. 그는 그녀의 행동을 어떻게 해석했을까? 그는 어떤 질문도 하지 않았지만, 그 질문은 그의 머릿속을 자극했을 테고, 그는 그 대답을 찾아야 했을 것이다. 그녀는 그가 찾은 대답에는 관심이 없었는데, 비난하는 그는 누구란 말인가? 루스를 위해 할 수 있는 것을 하려고 계단을 내려왔을 때 그녀를 내리누른 것은 상실감이었다. 그녀는 블렌킨숍 씨를 잃었고, 자신의 연애에서 남은 부분과 약간의 자존감을 잃었다. 그리고 코더 씨와 마주쳤을 때 무엇을 더 잃을지 알지 못했다. 그녀는 또한 온종일 벗어나려고 발버둥 쳤던 수치심 또한 느끼고 있었는데, 혼자가 되면 그것을 마주해야 하고, 당혹스럽지만 그것이 줄어들다 사라질 때까지 바라보아야 할 것이었다. 옆에 블렌킨숍 씨가 있을 때는 그럴 수 없었다. 그의 비통하고 고통스러운 모습과 타인을 도우려는 말 없는 갈망이 그녀의 마음을 혼란스럽게 했는데, 그가 바로 그 수치심과 연관이 있었고, 그가 옆에 있다는 사실이 그 수치심을 더욱 키웠기 때문이다. 그녀는 자신의 상처를 숨길 수 있는 장소인 침실에서의 고독을 갈망했고, 침실로 향하다가 루스를 생각하는 습관에 걸음을 멈추었다. 그런데 때마침 행운처럼 루스가 그녀를 필요로 했던 것이다. 참담한 심정에도 불구하고, 그녀는 자신이 다시 탄력적으로 튀어 오르면서 희망이 차오르는 것을 느꼈다. 그날의 재앙에도 그 나름의 가치가 있었을 것이다. 모든 것은 제대로 사용되면 그 나름의 가치가 있었다. 그리고 해나 몰보다 재앙에 더 잘 대처하는 사람이 누가 있겠는가? 그리고 로버트 코더의 불평의 원인이 무엇이든 그녀는 그와 싸울 준비가 되어 있었다.

"우리는 아주 불행한 하루를 보냈습니다." 그녀가 들어오자 그가 딱딱하게 말했다. "저녁 예배를 드리고 돌아오니 벽난로 불이 꺼져 있었어요."

"아, 그건 제가 한 번도 살펴보지 않았으니까요." 해나가 말했고, 그녀는 그것을 적절한 정도보다 더 악랄하게 말했다.

"어떤 사람들은 다른 데서 훨씬 더 끌리는 것을 찾는다는 걸 알 이유가 내겐 있어요." 그가 고상하게 말했다. "당연히 나는 그들을 비난할 수 있는 마지막 사람이겠지만, 그중 하나가 내 딸이라면…… 그런데 말이죠." 그가 말했고, 그녀는 그의 태도에서 부주의한 기색을 알아보았다. "용건이 만족스럽게 처리됐기를 바랍니다."

해나는 뭔가 계산하는 것처럼 머리를 한쪽으로 기울인 채 그를 쳐다보았다. 그녀는 덫에 걸리지 않을 것이고, 진실 안에 있는 게 안전하다는 걸 알아차렸다. 진실은 자신에게는 우연하고 끔찍했지만 이미 유용함이 입증된 것이었다. "음, 그렇진 않았어요." 그녀가 말했다.

"하지만 당신의 그 집은 봤습니까?"

"네, 봤어요. 하지만 때마침 울새가 노래해서……." 울새에 대해 말할 때 마음이 아릿하게 아팠지만, 기억의 힘은 이미 약해져 있었다. "울새가 노래했고, 나는 더 이상은 가지 않았어요. 집이 있는 쪽으론 가지 않고, 우리는 다른 방향으로 한참 걸어갔어요."

"우리? 혼자 간 게 아닌가요?"

"오, 아니에요! 블렌킨숍 씨와 같이 갔어요."

"블렌킨숍 씨와 걷기만 했다면 일요일을 고른 게 유감이군요. 그리고 미리 말해줬으면 좋았을걸 그랬어요." 그가 어조를 낮춰 말했다.

"당신이 관심이 있다는 걸 내가 어떻게 알죠?"

"내 가정사에 대해 외부인이 내게 알려주는 건 원치 않아요."

"그러면 당신은 알고 있었어요?" 해나가 천진하게 물었고, 그가 이렇게 그녀를 속일 수 있었다면, 자신이 그를 속인 것도(정당화가 필요하다면) 정당화된다고 결론을 내렸다.

"아니요, 나는…… 음, 의심이 들었어요."

"그러면 내가 진실을 말한 게 운이 좋았던 거군요!" 그녀는 웃었고, 그도 따라 웃기를 기대하는 듯했다. "나는 그러면 왜

안 되죠? 하지만 누가 저보다 먼저 말했는지 알려줄 수 있나요?"

"스펜서 스미스 부인이었습니다."

"도대체 어떻게…… 아, 네, 내가 그녀에게 말했군요."

"하지만 그녀는 블렌킨숍 씨가 당신을 다른 예배 장소로 데려간다고 알려주더군요."

"사람들이 흔히 말하는 자연의 대성당으로 갔을 뿐이에요. 그건 불쾌한 표현인 것 같은데, 아닌가요?"

"그런가요?" 코더 씨가 모호하게 답했고, 그가 자신은 얼마나 자주 그런 표현을 썼는지 생각하나보다고 그녀는 생각했지만, 그는 그 문제는 밀어두었다. "그리고 그 일은 내 마음을 아프게 하는군요, 미스 몰."

"그렇겠네요." 그녀가 공감하며 말했다.

"그 소식을 성격은 비슷한데 더 괴로운 소식을 들은 뒤에 듣게 됐어요."

"아마 그만큼 타당한 설명이 있겠죠."

"그렇지는 않은 것 같습니다. 유감스럽게도 내 딸이 필그림 씨의 교회에 가는 건 틀림없는 사실 같아요. 꼬박꼬박은 아니지만, 눈에 띌 정도로는 말이죠. 그런 배신을 어떻게 설명할 수 있겠어요? 그리고 그건…… 그건 대단치 않은 게 아니에요, 미스 몰. 그 애는 이성에 귀를 기울이지 않을 겁니다. 오늘 오후에 내 말을 거역했어요." 그는 한 손으로 두 눈을 가렸다. "이건 하워드의 경우보다 더 나쁜데." 그의 목소리는 작아졌고, 그녀는 아들에 대한 언급이 그의 진짜 속마음을 드러낸 거라고 생각했다. 그의 어깨너머로 책상 위에서는 코더 부인이 귀를 세우고 듣고 있었다.

그녀는 숨을 들이쉬고는 말했다. "그를 집으로 초대해야 할 것 같아요."

"하지만 왜요? 나는 그 사람이 싫어요. 그는 나하고 통하는 게 있거나 있을 것 같은 사람이 아니에요. 무지하고…… 좀 어리석어요. 내가 에설을 위해 그렇게 해야 한다고 제안하는 거라면, 나는 반대해야겠군요. 나는 에설이 그와 친해지는 걸 원하지 않습니다."

"더 자주 그를 만난다면, 에설이 그를 좋아하는 마음이 줄어들 수도 있고, 훔친 과일이 더 달다고…… 사람들이 그러잖아요. 그건 모두가 하는 경험은 아니에요."

"하지만 나는 청년들에게 이 집에 오라고 권유한 적이 한 번도 없어요."

"그랬다면 애초에 에설이 필그림 씨에게 관심을 가졌을 것 같지도 않군요. 그는 중년 남자니까. 하지만 에설에게는 중년 남자가 더 어울리는 것 같긴 해요."

"실망입니다, 미스 몰. 내 편을 들어줄 줄 알았어요. 하지만 여자는 다 미혼 남자를 좋게 보는 쪽으로 편견을 가진 것 같군요."

해나는 미소를 누르고 거의 코웃음 같은 소리를 냈다. "제가 판단하기엔 필그림 씨가 탐나는 대상이라고 할 수는 없는

데, 그건 이쪽도 저쪽도 아니라는 말이에요. 에설이랑 잘 이
야기해보세요. 에설이 그의 채플에 가지 않는 조건으로, 그가
여기 오고 싶으면 오는 걸로요. 그렇게 하면, 그에게 에설이
싫증을 낼 거면 더 빨리 낼 거예요. 달리 어떤 방법이 있겠어
요? 아니, 에설이 그의 채플에 가서는 안 돼요. 당신의 왕좌를
공격하는 건 강렬한 빛이에요."

"혹시……." 그가 머뭇거리며 말했다. "에설하고 직접 말해
볼 수 있겠어요? 내 말은 들으려 하지 않아요. 필그림 씨에
대해 좀 세게 말했거든요."

"제가 해야 할 일은 할게요. **수아비테르 인 모도.**● 최선을 다
할게요." 그녀는 코더 부인을 쳐다보았고, 코더 부인이 고마
워하기를 바랐다. "그리고 코더 씨, 루스가 그런 이야기를 들
어야 하는 게 좀 안타까워요."

"그런 일이 일어나는 게 안타깝죠. 그리고, 음, 미스 몰, 이
런 말을 해도 괜찮다면, 내 생각에, 만약 그게 진짜라면, 당신
과 블렌킨솝 씨 사이가 뭔가 애정 관계라면 내가 알아야 한
다는 데 당신도 동의할 것 같은데요?"

해나는 시선을 아래로 하고 입술을 씰룩거리다 갑자기 울
음이 터질 것 같았다. 그녀는 블렌킨솝 씨를 잃었다. 그가 그
녀를 필요로 한 유일한 이유는 사라졌고, 그녀가 그를 필요로
한 이유는 묘한 동료 의식 이상은 아니었지만, 필그림 씨가

● '태도는 온건하게, 행동은 단호하게'라는 뜻의 라틴어.

더 가까이 다가올수록 점점 더 크게 느껴졌다. 또 다른 애정 상황을 만들 가능성이 있다면, 심지어 자기 가치에 대한 코더 씨의 평가를 높이기 위해서라도 그녀는 모호하게 말하면서 코더 씨를 놀리고 싶었지만, 그럴 수 없다는 것을 깨달았다. 그녀는 고개를 들었고, 유감스럽게도 눈물이 차올랐다. "아니요, 그런 건 없어요." 그녀가 단호하게 말했다.

35

해나는 춥고 음울한 식사실로 들어갔다. 탁자 한복판에 방치되어 있던 양치식물은 없앤 지 오래고, 엉클 짐이 가스등이 더 잘 작동할 수 있게 해주었지만, 지금은 벽난로 불이 거의 꺼져 있었다. 아름다운 것이라곤 해나가 사 온 얕은 그릇 안에 담가둔 국화를 빼고는 단 하나도 없는 그 방 분위기를 바꿀 수 있는 게 아무것도 없었다. 그녀는 얼굴을 꽃에 갖다 대고 그 씁쓸한 냄새를 들이마셨고, 모자와 코트를 벗은 뒤 불을 쏘삭거리려고 무릎을 꿇었다. 그리고 의자 위에 위아래가 뒤집힌 채 놓인 모자를 음울하게 쳐다보았다. 시골에서의 행복한 하루를 위해 새 모자를 사지 않은 것은 다행이었지만, 그런 외출에 치장하기 위해 모아둔 돈을 썼다면 탁월한 아이러니가 되었을 테고, 예술적 관점에서 이 희비극을 마무리하는 끝손질, 거장의 터치가 되었을 터였다. 왜냐하면 거기에는 뭔가 코믹한 데가 있었고, 아마 그것이 그녀가 이 일을 견디는 걸 더 어렵게 했을 것이기 때문이었다. 자신을 순수하게 비극적인 인물로 봤다면 위로가 되었겠지만, 그런 위안은 그녀에게 주어지지 않았다.

　그녀가 래드스토 역에 다다랐을 때 그녀의 생각은 비극과는 더 멀 수 없을 만큼 멀었다. 햇살이 환하게 비치고 있었고, 블렌킨숍 씨는 주머니에 표를 넣은 채 역사 입구에서 그녀가 오는지 지켜보고 있었다. 그가 기다리고 있는 기차에 자리를 확보해두어, 해나는 일등칸 구석에서 아주 뜨거운 각로*에 발을 올려놓고 앉았는데, 신발의 안녕을 걱정해야 할 만큼 너무 뜨거웠지만, 블렌킨숍 씨가 그녀의 편안함을 위해 애써준 노력을 무시하기보다는 기꺼이 위험을 감수하는 쪽을 택했다. 블렌킨숍 씨는 그녀의 맞은편에 앉았는데, 그가 그런 걸 가졌으리라고는 상상도 하지 못한 시골 정장 같은 옷을 입고 있었다. 초라한 자신에 대한 후회가 마음을 스쳤지만, 그녀는 곧 잊었다. 자신에 대해 생각하기에는 창밖을 바라보느라 너무 바빴고, 그녀가 블렌킨숍 씨를 쳐다볼 때는 단지 자신의 기쁨에 대한 반응을 보이기 위해서, 그리고 들판에 무엇을 심을 것인지, 혹은 무엇을 심었는지, 쟁기질은 어떻게 하는지에 대해 자신이 아는 것을 말하기 위해서였다.

　그녀가 그 여정을 떠올리면 생각나는 건(가는 길이 느려서 여

● 기차에서 사용하던 발을 따뜻하게 해주는 장치.

름 풍경보다 더 아름다운 색깔로 채색된 겨울 풍경을 볼 만큼 충분한 시간이 있었다) 블렌킨솝 씨가 그녀를 아이처럼 다루었다는 것이었다. 그는 지적으로 대담했고, 어른들이 그러는 것처럼 뭔가에 몰두해 있었지만, 한번은 침묵을 깨고 지금 가서 보려고 하는 집은 팔려는 게 아니고 세를 놓은 집이라고 말했다.

"그 편이 훨씬 좋네요." 해나가 말했다. "집이란 건 목에 건 맷돌이 될 수도 있어요. 하지만 기차 이용이 불편할 텐데요."

"그럴수록 훨씬 더 좋죠." 그는 자기 말에 대한 메아리처럼 미소를 지었는데, 그녀는 오히려 그 상냥한 미소가 신경 쓰였다. 그리고 그가 시골로 데려가고 있는 그 아이는 정신을 바짝 차린 미스 몰이 되었고, 그녀는 그에게 은행을 그만둘 마음이 있는지 물었다.

이 말에 블렌킨솝 씨는 대번에 약간 당황한 표정을 지었다. "그 문제를 생각 중이에요." 그가 솔직히 말했다. 아, 그녀는 애써 돈을 벌 필요 없이 수입이 있는 사람들에게는 모든 게 쉽다고 생각했다. 그들은 위험을 감수할 수 있었다. 그들은 발각되는 것을 두려워할 필요가 없었다. 하지만 그녀에게도 보상은 있었다. 예컨대 어머니로부터 물려받은 재산이 있고 원하는 날만큼 휴일을 즐길 수 있는 블렌킨솝 씨에게는 어느 날도 이날이 그녀에게 주는 의미와 같지 않을 것이고, 그는 잠재적으로 자유로울 수는 있겠지만, 지속적으로 타인의 변덕과 편견에 의존해 살아가다 짧지만 아름답게 경험하는 휴식의 맛을 전적으로 느끼지는 못할 터였다. 들판은 부드러운 물결처럼 펼쳐지고 멀어지면서 색깔을 잃다가 구름인가 싶게 아주 희미한 윤곽이 그려진 연푸른 언덕이 되었고, 공간에 대한 감각은 해나의 영혼에 자유를 선사했다. 그 자유가 물질적인 속박은 중요하지 않은 것으로 만들어서 그녀는 블렌킨솝 씨가 부럽지 않았다. 진정으로 그에게 일종의 연민을 느꼈다. 그의 물질적인 굴레는 아무것도 아닐 수 있지만, 그렇다면 그는 자신에게 어떤 정신적인 굴레를 만들고 있는가? 그녀는 그 질문이 말이 되어 나오는 것을 애써 참으며 그를 쳐다보았고, 그는 좀 수줍게, 자신은 그녀의 마음속에 어떤 생각이 있는지 알고 있으며 그녀를 안심시키고 싶다는 듯 미소를 지어 보였다.

해나의 마음이 불편해지기 시작한 것은 환승역에서 그들이 더 느린 기차로 갈아탔을 때였고, 그녀가 차마 그에게 묻지 못한 질문이 또 하나 있었다. 이 기차는 그녀가 부모님과 함께 멋진 나날을 보내려고 래드스토로 갈 때 탔던 바로 그 기차, 그녀가 학생이던 때 학교에 다니는 길의 일부를 태워준 바로 그 기차라고 해도 될 만큼 충분히 오래된 것으로 보였다. 지나간 모든 들판과 모든 작은 숲과 농가가 익숙했다.

그녀가 약간 숨찬 듯 말했다. "그런데 여긴 내가 살던 시골이네요!" 그녀는 놀라지 않았고, 자신이 이용하던 역에 다다라 블렌킨솝 씨가 그들이 내려야 하는 곳이 여기라고 말했을 때 하루가 엉망이 된 것을 체념하고 받아들였다. 그가 짐꾼에게 방향을 묻는 동안 그녀는 거리를 두고 서 있었고, 몹시 난

감하고 두려운 말을 듣게 될까봐 겁을 먹은 채였다. 그리고 안 좋은 일에 대한 예감을 물리치며, 그녀는 자기 집으로 이어지는 길 대신 넓은 길로 방향을 잡았다. "아니요, 이쪽입니다." 블렌킨솝 씨가 지팡이로 방향을 가리키며 말했고, 적당한 보폭으로 걷기 시작했다.

"너무 빨리 걷지 마요." 해나가 부탁했다. 그녀의 마음은 지도라도 된 듯 이 길로 가면 나오는 구역의 집이나 오두막이 전부 다 보였다. "몇 킬로미터나 가야 하죠?" 그녀가 물었다.

"대략 3킬로미터." 그녀는 가만히 서 있었고, 블렌킨솝 씨는 그게 그녀에게 너무 부담스러운 거리는 아닌지 걱정스럽게 물었다.

"아니, 아니에요." 그녀의 가슴속에는 여전히 작은 희망과 상당한 용기가 남아 있었다. "그 집에 대해 말해줘요." 함께 걸음을 옮기면서 그녀가 말했다. 블렌킨솝 씨는 자신이 원하는 그 오두막을 중개소를 통해 알아낸 것이 아니었다. 그는 돌고 돌았던 이 정보를 그 마지막 차례였던 은행의 어느 고객에게서 전해 들었고, 다시 거꾸로 이 고객을 통해 돌고 돌아 그 주인과 약속을 잡은 것이었다. 은밀한 진행을 원하는 그의 희망에 잘 맞는 절차였다.

"저게 굴뚝 같군요." 그가 말했다.

해나가 걸음을 완전히 멈춰버린 건 그때였다. 그녀는 정말로 토할 것 같은 느낌에 무섭고 심장이 위축되는 듯했는데, 관대하고 용기 있는 심장을 가졌음에도 심장이 완두콩만큼 작아질 정도로 억센 손에 잡혀 짓눌리는 것 같았다. 이 격분한 상태에서 그녀는 살의를 느꼈다. 수치심이 큰 날갯짓을 하며 위협하는 새처럼 그녀를 덮쳤고, 울새는 유쾌한 조롱의 음으로 노래했다.

지대가 낮은 시골길에서 자기 집의 굴뚝이 보이자 그녀는 달아나려고 주변을 둘러보았다. 자신이 가진 전부를 주었던 그 남자와 대면할 수 없었고, 그를 쳐다보면서 자신의 굴복이 낳은 어리석음의 그 전체 모습과 진흙이 묻은 그의 초라한 발에 부서졌을 자신의 보물을 보고 싶지 않았다. 검은 새가 날아다니고 울새가 노래했다. 그녀는 그에게 핑계를 만들어주고 아름다움이 깃든 기억이면 뭐든 붙잡으면서 스스로 자신을 속이고 있었다는 것을 깨달았고, 이제 그 기억 속에서 빠르게 손가락에 힘이 풀리더니 손가락이 얼굴에 닿아 무례하게 툭 꺾였다.

이 사람이 그녀가 사랑한 남자였다니! 그녀의 수치심은 그의 인품과 그것을 잘못 알았던 것에 그 원인이 있었지, 비참한 기억이지만 상대적으로 중요하지 않은 신체적 친밀함에 있지 않았다. 블렌킨솝 씨와 동행해야 한다면, 아무리 강한 힘도 그녀를 그 남자가 있는 곳으로 끌고 가지 못할 것이었다.

"나는 못 가겠어요." 그녀가 그렇게 말했다. "나는 못 가겠어요. 혼자 가세요." 그리고 그녀는 흙으로 된 가파른 둑을 허둥지둥 올라가 작은 숲으로 들어갔고, 거기 소나무 숲에서 산들바람이 부드럽게 노래하는 소리를 듣고 발아래 닿는 솔잎을 느꼈다. 검은 새는 그녀를 따라오지 않았고, 수치심은 전혀 들지 않았지만, 그녀는 누군가가 자신에게 몹시 잔인한 상처를 줄 수 있었다는 순수하게 인간적인 슬픔을 느꼈다. 기억 속 이 지점에서 해나는 걸음을 멈추고 양손에 얼굴을 묻었다. 나머지 기억은 블렌킨솝 씨가 옆에 있고 새가 다시 그림자처럼 그들을 쫓아온 숲과 들판과 시골길의 뒤죽박죽된 장면뿐이었다. 자신이 어디로 갔는지, 무슨 말을 했는지, 혹은 아무 말도 하지 않았는지 따위는 생각나지 않았다. 블렌킨솝 씨는 몰랐겠지만 친절한 그는 그녀가 충격에서 벗어나는 것을 지연시키고 있었다. 그녀는 그에게서 벗어나고 싶었다. 그녀 혼자 마음을 진정시키고 핑계를 더 찾아내고 그 유감스러운 일에서 완전한 불명예는 아닌 뭔가를 찾으려고 노력할 수도 있었을 것이다. 하지만 블렌킨솝 씨가 계속 쫓아왔고, 그들이 그려내는 모습은 우스꽝스러운 한 쌍(혼이 나간 듯한 여자와 이 알 수 없는 일에 대한 단서를 헛되이 찾는 근엄한 신사)이었을 것이다. 그녀는 뭔가 이유를 더 쉽게 꾸며낼 수도 있었겠지만, 자기 행동에 대한 이유를 설명하지 않고 더 오래 내버려둘수록 설명은 더욱 불가능해졌다. 하지만 솔직히 그녀에게는 그가 거의 자신이 원하지 않는 사람으로밖에, 상대인 그녀의 행동을 묘하게 더욱 혐오스럽게 만든 사람으로밖에 생각되지 않았다.

그녀는 그가 그때 자신을 정신적인 문제가 있는(실제로 그렇기는 했지만) 사람으로 대했다는 것을 깨닫고 점점 화가 났지만, 그는 그녀가 먹고 마실 수 있게 해주었고, 그녀가 그날 일찍이 흐뭇하게 바라본 아름다움이 깃든 어둠 속에서 기차 역과 기차를 발견한 뒤 함께 역으로 뛰어가기 전까지 그녀가 원하는 대로 녹초가 될 만큼 걷게 해주었다.

지금은 고단함과 빈곤한 우정이 그녀를 몹시 괴롭혔다. 사회생활을 시작한 뒤로 그녀는 처음으로 아기같이 행동했다. 그녀에게는 그런 상태에 있는 그녀를 참아주고 더 나쁘게 생각하지 않을 친구를 얻을 사치가 허락되지 않았다. 그리고 그 순간에 그런 친구는 그녀가 생각할 수 있는 가장 큰 사치였다. 방식은 다르지만, 그녀에게 공감하고 그녀를 위로해줄 샘슨 씨와 윌프리드가 있었다. 하지만 샘슨 씨는 인간의 감정에 민감하지 않았고, 윌프리드는 마음을 터놓을 상대로는 너무 어려웠다. 둘 중 누구의 어깨에도 그녀의 고단한 머리를 내려놓을 수 없었다. 자신 말고는 자기를 바라봐줄 사람이 없었고, 결국에는 이 낙담한 기분도 지나갈 것이었다. 그녀는 마음을 다르게 먹으면 그 기분이 영원할 필요가 없다는 것을 알 만큼 충분히 불행을 경험했지만, 지금은 그 마음을 먹는 데 온 힘이 필요했다. 그녀는 자신의 오두막과 그곳의 거주자에 대한 남은 감상을 정리한 것은 좋은 일이라고 혼잣말을 했고, 그녀가 필그림 씨를 좌절시킬 첫 번째 동기를 잃었다면 생계비를 벌어야 할 단순한 필요에서 그런 동기를 또 하나 발견한 셈이었다. 하지만 그녀는 바보같이 코더 씨에게 그를 집으로 초대하라고 부추긴 것이다! 그것은 서재에서 말하는 것은 하나도 빼놓지 않고 다 듣지만 할 수 있는 건 아무것도 없는 코더 부인의 잘못이었다. 부인을 돕지 않는 것은 비겁하고 잔인한 일이 될 터였다. 더욱이 해나는 위험을 감수할 가치가 없는 것은 지킬 가치도 없다는 걸 알고 있었으며, 그녀가 위험을 감수할 준비가 되어 있다면 싸울 준비 또한 되어 있는 셈이었다.

그녀는 거기 앉아 에설이 돌아오기를 기다렸지만, 윌프리드가 먼저 들어왔고, 그녀는 그를 보자마자 이렇게 말했다. "내게 브로치를 줘서 큐피드가 눈이 먼 걸 상기시켜준 건 참 잘한 일이었어요."

그는 잠시 망설였고, 다른 모두처럼 그녀가 블렌킨숍 씨와 함께 외출한 것을 알았더라도 그걸 언급하지는 않았다. "에설이 마음에 상처를 입었어요?" 그가 물었다. "필그림 씨가 그렇게 나쁜 사람이에요? 우리는 일요일 저녁을 엉망으로 보냈어요, 모나리자. 무슨 일로 외출한 거였죠?"

"그렇게 물어볼 수 있겠죠! 하지만 모든 일은 선을 이루기 위해 함께 작용해요."

"신을 사랑하는 자들에게는 그렇겠죠. 내가 늘 신은 삼촌이다, 지금은 누구도 그를 좋아하지 않는다, 그러니 희망은 많지 않다고 말했잖아요. 왜 삼촌은 음식에 독을 타는 대신 에설을 서재로 데려가 나무라지 않는 거죠? 하지만 삼촌은 관객이 없으니 그걸 그렇게 즐기진 않았을 거예요. 나는 최선을 다했어요. 지루해하는 모습을 보이려고 애썼지만, 삼촌은 말을 멈추지 않았어요. 분개해서 웅변을 쏟아내더군요! 삼촌에게 저녁 예배를 위한 숨이 남았는지 궁금하네요. 나는 마침 차와 저녁 약속이 있고, 하숙집을 옮기려고 생각하고 있어요. 우리 불쌍한 어머니는 아들이 정신쇠약에 걸리든 말든 일주일에 3기니도 내줄 수 없다는군요. 나는 공부를 계속할 수 있는 쾌적하고 편안한 거처와 평화가 필요한데도 말이죠."

"깁슨 부인의 하숙집에 물어보지 그래요. 조만간 방이 몇 개 나올지도 모르는데."

"하지만 문제는, 당신을 떠나고 싶지 않아요, 모나리자. 당신이 이 상황에서 참작할 요소가 되죠."

"하지만 나를 무한히 참작할 순 없어요."

"아, 당신도 거처를 바꾸려고 하는군요! 그렇다면 당신이 직접 하숙집을 시작하는 게……."

"나도 그 생각을 했지만, 돈이 없고, 그러기엔 내 나이가 너무 적다는군요. 당신은 내 말이 놀랍겠죠?" 하지만 그게 다른 사람들이 나에 대해 어떻게 생각하는지 보여주죠! 그리고 사람들은 내게 충분한 감각이 없다는 말도 덧붙여요! 아니요, 나는 하숙집은 못 해요. 내가 원하는 건 기어들 수 있는 작은 구멍, 멋지고 건조한 동굴이지만, 이제 동굴에서 사는 건 불가능하잖아요? 모든 건 늘 다른 누군가의 소유죠. 내가 지금의 상황을 떠나면 청소부가 될 거예요. 그게 다락일지라도 내 집을 갖고, 바닥을 문지르는 한은 누가 내게 뭔가를 질문하는 일도 없을 거예요. 오래전에 그렇게 했어야 하는데, 내가 고

상함에 대해 좀 터무니없는 개념을 갖고 있었던 것 같네요. 이제 자러 가는 게 좋겠어요. 나는 에설을 기다리려면 깨어 있어야 하고, 당신이 여기 있는 걸 에설이 보면 내게 도움이 되지 않을 거예요!"

36

불가에 앉아 에설이 오기를 기다리면서 침대에 누워 울음이 더 이상 나오지 않을 때까지 실컷 울기도 전에 극심한 고통의 단계가 지나가버린 것을 깨닫고, 해나는 거의 짜증이 났다. 그렇게 울 작정이었는데, 먼저 루스가, 이어 로버트 코더가 그녀에게 용건이 있었다. 그들의 마음, 그리고 윌프리드의 마음을 알게 되면서 그녀의 생각은 몇 갈래가 되었고, 중심 갈래에 쏠렸던 강력한 힘이 소멸되었다. "그 편이 좋기도 하지!" 해나가 혼잣말을 했다. 그녀는 더 이상 통제할 필요가 없는 감정을 분석할 수 있었고, 그것을 울음이라는 사치로 표현하고 싶지는 않았다. 그리고 블렌킨솝 씨가 함께 있었던 것이 자신의 괴로움에 얼마만큼 영향을 미쳤는지, 혼자 그 상황을 마주했다면 인간의 나약함에 대한 평소의 수용적인 태도로 그 상황에 좀 더 제정신으로 대처할 수 있었을지 곰곰이 생각했다. 계속 걸으면서, 한때 연인이었던 사람이 그녀의 집을 블렌킨솝 씨에게 내놓은 상황에서 유머를 끌어낼 수 있어야 했겠지만, 그녀는 충분히 냉담할 수 없었고 집을 내놓은 그 사람에게 그런 혼란을 일으킬 만큼 충분히 잔인하지도 않았다. 그리고 그가 느낄 수치심은 그녀의 것이었을 테고, 그가 더 나쁜 사람임이 입증될수록 그녀의 어리석음도 더 커지는 셈이라 그녀는 곧 그를 위한 변명을 찾기 시작했다. 그가 그 집을 세놓은 건 아마 그녀를 위해서였을 것이고, 돈을 받으면 그녀에게 보내려고 했을 것이다. 혹은 그의 양심이 10년 동안 거의 잠들어 있다가 다시 그를 괴롭히기 시작했는지도 몰랐다. 하지만 해나의 간절한 바람에도 그 설명은 만족스럽지 않았다. 그는 그 장소가 지겨워져서 치워버리고 싶었던 것이며 공짜로 거기 사는 것과 다른 누구에게 세를 주는 절차를 밟는 것 사이에서 아무런 차이도 보지 못했음을 그녀는 알았다. 블렌킨숍 씨가 그 정보를 아주 우회적으로 입수했으니 혹 옮겨지는 사이에 오해가 있었을 수도 있다고, 해나는 그 가능성을 놓지 않았지만, 그건 현명한 생각이 아니었고 어떤 예측을 하든 다 소용없었다. 비록 그녀가 자신을 다시 만나고 싶어 하는 블렌킨숍 씨의 마음을 바로 돌려놓았지만, 그리고 비록 그녀가 그의 호기심에 먹이를 주었지만, 그러지 않았던 이전에 비해 상황이 더 나빠진 것은 아니었다. 그녀가 자신의 추억에 냉혹해져서 죽음을 무릅쓰고 심한 부상을 입은 영웅이라는 이유로 무모하게 사랑한 그 남자는 전혀 사랑받을 가치가 없는 사람이었다는 사실과, 적어도 평생 가는 애착 관계에 대한 로맨틱한 개념은 전혀 없는 사람이었다는 사실과,

그저 그녀를 다른 많은 여자처럼 잘 곳이 없을 때 집을 제공한, 군인에게 반한 젊은 여자로 봤을 뿐이라는 사실에 직면할 수 있다면, 그녀는 실제로 더 나아질 수도 있었다. 그가 그녀를 집의 일부로, 가구나 가금류처럼 여겼고 성적인 관계를 갖는 동안 어떤 단계에서도 그녀를 일시적으로 즐길 편리한 대상 이상으로 여기지 않았을 거라 생각하면, 그녀는 소름이 끼쳤다. 그녀에게 어느 순간에라도 다른 느낌이 있었다면, 자신과 같은 성격의 여자는 쉽게 동맹을 맺을 수 있는 사람이 아니라는, 혹은 그의 현재를 안전하게 해주는 동안 자신의 미래는 위험해질 수 있다는 깨달음이 있었다면, 그가 그녀에게 이토록 오랜 시간 침묵하는 방식으로 그녀를 대하고 마지막으로 이런 모욕감을 주지는 않았을 터였다.

하지만 해나는 이 일이 일어난 건 잘된 일이라고 생각했다. 가진 것을 빼앗기고 아무것도 없었지만, 그녀는 더 이상 눈멀어 있지 않으려고 노력할 것이고, 필그림 씨와 마주할 때 더 강한 사람이 되어 있을 것이었다. 그녀는 기억에 충실하지 않다는 지긋지긋한 양심의 가책을 느끼지 않고도 자신을 사촌 힐다로 변신시킬 수 있었고, 시간이 조금 주어지면 이 상처를 견뎌낸 것이 사실은 사촌 힐다였다고 자신을 설득할 만큼 이 상처로부터 자신을 멀리 떼어놓을 수 있을 것이었다.

그들이 그녀의 집으로 가게 된 것은 이상한 우연에서였고, 필그림 씨의 절박한 사정과 함께 신이 인간이 만든 법을 승인했고 범죄자들을 대상으로 교묘하게 고안된 형벌로 그 법을 비준한 것이라는 말이 일부 사람들에게 설득력이 있다면, 해나의 오두막 근처에 진을 친 부대에 훈계를 하던 필그림 씨가 잠시 시간을 내어 필그림 씨 자신은 전혀 할 생각이 없던 행동을 하다 부상을 입은 한 남자를 보살핀 일로 한 여자를 질책한 일은 신의 책임이 되는 것이었다. 그리고 필그림 씨의 양심도 신의 책임이 되는데, 그의 양심은 그때나 지금이나 신에 대한 해나의 개념과는 일치하지 않았다. 아니, 아니, 법은 인간이 만들었고, 법이 지켜지지 않는 것에 조바심이 난 인간이 형벌을 고안했으며, 해나의 경우에는 필그림 씨와 로버트 코더와 에설로 인격화된 대리인들이 그 엄격한 벌의 집행자가 되는 것이었다. 그리고 피조물들이 서로를 비참하게 하는 것을 보면서 가장 괴로워한 존재는 분명 신이었을 것이다. 해나는 스스로 자신에게 그런 것보다 신이 자신에게 더 부드럽고 관용적이라고, 신은 그녀가 남자를 잘못 판단한 것 때문에 그녀를 위해 슬퍼하지만 그녀의 사랑에 신의 사랑처럼 연민이 차지한 부분이 아주 많음을 알고 있다고, 신은 그녀의 행동에서 그녀의 성에는 허용되지 않은 다른 종류의 행위를 모방하려고 하는 무모함을 보았다고 확신했다. 그래서 신은 아마도 지혜로우나 무력하게, 용감한 남자들이 당하는 고통을 지켜보면서 그녀의 고통은 그보다 덜하다고 여겼을 것이다. 그들의 고통과 비교하면 아주 미미해서 해나가 그걸 오래 생각하는 것도 부끄러울 정도로.

신과 자신이 서로 이해하고 있음을 아는 것은 위로가 된다고, 그녀는 자신의 가설에 대해 냉소적인 미소를 지으며 혼잣말했다. 그녀는 필그림 씨가 신의 본성을 그녀만큼 확신하고 있고, 그녀처럼 그 본성을 그의 편견에 맞춘다는 것이 신기했다. 또한 곤경의 시기에는 신을 찾고 행복의 시기에는 신을 잊어버리는 남녀 인간만큼 많은 인격을 지닌 신이 아직 헤매는 영혼들에게 평화를 줄 힘이 남았다는 사실이 신기했고, 음울한 식사실이 집처럼 느껴진다는 사실 역시 신기했다. 되살린 불은 불꽃을 튀기며 유쾌하고 공허한 소리를 냈고, 엉클짐이 고쳐놓은 가스등은 시키는 대로 최선을 다했으며, 대리석 시계의 거의 들리지 않는 째깍 소리는 모호하게 친근했다. 해나의 평화는 아마 탈진에 기인한 것이었겠지만, 그녀는 그이상의 무엇이라고 믿었고, 어쨌거나 잠복하고 있다가 에설이 2층으로 올라가 루스가 쾅쾅거린다고 말하는 과정을 시작하기 전에 에설을 붙잡아 아버지의 협상안을 받아들이라고 설득하는 것은 그녀에게 도움이 될 터였다.

한편으로 해나는 다시 자신을 폭풍이 지나고 잠잠해져 그 고요를 다음 재난에 대비해 자기 상태를 점검하는 데 사용하는 작은 배에 비유했다. 불행은 닥칠 것이다. 위험한 항해를 떠나는 작은 배는 큰 배보다 더 나쁜 대우를 받을 준비가 되어 있어야 하고, 나쁜 기록이 훼방을 놓을 때는 특히 그랬다. 하지만 비유를 바꾸어 해나는 목이 매달릴 것을 내다보며 수동적으로 처벌을 기다리는 평판 나쁜 개가 되기를 거부했다. 그녀에게는 할 일이 있었고, 비록 로버트 코더가 그녀의 과거에 대해 알게 되면 그녀가 이 일을 계속할 수 없게 될 것이라는 생각과 자신이 속마음을 털어놓은 상대가 비양심적인 미스 몰이었다는 사실을 그가 공포스럽게 돌이켜볼 날이 올 거라는 생각에는 유머가 있었지만, 그녀는 이 상황이 지속되는 한은 즐거움을 잃지 않을 것이고, 구제할 길 없이 검게 보이던 오늘 로버트 코더의 부탁에서 정점을 이룬 그녀의 작은 승리들이, 그리고 궁극에는 오히려 그를 좋아하게 된 그 필연적인 결과가 그녀는 뿌듯했다.

심지어 필그림 씨를 좋아하는 법도 배우게 될지 모르겠다고 생각하는데 현관문에서 소리가 들려 그녀는 그쪽으로 갔고, 에설이 얼굴에 새롭게 완고한 표정을 지은 채 거기 서 있었다. 서재 문이 잠시 뒤에 열렸다가, 에설에게 저녁은 먹었는지 묻고 자기는 5시부터 아무것도 먹지 못했다며 같이 식품 저장실에 가서 뭔가 먹을 걸 찾아보자고 제안하는 해나의 목소리에, 보이지 않는 손에 의해 조심스럽게 닫혔다.

에설은 자기를 이렇게 맞아주리라곤 생각지 못해서 미스 몰의 친절에 굴복해 비난받을 각오를 단단히 하고 그녀를 따라 부엌으로 들어갔다. "하이필드 채플에 갔다 왔어요." 에설이 독립적인 태도를 유지하려고 애쓰면서 말했다. "그리고 패치 위더스도 만나고 왔어요."

"하지만 패치는 네 이야기를 줄곧 하고 다녔잖아."

"그래서 거기 갔던 거예요."

"음." 해나가 말했다. "이야기하기 좋아하는 사람들이 네게 매력을 느끼나보다. 내가 나간 사이 사람들이 관절 부위에 어떻게 해놓았는지 봐! 완전 으스러졌네! 그리고 못 먹게 됐고." 그녀가 가늠하듯 그것을 바라보았다. "적어도 반 파운드는 그렇게 된 것 같다."

"못 먹게 됐지만, 먹은 건 아니네요." 에설이 말했고, 해나는 그 말에 빠르게 공감하며 에설을 쳐다보았지만, 에설은 웃기려고 한 말이라기보다 그저 사실을 말한 것뿐이었다.

"그걸 보니 생각나는데……." 에설이 말을 이었고, 이제는 해나를 쳐다보았다. "방금 블렌킨숍 씨를 만났어요."

"왜 그걸 보고 생각이 났어? 오, 아마 그가 낮에 식사를 마치고 밖에 나왔던가보다. 음, 그는 뭘 하고 있었니?"

"걷고 있다고, 그러던데요."

"충분히 걸었다고 생각했는데."

"블렌킨숍 씨와 함께 외출한다고 말하지 않았잖아요."

"너 역시 필그림 씨 채플에 간다는 말을 우리한테 한 적이 없었지. 이 추억이 된 양고기를 우리가 조금이라도 먹을 수 있을 것 같지 않구나. 수프를 좀 데울게. 그런데 미스 위더스는 너를 만난 걸 기뻐했어?"

"제가 가는 걸 보고 더 기뻐했어요." 에설의 말에는 스스로는 의식하지 못한 유머가 깃들어 있었다. "블렌킨숍 씨는 길 맞은편에서 이리저리 서성이고 있었고요."

"이를 어쩌나! 내가 그의 태엽을 감아줬더니 멈출 수 없게 된 모양이네. 그런데 필그림 씨는 설교를 잘했니?"

"네." 에설이 마지못해 대답했다. "하지만 그건 아주 다른 거예요."

"무슨 말인지 모르겠다." 해나가 수프를 저으면서 진지하게 말했다.

"블렌킨솝 씨와 같이 외출한 건 제가 예배를 드리러 간 것 하곤 아주 다르다고요."

"나는 그러고 싶었으니까 그런 거고." 해나가 인정했다.

"그렇다면 제가 그걸, 내가 원하는 걸 얻을 수 있는 곳에 가면 안 되는 이유를 모르겠어요."

"아, 그걸 얻으려고 너무 애쓰진 마." 해나는 블렌킨솝 씨가 이리저리 길을 서성이는 모습을 상상하느라 꿈결처럼 말했다. 그는 그녀가 뭔가 절박한 행동을 하려 한다고 생각했을까? 그는 그렇게 밤새 서성일까? 그녀에게는 자신이 할 수 있는 가장 친절하면서도 가장 힘든 일이 밖으로 달려 나가 그에게 모든 게 괜찮다고 말해주는 것인 듯했다.

해나가 김이 모락모락 나는 수프 그릇을 에설 앞에 놓아주었다. "이걸 마셔." 그녀가 말했다. "곧 돌아올게."

그녀가 보도에 이르렀을 때 블렌킨솝 씨는 천천히 돌아서서 그녀를 향해 걸어오고 있었고, 그녀는 서둘러 길을 건너 그에게 다가갔다.

"괜찮아요. 괜찮아요!" 그녀가 반쯤 웃으면서 외친 뒤 한 손을 내밀며 말했다. "용서해줘요. 내가 당신의 하루를 망쳤어요. 잠시 정신이 나가는 바람에 내가 모든 것을 망쳤어요. 이제 내 정신은 여느 때처럼 아무 문제 없어요."

"이 일을 그냥 넘길 수는 없어요." 블렌킨솝 씨가 그녀의 손을 꼭 쥐며 중얼거렸다.

"하지만 오늘 밤엔 너무 늦어서 나를 정신병원에 보내진 못하겠죠."

"한 번만이라도 좀 진지할 순 없어요?" 그가 부탁했다.

"나는 몇 시간 동안 계속 진지했어요. 그건 실수였어요. 그리고 자신은 진지하게 생각할 대상이 아니에요, 블렌킨솝 씨."

"나는 당신 때문에 진지해요."

"유감스럽게도 그런 것 같네요. 그래서 나왔어요. 그럴 필요는 없다고 말하고, 밤 인사를 하려고요."

"좋은 밤을 보낼 수는 없을 것 같군요." 그가 마지못해 말했다.

"그건 변화가 되겠네요?" 그녀가 그렇게 말하고, 이제 가겠다는 뜻으로 손에 힘을 주었다가 어렵사리 빼낸 뒤 다시 집 안으로 들어갔다.

에설은 수프 그릇 위로 눈을 둥그렇게 떴다. "대체 어디 갔다 온 거예요, 미스 몰?"

"경찰관 모 씨를 관할구역에서 돌려보냈어. 그 불쌍한 남자가 저녁을 먹을 시간이고, 나도 배가 고파. 미스 위더스가 뭔가 먹을 걸 줬어?"

"네, 줬어요. 하지만 먹고 싶지 않았어요. 당연히 먹고 싶지 않겠죠! 그녀는 무엇 때문에 참견하고 싶어 했을까요?"

"누구든 왜 참견하고 싶어 하지? 우리 모두 자기 방식대로 살아간다면 더 행복할 텐데."

에설은 점점 조바심이 나는 것 같았다. "미스 몰이 무슨 말을 하려는 건진 알겠지만, 누구도 일부러 해를 끼치려고 하지는 않아요, 미스 몰."

"그건 안 되지." 해나가 단호하게 말했다.

"하지만 우리는 올바른 일을 해야 해요."

"단언하는데, 그 말은 미스 위더스가 했겠구나."

"하지만 그건 아주 다른 거예요. 나는 부끄러워할 일은 아무것도 하지 않았어요. 아버지를 화나게 했다고 해서 그게 나쁜 건 아니잖아요."

"맞아." 해나가 말했다. "하지만 필그림 씨는 그것에 대해 어떻게 생각하니?"

"그는 내가 거기 가는 게 도움이 된다고 해요."

"그러니까 너는 그에게 도움이 되고 싶구나. 미스 위더스는 네 아버지를 도와주려는 거고."

"아니요, 그건 아니고요. 그녀는 아버지에게 우리를 돌봐줄 누군가가 필요하다는 생각을 심어주려고 해요. 그녀는 자기가 우리 엄마처럼 느껴진다고 말했어요, 미스 몰. 그리고 그게 자기가 되고 싶은 것이라고도 했고요. 나는 그녀에게 미스 몰이 우리에게 필요한 모든 걸 다 해줘서 다른 사람은 필요하지 않다고 말해줬어요."

"아주 고맙구나." 해나가 말했다. "패치가 실망했겠어!"

"그래서 그게 걱정이에요." 에설이 말했다. "걱정거리 중 한 가지요. 미스 몰은 너무 친절하고, 전혀 이기적이지 않아요. 필그림 씨는 미스 몰이 어떻게 그토록 똑같은 사촌이 있을 수 있는지 모르겠다고 해요. 그리고 루스도 고려해야 하고요."

"루스!" 해나가 자제하고 기다렸다.

"그는 미스 몰과 사촌이라는 그 사람이 쌍둥이여야 한대요."

"우리가 그렇긴 하지……. 영적으로. 필그림 씨 안됐네! 미스 위더스도 안됐고! 어떤 사람들은 다른 사람들의 행복한 삶에 대해 정말 많이 걱정하지! 나는 너희의 행복한 삶에 대해 걱정하고, 네가 이 말을 의심스러워할 거란 건 인정하지만, 정말로 진심이야. 잘 들어. 필그림 씨 생각에 네가 아주 도움이 많이 됐다면, 그는 네가 필요할 때 너를 찾으러 올 거야."

"하지만 아버지가 그를 싫어해요."

"아마 아버지도 알게 되겠지." 해나가 희망적으로 말했다. "하지만 네가 그 채플에 가지 않으면 아버지도 그런 식은 아닐 거야. 알다시피 아버지에겐 정말로 부당한 일이잖아. 자, 울음은 그쳐! 울 이유가 뭐 있어?" 그녀가 말했고, 에설의 대답에 날카로운 목소리로 말한 것을 후회했는데, 에설이 자기 자신을 믿지 못하고 무력하게 스스로 속마음을 털어놓는 모습이 안쓰러웠기 때문이다.

"필그림 씨가 오지 않을지도 모르니까요."

"오, 올 거야." 해나가 말했다. "나를 한 번 더 보려는 이유에서라도 올 거야! 그가 왜 내게 그렇게 호기심을 보이는지 너한테 말해줬어?"

"아니요, 그는 그 이유가 내가 듣기엔 부적절하대요."

"그러면 그가 분명 네게 말해줄 것 같구나." 해나가 기운을
내게 해주려고 말했다.

37

그녀는 블렌킨숍 씨에게 그 작은 집에 대한 모든 생각을 포
기하라고 말했어야 했다. 그곳은 불길하고 어떤 행복도 찾을
수 없는 곳이었다. 그녀는 그렇게 말했어야 했고, 실행에 옮
기기 전에 다시 생각하라고 부탁했어야 하며, 손가락으로 자
신을 가리키면서 세상이 그에게 등을 돌릴 거라고, 세상에는
그 불쾌함을 느끼게 하는 고약한 방식이 있다고 말했어야 했
다. 하지만 에설이 이기적이지 않다고 한 그녀는 자신의 비참
함을 생각하느라 그에게 닥칠 위험에 대해 불법적인 연인들
을 찾아올 때 더욱 심해지는 환멸과 기사도만이 느슨해지는
것을 막을 수 있는 짜증스럽게 조여오는 결속에 대해 그에게
경고하지 않았다. 그리고 블렌킨숍 씨는, 해나가 자신의 문제
에 간섭하려 하는 어느 친구에게라도 그랬을 것처럼 이건 그
녀가 신경 쓸 문제가 아니라고 대답했을 것이다. 블렌킨숍 씨
는 자기 일은 자기가 알아서 하는 것을 훨씬 선호했을 것이
다. 그가 직접 말해준 대로라면 그는 그녀만큼 나이를 먹었

는데, 그가 어쨌거나 그녀를 믿고 말할 상대로 생각했다는 것이 신기하긴 했지만, 사람들은 이런저런 이유로 그녀를 그렇게 생각했다. 루스, 에설, 로버트 코더 모두 그랬고, 아마 필그림 씨는 그녀와 관련해서 압박감을 느끼는 자신의 의무를 어떻게 하면 가장 잘 처리할 수 있을지 그녀에게 물어야 한다고 생각했을 것이다. 정말로 그런 일이 생겨도 그녀는 놀라지 않았을 것이었다. 오늘 일 이후로는 어떤 것도 그녀를 놀라게 하지 않을 테고, 그녀가 시골길에 서서 자기 집 굴뚝을 쳐다본 뒤로 몇 시간밖에 지나지 않았다는 사실이 비현실적으로 느껴졌다.

그녀는 침대에 누웠고, 식사실에서 느낀 평화는 그 집의 모습에 대한 상상에 몰입한 그녀의 마음에는 더 이상 남아 있지 않았다. 그녀가 떠올린 그 집은 아버지의 재산 전부를 팔면서 그 집만 팔지 않았을 때의 모습이었다. 지붕에서 흘러내린 물방울로 얼룩진 방 네 개짜리 연분홍색 오두막. 창문 아래에는 잡초가 무성한 화단이 있었는데, 거기서는 진짜 오두막 꽃이 자랐고, 거친 풀이 자라는 과수원에는 줄기가 희끄무레해진 사과나무가 있었다. 그녀는 당시에 소녀였고, 쓰지 않을 땅은 갖고 있지 말라는 어른들의 충고를 듣지 않았다. 그래서 갖고만 있다가 이미 그곳을 차지하고 있던 젊은 농부에게 맡겼는데, 그는 전쟁터에 나가 돌아오지 않았다. 그녀는 그 집을 애인이었던 군인에게 맡기려고 했을 때의 모습으로는 떠올리지 않으려고 애썼다. 꽃밭의 잡초를 뽑고, 방에 직접 벽지를 바르고, 외벽은 새로 칠해 얼룩을 감추었으며, 굴뚝에서는 깃털 같은 푸른 연기가 피어오르는 모습으로는. 하지만 애를 써도 어쩔 수 없이 기억이 났다. 그녀는 외벽의 분홍색이 사과 꽃의 아름다운 분홍색과 비교해 몹시 조야해 보이던 것을, 풀밭의 녹색, 나무의 신록, 꽃, 집 저만치 술 장식처럼 흔들리는 낙엽송의 나뭇가지, 새로 태어난 가금류의 적갈색 깃털이 그녀가 전에 본 어떤 색깔들보다 더 찬란하고 더 섬세하고 아름다워 보이던 것을, 그리고 그 모든 것에 대해 자신에게만 하고 다른 누구에게도 하지 않았던 그 바보같고 예쁜 말을 떠올렸다.

그때의 침묵은 그녀가 침대에서 불안하게 돌아누웠을 때 위로가 되었다. 그녀는 그에게 모든 것을 주었지만 자신의 생각 중 가장 여리고 가장 바보 같은 생각만큼은 주지 않았는데, 그것을 주지 않은 것은 스스로 인정하지는 않은 어떤 본능에 기인한 것이었고, 지금은 그것이 다행스럽게 여겨졌다. 그리고 그녀는 다시 그를 위한 변명을 찾았다. 그녀는 결코 감상적이지 않았고, 자신을 예민한 모습으로 보여주지도 않았다. 그녀는 늘 밝고 현실적이고 활기가 넘쳤으며, 헤어지는 순간이 다가왔을 때 가벼운 말과 함께 떠났다. 그리고 자존심 때문에 그들의 관계에 대한 그의 생각이 그녀의 생각인 척했다. 그는 그녀가 마음에 상처를 입을 수 있다는 것을 이해하지 못했다. 그는 이해하지 못한 것이다.

그녀가 안구에 손가락을 대고 꾹 누르자 단추를 누른 것처럼 그 이미지들이 멀어져 금색과 푸른색과 자주색이 비치는 흐릿한 어둠 말고는 아무것도 남지 않았다. 이것 역시 지나가자 다시 햇볕 속의 과수원이 나타났고, 리딩 부인이 사과나무 두 그루 사이에 매단 줄에 빨래를 널고 있었다. 해나는 그녀의 모습이 아주 뚜렷이 보였는데, 금발에 햇살이 비치고 두 팔은 위로 올렸으며 입에는 빨래집게를 물고 있었다. 아기는 풀밭에서 기어다니면서 어설픈 손길로 조심스럽게 데이지를 만지고 꽃받침부터 떼어내고 있었다. 해나가 "안 돼. 안 돼!" 하고 소리쳤고, 그 목소리가 좁은 침실에 내려앉은 정적을 놀라게 했다. 그들이 그녀의 오두막을 가져서는 안 되었다. 그러는 건 그들에게도, 얼마간은 해나에게도 좋지 않았다. 그들은 거기가 아닌 다른 곳으로 가야 했지만, 그녀가 다른 곳으로 옮긴 그들의 모습을 그리자 마찬가지로 심장이 내려앉았다. 이건 무슨 의미지? 그녀가 침대에서 벌떡 일어나며 자문했다. 베개에 몸을 기대 그녀는 길쭉한 창문을 한동안 응시했고, 창문과 그녀가 그날 서 있던 시골길 사이에는 공기와 나무와 언덕 말고는 아무것도 보이지 않았다. 그녀는 어떤 작은 소리나 빠른 움직임도, 사라져도 될 자신에 대한 의심을 되살아나게 할 것처럼 다시 슬며시 누웠다. 이 새롭고 어리석고 희망 없는 고통이 아니어도 그녀가 견뎌야 할 것은 충분히 많다는 사실은 분명했지만, 이 일을 멈추는 힘은 그녀의 능력 범위 안에 있었고, 그녀는 그것을 멈출 것이었다. 그녀는 이 결심에 엄숙해졌고, 누운 채 자기도 모르게 갑자기 입을 침대

보로 가리고 웃기 시작했다. 블렌킨솝 씨는 늘 그녀를 웃게
했는데, 다시 웃을 수 없다면, 그녀는 지금 웃을 것이었다. 사
랑할 마음이 없었는데도 자신을 웃게 했다는 이유로 한 남자
를 사랑한다는 게 이상했는데, 아니면 웃음이 혹 사랑에서 비
롯한 것인가? 그를 마지막 순간까지 믿을 수 있으리라는 확
신에서 비롯한 그 사랑에서? 그건 알 수 없었지만, 웃음은 멈
추었고 의심은 실제 상황이 되었으며, 그러자 더 이상 그녀의
마음은 아프지 않았다.

"받는 것보단 주는 것이 더 축복이지." 그녀가 소리 내 말했
고, 과거에 주기만 하고 받지 못한 시행착오를 경험했기에 눈
을 감은 채 눈썹은 회의적으로 치키고 입꼬리는 내렸다. "하
지만 그건 누구에게 주느냐에 따라 달라." 그녀가 말했고, 놀
랄 만큼 빠르게, 더 놀랄 만큼 행복하게 잠이 들었다.

하지만 선이든 악이든 모든 것이 가능한 밤에 찾아오는 행
복은 추운 겨울 아침에는 유지하기가 더 어려웠고, 해나는 눈
을 뜨고 뭔가 은혜로운 것이 그녀를 진정시켜 잠들게 하고
막연한 행복의 꿈을 꾸게 한 사실을 깨달았다. 하지만 완전히
깨어났을 때는 엄격한 마음이 되어 거울 앞에서 머리를 틀어
올리며 가스등 아래 노르스름하게 슬퍼 보이는 자기 얼굴을
경멸스럽게 쳐다보았다. 그 표정은 자신에 대한 스스로의 평
가와 자신이 다른 사람들에게 어떻게 보이는지에 대한 자각
을 드러냈고, 다음 며칠 동안 그녀는 미스 몰이 평소 자신의
의무를 다하면서 보이던 느긋한 모습과는 아주 다른 열정적

이고 진지한 태도로 자기 일을 해나갔다. 그것은 아무것도 회피하지 않는 태도였지만, 월등한 에너지와 능력으로 집안 사람들을 감동시키려고 작정해서 그런 것은 아니었다. 이제 그녀는 커튼을 빨아서 다렸고, 책의 먼지를 떨었으며, 몇 달 동안 마음 편히 방치되어 있던 수납장을 깔끔히 정리했다. 리넨을 살피고, 다른 사람들이 식사실에 들어올 수 없게 막아놓고는 싫어하는 기계인 재봉틀을 꺼내 시트를 조각조각 자르고 가장자리를 한복판으로 모아 빠르게 이어 박았다.

루스는 이 하얀 리넨 파도가 미치지 않는 의자에 자리를 잡고 앉아 그 행위를 못마땅하게 바라보았다. "나는 이게 조금도 좋지 않아요." 그녀가 말했다.

"나는 좋을 것 같니? 내가 정말 싫어하는 게 있다면 이 얄미운 작은 바늘이 단을 따라 콩콩 뛰어가는 거야. 다리가 하나뿐인 남자가 달리기를 하는 것 같잖아. 나는 그를 그렇게 빨리 가게 하긴 싫지만, 천천히 가는 것도 못 참겠어. 게다가 끝까지 가기도 전에 실패에 감긴 면실을 다 써버릴 거란 사실도 알고 있고, 소리도 정말 듣기 싫어. 누구라도 이 솔기 위에 누우면 아주 불편하길 바랄 지경이야. 바늘땀이 울지 않게 내가 특별히 애를 쓸 생각도 없어."

"음, 그건 오래가지 않을 것 같아요."

"그래, 어떤 것도 오래가지 않아. 그래서 내가 이러고 있는 거지."

"그건…… 시트가 마모되지 않게 하려고 그러는 건가요?"

해나는 손잡이를 돌리던 것을 멈추고 다리가 하나인 남자가 잠시 휴식을 취하게 했다. "정확해." 그녀가 말했다. 시트는 마모되지 않게 하면서 자신의 감정은 마모시키려고 애쓰는 거라는 말이 혀끝에 맴돌았지만, 그건 루스에게 할 수 있는 대답은 아니었다. 그녀는 루스의 질문에 종종 직접적인 정보를 얻고 싶은 욕망 이상의 목적이 있다는 것을 알고 있었다. 그럼에도 그녀는 정보를 주었다. "시트가 가운데에서 얇아지면 신중한 아내는 가운데 부분을 가장자리로 돌린단다. 보기 흉하고 가끔 불편하기도 하지만, 경제적이지."

"하지만 수납장은 가운데가 얇아지지 않잖아요. 책도 그렇고요."

"대부분의 책은 전체적으로 얇아." 해나가 싱긋 웃으며 말했다. "나는 책은 볼 만큼 봤어. 책의 먼지를 떨어내는 건 덜 힘든 일에 속하지. 요리도 그렇고. 도중에 멈추고 쉴 수 있거든."

"그런데 제가 보기엔." 루스가 말을 계속했다. "몰리에게 뭔가 다른 걱정이 있거나, 아니면……." 루스의 목소리 음이 바뀌었다. "모든 걸 급하게 정리하고 있는 것 같아요. 죽을 생각으로 유언장을 쓰거나 빚을 갚으려는 것 같다고 할까요. 그런 건 아니겠죠?"

"왜 그러는지 말해줄게." 해나가 정말로 솔직하게 말한다는 분위기로 말했다. "내가 좀 화가 나 있어."

"오! 걱정이 있는 게 아니에요? 에설 걱정을 하는 게 아니고요?"

"에설? 왜?"

"몰리가 너무 바빴어요. 그래서 알아차리지 못한 것 같은 데, 에설이 지난 며칠 동안 기분이 아주 좋았어요. 그것도 아버지와 심각하게 언쟁한 뒤에요! 난 에설의 기분이 엉망일 줄 알았거든요."

"이야기가 에설에게 좋게 흘러간 모양이네." 해나가 말했다.

"하지만 에설의 기분이 좋지 않은 게 더 낫겠어요. 그리고 몰리는 정말로 중요하지 않은 일로 그렇게 바쁘지 않으면 좋겠고요. 그러니까 몰리가 뭔가 중요한 걸 놓칠까봐 걱정돼요."

"음, 내가 놓쳐도 넌 놓치지 않겠지. 그렇게 야단스럽게 굴 거 없잖아. 내일 우리가 뭘 할 건지 말해줄게. 우리는 같이 산책하러 나갈 거야."

"하지만 여긴 봄이 오지 않았어요."

"그럼 혼자 나가야겠다."

"아니요, 그런 뜻은 아니고, 그건 오히려 수납장이나 책 같은 거겠죠?"

"그게 그거하고 뭐가 비슷하단 건지 모르겠구나." 해나가 다시 재봉틀 손잡이를 돌리며 말했지만, 루스는 해나의 제안에 대한 합당한 이유를 찾아낸 것이었다. 그들은 그럴 수 있는 동안에는 반드시 같이 산책하러 갈 것이고, 봄이 왔을 때도 같이 있다면 음, 또 한 번 같이 산책하러 갈 것이었다.

에설은 집과 도리스를 흔쾌히 돌보겠다고 했다. 미스 몰과 루스가 샌드위치를 주머니에 넣고 함께 나가면 어두워지기 전에는 돌아올 것 같지 않은데도 에설의 눈동자에는 단 한 번도 질투의 빛이 떠오르지 않았다. 에설이 여동생의 도덕적인 안녕에 대해 더 이상 불안해하는 기색이 없어 해나와 루스 둘 다 말은 하지 않았지만, 그들이 집을 비우는 것이 에설에게는 전혀 문제 되지 않는다는 결론에 다다랐다. 이것은 자신이 위로받을 일이 있고, 혹여 미스 패치 위더스를 계모로 맞는 것보다 어두운 과거가 있음에도 역량 있는 가정부인 미스 몰을 더 원하는, 그래서 상냥하게 대하려고 최선을 다하는 에설에게는 불공평했지만, 그날이 필그림 씨가 아버지의 환심을 사고 건전한 유대감을 형성하기 위해 추한 소문을 전달하는 본능에 복종하기로 한 날인 것은 그들만큼 에설도 몰랐다.

뒤에 도사린 이 위험을 의식하지 못한 채 루스와 해나는 걸음을 옮기기 시작했고, 나무에서 새순이 돋았다면 4월이라고 상상할 수도 있을 날이었다. 공기 중에 기분 좋은 온화함이 감돌았고, 뭔가 즐거운 일이 일어나야만 할 것 같은 하루였다. 참으로 그런 날이어서 앨버트 스퀘어를 통과하고 초원 지대를 지나 다리에 이르는 대신, 해나는 한쪽으로는 관리가 안 된 신비로운 정원이 있고 반대쪽으로는 집 뒤쪽이 보이는 구불구불한 좁은 길로 들어섰다. 그리고 내리막을 구불구불 내려오다가 지저분한 아이들이 조지 왕조풍으로 지어진 집들의 계단에서 놀고 있는 광장으로 들어섰고, 이 길과 좁은 거리를 통과하자 늘어선 뱃도랑들과 평행하게 뻗은 길이 나타났다. 이곳은 태어나서 지금까지 어퍼 레드스토에서만 살았던 루스가 아직 가보지 못한 곳이었는데, 루스는 해나가 알고 있는 보행교를 이용해 뱃도랑을 건너간 적도 없었다. 보행교의 일부는 모험적인 상상력을 발휘해도 널빤지보다 더 넓지 않고 한쪽에만 난간이 있었다.

"어두운 밤엔 좋지 않은 장소야." 해나가 심각하게 말했다.

"지금은 몹시 흥미진진한데요." 루스가 음미하듯 말했다.

그들이 뱃도랑을 건너 또 다른 카운티로 들어서기까지는 시간이 제법 걸렸는데, 배가 어디에나 보였기 때문이다. 큰 배는 창고를 따라 정박한 채 짐을 싣거나 부리고 있었고, 범선은 예인선의 안내로 이동하고 있었는데, 해나는 그것을 보고 돛이 없는 돛대와 활대 아래서 측은한 품위를 지키고 있는 범선의 모습이 남편을 잃고 부산한 장례식장에 있는 슬픔에 잠긴 여자 같다고, 예인선은 장의사 같다고 말했다. 준설선은 쇠사슬에 들통을 무한히 매단 채 강의 진흙을 퍼 담아 올리고 있었고, 노 젓는 배들과 소리를 지르는 남자들과 열리고 닫히는 수문도 보였다. 하늘은 푸르렀고, 갈매기가 날아갈 때는 더욱 푸르게 보였으며, 오른쪽 높이 걸려 있는 현수교는 실처럼, 현수교를 지나가는 마차들은 소인들의 장난감처럼 보였다.

"종일 여기 있어도 좋겠어요." 루스가 말했다.

"그럴 수도 있겠지만, 그러진 않을 거야. 우리는 계속 산책을 해야 하거든."

"오, 오늘이 유일한 기회인 것처럼 그런 식으로 말하지 마요!"

"건강을 위해." 해나가 말했다. "내가 문장을 다 끝낼 때까지 좀 기다려주지 그랬어?"

그들은 길게 구불구불 이어지는 언덕길을 올라 마침내 다리가 있는 높이에 이르렀고, 강으로 내려가는 숲과 맞닿은 쾌적한 길을 따라 걷고, 들판을 건너고, 잡목림을 통과해 전나무의 붉은 몸통이 물속에 비치는 멍크스 연못으로 걸어갔다. 그날 좀 늦게 그들은 거기서 점심을 먹었고, 하늘은 연못이 반사된 것처럼 연푸른색 원 모양이었지만, 그들 주위로 황혼이 짙어지고 있었다. 그리고 연못을 둘러 자라는 나무들의 꼭대기는 하늘의 작은 한 부분에 달린 가장자리 술 장식 같았다. 그들은 그 연못에 산다는 늙은 잉어에게 부스러기를 던져준 다음, 서로 동행이 된 것에 행복해하며 거의 말없이 천천히 집으로 돌아갔고, 스팽글을 뿌린 듯 반짝거리는 다리를 건너 한쪽으로는 역시 반짝거리는 뱃도랑이 있고 반대쪽으로는 검은 강물이 흐르는 저 아래를 내려다보았다.

"아름다운 날이었어요." 그들이 베리스퍼드 로드로 돌아와 문밖에 섰을 때 루스가 심호흡을 하며 말했지만, 식사실로 들어가 에설이 벽난로 불가에 앉아 있는 것을 보자 그들은 에설에게는 아름다운 날이 아니었다는 걸 알 수 있었다.

38

해나에게는 로버트 코더가 필그림 씨에게 자신의 이야기를 들은 것이 다행이었다. 다른 사람에게 들었다면 아마 수용적으로 받아들였겠지만, 자신이 싫어하고, 스펜서 스미스 부인의 파티를 망쳐놓고, 에설을 꾀어 자기 채플로 데려가고, 로버트 코더가 가장 싫어하는 데다 모호하게 불미스러운 느낌을 주는 종류의 문제를 일으킨 필그림 씨가 그 이야기를 했기 때문에 그는 듣는 동안 불신하는 자세로 따져보았다. 래드스토에서 가장 주도적인 비국교도 목사인 그는 필그림 씨가 어떤 종류의 정보든 들이밀어도 된다고 생각할 만큼 만만한 남자는 아니었다. 더욱이 자신의 허영이 설득하는 대로, 필그림 씨가 그의 입으로 불쾌한 의무(그 의무가 에설의 아버지와 친해지는 수단이 될 수도 있었겠지만)라고 일컬은 그것을 하는 데는 감상적인 이유뿐 아니라 세속적인 이유도 있다고 생각하지 않았다면, 그는 이런 접근을 식구들과 자신의 혜안에 대한 모욕으로 여겼을 것이었다. 로버트 코더는 미스 몰에 대해 한 번도 전적으로 편안하게 느낀 적이 없었지만, 엄격한 얼굴을 한 채 필그림 씨의 이야기를 듣는 동안 최근에 그녀에게 의존하면서 잊어버리고 있었던 모든 의심과 짜증이 되살아났다. 하지만 그 순간 그의 주된 충동은 필그림 씨와는 최대한 다른 모습을 보이는 것이어서 그는 여자들에 대한 관용과 너그러움과 부드러움, 그리고 회개한 죄인을 받아주는 기독교인의 의무에 대한 짧은 강연 원고를 읽어주었고, 그것은 그의 가장 좋은 설교만큼 좋았다. 그가 미스 몰의 결백을 전적으로 믿는 것까진 아니었다. 그러기에는 너무 약았고, 그는 자신이 실천을 이론에 맞출 준비가 된 사람으로 보이는 것을 선호했다. 그래서 필그림 씨는, 그에게 꼬리가 있다면, 그 집을 나오면서 다리 사이로 꼬리가 들어간 모습이었을 테고, 그것이 에설이 혼자 울고 있던 이유였다.

"오, 지금은 무슨 일이야?" 루스가 외쳤다. "늘 똑같지. 이 집에서는 뭔가 좋은 일이 생기면 나중에 꼭 안 좋은 일이 생긴다니까. 몰리와 내가 같이 나갔다 와서 그래?"

"너하고 미스 몰이 뭘 하는지에는 관심 없어!" 에설이 외쳤다. "미스 몰이 애초에 여기 오지 않았다면 좋았을걸 그랬어!"

"오…… 너무 나빴어!" 루스가 느릿느릿 악의적으로 말했다. "몰리가 여기 오지 않았다면, 나는 이 집에 계속 있지 않았을 거야. 그래, 그랬을 거야. 짐 삼촌에게 부탁해 삼촌하고 같이 살았을 거야. 그리고 삼촌은 나를 받아줬을 거고. 하지만 몰리는 여기 계속 있을 거죠? 에설 말은 듣지 마요. 진심이 아니에요. 곧 미안해하겠지만, 지금은 자제력을 잃은 상태예요."

"조용히!" 해나가 날카롭게 말했다. "도대체 너희는 왜 서로 더 친절히 대할 수 없는 거니? 이 말은 꼭 해줘야겠다……. 그리고 기억해주면 좋겠어. 나는 친절하지 않은 것이 죄 중에서 가장 나쁜 죄 같아. 그래." 그녀가 에설을 보며 말했다. "가장 나쁜 죄."

"나는 루스에게 친절하지 않은 게 아니에요." 에설이 퉁명
스럽게 말했다.

"하지만 몰리에겐 친절하지 않았고, 그래서 나도 언니에게
그렇게 한 거였어. 어쨌거나 몰리가 언니에게 뭘 어쨌길래?"

"그런 건 너 같은 어린애가 알 바 아니야." 에설이 말했다.

"그렇다면 언니는 자신을 제대로 아는 것 같지 않은데."

"음, 내가 더 많이 알……." 에설은 두려움에 뭔가 말하려
다가 입술에 걸린 듯 잠시 가만히 있었고, 무모하고 비참한
마음으로 결과는 고려하지 않고 긴장되고 가냘픈 목소리로
이렇게 내뱉었다. "블렌킨숍 씨보단 더 많이 알아." 그리고 주
먹이 날아오는 것을 피하려는 듯 올린 양쪽 어깨 사이로 해
나를 쳐다보았다.

해나가 한 번 깔끔하게 탁 내려친 건 필요한 순간에 자신
의 하얀 얼굴과 검은 눈동자로 주의를 끌 때 그러듯 탁자였
고, 루스가 블렌킨숍 씨의 이름을 의문스럽다는 듯 반복해서
중얼거린 건 모두의 귀에 얄미움의 극치로 느껴졌다. 해나의
눈 주위는 며칠 동안 계속 거무스름했는데, 이제 그것이 그녀
의 창백한 피부에 멍처럼 나타났다. 루스와 에설은 그것이 바
로 분노의 상징처럼 여겨져 맹렬한 비난의 어조를 기다렸지
만, 해나는 그저 조용히, 감동적일 만큼 다정하고 고단한 목
소리로 "너희 태도는 좋지 않아. 둘 다. 앞으로 어떻게 되려고
그러니? 이렇게 물고 할퀴면서 계속 지낼 수는 없어" 하고 말

할 뿐이었다. 그녀의 목소리에서 슬픔이 빠져나갔고, 그녀가 익숙한 목소리로 말했다. "내 태도가 좋아서 내가 잘났다는 말을 하려는 게 아니라 좋은 태도는 갖출 필요가 있어. 내 학생 시절에, 학교에 가면 벽에 걸린 급훈을 쳐다보곤 했는데, 난 그게 좀 바보 같다고 생각했지만, 한 번도 잊은 적이 없어. 그리고 그게 전달한 내용은, 학교에서든 그 문제로는 다른 어디에서든 누군가는 너보다 더 잘 안다는 거야. 그리고 이 방에서는 내가 더 잘 아는 사람이고, 그 급훈이 말해준 대로, 좋은 태도는 무의미한 게 아니라 충직한 본성과 고귀한 정신의 열매야. 그렇지." 그녀가 감정을 실어 말했다. "충직한 본성과 고귀한 정신. 너희 둘을 보니 우리 안에 갇힌 원숭이 두 마리 이상은 생각나지 않는구나."

"오, 몰리, 그건 좋은 태도가 아닌데요!" 루스가 꼬집어주었지만, 이보다 훨씬 나쁠 수 있었을 상황에서 빠져나온 안도감에서 반쯤 웃었고, 문 쪽을 의미 있게 바라보는 해나의 시선에 복종했다. 한편으로 에설은 애처롭게 "나는 몹시 불행해요" 하고 변명처럼 칭얼거렸다.

해나는 조바심의 몸짓을 보았다. 그녀는 소녀의 불행이 여자의 불행만큼 가슴 저미게 아플 수 있다는 걸, 어쩌면 더 아플 수 있다는 걸 알고 있었지만, 소녀에게는 아직 문이 열려 있어 방황하면서 원하는 것을 찾을 시간이 있었지만, 여자에게는 문이 닫히고 빗장이 걸려 내면에서 원하는 것이 아니라 얻을 수 있는 것을 찾아야 했다. "무슨 일이니?" 그녀가 부드럽게 물었고, 에설이 울먹이며 말했다. "오, 미스 몰, 필그림 씨가 왔었어요. 아버지는 그에게 화가 났고요……. 미스 몰 때문에요!"

"나 때문에 화가 난 걸 어떻게 아니?"

"왜냐하면 내가…… 나중에 필그림 씨를 만났는데, 그가 말해줬어요."

"음, 그 소식을 내게 알려주니 참 친절하기도 하구나." 해나가 말했고, 아버지의 화가 자기 행동에 영향을 미치지는 않을 거라고 주장하는 에설의 말을 들으며 방에서 나갔다.

해나는 현관에서 얼굴에 드러난 경직되고 분노에 찬 감정을 없애기 위해 열심히 뺨을 문지르고 눈을 깜박였다. 말로 풀어내기에는 너무 쓰라린 분하고 비통한 감정이 활기 넘치고 거의 유쾌한 감정으로 변했을 때 그녀는 서재 문을 두드렸고, 코더 씨에게 그가 대번에 가정부에게는 적합하지 않다고 결론 내린 그녀의 얼굴을 보여주었다.

그는 고결한 마음 상태에서 필그림 씨를 경멸했지만, 미스 몰에게서도 기꺼이 의심스러운 징후를 찾아볼 생각이었다. 그녀에게 해가 될 수 있는 뭔가를 자신은 알지만 알리지 않겠다는 생각이 그에게 힘에 대한 감각을 부여했고, 그것이 그의 차갑고 건조한 태도에서 드러났다. "내가 뭔가 해줄 게 있습니까?" 그가 물었다. 그녀는 죄를 지은 사람처럼 보이지 않았지만, 죄를 지은 자는 종종 수치심을 느끼지 않았다.

"네, 있어요." 해나가 말했다. "필그림 씨가 당신에게 무슨 이야기를 했는지 알고 싶어요."

이 말에 코더 씨는 짜증이 났다. 그는 늘 직접적인 공격에
는 움츠러들었고, 힘에 대한 그의 감각이 현저히 줄어들었다.
"그건 비밀스러운 면담이었습니다, 미스 몰."

"에설은 그 일부를 알고 있던데요."

"나는 그것에 대한 책임이 없군요." 그는 필그림 씨가 한 말
을 되풀이하고 싶지 않았다. 그는 이 여자, 자신이 만난 어떤
여자와도 다른 이 여자가 혹 그 말을 뒷받침하는 정보를 줄
지도 모르는데, 그러면 뭔가 어떤 위원회에도 자문을 구할 수
없는 조치를 취해야 할 것이었다. 그는 그것이 두려웠다. 그
래서 필그림 씨에게 말하던 그 내려다보는 높이에서 피신처
를 찾았다.

"그가 더 이상 그 이야기는 하지 않으리라고 보장할 수 있
을 것 같군요. 그의 행동은 남자답지 않았다고 생각합니다,
미스 몰. 내가 그의 말의 진실성을 의심하지 않더라도 나는
그 말을 무시할 겁니다. 우리는 모두 어느 순간에 어떤 식으
로든 죄를 지었고……."

"오, 우리 모두는 아니죠." 해나가 끼어들었고, 그를 존경의
눈빛으로 쳐다보려고 애썼다.

"크거나 작거나 정도의 차이는 있을 테죠." 그가 말했다.
"그리고 일단 나는 지나간 것은 지나간 것으로 둘 생각입니
다. 나는 당신을 내가 아는 대로 판단할 겁니다, 미스 몰. 어
떤 질문도 하지 않겠어요. 당신의 말은 어떤 것도 듣고 싶지

않군요."

해나가 자신에게 모든 것을 말해주기 바랐다면, 이것이 그
가 그것을 실행하는 방식이었다. 그의 이런 잘난 체하는 방식
은 그녀가 견딜 수 있는 정도 이상이었다. 그에게 가졌던 모
든 반감이 강력하게 되살아났다. 그녀는 자신의 작은 소유지
가 그의 관대함에 어떤 영향을 미쳤는지 궁금했다. 그녀에게
서 아무 말도 듣지 않겠다고 하는 그의 희망은 그녀에게는
그의 말을 따르지 않게 하는 가장 강력한 동기였다. 그가 그
녀의 당혹스러운 고백을 듣고 허우적거리는 것을 보면 상당
히 의미 있는 일이 될 것이었다. 그리고 그녀는 될 대로 되라
는 식의 방법으로 얻을 수 있는 만족감을 갈망하는 정신 상
태에 놓여 있었다. 그녀는 그에게 자신이 한 행동을 말하고
자기는 그 일을 개털만큼도 신경 쓰지 않는다고 말하면 자신
의 가장 쓰라린 상처가 치유될 것 같았다. 그랬다. 그녀가 그
표현을 쓸 수 있다면, 더없이 짜릿할 것 같았다.

하지만 그 뒤에는…… 어떻게 되는 거지? 그녀는 갈 곳이
없었고, 돈도 거의 없었다. 그리고 심지어 깁슨 부인의 집도
이제 그녀에게는 닫힌 곳이 되었다. 거기로 갈 수도 없었다.
그리고 어디로 가든 루스를 두고 떠나야 했다.

경직되었던 몸이 이완되었고, 그녀는 두 손을 앞으로 모았
다. "아주 관대하시네요." 그녀가 말했고, 그 말로 치켜세울
때 느낀 기쁨은 그 말이 사실일지도 모른다는 두려움 때문에
얼마간 소실되었지만, 그 두려움이 크지는 않았다. 그의 관대

함은 다른 사람들이 인식하면 멈출 것이었다. "누구에게나 집 안의 자부심이라는 게 있는데, 어쨌거나 불쌍한 사촌 힐다 때문에 제게 벌을 주는 건 의미가 없을 거예요. 저와 힐다는 언제나 친구였고, 앞으로도 늘 그럴 거예요. 제겐 타락에 대해 필그림 씨가 지닌 것 같은 두려움이 없고, 그의 개혁 정신도 갖고 있지 않아요. 그리고 힐다를 아주 좋아하고요. 장난스러운 사람들이 왜 늘 다른 사람들보다 훨씬 더 다정한지에는 분명 이유가 있을 거예요. 그리고 힐다는 가장 장난스럽고 다정한 사람 중 하나죠. 하지만 다시 생각하면, 내게 편견이 있는 건지도 모르겠네요." 그녀가 미소를 지으며 덧붙였다.

"당신이 무슨 이야기를 하는지 모르겠군요." 로버트 코더가 대번에 얼굴을 찡그리며 말했다.

해나의 눈썹이 올라갈 수 있는 만큼 올라갔다. "제가 무슨 말을 하고 있는지 모르겠다고요? 그러면 필그림 씨는 도대체 당신에게 무슨 말을 한 건가요? 말해주세요, 코더 씨. 알아야 겠어요."

턱수염 위로 코더 씨의 얼굴이 빨개졌다. "그는 당신에 대한 이야기를 했어요." 그가 마지못해 말했다.

"나에 대해서요? 나에 대해서? 오, 알겠어요." 그녀가 느리게 말했다. "네, 우리는 아주 많이 비슷하죠. 불쌍한 필그림 씨! 그가 얼마나 실망했을까!"

"그가 왜 그것 때문에 실망하죠?" 로버트 코더가, 그녀는 받아들일 준비가 되지 않은 날카로운 어조로 물었다.

"그는 그런 유의 사람이 아니던가요? 그리고 당신은 심지어 내가 생각한 것보다 더욱 관대하네요."

"너무 관대한가보군요. 유감스럽게도." 그가 자신에 대한 미스 몰의 견해라고 입증된 것을 자신과 연결하는 게 현명한 일인지에 대한 확신 없이 말했고, "놀랄 만큼 닮은 모양이로군요" 하고 덧붙여, 자제하지 못하고 그의 의심과 전반적인 불편함을 표현했다.

"맞아요." 해나가 말했고, 그 말을 남기고 나가려고 돌아섰다. 이번에도 그가 그녀를 불렀는데 그건 좋지 않은 신호였다.

"단지 상황을 좀 정리하기 위해, 미스 몰……."

"하지만 당신은 그러고 싶어 하지 않는다고 생각했는데요."

그가 다시 얼굴을 찡그렸다. 그는 자기가 꺼낸 말에 누가 말대꾸를 하는 데 익숙하지 않았다. "당신을 위해서예요." 그가 말했고, 그녀의 수수께끼 같은 미소가 그에게 자극이 되어 화를 돋우었다. "당신의 사촌이 필그림 씨가 아는 시골 어딘가에서 작은 집을 소유하고 살았다는 것 같던데요. 당신과 사촌 다 시골에 작은 집을 갖고 있다는 건 묘한 우연이로군요."

"전혀 그렇지 않아요. 사촌이 제 집에서 살았어요." 코더 씨에게 해명하려던 해나의 욕망은 모두 사라졌다. 이것이 더 재미있는 게임이었고, 규칙은 그녀가 모험을 시도하되 목숨은 구하는 것이었다. 그녀는 상대의 속임수 동작이 나타나기를 기다리며 강렬한 즐거움을 맛보았고, 파편화된 불완전한 정보의 조각들이 저장된 그녀의 마음속에 그녀가 지금껏 들어본 모든 펜싱 용어가, 강철 고리나 빠른 발 구르기 같은 환하고 반짝거리는 표현들이 획획 떠올랐다. 그녀가 유리한 고지에 있었다. 그녀는 자신이 이제 어떻게 할지 알았지만, 그에게는 어떤 준비된 작전도 없다는 것을 깨달았다. 그녀는 그가 자신의 검 끝에 있다고 느꼈지만, 일시적인 흥분 이면에는, 그 모든 표면적인 용맹스러움에도 불구하고, 이것은 유감스럽고 떳떳지 못한 일이었다고 자신에게 말하는 순간이 그녀를 기다리고 있었다.

로버트 코더는 확신이 들지 않는다는 표시로 머리를 갸웃한 채 대화를 끝냈다. "고마워요, 미스 몰. 당신과 필그림 씨 사이에 더 이상 문제는 없을 겁니다." 그가 말했고, 해나는 코더 부인의 솔직한 시선을 의식했다. 코더 부인이 이런 얼버무림을 승인할지 해나는 자신이 없었다. 그녀의 두 딸 중 어린 딸을 구하기 위해 해나는 다른 딸을 당혹스러운 상황에 몰아넣고 있었는데, 코더 부인이라면 필그림 씨를 에설의 남편감으로 탐탁하게 볼 것인가? 필그림 씨가 그 자리에 대한 특권을 요구할 의사는 있는가? 에설에 대해서는 알 수 있는 게 없었다. 다정한 말 한마디면 에설의 심장을 더 빠르게 뛰게 하기에 충분했고, 아마 에설은 그의 입술에서 쉽게 흘러나오는 칭찬의 불안정한 기반 위에 높은 희망을 쌓아 올렸을 것이었다. 그리고 해나는 그들이 정말로 서로 좋아한다면, 로버트 코더의 적대감이 두 사람을 영원히 갈라놓는 일은 없으리란 생각에서 위로를 찾았다.

해나가 루스의 침대에 앉아 그들이 좋아하는 주제인 돈이 생겨 여행을 떠날 수 있다면 어디로 갈 것인지에 대한 이야기를 나눈 그날 밤, 해나는 자신이 대체로 잘한 것 같다고 생각했다. 한 사람의 영혼에 대해 지나치게 조심했을 수도 있었고, 두 사람을 도우려 하다가 어느 쪽도 돕지 못했을 수 있었다. 더욱이 루스의 특이하고 이기적인 사랑이 해나에겐 소중했다. 그것을 위해서라면 거짓말할 가치가 있었고, 언젠가, 어쩌면 루스가 곧 그 거짓말에 대해서 들을 기회가 있을지도 몰랐지만, 그 기회는 운에 맡겨야 했다. 그리고 그녀가 어린 시절에 알았던 어느 늙은 여인의 말이 생각났는데, 그 여인은 힘든 시기에 필요한 지혜는 한 번에 하루를 사는 것이라고 그녀에게 말해주었지만, 해나는 그 하루조차 견딜 수 있는 것보다 더 벅차다고 느꼈다.

39

루스는 아름다운 하루를 보냈지만, 에설의 느닷없는 폭발 탓에 그날을 망쳤고, 정말로 망쳤지만, 나중에 해나와 같이 하기로 한 항해 이야기를 하면서 괜찮아졌다. 그리고 다음 날에는 윌프리드가 루스에게 깜짝 선물을 주었다. 해나가 그 사실을 알게 된 것은 혹시 문제가 생겼을 때 해나를 보호하기 위해 미리 준비한 말을 들은 뒤였는데, 점심 식사 중에 윌프리드가 즉흥적으로 떠오른 생각인 듯 그날 오후에 루스를 데리고 짧은 외출을 하겠다고 말한 것이었다. 윌프리드는 혹 질문을 받으면 래드스토의 공공건물을 살펴볼 생각이라고 대답할 준비가 되어 있었지만, 하워드가 없으니 로버트 코더에게는 딱히 트집 잡을 게 없으면 윌프리드의 말은 아예 무시하는 습관이 들어 있었다. 그래서 그는 아무 말 하지 않았고, 에설은 자기 일로 걱정하느라 지금은 다른 사람들의 문제에는 관심이 없었다.

로버트 코더의 견해는 변할 수 있는 성격의 것이라 이런 예방책이 필요했다. 로버트 코더는 평생 극장에 가본 적이 없었다. 그는 무대와 관련된 것은 뭐든 불신하는 훈련이 되어 있었고, 그의 마음은 시간이 지나면서, 그리고 저명한 동료 목사들의 의견을 접하면서 넓어졌지만, 그럼에도 그는 그런 것과는 냉담한 거리를 유지했다. 따라서 그는 어떤 연극을 보는 것이 자신에게 적절한지 서툴게 결정하는 문제로 고민하지 않아도 좋았고, 불행한 실수를 저지르는 위험도 피할 수 있었다. 또한 에설은 여성회 회원들이 사람들이 잘 가는 그런 의문의 장소에서 잘못된 길로 빠질 수도 있으므로 냉담한 태도를 유지했고, 에설과 루스가 본 것이라곤 동물원에서 본 목가적인 연극이 전부였다. 스펜서 스미스 부부는 늘 래드스토 팬터마임을 보러 갔고, 그들이 루스를 초대해 데려갔다면 아버지는 당연히 보냈겠지만, 윌프리드가 어린 사촌을 데리고 가는 것은 다른 문제였다. 루스는 고대하던 이 경험에 잔뜩 흥분해 있었고, 윌프리드와 함께 2층 특별석으로 가는 기념으로 면벨벳 드레스를 입는 힘든 과정을 견뎌냈으며, 코트로 감춘 눈에 띄게 화려한 옷을 에설에게 들키기 전에 얼른 집을 나섰다.

루스가 무사히 성공하는 동안, 에설은 자기 침실에 처박혀서 시끄러운 소리를 내고 있었고, 해나는 그 소리가 에설이 자신의 즐거움을 위해 옷을 갈아입는 소리이기를 바랐다. 그녀는 기소된 피고인이 그 사건에 대해 자문해주는 식인 그 미친 면담을 더는 할 수 없을 것 같았고, 마음이 몹시 지치고 흐려져 혼자 있는 시간이 필요했다. 에설이 잠깐 와서 차를 마시러 나갔다 오겠다고 말한 뒤, 해나는 도리스에게 두통이 있다며 누구에게도 방해받고 싶지 않다고 했다. 그리고 이제 혼자 있고 싶은 소원을 이룬 그녀는 늙고 묘하게 버려진 기분으로 천천히 2층으로 올라갔다.

그녀는 이런 드문 자기 연민의 기회를 맘껏 누릴 수 있으리라 기대하지 않았었다. 그녀는 낮잠이 깊이 들었는데, 지쳐 곯아떨어진 낮잠은 밤에 오는 잠보다 더 깊을 수 있었다. 그녀는 썰물 때의 바다에 떠 있는 것처럼 떨어진다는 의식 없이 잠에 빠졌고, 아래로 내려가면서 기다릴 만큼 충분히 기다리기도 전에 망각의 조짐이 나타났다.

시간을 잊은 이 상태, 걱정 없는 이 절대적인 편안한 상태에 있다가 잠에서 깬 그녀는 심장이 쿵쾅쿵쾅 뛰는 것을 느꼈고, 몸이 비틀려 떨어져 나오는 느낌과 함께 자신이 어디 있는지 간신히 기억해냈다. 어둠이 침실을 가득 채우고 있었고, 잠이 깨려는 찰나에 천둥이 치듯 계단을 올라오는 말발굽 소리로 들렸던 것은 서서히 무겁고 다급한 사람의 발걸음 소리가 되었다. 그리고 침실 문이 활짝 열리더니 미스 몰을 부르는 에설의 목소리가 들렸다. 집 아니면 극장에 불이 난 것이다. 루스가 차에 치인 것이다. 코더 씨나 필그림 씨에게 사고가 난 것이다. 해나가 바닥에 발을 내려놓고 방 안에서 에설의 존재를 느낄 때 그녀의 마음속에 이런 가능성들이 스쳤는데, 가스등을 켜기도 전에 에설이 숨을 헐떡이며 재앙이 일어난 어조로 이렇게 말하는 소리가 들렸다. "스펜서 스미스 부인의 집에 갔다 왔어요."

손에서 미끄러진 성냥갑을 더듬거리며 찾는 동안, 해나는 놀란 여파로 다리에서 느껴지는 날카로운 통증 때문에 화가 나서 중얼거렸다. "아무리 못해도 누가 죽은 줄 알았네."

"그보다 더 나빠요!" 에설이 귀청을 찢는 목소리로 소리쳤다.

격한 감정에는 그 자체의 얼굴이 있어 에설을 휘두르는 감정은 얼굴에서 그녀의 개성을 지워버렸다. 그래서 에설을 여성회의 유능한 지도자인 에설 코더로 보는 것만큼이나 쉽게 해나 몰이나 괴로움에 빠진 다른 여자로 볼 수 있을 것 같았다. 블렌킨숍 씨가 기억하는 얼굴이 그런 얼굴이라면 그가 이리저리 거리를 서성이는 것도 놀랄 일은 아니었다. 그가 그런 모습으로 보이는 여자와 더 대화를 시도하는 위험을 감수하지 않은 것도 놀랄 일은 아니었지만, 해나는 에설에 대해 블렌킨숍 씨가 자신에게 느꼈을 것과는 다른 책임감을 느꼈다. 해나는 그에게 뭐라고 말할 수 없었지만, 격려를 받고 돌아온 에설은 오히려 그녀에게 폭포수처럼 말을 쏟아냈다.

에설이 스펜서 스미스 부인의 집에 간 것은 위로와 조언을 받기 위해서였다. 거기 말고 어디로 가겠는가? 에설은 엄마도 없고, 아버지는 화가 났고, 자기가 이 이야기를 털어놓은 미스 몰은 이 문제에서 절반의 원인에 해당했다. 한편 자신을 위로해주고 엄마처럼 행동했어야 할 스펜서 스미스 부인은 그 행복이 어떤 행복이었건 에설이 간직한 행복을 산산조각 냈다.

"부인은 잔인한 태도로 나를 대했어요, 미스 몰." 에설이 말했고, 얼굴 위로 눈물이 줄줄 흘러내렸다. "아주 차갑고 오만했어요. 부인은 아버지가 지극히 옳고, 자기도 필그림 씨가 싫다고 했어요. 부인은 그렇게 말했지만…… 사실일 리 없어요! 그게 사실이라면 나는 죽을 거예요!"

"아니, 넌 죽지 않아." 해나가 달래듯 말했다.

"하지만 그러고 싶어요!"

"유감스럽게도 그런다고 실제로 달라지는 건 없어. 인간은 죽고 벌레는 그걸 먹지만, 사랑을 위해서는 아니야."

"오, 미스 몰이 그것에 대해 뭘 알아요?" 에설이 소리쳤다. "그리고 그건 사랑 때문에 죽는 게 아니에요. 수치심 때문에 죽는 거죠! 그를 사랑한 것에 대한 수치심."

"그것 때문이라면 더욱 안 되지." 해나가 아주 나지막이 말했다.

"나는 그가 무엇을 했는지는 신경 안 써요. 나는 뭐든 용서할 수 있어요……. 거짓말만 아니면. 거짓말은 안 돼요! 누구든 내게 거짓말을 한다면, 나는 그 사람을 사랑할 수 없어요."

"그러면 선택의 범위가 아주 좁아져." 해나가 건조하게 말했다. "내가 보기에 중요한 질문은, 그가 너를 사랑하는지 같구나."

"그는 당연히 나를 사랑하죠!" 흘러내리던 눈물이 멈추었다가 다시 흐르기 시작했다.

"그가 그렇게 말했어? 아주 많은 말로? 그게 사람들이 선언이라고 말하는 그런 거였니? 오해의 여지는 없어?"

"네." 에설이 고개를 떨어뜨리며 말했다. "어제 내게 말했지만…… 그 전에 알았어요."

"그럼 도대체 어젯밤에 루스와 내가 돌아왔을 때 왜 울었던거니? 기뻐서 펄쩍 뛰었어야 할 텐데, 응!"

"그랬는데 아버지가 와서 그에 대한 끔찍한 이야기를 해줬어요. 스펜서 스미스 부인은 그가 좋은 사람이 아니라고 말했고요. 부인은, 그가 미스 몰에 대한 이야기를 하는 건 미스 몰이 그에 대한 이야기를 할까봐 두려워서라고 했어요. 부인은 미스 몰이 그에 대해 뭔가 안 좋은 이야기를 알고 있다고 하던데요. 아니죠, 그렇죠, 미스 몰? 미스 몰은 스펜서 스미스 부인의 파티 날 전까지 그를 본 적이 없다고 했다고…… 그가 내게 그렇게 말했는데, 나는 누구를 믿어야 할까요?"

해나는 침대에 앉아 포개 잡은 자신의 손을 내려다보았고, 에설이나 자신보다 릴라에 대한 생각에 더 빠져들어 잠시 가만히 있었다. "그러니까 네가 스펜서 스미스 부인에게 나에 대해 들은 이야기를 해줬다는 거지. 맞니?"

"네. 그러려고 한 건 아니었는데, 그 말이 나와버렸어요."

"그렇게 됐겠지!" 해나가 말했고, 릴라의 공포와 친척인 해나의 잘못을 즉각 믿어버린 것, 그리고 자신의 평판을 보호하려고 그만큼 즉각적으로 해나가 필그림 씨의 작은 비밀에 대해 살짝 흘린 단서를 이용한 것을 상상하며 미소 지었다.

"그러니까, 오, 미스 몰, 나를 위로하기 위해 거짓말은 하지 마요." 에설이 사정하듯 말했다.

해나는 이미 결정을 내렸지만, 이 용기 있는 말이 해나가 스스로 결정한 일을 고귀한 것으로 만들어주었고, 해나는 그렇게 말한 이 어린 여자와 비교해 필그림 씨가 그만큼 가치 있는 사람인지 의심했다. 하지만 그 의심이 이 여자에게 영향을 미치게 할 생각은 없었다. "넌 계속 그를 사랑할 수 있어." 그녀가 말했다. "그는 아직 네게 어떤 거짓말도 하지 않았잖아. 어쨌거나 나에 대한 거짓말은 하지 않았어. 그리고 그가 지금껏 자기 입으로 범죄라고 부르는 그런 죄를 저지른 것 같진 않아. 그게 그의 문제지. 그러니까, 그는 내게 원한을 품고 있어. 내가 그의 면전에서 문을 한 번 닫아버렸고, 두 번이라도 그러겠지만. 더 나쁜 건 내가 그를 비웃었던 일 같아. 그는 그걸 용서할 수 없을 테고, 그가 너를 사랑한다면 너를 보살피고 나를 내보내는 것에 관심이 있겠지. 그는 내가 네게 해를 끼치는 걸 원하지 않을 테니까. 나는 그를 탓하지 않아. 나는 누구도 탓하지 않아. 그런 게 다 무슨 소용이야?"

"사촌 힐다가 있지 않았어요?" 에설이 마음 편히 기쁨을 누리기 전에 필그림 씨에게 결함이 없다는 걸 확인하려고 소심하게 물었다.

"육신으로는 존재하지 않아" 해나가 말했다. "하지만 다른 모든 방식으로는 존재했지. 이제 힐다는 사라졌고, 힐다가 한 일은 힐다를 따라다닐 거야. 남자들이 행하는 악은……." 그녀의 말이 슬며시 침묵이 되었고, 잠시 뒤 그녀가 아주 부드럽게 한마디 덧붙였는데, 자신에게 한 말이었다. "하지만 그건 악행은 아니었어."

그녀는 에설을 보고 있지 않았지만, 이 새로운 유의 인간에게, 선량해 보이고 도움이 필요할 때 주지 않은 적이 한 번도 없었지만 사과나 변명도 없이 자신의 악을 고백한 이 여인에게 매료된 에설의 시선을 느낄 수 있었다.

"아버지에게 말해야겠어요." 에설이 힘들게 말했다.

해나가 고개를 홱 들었다. "나는 그게 과연 필요할지 모르겠다." 그녀가 말했고, 팬터마임을 보면서 웃음을 터뜨리고 윌프리드와 같이 간 것을 자랑스러워할 루스를 생각했다.

"하지만 그래도 말해야겠어요. 그래야 필그림 씨에게, 그리고 내게 공평해요. 스펜서 스미스 부인은 그에 대해 여러 가지를 말할 거예요. 음, 그게 그를 파멸시킬 거예요."

"그럼 말씀드려." 해나가 고단하다는 듯 말했다.

"죄송해요, 미스 몰. 정말로 죄송해요. 비열한 것 같지만, 그건 알지만, 저는 늘 미스 몰을 좋아했어요. 하지만 알다시피, 알죠?"

해나가 극명하게 본 것은 초라하고 집이 없는 자기 모습이었는데, 에설은 그것을 볼 수 없다는 게 놀라웠다. 하지만 해나는 말했다. "그래, 그래, 다 알아. 루스가 잠자리에 들 때까지는 말하지 마. 그리고 루스에게는 아무 말도 하지 말고. 루스를 일찍 재운 다음 나는 밖에 나가 있을게. 내가 옆방에 있다는 걸 알면 네가 불편할 테니까. 그렇지 않을까?" 그녀가 계속 말을 이어갔다.

"오, 네, 미스 몰, 그럴게요. 미스 몰은 모든 걸 생각하는군요. 최선을 다할게요. 아버지에게 미스 몰을 용서해달라고 부탁할게요. 미스 몰은 우리에게 아주 잘해줬어요. 아버지가 반드시 용서할 거예요."

"음, 이제 나 혼자 있게 해줘." 해나가 말했다.

그녀는 가진 돈을 헤아렸다. 이곳에 남아 코더 씨의 용서라는 축복을 받지는 않을 것이다. 내일 떠날 것이다. 로버트 코더에게는 다시 관대함을 보여줄 기회를, 자신에게는 그것을 거부하는 뜻밖의 기쁨을 주지 않고 떠날 생각은 없었다. 선택은 끝났다. 에설에게 행복할 기회를 주기 위해 루스를 희생했지만, 루스 때문에 자신의 모든 품위를 희생할 수는 없었다. 루스에게는 돌봐줄 엉클 짐이 있으니 해나는 아래층으로 내

려가기 전에 엉클 짐에게 편지를 썼다. 그리고 오랫동안 벗이
되어준 작은 배를 돌아보았고, 해나 몰 대신 루스가 그것을
가질 거라고 결정했다.

루스와 윌프리드가 돌아오기를 기다리는 동안, 그리고 그
들이 꼭 들려주고 싶어 하는 모든 이야기를 듣는 동안 그녀
의 머리 위로 그간의 세월이 흘러가는 것 같았다. 부당한 상
황들에 대해 로버트 코더가 드러낸 전반적인 혐오감과 에설
의 불안하고 흥분된 모습, 들킬 만한 말은 한마디도 하지 않
으려고 하는 루스의 조심스러운 태도로 저녁 식사 시간은 긴
장된 분위기였고, 마지막으로 야간 등을 켜주고 루스가 털어
놓는 이야기를 다 듣고 나면, 해나는 모자 없이 낡은 얼스터
코트를 입고 집을 떠날 수 있을 것이었다.

그녀는 샘슨 씨의 집 대문 앞에서 잠시 머뭇거렸지만, 문을
열지는 않았다. 그녀는 누구라도 자신에게 친절한 말을 건네
면 울음이 터질 것 같아 두려웠고, 얼굴에 나약한 표시가 드
러나는 것은 더욱 두려웠다. 그런데 왜 이렇게 몹시 비참한
기분이 드는 걸까? 그녀는 이 모든 것을 예측했고, 불평 없이
맞을 준비가 되어 있었다. 이건 루스를 떠나야 하기 때문인
가, 아니면 서재에서 자신의 비밀 이야기가 오갔기 때문인가,
아니면 돈도 집도 없기 때문인가? 그 모든 것 때문이었지만,
이런 것들은 그녀가 느끼는 괴로움의 일부일 뿐이었다. 그녀
는 더 이상 희망의 샘을 믿지 않았다. 지금까지는 늘 그녀를
위해 흘렀고, 가끔은 약하게 흐르고 더 자주는 입술을 갖다

대면 부서지거나 모양을 바꾸는 무지개색 거품을 내며 흘렀던, 그녀를 새롭게 회복시켜주는 성질을 유지해온 그 샘. 한 샘이 말라버려 또 다른 샘을 찾아 나선 것처럼 그녀는 흩뿌리는 비를 맞으며 급히 거리를 걸어갔고, 블렌킨숍 씨와 함께 서로 할 말이 하나도 없던 그 밤에 그가 택한 그 길을 따라 걸었다. 그때는 그가 없어도 행복했을 텐데, 그 생각을 하니 기분이 묘했지만, 지금은 한 걸음 옮길 때마다 떠나기 전에 그와 이야기를 나누고 싶은 욕구가 강렬해졌다. 아무것도 말하지 않고, 그저 이야기를 하고 싶은 욕구가. 그녀는 그토록 사랑한 절벽과 어두운 강과 반짝이는 뱃도랑에는 눈도 돌리지 않고 언덕을 돌아 걸었다. 그 풍경이 거기 존재한다는 것은 알고 있어 그 사실이 한편으로 위로가 되었지만, 쳐다보지는 않았다. 그녀는 급히 언덕 비탈을 내려갔고, 초원 지대와 앨버트 스퀘어를 가로지르며 깁슨 부인의 집 앞에 이를 때까지 걸음을 늦추지 않았다. 문은 열려 있었고, 블렌킨숍 씨가 코트와 모자 차림으로 밤을 맞아 문을 닫으려고 몸을 돌리고 있었다.

40

"베리스퍼드 로드에서 방금 돌아왔어요." 그가 말했다. "그들이 당신이 나갔다고 하던데요."

"그들이라니요?" 해나가 불안해하며 물었다.

블렌킨솝 씨가 미소를 지었다. "정확한 표현은 아니고! 여자 하인만 만났어요. 우리가 어떻게 서로 마주치지 않았죠?"

"좀 걷고 있었어요." 해나가 코트와 모자를 거는 블렌킨솝 씨를 지켜보며 말했다.

"그래서는 안 됩니다. 이런 밤에. 게다가 머리에 아무것도 쓰지 않고! 비가 제법 내리고 있어요." 그가 짜증스럽게 말했다.

"몇 시죠?" 그들은 낮은 목소리로, 깁슨 부인과 어린 하인과 지하실에 사는 사람들의 잠을 깨울까봐 조심하며 말했다.

"10시."

"그럼 난 여기 있어서는 안 돼요. 돌아가야겠어요." 잔뜩 긴장한 미스 몰의 미소는 불안한 아이의 미소처럼 희미하고 흔들렸다. "정말로 내가 여기 왜 왔는지도 모르겠네요." 그녀가 말했고, 그가 그녀의 행동을 설명해주기를 기대한다는 듯 그를 쳐다보았다. "문이 잠겨 들어갈 수 없겠어요. 현관 열쇠를 가지고 나온다는 걸 깜박했네요."

"그럼 코더 씨에게 우리가 들어오게 해주는 수고를 끼쳐야겠군요." 블렌킨솝 씨가 말했다.

그 대명사가 해나의 귀에 유난히 친근하게 들려 해나는 그것을 반복해 말했다. "우리가 지금 가는 게 좋겠군요."

"아니요, 2층으로 올라갑시다. 내가 차를 좀 내려줄게요. 당신은 추워 보이는 데다 젖었어요."

"하지만……." 해나가 말하기 시작하는데, 블렌킨솝 씨가 진지하게 말했다. "코더 가족이 있다는 것 자체를 잊으려고 해봐요. 나는 먼저 올라가서 불을 켤게요."

블렌킨숍 씨의 방은 따뜻하고 벽난로와 갓을 씌운 램프 불빛으로 붉게 일렁였으며, 집 안에는 탁탁거리는 불꽃 소리 말고는 들리는 소리라곤 없고 거리에서도 아무 소리 들리지 않았다. 어느새 음울한 평화가 해나에게 스며들었고, 의무나 재앙은 잊은 채 양쪽 팔걸이 사이에 자리를 잡고 앉으면 다시는 일어날 필요가 없으리라는 비합리적인 확신과 함께 그녀는 깊숙한 안락의자 중 하나로 걸어갔다.

"먼저 코트를 벗어요." 블렌킨숍 씨가 말했다. 그는 수납장 앞에서 컵과 컵 받침과 차통을 꺼내면서 바쁘게 손을 움직였다.

"내 불쌍한 낡은 코트!" 해나가 희미하게 웃으며 말했다. 몇 달 전에 그녀는 그 옷을 입지 않겠다고 약속했었다. "하지만 아직 한참 더 입어야 할 것 같네." 그녀가 혼잣말을 했다. 그리고 뒤로 기대고 눈을 감은 채 블렌킨숍 씨가 움직일 때 나는 소리를, 주전자가 내는 음의 변화를, 그리고 차와 물이 만나 만드는 쉭쉭거리는 소리를 들었고, 그가 "여기, 마셔요" 하고 말할 때까지 눈을 뜨지 않았다.

그녀는 갑자기 정신이 들면서 블렌킨숍 씨를 마지막으로 본 때가 떠올랐고, 떠나기 전에 자신이 해야 할 모든 이야기에 마음이 급해졌다. "그 오두막은 넘겨받았나요?" 그녀가 물었다.

"아니요. 그걸 팔 생각이 있는지 당신에게 물어볼 참이었어요."

"당신에게는 안 팔아요." 그녀가 빠르게 대답했다.

"나는 그 집은 원하지 않아요. 우리에게 더 잘 맞는 다른 집을 찾은 것 같아요."

"하지만 어떻게……." 그녀는 거기가 자기 집이라고 그에게 말하지 않은 사실을 서서히 깨달았다. 그가 안다는 것은 자연스럽고 마땅한 일이었지만, 그녀가 말한 적은 없었다. "그게 내 집인 걸 어떻게 알았죠?" 그녀가 물었고, 그가 아는 것이 마땅한데도 그녀의 눈은 커지고 입은 애처롭게 벌어졌다.

"거기 다시 갔었어요." 그가 약간 당황하며 말했지만, 표정은 차분했다. "약속을 깨는 걸 좋아하지 않아서요." 그녀가 빌미를 준 추적 대상에 대한 그의 설명에 그녀는 크게 즐거운 기색 없이 웃었다.

블렌킨숍 씨는 미소로 답했고, 이어 조용히 신발을 신은 자기 발을 내려다보며 말했다. "내가 그 남자를 쫓아냈어요."

활에서 날아간 화살처럼 해나의 가녀린 몸이 의자 팔걸이에 양손을 올린 채 앞으로 쑥 튀어 나갔고, 신의의 마지막 불씨가 분노한 숨에 불길로 치솟아 그녀는 이렇게 외쳤다. "감히 어떻게? 감히 어떻게? 그 문제에 당신이 간섭할 일이 뭐가 있죠?"

블렌킨숍 씨는 머리를 들지 않고 벽난로 불을 향해 고개를 돌렸다. "누군가는 해야 했어요." 그가 온화하게 말했다. "그러니까, 본격적인 이야기를 나눌 시간이 왔을 때, 그는 증서

나 임대차 계약서를 내놓지 못하더군요. 그는 아주 유능한 거짓말쟁이는 아니에요. 결국 내게 주인이 누군지 알려줄 수밖에 없었고, 그래서 내가 그에게 떠나는 게 좋겠다고 말해준 거죠."

"그럼 돌아가서 그에게 계속 있어도 좋다고 말해줘요."

"오, 그는 지금쯤 이미 떠났을 테고, 그 농장주 남자가 거길 사고 싶어 했어요. 누군가는 거기를 돌봐야 해요." 그가 인내심 있게 설명했다.

해나가 일어섰고, 코트를 잡으려고 눈먼 사람처럼 손을 뻗었다. "하지만 당신은 아니죠." 그녀가 말했고, 그 목소리는 아주 깊은 슬픔의 근원에서 올라오는 것 같았다. "이 세상에 내가 가진 그 몇 가지를 짓밟으려 하지 않는 사람이 있을까요?" 그녀가 애처롭게 말했다. "그 모든 사람이, 왜 그래야 하는 거죠? 그리고 당신, 당신은 그러지 않을 줄 알았어요." 분노가 다시 그녀를 사로잡았다. "당신이 무슨 권리로 개입하는 거죠?" 그녀가 같은 말을 반복했다. 순수한 아픔이 그녀의 분노를 휘감았고, 이제 그녀는 말했다. "상관없어요. 상관없어요. 하지만 당신이 내가 달아난 이유를 알아낼 거라고는 생각하지 못했어요." 그녀는 또다시 코트를 잡으려고 두 손을 내밀었지만, 손이 닿지 않아 자신이 뭘 하려고 했는지 잊은 것처럼 다시 앉았다.

"내가 달리 뭘 할 수 있었겠어요?" 그가 간단히 말했다. "그 상태로 두고 올 수는 없었다고 말했잖아요. 당신은 궁지에 빠져 있었고, 내게 무슨 일 때문인지 말해주지 않았죠. 지금은 당신에게 물어보지 않고 거기 가서는 안 됐다는 걸 알지만, 갔던 게 다행이었어요. 아니, 가지 않았어야 했겠지만, 가면서 당신을 위해 해줄 수 있는 게 있을지도 모르겠다고 생각했어요. 내 머릿속에 별의별 생각이 다 떠올랐지만, 한순간도 그 생각은, 한순간도 그 생각은……"

해나가 얼굴에서 두 손을 내렸고, 그는 그 익숙하고 짓궂은 미소를 보았다. "그게 당신에게 떠오른 첫 번째 생각이었어야 했을 텐데요."

"그런가요? 내가 바보 같은가보죠. 당신은 나를 용서해야 해요. 그가 당신의 재산을 강탈하려는 걸 봤지만, 혹은 그게 강탈이건 아니건 신경도 쓰지 않는 걸 봤지만, 내가 그를 쫓아내기로 한 건……"

"아니, 아니." 해나가 신음하듯 말했다. "말하지 마요. 그가 말한 건 뭐든 말하지 마요. 그것에 끝은 없는 건가요? 당신이 그 일에 대해 아는 건 상관없었지만, 당신이 그를 만나는 건 원하지 않았어요. 그래서 내가 달아난 거였어요. 나는 당신이 그를 만나는 건 원하지 않았는데, 당신은 이제 그를 만났을뿐더러 대화도 나눴군요. 당신은 내가 어떤 남자를 사랑하고 같이 살았는지 본 거예요. 그게 유일한 한 가지, 당신이 나에 대해 알지 않기를 바랐던 유일한 한 가지였어요. 어떤 남자였는지 그것 말이에요. 그런데 나는 그 결심조차 지키지 못했네요. 나는 뭐든 못 지키는 사람인가봐요! 오, 이만 돌아가야겠어

요. 돌아가야 해요." 극기심을 발휘하려고 무진 애를 쓰며, 그
녀는 냉소적이고 즐거운 어조로 목소리를 바꾸었다. "한 여자
에 대한 애정이 당신을 바쁘게 만든 것 같군요, 블렌킨숍 씨."

"유감스럽게도 그게 사실인 것 같네요." 그가 말했다. "차를
마셔요. 급할 것 없어요. 우리가 발견한 또 다른 오두막에 대
해 이야기하고 싶군요. 그건 리딩 씨 아내의 형제가 주인인
오두막이에요. 그는 농부이고, 그가 리딩 씨를 지켜볼 수 있
어요. 리딩 씨가 가금류 키우는 걸 도와줄 수도 있고요." 그는
그녀의 시선을 피하며 불을 쳐다보고 있었다. 그는 그녀의 얼
굴 위로 서서히 놀란 표정이 퍼지는 것을 보지 못했다. "리딩
씨는 시골이 더 잘 맞을 겁니다. 사무실은 리딩 씨 같은 남자
에게는 어울리는 장소가 아니고, 리딩 부인은 시골이 아기를
위해 더 좋을 거라고 생각해요. 그들은 두 주 뒤면 떠날 테고,
그러면 내 마음에서 큰 짐이 덜어지는 겁니다." 그가 깊은 한
숨을 쉬며 이야기를 끝냈다.

"컵 좀 받아줘요." 해나가 숨이 막힌 듯한 목소리로 말했다.
"컵 좀 받아줘요. 차를 쏟을 것 같아요. 웃음이 터지려고 해
요. 하지만 웃을 수가 없네요!" 그녀가 잠시 뒤에 소리쳤다.
"오, 더 이상 웃을 수 없다면 내게 어떤 일이 일어날까요?"

"몹시 고단한 것 같군요." 그가 말했다.

"네, 하지만 그렇진 않아요." 그녀가 어떻게 설명할지 고민
하며 주위를 둘러보았다. "그게 정말로 재미있지는 않아서일
거예요." 그녀가 어리둥절한 목소리로 나지막이 말했다. "저

기, 나는 당신이 리딩 부인과 사랑하는 사이라고 생각했어요. 오두막은 당신과 그녀를 위한 거라고 생각했고요."

"맙소사!" 블렌킨숍 씨가 경악하며 외쳤고, 해나는 다시 심장이 완두콩 크기로 줄어드는 감각을 느꼈다. 그는 그녀에게도 리딩 부인에게 잘해준 것처럼 잘해주었고, 이것이 그가 그녀의 것 같은 연애에 대해 생각하는 방식이었다. 이제 그녀는 짐짓 활기 넘치는 모습으로 일어섰다.

"그리고 그건……." 그녀가 딱딱한 목소리로 말했다. "그저 당신에게 내 사고방식이 어떤지를 보여주는군요. 내가 한 행동에 대해 다른 모두도 어떻게 생각할지 의심해봐야겠어요! 그런데 이제 나는 돌아가야 해요. 루스가 나를 원할지 모르니까요."

"루스는 내가 원하는 것만큼 당신을 원하지 않을 겁니다." 블렌킨숍 씨가 조용히, 오해할 수 없는 억양으로 말했다.

해나는 선 채로 거의 움직이지 않았다. 그리고 코트를 잡아쥐었지만, 손에서 미끄러졌다. 그녀가 앞의 벽을 향해 느리게 말했다. "이건 사실이 아니에요."

"아니요, 사실입니다." 그가 말했다. "내가 리딩 부부에게 신경을 쓰고 있었던 이유가 그겁니다. 뭔가 당신을 즐겁게 해줄 일을 하기 위해서요. 하지만 당신이 나를 좋아하지 않는다고 말할 거라면……."

"그건 아니에요." 해나가 크고 흔들리는 미소를 지으며 소리쳤다. "아니에요! 잠시만 내게 말하지 말아줘요. 아무 말도 하지 마요." 그녀가 부탁했고, 블렌킨솝 씨는 그녀가 의자에 기대 누워 자신이 믿어온 기적이 정말로 일어났다고 혼잣말을 하는 동안 그녀의 부탁대로 가만히 있었다. 기적은 정말로 일어났고, 여기 이 방 안에 있었다. 그녀가 곧 다시 이야기를 시작했다. "우리가 어떻게 할지 말해볼게요. 우리는 그 오두막을 팔 거고, 받은 돈을 리딩 부부에게 줄 거예요."

"감사의 선물로!" 그가 말했다.

"네." 그녀가 좀 아쉬운 듯 말했다. "당신이 그렇게 느낀다면 그렇겠죠. 음, 당신은 나에 대한 모든 것을 아니까요."

"그렇지 않아요." 그가 말했다. "그리고 앞으로도 그럴 수 있을 것 같지 않고요." 해나에게는 그 말이 더 가까운 연인이 할 법한 어떤 항변보다 만족스러웠다.

그들이 베리스퍼드 로드를 걸어간 시간은 12시였고, 해나에게는 현관 열쇠가 없었다. 블렌킨솝 씨는 로버트와 만나 이야기할 시간을 고대하고 있었다. 그리고 결국 루스는 그 일에 대해 결코 알 필요가 없다고, 해나는 그렇게 생각하자 크게 안심이 되었다. 코더 씨는 뭔가 조치해야 하는 책임을 덜게 될 테고, 에셜은 필그림 씨와 결혼할 것이다. 엉클 짐은 반드시 루스를 구해낼 테고, 로버트 코더는 패치 위더스와 결혼할 것이며, 종잡을 수 없는 미스 몰을 경험한 뒤라 패치가 좀 따분하게 느껴질 것이다. 그리고 이 불운에 대해 릴라는 더 이상 불안의 원인이 되지 않을 육촌 친척이 사라진 데 보상을 받을 것이다. 기적은 일어났고, 루스에 대해서는 아쉬움이 남지만, 이 경이로운 기적을 경험했음에도 모든 것은 최선을 향한다는 걸 의심하는 해나의 성향은 결코 줄어들지 않았다.

이 사람이 나일 수 있을까? 그녀는 스스로 물었다. 두 시간 전만 해도 길로 달려 나가 흩뿌리는 비를 맞으며 견디기 힘든 외로움을 끌어안고 달렸는데, 지금 그녀는 블렌킨숍 씨의 손을 잡은 채였고 별들이 반짝이고 있었다.

"우리는 여기서 떠날 겁니다." 그가 말하고 있었고, 그녀는 눈을 들어 그를 쳐다보며, 그도 그녀처럼 그들의 사랑에서 변덕스럽고 예상치 못한 뭔가를 보고 있지는 않은지 궁금해했다. 그러지 않기를, 그녀는 바랐다. 그녀는 자신은 다른 사람들의 시선으로 보고 그들과 함께 웃어도 이 사랑에 어떤 흠집도 내지 않을 수 있다고 자신했지만, 그에게만큼은 이 행복이 웃음을 끌어내기에는 너무 엄숙하고 아름다운 것이기를 바랐다.

"우리는 여기서 떠날 겁니다." 그가 말했다. "나는 은행을 그만둘 거예요. 당신이 내가 은행에서 근무하는 걸 좀 부끄러워하게 만들었죠. 거긴 너무 안전하다고."

"하지만 나는 이제 안전을 바라네요! 그건 최악의 행복이에요……. 안전을 바라는 거요. 우리는 그걸 바라서는 안 돼요. 나는 늘 너무 많은 것을 바라는 걸 두려워했어요." 그녀가 말했다.

"오…… 내 가엾은 사랑!" 블렌킨숍 씨가 애틋한 목소리로 말한 뒤 걸음을 멈추고 몸을 굽혀 그녀에게 키스했다.

해설

나 스스로 즐거워하지 못한다면

우리는 모두 시대라는 그물에 걸려 있다. 우리의 영혼은 그저 자유롭고 선택은 오로지 내가 내리는 것이라고 말하고 싶지만, 우리는 특정한 시대에 태어나고 시대는 알게 모르게 그 고유한 방식과 융화적인 반응을 우리에게 요구한다. 한 시대의 문학은 대체로 그때를 살아가는 인간의 모습을 담아낼 텐데, E. H. 영의 《미스 몰》(1930) 또한 이 책이 출간된 시기의 시대상과 인물상을 잘 그려내고 있다.

어느 한 시기에 등장한 작품이 그 시기를 지나면서 서서히 잊히는 것은 한편으로 자연스러운 일이겠으나, 변화하는 시대의 특성을 뛰어넘어 인간의 보편성을 다루고 문학성도 뛰어난 작품은 시대에 구애받지 않고 오래 읽힌다. 하지만 아쉽게도 충분한 보편성과 문학성을 갖췄음에도 어느 시점에 관심 밖으로 밀려나는 작품도 있는 듯하다. 작품 자체 말고도 여러 변수가 작용할 텐데 시대사조, 작가나 평론가의 성별, 출판계의 동향, 학계의 관심 여부 등이 영향을 미칠 것이다. 그리고 그 이면에 있는 또 하나의 변수라면 우리 안에 있는 경향성, 늘 더 무겁고 어려운 것이 보다 더 뛰어나다고 생각하는 경향성이다. 예를 들면 토마스 만의 《마의 산》(1924)에서 우리를 압도하는 심오하고 철학적인 사유 같은 것 말이다. 《미스 몰》에서는 단연코 그런 사유의 향연이 펼쳐지지 않는다.

영은 국내에서 생소한 이름이며, 영의 작품 또한 기존의 국내 세계문학 전집에서는 찾아볼 수 없다. 하지만 《미스 몰》에서 우리는 한 시대가 만든 현실 안에서 미스 해나 몰이라는 인물이 선택한 삶의 방식을, 크게는 그 선택에 따라 살아가면서 부딪히는 시대적인 난관을, 작게는 삶의 구체적인 장면에서 일어나는 크고 작은 갈등과 그 해결의 과정을 엿볼 수 있다. 또한 그 안에서 살아가는 인물들의 보편적이면서 특수한 심리를 생생하고 흥미롭게 경험할 수 있다. 대체로 가정 중심의 에피소드나 일상의 인간관계를 다룬 작품은 문학사에서 가볍게 여겨졌던 듯하지만, 《미스 몰》은 그러한 소설이 오히려 우리가 시대와 인간을 성찰하는 데 더욱 친밀하고 세세한 경험을 제공한다는 것을 깨닫게 해준다.

E. H. 영의 생애를 대략적으로 살펴보면, 영은 1880년에 잉글랜드의 노섬벌랜드 휘틀리 베이에서 태어났다. 스물두 살이던 1902년에 브리스틀 출신 변호사와 결혼해 그곳에서 살며 고전 철학과 현대 철학에 관심을 가졌다. 1910년에 첫 소설 《밀알》을, 마지막 소설 《채터턴 광장》을 1947년에 발표

했다. 37년 동안 모두 열한 편의 소설과 아동 도서 두 권을 펴냈다. 특이한 점은 1917년 남편이 사망한 뒤 런던으로 이주해 남편의 친구였던 랠프 헨더슨과 그 아내까지 세 명이 동거를 했다는 사실이다. 랠프 헨더슨의 은퇴 후에는 둘만의 삶을 살았고, 1949년 영이 숨을 거둘 때까지 그 관계는 지속됐다. 영은 또한 여성참정권 운동의 지지자였으며, 상당한 등산 애호가였다. 1911년 '펠 앤드 록' 등산 클럽●의 초기 회원이었고, 마찬가지로 등산 애호가였던 헨더슨의 말을 빌리면 "균형감, 속도, 리더십이 뛰어나고, 바위나 산길에서 믿을 만한 판단력을 지닌" 사람이었다. 영이 남편과 결혼하고 12년 뒤 제1차 세계대전이 일어났다. 전쟁은 늘 사회구조를 변화시키는데, 그 변화의 한 가지는 여성의 사회 진출이었을 것이다. 하지만 그 범위가 넓지는 않았고, 그 양상이 현시대와 같지도 않았다. 영은 말 사육자로, 이어 군수품 공장에서 일했고 학교의 교장이었던 헨더슨과 함께 지낼 때는 사서로 일하기도 했다. 제2차 세계대전 중에는 공습 감시 활동에도 적극적으로 참여했다.

영은 1910년대와 1940년대 사이에 걸쳐 작품을 펴냈는데, 작가로서 주목받은 것은 1925년에 출간된 《윌리엄》부터다. 당대에는 영국뿐 아니라 미국에서도 사랑받는 상당한 인기 작가였다. 《윌리엄》은 1935년에 '펭귄 북스' 시리즈가 창간되

● 영국의 산악 지대인 레이크 지방에서 활동하던 등산 클럽.

었을 때 처음 선정된 열 권 중 한 권이었으며, 여성 작가를 발굴하는 데 주력한 비라고 출판사가 펴낸 '비라고 모던 클래식' 시리즈에는 1980년대와 1990년대에 영의 작품 여덟 권이 포함되었다. 비라고 출판사의 창립자인 카먼 칼릴은 "영에게 돋보이는 점은 조용한 아이러니와 강렬함, 그리고 제인 오스틴으로 시작되는 영국 여성 작가 전통이다"라고 하면서 영의 작품에 대한 애정을 드러냈다.

영의 작품은 흔히 가정 내의 인간관계나 소소한 사건, 재치 있는 대화 등을 중심으로 전개되는 가정소설로 분류된다. 심오한 사유보다는 생활 속의 깨달음이 가득하고, 시대 전체를 아우르는 철학적이고 진지한 통찰을 펼쳐내기보다는 특정한 시대를 배경으로 가정과 작은 사회에서 형성되는 인간관계의 역동에 대해 깊고 밀착적인 이해를 드러낸다. 시대와 인간에 대한 영의 이해와 통찰은 특정한 시기에 한정적이지 않고 다양한 계층의 독자를 끌어낼 만큼 보편적이다. 《미스 몰》은 비평가들 사이에서도 문학성을 인정받아 발표된 그해에 '제임스 테이트 블랙 기념상'을 받았다. 그리고 1930년 한 해에만 6쇄를 찍는 등 독자의 사랑을 받았다. 동생이자 라디오 성우였던 글래디스 영은 《미스 몰》을 포함한 영의 몇 작품을 BBC 라디오 방송에서 낭독했고, 일부 작품은 드라마로도 만들어졌다.

이 행렬은 아주 우울했고, 트렁크를 끌고 이 집 저 집 전전하는 자신과 같은 여성 부대의 파견대처럼 느껴졌다. 그 슬픈 여성 군단은 기분 좋은 표정을 지어 보이려고 신경을 쓰고 질병을 감추고 나이를 낮춰 말하고 번 만큼의 가치보다 더 적은 돈을 줘도 감사히 받는다. 그들은 다 어떻게 되었는가? 그녀는 어떻게 될 것인가?

《미스 몰》은 양차 세계대전 사이를 배경으로 여성인 주인공 해나 몰이 세상사에 대처하는 모습을 보여주는데, 우리는 이를 통해 우리가 직접 경험하지 않은 한 시대를 '세밀하고 생생하게' 경험할 수 있다(세밀하고 생생하다는 표현은 《윌리엄》을 읽은 버지니아 울프가 지인에게 편지를 쓰면서 내린 평가다. 울프는 영의 소설을 재미있게 읽었다면서도 자신의 기호에는 맞지 않았는데, 그런 이유에서 영이 훌륭한 작가인 것 같다는 식으로 이 작품에 대한 양가감정을 표현했다). 여기서 우리는 오늘날 구체적으로 알기 힘든 당시 직업 전선에 뛰어든 여성들의 삶과 애환을 엿보는 소중한 경험을 할 수 있는데, 구체적이어서 더욱 생생하고, 그들의 막막한 미래를 같이 그려보면서 지금 우리의 삶과 그리 다르지 않음을 느끼고 공감한다. 지성적 여성으로 충분한 지식을 쌓았으나 도시에서 이 집 저 집을 전전하며 가사, 말벗, 양육 등 한시적인 역할을 통해 생계를 유지하는 미스 몰이 좀 더 자유가 보장되는, 해볼 만한 다른 직업으로 염두에 둔 것이 청소부라는 사실은 한편으로 놀랍다. 미스 몰의 친척 릴라의 삶과도 비교해 들여다볼 만한데, 같은 마흔 살의 나이에 미혼인 미스 몰과는 달리 결혼하고 안정적인 삶을 살아가는 릴라의 삶 또한 그 시대 여성의 한 모습이자 지금 우리 시대 여성의 일면이기 때문이다.

해나 몰의 삶은 몹시 고달파 보이지만, 비극적이거나 우울한 여성의 삶으로 느껴지지 않는다. 오히려 소설 전반에 뿌려진 유머는 빤히 예측되는 단조로운 시골의 삶을 버리고 앞날이 불투명한 역동적인 도시의 삶을 선택한 해나 몰을 중심으로 낙관적이고 경쾌한 분위기를 형성한다. 부모도 없고 남편도 없고 돈도 없고 일자리마저 불안한 양차 세계대전 사이에 낀 한 여성, 재산이라고는 본인의 소유나 제대로 소유한 것도 아닌 시골집 한 채뿐인 여성의 한때를 고스란히 지켜보면서, 진취적이고 당차고 씩씩한 모습에 안타까운 마음이 들기보단 미소가 떠오르며 응원하는 마음이 생긴다.

미스 몰의 이야기가 펼쳐지는 무대는 비국교도 목사의 가정으로, 가장인 로버트 코더는 미스 몰과 여러 면에서 대조되는 인물이다. 미스 몰을 대하는 로버트의 모습이나 가치관에서 그 시대 여성은 지식이 많지 않고 지혜롭지 않은 사람으로 비친다는 것, 남자의 보조자 역할로 여겨질 뿐이라는 것을 알 수 있다. 그래서 미스 몰이 여자로서 소위 목사에게 한 방 먹일 때나 로버트의 둘째 딸 루스가 해나가 무슨 말이라도 해서 짐 삼촌에게 순종적이지 않은 여자의 모습을 보여주기 바랄 때는《미스 몰》이 페미니즘 소설로 보이기도 한다. 하지만 페미니즘 소설로 한정하고 E. H. 영을 새롭게 발견된 페미니스트 작가로 규정한다면, 이 소설이 품은 더 깊은 매력과 큰 메시지를 놓치는 셈이다. 《미스 몰》은 성별을 가리지 않고 여러 인물이 한 시대 안에서, 혹은 시대적 제약 안에서 고군분투하는 모습을 균형감 있게 보여주기 때문이다. 한 가정의 관리자로서 유능한 모습을 보여주지만 자기 소유의 집이나 연애 문제에서는 서툴기 짝이 없는 미스 몰, 채플 목사로서 존경받고 표면적으로는 시대의 흐름을 따라가고자 하지만 권위적이고 미숙한 로버트 코더, 목사가 되는 것을 목표로 스펜서 스미스 부인의 후원하에 교육을 받지만 속박이 싫어 남아프리카 공화국으로 떠나는 로버트의 아들 하워드, 늘 강직해 보이지만 실제로는 갈팡질팡하는 큰딸 에설, 설익었지만 곧 터질 듯한 개성을 지닌, 작은 미스 몰 같은 루스, 고지식하고 이기적으로 보이지만 알고 보면 보듬는 품이 큰 블렌킨솝 등 각 인물은 성별에 얽매이지 않고 인간으로서 지닌 다양한 모습을 보여준다.

《미스 몰》을 읽는 경험을 재미있는 것으로 만드는 가장 큰 요소는 미스 몰의 엉뚱한 캐릭터가 아닐까 한다. 매트리스를 바꿔치기한 사건은 소소하면서도 기발하며, 그 이면에 자리한 미스 몰의 생각("이 집에서 가장 열심히 일하는 사람이 가장 딱딱한 침대에 눕는 것은 비도덕적이었다")은 우리가 흔히 가정부나 여자에게 결부시키는 희생정신과는 전혀 달라서 통쾌한 감정마저 일으킨다. 그리고 매트리스 사건에서 유발된 미스 몰의 통찰 또한 고개를 끄덕이게 한다. "이상한 것은, 고통이 불가피해 보이는 세상에서 매트리스 때문에 일어나는 갈등이 존재한다는 사실이었다."

미스 몰의 생각과 행동이, 대인 관계가 경쾌하고 생동적으로 보이는 건 왜일까? 마주해야 하는 삶이 녹록지 않은데도 미스 몰은 수월하게 헤쳐나가는 듯 보이는 건 무엇 때문일까? 미스 몰이 좌절하거나 힘들 때 그것을 극복하게 하는 원천은 무엇일까? 미스 몰이라는 인물을 구성한 어떤 특징이 이것을 가능하게 할까?

소설이 전개되면서 미스 몰은 서서히 이야기꾼의 면모를 드러낸다. 기쁠 때건 슬플 때건 단조로운("하루 안에 그런 산책을 하고, 루스와의 우정을 다지고, 블렌킨숍 씨와 대화를 나누고, 에설의 버림받은 모습과 도리스의 뻔뻔한 모습을 목격하고, 샘슨 씨와 울타리 너머로 대화를 나누고, 로버트 코더의 칭찬을 받고, 새 목사에 관한 소식을 들은 것은 너무 사치스러운 것 같았다") 일상의 대화나 독백 속에 녹아 있는 미스 몰의 참을 수 없는 유머("내가 그의 태엽을 감아줬더니 멈출 수 없게 된 모양이네")에 대한 욕구, 재미있는 사람이 되고자 하는 욕구가 이야기꾼으로서의 기질과 버무려져 자연스럽게 표출되고, 그것이 소설 전반에 감칠맛을 더해준다. 유머는 스펜서 스미스 부인이 저속하다고 뜯어말려도 어쩔 수 없이 드러나고야 마는 미스 몰의 특징이며 때로는 미스 몰을 곤란한 상황에 몰아넣기도 하지만, 그런 상황에 당면했을 때 보여주는 미스 몰의 대처는 또 한 번 경쾌하고 통쾌한 감정을 안겨준다.

상상. 허구. 이야기. 일맥상통하는 이 세 단어를 좀 더 살펴보는 것이 좋겠다. 그것이 《미스 몰》의 전개에서 하나의 중심축이자 영이 작가로서 말하고 싶었을 가장 중요한 부분일 것이기 때문이다. 미스 몰이 루스에게 노부인의 가발과 도둑 이야기를 해준 뒤 털어놓는 말에서 그런 점이 두드러진다. "그 이야긴 전부 사실이야." "그리고 노부인과 가발 이야기도 사실이야. 하지만 도둑이 빠지면 무슨 소용이 있어? 네가 원한 건 도둑 이야기였고, 나는 네게 멋진 이야기를 해줘야 했어." "거짓말이 아니야. 허구지." 해나 몰과 대조되는 인물인 로버트 목사는 아들 하워드에게 이와 상반되는 말을 한다. "너는 노래를 듣고 있지 않았다고밖에 생각할 수 없구나. 하지만 나는 즐거운 허구보다는 차라리 불쾌한 진실을 듣겠다."

또한 곤란한 일이 생겼을 때 미스 몰은 허구의 사촌 힐다의 도움을 받아 위기를 모면했고 또 모면할 수 있다고 상상한다. '힐다'는 작가의 이름인 에밀리 힐다 영을 연상시켜 작가의 작은 유머를 느낄 수 있다. 힐다에 대한 진실을 아는 독자는 미스 몰의 임기응변과 너스레에 빙그레 미소가 지어지지만, 모든 것이 진실이어야만 하는 목사나 에설에게는 용서할 수 없는 거짓일 뿐이다.

허구는 진실이 아니지만 거짓도 아닌 영역으로, 우리의 상상력이 만들어내는 소중한 공간이다. 허구의 세상에서는 불가능한 일도 흥미진진하게 벌어질 수 있다. 하지만 진실의 세상은 엄격하고 딱딱하다. 미스 몰은 상상력을 발휘해 남자들과 이루어질 것 같지 않은 연애에 빠져도 보고, 혼자 슬며시 미소도 지어보고, 루스와 함께 이국의 나라로 여행도 떠나본다. 상상은 미스 몰에게 활기를 불어넣고 냉정한 현실을 적당히 잊게 해준다. 팍팍한 삶을 견딜 수 있게 해주며, 때때로 호의적이지 않은 세상을 다정한 척 대할 수 있게 해준다. 그리고 상상은, 허구는, 이야기는, 문학은 그렇게 우리의 고단함을 위로해준다. 상상의 세계 속에서 우리는 지친 정신을 쉬고 다시 일어설 힘을 얻는다.

그렇다면 존재 자체에 대한 허구는 어떨까? 내 진짜 모습을 보여주기 싫을 때 보여주고 싶은 모습을 꾸며내고 그것을 잠시라도 진짜처럼 믿어버리는 것은?

> 누가 그녀를 재미와 반어에 대한 감각을 지녔고 아름다움을 열정적으로 사랑하고 그것을 숨겨진 장소에서 끄집어낼 힘이 있는 사람이라고 짐작이라도 하겠는가? 누가 미스 몰이 자기 모습을 여러 다른 시대에 각각 낯선 땅의 탐험가로, 호화스럽고 우아한 옷을 입은 숙녀로, 사랑스럽고 버릇없는 아이들의 어머니이자 영감을 일으키지만 잡힐 듯 잡히지 않는 시인의 애인으로 그려본다는 걸 상상이나 하겠는가? 그건 불가능하다고 자신을 설득하는 대신 그녀는 이런 상상 속의 일탈을 즐기며 긴 코를 쳐들 수 있었다.

현실이 초라하다고 매 순간 초라한 자기 모습을 직시하고 인정해야만 비겁하지 않고 당당한 것일까? 번과 커피를 마시는 발랄한 어린 여성처럼 행동하는 해나 몰은 보는 것만으로도 활기를 준다. 허구에 몰입해 병적인 망상에 빠지지만 않는다면야, 우리는 그 덕에 힘든 시기를 훌쩍 넘기기도 하고, 어느새 그런 모습이 되어 있을 수도 있다. 허구가 없는 삶은 얼마나 무료하고 건조할 것인가. 그것이 바로 허구의 힘이며, 이 소설 전반에서 해나를 통해 보여주는 소설이라는 장르의 힘이다.

하지만 이 소설의 막바지에 이르면 그런 낙관적이고 허구적인 태도의 역작용이 나타나는데, 그런 태도가 우리의 삶에 때때로 방어기제로 작용해 진실을 직시해야 할 순간에 회피하게 하기 때문이다. 미스 몰은 블렌킨숍 씨와 우연히 자신의 시골집을 찾아가면서 자신이 환상 속에 가두고 미화해온 과거와 직면하게 된다. 이 시대의 독자에게는 그제야 밝혀지는 미스 몰의 과거가 그리 큰일이 아닐 수 있으나, 그 시대 미스 몰에게는 존재 자체를 흔들어놓을 만큼 큰일이다. "그에게 참회할 일이 생기더라도 남자의 과거는 비국교도 목사에게 용서받을 수 있었다. 한편 해나는 여자라서 참회를 해도 그것이 낳는 실질적인 결과는 없었다. 이 불공평함 속에서 그녀는 자신에게 필요한 위로를 찾아냈는데, 자기 행동이 어리석었더라도 그것은 두려움 없이 행한 것이었고, 또한 그것을 후회하기에는 자부심이 강했다." 진실을 회피하기 위해 허구 속으로 빠져들었던 미스 몰은 진실과 대면하면서 자신의 허구를 무너뜨렸다. 후회하는 모습은 아니었다. 용기 있게 무너뜨렸다. 그리고 용기는 이 소설의 도입부인 창문을 깨는 장면부터 미스 몰이 보여준 특징이기도 하다. 미스 몰답게 살아온 그녀에게 보상처럼, 그녀를 있는 그대로, 미스 해나 몰로 받아주는 사람이 나타난다. 상상이 현실이 되는 순간은 얼마간 로맨틱 코미디 같은데, 어쩌면 우리가 자신답게 살아갈 때 아주 가끔 주어지는 삶의 선물인지도 모르겠다.

미스 몰의 이런저런 에피소드나 대화를 다시금 떠올리니 미소가 지어진다. 크리스마스 푸딩을 놓고 목사와 주고받은 대화 등 여러 상황에서 미스 몰은 '장난스럽고 다정했다("장난스러운 사람들이 왜 늘 다른 사람보다 훨씬 더 다정한지에는 분명 이유가 있을 거예요")'. 문학에서 미스 몰 같은 캐릭터를 만나면 우리의 독서는 미소가 사라지지 않는 즐거운 시간이 되고, 심지어 독서가 끝난 뒤에도 따뜻한 위로를 받은 듯한 여운이 남는다. "내가 따분하게 느끼지 않았으니, 내 젊은 날은 따분하지 않았어요. 따분한 건 시절이 아니라 그 시절을 제대로 볼 수 없는 사람들이죠. 나 스스로 즐거워하지 못한다면, 대체 나는 이 집에서 뭘 해야 한다고 생각해요?"

해나는 "스스로 종종 자신을 홀로 용감하게 항해하는 병에 든 작은 배에 비유"했다. 미스 몰처럼, 병에 든 작은 배처럼 이 세상을 홀로 용감하게 항해하는 모든 이를 응원한다.

정연희

휴머니스트 세계문학 040

미스 몰

1판 1쇄 발행일 2024년 12월 2일

지은이 E. H. 영
옮긴이 정연희

발행인 김학원
발행처 (주)휴머니스트출판그룹
출판등록 제313-2007-000007호(2007년 1월 5일)
주소 (03991) 서울시 마포구 동교로23길 76(연남동)
전화 02-335-4422 **팩스** 02-334-3427
저자·독자 서비스 humanist@humanistbooks.com
홈페이지 www.humanistbooks.com
유튜브 youtube.com/user/humanistma **포스트** post.naver.com/hmcv
페이스북 facebook.com/hmcv2001 **인스타그램** @boooook.h

편집주간 황서현 **편집** 김대일 이성근 김선경 **디자인** 김태형 차민지
조판 아틀리에 **용지** 화인페이퍼 **인쇄·제본** 정민문화사

ISBN 979-11-7087-271-9 04840
       979-11-6080-785-1 (세트)